중세문학의 재인식 2

공동문어문학과 민족어문학

초판 제1쇄 인쇄 1999. 4. 15
초판 제1쇄 발행 1999. 4. 20

지은이 조 동 일
펴낸이 김 경 희
펴낸곳 (주) 지식산업사
등록번호 1 - 363
등록날짜 1969. 5. 8
주소 서울 특별시 종로구 통의동 35-18
전화 (02)734-1978, 1958 ; 735-1216
팩스 (02)720-7900
천리안 ID jisikco
책값 **22,000**원

ISBN 89-423-7541-3 93890
ISBN 89-423-0028-6(세트)

머리말

　이 책은 세계문학사 이해의 새로운 이론을 정립하는 일련의 저서 가운데 하나이다. 중세문학에 관한 해명을 기본과제로 삼아, 문학사와 문명사를 연결시키는 작업을 하는 삼부작 《중세문학의 재인식》의 제2부를 이룬다. 제1부 《하나이면서 여럿인 동아시아문학》에서 동아시아 한문문명권의 문학을 고찰한 데 이어서, 여기서는 다른 여러 문명권에서도 공동문어문학과 민족어문학이 어떤 관계를 가졌던가 밝혀 논한다. 그 작업은 제3부 《문명권의 동질성과 이질성》으로 이어진다.

　문학사를 민족문학사·문명권문학사·세계문학사의 세 층위로 갈라 이해하면서, 그 셋의 상호관련을 살피자고 거듭 주장하다가, 그 가운데 문명권문학사에 대한 전면적인 고찰을 하는 작업을 비로소 본격적으로 전개한다. 문명권문학의 동질성이 중세시기의 공동문어문학에 의해 형성되었다는 사실을 구체적으로 해명하겠다고 오래 전부터 계획했으나 이제야 실행하게 되었다. 공동문어문학의 세계사를 해명하는 데 필요한 방대한 자료를 모아서 정리하는 것이 너무 힘든 일이어서 많은 기간이 소요되었다.

　제1부에서 한문문명권에 관해 고찰한 성과를 재정리하면서, 다른

여러 문명권을 모두 함께 다루어 세계문학사의 일반론을 도출하는 것이 여기서 할 일이다. 한문·산스크리트·아랍어·라틴어가 특히 두드러진 위치를 차지한 공동문어이므로 서로 대등한 비중을 두어 함께 다루어야 하고, 팔리어와 그리스어의 경우도 추가해서 살피지 않을 수 없다. 그 여섯 문명권의 공동문어문학이 어떻게 전개되고, 민족어문학과 어떤 관련을 가졌던가 하는 문제를 해명하면 세계문학사 서술의 근간을 마련할 수 있다.

제1부에서는 동아시아에 머문 것과 달리 여기서는 세계 전체를 대상으로 해야 하므로, 축척의 비율을 더 높여, 멀리서 크게 바라보는 세계문학의 지도를 그렸다. 연대는 몇 세기인가 적는 데 그쳤다. 개별적인 문학사의 전개, 작가와 작품 등에 관한 구체적인 논의는 소략할 수밖에 없으며, 긴요한 사항이 빠진 경우도 있게 마련이다.

필요한 내용을 모두 갖추어야 한다는 강박관념 때문에 괴로워하지 말고, 실제로 할 수 있는 일을 성실하게 수행하는 것밖에 다른 방도는 없다고 스스로 위안한다. 한 사람이 일생 동안 해낼 수 없는 일은 탐내지 말아야 한다. 세계문학에 대해서 무불통달로 알아야 세계문학사를 거론할 수 있는 것은 아니다. 세계인식을 새롭게 하는 작업을 문학을 통해서 수행하는 데 필요한 최소한의 예증을 들어, 이해의 시각을 바꾸고 기본이 되는 이론을 재정립하는 것으로 만족한다.

이용 가능한 자료에서 문제점 해결을 위한 긴요한 사례를 찾아내서 중점적으로 고찰하면서, 부분적으로 제시되어 있는 기존의 견해를 가져와 시비를 하는 것이 최선의 방법이다. 개별문학 전공자들이 내가 고찰한 내용이 많이 모자란다고 나무라는 것은 당연히 예상되는 일이다. 나로서는 그 이상 할 수 없었으니 더욱 자세하고 깊이 있는 논의를 그쪽에서 펴달라고 응답할 수밖에 없다. 기본발상을 더욱 가다듬는 작업도 나는 계속 감당할 수 없어 후진에게 넘긴다.

학문의 역사를 바꾸어놓은 수많은 선각자 가운데 특히 빛나는 14세기의 아랍인 이븐 칼둔은 "새로운 학문을 개척하는 사람이 모든 개별적인 문제를 열거해 다룰 의무를 지는 것은 아니다"라고 하고, "신의 가호를 입어 착실한 태도로 단단하게 연구할 수 있는 후대의 학자라면 내가 한 것보다 문제를 더욱 깊고 자세하게 논의할 것이다"라고 했다. 내가 하고 있는 연구의 상황을 두고 말한다면, 도서관에 필요한 책이 구비되고, 연구와 강의를 일치시킬 수 있고, 수입학이나 시비학이 창조학을 방해하지 않는 것이, 이븐 칼둔이 "신의 가호"라고 말한 것에 해당하는 오늘날의 조건이다. 그런 혜택을 다음의 연구자들은 누리면서, 내가 한 어설픈 작업을 거의 무효로 만드는 날이 빨리 오기를 고대한다.

이 책 또한 강의를 하면서 학생들과 함께 다듬었다. 첫 단계의 산만한 초고를 1997년 2학기의 박사과정 강의에서 다룰 때, 김동준·고정희·손태도·장시광·정천구·김은정·류준경·이경하·이지영이 동참해 비판과 수정의 견해를 제시했다. 원고를 한 차례 정리해 써서, 1998년 1학기 석사과정 강의를 할 때에는 김준범·류하영·권정은·김복영·이민희·이영화·정진희·곽지윤·김은아·민성삼·박이정·박혜진·서우종·송재연·이은주·장수현이 그런 일을 맡았다.

일단 완성한 원고를 복사해 1998년 2학기 교양과목의 강의 교재로 하면서, 한번 더 수정했다. 또한 1998년 2학기 박사과정 강의 수강자 김은정·류준경·이경하·이정자·이지영·임재욱·장유정·한길연·최인나·임부연이 교정본과 서평을 제출해, 개고하는 데 도움이 되었다. 최인나는 러시아에서 유학왔으며, 임부연은 종교학과 학생이다.

서울대학교 발전기금 관악회 학술연구비에 의해 이 연구가 이루어졌다. 1천만 원의 연구비가 참고서적 구입에 크게 도움이 되었다. 연구비를 받을 때는 제목이 《세계문학사의 이론 : 공동문어문학과 민족어문학의 관계》였는데, 《공동문어문학과 민족어문학》이라고 줄인다.

차   례

아랍어문학과 민족어문학

그리스어문학과 민족어문학

라틴어문학과 민족어문학

총괄논의

중세화의 의의에 대한 재인식

문제 제기

우리 선조가 한문을 받아들여 사용한 것은 잘못인가? 민족어의
발전을 해치고, 민족문화 창달을 방해하는 그릇된 처사였던가? 민
족주의를 손상시킨 사대주의의 작태이므로 규탄해야 마땅한가? 훈
민정음 창제 후에는 마땅히 국문만 사용했어야 하는데, 한문을 버
리지 못한 탓에 사대주의 악습이 지속되어 민족문화의 성장을 억눌
렀던가?

우리는 오랫동안 이런 의문을 지니고 고심해왔다. 해답을 얻지
못해 암중모색을 하기도 하고, 근거가 불분명한 주장을 과격하게
펴기도 했다. 과거가 어쨌든 이제 공연히 들뜨지 말고, 실사구시의
정신으로 학문을 착실하게 하자는 쪽에서는, 이런 문제는 논의의
대상으로 삼지 않으려고 한다. 너무 막연해서 명확하게 다루기 어
려운 논제는 멀리하는 것이 근래의 학풍이다. 그러나 이런 의문은
다음과 같이 구체화되어 가부간의 선택을 요구한다.

사대주의자 金富軾이 妙淸이 천명한 민족자주 노선을 억누른 것
이 한국 역사상 가장 큰 비극이었다고 한 申采浩의 견해는 과연 타

당한가? 한문학은 중국문학이므로 한국문학에서 제외해야 할 것인가? 지금이라도 한자를 쓰지 말고, 한문과 결별해야 민족어가 발전하고 민족고유의 문화가 살아난다고 하는 주장을 따라야 할 것인가?

이렇게 열거한 개별적인 의문을 각기 그것대로 해결할 수는 없다. 형편에 따라서 임기응변으로 대처하거나, 구태여 모난 소리를 하지 않는 절충론을 펴면서 얼버무릴 수는 없다. 전문적인 지식이 없고 깊이 연구해보지 않아 잘 모르겠다고 하면서 물러날 수도 없다. 학문하는 사람들이 직무유기를 하는 탓에 갖가지 속설과 억측이 난무하고 있는 것을 그대로 두고볼 수 없다.

여러 말로 열거한 의문이 사실은 한 가지 의문이므로, 분명한 원리에 따라 일관되게 해결해야 한다. 그렇게 하기 위해서 의문 자체를 재정리할 필요가 있다. 위에서 '한문'이라고 한 말을 '공동문어'로 바꾸어놓으면 보편적인 원리에 입각해서 의문을 해결하는 길이 열린다. 한문은 동아시아의 공동문어이다. 한문뿐만 아니라 산스크리트·고전아랍어·라틴어가 모두 각기 그 문명권의 공동문어이다. 공동문어는 여러 민족이 함께 사용하는 언어이고, 공동문어 사용은 여러 문명권에서 공통되게 있었던 일이다. 공동문어 사용이 우리만 겪은 착오나 불행은 아니다.

한문을 받아들여 사용한 것이 지구상에서 우리만 겪은 불행이라고 생각하는 것은 잘못이다. 불행이든 행운이든 남들과 함께 겪은 일이다. 일본인도 월남인도 한국인과 마찬가지로 한문을 사용했다. 크메르인이나 자바인이 산스크리트를, 페르시아인이나 터키인이 아랍어를, 독일인이나 영국인이 라틴어를 사용한 데도 기본적인 공통점이 있다. 남의 글을 누구는 주체적으로 사용하고, 누구는 몰주체적으로 사용했다고 구분하려고 하지 말고, 공동문어 사용의 공통된 현상에 대해서 일관성 있게 고찰해야 할 것이다.

그러므로 문제 제기를 확대해야 한다. 공동문어는 민족어 발전을 저해했는가? 이것이 문제이다. 이 문제는 많은 나라, 여러 문명권의 경우를 비교해 세계적인 범위에서 고찰해야 한다. 공동문어문학과 민족어문학의 세계사에 관한 연구를 해야 비로소 해결할 수 있는 문제이다.

공동문어문학과 민족어문학의 세계사를 자세하게 고찰하는 것은 불가능한 일이다. 필요한 세부사항을 모두 갖추어 자세히 살필 수는 없다. 그러나 공동문어문학과 민족어문학이 어떤 관계를 가졌던가 하는 문제를 일반화해서 해결하는 것은 가능하다. 여러 문명권에서 적합한 사례를 찾아 서로 비교해서 논의하는 데는 어려움이 없다. 이론적인 쟁점에 관한 거시적인 논의를 펼 수 있게 하는 개별적인 사례 연구는 이미 광범위하게 해놓았으므로 찾아서 이용할 수 있다.

일본과 월남에서 본 중세화의 의의

중국에서 한문을 받아들이는 일을 한국인만 한 것은 아니고, 일본인이나 월남인도 했다. 그러므로 한문을 받아들인 것이 잘못이었던가 따지기 위해서 그 두 나라의 경우을 함께 고찰해야 한다. 세 나라가 한문을 받아들인 상황은 서로 달랐다. 그러나 한문을 이용해서 무엇을 했던가를 살피면 기본적인 공통점이 있다.

한문을 받아들일 때 월남인은 중국의 지배하에 있었다. 漢나라가 월남을 침공해서 七郡을 설치했을 때에, 독립을 잃고 그 지배를 받고 있던 월남인이 중국인에게서 한문을 배웠다. 한나라가 한국도 침공해서 四郡을 설치했을 때, 한국인은 일부가 그 지배하에 있는 상태에서 한문을 받아들였다. 일본인은 중국과는 직접적인 관계를 가지지 않고 한국인에게서 한문을 배웠다. 그런 차이가 있다고 해서, 월남이 한문을 받아들인 것은 재앙이었고, 일본이 한문을 받아들인 것은 축복이었으며, 한국의 경우는 그 둘의 중간이라고 할 수는 없다. 한문을 받아들인 것이 축복이면 다 축복이고, 재앙이면 다 재앙이었다.

먼저 일본의 경우부터 살펴보자. 일본인은 한문을 받아들여 사용하고 자기네 언어를 문명어로 만드는 데 이용한 덕분에 국가를 경영하고 강역을 확대해나갔다. 일본인과 경쟁관계인 아이누인은 문자 생활을 하지 못하고 국가를 경영하지 못한 탓에 계속 밀리고 침탈당하는 처지가 되었다. 일본역사는 중세에 들어서고 근대로 나아갔으나, 아이누인의 역사는 고대에 머물러 있어서 그런 격차가 생겼다.

공동문어를 받아들이는 것이 중세화의 필수적인 과제이다. 중세화가 공동문어에 의해 시발되는 것은 아니고, 내부적인 변화가 선행해야 했다. 중세화가 추진되고 있어야 공동문어를 받아들여야 할 필요성이 생겼다. 고대와는 다른 중세의 국가를 조직해서 경영하고, 사회통합에 필요한 사상을 마련하고, 대외적인 교류를 하려면 공동문어가 반드시 있어야 했다. 공동문어를 받아들여야만 이미 추진되고 있던 중세화가 실현되었다. 공동문어를 받아들일 수 없으면 중세화가 중도에서 좌절되고 말 수밖에 없었다.

만약 아이누인이 한문을 받아들여 중세화를 이룩하고 일본인은 그렇지 못했다면, 지금 아이누인이 일본열도를 차지하고, 일본인은 九洲 남쪽의 보호구역으로 밀려나는 신세가 되었을 수 있다. 한문을 받아들이는 것이 일본인에게 재앙이었다는 말을 할 수는 없다. 한문을 받아들이지 못한 것이 아이누인에게 재앙이었다. 중세화한 일본인과 고대에 머무르는 아이누인과의 싸움에서 일본인이 이길 수 있었던 것은 중세의 힘 때문이다. 만약 "체력이 국력이다"라고 하는 말이 맞는다면, 아이누인이 일본인보다 건장하니 그 결과가 그 반대로 되었어야 한다.

아이누인에 대한 일본인의 승리가 정당했다고 하기 위해서 이런 말을 하는 것은 아니다. 그런 사태가 유감스럽지만 필연적이었음을 지적하자는 것이다. 일본인과 아이누인이 둘 다 원시의 단계에 머물러서 서로 해치지 않고 평화롭게 사는 것이 바람직한 일이었다. 둘 다 고대의 단계에 들어서서 서로 싸우기는 하지만 승패의 불균형이 결정적으로 벌어지지 않았더라면 그것 또한 나쁘다고 할 수 없다. 어느 한쪽은 중세화하는 데까지 나아가고 다른 쪽은 고대에 머무른 불균형은 뒤떨어진 쪽에 커다란 불행을 가져다 주었다.

아이누인이 중세화한 일본인에게 일방적으로 밀리지 않고 서로 대등한 관계를 가지려면, 아이누인도 중세화해서 중세화한 일본인의 정체를 알아야 하고, 국가를 경영하고, 군사를 동원하고, 생업을 마련하는 방식도 대등했어야 한다. 일본인이 아이누인에게 일방적으로 이겨 민족말살을 획책하기까지 이른 것은 불행한 일이다. 그 두 민족이 대등한 관계에서 평화롭게 살면서 선의의 경쟁을 하는 것이 바람직하다. 그렇게 되지 못한 이유는 한 마디로 지적해서 말하면 아이누인이 중세화하지 못한 데 있다.

한국인은 일본인처럼 한문을 받아들인 것이 불만이라고 하고, 아이누인처럼 외래문화를 멀리하고 민족고유의 문화를 온전하게 가꾸어야 했다고 하는 주장은 타당하지 않다. 중세화되기를 거부하고 고대까지의 민족고유문화를 지켜오기만 하면 이미 중세화된 민족에게 정복당하고 통치되는 수모를 피할 수 없다. 고대의 힘으로는 중세를 막을 수 없다.

다시 월남의 경우를 들어보자. 월남인은 고대왕국이 중국에게 망해 중국의 직접통치를 받는 동안에 중세화의 길에 들어서서 한문을 받아들이고 유교를 익혔다. 그래서 민족이 소멸되는 길에 들어섰는가? 아니다. 그것과는 반대이다. 중세화한 역량이 있어서 중국의 지배에서 벗어나 독립을 쟁취할 수 있었다. 중국은 통일제국을 이룩할 때마다 월남의 독립을 부인하고 월남을 침공해서 합병했다. 월남인은 그때마다 영웅적인 투쟁을 해서 독립을 되찾았다. 그래서 중국의 지배를 받는 소수민족이 되는 신세에서 벗어나 민족국가를 지키고 발전시켰다.

그럴 수 있었던 힘이 중세화를 제대로 한 데 있었다는 것을 잘 알고서, 월남의 역대왕조는 한문문명을 중국과 대등한 수준으로 발전시키는 데 힘을 쏟았으며, 한문문명권의 일원으로서 결격사유가 없게 하려고 애썼다. 한문문명권의 일원이라는 것은 중국과 책봉관계를 가진다는 뜻이다. 중국의 침략을 영웅적으로 물리치고 독립을 쟁취한 다음에는 중국의 '天子'가 월남의 통치자를 '安南王'으로 봉하는 책봉관계에 의해 국교를 재개했다. 그 때문에 주체성이 훼손되었다고 개탄하는 것은 근대인의 견해이다. 문명권마다 하나만 있는 '천자'가 여러 '국왕'과 책봉의 관계를 가지는 책봉체제는 모든 중세문명에서 일제히 나타난 공통적인 관습이다.

일본이 자랑하는 聖德太子의 〈憲法十七條〉에서 "以和爲貴"(화합을 귀하게 여긴다) 하며, "信是義本"(믿음을 의로움의 근본으로 삼는다)고 하고, "絶忿棄瞋 不怒人違"(분노를 없애고 성냄을 버리며, 노해서 사람들과 어긋나지 않는다)는[1] 말로 일본 중세화의 이념을 표명한 것은 한문과 함께 유교·불교를 받아들였기 때문이다. 원시시대나 고대의

---

1) 제1조·제9조·제10조에서 내세운 말이다. 猪口篤志, 《日本漢文學史》(東京 : 角川書店, 1984), 34면.

일본에도 그 나름대로의 훌륭한 사상이 있었겠으나, 화합과 신의를 소중하게 여기고, 너그러운 태도를 지니고 백성을 다스려야 한다고 한 것은 스스로 깨달아서 안 바가 아니다. 동아시아 다른 나라가 중세화할 때 그런 새로운 이념 정립에 동참해 일본이 뒤떨어지지 않을 수 있게 된 것이 다행스러운 일이었다.

월남이 명나라를 물리치고 독립을 성취한 내력을 밝힌 阮廌의 명문 〈平吳大誥〉에서 "仁義之擧 要在安民"(어질고 정의로운 거사는 백성을 편안하게 하는 것을 요체로 삼는다)고 하는 말을 앞세우고 "我大越之國 實爲文獻之邦"(우리 大越의 나라는 문헌의 고장이다)라고 한 것은 월남 한문학의 수준을 천하에 알리고자 하는 뜻이 있었기 때문이다. 그 뒤에 국사서를 다시 편찬하고, 과거제를 정비해 문화발전의 역량을 기르는 데 힘썼다. 고대의 역량이 아닌 중세의 역량으로 주권을 수호하는 과업을 월남의 여러 소수민족은 할 수 없고, 월남민족은 할 수 있었다.

한문을 사용해서 힘써 한 일에 국가의 위업을 당대에 자랑한 금석문이 있고, 역사를 서술한 후대의 저술도 있다. 일본에서는 《日本書紀》를, 월남에서는 《大越史記全書》를 마련해 한문문명권 공동의 역사서술 방식을 받아들여 동아시아문명의 동질성을 구현하면서, 자기 역사에 대한 주체적인 인식을 높인 것이 그 양면 모두 평가해야 할 일이다.

한국·일본·월남뿐만 아니라, 南詔, 琉球 등의 나라가 기본적으로 같은 방식으로 중세화해서 동아시아문명권을 이룩했다. 그 여러 나라는 공동문어인 한문을 사용해 문명권 중심부의 '천자'와 책봉관계를 가지면서, 나라의 위업을 자랑하는 글을 새긴 비석을 세우고, 국사를 기록하고, 민족의 삶을 되돌아보는 시문을 지었으며, 다른 한편으로는 민족어문학을 일으켜 공동의 규범을 자기 것으로 만드는 다른 길을 개척했다. 그렇게 해서 동아시아는 하나이면서 여럿인 시대가 시작되었다.

한국의 불교와 러시아의 기독교

중세화의 필수적인 과업의 하나가 보편종교를 받아들이는 것이었다. 한국·일본·월남·남조·유구는 모두 불교를 받아들였다. 불교가 아니면 힌두교, 또는 이슬람교나 기독교를 받아들여야 했는데, 지리적 위치 때문에 그럴 수 없었다. 지금의 중부 월남 땅에 자리잡은 참파(champa, 占城, 占婆)는 인도에서 힌두교를 받아들여 산스크리트 문명권의 일원이 되었다. 한문문명권 불교국가인 월남과 산스크리트문명권 힌두교국가인 참파가 여러 세기에 걸쳐 싸웠다. 일본인과 아이누인의 싸움과는 달리, 양쪽이 다 중세문명국이어서 그 싸움이 쉽사리 판가름나지 않았다.

월남에서 한문과 함께 불교를 받아들인 것은 그 점에서 크게 다행한 일이었다. 한국과 일본도 불교국가가 된 것이 중세화의 당연한 과정이었다. 그 시기에 한국은 세 나라로 나누어져 있었는데, 고구려·백제·신라에서 모두 불교를 받아들여 공인했다. 불교를 받아들일 때 재래 신앙과 충돌이 있었음은 쉽게 짐작할 수 있다. 그런데 그 충돌을 말해주는 자료가 신라의 경우에만 분명하게 남아 있어, 특별히 고찰할 만하다.

신라의 경우에는 法興王 때 불교를 공인한 경과가 기록에 남아 있다. 법흥왕은 처음으로 '王'이라고 일컬어진 통치자이다. 그 전에는 신라의 통치자를 居西干, 尼師今, 麻立干 등으로 지칭해서, 고대의 유습을 이은 재래의 호칭을 사용했다. 그런 호칭을 버리고 처음으로 '王'이라고 일컬은 법흥왕이 불교를 공인했다.

한자어를 사용해서 '王'이라고 일컫는 말은 황제가 별도로 있는 것을 인정하는 의미를 지닌다. 동아시아문명권의 일원이 되어, '天子'의 책봉을 받는 '王'이 되겠다고 한 것이다. 불교를 공인하는 것이 그것과 표리관계를 가지는 일이었다. 麻立干이 '王'이 되면서 재래의 신앙 대신에 불교를 국가통치의 이념으로 삼았다.

법흥왕이 불교를 공인하고자 해도 뜻을 이루지 못하다가 왕위에 오른 지 15년이 된 528년에 異次頓(또는 厭髑)의 순교 덕분에 뜻을 이룰 수 있었다는 기사가 《三國史記》, 《三國遺事》 양쪽에 실려 있어서, 재래신앙과 불교 사이에 상당한 갈등이 있었음을 말해준다. 불교를 필요로 했던 이유에 관해서는 두 가지 설명이 기록되어 있다. 공주의 병을 佛法으로 치료했다고 해서, 주술적인 능력에서 불교가 재래의 신앙보다 앞섰다는 말은 양쪽에 다 있다. 《三國遺事》에서는 그보다 더 크고 중요한 이유에 관해서 다음과 같이 기술했다.

법흥왕은 "願爲蒼生 欲造修福滅罪之處"(창생을 위해서, 복을 닦고 죄를 없앨 곳을 마련하기를 바랐다) 하고, "上虧陰陽之造化 下無黎庶之歡 萬機之暇 留心釋風"(위로는 음양의 조화가 어그러지고, 아래로는 뭇 사람들에게 즐거움이 없으므로, 나라 일을 보는 여가에 불교를 받아들일 일에 마음을 두었다)고 했다.[2] 그런데 그 좋은 뜻을 신하들이 반대해서 진통을 겪었다고 했다. 신하들이 반대한 이유는 밝혀 적지 않았으나, 종교대립의 이면에 정치대립이 있었음을 어렵지 않게 짐작할 수 있다. 불교는 국왕이 중심이 되어 국가의 질서를 이룩하는 데 유리하고, 재래의 신앙은 신하들의 기득권을 유지하는 데 도움이 되었으므로 충돌이 생겼다고 보는 것이 타당하다.

---

2) 권3, 〈原宗法興 厭髑滅身〉.

불교는 그 전에 이미 신라에 전해지고, 승려가 궁중에 들어가 활동하기까지 했으나, 재래신앙을 지키려는 쪽의 강한 반발에 부딪혀 어려움을 겪었던 것으로 보인다. 488년의 일이라면서 《三國遺事》에[3] 기록한 사건에서는, 毗處王이[4] 나중에 書出池라고 이름 지은 못에서 솟아나온 어떤 노인이 바치는 글을 보고서 암살당할 위기에서 벗어나 궁중에서 음행을 저지르고 있던 焚修僧을 처단할 수 있었다고 했다. 그 노인은 재래신앙의 신격이라고 생각된다. 그 사건 전개가 전체적으로 뜻하는 바는 불교에 대한 재래신앙의 우위를 입증해서 불교를 공인하지 못하게 한 것이다.[5]

그러나 법흥왕은 재래신앙의 저항을 물리치고 불교를 공인했다. 이차돈의 순교를 계기로, 재래신앙을 지지하고 불교를 반대하는 신하들을 눌러, 불교를 국가의 종교로 삼는 역사적인 결단을 내렸다. 그것은 고대를 청산하고 중세화를 이룩하는 결단이었다. 국가의 질서를 큰 규모로 이룩하는 중세화가 국왕에게는 유리하고 고대의 기득권을 지키려고 하는 신하들에게 불리해서 일어났던 충돌을 역사 발전의 순리에 따라 해결하자, 신라에서 새로운 시대가 창조되기 시작했다.

신라는 중세화에 앞섰으므로 고대 동안에는 더욱 강성했던 가야를 통합할 수 있었다고 생각된다. 처음에는 가야가 대단하고, 신라는 초라했다. 쇠로 만든 사람과 말의 갑옷이 가야의 무덤에서 다수 출토되어 가야가 군사대국이었음을 입증한다. 그런 가야는 고대의 선진국이어서 중세화를 필요로 하지 않았으나, 신라는 고대의 열세

---

3) 권1, 〈射琴匣〉.

4) 《삼국사기》에서는 "炤知 一云 毗處 麻立干"이라고 한 임금이다.

5) 《삼국시대 설화의 뜻풀이》(서울 : 집문당, 1990), 82-86면에서 자료를 역주하면서 그런 견해를 폈다.

를 극복하기 위해서 중세화를 시도하는 새로운 역사를 창조하지 않았던가 추정해볼 수 있다. 가야와 신라의 역전은 그렇게 해서 이루어진, 선진이 후진이 되고, 후진이 선진이 된 사례라고 해야 비로소 납득할 수 있다.

신라가 가야를 차지한 것은 고대적인 방식의 정복이 아니고 중세적인 방식의 병합이었으므로 가야왕의 후손 金庾信이 신라의 명장이 되어 신라 삼국통일을 위해 크게 활약할 수 있었다. 가야에서는 뜻을 펴지 못한 于勒의 음악을 받아들여 신라의 禮樂으로 만든 사실에서 중세문화 성장과정을 확인할 수 있다. 가야의 선진문화를 후진 신라가 차지해서 고대문화를 중세문화로 개조한 것이 신라사 비약의 계기였다고 생각된다. 그래서 고구려나 백제보다 중세화가 늦었던 신라가 후진이 선진일 수 있는 역전을 다시 이룩해서 삼국통일의 소망을 성취했다. 元曉와 義湘의 사상이 그런 능력의 소재를 입증해준다.

보편종교를 받아들여 중세화를 이룩한 일은 세계 도처에 있어서 유사한 사례를 널리 찾아 비교할 수 있다. 일본에서는 불교를 지지하는 세력의 蘇我氏가 재래신앙을 지키려는 세력 物部氏와 싸워 이기는 전쟁을 거쳐 역사 창조의 새로운 방향을 결정했다. 티베트에 처음 들어선 통일왕조는 불교국가가 되어야 한다고 송첸감포대왕이 결단을 내렸다. 동남아시아 각국의 통치자는 힌두교와 불교를 함께 받아들여 문명세계의 일원이 된 자랑을 산스크리트 비문에다 새겼다. 서유럽에서는 로마제국을 무너뜨리고 고대문명을 파괴해 대혼란을 가져온 게르만족 여러 갈래의 통치자들이 기독교를 받아들이게 되어, 중세문명이 시작되었다.[6]

---

6) Catherine Vincent, *Introduction á l'histoire de l'Occident médiéval*(Paris : Librairie Générale Française, 1955), 28-30면에서 그 경과를 간추려 서술했다. 그 과정을

서유럽의 경우를 보자. 프랑크족의 왕 클로비스(Clovis)는 자기 아내가 이미 받아들인 신앙이 전쟁에서 승리할 수 있는 힘을 제공했다고 믿고, 496년에 기독교의 세례를 받은 것이 최초의 사건이었다. 이미 기독교도가 된 아내의 권유, 기독교의 신이 전쟁에서 승리를 가져다 준다는 믿음, 신하들의 동조, 이 셋이 제왕이 기독교 신앙을 받아들이게 한 공통된 요인이었다.[7] 부르곤드(Bourgonde), 비시고트(Wisigoth) 등 여러 민족의 통치자가 6세기부터 7세기 사이에 같은 방식으로 그 뒤를 따랐다. 그래서 서유럽 전역에 기독교를 보편종교로 하고, 라틴어를 공동문어로 하는 동질적인 중세문명이 이룩되었다.

그런데 동방기독교의 세계에서는 기독교를 받아들이면서 그리스어를 사용하지 않고, 자기네 언어를 경전어로 삼았다. 불가리아에서 사용하는 슬라브어에 근거를 둔 교회슬라브어를 만들어서 여러 슬라브민족이 함께 사용했다. '칸'이라고 일컬은 불가리아의 지배자 보리스(Boris) 자신은 터키어의 방언을 사용했으며, 행정을 하는 데는 그리스어를 사용했다. 그런데도 864년에 기독교를 받아들이면서 교회슬라브어를 종교어로 사용하기로 한 것은 대다수의 피통치자가 슬라브인이기 때문이었다.[8]

980년에 키에프 러시아의 지배자가 된 블라디미르(Vladimir)는 스칸디나비아 출신 바이킹의 후예였다.[9] 대다수의 러시아인, 자기와

총괄해서 자세하게 다룬 최근의 업적은 Richard Fletcher, *The Conversion of Europe, from Paganism to Christianty 371-1386 AD*(London : Harper Collins, 1997)가 있다.

7) Fletcher, 위의 책, 104면.

8) J. M. Hussig, *A History of Byzantine Civilization*(London : Thames and Hudson, 1971), 253면.

9) 지금부터 하는 역사적인 경과에 대한 서술은 Jarnet Martin, *Medieval Russia 980-1584*(Cambridge : Cambridge University Press, 1955), 6-7면에 의거한다.

함께 온 소수의 스칸디나비아인, 오늘날의 핀란드를 이루는 핀(Finn)
인으로 구성된 왕국이 공고하게 결속되도록 하려고 여섯 신을 모
시는 종교를 창건했다. 자기의 군사들이 노르웨이에서 모시고 온
번개와 전쟁의 신 페룬(Perun), 핀인들이 섬기는 대지의 신 모코슈
(Mokosh)는 외래의 신이고, 나머지는 러시아인이 전부터 받들던 재
래의 신이며 하늘·빛·땅에 대한 신앙을 구비했다.

그 여섯 신을 함께 섬기면 자기가 통치하는 나라가 내부의 단결
을 이룩하고, 외적과 강력하게 맞설 수 있으리라고 기대했으나, 그
렇게 되지 않았다. 여러 집단이 계속 서로 반목하고, 통치자의 권위
를 위태롭게 했다. 누구든지 힘이 있으면 지배자가 될 수 있다는
관습을 고쳐, 통치자는 하늘이 인정하는 절대적인 존재로 여기도록
하지 않을 수 없었다. 그래서 더욱 차원 높은 신앙이 필요하다고
판단하고, 어떤 것을 받아들일까 궁리했다.

블라디미르는 자기 나라 주변에 있는 여러 종교에 관해서 다소간
의 지식을 갖추고 있어서, 어느 것이 좋은가 비교해 검토할 수 있
었다. 사람을 보내 필요한 정보를 알아오게 했다. 먼저 이슬람교를
받아들일까 하고 생각했으나, 술을 마시지 못하게 하기 때문에 그
만두었다. 유태교는 유태인의 신이 자기 백성을 자기 나라에서 쫓
겨나게 한 점을 이해하지 못해, 받아들일 수 없었다. 그 둘을 제외
하니 남은 것은 기독교뿐이었다.

기독교는 그 중심지인 비잔틴제국이 자기 나라에서 멀지 않은 곳
에 있었고, 슬라브민족이 발칸반도에 세운 몇몇 나라에서 이미 받
아들였으며, 자기 할머니가 믿고 있어서 생소하지 않았다. 멀리 있
는 서방기독교와 가까이 있는 동방기독교 두 기독교가 있는 줄 알
고, 사람을 보내 비교해보게 했더니, 비잔티움의 동방기독교의 영광
이 더 크다고 보고했다.

블라디미르는 비잔티움에 가서 동방기독교의 신도가 되는 의식을 거행했다. 기독교의 사제가 자기의 눈병을 낫게 하는 이적을 베풀자, 최종적인 결단을 내려, 세례를 받기로 했다고 러시아의 역사서 《원초연대기》에 적어놓았다.[10] 988년인 그 해에 러시아 역사에서 획기적인 전환이 이루어졌다.

비잔틴황제의 딸을 아내로 맞이하고, 그곳의 사제자들을 동반하고 귀국해서, 블라디미르는 자기 나라가 기독교국임을 선포했다. 사제들이 자기가 지배하는 백성 모두에게 세례를 주도록 했다. 여섯 신을 섬기는 신전을 스스로 파괴하고, 기독교의 교회를 지었다. 그래서 비잔틴제국의 기독교가 블라디미르를 자기 나라의 절대적인 통치자라고 보증해주었다. 비잔틴제국이 외침을 받아 위험하게 될 때에는 블라디미르가 군사를 보내 도와주었다.

기독교를 받아들이면서 러시아는 비잔틴제국의 冊封을 받는 위치가 되었다. "비잔틴의 관점에서는, 정식으로 말한다면, 지상의 정치권력은 하느님의 권력을 나누어가지는 것 이외에 다른 무엇이 아니므로 어떤 외국이라도 전적으로 독립되어 있을 수는 없었다"고[11] 한 원칙을 받아들이는 것은 당연한 일이었다. 비잔틴황제의 책봉에 의해서만 통치자의 권력이 인정되고, 국가가 국가일 수 있다고 하는 데 동의했다.[12]

러시아와 같은 야만스러운 나라는 비잔틴의 권위에 종속되겠다고 고백하는 경우에만 비잔틴과 국교를 맺을 수 있는 것이 원칙이었다. 비잔틴이 실제로는 상대방의 국가와 대등한 관계를 받아들이고, 심

---

10) 조주관 역, 《러시아고대문학선집》 1(서울 : 열린책들, 1995), 70면.

11) Alain Ducellier, *Les Byzantins*(Paris : Seuil, 1988), 114면.

12) 《문명권의 동질성과 이질성》의 〈책봉체제〉에서 이에 관해 다시 자세하게 논한다.

지어는 열등한 위치에 있음을 시인하는 경우에도 그 점은 변함이 없었다. 문명권 중심부의 종교적이거나 문화적인 위세는 정치적이거나 군사적인 우열에 관계 없이 인정되었다.

신라에서는 불교를 받아들이는 것과 책봉체제에 들어가는 것이 각기 별개로 이루어졌으나, 그 시기나 성격에서 서로 관련되었다. 책봉체제를 형성하는 원리는 불교가 아니고 유교여서, 불교 공인과 책봉체제 가입이 직접 일치하지는 않았지만, 중세화의 과정에서 둘 다 필요했다. 법흥왕이 불교를 공인한 것과 처음으로 왕이라고 일컬어지는 통치자였던 것을 그렇게 이해할 수 있다. 그런데 러시아에서는 기독교를 받아들인 것과 책봉체제에 들어간 것은 같은 사건의 양면이었다.

어쨌든 두 나라 모두 자기의 고유한 신앙을 버리고 외래종교를 받아들이면서 다른 나라 군주를 섬기는 종속적인 위치로 떨어졌으니 크게 개탄할 일이라고 근대주의자는 주장할 만하다. 그런데 그런 근대주의자가 한국에는 있고 러시아에는 없다. 러시아에서는 블라디미르의 선택이 현명했다고 판단하고, 그때부터 러시아가 문명세계의 일원이 된 것을 크게 평가한다.

동아시아 불교와 유교의 공동문어는 한문인데, 러시아에서는 교회슬라브어를 자기네 기독교의 언어로 삼았다. 교회슬라브어는 불가리아어를 기본으로 해서 만든 인공적인 문어이고, 그리스어를 전범으로 삼아 글을 쓰고 수식하는 방법을 마련했다. 동방기독교의 공동문어는 그리스어인데, 그것을 그대로 가져다 쓰지 않고 교회슬라브어라고 하는 독자적인 문어를 만든 것은 주체성 있는 일이라고 할 수 있다.

한문과 한국어는 거리가 멀고, 교회슬라브어와 러시아어는 가까운 관계에 있어서 교회슬라브어를 사용해도 민족문화가 침해되지 않을 수 있었다고 해야 할 것 같다. 그러나 러시아에서는 그리스어 고전을 번역을 통해서 읽은 탓에 그리스어문명을 폭넓게 계승하지 못하고, 신학이나 철학을 이해해서 재창조하는 수준이 낮을 수밖에 없었다. 한국과 러시아 사이에만 그런 차이가 있는 것은 아니므로, 비교론을 전개하기 위해서 더욱 광범위한 사례를 조사할 필요가 있다.

중세보편종교를 원래의 공동문어를 통해 받아들이는 경우와 자기 언어를 이용한 제이의 공동문어로 번역해서 받아들이는 경우가 일반적으로 양립한다. 기독교세계에서 라틴어를 공동문어로 한 서방기독교는 앞의 것에 해당한다. 불교세계에서도 산스크리트경전을 티베트어로 번역해서 받아들인 경우가 있어 뒤의 예를 보여준다. 그 양쪽의 비교론을 한참 전개할 필요가 있어 별개의 항목을 마련할 작정이다.

보편종교를 받아들이면서 자기네 언어를 가지고 공동문어를 다시 만든 일은 불교세계의티베트에서 있었고, 동방기독교 여러 나라에서 있었다. 아르메니아어, 시리아어, 이집트의 곱틱어(Coptic), 이디오피아의 게에즈어(Ge'ez) 등이 모두 그런 예이다. 그렇게 된 이유에 관해서 많은 연구가 있어야 하지만, 보편종교를 받아들이는 쪽의 사정과 보편종교 자체의 성격 양면에서 그 해답을 찾을 수 있다.

받아들이는 쪽에서 문자문명을 수준 높게 이룩하는 사람들이 나타나지 않아 본바닥의 공동문어를 그대로 사용할 수 없을 때에는 공동문어를 다시 만들었다. 그 경우에 본바닥에서 온 선교사들이 큰 수고를 했다. 티베트나 러시아의 경우가 그 점에서 서로 같다. 또한 동방기독교는 공동문어의 신이로움을 덜 중요시하고, 경전어를 원래의 공동문어로 고정시켜야 한다는 교리를 표방하지 않아 공동문어가 변할 수 있게 한 특징이 있다. 그 점은 보편종교의 경전을 아랍어가 아닌 다른 언어로 번역할 수 없게 한 이슬람교와 극과

극의 대조를 이룬다.

한국에서는 한문을, 러시아에서는 교회슬라브어를 사용해 문명권의 일원이 되는 위치로 올라서서 외래문화·세계문화를 널리 받아들이고, 자기 스스로 고급의 문화를 이룩할 수 있었다. 공동문어 사용은 거부하면서 그럴 수 있는 길을 찾는 것은 불가능했다. 보편종교를 받아들이고 책봉체제에 들어갔기 때문에 그런 기회를 얻었는데, 그 둘을 비난하는 것은 근대주의의 과오이다.

근대주의의 일방적인 주장을 바로잡기 위해서 관점을 바꾸어야 한다. 한 단계 양보를 해서, 책봉체제에 들어간 것은 잘못이지만 보편종교를 받아들인 것은 다행이라고 두 측면을 갈라서 평가하는 것은 적합하지 않다. 우선 그 둘은 분리될 수 없었으므로, 그렇게 말하는 것은 일방적인 상상이거나 희망이다. 외래종교 때문에 고유문화를 상실한 것이 잘못이라고 할 수 없듯이, 책봉체제에 들어가서 자주성을 상실한 것이 개탄스럽다고 하는 생각도 부당하다.

보편종교를 이해하기 위해서는 외래문화와 고유문화라는 양분법을 버려야 하고, 책봉체제가 무엇인지 알기 위해서는 독립국과 종속국을 각기 절대적인 것으로 보는 근대주권론에서 벗어나야 한다. 보편종교와 책봉체계를 기본요건으로 하는 중세문명은 고유문화가 서로 만나서 교환되고 합쳐지는 통로를 만들고, 문명권의 동질성과 민족문화의 이질성이 함께 인정되는 영역을 마련했다. 그렇게 해서 모든 문제가 해결되었다는 것은 아니다. 민족과 민족, 국가와 국가 사이에 갈등이 있고 싸움이 많았지만, 파국으로 치닫지는 않고 어느 정도의 화합을 이룩할 수 있는 안전장치가 마련되었다.

중세는 이상과 현실이 서로 어긋나는 이원론의 시대였다. 이상이 현실의 문제를 해결해주지는 못했다. 그렇다고 해서 현실만 존재하고 이상은 존재하지 않았다고 하는 것은 잘못이다. 현실은 현실대로 이상은 이상대로 존재했다. 이상이 이상으로 있어서 현실 문제를 해결해주지 못했어도 현실에서 극단적인 잘못이 생기지 않게 막아주는 구실을 했다. 바이킹이나 왜구는 중세의 이상을 공유하지 않고 문명세계 밖으로 나돌아 말썽을 일으켰지만, 그 때문에 문명세계에 속하는 사람들이 자기 스스로 혼란을 일으키지는 않았다. 히틀러 같은 무법자가 정권을 잡는 일이 중세에는 없었다.

이상과 현실 가운데 중세인에게는 이상이 가치 있고 현실은 그렇지 못했다. 그런데 근대의 학문은 중세의 이상과 현실 가운데 이상을 불신하고 현실을 일방적으로 중요시하는 편향성을 보인다. 이제 우리는 근대를 극복하기 위해서 중세의 이상을 재인식할 필요가 있다. 중세의 현실에 대한 역사적인 연구를 그만두자는 것도 아니고, 이상을 현실로 착각하자는 것은 아니다. 근대 극복의 과업을 구상하는 데 중세의 이상이 더욱 소중한 자산이라는 말이다.

중세화 과업의 세계사적 의의

중세화의 과업이 세계사에서 어떤 의의가 있는가 일반화해 말하기 위해서, 고찰의 범위를 크게 넓혀보자. 중세화가 이루어지지 않은 경우부터 살피기로 하자. 미주대륙의 잉카, 마야, 아즈텍 등의 문명은 일찍이 대단한 경지에 이르렀다. 그런데 스페인 침략자들의 공격을 막아내지 못하고 덧없이 무너졌다.

그 이유가 무엇인가? 무기의 차이 때문인가? 스페인인 침략자들이 간교한 짓을 하는 것을 알아차리지 못했기 때문인가? 다른 문명권의 침략자가 처들어오는 것을 전혀 상상할 수 없었기 때문인가? 그렇다. 그 모든 요인을 한 말로 요약해서 말한다면, 고대인은 중세를 이해할 수 없었던 것이다. 고대인의 지적능력을 가지고는 중세인을 당해내지 못했다.

위에서 여러 가지로 열거한 사항보다 더욱 결정적인 차이는 고대인에게는 보편종교가 없었다는 것이다. 신 앞에서 누구나 평등하고, 사람은 다 같이 사람이라고 하는 중세보편주의의 종교가 없어서, 민족 단위, 국가 단위, 문명권 단위의 결속이 이루어지지 않았다. 스페인 침략자들이 자기네 군주를 공격하고, 사로잡고, 죽이고 할 때, 군주 때문에 억압되던 백성은 물론 군주와 불화관계에 있던 왕족마저도 기꺼이 침략자 편에 섰다.

미주대륙의 고대사회에는 첨예하게 벌어진 계급모순을 넘어선 상하층의 유대관계가 없었다. 그런 것은 중세에서나 가능했다. 고대에는 백성을 노예로 부리고, 죽여서 제물로 삼고, 순장해서 무덤에다 넣는 것이 당연하다고 여기던 시대이다. 그런 일을 집행하는 神官이 절대적인 권위를 가졌다. 군주는 신이어서 신관의 섬김을 받고, 최고의 신관이어서 다른 신관을 거느리고 神政을 베풀었다.

고대문명이 가장 번성했던 곳은 이집트이다. 거대한 규모와 놀랄 만한 솜씨를 자랑하는 수많은 신전, 우뚝 솟은 피라미드, 그 밖의 여러 형태의 석조물, 거기다 새겨놓은 그림과 글을 보면, 이집트문명은 그 규모나 화려함, 기술수준이나 세련됨에서 인류가 일찍이 이룩한 최고 수준의 문명임을 인정하지 않을 수 없다. 그런데도 오랜 역사를 거치는 동안에 그 자체로 쇠퇴의 길에 들어섰다가, 처음에는 그리스어를 공동문어로 한 기독교, 다시 아랍어를 공동문어로 한 이슬람교가 들이닥치자 어이 없이 무너졌다. 고대문명은 아무리 번영하고 강성해도 중세의 도전을 견딜 수 없다. 그것은 武勇사관으로는 파악할 수 없는 역사의 진실이다.

이집트가 고대문명의 유산을 그 언어마저 잃고 아랍세계의 일원으로 중세화된 것은 당연한 변화였다. 중세화된 뒤에 만든 조형물은 작고 초라해 그 자체로 보면 크게 후퇴한 것 같지만, 정신문화의 선진화로 그 결손이 보충되었다. 그 점에서 선진이 후진이고, 후진이 선진이다. 신이 파라오만 구원한다고 하던 고대종교를 밀어내고, 사람은 누구나 신의 구원을 받을 수 있는 자격을 평등하게 갖추고 있다고 하는 중세종교가 등장한 것은 역사발전의 필연적인 과정이었다.

고대에는 후진을 면하지 못한 아랍인이 이슬람교를 창건해 중세화를 선도한 것이 당연한 일이다. 앞 시대의 열등생이 다음 시대 창조의 주역이 되는 것은 역사의 전환이 있을 때마다 거듭 확인되는 일이다. 이슬람교는 중세종교로서 필요한 요건을 모범적으로 구비해, 이집트문명뿐만 아니라 다른 두 가지 고대문명, 메소포타미아문명과 페르시아문명을 이은 사람들도 고립주의 노선의 영광을 버리고 문명권 전체에서 새 역사를 창조하는 데 동참하도록 하는 힘을 지녔다.

중세는 성인의 가르침을 받드는 사회였다. 성인은 말하기를 사람은 누구나 사람이며, 군주는 백성을 사랑해야 한다고 했다. 성인의 후계자이거나 대리인인 중세의 승려는 스스로 고행을 하고, 검소한 생활을 하면서 군주의 권위나 독선이 지나치지 않도록 경계하는 본보기를 보였다. 중세가 시작되면서 노예가 농노로 승격되고, 사람이 아닌 짐승을 죽여서 제물로 쓰고, 순장이 금지되는 변화가 일제히 일어났다.

고대가 중세로 바뀐 것은 지배자가 백성들에게 은혜를 베풀고자 하는 갸륵한 뜻이 있어서 그랬던 것은 아니다. 고대의 위기를 고대의 방식으로 극복할 수 없어서 방향 전환을 하지 않을 수 없었다. 신의 위치에 있다고 자부한 고대의 군주가 신관을 거느리고 통치하며 백성을 노예로 부리는 방식은 너무 무리한 짓이어서 차질과 반발이 생기게 마련이었다. 노예는 열심히 일하고자 하는 의욕이 생길 수 없고, 지나치게 수탈당해서 일할 힘이 모자랐다.

노예는 반란을 일으키지는 않더라도 태업을 일삼아 통치체제 유지를 위협했다. 정복전쟁을 계속 일으켜 새로운 노예를 확보하는 쪽이라고 해도 비용에 비해서 성과가 적었으며, 그럴 수 없는 쪽은 지배자가 강압적인 방책을 쓰면 쓸수록 무력해졌다. 고대의 신앙이 절대적인 권위를 가중시킬수록 더욱 불신받는 사태가 벌어졌다. 신과 파라오를 동일시해서 파라오를 신으로 섬기라고 하는 이집트의 종교는 신전을 더욱 크고 야단스럽게 짓는 무리한 짓 때문에 힘을 잃었다.

그래서 생긴 고대의 위기를 진단하고 해결하는 방책을 내놓겠다고 하면서 나선 사람들이 있었다. 신관이 아니어서 종교나 사상에 관해서는 말할 수 없는 처지에 있으며, 자유민의 말석을 차지하는 사람들 가운데 자기 나름대로 무엇을 깨달았다고 하고 사방 돌아다니면서 비정통의 언설로 통치자를 설득하려 하고 민심을 현혹하려고 하는 무리가 있었다. 諸子百家·沙門·예언자라고 하는 사람들이 그런 무리이다.

그런 무리가 무책임하다고 할 만큼 함부로 떠든 언설 가운데 어느 것이 다음 시대 중세에는 정통으로 채택되고, 나머지는 이단이라고 해서 배격되었다. 제자백가·사문·예언자 가운데 정통으로 채택된 사상을 내놓은 사람만 선택되어 성인으로 추앙되었다. 정통으로 채택된 사상은 넓은 범위에서 통용되는 질서를 수립하고, 천상과 지상의 관계를 일관된 원리에 따라 설명하는 이론을 갖추고, 그런 원리가 윤리적인 가치와 결부되어 있는 것을 공통된 특징으로 했다.

고대말기에 등장한 유교·불교·힌두교·기독교가 모두 그런 조건을 갖추고 있어, 고대사상의 측면을 약화시키면 중세이념을 구현하는 보편종교로 만들 수 있었다. 불교는 브라만교를, 기독교는 유태교를 혁신하고 등장하는 과정에서 중세종교가 될 수 있는 조건을 갖추었다. 불교의 자극을 받고 중세의 대중종교로 거듭 태어난 브라만교가 힌두교이다. 중세에 들어서면서 만든 이슬람교는 고대사상의 유산에 의거하지 않고 중세사상의 특징을 선명하게 구현했다.

중세이념을 구현하는 보편종교는 한 문명권에 하나만 있어야 했다. 어느 민족이든 자기 민족의 종교를 신봉하는 것이 마땅하다고 하는 근대인의 생각은 중세인이 보기에 전혀 부당하다. 그러나 중세인은 보편적이고 절대적인 진리를 갖추고 있는 보편종교가 외래문화라고 생각하지 않았다. 보편종교의 절대적인 신앙의 세계에 들어서는 것이 중세화의 선진과업을 이룩하기 위해서 반드시 거쳐야 하는 길이었다.

중세이념을 구현하는 보편종교의 언어는 공동문어이다. 한문·산스크리트·고전아랍어·라틴어는 신의 세계와 통하는 신성언어이고, 신의 말씀을 적은 경전어이다. 보편종교의 경전을 일상적으로 사용하는 민족어로 번역하면 신성언어에서 이탈해서 경전으로서의 의의가 없다고 여겼다. 민족어는 사람들 사이에서는 편리하게 사용되어도 신과 교통할 수는 없다고 여겼기 때문이다.

한문을 모르는 사람이 죽어서 제사를 지낼 때에도 紙榜을 쓰거나 祝文을 짓는 말은 한문이다. 귀신이면 귀신의 말인 한문을 안다고 본다. 월남에서는 지금도 사람이 죽으면 관을 덮은 헝겊에다 "西方極樂"이라고 한자로 쓰는 것을 현지에서 보았다. 부처님은 월남어는 모르고 한자라야 알아보기 때문이다. 신의 말을 전하거나 신이 보아야 할 글은 산스크리트로 썼다. 알라신이 전한 말을 적은 《쿠란》

은 반드시 아랍어 원문으로 읽어야 하고 번역할 수 없다. 가톨릭에서는 최근까지 지구상 어디에서도 예배 절차에서는 라틴어를 썼다. 신도는 몰라도 그 말을 써야 신과 교통할 수 있다고 여겼기 때문이다.

공동문어의 연원이 되는 언어를 사용한 민족은 고대에 이미 문자생활을 시작했다. 그러나 자기 언어를 공동문어로 고정시켜 일상의 구어와는 다른 언어를 만들어 보편종교의 경전어로 쓰면서 중세에 들어섰다. 고대의 문자문화를 높은 수준으로 이룩한 민족이라도 중세화의 변화를 스스로 겪지 못했으면 다른 데서 받아들여야 했다.

메소포타미아인과 이집트인은 이슬람교를 받아들여 중세화하면서 고대에 사용하던 자기 언어를 잃고 아랍어를 사용하게 되었다. 페르시아인은 자기 언어를 보존하기는 했지만, 이슬람교와 아랍어를 받아들여 중세화하는 대혁신을 겪어야 했다. 서아시아나 지중해 연안에서 고대문명을 자랑하던 여러 민족 가운데 중세화의 과정에서 행방불명이 된 것들이 적지 않다.

고대에는 문자문화를 이룩하지 못했던 민족은 공동문어를 받아들이면서 비로소 자기 언어를 표기해서 글을 쓰고, 글의 내용이 될 만한 문화를 이룩할 수 있다. 공동문어를 받아들이지 않고 중세 단계의 민족어 문자문화를 스스로 이룩한 나라는 지구상에 없다. 하와이왕국은 중세화의 길에 들어서는 조짐을 보였으나[13] 공동문어 제공자가 가까이 없어 그 과업을 계속 추진하지 못하고 있다가 미국의 식민지가 되고 말았다. 중세문명권 밖에 있었던 사람들은 거의 다 그런 처지에서 벗어나지 못했다.

하와이와 함께 필리핀군도의 여러 민족 또한 고대영웅서사시의

---

13) 《동아시아 구비서사시의 양상과 변천》(서울 : 문학과지성사, 1997), 422-431 면에서 하와이왕국의 서사시 《쿠무리포》(*Kumulipo*)에 관해서 고찰하면서 그 점을 밝혔다.

자랑스러운 전통을 잇고 평화와 화해를 위한 사상을 마련하기까지 했으나, 끝내 중세화되지 못한 채 스페인에 정복되고, 미국의 식민지가 되었다가, 지금은 독립해서 민족어를 마련하려고 하지만 뜻을 이루기 어렵다. 타갈로그어(Tagalog)를 가지고 필리핀국어를 만들려고 하는 노력이 잘 추진되지 않는다.

그 점은 인도네시아와 좋은 대조를 이룬다. 인도네시아군도는 민족구성이 필리핀군도보다 더 복잡하고, 나라의 크기나 인구수에서도 인도네시아가 앞서지만, 언어 통일이 이루어져 있는 점에서 필리핀과 다르다. 현재의 언어정책에 우열이 있어 그런 것은 아니다. 과거의 역사가 서로 달라 오늘날의 처지에 커다란 차이점이 생겼다.

인도네시아군도의 주민은 일찍이 산스크리트를 받아들여 그 문명권이 되었고, 다시 이슬람교를 믿으면서 아랍어와 관련을 가졌다. 그러는 과정에서 민족어가 성장했다. 산스크리트의 충격을 받아 자바어가, 아랍어의 자극으로 말레이어가 정비되어 특히 두드러진 구실을 했다. 인도네시아 독립운동을 일으킬 때 장차 어느 것을 국어로 할까 고민하다가, 말레이어를 택했다. 말레이어가 더 넓은 지역에서 통용되고, 배우기 쉬운 이점이 있기 때문이다.

아프리카는 사하라 이북, 그 이남의 두 세계가 있다. 사하라 이북의 아프리카는 이슬람교와 아랍어를 받아들였다. 사하라 이남 아프리카의 대부분 지역은 그 둘을 받아들이지 않아 대부분 문명권 밖에 머물렀다. 어느 쪽이 다행스러운 선택을 했는가?

사하라 이남의 아프리카에서 유럽인의 침략이 닥쳐오기 전에 민족어가 기록되어 문자문화가 발달한 곳은 이슬람교를 받아들이고 아랍어를 사용한 몇 곳뿐이다. 그런 곳에서 스와힐리(Swahili), 말라가쉬(Malagashy), 소말리아(Somali), 하우사(Hausa) 등의 언어가 중세문명을 이룩하는 대열에 들어섰다. 글이 이루어지면서 언어의 통일과 표준화가 함께 추진되었다. 스와힐리어와 하우사어는 민족의 경계를 넘어서 널리 사용되는 교통어가 되었다.

이슬람교와 아랍어를 받아들이지 않아 정치적인 종속을 면하고 고유문화를 지킨 것이 다행인가? 그렇게 한 곳에는 오늘날 민족어가 없다. 문명의 영역에 들어서지 못하고 글을 가지지 못한 언어가 여럿 있어 서로 통하지 못한다. 그런 말로 교육을 하지 못한다. 독립국가를 이룩했어도 국어가 없어, 식민지 통치자의 언어인 영어, 불어, 스페인어 등의 언어를 공용어로 사용하고 있다. 문학 창작도 그런 언어로 한다. 정치적이고 문화적인 주체성을 지킨 결과가 그렇다.

이슬람교와 아랍어를 받아들인 곳은 이슬람제국 칼리파(Khalifa)의 책봉을 받은 술탄(Sultan)이 다스리면서, 자기 고유문화를 낮추어보고 아랍문화를 숭상했다. 아랍어를 배워 글쓰기를 하다가, 아랍어로 자기 언어를 표기하는 글쓰기를 하면서 아랍문학을 번역하고 번안했다. 주체성을 상실하는 굴욕의 길을 택한 것 같은 변화를 겪은 결과, 민족어를 성장시키고, 민족문학을 이룩했다.

그런 곳에서는 중세문명권 전체의 유산과 자기네 토착문화를 결합시켜 유럽 침략자들에게 대항할 수 있는 정신적 기반과 그 표현수단을 마련했다. 독립한 나라에 당연히 있어야 할 국어를 갖추어 교육을 하면서 그 언어로 민족문학을 창작한다. 사하라 이남에서는 소수이고 예외인 그런 곳의 사정을 구체적으로 살펴야 지금까지 편 주장이 검증된다.

아랍어와 만나지 못한 아프리카의 다른 여러 언어는 구어에 머무르고, 사용자가 소수집단으로 분열된 상태를 벗어나지 못했다. 그런 곳에서는 국가가 독립해도 국어가 없으며, 식민지 지배자의 언어를 이용해서 문학창작을 하고 있다. 문학 창작의 언어를 자기 언어로 바꿀 수 있는 전망을 세우지 못하는 형편이다.

보편종교와 공동문어를 받아들여 중세화할 때에는 민족어의 발전이 이룩되었다. 공동문어는 민족어의 성장을 방해하지 않고 촉진했다. 공동문어에서 글쓰기를 배워, 그 문자로 자기 언어를 표기하고, 공동문어로 전하는 내용을 자기 언어로 옮겨, 자기 언어 글쓰기가 공동문어와 대등한 수준에 이르도록 노력하는 것이 세계 어디서도 확인되는 공통된 현상이다.

그런데 외부의 자극으로 근대화를 할 때에는 그런 변화가 일어나지 않았다. 세계 도처에 근대화를 수출한 영어, 불어, 스페인어 등 제국주의 국가의 언어는 널리 쓰여 세계어로 행세하지만, 자기 세력을 넓히는 배타적인 작용을 해서 민족어의 성장을 저해했다. 그런 차이점이 왜 생기는가? 이 의문에 대해서 몇 가지 해답을 제시할 수 있다.

중세의 공동문어는 받아들이는 쪽이 필요해서 스스로 주체적으로 받아들였다. 그러나 제국주의자들은 침략과 수탈에 이용하기 위해서 자기네 언어를 이식하고, 통치를 받는 현지민이 배우도록 강요했다. 자기네 언어를 보급하면서 민족어의 성장을 와해시키려고 했다. 분열시켜 통치하는 방법으로 언어 또는 방언의 차이를 확대해서 민족어의 통일을 해체시켰다. 마다카스카르의 말라가쉬어의 경우가 그 좋은 본보기이다.

'중세화' 용어 정립의 과제

지금까지 이 글에서 거듭해서 사용한 '중세화'라는 말은 세상에서 널리 통용되지 않고 있는 것이다. '중세화'는 "중세가 되는 변화”를 뜻한다고 쉽사리 이해할 수 있는 말이므로 개념규정을 먼저 하지 않고 계속 사용해왔다. 그런데 이제 용어를 정립할 때가 되었다. 이 경우에는 용어 정립을 먼저 하지 않고 나중에 하는 것이 유리한 방법이다.

‘중세화’는 어떤 변화이고 어떤 의의를 가지는가는 동아시아의 범위에서, 더 나아가 세계 전역에서 여러 사례를 들어 광범위하게 고찰했으므로, 그런 용어가 필요하지 않다고 하는 반론은 제기될 수 없다고 본다. 세계 여러 곳에서 이루어진 중세화에 관해서 총괄론이나 비교론을 전개하기 위해서 ‘중세화’라는 용어가 필요한 것은 당연한 일이다. ‘중세화’라는 용어가 필요한 이유는 ‘근대화’라는 용어가 필요한 이유와 같다.

그런데 지금까지 ‘근대화’라는 용어는 널리 사용하면서 ‘중세화’라는 용어는 사용하지 않았다. 그 이유는 근대화에 일방적인 의의를 부여하고, 중세화는 돌아보지 않았기 때문이다. 근대화를 숭상하고 평가하는 데 급급한 근대주의자들이 학문을 하고 논설을 쓰는 일을 독점하면서 중세화는 언급조차 하지 않는 편파성을 보였다. 근대주의자들의 선전 때문에 흔들리지 않고 중세연구를 생업으로 하는 학자들은 실증사학을 하는 데 머물러, 이론과는 거리가 먼 사실 해명에 급급하고, 한 나라 한 문명권의 범위 안에서 한 번만 일어난 일을 다루기나 했으므로, ‘중세화’라는 개념을 정립하려고 하지 않았다.

유럽문명권의 중세에 관해 실증사학의 범위를 넘어선 총체적인 연구를 하고자 하는 움직임이 근래에 활발하게 일어나고 있지만, 다른 문명권과의 비교연구는 도외시하고 있어서 중세화에 대한 일반론을 개척하지 못하고 있다. 마르크 블로크(Marc Bloch)의 책 이름 《봉건사회》(*La societé féodale*)에서 보듯이, ‘봉건’이라는 말로 중세의 성격을 총괄해서 일컫는 것이 예사인데, 그 말은 보편성이 없다. 그래서 새로운 출발이 필요하다.

무어라고 변명하거나 어떤 단서를 붙이든 '봉건'은 지방분권사회를 뜻하고, 중앙집권 형태의 중세사회에는 해당되지 않는다. 블로크가 그 책에서 유럽과 함께 '봉건'사회를 형성해서 서로 비교될 수 있는 곳은 일본뿐이라고 그 책에서 말한 것이 그 때문이다. 지방분권이냐 중앙집권이냐는 중세가 앞뒤 시기와 다른 기본특징을 말하는 데 하등 중요한 의미가 없는 사항이다. 중세사회는 분권과 집권의 양면이 있다. 그 가운데 어느 한쪽에 쏠린 것은 특이한 변이일 따름이다.

이제 '중세'라는 말을 세계사의 전영역에서 공통되게 사용하고, '중세화'에 대해서 비교론을 전개해 일반론을 정립할 때가 되었다고 선언한다. '근대화'는 'modernization'의 번역어로등장한 말이다. 그런데 '중세화'를 뜻하는 'medievalization'은, 믿기 어려운 일이라고 하겠지만, 영어에 없는 말이다.[14] 프랑스어나 독일어에도 거기 해당하는 말이 없다. 그러므로 이제 '중세화'를 'medievalization'으로 옮겨 새로운 단어로, 용어로 등장시켜야 한다.

사태가 이렇게 된 것은 일견 기이하지만 당연하다. '근대화'에 관한 논의는 유럽문명권에서 먼저 이루어진 것을 그 용어와 함께 수입했지만, '중세화'론은 내가 선두에 서서 한국학계에서 동아시아의 학문을 새롭게 하는 과업의 하나로 개척해 영어 번역을 통해 세계에 널리 알려야 할 일이다. 한국학문을 세계화하는 소중한 성과의 하나가 중세화론이다.

---

14) 영어 어휘를 가장 많이 수록한 *Oxford English Dictionary* (Oxford : Claredon, 1978) 에 "medieval", "medievalism", "medievalist", "medievalize", "medievally"는 수록되어 있으나, "medievalization"은 보이지 않는다.

근대와 중세에 대한 논의가 그처럼 달라진 더욱 근본적인 이유는 역사 자체에 있다. 근대는 유럽문명권에서 먼저 만들었고 다른 문명권에서 그 전례를 받아들였다. 그러나 중세는 여러 문명권에서 함께 참여해서 각기 만들었으며, 동아시아의 기여가 크고, 한국이 적극적인 기여를 했다. 그러므로 중세화론을 한국에서, 동아시아에서 앞서서 전개해 세계로 내보내는 것이 당연한 일이다.

지금 새삼스럽게 중세화론을 전개하자는 데는 두 가지 목표가 있다. 근대주의자들이 함부로 왜곡하고 폄하한 중세사의 실상을 찾아내서 역사이해의 균형을 찾자는 것이 첫째 목표이다. 그렇게 해야 그 다음으로 설정하는 더욱 크고 중요한 목표를 달성하는 데 필요한 기초공사를 할 수 있다. 근대가 역사의 종착점이라고 하는 근대주의자들의 착각을 시정하고 근대를 극복하는 다음 시대로 나아가기 위해서 지난 시기의 '중세화'에 대해서 깊이 연구해야 한다. 근대는 중세를 부정하기 위해서 고대를 계승한 시대였듯이, 다음 시대는 근대를 부정하기 위해서 중세를 계승하는 시대이다.

공동문어문학과 민족어문학의 기본 관계

논의의 단서

세계문학사에 관한 새로운 탐구를 시작한 첫 저서 《세계문학사의 허실》에서[15] 8개 언어로 이루어진 38종의 세계문학사가 모두 민족문학사를 연결시켜 이해하는 관점을 상실하고 있다고 비판하고, 공동문어문학과 민족문학의 관계를 고찰해야 한다는 견해를 그 대안으로 제시했다. 세계문학과 민족문학 사이에는 문명권문학이라는 중간 단계가 있어서, 민족문학의 상위개념이 문명권문학이고, 문명권문학의 상위개념이 세계문학인 줄 알면, 세계문학사에 대한 총괄적인 이해가 쉽사리 이루어진다. 공동문어를 사용하는 문명권문학은 성립된 시기가 비슷하고, 기본성격이 일치하며, 민족어문학과의 관계가 또한 서로 같아서, 세계문학이 하나임을 입증해준다.

공동문어문학과 민족어문학의 관계를 두고 각 문명권에서 그 나름대로 심각한 논의가 있었다. 한문학이 한국의 민족문학을 위해서 어떤 구실을 했던가? 저주였던가 아니면 축복이었던가? 이런 시비

---

15) 서울 : 지식산업사, 1996.

를 벌이는 것이 그 가운데 하나이다. 산스크리트문학과 타밀어문학, 아랍어문학과 페르시아어문학, 라틴어문학과 독일어문학의 관계에 관해서도 비슷한 논란이 거듭되어왔다. 그러나 각기 자기 민족사의 관점에서 문제를 검토하는 데 그치고, 자기 문명권 안의 다른 여러 민족의 경우를 두루 다루어 논의를 확대하는 것은 드문 일이었고, 여러 문명권의 경우를 총괄해서 논하는 일반론은 전혀 없었다.

민족주의를 최고의 이념으로 삼고, 민족국가끼리의 쟁패를 시비하는 작업에 매몰된 근대사학의 심각한 폐단이 그런 파행적인 결과를 가져왔다. 이제 근대 극복의 새로운 역사 이해를 문학사학에서 선도해서 개척하면서, 문명권문학과 민족어문학의 상관관계에 관한 세계적인 일반론을 모색하는 과업을 여기서 시도하고자 한다. 다른 나라에서 남들이 하지 않은 일을 한국에서 내가 하는 이유는, 한문이 우리에게 무엇이었던가 하는 문제를 두고 특히 많은 고심을 해오고, 근대 동안에는 피해자가 된 탓에 자국의 승리를 자랑하는 역사학을 힘써 해야 할 처지가 아니며, 근대 극복의 철학을 마련하는 데 앞서고 있기 때문이다.

공동문어는 원래 고대에 어느 한 민족이 사용하던 말이었다. 한문·산스크리트·라틴어는 그 언어를 사용하던 민족이 고대에 이미 높은 수준의 문자문화를 이룩한 유산이 있어, 중세문명 형성의 기반이 되었다. 아랍어는 고대에는 문자문화를 이룩하지 못하고 있다가 이슬람교의 경전어가 되면서 공동문어로 등장했다. 자연스러운 변화를 겪는 구어와는 달리 불변의 규칙을 가지고 고정된 문어를 인위적으로 만들어, 보편종교의 경전어 노릇을 하게 하고, 자기 언어가 서로 다른 여러 민족이 함께 사용한 것이 공동문어이다. 공동문어는 인위적으로 동질성을 보존하면서 변화를 거부하는 보수성을 지니는 것이 공통된 특질이다.

보편종교를 이념으로 해서 정치적 통일과 문화의 통합을 이룩하려고 한 중세제국이 공동문어를 정착시키는 데 앞장섰다. 그 영역 밖의 다른 여러 왕국 또한 중심부와 동질적인 보편주의를 구현하려고 해서 중세공동문어문명이 확립되었다. 공동문어를 사용해서 중세보편주의의 문명을 이룩한 것은 이처럼 제국과 왕국, 중심부와 주변부의 합작품이었다.

공동문어의 성립

한문은 원래 고대중국의 글이었다. 한문을 공동문어로 만드는 데는 한족 외에 다른 여러 민족이 참가했다. 春秋戰國 시대에 이룩된 유학의 경전에서 사용한 언어가 한문의 연원을 이룬다. 秦나라와 漢나라에서는 한문의 문자와 문법을 통일시켜 사용하려고 했으며, 한문이 국제어가 되는 것도 그때 시작된 일이다. 그러나 南北朝 시대를 거치면서 한문이 불교의 경전어가 되고, 중국 안팎의 여러 민족이 한문경전을 통해 불교를 받아들이면서, 한문이 동아시아의 공동문어가 되었다. 7세기 중국에 隋·唐제국이 들어섰을 때 한문을 공동문어로 한 동아시아 유교·불교문명권의 판도가 크게 넓어졌다.[16]

산스크리트는 인도에 이주한 아리안민족이 사용하던 언어에서 유래했다. 처음에 사용하던 언어는 《베다》(Veda)를 창작해서 전승하는 데 이용했다고 해서 베다어(Vedic)라고 한다. 베다어와 산스크리트는 연결되었지만, 서로 다르다. 베다어는 일상생활에서 사용하는 구어였으므로 시대에 따라서 변했다. 산스크리트는 변하지 않고 고정된

---

16) 《동아시아문학사비교론》(서울 : 서울대학교출판부, 1993)에서 이에 대한 대체적인 고찰을 했다.

언어이다. 규범화된 문법의 규칙을 계속 준수해서, 시대에 따라서 변할 수 없게 한 문어가 산스크리트이다.[17] 산스크리트를 공동문어로 확립한 것은 5세기 전후 굽타제국 시대의 일이다. 그때부터 산스크리트를 인도아대륙 각처에서 널리 사용하고, 동남아 각지에서 배워갔다.[18]

아랍어는 메카를 중심지로 한 아라비아에서 사용하던 언어이다. 메카 출신의 무하마드가 이슬람교를 창건하고, 자기 언어로 《쿠란》 (Quran)을 구술해서, 이슬람교의 경전어인 고전아랍어가 출현했다. 고전아랍어를 공동문어로 확립하고, 문학창작에서도 널리 사용한 것은 8세기 전후의 압바시드제국 시대의 일이다. 이슬람교를 믿고 아랍어를 모국어로 하는 사람은 모두 아랍인으로 대등한 자격을 가진다고 했으므로, 서아시아 및 북아프리카 일대의 여러 민족이 자기 언어를 버리고 아랍어를 사용했다.[19]

라틴어는 원래 라티움(Latium)이라고 일컬어지던 로마 지방에서 사용하던 언어이다. 라티움 사람들이 로마제국을 세워 라틴어가 제국 전체에서 사용되었다. 그 언어를 서방기독교에서 경전어로 택했다. 로마제국이 망한 뒤에 서부유럽의 정신적 구심체가 된 기독교 교회에서 사용한 라틴어가 서유럽문명권의 공동문어가 되었다. 그 언어는 로마제국 시대의 언어를 이어받았지만, 자연스러운 변화를 거부하고 인공적으로 고정시킨 문어이다.[20]

---

17) H. R. Aggarawal, *A Short History of Sanskrit Literature*(Delhi : Munshi Ram Manohar Lal, 1963), 8면.

18) G. Coedes, *Les états hindouisés d'Indochine et d'Indonésie*(Paris : De Boccard, 1989) 에서 이에 대해 광범위한 고찰을 했다.

19) M. H. Bakalla, *Arabic Culture, through its Language and Literature*(London : Kegan Paul, 1984)에서 아랍어의 분화 양상을 문학과 관련시켜 논한 것을 참고한다.

20) Jean-Pierre Foucher, *La littérature latine du moyen-age*(Paris : Presses Universitries de

유럽대륙의 라틴어가 시대에 따라, 지역에 따라 달라지고, 여러 게르만어와 섞여 혼탁해졌을 때, 로마제국의 판도 밖에 있던 아일랜드 기독교교회에서는 고전적 규범이 유지된 라틴어를 보존하고 있다가 유럽대륙에 전해주었다. 그 말을 받아들여 규범을 재확립한 공동문어를 기독교교회에서 수호하고 전승했다. 샤를마뉴제국과 신성로마제국에서는 라틴어를 제국의 공용어로 삼아, 서유럽에서도 공동문어가 종교와 정치 양면의 기능을 수행하게 되었다.

네 가지 공동문어는 모두 보편종교의 경전어이다. 경전어는 신이 전해준 말이거나 신과 통하는 말이므로 함부로 바꾸지 못했다. 경전은 말이 변하지 않아야 뜻이 고정되었다. 경전에 관해서 논하는 글도 경전의 말을 따라야 했다. 종교의식을 거행하는 데 쓰는 말도 경전어였다. 공동문어인 경전어를 일상구어로 바꾸는 것은 좀처럼 허용되지 않았다. 중세 동안에는 부분적으로 시도되다가, 근대에 이르러서 일반화되었다.

한문은 유교와 불교의 경전어이다. 산스크리트는 힌두교와 불교의 경전어이다. 고전아랍어는 이슬람교의 경전어이다. 라틴어는 기독교의 경전어이다. 한문유교경전이나 산스크리트힌두교경전은 그 언어가 공동문어가 되기 전의 고대에 이루어진 저작인데, 중세에 와서 보편종교의 경전으로 숭상하고, 그 언어를 공동문어의 원천으로 삼았다. 산스크리트불교경전과 고전아랍어이슬람교경전은 중세 보편종교의 교리를 정립할 때 창작되었다. 한문불교경전과 라틴어 기독교경전은 다른 언어로 이루어진 경전을 받아들여 번역한 것이다. 번역을 한 다음에는 번역본을 원본으로 삼았다.

네 가지 공동문어는 보편종교의 경전어이면서 또한 거대제국의

France, 1963)에 그 경과가 잘 정리되어 있다.

공용어이다. 두 가지 조건이 구비되었을 때 공동문어가 확립되었다. 거대제국이 성립된 시기를 들어 공동문어가 확립된 시기를 말할 수 있다. 그 기간은 5세기에서 9세기까지의 중세전기이다. 그렇게 해서 중세화가 이루어진 양상과 시기에는 대체적인 일치점이 있으면서, 또한 문명권에 따른 차이도 적지 않았다.

산스크리트는 넷 가운데 가장 먼저 5세기의 굽타제국 시대에 공동문어로 확립되었다. 그 다음 순서로 한문이 7세기의 唐제국 시대에 같은 위치에 이르렀다. 고전아랍어는 8세기의 압바시드제국 시대에 문명권 전체의 공동문어가 되었다. 라틴어는 9세기의 샤를마뉴제국시대에 이르러서 비로소 다른 세 가지 공동문어와 대등한 지위를 얻었다.

보편종교의 경전어, 거대제국의 공용어일 뿐만 아니라, 고전문학의 규범어이고 한 것이 또한 공동문어의 기본요건이다. 공동문어를 사용하는 것만으로 불충분하고, 정해진 격식을 따라야 했다. 문학의 규범화를 통해서 사고와 발상을 정리하고, 사회를 유지하는 질서를 이룩했다. 형식을 가다듬는 것이 질서를 이룩하는 데 긴요한 구실을 했다.

규범화된 표현을 능숙하게 하기 위해서 많은 수련을 거쳐야 했다. 그럴 수 있는 자격이 미리 정해져 있지는 않다고 해서 아무나 나설 수는 없었으니, 필요한 과정을 실제로 거치는 것은 쉬운 일이 아니었다. 문학의 규범화는 신분과 재능에 따른 인재 선발이 전제가 아닌 결과에서 이루어지도록 하는 구실을 했다. 과거제도 같은 것이 마련되어 있지 않아도 능력에 따른 선발로 신분 차별을 무리하지 않게 합리화할 수 있었다.

구속을 느끼지 않고 정해진 규범을 자유롭게 활용해서, 전에 없던 창의력과 자기 나름대로의 개성을 발휘해야 최고의 문인일 수 있었다. 그런 놀라운 경지에 이른 사람이 실제로 있기 때문에, 표현의 규범을 나무라거나 공동문어는 익히기 어렵다거나 하고 불평하는 것은 못난 탓으로 돌릴 수 있었다. 그래서 중세의 질서가 도전받지 않고 유지되었다. 최고의 문인은 자유의 기수인 것처럼 행세하면서 구속의 집행자 노릇을 했다.

규범화가 이루어진 과정을 보자. 한문문학에서는 그 과정이 두 차례 이루어졌다. 남북조시대에 古詩와 騈儷文 또는 騈文이 있다가, 당나라 때에 近體詩인 律詩와 古文이 이루어졌다. 두 차례의 규범화를 시와 산문의 영역에서 비교하는 것이 흥미로운 과제이다. 또한 그런 일이 다른 문명권에서도 있었던가 널리 살필 필요가 있다.

시가 고시에서 근체시로 바뀐 것은 형식의 정비이다. 5언과 7언의 두 가지 글자수, 絶句·律詩·俳律의 행수에다 韻을 정비했다. 대구를 만드는 것도 규칙화했다. 산문이 騈文에서 고문으로 바뀐 것은 형식을 단순하게 하고 말을 자연스럽게 한 것이어서 규칙의 완화이다. 형식이 없는 것 같은데 형식이 있는 수준 높은 글이 고문이다. 시를 문학의 정수로 삼아 당대의 규칙을 다시 만들면서, 산문은 유교경전의 선례를 이어 정통을 회복했다. 유교의 선비가 지녀야 할 마음가짐과 정신적 품격이 고문을 통해서 나타났다.

산문에서는 韓愈와 柳宗元, 시에서는 李白과 杜甫가 규범화된 문학의 절정을 보여주었다. 불변의 모형을 제시했다. 한유와 두보는 규범을 더욱 존중하는 쪽이고, 유종원과 이백은 규범을 넘어서는 자유로움을 추구하는 쪽이어서, 상보적이면서 경쟁적인 관계를 가졌다.

산스크리트문학에서는 문학 전반의 규범화가 '카비야'(kavya)를 갖추는 것으로 나타났다. 말을 아름답게 다듬어 대구와 수식을 중요시하고 표현의 효과를 최대한 확대한 것이 '카비야'였다.[21] 문학은 원칙적으로 시여야 하고, 산문도 시의 특성을 가지도록 했다. 산문은 한문문학의 騈文과, 시는 한문문학의 근체시와 비슷해서, 양자 사이의 차이를 줄였다.

산스크리트문학에서는 힌두교의 경전을 본받아야 한다는 주장이 없었다. 말을 아름답게 다듬어 글을 쓰는 것은 중세에 이르러서 생각해낸 새로운 창조물이다. '카비야'문학의 규범을 당시 문학의 전역에서 가장 잘 보여준 사람은 칼리다사(Kalidasa)였다. 칼리다사가 李白이고 韓愈였다.

산스크리트문학의 '카비야'에 해당하는 개념이 아랍어문학에서는 '아다브'(adab)였다. 말을 잘 다듬어 작품을 아름답게 쓰는 것을 '아다브'라고 했는데, 산문보다는 시가 '아다브'로서 더욱 중요한 위치를 차지했다. 새로운 문체를 뜻하는 '바디'(badi)라는 말로 '새로운 시'를 지칭했다.[22] 압바시드제국 시절에 아부 누와스(Abu Nuwas)와 무타납비(Mutanabbi)가 그 좋은 본보기를 보인 '새로운 시'는 이슬람 초기시의 종교적인 구속에서 상당히 벗어나서 문학의 아름다움과 자유로움을 찾았다. 이슬람 이전의 시에서 많은 것을 가져왔다.

산문도 시에 가까운 것을 소중하게 여겼다. 내용보다도 말의 아름다움을 더욱 중요시하는 '마카마'(maqama)라고 하는 산문을 한문학의 騈文처럼 다듬어 지었다. 아랍어는 아름다운 말이라고 스스로 감탄하면서, 고도로 형식화되고 수식이 많은 문체를 사용하는 것을 큰 자랑으로 여겼다. 중세문학 전반의 특징이 그렇게 나타났다.

라틴어문학의 규범화는 고대로마에서 이미 거의 다 이루어진 점이 특이하다. 그 점에서 로마문학은 한나라의 문학보다 뛰어났다.

---

21) A. K. Warder, *Indian Kavya Literature 1*(Dehli : Motilal Banarsidass, 1989), 1면.

22) Julia Ashtiany and others ed., *Abbasid Belles-Lettres*(Cambridge : Cambridge University Press, 1990)에서 그런 시의 이론과 작품에 관한 다각적을 찾을 수 있다.

로마문학이 그럴 수 있었던 것은 고대그리스문학에서 이룬 성과를 받아들였기 때문이다. 중세라틴어문학에서 그런 성과를 넘어서서 새로운 규범을 만들어내기 어려웠다.

4세기의 사제 암브로시우스(Ambrosius, 불어로는 Ambroise, 영어로는 Ambrose)가 예배용 찬미가를 새롭게 만든 것이 널리 사용되었는데, 규칙을 단순화한 것이 특징이다. 그 뒤를 이은 프루덴티우스(Prudentius)는 찬미가를 훌륭한 서정시로 발전시켜 중세라틴어문학의 최고수준을 보였다고 평가되지만, 로마시대문학을 능가했다는 것은 아니다.[23] 샤를마뉴제국에서 라틴어문학을 위해 각별하게 힘썼으나, 고대로마의 수준을 어느 정도 회복해서 "카롤링거왕조 시대의 문예부흥"(Calolingian Renaissance)라는 것이 이루어졌다고 평가될 때에도,[24] 李白이나 아부 누와스에 상응하는 뛰어난 시인이 나타나지 않았다.

공동문어문명의 특성

공동문어문학의 규범화는 교회와 궁정 양쪽에서 이루어졌다. 그러면서 그 양상이 서로 달랐다. 교회의 성직자들은 문학의 규범화를 통해서 교리를 고정시키고 신앙을 통일시키기만 하면 되었다. 궁정에서는 화려하고 개성적인 창조를 건축이나 미술을 통해서 이룩하듯이 문학에서도 보여주어 통치자의 위엄을 자랑할 필요가 있었다.

라틴어문명권에서는 문학을 규범화하는 데 교회가 더욱 적극적인

---

23) F. J. E. Raby, *A History of Christian-latin Poetry, from the Beginnings to the Close of the Middle Ages*(Oxford : Clarendon, 1953), 44-47면.

24) 같은 책, 154-201면.

기능을 하고 궁정에서는 그 성과를 이용하면 되었으므로, 그 둘 사이의 경쟁이나 갈등이 없었다. 그 이유는 라틴어문학은 승려가 담당했을 따름이고, 승려가 아닌 세속의 귀족은 군인이기만 해서 문화 수준이 낮고 라틴어를 구사하지 못했다. 그래서 샤를마뉴제국 궁정의 라틴어 시인 알퀸(Alcuin)과 테오둘프(Theodulf)는 승려였다.

산스크리트는 브라만계급의 언어이다. 브라만교의 경전은 브라만계급만의 것이었다. 불교가 나타나서 그런 구분을 깨고, 불교의 충격을 받고 브라만의 종교 브라만교가 대중종교 힌두교로 바뀌었으나, 산스크리트 사용이 일반화될 수는 없었다. 브라만계급은 산스크리트를, 그 이하의 계급은 서로 다른 구어를 사용해서 문학을 하는 것이 원칙이었다.

그러나 국왕을 위시한 궁정의 귀족들은 무사계급 크샤트리아 출신이지만 산스크리트를 알고 산스크리트문학의 애호가가 되었다. 그래서 궁정문학이 성립되고 발전할 수 있었다. 산스크리트문학의 규범을 확립한 칼리다사는 브라만 출신이지만, 자기 작품에서 그런 수도승들처럼 숲 속에 은거하지 않고, 굽타제국의 궁정문인으로서 활약해 높은 평가를 얻었다.[25]

아랍어는 《쿠란》의 언어이다. 그러나 승려만 독점해서 학습하고 전수하는 언어가 아니다. 누구든지 아랍어를 자기 언어로 삼아 능숙하게 사용하면 형제가 되었다. 이슬람교는 성직자가 별도로 없어서, 브라만계급과 같은 독자적인 계급을 형성하지도 않고, 기독교의 수도사들처럼 수도원에서 생활하지도 않았다. 아랍문명권의 지배층은 성직자와 세속인으로 나누어지지 않고, '혈통귀족'과 '서기귀족'으로 나누어졌다. 그 가운데 '서기귀족'이 아랍어를 문명어로 가다

---

25) Siegfried Lienhard, *A History of Classical Poetry Sanskrit-Pali-Prakrit*(Wiesbadenen : Otto Harrassowitz, 1984), 115면.

듬는 일을 맡았다.

아랍사회는 원래 정복전쟁의 주역인 무장과 그 후손인 '혈통귀족'이 지배했다. 그런데 정복이 끝나고 통치의 시대가 시작되고, 우마야드제국이 압바시드제국으로 바뀐 다음에는, 행정을 하고 법률을 운용하고, 문화와 교육에 관한 일을 담당하는 것이 더욱 중요한 임무로 등장했다. 가문이 아닌 능력으로 진출해서 그런 일을 맡은 '서기귀족'이 크게 활동해서 '혈통귀족'의 기득권을 축소했다.[26] 문학창작은 그런 '서기귀족'이 맡아서 하는 기본과업의 하나였다.

한문은 '士'라고 통칭되는 사람들이 사용했다. '士'는 아랍문명권의 '서기귀족'과 상통한다. '혈통귀족'에 해당하는 군사적인 지배자가 기득권을 근거로 나라를 다스리다가, 과거제가 실시되면서 '士'가 집권세력으로 올라섰다. 신라의 六頭品이 과거제가 실시된 고려시대에는 지배자의 위치로 올라선 데서 그런 변화가 특히 선명하게 나타난다. 그러나 일본에서만은 '士'가 계속 지배자를 보조하는 구실을 담당했다.

'士'는 유교의 사제자이면서 국가의 서기라는 이중의 성격을 지니고 있다고 할 수 있으나, 그 어느 쪽의 기능도 뚜렷하지 않고, 폐쇄적인 계급은 아니다. 한문을 익혀서 사용하면 누구든지 '士'가 될 수 있게 자격이 개방되어 있었다. 그러나 한문을 익히는 것이 실제로는 아주 힘든 일이므로 '士'의 범위가 쉽사리 확대되지 않았다.

불교의 승려는 '士'의 한문을 가져다 썼으며, 한문이 본래 승려의 글인 것은 아니다. '士'였던 사람이 승려가 되기도 했으며, 한문을 익힌 승려는 '士'와 대등한 위치에 있다고 인정되었다. 불교의

---

26) Heinlich Simon, Fuad Baali, *Ibn Khaldun's Science of Human Culture*(Lahore : Sh. Muhammad Asraf, 1978), 14-17면에서 이븐 칼둔을 전형적인 본보기로 들어 "civil-service nobility"가 "noblity of blood"와 어떻게 다른가 고찰했다.

승려는 한문을 경전어로 삼고 불교논설이나 의식에서도 한문을 사용하는 한편, '士'가 하고 있는 문학에 자기네 나름대로 동참하기도 했다.

한문은 말이 아니고 글인 점이 다른 세 가지 공동문어와 다르다. 여러 나라 사람들이 한문을 각기 자기네 방식대로 상이하게 읽어서, 멀리서도 배울 수 있다. 각자 자기 발음으로 자기 방식대로 읽어, 공동문어이면서 민족어인 양면이 있었다. 그래서 한문을 민족어로 대치해야 할 필요성이 절실하지 않았다.

공동문어문학을 담당한 서기 출신의 궁중문인은 군주가 불러주어야 자기 능력을 발휘하고 대접을 받아 생계를 유지할 수 있었다. 그러나 군주와의 관계가 항상 원활한 것은 아니었다. 칼리다사나 아부 누와스는 군주와의 관계가 만족스러웠던 것 같지만, 다른 시인들은 그렇지 않았다. 李白은 궁중에서 대우받을 수 있는 기회를 뿌리치고 자유인이 되었다. 杜甫는 난세를 만나 표류하면서 한탄하는 생애를 보냈다. 무타납비는 자기를 알아주고 받아들여주는 군주를 찾아서 유랑했다.

승려가 공동문어문학의 시인 노릇을 할 때에는 그런 갈등이 생기지 않는 것이 원칙이었다. 보편종교의 교단을 누가 지배하고 있어서 승려 시인이 소외당해야 할 것은 아니었다. 그러나 정통에서 벗어난 이단의 사상을 품고, 공식적으로 허용되는 범위를 넘어서 자유로운 문학활동을 하고자 하는 승려 시인도 있어 갈등을 겪어야 했다. 라틴어문명권의 아베라리우스(Abelarius, Abélard)가 그 좋은 본보기이다.

그런데 중세후기에 이르면 궁정을 떠나 山野로 가는 문인이 정통교단의 교리를 벗어난 종교적 진실을 추구해서, 세속의 문인과 승려를 구분하기 어려운 사태가 벌어졌다. 한문문명권에서는 士林과

禪僧이 나누어져 있었지만, 산스크리트문명권의 '박티'(bhakti)나 아랍어문명권의 '수피'(sufi)는 사림과 선승 양쪽의 성격을 함께 지녔다. 이들 새로운 문학담당층은 공동문어문학에 머무르지 않고, 민족어문학을 개척했으며, 서정시와 함께 교술시를 창작했다.

한문·산스크리트·아랍어·라틴어의 네 가지 공동문어를 각기 사용하는 네 문명권은 서로 대등하면서도 또한 우열의 관계에 있었으며, 시대에 따라서 우열의 관계가 바뀌었다. 그러한 사실을 확인하기 위해서 먼저 산스크리트문명권과 한문문명권의 관계를 살펴보기로 하자. 중세전기에는 산스크리트문명권이 한문문명권보다 우위에 있어서, 불교가 동쪽으로 전파되었다. 그 대신에 한문문명권에서 산스크리트문명권으로 전해준 것은 없었다.

한문문명권에서 산스크리트문명권으로 간 수많은 求法僧의 노고가 두 문명권의 격차를 말해준다. 불교세계 전역의 유학생들이 모여 공부를 한 인도의 나란다(Nalanda)대학은 산스크리트문명의 위세를 충분히 입증해준다. 거기서 이루어진 당시 세계 최고 수준의 학문을 불교를 통해 적극 받아들인 덕분에 한문문명권에서도 이치의 근본에 관한 물음을 심각하게 제기할 수 있었다.

그러나 많은 것을 받아들인 쪽이 다음 시대에는 앞서나갔다. 중세후기의 시대변화와 상응하는 새로운 문화를 한문문명권에서 더욱 적극적으로 창조할 수 있었던 것이 그 때문이다. 산스크리트문명권은 라마누자(Ramanuja) 이후에 새로운 사상을 만들어내지 못하고 침체기에 들어섰다. 한문문명권에서는 독자적인 전통의 유학에 입각해서 산스크리트문명권에서 받아들인 불교를 넘어서기 위해 生克의 창조를 한 결과를 신유학의 理氣철학으로 제시해서 사회변화를 이끌었다. 중세전기에서 중세후기로 넘어오면서 선진이 후진이 되고, 후진이 선진이 되었으며, 중세에서 근대로의 이행기에는 그 격차가 더 벌어졌다.

산스크리트문명권은 중세전기에 아랍어문명권보다도 선진이었다. 5세기의 굽타제국, 7세기 당제국, 8세기의 압바시드제국에서 중세전기문명의 절정을 보여준 만큼의 시간적인 격차가 있었다. 그런데 중세후기에는 산스크리트문명의 일부, 아프가니스탄, 인도의 서북부, 말레이반도와 인도네시아 등지가 아랍어문명권으로 편입되었다. 중세후기사상으로서는 이슬람교가 커다란 설득력을 가졌기 때문이다.

아랍어문명권이 중세전기 동안에 라틴어문명권보다 우위에 있었다. 그런데 압바시드제국이 무너지고 통일제국이 다시 등장하지 않은 중세후기의 분열기에 아랍어문명권은 더욱 확대되어, 사하라 이남의 아프리카로 진출해서 새로운 영역을 확보했으며, 중앙아시아로 들어가서 산스크리트문명권의 상당한 부분을 편입시켰다.

라틴어문명권은 중세전기 동안 아랍어문명권뿐만 아니라 동방기독교의 그리스어문명권에 비해서도 열세를 면하지 못했다. 비잔틴문명과 이슬람문명 양쪽 다 "서부 유럽에 비해서 아주 풍부하고, 더욱 강력하고, 지적으로도 훨씬 세련되었다"고[27] 말한 사실이 중세가 끝날 때까지 바뀌지 않았다.

샤를마뉴는 황제가 되어 수도를 건설하고, 궁전을 짓고, 정치를 하는 등의 여러 가지 시책에서 비잔틴제국을 본받으려고 했다.[28] 그러나 비잔틴쪽에서는 샤를마뉴가 자기네 황제와 대등하다고 생각하지 않고, 멸시의 감정을 나타냈다. 비잔틴제국의 그리스인들이 보기에는 "샤를마뉴 같은 문맹자가 수준 미달인 주교들의 모임을 주재

---

27) R. W. Southern, *Western Society and the Church in the Middle Ages*(London : Penguin Books, 1970), 27면.

28) Catherine Vincent, *Introduction à l'histoire de l'Occident médiéval*(Paris : Librairie Générale Française, 1955), 43면.

하고, 까다로운 원리를 지닌 문제에 관한 법률을 제정하는 것은 납득할 수 없는 일이었으며, 그런 일은 동쪽의 학식 있는 황제나 주교들이 맡아야 할 것이었다"고 했다.[29]

　라틴어문명권이 열세에서 벗어난 것은 중세에서 근대로의 이행기부터이다. 1453년에 비잔틴제국이 망해서 가까이 있는 경쟁자가 사라졌다. 1592년에 콜럼부스가 아메리카대륙을 발견한 것이 라틴어문명권의 팽창을 예고하는 전환점이었다. 그 무렵에 일어난 이탈리아의 문예부흥에서도 유럽문명권의 열세를 만회할 전기를 마련했다. 라틴어문명권은 비잔틴제국과 이슬람세계 양쪽에서 이어오던 고대그리스문명의 유산을 받아들이는 일을 부지런히 해서 오랜 공백을 메워야 했다. 비잔틴의 학자들을 모셔가는 것만으로 부족해서, 고대그리스의 고전을 아랍어로 번역하고 연구한 성과를 라틴어로 옮기는 일을 동시에 진행했다.

　라틴어문명권은 중세의 열등생이었으므로 근대를 이룩하는 데 앞설 수 있었다. 중세동안에는 우열이 산스크리트문명권·아랍어문명권·한문문명권·라틴어문명권 순서로 나누어져 있었다고 하겠는데, 근대에 이르러서는 우열의 순서가 완전히 뒤바뀌어 뒤의 것이 앞으로 갔다. 선진이 후진이고, 후진이 선진인 변화를 세계사의 규모에서 보여주었다.

　중세문명권은 상호간의 관계 때문에 흥망을 겪을 뿐만 아니라 내부의 사정 때문에 부침이 일어나기도 했다. 그런 과정에서 여러 변이가 나타났다. 원래의 공동문어를 대신하는 제2의 공동문어가 등장하기도 했다. 보편종교의 교파 대립 때문에 공동문어가 달라지기도 했다. 그래서 기존의 거대문명권에서 작은 규모의 하위문명권이

---

29) 같은 책, 63면.

파생하는 일도 있었다.

티베트에서는 산스크리트 불경을 그대로 이용하지 않고 티베트어로 옮겨, 티베트어가 제2의 경전어가 되게 했다.[30] 티베트어 불경을 몽골에 전해주었다. 경전어로 사용되어 변하지 않고, 다른 나라에서 사용해 국제적인 성격을 띤 티베트문어는 공동문어의 요건을 갖추고, 티베트어문명권을 형성하는 구실을 했다. 북방의 대승불교에 맞서서 상좌불교를 받든 남방불교권 스리랑카와 동남아시아 각국에서는 팔리어를 경전어로 삼아 팔리어문명권을 만들었다. 티베트어문명권과 팔리어문명권은 산스크리트문명권에서 파생한 하위문명권이다.

아랍어문명권에서 페르시아어문명권이 파생되었다. 페르시아인이 아랍어를 받아들여 자기 언어를 풍부하게 하고, 이슬람교를 전파하는 데 사용해서, 페르시아 이동 지방에서는 페르시아어가 공동문어가 되었다. 그러나 경전은 아랍어로 된 것을 번역하지 않고 사용하고, 종교에 부수된 정치적 문화적 활동에서만 페르시아어를 사용했으므로, 페르시아문명권은 아랍어문명권에서 독립될 수 없었다.

서방기독교의 라틴어문명권은 동방기독교의 그리스어문명권과 기독교문명권의 공통점을 가지면서 양립하고 있었으며, 문화적인 역량에서는 그리스어문명권이 오히려 우위를 차지했다. 그런데 그리스어문명권의 구심체인 비잔틴제국이 이슬람의 공격을 받고 망한 뒤에는 기독교세계의 주도권을 라틴어문명권이 차지했다. 그리스어문명권의 동방기독교에서는 문명권 주변부의 여러 민족이 경전을 자기 말로 번역해서 사용하도록 해서 작은 범위의 경전어가 공동문어로 등장했는데, 그 가운데 가장 큰 범위를 차지한 것은 슬라브인의 교회슬라브어이다. 그보다 작은 것으로는 이디오피아의 게에즈

---

30) 丹珠昂奔, 《佛敎與藏族文學》(北京 : 中央民族學院出版社, 1988), 50-55면.

어, 이집트의 곱틱어가 오랫동안 남아 있어, 가장 작은 규모의 공동
문어 노릇을 했다.

양층언어의 구분과 그 분포

　지금까지의 논의를 더욱 정밀하게 전개하기 위해서 언어를 구분
하는 용어를 가다듬을 필요가 있다. '공동문어'라고 하는 것은 '공
동어'와 '문어'라는 두 가지 개념의 복합이다. '공동어'는 '민족어'
와 구분되고, '문어'는 '구어'와 구분된다. 언어는 여러 민족이 함께
사용하는 '공동어'인가 한 민족만 쓰는 '민족어'인가 구분될 뿐만
아니라, 어법이 고정되어 있는 '문어'인가 어법이 변하는 '구어'인
가 구분되며, 또한 글로 쓰는 '書寫語'인가 말로 하는 '口頭語'인가
구분할 수 있다. '공동어'는 '문어'이고 '서사어'이므로, '공동문어'라
고 일컫는다. '민족어'는 '민족문어'일 수도 있고 '민족구어'일 수도
있다.

　'민족문어'는 '서사어'인 것이 원칙이나, 아이누민족이 서사시 '유
카르'(Yukar)를 구전하면서 사용하는 말은 어법이 일상어와는 다르
게 고형을 유지하고 있다.[31] '雅語'라고 일컬어지는 그런 언어는 구
두어이면서 문어여서 '민족문어구두어'가 존재한다는 것을 입증한
다. '민족구어'는 '민족구어서사어'이기도 하고 '민족구어구두어'이
기도 하다. 이러한 구분을 도표로 나타내면 다음과 같다.

---

31) 久保寺逸彦, 《アイヌの文學》(東京 : 岩波書店, 1977)에서 그 점을 밝혀 논했다.

(1) 공동문어
(2) 민족어

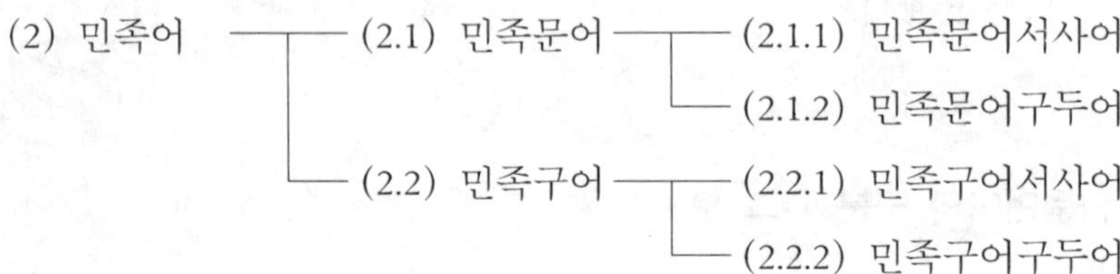

이 가운데 '공동문어'와 '민족어', '문어'와 '구어'는 '양층언어'의
관계를 가진다. 양층언어란 '디아글로시아'(diaglossia)라는 말의 번역
이다. 양층언어 사용을 '양층언어현상'이라고 하는 말을 받아들여
사용하기로 하자.[32] 양층언어현상은 두 가지 언어를 함께 사용하는
이중언어현상(bilingualism)의 하나이면서, 두 언어가 서로 대등한 위
치에 있지 않아 하나는 상위어이고 다른 하나는 하위어인 점이 특
별하다. 아랍세계에서 사용하는 고전아랍어와 일상어, 그리스어의
'純正語'(katharevusa)와 '民用語'(dhimotiki) 같은 것을 예증으로 삼아
만들어낸 용어가 지금은 다른 사례에서도 널리 사용되고 있다.[33]

　아랍어나 그리스어의 경우에는 같은 언어가 고전어인 문어와 일
상생활에서 사용하는 구어로 갈라져서 양층언어현상이 생겼다. 그
러나 고전어인 문어와 일상어인 구어는 같은 언어의 분화가 아닌
다른 언어인 경우도 있으므로, 개념 확대가 요망되었다. 공동문어가
고전어인 문어이고 민족어가 일상어인 구어여서 그 둘을 함께 사용
하는 모든 경우를 양층언어현상이라고 지칭할 수 있다. 또한 양층

---

32) 이익섭, 《사회언어학》(서울 : 민음사,1994), 255면. 이하 다른 용어의 번역도
　　대체로 이 책에 의거한다.
33) 이익섭, 같은 책, 같은 곳 ; John Edwards, *Multilangualism*(London : Routeldge,
　　1994), 83-84면.

언어현상에 관한 논의는 지금 두 가지 언어를 함께 사용하고 있는 경우를 두고 전개되었다. 그러나 개념과 함께 적용 범위도 확대해서, 과거 어느 시기에 공동문어와 민족어를 함께 사용한 양층언어현상을 역사적으로 연구할 필요가 있다.[34]

양층관계에 있는 상위어와 하위어는 다음과 같이 구분되는 특징이 있다.[35]

	상위어	하위어
기능	공식적	비공식적
품격	상위	하위
습득	공식교육	자연습득
표준화	표준화, 규범화	비표준화, 비규범화
문학유산	양이 많고, 높은 평가	양이 적고, 낮은 평가

그런 차이를 가지는 양층언어가 분화되어 있는 양상은 다양하다.
(가) '공동민족문어'와 '개별민족구어'
(나) '공동문어'와 '민족어'
(다) '민족문어'와 '민족구어'
(가)는 '민족문어'는 하나를 공동으로 사용하면서, '민족구어'는 여럿으로 갈라지는 경우이다. 산스크리트와 힌디어, 벵골어 등, 라

---

34) Francis Britto, *Diaglossia, a Study of the Theory with Application to Tamil*(Georgetown : Georgetown University Press, 1968)에서 양층언어현상의 개념을 확대하고, 산스크리트와 타밀어의 관계에 적용한 것이 이하의 논의를 위해서 긴요한 지침이 된다.

35) 같은 책, 8-9면. 상위어는 문법이 복잡하고 하위어는 문법이 단순하다는 차이도 들었으나, 그것은 같은 언어가 상위어와 하위어로 나누어진 경우에만 해당되므로 표에서 제외했다.

틴어와 이탈리아어, 프랑스어 등, 교회슬라브어와 러시아어, 불가리아어 등이 그런 경우이다. 그런 경우를 지칭하기 위해서 '공동민족문어'라는 말을 사용할 필요가 있다. (나)는 다른 언어를 받아들여 사용하는 '공동문어'와 토착의 '민족어'가 양층언어의 관계를 가지는 경우이다. (다)는 한 민족의 범위 안에서만 사용하는 '민족문어'가 '민족구어'와 양층언어의 관계를 가지는 경우이다.

공동문어는 한문, 산스크리트, 아랍어, 라틴어, 이 넷만은 아니다. 큰 것들만 들면 그 넷이지만, 그보다 작은 것들도 있다. 거기다가 팔리어(Pali)와 그리스어를 보태서, 공동문어가 모두 여섯이라고 할 수 있다. 팔리어는 남방불교의 경전어이며 공동문어이고, 스리랑카 및 동남아시아 일대에서 사용해왔다. 그리스어는 동방기독교의 경전어이며 공동문어이다.

그 여섯 가지 공동문어권역에서, 위에서 (가)·(나)·(다)로 구분한 것 가운데, (가) '공동민족문어'와 '개별민족어'의 분화, (나) '공동문어'와 '민족어'의 분화가 구체적으로 다음과 같이 나타났다.

공동문어	(가)의 '개별민족구어'	(나)의 '민족어'
한문	북경어, 상해어, 광동어	한국어, 일본어, 월남어
산스크리트	힌디어, 벵골어, 마라티어	타밀어, 캄보디아어, 티베트어
팔리어		싱할리어, 미얀마어, 타이어
고전아랍어	이집트어, 시리아어, 모로코어	페르시아어, 터키어, 스와힐리어
그리스문어	그리스구어	교회슬라브어, 게에즈어, 그루지아어
라틴어	이탈리아어, 프랑스어, 스페인어	독일어, 영어, 헝가리어

힌디어(Hindi)는 인도 중부지방, 벵골어(Bengali)는 인도 동부지방, 마라티어(Marathi)는 인도 서부지방의 대표적인 언어이다. 셋 다 아

리안어족의 언어이며 산스크리트에서 분화되었다. 타밀어(Tamil)는 인도 남부지방에서 사용하는 드라비다어족의 언어이다. 싱할리어(Singhalese)는 스리랑카의 싱할리민족이 사용하는 언어이다.

스와힐리어(Swahili)는 동아프리카 해안지역 탄자니아, 케냐 일대에서 사용하는 언어이며, 문자문화의 유산이 사하라 이남 아프리카의 언어 가운데 가장 풍부하다. 교회슬라브어(Church Slavic)는 동방기독교의 경전어 가운데 하나이며, 슬라브민족의 민족공동문어이다. 게에즈어(Ge'ez)는 이디오피아에서 사용하는 기독교의 경전어이다. 중앙아시아 코카사스지방의 그루지아민족도 일찍부터 자기네 언어를 기독교의 경전어로 삼아 문자문명의 유산을 풍부하게 남겼다.

(가)와 (나)의 구분의 전형적인 사례는 산스크리트문명권과 라틴어문명권에서 확인된다. 그 둘을 제외한 다른 곳에서는 다소간의 예외 또는 특이 사항이 있다.

한문문명권에서 : 다른 공동문어는 모두 서사어이면서 구두어이기도 한데, 한문은 서사어이기만 하고 구두어는 아니다. 북경어, 상해어, 광동어 가운데 북경어만 중국어라고 하고, 다른 것들은 구두어이기만 하고 서사어는 아니어서 개별언어로 공인되지 못하고 있다.

팔리어문명권에서 : 팔리어는 본고장에서는 사라져서 '공동민족문어' 노릇을 하지 못하므로 '개별민족구어'가 없다.

아랍어문명권에서 : 공동문어 아랍어와 구분되는 '개별민족구어' 이집트어, 시리아어, 모로코어 등은 구두어로 쓰이기나 하고 서사어가 확립되지 않아, 방언으로 취급되는 경우가 많고, 개별언어로 공인되지 않고 있다.

그리스어문명권에서 : 그리스어의 경우에는 '개별민족구어'에 그리스구어 하나만 있어, '공동민족문어'와 '개별민족구어'의 관계가 온전하지 못하다.

위의 표에 (나) '민족어'로 들어 있는 티베트어·페르시아어·교회슬라브어는 그 자체가 민족어이면서 공동문어 구실도 해서 다른 언어와 다음과 같이 연관된다.

문어	(가)의 '개별민족구어'	(나)의 '민족어'
티베트문어	티베트구어	몽골어
페르시아문어	페르시아구어	우르두어
교회슬라브어	러시아어, 불가리아어, 세르비아어	
게에즈어		암하릭어

우르두어(Urdu)는 인도 이슬람교도의 언어이다. 이디오피아에서는 게에즈어를 문어로 사용하다가, 공용어를 구어인 암하릭어(Amharic)로 바꾸었는데, 그 둘은 같은 나라에서 사용하는 언어이지만 계통이 다르다. (가)의 '개별민족어'에 해당하는 게에즈구어는 확인되지 않는다.

'민족문어'와 '민족구어'가 구분되는 (다)의 사례는 세계 도처 여러 민족의 언어에서 발견된다. 그런데 '민족문어'를 경전어로 사용할 때에는 '민족문어'와 '민족구어'의 구분이 특히 두드러진다. 불경을 번역해서 사용한 몽골어, 기독교경전을 번역해서 사용한 그루지아어, 곱트어(Coptic) 등이 그런 경우이다. 곱트어는 독자적인 유래를 가진 이집트어인데, 아랍어에 압도당해 구어가 사라지고, 문어마저 전승이 위태롭게 되었다.

공동문어의 판도가 늘어나고 줄어들고 하는 와중에 공동문어를 바꾼 민족들도 있다. 팔리어가 공동문어로 등장하고, 아랍어의 세력이 확장되면서 다음과 같은 전환이 일어났다.

산스크리트에서 팔리어로 :　 미얀마, 타이, 캄보디아
산스크리트에서 페르시아어로 : 인도에서 힌디어가 우르두어로 바뀐 곳
산스크리트에서 아랍어로 :　 말레이, 자바
그리스어에서 아랍어로 :　　 시리아, 이집트

우르두어는 원래 힌디어였는데, 페르시아어를 공동문어로 받아들여 그 어법과 어휘를 대폭 차용해서 새로운 언어가 되었다. 그렇게 해서 새로운 언어가 생겨난 일은 흔하지 않다. 힌디는 산스크리트에서 유래한 문자를, 우르드는 아랍어에서 유래한 문자를 사용한다. 문자를 다른 것으로 바꾸어 사용하는 일은 흔하다.

세계문학사의 서술을 위한 기본 설계

동쪽 끝의 일본에서 서쪽 끝의 모로코까지, 북쪽 끝 아이슬랜드에서 남쪽 끝 마다카스카르까지의 광활한 지역에서 공동문어문학과 민족어문학의 세계사가 펼쳐졌다. 인류가 거주해온 모든 곳이 거기 포괄되지 않으니, 그 역사가 세계사라고 할 수 없다는 반론이 제기될 수 있다. 그러나 그 범위 밖의 역사는 그 안의 역사와 견주어 이해할 수 있다. 그 안에서 고대·중세·근대의 삼단계 역사가 뚜렷하게 진행된 것과 견주어, 그 가운데 어느 단계가 없거나 불분명한 곳의 특성을 이해하는 것이 잘못인가?

어느 곳의 역사는 중심에다 두고 살펴 정상적으로 진행되었다고 하고, 다른 쪽의 역사는 변두리에 밀어두고 비정상이라고 하는 차등론은 유럽문명권중심주의의 발상이고, 다른 문명권은 폄하하는 이른바 오리엔탈리즘 즉 동양주의의 관습이지만, 지금 내가 전개하

고 있는 새로운 논의에서는 중심에다 둔 영역이 훨씬 넓고 여러 문명권에 걸쳐 있다. 여러 문명권에서 중세문학이 함께 이룩된 양상을 밝히는 대등론으로 유럽문명권만 홀로 위대하다고 하는 차등론을 극복한다.

그러나 이 이론으로 중세문명이 성립된 곳과 성립되지 못한 곳을 포괄해서 다루지는 못한다. 그래서는 안된다고 나무란다면, 모든 곳은 오직 대등하기만 하고, 역사의 변천을 따지는 것 자체가 무의미하다고 해야 하는데, 그럴 수는 없다. 역사는 선진과 후진, 발전과 순환이 있어서 전개해왔다. 선진이 후진이고, 발전이 순환이라고 하는 생극론이 관점 설정에서 정당하고 실상과 부합된다.

공동문어문학과 민족어문학의 세계사는 그런 의의가 있다. 공동문어문학의 중심권과 주변권의 관계를 공동문어문학이 있었던 곳과 없었던 곳의 관계에 적용하고자 한다. 공동문어문학을 만들어낸 중심부가 홀로 훌륭하다는 것은 잘못이다. 공동문어문학을 받아들여 민족어문학을 이룩하는 과업은 그 주변부에서 더욱 훌륭하게 수행했다. 중심부와 주변부의 역전은 거기서도 확인할 수 있다.

공동문어문학을 받아들여 민족문학을 이룩한 곳이 중심부라면, 그렇지 못한 곳은 주변부이다. 중심부에서는 중세를 재인식하고 계승해서 근대를 극복할 수 있다. 그러나 그 주변부에서는 원시 또는 고대문학의 유산인 구비서사시를 되살려, 중세의 계승만으로 할 수 없는 더욱 진전된 과업을 수행할 수 있다고 했다. 근대를 극복하고 다음 시대로 나아가는 과업을 수행하는 전망을 더 멀리까지 수립하기 위해서는 중세뿐만 아니라 그 이전의 유산까지 되살려야 한다. 구비문학의 원초적인 형태를 생생하게 잇고 있는 곳이라야 그 일을 감당할 수 있다.

그런 시각에서 세계문학사를 서술하는 전체적인 구상을 가지고,

다음과 같은 시대구분의 틀을 마련할 수 있다.

  (가) 원시-고대문학
    (가1) 원시-고대구비문학
    (가2) 고대기록문학이 그 자체로 끝난 경우
    (가3) 고대기록문학이 중세문학으로 이어진 경우
  (나) 중세문학
    (나1) 공동문어문학이 민족어문학보다 우세한 단계, 중세
        전기문학
    (나2) 공동문어문학과 민족어문학의 경쟁 단계, 중세후기
        문학
    (나3) 민족어문학이 우세한 단계, 중세에서 근대로의 이
        행기문학
  (다) 근대문학
    (다1) 민족어문학을 근대문학으로 발전시킨 경우
    (다2) 외국어를 이용해서 근대문학을 이룩하는 경우

  (가1)은 세계 도처에서 발견되고 수집된 구비문학의 자료 가운데
골라낼 수 있다. (가2)의 예는 메소포타미아, 페니키아, 잉카 등지
에 있다. (가3)은 중국문학, 인도문학, 라틴어문학 등을 말한다.
(가)는 유형에 따라서 고찰할 수밖에 없으나, (나)는 시대변화에
따라서 고찰할 수 있다. (다)는 두 가지 경우를 나누어서 고찰한다.
그런데 (가1)은 (다2)와 연관된다. (다1)은 (나)와 이어져 있고,
(다2)는 (가1)의 자산을 활용한다.
  (가)·(나)·(다) 가운데 (나)에 관한 연구가 가장 긴요하다. 그
이유는 두 가지이다. (나)의 특성을 온당하게 해명하면 앞뒤의 둘

에 관해서도 타당한 견해를 얻을 수 있다. 공통적인 시대변화가 뚜렷하게 나타나는 것은 (나)만이다. (나)의 중세문학이 중세전기문학, 중세후기문학, 중세에서 근대로의 이행기문학의 세 단계로 전개된 공통된 양상을 여러 문명권의 경우를 비교해서 해명하면 세계문학사를 서술하는 근간을 마련할 수 있다.

한문학과 민족어문학

논의의 시각

　공동문어문학과 민족어문학의 관계를 고찰하는 작업을 한문문명권에서 시작하는 것이 당연한 순서이다. 한국문학사에서 동아시아문학사로, 동아시아문학사에서 세계문학사로 나아가야 한다. 한국에서 연구를 진행하므로 한문문명권의 자료는 원문을 직접 다룰 수 있고, 그 결과를 독자가 쉽사리 이해할 수 있다. 한문문명권에서 공동문어문학과 민족어문학이 어떤 관계를 가지는가 살펴 찾아낸 원리를 다른 여러 문명권에 적용해서 검증하면 세계문학사에 두루 통용되는 이론 창출이 가능하다.

　그러나 한문문명권 공동문어인 한문학의 내력에 관해서 세부의 사상을 들어 자세하게 논하는 것은 긴요한 일이 아니다. 대부분 미지수가 아니고 기지수에 속한 일이어서 새삼스럽게 상론할 필요가 없다. 한국의 범위를 넘어선 동아시아 각국에서 민족어문학의 역사가 어떻게 전개해 왔는가에 관해서 연구자이든 독자이든 소상하게 알지 못하고 있지만, 참고서적이 가까이 있어 필요한 지식을 얻는 데 큰 어려움이 없다. 중국이나 일본에서 민족어문학이 어떻게 형성되고 변천해왔는가 자세하게 설명하는 것은 가능하지만 필요하지 않다. 월남문학의 경우에는 그렇지 못해 기본적인 사실부터 소개해야 할 형편이나, 다른 나라와의 균형을 고려하지 않을 수 없다.

문제는 공동문어문학이나 민족어문학 자체의 역사가 아니고, 공동문어문학과 민족어문학의 관련사이다. 한문학사와 민족어문학사의 관련을 동아시아 전체의 범위에서 거시적으로 파악하는 새로운 시각을 마련하는 것이 여기서 해야 할 일이다. 그렇게 하기 위해서는 한문학사를 나라에 따라서 나누어 놓은 관례를 시정하고 동아시아 전체의 영역에서 파악하면서 각국의 한문학이 서로 얽혀 있는 양상을 살펴야 한다. 각국 민족어문학은 한편으로는 중국의 한문학과, 다른 한편으로는 자국의 한문학과 관련을 가지면서, 서로 직접적인 교섭은 없으나 서로 공통점이 뚜렷한 변화과정을 보여왔다.

동아시아 한문문명권에서 공동문어문학과 민족어문학이 서로 얽혀 있는 그 모든 현상의 복합적이고 다면적인 구조를 파악해야 한다. 그 일을 한꺼번에 할 수 없어서 여러 단계의 작업을 시도하다가 지금에 이르렀다. 《한국문학통사》[36]에서 한국문학사를 자세하게 다룬 데 이어, 《동아시아문학사비교론》[37]에서 논의를 확대하고, 《동아시아 구비서사시의 양상과 변천》[38]을 거쳐 이 책의 선행저서 《하나이면서 여럿인 동아시아문학》를 쓰게 되었다.

그런 기존연구에서 동아시아의 공동문어문학과 민족어문학의 관련양상에 관해 다각도로 탐구하고 해명한 바를 모두 여기다 가져다 놓아야 다른 문명권의 경우로 넘어나가는 출발점을 마련할 수 있다. 그렇지만 기존의 작업을 간추리는 데 머무르지 않고, 앞으로 나아

---

36) 서울 : 지식산업사, 1982-1988, 제3판 1994.
37) 서울 : 서울대학교출판부, 1993.
38) 서울 : 문학과지성사, 1997.

가 논의를 더욱 진전시키는 성과를 얻어야 한다. 세부적인 사항은 되도록 생략하면서 동아시아문학사의 전개를 한 눈에 살필 수 있는 거시적인 구도를 마련하는 것이 여기서 해야 할 일이다.

그렇다고 해서 외형만 대강 그리고 말면 생동감을 잃는다. 동아시아문학사의 전개에서 보이는 기본특징이라고 할 수 있는 것에 관해서는 새로운 자료를 들어 심도 있는 분석을 시도해 논란 거리를 제시한다. 동아시아의 범위 안에서 해결할 수 없는 논란을 다른 여러 문명권으로 가져가서 재론해야 세계문학사 전체에 관한 이론을 마련할 수 있다.

한문문명권의 범위와 판도

한문문명권의 정의를 내리려면 먼저 한문문명권과 동아시아문명권은 같은 말인가 하는 의문부터 풀어야 한다. 그 두 말은 지칭하는 범위가 같지 않아 구분해서 논할 필요가 있다. 동아시아란 지역을 뜻하는 말이고, 한문문명권이란 한문을 사용한 문명권이란 말이다. 한문을 사용하지 않은 동아시아민족도 많이 있다. 동아시아문명권이 한문문명권이라고 하기 위해서는 한문을 사용하지 않은 민족은 어떻게 처리해야 할 것인가 하는 문제를 해결해야 한다.

동아시아문명권을 한문 사용 여부에 따라 한문문명권과 한문문명권 밖의 영역으로 나누어 보면, 범주 설정은 적절하다고 할 수 있다. 그러나 그 둘이 지역에 따라서 구분되는 것은 아니다. 한문을 사용하는 민족들 주변에 한문을 사용하지 않은 민족들이 여기 저기 흩어져 있다. 양쪽의 차이를 만들어내는 데 지리적 위치보다 역사적 변천이 더욱 긴요한 작용을 했다. 한쪽에서는 한문을 받아들여 중세화할 때 다른 쪽에서는 고대를 연장시켰다. 한문문명권란 중세에 이루어진 개념이고, 동아시아문명권이란 통시대적인 개념이라고 하면, 의미 구별이 정확해진다. 중세에 이루어진 개념인 한문문명권은 동질성이 뚜렷해서 한 문명권일 수 있으나, 통시대적인 개념의 동아시아문명권은 한 문명권이라고 할 만한 근거가 불분명하다.

그렇지만 동아시아문명권이란 중세에 이루어진 한문문명권 및 한문문명권의 영향을 받은 그 변두리 지역이라고 규정하는 것은 가능하다. 영향을 받았다는 것은 한문문명권 국가의 간섭 또는 통치를 받거나 한문문명권에서 이루어진 불교나 유교 등의 문화형태를 부분적으로 받아들였다는 말이다. 한문을 사용하지 않은 민족이라도 거의 다 그런 정도의 영향을 받아 한문문명권과 연관을 가졌다. 동아시아문명권 전체를 한문문명권이라고 일컬으면서, 한문을 직접 사용한 협의의 한문문명권과 그 영향을 받은 곳까지 포함한 광의의 한문문명권이 있다고 할 수 있다.

동아시아에 살아온 수많은 민족을 문자 사용 여부와 문자의 유래에 따라서 나누어보면 다음과 같다. 중심부에서 주변부로 나아가는 순서로 열거하면서 고찰한다.

(가) 한문을 사용해서 한문학의 작품을 남기고, 한자를 이용해서 민족어를 기록하는 문자를 만든 민족은 협의의 한문문명권을 이룬다. 여기 속하는 민족들은 다시 몇 부류로 나눌 수 있다.

(가1) 한문문명의 주역인 漢族은 중국이라는 거대국가의 지배민족이고 다수민족인 지위를 이어오고 있다. 한족의 한문학은 이용할 만한 자료가 아주 많다.

(가2) 한문을 사용하고 한자를 이용해서 민족어를 표기한 한국인·월남인·일본인은 오늘날까지 민족국가를 이어왔다. 이들 민족은 문학사를 서술할 만한 자료가 남아 있다.

(가3) 琉球國을 이어오다가 일본에 병합된 琉球人이나, 南詔國에 참여한 민족 가운데 白族은 오늘날까지 민족문화를 이어오고 있다. 이들 민족의 경우에는 공동문어문학과 민족어문학을 함께 고찰할 자료가 있다.

(가4) 西夏를 세운 黨項人, 遼를 세운 契丹人, 金과 淸을 세운 女眞人은 한자를 이용해서 자기 언어를 표기하는 문자를 만든 민족인데, 지금은 거의 소멸되었다. 공동문어문학이든 민족어문학이든 문학에 관해서 논할 수 있는 자료가 희귀하다.

(가5) 국가를 창건하지는 않았으나 한문을 받아들이고, 한자를 이용해서 자기 문자를 만든 민족이 중국 안에 소수민족으로 남아 있는 경우도 있다. 중국 남부의 壯族은 오늘날까지 큰 규모의 민족집단을 이루고 있다. 그러나 자료가 부족해 기록문학에 관해서 논의하기 힘들다.

(나) 한문이나 한자는 거의 사용하지 않고 독자적인 문자를 만들어 쓴 민족도 있다. 독자적인 문자는 자획에서는 한자를 이용하지 않았지만 한자를 알고서 문자 창제의 원리를 깨달아 만들었다. 東巴문자를 사용한 納西族, 彝文을 사용한 彝族, 水書를 사용한 水族이 그런 예이다.[39] 이들 민족은 한문문명의 영향을 직접·간접으로 받아 한문에 대응하는 민족어 글쓰기를 마련하는 독자노선을 마련했다.

(다) 문자는 사용하지 않고 구비문학만 이어온 민족들이 있다.[40]

---

39) 中國民族古文字硏究會 編, 《中國民族古文字圖錄》(北京 : 中國社會科學出版社, 1990) ; 張公瑾 主編, 《民族古文獻槪覽》(北京 : 民族出版社, 1997)에서 그런 문자와 문헌에 관해서 알 수 있다.

40) 중국의 경우는 毛星 主編, 《中國少數民族文學》(長沙 : 湖南人民出版社, 1983)를 이용해 그런 사실을 확인할 수 있다.

중국 苗族, 布依族, 瑤族, 侗族 등, 일본의 아이누민족, 월남의 여러 소수민족이 그런 경우이다. 이들 민족은 한문문명권의 이웃 민족들과 가까이 살면서 문화적 영향을 받아왔다는 이유에서 광의의 한문문명권에 포함된다.

이 밖에 동아시아에 함께 살고 있지만 공동문어 사용에서는 다른 문명권에 속하는 민족들도 있다. 이슬람교를 믿고 아랍어문자를 이용해서 민족어를 표기한 민족 위구르, 키르기즈, 타지크, 東鄕族 등은 아랍어문명권에 속하므로 한문문명권에서 제외된다. 인도에서 들어온 불교를 믿고 산스크리트문자를 이용해서 민족어를 표기한 티베트는 산스크리트문명권에 속한다. 몽골은 그 불교를 받아들이고 티베트어경전을 사용했으므로 티베트를 매개로 해서 산스크리트문명권에 소속되었다고 보아 마땅하다. 월남의 소수민족이 된 참파인도 산스크리트문명권에 속한다.

위에서 든 (가)에서 (다5)까지는 단계적인 차이가 있다. '중심부'·'중간부'·'주변부'라는 말을, 단계적인 차이를 나타내는 상대적인 용어로 여러 겹 사용할 수 있다. 문명권에 중심부와 주변부가 있다는 것은 새삼스럽게 제기되는 문제가 없는 주지의 사실이다. 그런데 중심부와 주변부가 있다고만 하면 문제가 생긴다. 양극을 구분하는 이분법을 쓰면 그 중간 영역은 무시되거나 어느 한쪽으로 무리하게 소속시키지 않을 수 없다. 그래서 '중간부'라는 중간개념이 필요하다.

(가)가 '중심부'라면, (나)는 '중간부'이고, (다)는 '주변부'이다. (가)에서도 (가1) 한족의 중국은 '중심부'라면, (가2)의 한국인·월남인·일본인은 '중간부'이고, (가3) 이하는 '주변부'이다. (가2) 안에서도 '한국인'은 중심부에 더 가까워 '중간부'라고, 일본인은 중심부에서 더 멀어 '주변부'라고 할 수 있는 차이가 있다. (가3) 이하

에서 원래 (가4) 쪽이 (가3) 쪽보다 중심부에 더 가까운 '중간부'였는데, 지금은 그 지위를 상실했다.

'중심부'·'중간부'·'주변부'라는 개념은 상대적인 것이다. 그 가운데 특히 '중간부'는 위치와 성격이 모호한 것이 장점이다. '중간부'는 '중심부'에 비하면 '주변부'이지만, '주변부'에 비하면 '중심부'인 상대적인 위치이다. '중간부'는 어느 곳에 하나만 있지 않고, 여러 단계에 걸쳐 상대적으로 존재한다. 상대적인 의미에서의 '중심부'·'중간부'·'주변부'에서 공동문어문학과 민족어문학의 관련양상이 어떻게 나타났던가? 이것이 풀어야 할 의문이다. 동아시아에서 얻은 그 결과를 장차 다른 여러 문명권에 적용해서 검증하면서 일반이론을 도출하기로 한다.

동아시아에서 중국은 '중심부'이고, 한국은 '중간부'이며, 일본은 '주변부'여서 그 세 곳의 전형적인 예를 찾을 수 있다는 것이 앞으로의 논의에서 특히 중요시되는 사항이다. 월남 또한 '중간부'라고 할 수 있어서 '중간부'의 다양한 모습을 이해하는 데 도움이 된다. 그런 본보기가 동아시아에 마련되어 있고, 한국이 '중간부'에 자리잡고 있다는 사실이 세 곳의 관계를 연구하는 데 유리한 조건이다. '중간부'에서 보면 다른 두 쪽도 보이고, 세 곳을 서로 비교해서 살필 수 있다.

문명권의 '중간부'에 자리잡고 있어 사실 인식을 위한 입지조건이 유리하다는 사실은 민족이나 민족문화가 우수하다는 것과 아무런 관련을 가지지 않으니 혼동이나 오해가 없어야 한다. 그러나 그런 입지조건 덕분에 불가피하게 축적되어온 인식의 내용이 있어, 되살려 이용한다면 오늘날의 연구를 위해 크게 도움이 될 수 있다. 그렇게 하는 것은 권한이라기보다 의무이다. 동아시아문학에 대한 총괄적인 연구를 중국이나 일본에서보다 앞서서 해야 하는 것이 한국인의 의무이다.

우리 조상들은 대대로 그 점에 관해서 깊은 관심을 가지고, 중국과 한국, 한국과 일본이 서로 같고 다른 점을 밝히려고 했다. 중국에 다녀와서 《燕行錄》을 쓰거나 일본에 다녀와서 《海槎錄》을 남겨 문화양상을 비교해서 고찰하는 데 힘썼다. 그런 노력을 이어받아 동아시아문명이 하나이면서 여럿인 양상을 해명하는 작업을 시야를 넓혀 다시 하고자 한다.

예전에는 거리가 너무 멀어 함께 다루지 못한 월남을 포함해서 네 나라 비교론을 전개하는 것이 시야 확대를 위한 첫번째 과업이다. 중국·한국·일본의 경우가 각기 너무 달라 정리해서 갈피를 잡기 어려운 사례는 월남을 포함한 네 나라 비교론을 전개해보아야 비로소 이해할 수 있다. 오늘날 나라를 이루지 못하고 있는 다른 여러 민족의 경우도 함께 고려해야 동아시아 전체에 통용되는 일반론을 얻을 수 있다.

문명권의 '중심부'·'중간부'·'주변부'는 어떤 편차를 보이고 있는가 하는 문제는 동아시아에 국한되지 않고, 다른 여러 문명권에서 공통되게 제기된다. 동아시아의 경우를 다루어 얻은 성과를 장차 다른 문명권에도 적용해서 논의를 확대하는 것이 마땅한 순서이지만, 거기까지 나아가서 세계적인 범위의 일반론을 수립한다는 목표를 출발단계에서부터 분명하게 의식해야 어떤 논의가 더욱 긴요한가 가려내서 방향을 바르게 잡을 수 있다. 중국·한국·일본 경우를 비교하면서 민족성우열론으로 치닫지 않고, 지나치게 미세한 논의에 머물러 헤어나지 못하는 잘못을 시정하는 방안이 바로 거기 있다.

문명권의 '중간부'에 자리잡고 있어야 '중심부'·'중간부'·'주변부'의 상관관계를 파악할 수 있다는 것은 다른 문명권에도 널리 해당될 수 있는 말이다. '중간부'에서 파악한 바를 서로 비교해서 공통점을 찾는 데 힘쓰는 것이 마땅하다. '중간부'의 문학사가 전개된 공통점은 그 문명권의 문학사를 총괄해서 정리하고 세계문학사 전개의 이론을 수립하는 데 필요한 근간이 될 수 있다. 한문문명권의 한국의 경우를 살펴 얻은 결과를 장차 산스크리트문명권의 타밀, 아랍어문명권의 페르시아, 라틴어문명권의 독일과 견주어 살피는 것이 긴요한 과제이다.

공동문어문학과 민족어문학이 공존하면서 서로 관련을 가지는 것은 중세문학에서만 볼 수 있는 일이다. 그 이전의 고대문학에서는 그 둘이 구분되는 개념이 없었다. 고대문학은 구비문학이든 기록문학이든 민족어문학이기만 했다. 또한 근대문학에서는 공동문어문학이 물러나고 민족어문학만 남게 되었다. 문학사 전개가 그렇게 파악된다는 것은 이미 거듭 해명한 바이어서 새삼스러운 논의 거리가 아니다.

다만 근대 이후에 공동문어문학을 물리친 것이 어떤 의미를 가지고, 공동문어문학의 유산에 대해서는 어떻게 평가해야 할 것인가 하는 문제에 대해서는 새로운 논의를 진전시켜 전후의 사정을 선명하게 이해하는 데 도움이 되도록 하고자 한다. 그 점에 관해서도 다른 여러 문명권의 경우까지 들어 구체적인 비교고찰을 하는 것은 간단한 일이 아니므로, 우선 한문문명권의 경우를 거론해서 이해의 시각을 확보해두는 것으로 만족한다.

한문학사의 전개

한문학사는 위에서 (가)에서 (다)까지로 구분한 민족군 가운데 (가)에서 창작된 공동문어문학의 역사이다. (가4)나 (가5)의 한문학에 관해서는 알기 어려우나, (가1)·(가2)·(가3)의 한문학은 고찰할 만한 자료가 있고 개별적인 연구는 각기 상당한 정도로 이루어졌다. 그러나 그 전모는 알지 못하고 있다.

동아시아 전역의 한문학사의 전개를 한꺼번에 파악하는 것은 쉬운 일이 아니다. 각국의 한문학사를 서로 연결시켜 하나로 만든 저술이 아직 없고, 상호관련이 제대로 밝혀지지 않았으며, 연구가 미진해 분명하게 말하기 어려운 대목이 허다하다. 그러나 한문학사를 동아시아 전체의 범위에서 총괄해서 말하지 않고서는 민족어문학과의 관계를 논의할 수 없고, 장차 다른 문명권과의 비교도 시도할 수 없다. 길게 논하다가는 세부에 매몰되고 말 염려가 있으므로, 전체가 한눈에 들어오는 조망을 확보하기로 한다.

고대에는 중국에서만 문자를 사용하고 기록문학을 일으켰다. 이른 시기에 이루어진 중국의 저작 《周易》, 《詩經》, 《楚辭》, 《論語》, 《孟子》, 《莊子》, 《史記》 등이 동아시아 공동문어의 원천이었으며, 불변의 고전으로 평가되었다. 고대는 중국 이외의 동아시아 다른 나라에서는 기록문학을 일으키지 못해, 중국이 독주한 시대이다. 중국에서 고대에 산출한 문명이 나중에 동아시아 전체의 것으로 계승되고 발전되었다.

중국에서 고대가 끝나고 중세가 시작된 시기가 언제인가에 관해서는 논란만 많고, 합의는 어렵다. 오늘날 중국에서는 기원전 5세기 戰國시대 이후에 중국의 용어로는 '中古'시대인 중세의 '봉건사회'가 시작되었다고 하는 것은 연대를 지나치게 올려 잡은 결함이 있고, 사회와 문화 전반의 변화에 대한 해명을 갖추지 못했으며, 세계사의 전개와 동떨어져 있다.[41] 중세가 언제, 어떻게 시작되었는가 밝

---

41) 그래서 생긴 차질에 관해서 《세계문학사의 허실》(서울 : 지식산업사, 1996), 385-389면에서 밝혀 논했다.

히려면, 중국문화의 전반적인 변화를 동아시아 다른 나라의 동향과 함께 살피는 포괄적인 이해가 필요하다.

중세의 시작에 관한 두 가지 의문 가운데 "어떻게"가 "언제"보다 긴요하다. "어떻게"를 알아야 "언제"를 찾을 수 있기 때문이다. "어떻게"에 있어서는 중국의 중세화가 다른 나라의 중세화와 기본적으로 일치한다. 유교를 정통으로 삼고, 다시 불교를 받아들여 문명권 전체의 보편종교로 만들고, 유교와 불교의 경전어인 한문을 공동문어로 삼아 문학창작에서도 광범위하게 활용해 騈儷文에서 古文으로, 古詩에서 律詩로 나아가면서 시문의 규범을 확립하는 일을 중국에서 먼저 하고, 동아시아 여러 나라가 그 성과를 나누어 가진 시기가 중세이다.

중국사는 그런 변화가 시작된 기원전후의 漢나라 이후에 고대에서 중세로의 이행기를 겪다가, 3세기에서 6세기까지의 남북조시대에는 중세에 들어서고, 7세기 唐나라 때 중세화가 완성된 모습을 보여주었다. 그런 단계를 거친 일련의 변화가 다른 문명권의 경우와 상통해서 비교해 이해할 수 있다. 동아시아 자체만으로 판단하려고 하면 가당하기 어려운 시비거리가 너무 많기 때문에, 세계적인 범위의 비교론을 미리 전개해서 혼란을 어느 정도 수습할 필요가 있다.

漢나라는 거대하고 강력한 고대제국이면서 중세로의 이행기로 나아가는 변화를 막지 못해 붕괴된 점이 로마제국과 상통한다. 그 두 제국이 불교나 기독교를 받아들이기만 하고 정착시키지는 못한 것은 중세제국으로 변모할 수 없었기 때문이다. 보편종교를 통한 중세화가 진행되기 위해서는 그 전 단계의 세계제국이 무너져야 했다.

남북조시대에 北朝의 역대왕조를 창건한 여러 이민족이 한문을 자기네 글로 삼고, 불교를 정착시킨 것이 게르만민족이 대이동을 한 뒤의 유럽과 같았다. 그 기간 동안에, 중국 밖에서도 여러 민족국가가 등장해 한문을 널리 사용하고, 불교를 받아들여 새로운 시대의 이념으로 삼아, 중세문명 건설에 동참했다. 한족이 아닌 다른 여러 민족이 함께 사용하면서 동일한 이상을 표현하자, 한문이 동아시아의 공동문어가 되었다.

그러나 문학창작의 규범을 마련하는 일은 한민족의 왕조가 이어진 南朝에서 주도했다. 3세기에 晉의 궁정문인 노릇을 한 陸機는 〈文賦〉라는 이름의 문학론에서 "理扶質以立幹 文垂條而結繁"(理는 실질을 북돋우어 줄기가 되고, 文은 가지를 드리워 열매가 풍성하게 한다)는 방식으로 내용과 형식이 연결되는 원리를 제시하면서,[42] 제왕의 통치를 찬양하고 국가의 위업을 수식하는 것을 문인의 사명으로 삼았다. 화려하고 세련된 수사를 갖춘 賦를 창작해서 크게 평가되었다.

6세기초의 劉勰은 《文心雕龍》에서 유교와 불교를 합친 관점에서 도리를 표현하는 것과 문장을 가다듬는 일이 둘이 아니고 하나라고 하면서, 한문학의 갈래와 작법에 관한 이론을 정비해 실제 창작을 위한 지침이 되게 했다. 서두 〈原道〉편의 첫 문장에서 "文之爲德也大矣 與天地幷生何哉"(문의 덕이 커서, 천지와 더불어 생긴 것은 어째서인가?) 하고 묻고,[43] 몇 가지 논의를 거쳐 다음과 같이 응답했다.

爲五行之秀 實天地之心 心生而言立 言立而文明 自然之道也

오행의 빼어남을 갖추었으니, 실로 천지의 마음이다. 마음이 생기

---

42) 劉大杰, 《中國文學發展史》 上(上海 : 上海古籍出版社, 1982), 240면.

43) 龍必錕, 《文心雕龍全譯》(貴陽 : 貴州人民出版社, 1992), 2-4면 ; 祖保泉, 《文心雕龍解說》(合肥 : 安徽敎育出版社, 1993), 1-3면의 자료를 인용하고, 해설을 참고한다.

니 말이 이루어진다. 말이 이루어지면, 글이 밝아진다. 이것은 자연의 도리이다.

　말은 간략하면서 뜻하는 바가 단순하지 않아, 생략한 부분을 보충해서 이해해야 한다. 오행의 빼어남은 갖추었다는 것은 사람이 그런 존재라는 말이다. 사람은 몸이 오행의 정수로 이루어져 있으므로, 마음에서 천지와 상통한다고 했다. 그런 마음을 나타내려면 말을 하고 글을 쓰는 것이 자연의 도리라고 했다. 몸인 身, 마음인 心, 말인 言, 글인 文의 넷의 관계를 그렇게 말해서, 글은 말에서, 말은 마음에서, 마음은 몸에서 나온다고 했다. 사람의 몸이 오행의 빼어남을 갖추고 생겨났다고 하는 데서, 마음·말·글로 이어지는 그 다음 것들이 또한 훌륭한 이유를 찾았다.
　문학이 무엇이며 어째서 소중한가 하는 이유를 이렇게까지 조리 정연하게 밝힌 것은 대단한 일이다. 劉勰은 명문에서 태어나지 않았으나, 식견이 높다고 평가되어 梁나라 조정에 발탁되고, 태자 蕭統과 교분을 가졌다. 蕭統은 劉勰의 이론에 상응하는 작품선집 《文選》에다 역대의 명문을 모아놓아 한문학 창작을 규범화하는 또 하나의 지침서가 되게 했다.
　〈文賦〉에서 《文選》까지 이어지는 화려한 기풍의 宮庭문학과는 별도로 소박한 삶을 소중하게 여기면서 내심의 만족을 찾는 山野문학이 중세문학의 또 하나의 흐름을 이루었다. 산야문학의 연원을 마련한 사람은 5세기초의 陶淵明이다. 陶淵明은 한족이 아닌 이민족 출신의 선조가 무장으로 공을 세워 귀족의 반열에 오른 가문에서 태어났으나 농촌에서 가난하게 살아야 할 처지였다. 하급관원이 되어 벼슬길에 올랐다가 버리고 향리로 돌아가면서 〈歸去來辭〉를 지어 전원생활로 복귀하는 것이 자연스러운 삶을 편안하게 누리는 길

이라고 했다. 그런 뜻을 시로 나타낸 〈歸田園居〉에서는 다음과 같이 말했다.[44]

少無適俗韻	젊어서부터 속된 가락과는 맞지 않고,
性本愛丘山	천성이 본디 산과 언덕을 좋아했다.
誤落塵網中	먼지 덮힌 세상 그물 속에 잘못 떨어져
一去三十年	한꺼번에 삼십 년이나 흘러가고말았다.
羈鳥戀舊林	사로잡힌 새는 옛날의 숲을 그리워하고,
池魚思故淵	연못의 고기는 전에 살던 못을 생각한다.
開荒南野際	남쪽 들 가장자리 황무지를 개간하면서
守拙歸園田	졸열한 분수 지켜 전원에 돌아와 사노라.

벼슬하는 삶을 "塵網"이라고 하고, 그곳에서 하는 문학의 기풍을 "俗韻"이라고 했다. 자기는 그쪽에서 뜻을 펼 수 없고, 편안함을 느끼지 못해 전원으로 돌아가 산을 벗삼아 농사를 짓는 생활을 하겠다고 했다. 그렇다고 농민이 된 것은 아니다. 농민들의 마을과는 어느 정도 거리를 둔 곳에서 전원의 삶을 누리면서, 살고 죽는 것은 자연에 맡겨 天性을 온전하게 하겠다고 했다. 그래서 궁정문학과는 다른 산야문학, 관인의 시와는 다른 寒士의 시를 제시했다.

그 두 가지 노선은 계속 따로 놀지 않고 다음 시기 당나라의 문학에서 하나로 모아졌다. 그래서 한문문명권의 중세문학이 완성되었다. 7세기의 唐나라는 5세기 산스크리트문명권의 굽타제국, 8세기 아랍어문명권의 압바시드제국, 9세기 라틴어문명권의 카롤링거제국에서 볼 수 있는 바와 상통하는 한문문명권 중세제국을 더욱 빼어

---

44) 劉大杰, 같은 책 上, 281면.

나게 완성하고, 문학의 규범을 마련하는 일도 모범적으로 수행했다. 다른 문명권에서는 중세전기에는 궁정문학만 하다가, 중세후기에 들어서야 산야문학의 반론이 일어났는데, 한문문명권에서는 그 둘이 중세전기에 이미 갈등관계 있어 문학의 수준을 높이는 데 큰 구실을 했다.

당나라 문인들은 궁정문학의 화려한 기풍에 제동을 걸고 산야문학이 소박한 기풍을 자랑하기만 하는 것도 마땅하지 않다고 여겨, 글쓰기의 새로운 규범을 창안했다. 산문에서는 형식미를 지나치게 추구하다 내용이 공허해진 騈儷文이 궁정문학을 주도한 데 불만을 가지고, 실질적인 내용에 형식이 따르도록 하는 古文을 마련했다. 시에서는 그 반대의 폐단이 있어 지나치게 단순하고 소박한 寒士의 기풍을 古詩로 보여준 데 불만을 가지고, 율격을 엄격하게 가다듬은 더욱 정교한 창작품인 律詩 또는 近體詩의 형식을 만들어냈다.

李白과 杜甫 같은 당나라의 시인들은 산야에서 자라났으면서도 제왕의 부름을 받았으며, 유랑하는 신세가 되어서도 나라의 흥망을 자기가 당한 일인양 심각하게 생각했다. 율시의 엄격한 규칙을 자유롭게 구사한 것이 또한 그런 의의를 가진다. 蘇軾을 비롯한 송나라 문인들은 진출해서 벼슬하다가 귀양살이하는 양극의 삶에서 모두 산야문학을 표방하는 추이를 보였다. 궁중과 산야 사이를 오가야 하는 進退의 고민은 한문문명권의 다른 나라 문인들도 함께 겪었으며, 그 가운데 물러나서 마음을 바르게 하는 것이 문학을 하는 바람직한 길이라는 생각이 일반화되었다.

중세전기까지의 문학에서는 중국이 홀로 우뚝하고 다른 나라는 중국을 배우고 따르기 위해서 힘써도 같은 수준에 이를 수 없었다. 계속 존경과 모방의 대상이 된 陶淵明·李白·杜甫·韓愈·柳宗元·蘇軾 같은 걸출한 문인이 이룩한 근체시와 고문이 동아시아 중세문학의 최고창작물로 인정되고, 지속적인 영향을 끼쳤다. 중국 밖의 다른 나라에서는 그런 수준의 문인이 나오지 못했으며, 중세보편주의를 중국과 대등하게 구현하려고 노력해도 기대하는 성과를 거두지 못했다.

중국 밖의 동아시아 다른 여러 나라에서는 한문학 창작의 역량에서는 중국을 따를 수 없었으나, 한문을 익혀서 나라의 위엄을 자랑하는 글을 새겨 비석을 세우고, 자국의 역사를 편찬하는 등의 과업을 힘써 하는 데서는 주목할 만한 업적을 이룩했다. 414년에 세운 고구려의 〈廣開土大王陵碑〉나 766년에 세운 南詔의 〈德化碑〉는 한문이 공동문어로 널리 받아들여져 동아시아의 중세가 시작되었음을 분명하게 입증하는 의의를 가지면서, 한문이 민족적 각성과 연관되어 사용되는 새로운 길을 보여주었다. 이른 시기 국사서 가운데 오늘날까지 남아 있는 일본의 《日本書紀》 또한 그런 의의를 가지면서, 한문이 정착되는 모습을 확인할 수 있게 한다.

그 가운데 南詔의 〈德化碑〉를 살펴보자. 閣羅風이라는 통치자를 칭송한 〈德化碑〉는 나라의 위업을 자랑하는 한문문명권의 금석문 가운데 가장 장문이며, 격식이 훌륭하고 표현이 뛰어나 모범이 될 수 있는 것이다. 국가의 내력, 통치자의 자질, 통일국가 건설, 통치이념 구현, 외적 격퇴 등에 관한 사항을 두루 갖추어 나타냈다. 당나라가 책봉체제의 국제적인 질서를 무시하고 남조국을 복속시키려고 침공해오자 싸워서 격퇴한 내력을 특히 중요시해서 기록했는데, 중국에서 그 글을 《全唐文》에다 수록하고서 높이 평가했다.

긴요한 대목을 몇 군데 인용하고, 고찰해보자.[45] “恭聞淸濁初分 運

---

45) 비 전문이 李纘緒, 《白族文化》(長春 : 吉林敎育出版社, 1991), 215-225면에 수록되어 있다. 《문명권의 동질성과 이질성》의 〈금석문〉에서 이 자료를 자세하게 고찰한다.

陰陽而生萬物 川岳旣列 極元首而定八方”(삼가 듣건대, 淸濁이 처음 나누어지자, 陰陽이 움직여 만물이 생겨났다. 강과 산이 정해지자, 極元이 으뜸이 되어 八方이 정해졌다)라고 하는 서두에서 천지만물이 생겨나고 움직이는 이치를 말했다. 그 다음 대목에서는 국가를 창건해서 통치하는 제왕의 덕에 관해서 “通三才而制禮 用六府以經邦 信及豚魚 恩沾草木”(三才를 통괄해서 禮를 마련하고, 六府를 이용해서 나라를 경영하니, 믿음이 돼지나 물고기에게까지 미치고, 은혜가 초목까지 적신다)라고 했다. 그런데 중국 당나라가 침공해와서 격퇴하지 않을 수 없었다고 하고, “漢不務德 而以力爭 興師命將 置府置城 三軍往討 一擧而平(한족은 덕행에 힘쓰지 않고 힘으로 싸우려 하므로, 군사를 일으키고, 장수들에게 명해서 고을을 두고 성을 세웠으며, 삼군이 가서 토벌하자 일거에 평정했도다)라고 했다.

南詔는 그런 글을 쓸 수 있는 능력으로 국가를 경영하고, 외침을 막아냈다. 군사력이 대단한 것 못지 않게 한문을 구사해 사상을 표현하는 능력이 뛰어나, 당나라가 함부로 짓밟지 못하고 물러나 존중하지 않을 수 없게 했다. 그래서 동아시아의 한문학이 하나이면서 여럿이고, 여럿이면서 하나이게 하는 데 크게 기여했다.

한문을 사용해서 나라의 위업을 알리는 비문을 쓰고, 국가서를 편찬하는 일은 그 뒤에 동아시아 모든 민족국가에서 힘써 했다. 한국에서 《三國史記》, 월남의 《大越史記》가 그 가운데 특히 중요한 위치를 차지한다. 한문문명권의 일원으로 뒤늦게 참가한 琉球 또한 많은 금석문을 남기고, 국사 서술을 거듭해서 했다.

한문학의 여러 영역 가운데 문학적 가치에서 으뜸을 이루고, 또한 중세문명의 특징을 가장 잘 보여주는 것은 詩였다. 격식을 제대로 갖추면서 나타내는 사연이 진실된 한시를 지어 널리 인정받을 수 있는 시인이 있는 나라여야 문명국이었다. 시를 배우고 지으며,

84

주고받는 관계가 국경을 넘어 서로 왕래하는 사람들 사이에서 이루
어졌다.

누군지 이름은 밝혀져 있지 않은 발해의 왕자가 당나라에 머물면
서 시를 짓다가 고국으로 돌아갈 때, 9세기의 당나라 시인 溫庭筠
이 지어준 〈送渤海王子歸本國〉이 《全唐詩》에 수록되어 전한다.[46] 시
가 어떤 의의를 가졌는가 확인할 수 있는 적절한 자료이다.

疆理雖重海　　나라 사이에는 비록 바다가 여러 겹이나,

車書本一家　　수레와 글에서는 본디 한 집안이라네.

盛勳歸舊國　　성대한 공훈 세우고 고국으로 돌아가면서,

佳句在中華　　아름다운 글귀는 중국에 남겨두셨다.

定界分秋漲　　정해놓은 경계가 가을 물결을 나누었으나,

開帆到曙岸　　돛을 달고 떠나자 새벽 해안에 이르리라.

九門風月好　　황제의 궁궐 九門의 풍월이 좋다지만,

回首是天涯　　머리를 돌리니 보이는 곳이 하늘 끝이로구나.

발해와 당나라는 다른 나라이고, 그 사이를 가로막은 바다를 건
너려면 배를 타야 한다. 그런데 발해의 왕자가 당나라에 가 머물면
서 아름다운 글귀로 이루어진 시를 지은 것은 나라가 달라도 문명
은 하나이기 때문이다. 수레라고 일컬은 제도와 글이라고 일컬은
정신이 서로 같아서 아무런 간격 없이 왕래할 수 있었다. 동아시아
문명이 하나임을 지적해서 말하는 적절한 표현을 갖추었다.

처음 네 줄에서 그런 뜻을 나타낸 다음, 다음 네 줄에서는 착상
을 확대했다. 사람이 경계를 지어 물결에도 국경이 있는 듯이 착각

---

46) 《全唐詩》 九函八冊에 수록되어 있다.

하게 하지만, 바다는 열려 있어 아무 거리낌 없이 넘나들 수 있다고 했다. 황제의 궁궐 九門의 풍월이 좋다고 하지만, 하늘 끝 저 먼 곳에 펼쳐져 있는 공간에 견주면 지극히 좁고 갑갑한 곳이다. 사람이 살면서 구분하고 만든 것은 무한한 시공에 견주어보면 지극히 작은 줄 알아 마음을 넓게 열어야 한다고 암시했다.

말은 간결하면서 뜻하는 바는 깊어, 이런 서정시는 시간과 공간, 자연과 인간, 문명권과 국가, 타인과 자기, 관념과 사물이 서로 나누어져 있으면서 또한 하나임을 나타낸다. 그 점을 깊이 깨달아 중세인은 서정시를 문학의 으뜸으로 삼았다. 공동문어 서정시는 문명권을 하나로 만드는 공동의 이상을 확인하는 최상의 방법이었다. 그러므로 동아시아 한문문명권의 일원이 된 여러 나라 많은 민족은 한문을 익혀 한시를 짓는 데 뒤지지 않으려고 일제히 노력하는 것이 당연한 일이었다.

월남인은 당나라의 통치를 받고 있어서 자기 작품을 별도로 내놓지 못했지만, 段義宗 같은 시인이 활약한 南詔의 한시는 당나라에서 인정하고 평가하지 않을 수 없었다. 신라와 발해는 선두의 위치를 두고 서로 경쟁했으며, 일본 또한 자기 나름대로의 수준을 갖추려고 노력했다. 한문을 하는 것을 전문기능으로 하는 文士 집단이 새롭게 등장해 당나라와 긴밀한 관계를 가지고 역량을 키워 시대변화를 촉진했다.

당나라에서 외국인을 위해 賓貢科라고 하는 과거를 실시하자, 여러 나라 사람들이 가서 급제하고 지위와 이름을 얻고자 했다. 六頭品이라고 일컬어지던 신라의 文士 집단이 그 기회를 적극 이용해 사회적 진출을 가속화하려고 했다. 崔致遠이 그 가운데 특히 두드러진 활동을 해서, 《桂苑筆耕集》이라는 이름으로 자기 스스로 엮은 문집을 오늘까지 전하고, 그 밖에도 많은 작품을 남겼다.

《桂苑筆耕集》에 실려 있는 당나라 시기 작품은 글의 종류나 내용이 다양하지만, 크게 두 부류로 나눌 수 있다. 산문은 대부분 글쓰는 직책을 수행해서 생계의 방도를 삼는 '筆耕'의 소산이고, 시에서는 이따금 자기 내심을 토로했다. "海內誰憐海外人 問津何處是通津"(해내의 사람 누가 해외 사람을 가련하게 여기리, 묻노라 어느 곳이 건널 만한 나루인가?)[47]라고 하는 말로 시작되는, 당나라의 관원에게 준 시 〈陳情上太尉詩〉에서는 고국을 그리워하는 간절한 심정을 술회했다.

같은 시기인 9세기에 일본에서는 국가 사업으로 《凌雲集》, 《文華秀麗集》 등의 한시집을 편찬한 것도 오늘날까지 전한다. 그 일을 주관한 菅原道眞은 할아버지가 당나라에 다녀온 이래로 한문하는 것을 전문으로 하는 '博士'의 직책을 대대로 이어온 집안에서 태어나, 계속 분발하고 노력해 일본한문학을 본궤도에 올렸다. 그래서 영광을 누린 것만은 아니고 많은 어려움을 겪고 비방을 산다고 〈博士難〉이라는 시에서 하소연했다.[48]

그 두 사람의 경우를 함께 살펴, 중세문학의 일반론을 마련하는 단서를 얻을 수 있다. 모든 것을 넘어선 조화를 최고의 이상으로 삼은 이면에 여러 겹의 분열이 있고, 시공을 넘어선 보편주의가 각국에서 당면하고 있는 현실과 서로 달랐던 시대의 모습을 드러내 문제삼는 것이 중세문학의 사명이었다. 그런데 주어진 규범을 따르면서 공공의 사업을 하는 외향의 문학과 자기 내심을 전에 없던 방식으로 토로하는 내향의 문학이 서로 어긋나 그 어느 쪽에서도 그 일을 온전하게 하기 어려웠다.

조화와 분열의 양면 가운데 조화를 훌륭하게 구현하는 것을 바람

---

47) 《崔文昌侯全集》(서울 : 성균관대학교 대동문화연구원, 1972), 403면.
48) 猪口篤志, 《日本漢文學史》(東京 : 角川書店, 1984), 141면.

직하게 여기고 분열은 의의를 인정하지 않는 것이 당시의 지배적인 문학관이었다. 그러나 작품의 상상은 그렇지 않아 다각적인 논의가 필요하다. 중국의 대가들은 조화가 조화일뿐만 아니라 분열이 또한 조화임을 납득할 수 있게 형상화해서 앞서나갔다. 한국, 일본 등 그 주변국의 문인들은 조화와 분열이 따로 노는 것을 막지 못해, 조화는 공허하고 분열은 생경하게 보이도록 하기 일쑤였다. 한문학을 하는 능력이 모자라고, 분열의 양상은 감당하기 어렵게 심각해, 그런 차질을 빚어냈다고 할 수 있다.

동아시아 여러 민족이 여러 형태의 한문학을 창작하기 위해서 일제히 노력했어도, 중세전기 동안에는 한문학의 수준에서는 중국이 압도적인 우위를 차지하고 다른 곳에서는 중국과 경쟁을 할 수 없었다. 그런데 중세후기에 이르면 사정이 달라졌다. 그 이유는 다각도로 분석해야 하지만, 한 마디로 말해 조화의 시대가 가고 분열의 시대가 이르렀기 때문이라고 할 수 있다. 중국에서 조화에 매달려 문학이 생기를 잃을 때, 그 주변의 여러 나라에서는 분열 인식을 새로운 미학의 근본으로 삼는 혁신노선이 나타나 한문학을 다원화하고, 민족어문학에 근접시켰다. 그래서 중세보편주의를 독자적으로 구현하는 방향으로 나아갔다.

중국의 중세후기는 南宋 이후라고 할 수 있다. 그때부터는 중국이 절정기를 지나 쇠퇴기에 들어서기 시작해서, 동아시아 전체의 규범이 되는 문학을 산출하지 못했다. 12세기 남송 이후의 시문은 동아시아 다른 나라에서 고전으로 인정하지 않아 읽지 않고 무시했다. 남송의 문인 가운데 북송의 蘇軾처럼 널리 알려진 사람은 아무도 없다. 바로 그 점은 중세전기가 끝나고 중세후기가 시작되었다는 명백한 증거이다.

남송 이후 청대까지의 중국시문은 생동감을 잃어 수준이 날로 저하되고, 중국을 대신해서 다른 나라에서 한문학 창작의 새로운 활력을 보여준 것은 서로 연관되어 있는 양면현상이다. 한쪽이 내려가면 다른 쪽은 올라가게 마련이다. 중세후기는 문명권의 중심부를 대신해서 중간부가 활기를 띤 시대였다. 주변부의 등장은 그 다음의 중세에서 근대로의 이행기에 볼 수 있는 일이다.

새 시대 역사창조의 충만된 경험을 공동문어문학의 영역에서 표현하는 것이 중세후기의 공통된 과제였다. 13세기 한국의 李奎報, 15세기 월남의 阮廌가 그렇게 하는 데 앞서서, 한문학 창작을 통해서 민족과 민중을 발견하는 감동을 표현했다. 중국 안에도 李奎報와 동시대인인, 금나라에서 벼슬한 선비족 元好問이나 원나라의 재상이 된 거란족 耶律楚材가 한족의 한문학에 맞서는 북방민족의 한문학을 이룩하려고 했으나, 민족국가의 발전이 그 배경이 되지 못해서 한때의 시도에 그칠 수밖에 없었다.

阮廌의 작품을 한 편 들어보자. 제목을 〈白藤海口〉라고 한 것이다.[49]

朔風吹海氣凌凌	삭풍이 바다로 불어 그 기운 늠름한데,
輕起吟帆過白藤	시인의 배를 가볍게 일으켜 백등강을 지나간다.
鰐斷鯨刳山曲曲	악어를 베고, 고래를 쪼갠 산 모양 구비구비,
戈沈戟折岸層層	창이 떨어지고 쌍지창이 꺾인 해안 층층이,
關河百二由天設	물가 요새 백 두 곳은 하늘이 설치하고,
豪傑功名此地曾	일찍이 호걸들은 이곳에서 공명을 이루었도다.
往事回頭嗟已矣	지난 일 되돌아보면, 슬프도다 그뿐이란 말인가.
任流撫景竟難勝	흐름 따라 풍경을 어루만지며 마음 가누기 어렵다.

---

49) 지준모·조동일, 《베트남의 최고시인 阮廌》(서울 : 지식산업사, 1992), 110-111면에 원문이 있다. 원문은 그대로 옮기고, 번역은 조금 고쳐 다시 한다.

이 시는 경치 묘사, 과거 회고, 새로운 각오의 세 층위로 이루어져 있으나, 얼른 보면 그 셋이 하나로 엉켜 있다. 험준한 산세가 물 속으로 치달아 뾰죽한 섬들을 여럿 만들어낸 광경 묘사가, 시인이 하는 말이 모두 범상할 수 없게 한다. 무기를 휘둘러 전쟁을 한 자취가 기이한 형상을 한 바위에 남아 있다고 한 말이 조화의 가상을 깨고 분열의 실상을 나타내는 구실을 거듭한다. 그렇게 해서 중세전기문학과는 다른 중세후기문학의 특성을 보여준다고 할 수 있다.

다시 자세히 살피면 세 층위를 각기 분별해낼 수 있다. 표면에 있는 첫번째 층위에서는 白藤江이라는 강 어구에서 본 바다 경치를 그렸다. 전쟁의 자취가 바위에 남아 있다고 한 말은 묘사를 하는 데 쓴 비유이다. 자기 나라 산천의 아름다움을 둘러보고 칭송하는 것은 한시가 민족문학일 수 있게 하려는 시인이 감당해야 할 첫번째 과업이다. 이 시에서 노래한 현장은 이름난 명승지여서, 관광객이 많이 찾는다.[50]

그 아래의 두번째 층위에서는 역사를 회고했다. 전쟁의 자취가 바위에 남아 있다고 한 말은 현재에서 과거로 방향을 돌리기 위해서 필요한 지시어이다. 백등강은 중국 가까운 곳에 있는 천연의 요새이다. 그 곳에서 지난 시기에 중국의 침공을 물리치는 빛나는 승리를 거듭해서 거두었다. 원나라의 침공을 물리치고 빛나는 승리를 거둔 위업을 기린 張漢超의 〈白藤江賦〉가 민족의 고전으로 전승되고 있다. 阮鷹는 그런 전례를 이어 이 시를 지었다. 외적을 물리치고 승리를 거둔 자랑스러운 역사를 회고하면서 민족의식을 북돋우는 과업을 시인이 맡아나섰다.

맨 아래에 숨겨져 있는 세번째 층위에서는 과거가 아닌 현재의

---

50) 나도 그런 관광객의 하나가 되어 1997년 1월에 그곳을 다녀왔다.

상황을 노래했다. 전쟁의 자취가 바위에 남아 있다고 한 말은 이제부터 이루어야 할 소망의 암시이다. 지난 날을 생각하니 슬프다 하고, 눈 앞의 풍경을 보고 마음 가누기 어렵다는 말로 현재의 불만을 토로했다. 중국의 명나라가 월남을 침공해서 통치하고 있는 것이 당시의 상황이다. 그 때문에 분개하면서 지난 시기의 영웅적인 투쟁을 되살려 독립을 되찾고자 하는 소망을 이 시를 통해 나타냈다. 시인이 앞장서서 민족사의 진로를 제시하고자 했다.

중세후기의 한문학은 한편으로 민족을 인식하고 민중과 공감을 나누는 현실참여의 방향으로 나아가고, 다른 한편으로는 내면의 진실성을 찾는 데 힘썼다. 한문학의 오랜 전통인 궁정문학과 산야문학, 관인의 시와 寒士의 시 둘 가운데 앞의 것은 대단하게 여기지 않으려고 하고, 뒤의 것을 이어 발전시키는 데 특히 힘쓰면서 현실참여와 내심의 각성 가운데 어느 쪽을 택할까 고심했다. 진퇴의 문제가 그런 방식으로 다시 제기되었다.

그 시기에 불교가 禪宗으로 바뀌어, '不立文字'를 내세우면서 내심의 진실을 스스로 찾았다. 한문문명권 중세후기사상을 이룩하면서 성리학을 주류로 한 신유학과 선불교가 서로 협동하면서 경쟁하는 관계에 있었다. 그런데 일본에서는 신유학은 아직 등장하지 않아, 五山의 禪僧들이 세상에서 물러나서 얻은 지혜로 한 시대를 이끌어나가는 구실을 한 점이 특이했다.

그 선구자인 14세기의 詩僧 別源圓旨는 원나라에 십여 년을 머물면서 공부하고 귀국해 五山 여러 절의 주지 노릇을 하며 일본 禪宗를 이끌었다. 원나라에서 쓴 시문집과 함께, 귀국후에 일본한문학이 국제적인 수준에 이른 것을 입증하는 작품을 남겼다. 그러나 밖으로 나다닌 것이 자랑스럽다고 하지 않고, 소란한 세상에서 벗어나 산수를 찾아 마음의 평화를 얻는 것이 가장 보람 있는 일이라고 했다. 그 점을 깨닫기 위해 멀리까지 가서 많은 수고를 한 것이다.

世上紛紛幾變遷　　세상 어지러이 얼마나 변하더라도
靜中風景尙依然　　고요한 풍경은 언제나 그대로 있도다.
天恩只在林間久　　하늘의 은혜 한가로운 숲에 오래 머물러
未奪閑窓一枕眠[51]　고요한 창가의 잠을 빼앗아가지 않는다.

〈漫成〉이라고 한 시이다. 제목이 "한가로이 이루었다"는 말이다. 무엇이든 급히 이루려고 애쓰는 것은 헛되고, 모르는 사이에 저절로 이루어지는 것이라야 참되다고 했다. 세상은 소란스럽게 변해도 고요하고 변하지 않은 곳이 있어, 마음의 안정을 얻을 수 있다고 했다. 시에서는 그 경지에서 잠드는 山僧이 홀로 편안하기를 구한다고 말했지만, 세상에서 벌어지고 있는 허위에 찬 다툼을 넘어서는 길을 보여주고 있다고 인정되어 널리 숭앙되었다.

16세기 한국의 유학자 李滉은 시골의 한미한 가문에서 태어나 스스로 노력해서 당대의 스승이 된 사람이다. 불교를 배격하고 朱熹의 성리학을 이어받아 세상을 구하는 도리로 삼으면서, 물러나 마음을 바르게 해 근본을 다지는 것이 무엇보다도 긴요하다고 했다. 세상에 나가 벼슬을 하다가 山林으로 돌아와 지극한 즐거움을 누리는 것이 다행스러운 일이라고 했다. 산림에서 사는 것을 즐긴다고 해서 도의를 저버리는 것이 아니고, 도의의 근본이 되는 심성을 기르기 위해서 고요한 곳을 찾는다고 했다. 그런 선례를 보인 陶淵明의 시에 화답한 시를 여러 편 지은 가운데, 다음과 같은 구절이 여기 저기 있다.[52]

---

51) 猪口篤志, 《日本漢文學史》(東京 : 角川書店, 1984), 206면.

物與我同樂　　만물이 나와 함께 즐거워하는데,
貧病復何疑　　가난이나 병이 무슨 근심이리오.

我本山野質　　나는 본디 산야의 기질이어서,
愛靜不愛喧　　고요함이 좋고, 시끄러움은 싫다.

萬物各自得　　만물이 각기 스스로 얻은 바 있어
玄化妙無乖　　조화의 신묘함에 어긋남이 없네.

古來英傑士　　옛날부터 영걸스러운 선비는
終不墮風塵　　티끌 먼지 속으로 떨어지지 않았네.

이황은 궁정문학의 화려한 기풍을 멀리하고, 산야로 물러나 이런 시를 지으면서 내심의 진실을 찾았다. 시인이 권력의 가호에서 벗어나 고난의 길에 들어서서 만인의 스승이 된 것은 다른 문명권에서도 볼 수 있는 중세후기문학의 일반적인 경향이었다. 산스크리트 문명권의 '박티'(bhakti)는 '숲'으로 물러나서, 아랍어문명권의 '수피'(sufi)는 '사막'을 찾아가면서 그 과업을 수행했다. 동아시아에서는 불교의 새로운 노선을 개척한 禪僧들이, 선비의 무리라는 뜻으로 '士林'이라고 일컬어지는 성리학자 또는 도학자들과 함께 '산'을 정신적 고향으로 삼는 공통점을 보이면서, 다른 한편으로는 서로 경쟁하고 배격하는 관계를 가졌다.

그 둘의 경쟁에서 선승이 불리하게 된 것이 전반적인 추세였다. 그 이유는 선승의 사상으로는 사회를 조직하고 문화를 창조하기 어

---

52) 《退溪集》 권1, 〈和陶集飮酒 二十首〉의 제1·5·9·20수에서 한 대목씩 따온다.

려운 결함을 신유학에서 시정했기 때문이다. 선승과의 경쟁에서 승리한 사림은 비판자의 자리를 떠나 집권세력이 되어 내면의 진실 못지 않게 외면을 지배하는 규범을 중요시하게 된 것이 '박티'나 '수피'의 경우와 다르다.

선승과 사림의 경쟁관계가 결판이 난 구체적인 양상은 나라에 따라 달랐다. 월남에서는 陳朝 말기인 14세기에 선승들의 활동이 두드러져 국왕이 승려가 되기도 하다가, 15세기에 黎朝가 등장하면서 유학자들이 주도권을 가졌다. 한국에서는 그런 변화가 일거에 더욱 뚜렷하게 나타나, 14세기말 조선왕조의 건국과 더불어 선승의 시대는 가고, 사림의 시대가 시작되었다. 일본에서는 그러한 변화가 몇백 년 뒤에 와서, 중세후기는 줄곧 선승들의 시대였다.

13세기 이후의 중세후기에는 물론, 17세기 이후 중세에서 근대로의 이행기에 이르러서도 표면상으로는 한문학의 주도권을 중국에서 잡고 있었다. 그러나 그 이면의 사정은 크게 달라졌다. 다른 나라에서는 한문학이 민족문학이고, 또한 민중의 현실에 참여하는 문학일 수 있게 하게 위해서 노력하는 새로운 움직임을 나타내고 있을 때, 중국 안의 한족문인들은 조화의 미학에 집착하는 의고적인 표현을 되풀이하면서 정통한문학의 낡은 집을 지키는 것 외의 다른 움직임은 적극적으로 보이지 않았다. 명대에는 李夢陽, 청대에는 王士禎 같은 의고파 시인들이 한 시대를 풍미하는 영향력을 가졌는데, 오늘날의 중국문학사 서술에서는 대단하게 여기지 않는다.

그 이유가 무엇인가 따진다면, 민족의식의 각성, 민족어문학의 발전과 같은 변화를 중국에서는 겪지 않아 새 시대의 문학을 창조하는 작업이 활발하게 진행되지 못했기 때문이라고 할 수 있다. 그래서 민족문화를 다양하게 발전시키는 상승세를 탄 쪽과 그렇지 못한 쪽의 하강세가 대조를 이루었다. 그것은 시대가 바뀌면서 선진이 후진이 되고, 후진이 선진이 되는 전환의 좋은 본보기이다.

중세에서 근대로의 이행기의 한문학은 민족어문학의 도전을 받고 열세에 몰리기 시작한 탓에 혁신되어 새로운 가치를 발현할 수 있었다. 한문학과 민족어문학의 관계에서 중세전기에는 한문학이 일방적으로 우세하고, 중세후기에는 민족어문학이 일어났어도 한문학에 대해서 가치의 서열이 저급한 위치에서 벗어나지 못했다. 그러나 중세에서 근대로의 이행기에는 민족어문학이 크게 성장해서 한문학과 맞서려고 했으며, 한문학은 민족어문학의 새로운 창조물을 받아들여 시대 변화에 동참하려고 했다.

동아시아는 하나이면서 여럿이라는 것이 언제나 변함없는 사실이지만, 그 가운데 어느 쪽이 더욱 소중하게 평가되었는가 하는 것은 시대에 따라서 달랐다. 문명권 전체의 보편적 이상을 중세전기 동안에는 어디서나 대등하게 구현하려고, 중세후기에는 각기 자기 나름대로 독자적으로 이룩하려고 노력했다. 그런데 중세에서 근대로의 이행기에 이르면, 보편주의에 대한 이해를 상대화해서 누구나 민족문화의 발전을 통해서 보편적 가치를 추구하는 것이 마땅한 일이라고 했다. 민족어문학이 발달한 나라는 그 노선에서 새로운 학문학을 이룩했다.

중세에서 근대로의 이행기의 새로운 한문학이 산문에서는 野談이고 시에서는 樂府詩이다. 설화를 받아들여 野談을 만들고, 민족어시를 한시로 옮겨 樂府詩를 지어 한문학을 민족적이고 민중적인 문학으로 만들고자 하는 운동이 일어났다. 그런데 야담을 만들고 그것을 가다듬어 한문소설을 창작하는 데는 한국에서만 특별한 열의를 가졌으며, 악부시라고 일컬어지는 한시는 다른 여러 나라에서도 광범위하게 출현했다.

樂府詩는 낡은 명칭을 지닌 새로운 문학이었다. 민간의 노래를 한시로 옮겨 樂府라고 하는 것은 중국에서 일찍 이루어진 관례이다. 중국에서는 樂府가 사라진 시기에, 다른 여러 나라에서는 자기 민족의 노래인 새로운 樂府를 다양하게 갖추는 데 일제히 힘썼다. 그런 배경을 가지고 창작된 樂府詩가 중세에서 근대로의 이행기한문학의 가장 소중한 영역을 이루었다.

민족어시를 한시로 옮긴 번역악부, 자국의 역사를 노래한 詠史樂府, 당대의 풍속을 다룬 紀俗樂府를 한국·월남·일본에서 각기 풍부하게 보여주었다. 18세기말에서 19세기초에 걸쳐서 활동한 동시대인 한국의 金鑢, 월남의 阮攸, 일본의 賴山陽은 하층민의 삶에 대해서 관심을 가지고 현실인식을 형상화한 기속악부의 명편을 창작하는 과업을 함께 수행했다. 중국 안에서는 한족 시인들이 아닌 소수민족 시인들이 새로운 한시를 지어 민족의 삶을 되돌아보는 데 힘썼다. 몽골인 浦松齡이나 白族의 李於陽이 그 좋은 본보기를 보였다.

金鑢의 〈古詩爲張遠卿妻沈氏作〉을 들어 악부시의 실상을 살피기로 하자. 이 작품은 중국 漢代의 악부 〈古詩爲焦仲卿妻劉氏作〉을 본떴다. "焦仲卿의 처 劉氏를 위해 지은 古詩"라고 하는 표제를 사람 이름만 바꾸어 다시 사용해 "張遠卿의 처 沈氏를 위해 지은 古詩"라고 했다. 장편 五言古詩인 점도 서로 같다. 오늘날 통용되는 용어를 사용하면 둘 다 서사시이며, 남녀관계를 다룬 범인서사시이다. 두 작품은 각기 중국문학사와 한국문학사에서 큰 비중을 두고 다루는 공통점도 있다. 그런데 하나는 작자미상이고, 다른 하나는 전문이 전하지 않아 미완이다.

두 작품은 이루어진 시기가 천여 년의 차이가 있고, 다룬 사건이 서로 다르다. 먼저 것은 시어머니가 시집에서 내쳐서 남편과 헤어져 애정을 잃고, 친정에 오니 어머니는 개가하라고 해서 정절을 지킬 수 없게 되자 죽음을 택한 여인의 가련한 처지를 동정했다. 나중 것은 세상살이의 고난을 무수히 겪고 양반의 지위를 얻게 된 관원이 백정 출신의 천한 처녀를 아내로 맞이하게 된 경위를 다루어, 하층민의 생활에 대해서 새로운 인식을 하고, 신분의 차이를 넘어선 평등한 관계를 이룩해야 한다는 생각을 나타냈다.

빈부귀천이 엄연히 다른데 평등을 말하는 것은 납득할 수 없다. 그런 의문을 푸는 것은 쉬운 일이 아니다. 그러므로 사람이 사는 것이 서로 다르지 않다는 것을 실감나게 그려서 차등이 부당하다고 하는 근거로 삼고, 기존관념에 대한 반론을 전개해야 했다. 백정 처녀에게 구혼하는 양반 관원이 다음과 같이 말한 대목이 과연 그렇다고 인정할 것인가 독자가 판단해야 할 일이다.

六歲識繰絲	여섯 살에 실 자을 줄 알고,
七歲通諺書	일곱 살에 언문을 깨쳤네.
八歲髮點漆	여덟 살에 윤기 흐르는 까만 머리,
學姉能自梳	언니 본떠서 혼자 빗질을 하네.
時向華燈下	밝은 호롱불 아래 앉아,
朗吟謝氏傳	謝氏傳을 낭랑하게 읽으면,
微風送逸響	선들바람이 귀여운 목소리 실어
琮琤破玉片	쨍그렁 구슬 깨지는 소리로다.
九歲辨晉字	아홉 살에 천자문 알고,
十歲曉歌詞	열 살이 되어서는 가사를 깨쳐
短関山有花	산유화 짧은 가락을
延嚨盆淒其[53]	목을 뽑아 애처롭게 부르네.

---

53) 임형택 편역, 《이조시대서사시》(서울 : 창작과비평사, 1992), 229-230면.

주인공이 자라나는 과정을 이런 말로 묘사했다. 백정의 딸로 태어났다고 해서 미련하고 무식한 것은 결코 아님을, 해마다 있었다고 하는 일을 하나씩 차례대로 들어 납득할 수 있게 보여주었다. 건강하고 아리따운 모습으로 자라나면서, 길쌈하고, 자기 몸단장하는 일을 일찍 익혔을 뿐만 아니라, 글공부도 하고 노래도 익혀 모자랄 것이 없다고 했다. 글공부를 한쪽만 하지 않고 국문을 익혀 소설을 읽으면서, 천자문을 또한 깨쳐 한문도 안다고 했다. 노래를 통해서는 기층문화의 유산을 이어받아, 상하의 교양을 모두 쌓았다고 했다.

한 마디로 간추어 말하면, 상하남녀의 지체에 따라 나누어져 있던 여러 가닥의 어문문화를 나이 어린 하층여성이 온몸으로 아울러 하나가 되게 한 것이다. 그런 대단한 일이 이루어지고 있는 줄 상층남성은 알지 못하고 인정하지 않고 있다가, 작품 속에서 구혼자로 나선 양반 관원이 놀라운 발견을 하도록 설정한 시를 한시로 써서, 한시라야 읽는 독자들을 깨우쳤다. 그렇게 하면서 또한 한시가 우월하다는 오랜 편견을 부정했다.

지체를 나누어놓는 구실을 하던 한문학이 그것을 뒤집는 것은 놀라운 변화이다. 중원과 변방에 관해서도 그런 말을 할 수 있다. 중원이 홀로 우뚝한 것을 입증하던 한문학이 그 반대의 상황을 말해주는 데 이르렀다. 문명권의 '중간부'인 한국에서 그런 작품을 산출했을 뿐만 아니라, 그 '주변부'인 일본에서도 주목할 만한 반격을 했다.

한문학의 규범을 '중간부'에서는 이어나가면서 새롭게 이용하려고 했는데, '주변부'는 아예 뒤집어엎으려고 했다. 고전명시를 우스꽝스럽게 뒤집어엎는 狂詩라는 이름의 戱作樂府가 일본에서 크게 성행한 것이 그런 현상이다. 정상적인 어법에서 벗어난 變體漢文은 다른 시대 다른 나라에서도 사용되었으나, 중세에서 근대로의 이행기 일본에서 특히 긴요한 구실을 했다. 安藤昌益은 말이 제대로 되는가 염려하지도 않고 일본어가 섞인 한문을 마음 내키는대로 써서, 사상혁신의 과업을 중국의 王夫之, 한국의 洪大容, 월남의 黎貴惇보다 더욱 과감하게 수행할 수 있었다.[54]

중국의 민족어문학

동아시아 다른 나라에서는 한국의 鄕歌, 일본의 和歌, 월남의 國音詩, 白族의 白文詩, 유구의 琉歌 같은 민족어시가 공동문어시와 공존하는 오랜 기간 동안에, 중국에서는 공동문어시만 있고 민족어시는 없었다. 민간의 노래를 기록한 樂府라도 공동문어를 사용했다. 공동문어시를 지으면서 구어를 일부 섞는 경우는 있었으나 그것은 예외에 지나지 않았다. 白話詩라고 하는 구어시는 20세기에 들어와서 비로소 마련되었다. 그 점에서는 중국문학의 발달이 가장 뒤떨어졌다. 공동문어문학의 선진국이 민족어문학의 후진국이 되는 것은 당연한 일이다.

그렇다고 해서 중국문학이 공동문어문학으로 일관하기만 한 것은 아니다. 중국에서도 민족어문학을 일으켰다. 중세후기에 내놓은 희곡과 소설에 일상생활의 구어가 사용되어 민족어문학으로 나아가는 길을 보여주었다. 그 점에서 중국이 동아시아 다른 나라와 보조를 같이 하는 것처럼 보였다. 세계문학사의 전개에서 중국문학만 예외라고 해야 할 이유가 없게 했다.

---

54) 《한국의 문학사와 철학사》(서울 : 지식산업사, 1996)에 〈朴趾源과 安藤昌益의 비교연구 서설〉이 있어 비교연구를 시도했다.

胡適이 《白話文學史》에서, "일천 년 동안의 중국문학사는 古文문학의 末路史이며 白話문학의 발달사"라고[55] 한 것은 지나치다 하겠지만 어느 정도 타당하다. 백화의 요소를 어느 정도 지닌 문학을 백화문학이라고 하고서, 그런 문학이 생겨나서 자라난 것이 중국문학 발전의 전반적인 추세임을 지적한 것은 대세와 부합되는 말이다. 고문문학의 힘이 너무 커서 백화문학의 성장이 순조롭지 못한 사정을 밝혀 논하고, 다른 나라와의 비교론을 곁들였더라면 논의가 정확하게 이루어졌을 것이다.

소설이나 희곡의 실상을 보면, 일상의 구어를 그대로 살리지 못하고 공동문어에 적지 않게 의존해, 그 둘이 섞여 있는 '중간문체'라고 해야 할 것을 사용하는 것이 상례였다. 《西廂記》나 《紅樓夢》은 중세에서 근대로의 이행기의 시대정신을 생동하게 표현한 의의를 가져 높이 평가되지만, 아직 문어에 많이 의존하고 있어 구어 사용을 일반화하는 데 기여했다고 하기 어렵다. 여러 형태의 說唱이 성행했어도, 정통한시와 맞설 수 있는 구어시형을 만들어내지는 못했다.

중국에서 사용한 구어는 인도아대륙의 여러 언어나 유럽문명권의 여러 언어만큼 나누어져 있는데, 민족문학의 발달이 개별 언어권으로 구분되어 진행되지 못했다. 희곡에는 南戲라고 하는 것을 위시해 여러 형태의 地方戲가 있어도 언어의 분화보다 음악형식의 다양화를 더욱 중요한 과제로 삼았다. 양자강 유역의 吳語 사용지역에는 그 언어를 사용하는 서사시가 구전되고, 경제적으로 부유한 곳이면서도 독자적인 기록문학을 발전시키지 못했다.

구어를 사용한다고 표방하는 20세기의 白話詩라도 북경 지방의

---

55) 上海 : 岳麓書社, 1986 재간행본, 5면.

중국어를 다듬어 표준화한 언어, 官話라고 하다가 지금은 '普通話'라고 하는 말만 사용한다. '普通話'와는 서로 통할 수 없는 지방의 독자적인 언어가 여럿 있는데, 모두 민족어기록문학을 갖추지 못한 불구의 언어이다. 백화시를 창작하자고 하는 신문학운동을 북경 쪽에서 일으킬 때, 북경어와는 다른 언어를 사용하는 남경에서 반론을 폈던 것은 주목할 만한 일이다.[56] 북경어를 사용하는 문학을 하는 데 남경 사람들은 불리하기 때문에 반대론을 폈다고 할 수 있으나, 그렇다고 해서 남경에서는 남경어문학을 하겠다고 하지 않았으며, 문어문학을 이어나가자고 주장하기만 했다.

북경어가 아닌 다른 언어는 일상생활에서 사용될 따름이고 구어문학을 일으킬 만한 유산을 갖추지 못하고 있으며, 글을 쓰는 언어로는 사용되지 않는다. 구어에서는 북경어, 상해어, 광동어 등은 힌디어, 벵골어, 마라티어 등 또는 이탈리아어, 프랑스어, 스페인어 등보다 더 큰 차이가 있어 서로 알아들을 수 없고 문법이나 어휘에서 상당한 거리가 있는 별개의 언어이며, 사용자 수가 몇천 만씩 되는데도, 독립된 민족어로 인정되지 않고 있다.

언어가 독립된 언어로 인정되지 않고 있는 탓에 북경어문학, 상해어문학, 광동어문학 등이 별개의 문학으로 자라나지 않고 있으며, 그래야 한다는 주장도 들리지 않는다. 그런 개별적인 언어의 문학이 존재하는지 존재할 수 있는지에 관해서 전혀 언급하지 않는 것이 중화인민공화국에서 택하고 있는 국가의 방침이어서 학자들이

---

56) 북경대학의 교수진인 胡適, 梁啓超, 蔡元培 등이 《新靑年》이라는 잡지를 통해 신문학운동을 일으키자, 남경대학 교수진인 梅光迪, 胡先驌, 吳宓 등이 《學衡》이라는 잡지를 통해 반대론을 폈다. 김시준, 《중국현대문학사》(서울 : 지식산업사, 1992), 88-90면에서 그 대강의 경과를, 《新文學運動史料》(臺北 : 帕米爾書店, 1980) ; 陳敬之, 《新文學運動的阻力》(臺北 : 成文出版社, 1980)에서 자세한 내역을 확인할 수 있다.

어길 수 없다.[57] 사용자의 수에서 세계 유수의 언어의 하나인 광동어가 홍콩영화에서나 제 목소리를 내고 있는 형편이다.

남아시아의 산스크리트나 서유럽의 라틴어에서 여러 언어가 분화되어 각기 그 나름대로의 민족문학을 발전시킨 것과 같은 일이 중국에서는 이루어지지 않은 것은 예외라고 할 수 있으므로, 그렇게 된 원인을 찾아야 한다. 그 점에 관해서 두 가지 추정을 해볼 수 있다. 첫째는 한문이 말이 아닌 글이어서 언어분화를 막고, 구어가 글의 영역으로 들어오지 못하게 하는 작용을 하지 않았던가 하는 것이다. 둘째로는 중국에 들어선 거대제국이 해체되지 않아 개별 민족국가가 생겨나지 못한 것이 그 원인이었다고 할 수 있다.

한문이 글이 아니고 말이었다면, 일단 통일을 시켰어도 사용하는 동안에 변해 지역에 따라 다른 구어가 파생했을 것이다. 산스크리트권이나 라틴어권에서는 그런 일이 일어났다. 한문은 말과는 별도로 쓰이는 글이어서 말을 직접 기록할 필요가 없으므로 구어가 글의 영역으로 들어오지 못하게 했다고 할 수 있다. 그런데 한국·일본·월남에서는 한문을 사용하는 다른 한편에서 자기네 구어를 표기하는 이중의 문자생활을 시작했다. 한문의 기능이 달라서 그랬던 것은 아니고, 민족국가가 수립되어 민족어를 돌보고자 했기 때문이다. 첫째 원인만으로는 그런 차이점을 설명할 수 없어 둘째 원인까지 들어야 한다.

만약 중국에 원나라가 망한 뒤에 여러 나라가 병립했더라면 인도아대륙이나 유럽에서처럼 각기 자기네 민족어를 기록해서 문자생활을 하는 방안을 강구해서 한문학과 민족어문학을 병행시켰을 것이

---

57) 《中國大百科全書 中國文學》(北京 : 中國大百科全書出版社, 1986)을 보면, 소수소민족의 문학을 다루면서, 상해어, 광동어 등의 개별언어의 문학에 관해서는 언급조차 하지 않았다.

다. 명나라가 그렇게 하는 데 일차적인 제동을 걸고, 그 뒤를 이은 청나라는 중국의 판도를 더 넓혀서 민족국가의 출현을 막았으며, 공동문어문학이 민족어문학으로 전환하는 추세에 제동을 걸었다. 그렇지만 넓은 의미의 한족에도 속하지 않은 중국 안의 소수민족, 그리고 중국 밖의 여러 민족은 한자를 이용해서 자기 언어를 표기 하면서 민족어시를 기록문학으로 발전시켰다. 그래서 동아시아문학 사가 세계문학사 전개의 일반적인 과정과 합치되게 했다.

한국·월남·일본의 민족어문학

한자를 이용해서 자국어를 표기하고, 민족어시를 짓는 일을 한국· 일본·월남에서 일제히 했다. 이들 민족의 민족어시는 중국 한족의 민족어시보다 일찍 발달해 면면하게 이어지면서, 시대에 따른 변화 를 나타냈다. 그래서 공동문어문학과 민족어문학이 대등할 수 있는 관계를 가진 점이 중국과는 다르다. 한국의 鄕歌, 일본의 和歌, 월 남의 國音詩를 들어 그 점에 관해 구체적으로 고찰해보자.[58]

한국의 鄕歌는 시조로 바뀌고, 鄕札 표기가 訓民正音 표기로 대 치되어, 중세전기와 중세후기의 민족어시가 뚜렷하게 달라진 사례 를 보여준다. 월남에서는 중세후기에 이르러서 國音詩가 자리잡았 다. 한국의 鄕歌, 일본의 和歌와 맞서는 월남의 용어는 國音詩 또는 國語詩이다. 월남에서는 민족어시를 歌라고 하지 않고 詩라고 해서, 한시와 형식, 품격, 사상 등에서 동질이고 동격인 작품을 창작하려 고 한 점이 특이하다.

---

58) 그 셋과 白族 白文詩의 율격이 어떻게 형성되었는가 하는 문제는 《하나이 면서 여럿인 동아시아문학》의 〈민족어시의 대응〉에서 자세하게 논했다.

월남에서 그랬던 이유는 두 가지로 이해할 수 있다. 월남에서는 민족어시의 발달이 늦게 이루어졌다. 공동문어시가 일방적인 우위를 굳힌 시기에 민족어시를 힘들게 일으켜서 그 둘이 균형을 맞추도록 해야 했기 때문에 민족어시를 歌의 자리에 두지 않고 詩로 승격시켜야 했다. 월남어는 중국어와 마찬가지로 단음절의 단어가 많은 고립어이고 聲調語이므로, 5언 또는 7언의 한시 율격을 흡사하게 재현할 수 있었다.

한국이나 일본은 그 두 가지 조건이 월남의 경우와 상이해, 민족어시가 한시와 크게 달랐다. 한국어와 일본어는 다음절의 단어가 많으며, 명사에는 격어미가, 서술어에는 활용어미가 붙은 교착어여서, 한시의 율격을 받아들일 수 없었다. 자기 언어의 특색을 자연스럽게 살린 민요의 율격을 이용해 민족어시를 이룩하는 것 외에 다른 길이 없었다. 그 일을 일찍 해서 민족어시는 詩가 아니고 歌라고 하는 전통이 확립되었다. 민요에서 받아들인 율격은 음절수가 일정하지 않은 말의 토막이 모여 시의 행을 이루는 것이었다.

그렇지만 민요의 율격을 그대로 두고 이용하기만 해서는 민족어시의 품격이 높아질 수 없었다. 일본에서는 민요의 율격을 정비해서 음절수가 한 줄은 5언이고 다음 줄은 7언으로 고정시킨 5·7을 만들고, 5·7·5·7·7 같은 결합형을 애용해서 한시 못지 않은 규칙이 구비되게 했다. 한국에서는 토막을 모아 줄을 구성하고, 줄을 모아 작품을 완결짓는 방식을 가다듬었다. 네 토막씩 세 줄로 구성하고, 마지막 줄의 첫 토막은 기준음절수 이하이게 하는 시조형을 만들어 낸 것이 그 때문이다.

민족어시가 공동문어시와 대등한 가치를 가지도록 하는 것은 필수적인 과제였다. 歌를 詩처럼 만들어 중세보편주의를 독자적으로 구현하려고 하는 노력을 일제히 했다. 한국에서 李滉은 도학에서 추구하는 바를 민족어시로 나타낸 〈陶山十二曲〉을 짓고 그 발문에서 溫柔敦厚한 마음가짐의 바른 자세를, 읊기만 하는 詩보다 노래 부르고 춤추는 歌로 나타내야 감화가 더 크다고 했다. 일본에서는 민족어시의 정서적인 품격을 높이는 데 특히 힘쓰면서 미세한 언사에 심오한 의미를 부여하는 전통을 마련했으며, 그 절정을 장식한 松尾芭蕉가 대단한 숭앙을 받았다.

그런데 월남에서는 민족어시가 공동문어시와 사상이나 정서뿐만 아니라 형식에서도 대등해야 한다는 더욱 적극적인 대응책을 마련했다. 國音詩를 본격적으로 창작하는 일을 선도해서 그렇게 하는 데 앞장선 阮薦가 공동문어시와 민족어시의 균형을 보여주었다. 李滉은 공동문어시를 주로 창작하면서 민족어시도 몇 편 지어 그 가치를 입증하고, 松尾芭蕉는 민족어시만 섬기는 歌人이었으나, 阮薦는 공동문어시와 민족어시 창작에 함께 힘써 그 둘이 작품의 수나 질에서 대등하게 한 시인의 예로서 동아시아 전체 또는 세계 전체에서 특히 주목할 만하다. 중세후기문학이 성숙된 시기인 15세기에, 중세문학의 자랑인 공동문어시와 근대문학으로 나아가는 새로운 문학인 민족어시를 서로 대등하게 창작해서, 그 둘이 상보적이고 경쟁적인 구실을 수행하게 하는 세계문학사 전개 과정의 중심점에 阮薦가 자리잡고 있다.

阮薦의 한시와 國音詩를 한 편씩 들어본다. 〈寶鏡警戒〉라고 해서 〈경계하는 데 쓰는 보배스러운 거울〉이라는 말로 표제로 삼은 연작 가운데 15번이다.[59] 민족사의 위기를 극복하기 위해서 마땅히 갖추어야 할 자세가 무엇인가 말해 경계하는 데 쓰는 강령으로 삼았다.

---

59) 지준모·조동일, 《베트남의 최고시인 阮薦》, 53면에 번역이 있다. 자남으로 표기한 원문을 프랑스어 번역의 도움으로 번역하면서 이해할 수 있는 한자어는 그대로 옮겨 적었다.

同胞 사이에는 骨肉의 유대가 있나니,
북쪽 가지이든 남쪽 가지이든 한 줄기에서 생겨났다.
좋은 田地 차지하고 남들에게는 나쁜 것 주지 말고,
人倫에 따라, 아랫사람을 윗사람이라고 여기자.
하나라도 상하면 되살려놓을 수 없으니,
헐벗은 무리에게는 입을 것을 주자.
이 세상에서는 많이 참는 것이 훌륭한 事業이니,
剛柔 두 극단을 아우를 줄 알자.

이 작품은 앞에서 든 한시 〈白藤海口〉와 7언율시의 형식을 갖추고 있는 점에서 서로 같으며, 작품의 품격에서도 상하의 차이가 있다고 할 수는 없다. 그러면서 나타낸 사연이나 말하는 방식은 서로 대조가 된다. 〈白藤海口〉는 국난을 극복해야 한다고 근심하는 사람들과 공감을 나누려고 쓴 작품이지만, 구체적인 사연은 없다. 구국의 영웅들이 침략자를 물리쳤던 현장에서 지난 날을 회고하고 험준한 산천을 묘사한 말로 다시 살려야 할 기개를 암시했다. 그것만으로 할 말을 다했다고 여겨, 불필요한 설명은 생략했다. 그런데 여기서는 자기 내면에서 하는 말을 표출했다. 심정을 산수에다 기탁하는 수법을 쓰지 않고, 직설법을 사용했다.

國音詩에서는 표현의 격식을 차릴 필요가 없어서 그랬다고 하겠지만, 전달의 범위를 넓히고자 하는 의도가 있었던 것이 차이점이 생긴 더욱 중요한 이유라고 생각된다. 한시는 알지 못하고, 암시적인 수법을 써서는 무슨 말을 하는지 알기 어렵지만, 군대를 지휘하고 국정에 참여하고 있는 사람들에게 나라를 구하고 백성을 돌보는 크나큰 도리를 일깨워주려면 국음시를 지을 필요가 있었다. 국음시는 읽을 수 없어도 들어 월 수는 있으니, 전달되는 범위가 한시보다 훨씬 넓었다.

표현은 한시가 절묘하다고 하겠으나 대구의 격식을 잘 살린 덕분에 그런 평을 듣는다. 국음시 또한 7언율시의 형식을 본떠서 여덟 줄로 이루어져 있으나, 대구를 만드는 규범을 준수하지 않았다. 누구나 이해할 수 있는 말을 꾸밈새 없이 일러주었으나, 다시 생각하면 그 이치가 단순한 것은 아니다. "아랫사람을 윗사람이라고 여기자"고 하는 것은 전에 볼 수 없는 새로운 각성이다. 품격 높은 표현 대신에 수준 높은 사상을 갖추어 한시와 국음시가 대등할 수 있게 했다.

월남이나 한국은 문명권의 중간부에 자리잡고 있어 공동문어시를 계속 힘써 창작하면서 민족어시를 발전시켰다. 한시와 대등한 詩라고 하면서 출발한 월남의 國音詩가 중세에서 근대로의 이행기에 이르면, 민요의 상승을 적극 받아들여 歌로 바뀌고 장편화해서, 교술시나 서사시를 발달시키는 구실을 했다. 한국에서도 중세에서 근대로의 이행기에 장편가사, 사설시조, 판소리가 발달한 것은 구비시가의 활력을 적극 이용했기 때문이다.

월남에서나 한국에서는 공동문어시와 민족어시의 관계가 달라진 데 따라서 문학사의 시대구분을 구체화할 수 있다. 그런데 일본에서는 민족어시가 그 나름대로의 독자적인 역사를 가지고 있어, 공동문어시와의 관계가 그리 문제되지 않는다. 공동문어문학을 받아들여 기록문학을 할 수 있는 수련을 하자 바로 민족어시를 기록해 창작하는 데 열의를 가져 방대한 규모의 《萬葉集》을 이룩해서, 민족어시를 일찍 확립했다. 《萬葉集》에서 시작된 和歌가 시대적인 변천을 하는 데 한시와의 관계가 개재되지 않았다.

민족어시가 일찍 확립되고 독자적인 역사를 가진 두 가지 특징은 일본이 문명권의 주변부에 자리잡고 있어 생겼다고 볼 수 있다. 문명권의 중심부인 중국에서는 공동문어시가 우세하고, 그 중간부인 한국과 월남에서는 공동문어시와 민족어시가 서로 경쟁하고, 그 주변부인 일본에서는 민족어시가 우세한 것이 당연한 일이다. 문명권의 중심부·중간부·주변부가 그런 차이점을 나타낸다는 사실은 장차 다른 여러 문명권의 경우를 들어 비교고찰하면 더욱 분명하게 확인될 것이다.

일본에서는 《萬葉集》에서 수록된 작품을 이룩하던 시기에 山上億良 같은 시인이 공동문어시와 민족어시를 함께 지으면서 그 둘을 연결시키는 구실을 했다. 그 뒤에도 絶海中津 같은 禪僧이나 藤原惺窩 같은 유학자들이 한문학의 전문가로서 활동해서 일본이 한문문명권의 일원으로서 결격 사유가 없게 했으나, 한문학은 일본문학의 방계로 취급되었으며, 민족어시 和歌의 솜씨를 자랑하는 歌人들이 문학사를 이끌어왔다. 觀阿彌, 世阿彌 부자가 탈춤을 상층 취향의 고급의 예술로 발전시켜 '노오'(能)를 만들고 많은 각본을 쓴 것은 다른 나라에는 없는 일이다.

일본에는 과거제가 실시되지 않아 한문학을 할 수 있는 사람이 드물고, 그 독자 또한 많지 않았다. 한문학의 작품이 분량에서나 다양성에서나 상당히 제한되어 있었다. 그래서 일본에서는 민족어문학이 공동문어문학보다 더 큰 비중을 가지고 적극적인 기능을 수행한 점이 한국이나 월남과 다르다. 과거제가 실시된 한국과 월남에서는 한문학이 문학의 기본영역을 이루고, 공식적인 가치를 인정하지 않은 민족어문학이 한문학과 힘겨운 경쟁을 하는 과정이 시대마다 달라져 문학사가 전개되었다.

그런데 한국에서는 민족어문학을 訓民正音으로 표기해서 읽기 쉽게 했으나, 월남에서 사용한 字喃은 한자를 이용하고 한문 표현을 그대로 쓰기 때문에 이해하기 어려웠다. 한국에서는 한문을 몰라도

국문을 사용할 수 있었지만, 월남에서는 한문을 알아야 字喃을 알
수 있었다. 한국에서는 상층남성은 한문학을, 상층여성과 하층남성
은 국문문학을 자기 것으로 하고 하층여성은 구비문학에 머물렀다.
월남에서는 상층남성이 한문학과 자남문학을 자기 것으로 했으며,
상층여성·하층남성·하층여성이 모두 구비문학을 향유해야만 했다.
월남에서는 구비문학이 그만큼 큰 비중을 가졌다.

상층남성이 창작하고 독자 노릇을 한 字喃문학이 구송되어, 구비
문학으로 전승되면서 전달되는 영역을 확대하고 구비문학을 풍부하
게 했다. 중세에서 근대로의 이행기에 한국·일본·월남에서 일제히
소설이 나타났는데, 한국소설에는 한문소설과 국문소설이 병존하고,
일본소설은 국문소설인 점이 서로 다르지만 그 둘은 산문을 사용했
으나, 국문소설만인 월남소설은 율문을 사용한 노래였다. 소설이 노
래였으므로 구송될 수 있었다.

일본의 민족어시는 기본적인 성격이 좌우되는 변화를 겪지 않고
형식이나 표현의 일관성을 오랜 기간 동안 유지한 점이 세계문학사
에 다른 예가 없다고 할 만큼 특이하다. 그 이유가 어디 있는가 추
적하기 위해서 한국 및 월남의 경우와 견주어보면, 문명권의 중간
부와 주변부의 차이를 재확인할 수 있다. 일본의 和歌는 형식이나
미의식에서 그 자체의 독자적인 영역이 분명하게 확보되어 있어 한
시와의 대결을 위해 고민하지 않았다. 철학사상의 전환이나 역사의
식의 혁신에 관여하지 않아, 시대 변화에 초연할 수 있었다. 공동문
어를 사용하는 사상활동을 힘써 하는 대신에 민족어 글쓰기를 일찍
부터 발전시킨 결과 문학의 소관사가 감각적인 영역으로 순수화하
거나 또는 축소조정되었다.

일본문학이 지닌 그런 특징을 17세기의 뛰어난 시인 松尾芭蕉가
특히 잘 보여주었다. 5·7·5·7·7로 이루어진 和歌 형식에서 7·7을

떼어내고, 글자수가 5·7·5만으로 이루어진 최단형시 俳句을 松尾芭蕉는 가장 품격 높은 예술품으로 승격시켰다고 오늘날까지 줄곧 높이 평가된다. 작품 몇 편을 들어보자.[60]

閑かさや岩にしみいる蟬の聲
　　　고요함이여 바위에 스며드는 매미의 소리

石山の石より白し秋の風
　　　바위산 돌보다 희구나 가을 찬 바람

此秋に何で年よる雲に鳥
　　　이 가을에는 어찌하여 늙는가 구름 속의 새

此道や行人なしに秋の暮
　　　이 길이야 가는 사람도 없이 저무는 가을

계절은 가을이고, 시간은 저녁이다. 시인은 길을 가면서 덧없이 사라지는 것들을 본다. 그래서 다가오는 허전함을 나타내는 짧은 말에 미세한 시선, 정밀한 감각, 오묘한 착상이 놀라울 정도로 잘 갖추어져 있어 잔잔한 충격을 준다.

일본에서는 섬세하고 고결한 아름다움을 그런 방식으로 드높이는 뛰어난 기교가 한 시대의 숭앙을 모으고 있을 때, 월남과 한국의 민족어시는 다른 길로 나아가, 지체가 하향조정되면서 사회저변의 다양한 경험을 받아들이는 추세를 보였다. 그래서 민족어문학이 다

---

60) 네 편 모두 加藤周一, 김태준·노영희 역,《日本文學史序說》2(서울 : 시사일본어사, 1996), 111면에서 원문과 번역을 가져온다.

원화된 것도 사실이지만, 오늘날 세 나라에서 각기 이루어지고 있는 문학연구에서 소중한 유산으로 평가할 작품을 가려내 평가하는 취향의 차이에서 이질성이 더욱 확대된다.

월남의 경우를 들어 말하면, 여류시인이 여럿 등장해서 문학의 기풍을 바꾸어놓은 것이 특기할 만한 사실이다.[61] 중세사회의 공통된 관습인 여성 차별에 대해서 월남의 여성은 동아시아 다른 어느 나라 여성보다 더욱 과감하게 맞섰다. 글공부를 해서 문학창작을 하는 데 뛰어난 능력을 발휘한 여성들도 있었다. 월남문자 字喃은 한문에 능통한 유식한 남성이라야 불편없이 읽고 쓸 수 있다. 그런 장벽을 대단한 노력을 해서 넘어선 여류시인들은 문학창작에서도 여성다움에 대한 편견을 깨는 과감한 발언을 했다.

그런 여류시인 가운데서 우뚝한 존재인 19세기초의 胡春香은 빼어난 자질과 날카로운 비판정신을 갖추고 사회의 모순와 다각도로 부딪혀, 섬세하고 고결한 것과는 반대가 되는 강렬한 긴장을 갖춘 작품을 남겼다. 성생활이 원활하지 못해서 겪는 불만을 토로하면서 남성의 잘못을 비난했다. 가리워진 것을 드러내고 허위를 문제삼아 시비하고 논쟁하는 데 거칠 것이 없었다. 여성은 억압받고 있는 희생자이기 때문에 그럴 수 있었다. 작품을 써서 인정을 받거나 행세를 할 생각이 없어서 진실의 대변자가 될 수 있었다. 그렇게 하는 데 기본동력이 된, 어떤 도전에도 굽히지 않는 과감한 투지를 다음과 같이 노래한 것을 들어본다.

고개, 고개, 또 다시 고개,

---

61) Tran Cuu Chan, *Les grandes poétesses du Viêt-nam*(Saigon : Imprimerie de L'union, 1950)에서 네 사람의 뛰어난 여류시인의 생애와 작품에 관해 고찰하면서, 여류시인의 사회적 위치에 관해 논의했다.

이 험한 곳에 길을 낸 사람은 위대하도다.

거북 껍질인양 울룩불룩한 땅에 풀이 시퍼렇고,

닭 벼슬처럼 돋아오른 바위는 이끼 투성이다.

성급한 바람은 소나무 가지를 흔들어대고,

젖은 버들잎에서는 물방울이 마구 떨어진다.

오르다가 그만두어야 賢人이고 君子인가?

팔다리가 지쳤다고 물러나야 하는가?[62]

〈詠三嶺險路〉라고 제목을 번역할 수 있는 시의 전문이 이와 같다. 한시의 7언율시를 차용한 형식이어서 모두 여덟 줄이고, 두 줄씩 짝을 짓고 있다. 대구를 만들어 경물을 그리고 정감을 나타내서 情景을 만드는 방식에서도 고풍을 이었다. 그렇지만 험악한 형상을 하고 있는 경물을 통해서 강력한 주장을 지닌 정감을 전해 독자를 당황하게 한다. 賢人이고 君子라는 사람들의 신중한 처세를 비난하고, 어떤 도전이 닥쳐도 과감하게 투쟁해야 한다고 했다. 그런 자세를 소중하게 여겨 월남에서는 이 시인을 줄곧 높이 평가하고 있다.

일본의 민족어시는 줄곧 고전적인 미의식을 존중하는 단형시형을 견지해온 것과 달리, 한국이나 월남의 민족어시는 장형화의 추세를 보여주면서 더욱 다양한 경험을 반영해, 참여자들의 저변확대가 이루어졌다. 한국에서는 시조의 정형을 파괴한 사설시조가 나타나서 다양한 경험을 받아들였으며, 가사를 더욱 장편화해서 현실인식을

---

62) 같은 책, 56면에 원문의 로마자 표기와 번역이 있고, Maurice Durand, *L'oevre de la poétesse vietnamienne Ho-Xuan-Huong, textes, traduction et notes*(Paris : École française d'Extrême-Orient, 1968), 11-17면에는 원문, 원문의 로마자 표기, 번역, 주석이 있다. 3행과 4행의 번역에 상당한 차이가 있는 것은 원문이 서로 다른 이본을 사용했기 때문이다. 앞의 것을 다시 번역하고, 뒤의 것의 원문에서 "賢人君子"라는 말은 그대로 가져왔다.

폭넓게 나타내는 데 상하남녀가 동참했다. 규방가사가 대량으로 창작되고 유통되어 여성의 교양을 높이고, 생활을 윤택하게 한 것이 특기할 만한 일이다. 월남에서는 민요의 율격을 받아들인 6·8조의 장시를 지어 생활의 실상에 관해 논의하고, 현실을 비판하는 문학을 전개했다. 그 형식을 사용한 율문소설이 광범위한 지지를 얻었다.

그러나 차이점을 너무 강조할 것은 아니다. 공동문어문학을 청산하고 민족어문학만 하게 된 시대에 이른 것은 아니다. 민족어문학에서 새롭게 제시한 독자노선은 공동문어문학과의 관계를 새롭게 설정한 성과여서 의의를 가졌다. 구체적인 사정은 많이 달라졌어도, 민족어문학과 공동문어문학은 生克의 관계를 가져, 대립되어 다투면서 서로 상대방을 변화시키고, 둘이 합쳐지는 영역에서 대립을 넘어서는 창조를 이룩하는 것은 전과 다름 없었다.

중세에서 근대로의 이행기는 세 나라에서 모두 소설의 시대였다. 한문문명권은 유럽문명권의 근대소설을 받아들이기 전에 이미 독자적인 전통을 가진 소설을 이미 풍부하게 갖추는 데 산스크리트문명권이나 아랍어문명권보다 앞섰다. 그것은 한문문명권의 문학이 근대문학에 한걸음 더 나아간 증거이다. 한문문명권에서 마련한 소설은 나라마다 상당한 차이가 있어 성격이 다양하다. 그렇지만 그것은 공동문어문학과 민족어문학의 관계를 새롭게 형성하는 작업을 서로 다르게 진행시킨 결과이다. 소설이라고 해서 공동문어문학과 결별한 것은 아니다.

한국의 소설은 한문소설, 한문본과 국문본 양쪽이 다 있는 소설, 국문소설의 세 가지 층위로 이루어져 있어, 공동문어문학과 민족어문학 사이의 다툼과 화합을 다양하게 펼쳤다. 그 가운데 朴趾源의 한문소설 같은 것이 문학사상의 혁신과 밀접한 관련을 가지고, 새 시대 문학이 나아갈 길을 제시했다. 金萬重의 《九雲夢》처럼 한문본과 국문본 양쪽이 다 있는 작품군이 소설 에 대한 인식을 바로잡고 그 기반을 확대하는 구실을 했다.

월남이나 일본에는 한문소설이라고 할 것을 찾기 어려우나, 그렇다고 해서 민족어소설이 그것대로 발전한 것은 아니다. 월남에서는 공동문어문학에서 가져온 소재를 민족어문학으로 재창조해서 민중의 고난을 나타내는 데 힘썼다. 중국소설을 월남소설로 바꾼 阮攸의 《金雲翹》가 대단한 인기를 누린 것이 그 때문이다. 일본에서는 공동문어문학의 품격을 민족어문학에서 구현해 민족어문학이 공동문어문학을 대신할 수 있게 하는 것을 대단한 일로 삼았다. 上田秋成이나 瀧澤馬琴의 소설이 그런 특징을 가진다.

소설의 독자 구성도 서로 달랐다. 중국소설은 백화소설이라도 한문체에서 많이 벗어나지 않고 한자로만 썼으므로 여성은 접근하기 어려웠던 점이 字喃으로 표기된 월남소설에도 거의 그대로 해당된다. 한국의 한글이나 일본의 假名은 누구든지 쉽사리 익힐 수 있어 여성의 글로 정착되었다. 그렇지만 중국소설은 남성의 관심사에 치우친 것과 달리 월남소설은 여성이 겪는 시련을 힘써 다루었다. 그런 소설을 직접 읽지 못하는 여성 독자는 듣고 외면서 감동을 나누었다. 소설이 발달한 시기에 이르러서는 여성의 글이었던 假名을 남성이 차지해 남성 취향의 작품을 크게 확장한 것이 일본의 사정이고, 한국에서는 여성의 관심사를 적극 다루면서 소설이 발전했으며, 여성도 작가로 참여했다.

민족어문학이 그렇게 성장했다고 해서 공동문어문학이 위축되거나 퇴장한 것은 아니었다. 한국·월남·일본에서 모두 공동문어문학을 20세기초까지 지속시켜왔다. 일본은 明治維新 이후에 한문학의 전성기가 왔다고 하고,[63] 한국이나 월남에서는 민족해방투쟁에서 한문학을 계속 활용했다. 潘佩珠의 《越南亡國史》, 다시 胡志明의 《獄

中日記》에 이르기까지 한문학의 효용이 지속되었다.

다른 여러 곳의 민족어문학

琉球는 오랜 역사를 가진 독립국이었다. 14세기에 명나라의 冊封國이 되어, 한국·월남·일본과 대등한 지위를 누렸다. 그러다가 17세기에는 일본의 침공을 받고 간섭받아야 하는 附傭國의 지위로 떨어졌으며, 19세기말부터는 주권을 아주 상실하고 일본의 일부가 되었다. 한문을 받아들여, 나라의 위업을 자랑하는 비문을 세우고, 국사를 편찬하고, 시문을 짓는 등의 일을 다른 어느 나라에 견주어보아도 손색이 없게 했다. 자국어를 표기하는 데는 한자를 사용하지 않고, 일본문자 假名을 가져다가 쓰면서도, 일본과는 다른 민족어문학의 독자적인 양상을 풍부하게 보여주었다.

일본의 간섭을 받던 시기 18세기초의 탁월한 사상가 蔡溫은 한문문명권의 보편주의 가치관을 수준 높게 구현하면서 또한 민족문화를 지켜나가는 데 힘써야 한다고 했다. 나라를 다스리는 마땅한 도리를 유학사상에 입각해서 밝혀 논한 《圖治要傳》에서 다음과 같이 말했다.

國之爲國也 言語容貌 衣服禮節等類 各能隨處取宜 或小異大同 或大異小同 而諸國之所不齊也 必欲齊之愚至也[64]

나라가 나라다우려면 언어나 용모, 의복과 예절 등에서 각기 처지

---

63) 猪口篤志, 《日本漢文學史》, 507-508면.
64) 沖繩歷史研究會 編, 《蔡溫選集》(那覇 : 星印刷出版部, 1967), 132면.

에 따라서 마땅한 바를 취해야 한다. 조금 다르고 많이 같기도 하고, 많이 다르고 조금 같기도 해서, 여러 나라는 가지런하지 않다. 가지런 하게 하려고 하는 것은 어리석다.

유구의 국사서는 건국신화가 길게 서술되어 있어, 하늘에서 내려 와 나라를 세운 天孫氏의 시대가 일만 년 이상 지속된 다음 다시 영주들이 나타나 나라를 빛냈다고 했다. 건국신화와 관련시켜 역대 제왕의 통치를 찬양하는 무가를 聞得大君이라고 하는 여성 나라무 당이 궁중에서 부르는 전통이 이어졌다. 그 사설을 정리해서 《오모 로사우시》라는 노래책을 국가 사업으로 편찬하는 일을 16세기에 시 작했다가 일본의 침공을 받은 뒤에 완성했다.[65]

유구는 문명권의 주변부 가운데서도 주변부이기에 그런 일을 했 다. 라틴문명권의 주변부 가운데서도 주변부인 아이슬랜드에서 구 비서사시의 오랜 전승을 문자로 정착시켜 《에다》(*Edda*)를 편찬한 데 서나 비슷한 예를 볼 수 있는 일을 했다. 《오모로사우시》의 노래는 일본의 《延喜式》이나 한국의 《樂章歌詞》보다 연원이 오래이고, 자 기 민족의 독자적인 전통을 더욱 뚜렷하게 하고, 내용이 한층 풍부 하다.

《오모로사우시》에 수록된 노래는 원래 서사시였는데 축약되어 예 찬시가 된 것이 대부분이다. 그런 것들과는 다른 서정시는 琉歌라 고 하며 별도로 전한다.[66] 17세기 이후에 琉歌를 만들어내서, 민간에 서 자유롭게 창작해서 민속악기 三味線 반주로 부르다가 歌集을 편

---

65) 《동아시아 구비서사시의 양상과 변천》(서울 : 문학과지성사, 1997), 174-187면 에서 이에 관해서 자세한 논의를 폈다.

66) 外間守善, 《沖繩の歷史と文化》(東京 : 中央公論社, 1994) ; 外間守善, 《南國の 抒情－琉歌》(東京 : 中央公論社, 1995)에 의거해서 이에 대한 이해를 얻는다.

찬해서 정리했다. 《오모로사우시》의 노래이든 琉歌이든 일본의 假名문자로 표기되어 있어, 일본시형을 차용해서 만들지 않았는가 하는 의문을 자아내지만 그렇지 않다. 유구어를 적는 데 편리하게 쓸 수 있으므로 문자는 차용하면서 음가 표시는 조금 다르게 했으나, 노래 형식은 독자적인 것이다.

《오모로사우시》의 노래이든 琉歌이든 유구민요와 공통된 형식을 사용하기 때문에 서로 비슷하고, 다른 나라에서 볼 수 없는 독자적인 율격을 갖추고 있다. 기본형식은 음절수를 8·8·8·6으로 해서, 일본의 5·7·5·7·7과 다르다. 홀수가 아닌 짝수음절을 사용한다. 기본형식에서 벗어난 변이형도 흔히 있다. 단가와 장가가 공존하고 있다. 단가는 8·8·8·6으로만 이루어져 있고, 장가는 8·8·8·8으로 이어지다가 마지막은 8·8·8·6으로 끝난다. 歌劇의 사설로도 琉歌를 사용했다.

작자 미상의 작품이 많으나, 몇몇 작가는 특별히 기억되고 칭송된다. 36歌仙이라고 하는 사람들이 뛰어난 작품을 남겼다고 한다. 거기 포함되지 않은 사람 가운데 더욱 주목할 만한 시인이 있다. 자기 고장의 산 이름을 따서 恩納岳이라고 하는 필명을 사용한 18세기 전반기의 여류시인은 강력한 항거의 시를 썼다. 여성에게 가해지는 제약에 대해서 자유로운 사랑을 노래해서 맞서고, 유구인이 겪어야 하는 억압을 용납하지 않으려고 하는 애국적인 정열을 토로했다.

물결 소리도 멈추고
바람 소리도 멈추고
임금님의
모습을 뵙고 싶다.[67]

나라 일을 걱정해야 할 처지에 있지 않아도 되는 여성이, 몇 마디 되지 않은 짧은 시에서 이렇게 노래한 것은 놀라운 일이다. 유구 국토 전체로 뻗어 있는 천지를 배경으로 해서 나라를 생각하고, 물결 소리와 바람 소리로 수난을 상징하면서 수난을 넘어서서 임금님의 얼굴을 우러르는 평화를 얻고 싶다고 했다.

滿洲민족은 오랫동안 구비문학에 머무르고 있다가, 17세기에 중국의 중원지방으로 진출해 청나라를 세운 다음 기록문학을 마련했다.[68] 한문을 익혀 한문학 창작에서 한족 못지 않은 능력을 보인 문인들이 나타나는 한편, 만주어기록문학도 개척했다. 산문에서는 《大淸實錄》을 한문과 만주어 두 가지 언어로 서술하고, 《滿文老檔》이라는 독자적인 역사서도 이룩했으며, 유학의 경전이나 중국소설을 만주어로 번역하는 데 힘써서 만주어 글쓰기를 확대했다.

시에서는 '淸宮滿文詩'라는 것을 만들어냈다. 청나라 궁정에서 만주어로 쓴 시라는 뜻에서 그렇게 일컬어지는 일련의 작품은 형식이 정비되어 있는 것을 특색으로 삼았다. 만주민요에서 가져온 頭韻과 한시를 본뜬 脚韻을 둘 다 갖추고서, 언어 구사에서도 한시 못지 않은 정교함을 자랑했다.[69] 康熙 황제의 〈避暑山莊百韻詩〉가 그 좋은 본보기이다. 그러나 '淸宮滿文詩'는 단명했다. 궁정의 제왕과 신료들의 문학으로 생겨나 그 범위를 넘어서지 못하고 있다가, 청나라 궁정에서 만주어가 망각되자 사라졌다.

지금의 중국 운남지방에 자리를 잡고 있던 南詔國과 그 뒤를 이

---

67) 外間守善, 《沖繩の歷史と文化》, 133면 ; 外間守善, 《南國の抒情－琉歌》, 220면.

68) 馬丁稥穆, 〈滿洲文學述略〉, 《滿學硏究》 1(長春 : 吉林文史出版社, 1992)에서 그 개요를 파악할 수 있다.

69) 《하나이면서 여럿인 동아시아문학》의 〈민족어시의 대응〉에서 이에 관해 고찰했다.

은 大理國은 한문문명권의 한 나라로서 오랜 역사와 수준 높은 문화를 자랑했다. 당나라의 침공을 물리치고 독립을 유지하다가, 원나라에 패망해서 중국의 일부가 되었다. 당나라와 맞서는 시기에 南詔의 한문학이 대단한 수준에 이르렀음은 나라의 위엄을 빛내는 〈德化碑〉가 말해주고, 段義宗 같은 뛰어난 시인의 한시가 남아 있어 입증한다.

南詔國을 세운 민족이 어느 민족인가를 두고 논란이 많은데, 오늘날 중국에서는 白族이 그 나라의 주인 노릇을 했다고 한다. 白族이 자기 언어를 한자로 적은 글을 白文이라고 한다. 白文 저술이 적지 않았으며, 역사서도 있었다. 그런데 원·명·청의 통치자들이 白族이 다시 독립할까 염려해서 白文 저술을 모아 불태우고, 남은 것이 거의 없다고 한다.[70] 금석문은 그런 시련을 견디고 지금까지 남아 있다.[71]

그런데 금석문은 대부분 사실을 기록한 데 그치고, 문학작품으로 평가할 것은 〈山花碑〉라고 약칭되는 〈詞記山花詠蒼洱境〉이 홀로 우뚝하다. 그 비문은 한시인으로도 이름난 楊黻이 쓴 시이며, 白文을

---

70) 백족의 학자가 서울에서 열린 동아시아의 문자에 관한 국제학술회의에 참가해서 발표한 논문 徐琳, 〈關于白族文字〉, 구결학회 편, 《아시아 제민족의 문자》(서울 : 태학사, 1997)에서 그렇게 말했다.

71) 같은 논문에 의거해, 그 목록을 제시하면 다음과 같다. 괄호 안에 연대를 적는다.

大理三十七部會盟碑(971)
大理國銅觀音造像 뒤의 銘文(1147-1172)
鄧川石寶香泉摩崖(1370)
詞記山花詠蒼洱境 약칭 山花碑(1450)
故善士楊宗墓志 弟楊安道書白文 약칭 楊宗碑(1453)
故善士趙公墓碑 약칭 趙公碑(1455)
處士楊公同室李氏壽藏 山花一韻 약칭 楊壽碑(1481)
史城蕪山道人健安尹敬夫婦預爲塚記 附白曲一詩 약칭 尹敬碑(1703)

사용한 白文詩의 대표적인 작품이다. 불교사원에다 세운 비문을 시로 써서, 주변 산천의 경치를 묘사하면서 질서와 안녕을 기원하는 마음을 나타냈다.[72] 국가가 없어져 주권을 상실한 시기에 민족공동체의 정신적인 단합을 다지는 구실을 사원에서 맡아, 불교에다 유교를 보태서 도덕적 규범을 마련했다.

전문이 20연이나 되는 장편이다. 마지막의 제19·20연을 번역해서 든다.[73]

分數가 후해지면 土成金하고,
時運이 어긋나면 金成土한다.
聚散하기를 浮雲이나 空花 같이 해서,
고정된 것이라고는 없도다.

識景하는 사람이야 많건만
知心하는 사람은 적은 탓에,
이 사람 楊黼가 空贊空해서
天涯나 海角에다 부치노라.

원문에 있는 한자 가운데 이해할 수 있는 것은 모두 그대로 가져왔다. 제19연은 불교사상을 예사로운 말로 나타내서 새삼스러운 맛은 없다 하겠지만, "土成金", "金成土"라는 말을 쓴 것은 창의적인

---

72) 《하나이면서 여럿인 동아시아문학》의 〈민족어시의 대응〉에서 이 작품을 제13·14연의 원문과 번역을 들어 고찰하고, 율격에 관한 논의를 전개했다.

73) 《大理古代文化史稿》(香港 : 中國圖書刊行會, 1985), 433-434면의 원문을 그 책 및 龔友德, 《白族哲學思想史》(昆明 : 雲南民族出版社, 1992) ; 張文勛 主編, 《白族文學史 修訂版》(昆明 : 雲南民族出版社, 1983)의 중국어 번역을 참고해서 옮긴다.

발상이다. 제20연에서 시인이 시를 쓴 의도를 나타낸 말에서는 이해할 수 있는 발상을 이용해서 비범한 경지에 이르렀다.

"識景"이라는 외면적 인식과 "知心"이라는 내면적 각성을 대비시킨 것은 적실하다. "空贊空"은 "空으로 空을 찬양한다"는 말인데, "空鑿空"이라고 이해할 수도 있다. 空의 원리를 제시하기 위해서 헛된 말로 찬양하거나 형상화했다. 표면에 나타난 말만 받아들이는 것은 "識景"이고, 그 이면에서 뜻하는 것을 깨달아야 "知心"이다. "知心"을 하는 사람이 어디 있는가 멀리 "天涯"나 "海角"에까지 가서 찾는다고 했다. 말하고자 하는 이치가 어디서나 같기 때문에 멀리서도 알아주는 사람이 있게 마련이다.

백족은 한자를 이용해서 자기 말을 표기했지만, 納西族은 독자적인 문자를 만들어서 민족어기록문학을 이룩했다. 한자를 빌려오지 않고 자기네 문자를 스스로 만들어 사용했다. 《東巴經》이라는 경전을 이룩하는 데 자기네 문자를 사용해서, 그 문자가 東巴문자라고 일컬어진다. '東巴'란 '萬物有靈'의 원리를 가진 종교이다. 천지만물에 대해서 제사를 지내는 원리를 방대한 분량으로 적어놓은 것의 총칭을 한자로 적어서 '東巴久'라고 하고, 번역해서 '東巴經'이라고 일컫는다.

《東巴經》은 방대한 분량의 필사본으로 전한다. 1천5백권이고, 1천여 만 자나 된다고 한다.[74] 그 내용은 인간만사를 다루는 백과사전이다. 그 가운데 신앙서사시 《祭天歌》, 창세서사시 《崇搬圖》, 영웅서사시 《黑白之戰》도 포함되어 있다.[75] 경전이든 서사시이든 고대의 것을 이었으면서, 중세보편종교와 맞서서 민족신앙의 의의를 높

---

74) 《納西族文學史》(成都 : 四川民族出版社, 1992), 81면.
75) 《동아시아 구비서사시의 양상과 변천》, 198-201면에서 그 두 작품에 대해 고찰했다.

였다.

다른 민족들과의 투쟁을 그리는 데 그치지 않고 서로 화합하는 관계를 설정하는 방향으로 민족서사시를 개작해, 중세보편주의 구현에 자기네 나름대로 참여한 것을 주목할 만하다. 《崇搬圖》에서는 자기 민족과 티베트족, 白族이 같은 선조에서 태어났다고 하고, 《黑白之戰》에서는 다섯 색깔의 알에서 다섯 민족이 태어났다고 했다. 여러 민족이 서로 다투면서도 불가분의 관계를 가지고 함께 살아가는 이치를 밝히고자 해서 그렇게 했다.

彝族 또한 독자적인 문자를 만들어 민족어문학을 이룩했다. 그 내력은 아주 오래 된다. 《後漢書》〈西南夷傳〉을 보면 한자를 이용해서 민족어를 표기한 爨文詩 세 편이 한역을 통해 소개되어 있는데, 그것은 한국의 鄕歌나 일본의 和歌보다 일찍 이루어진 최초의 차자표기민족어시이다.[76] 그 爨文詩를 지은 사람들은 九隆을 건국의 시조로 받드는 국가를 창건하고, 중국 한나라의 책봉을 받았다고 《後漢書》의 그 대목에서 서술해놓았다. 그 나라는 국가 창건 시기가 고조선과 대등하거나 더 앞섰다.

그런데 그때 들어선 국가가 후대까지 이어지지 않았고, 인근 지역에서 南詔國이 들어선 것은 몇백 년 뒤의 일이다. '爨'이란 민족 이름을 지칭하는 말인데, 그 후손이 彝族이라고 한다. 후대의 彝族은 자기네 국가를 이룩하지 못하고 南詔의 지배를 받다가, 중국의 소수민족으로 살아왔다. 그러는 동안에 문화도 단절되었다. 한자를 이용한 爨文을 이어오지 않고, 彝文이라고 일컬어지는 문자를 다시 만들었다. 彝文은 처음에 한자와 관련을 가졌는데, 자형이 많이 변해 독자적인 문자가 되었다.

---

76) 차자표기를 한 원문은 《東觀記》라는 문헌에 전하는 것을 가져와 《後漢書》 (北京 : 中華書局, 1965) 권86, 〈西南夷傳〉의 한역시에 병기해놓았다.

彝文을 사용한 글을 보면, 우선 《獻藥供牲經》, 《作齋經》 등의 명칭을 가진 고유신앙의 경전이 있으나, 《東巴經》에 견줄 만한 내용이 풍부하지는 않으며, 서사시는 포함되어 있지 않다. 白族의 성우처럼 비문도 있지만, 중국 중앙정부에서 전하고자 한 내용을 한문과 彝文의 두 가지 언어로 적은 것들이 여럿 있다. 彝文으로만 적은 비문도 있으나, 족보에 관한 내용이고 문학작품과는 거리가 멀다.[77]

彝族은 그처럼 민족어기록문학을 일으키는 데는 적극적인 관심을 가지지 않은 대신에 구비문학을 대단한 열의를 가지고 전승하고 창작해왔다. 창세서사시 《査媽》와 《梅葛》, 영웅서사시 《銅鼓王》를 구전하고 있어, 彝族의 서사시는 그 주변의 다른 어느 민족의 유산보다 풍부하다. 생활서사시 창작에서도 적극성을 보여 《阿詩瑪》 같은 걸작을 산출했다.[78]

독자적인 문자를 만들어서 사용한 민족에 水族도 있다. 역법, 農事, 卜辭, 天文에 관한 기사를 水書라고 일컬어지는 자기네 문자를 이용해서 적었다.[79] 壯族은 한자를 이용한 자기네 글자로 비문을 남겼다. 그러나 그런 민족은 문자가 불완전하고, 글쓰기 훈련을 거치지 않아서, 독자적인 문자로 민족어기록문학을 일으키지 못한 점은 납서족의 경우와 같다. 그 대신에 구비문학을 풍부하게 전승하면서 시대마다 새로운 경험을 나타내는 데도 썼다.

문자를 사용하지 않은 민족은 오로지 구비문학을 자기네 문학으로 삼고, 중세화 이전 단계의 문학을 소중하게 이어오는 것이 상례였다. 侗族의 서사시 《薩歲之歌》와 《祖公之歌》, 그리고 아이누민족의 영웅서사시 '유카르'(yukar) 같은 것이 그 좋은 본보기이다. 남녀

---

77) 馬學良 等 編著, 《彝族文化史》(上海 : 上海人民出版社, 1989), 151-193면.
78) 《동아시아 구비서사시의 양상과 변천》, 202-220면에서 이에 관해 고찰했다.
79) 中國民族古文字硏究會 編, 《中國民族古文字圖錄》, 235-238면에 도판이 있다.

의 사랑 때문에 죽고 사는 일이 벌어지는 사건을 다룬 범인서사시 또는 생활서사시를 만들어낸 그 두 민족의 업적은 기록문학을 수반하지 않고서도 문학의 중세화가 가능함을 입증해준다.[80]

근대 이후의 상황

근대로 들어서면서 동아시아는 무리하게 단순화되었다. 여러 민족의 독자적인 삶이 부정되고 국가가 몇 개만 남았다. 국가를 만들지 못한 민족은 소수민족이 되어 민족문화를 가까스로 이어나가면서 근대화 이전의 상태에 머물러야 했다. 국가를 경영하는 지배민족끼리 쟁패를 해서 국가를 병합하는 일이 근대화와 함께 벌어졌다. 그래서 한때는 중국과 일본 둘만 남고, 일본이 중국을 침공하는 데까지 이르렀다가, 일본의 패망으로 동아시아의의 판도가 재조정되어, 중국·일본·한국이 병존하고, 월남이 프랑스 식민지에서 해방되어 나라 수가 넷이 되었다.

공동문어문학의 시대를 청산하고 민족어시대로 들어서는 과업을 어느 나라에서든지 일제히 수행했다. 일본은 근대국가를 만들면서, 중국은 반식민지 상태의 민족운동을 거치면서, 식민지가 된 한국과 월남에서는 민족해방운동을 전개하면서 그 일을 추진했다. 그러다가 이제는 그 네 나라가 모두 독립된 민족국가의 근대민족어문을 갖추고 있다. 공동문어인 한문은 버리고 정치적인 중심지의 구어를 공용어로 삼아 교육을 통해 보급하면서, 언어 통일과 언문일치를 이룩하는 것이 근대민족어문 정책의 공통된 특질이다.

---

80) 《동아시아 구비서사시의 양상과 변천》, 151-174면에서 아이누서사시를, 194-220면에서 운남민족군의 서사시의 하나로 侗族의 서사시를 고찰했다.

언문일치를 이룩하기 위해서는 쉽게 배우고 쓸 수 있는 문자가 필요하다. 그러나 중국에서는 문자를 바꾸려고 해도 뜻을 이룰 수 없었다. 로마자를 사용하자는 극단적인 처방은 받아들여지지 않았다. 簡字를 만들어 쓰고 있으나, 한자를 배우는 어려움을 덜어주지 못한다. 월남에서는 字喃을 버리고 로마자를 택했다. 기독교 선교사가 창안하고 식민지 통치의 도구가 된 월남어의 로마자 표기법을 민족해방운동 진영에서도 받아들여 '國語'(Quoc-ngu)라고 일컬었다. 일본과 한국에서는 한자를 간략화한 일본의 假名과 독자적으로 창안한 한글이 있어 중국이나 월남같은 고민을 할 필요가 없었다. 그런데 일본에서는 오랜 관례에 따라 한자와 假名을 혼용하고, 한국에서는 한자를 혼용하기도 하고 한글을 전용하기도 한다.

그래서 한문문명권 여러 민족어의 글이 서로 다른 길을 가게 되었다. 공동문어의 글과 민족어의 글이, 한자를 그대로 쓰는 중국글, 일본의 한자 혼용, 한국의 한자 혼용, 한국의 한글 전용, 월남의 로마자 표기 순서로 가깝고 멀다. 앞의 것일수록 공동문어문학의 유산을 계승해서 사용하기에는 유리하면서 글을 쉽게 익혀 쓰는 데는 불편하고, 뒤의 것일수록 그 반대가 되는 정도가 더 커서, 장단점을 두고 논란이 있게 마련이다. 한국의 한자 혼용과 한글 전용 사이에서 가장 치열하게 벌어지고 있다.

근대의 언문일치를 이룩하려면 두 가지 과업을 수행해야 한다. 공동문어를 버리고 민족어를 공용어로 사용해야 하고, 민족어의 문어를 버리고 구어를 택해야 한다. 그런데 중국에서는 앞의 것과 뒤의 것이 구별되지 않았다. 월남에서는 한문과 字喃이 밀접하게 연결되어 있어 함께 청산되었다. 한국에서는 한문을 국문으로 바꾸는 것이 긴요한 과업이었으며, 그렇게 하는 중간 단계에서 국한혼용문이라는 과도기적인 문체가 일시 나타났다. 그런데 일본에서는 한문을 대신해서 일본문을 사용해온 오랜 내력이 있어, 일본문의 문어체를 버리고 구어체를 사용하는 것이 언문일치를 위해서 한문 청산 못지 않게 긴요한 과업이었다.

한문을 대신해서 공용어로 등장해 언문일치를 이룩하는 민족어를 그 어디서나 '國語'라고 하는 것이 상례이다. 국가가 독립을 이루려면 국어가 있어야 하고, 국어를 잘 다듬는 것이 국가발전을 위한 필수적인 과업이라고 하는 주장이 근대민족주의 기본이념 구성의 긴요한 부분으로 등장했다. 주권을 상실하고 식민지의 처지가 되었어도 국어를 지켜 독립의 원동력으로 삼아야 한다고 했다. 국가를 이루는 세 가지 요건을 국토인 "域", 국민인 "種", 국어인 "言"으로 들고, "其域은 獨立의 基요 其種은 獨立의 體요 其言은 獨立의 性이라"고 한 주시경의 말에 그런 견해가 잘 요약되어 있다.[81]

그런데 국가의 규모가 너무 크고 지역마다 다른 언어를 사용해서 언어를 통일하기 지극히 어려운 중국에서는 '국어'라는 것을 내세우지 않고, 중심부 북경지방의 언어를 '普通話'라고 하면서 전국에 보급하고 있다. 일본에서는 '국어'를 근대국가 건설의 정신적 지주로 삼고, 다른 민족을 정복해 통치하면서 자기네 '국어' 사용을 강요해 국가의 확장을 꾀했다. 식민지를 강탈해서 통치한 것은 유럽문명권 제국주의 국가들의 전례를 따랐으나, 자기네 '국어'를 받아들여 피지배민족을 동화·소멸시키려고 한 것은 일본 특유의 정책이었다.[82]

한국인은 일본의 식민지통치를 받으면서 일본어를 '국어'로 사용하도록 강요하는 데 맞서서 민족어를 지키는 것을 독립운동의 긴요

---

81) 《한국문학통사》 4(서울 : 지식산업사, 1994), 253면에서 재인용한다.

82) 又吉盛清, 《日本植民地下の臺灣と沖繩》(宜野灣市 : 沖繩あき書房, 1990), 130-136면의 〈アイヌ·琉球·臺灣·朝鮮教育と同化〉에서 그 양상을 비교해서 고찰했다.

한 과제로 삼았다. '국어'라는 말은 내놓고 쓰지 못하는 상황에서, '국어'를 통일하고 규범화해 독립을 이룩하는 정신적 지주로 삼는 데 필요한 작업을 다각도로 진행하기 위해 분투했다. 프랑스의 통치를 받은 월남에서는 프랑스어 사용이 강요되지 않고 월남어를 발전시키는 데 직접적인 제약조건이 없는 점이 한국과 달랐다. 월남에서는 식민지 통치자가 창안한 월남어 로마자 표기방식을 '國語'라고 한 것은, 그 표기법을 널리 보급해서 누구나 사용할 수 있게 해야 '국어'를 이룩하는 이상을 달성할 수 있다고 판단했기 때문이다.

식민지 시대가 지난 지금에 이르러서는, 한국·일본·월남이 모두 어법이나 표기법의 규범을 가다듬은 국어로 교육을 실시하고, 언어생활을 영위하는 과업을 충실하게 수행했다. 서사어뿐만 아니라 구두어도 표준화해서 방언 차이 때문에 언어소통이 잘 되지 않은 불편이 없도록 하는 데 성공했다. 언론과 출판에서 표준어만 사용하고, 문학작품 또한 특별한 효과를 얻고자 하는 경우에 방언을 부분적으로만 사용해서 언어통일을 완수했다.

그렇지만 표준화된 국어의 보급으로 방언을 통해서 이룩해온 언어문화 창조가 심각한 타격을 받는다. 한국에서 제주도 사람들이 제주도 구비문학의 전통과 단절되고 있는 것이 그런 경우이다. 국어와는 다른 언어를 사용하는 소수민족은 자기 언어를 버려야 하는 고통을 겪어야 한다. 민족국가를 이루는 데 부족함이 없는 여러 민족이 중국이라는 지나치게 거대한 국가에 포함되어 소수민족의 처지를 벗어나지 못하고 있는 것은 세계사의 비극이다. 일본의 아이누민족이나 유구민족, 그리고 월남의 여러 소수민족은 독자적인 삶을 지켜나가기 더욱 어려운 민족존망의 위기에 직면하고 있다.

중국과 월남에서는 소수민족을 보호하고 문화를 육성한다는 정책을 표방하고 있어도 실제 상황은 그렇지 못하다. 일본에서는 소수민족이 있다는 사실을 부인하려고 한다. 제3세계민족이 해방을 얻어 민족국가를 창건하는 것이 세계사 전개의 선진과업이었던 시대를 지나, 이제 민족국가를 이루지 못하는 소수자들인 제4세계민족의 정당한 권리 실현이 더욱 긴요한 과제로 등장한 지금에 이르자, 통일된 국어를 보급시켜 근대국가 형성의 모범사례를 보인 동아시아 각국의 성공사례가 진보를 방해하는 구실을 한다.

또한 오늘날에는 지식인들마저도 국어만 숭상하고 한문은 돌보지 않아 한문으로 창조한 민족문화의 유산을 계승하지 못하고 동아시아문명의 전통을 이해하지 못하는 차질이 일제히 벌어지고 있다. 공동문어 사용이 중단된 것은 당연한 일이라고 하더라도, 그 유산을 이어받지도 못하게 된 것은 정상적인 사태일 수 없다. 한문 학습이 이어지지 않으면, 동아시아문명권의 동질성이 상실되고, 유럽문명권이 주도한 근대를 극복하고 다음 시대로 나아가는 지침을 마련하는 데 필요한 기초작업을 할 수 없다.

중국에서는 한자를 로마자로 대치하려고 하는 일부의 시도가 성공을 거두지 못하고 한자를 계속 사용하지만, 한문의 언어와 오늘날의 중국어가 크게 달라 특별한 교육을 받지 않은 사람들은 한문을 알지 못한다. 일본에서는 한자는 계속 쓰니 한문도 알 것 같으나 그렇지 않다. 한문교육이 일본에서는 거의 중단되고, 한국에서는 명맥만 잇고 있다. 월남에서는 한문교육을 대학 입학후 필요한 전공분야에서는 실시한다고 하지만, 수준이 너무 낮아 실효를 거두지 못하고 있다.

한문 공부는 나날이 위축되는 것과 대조가 되게, 동아시아 여러 나라에서도 세계 다른 곳에서처럼 영어를 익혀 국제어로 쓰고자 하는 열의는 더욱 고조되고 있다. 동아시아 사람들끼리도 영어가 아니면 의사소통의 방법이 없는 형편이다. 근대는 그럴 수밖에 없는 시대이다. 각자 자기의 국어와 영어 두 가지 언어를 익히면 어문생활에 지장이 없다고 하는 시대가 근대이다. 영어를 열심히 공부하는 것은 근대화의 당연한 과정이다.

그러나 근대를 극복하는 다음 시대에는 어문생활의 양상도 크게 바뀌어야 한다. 다음 시대는 민족국가의 절대적인 우위가 무너진다. 국가가 외형은 그대로 유지되더라도 내부구조가 다원화되어야 한다. 유럽문명권중심주의가 청산되고 영어의 독주가 시정되어야 한다. 그러면서 한편으로는 '국어' 때문에 질식되고 있는 지역 방언 또는 소수민족의 언어가 되살아나서 서사어로 쓰여야 한다. 다른 한편으로는 문명권 전체의 공동문어를 되살려 함께 사용해야 한다.

동아시아의 공동문어는 서사어이기만 하고 구두어는 아니므로, 동아시아의 지식인이라면 누구든지 한문 필담을 할 수 있으면 된다. 지난 시기 공동문어인 한문을 다시 사용해서 동아시아 학술교류의 공용어로 사용하는 것이 바람직하다. 동아시아 전통문화에 관한 연구서나 그런 주제를 취급하는 국제학술회의에서 발표하는 논문은 한문을 사용하면 의미 전달이 정확하고, 번역을 하는 수고를 덜 수 있다.[83]

동아시아 학자나 지식인은 한문으로 쓴 글을 전하고 한시를 주고받으면서 동아시아문명의 동질성을 확인하고 그 유산을 함께 이어받아야, 유럽문명권중심주의를 넘어서서 세계문명의 다양한 발전에 적극 기여할 수 있다. 다른 문명권 사람들과 의사교환을 할 때에는 이미 널리 보급되어 있는 영어·불어·서반아어 같은 언어를 사용할

---

83) 나는 1998년 10월 10일 중국 북경대학에서 열린 제3회 東亞比較文化硏究國際會議에서 발표한 논문 〈東亞文化史上 '華·夷'與'詩·歌'之相關〉을 한문으로 써서 배부했다. 구두발표는 한국어로 했지만, 통역을 할 필요는 없었다. 그 논문을 《문명권의 동질성과 이질성》 권말의 부록에 수록한다.

수밖에 없다. 그러한 국제어도 다원화해서 영어의 독주를 제어해야 한다. 언어문화의 유산을 다양하고 풍부하게 이어받아야 인류가 복된 삶을 누릴 수 있다.

먹고 살기도 바쁜데 어느 겨를에 한문을 익히고, 영어 이외의 다른 언어도 배운단 말인가 하고 반문할 수 있다. 그러나 산업기술 근대화를 재촉하던 시기와는 달라지고 있어서, 생산활동에 직접 종사해야 하는 시간은 줄여야 하고, 그 대신에 문화활동을 늘려야 한다. 그래야만 실업자가 줄어들고, 문화생활의 혜택을 고루 나눌 수 있다. 그런데 어떤 문화활동을 해야 할 것인가? 이것이 문제이다.

그 해답은 언어 학습이다. 언어 학습은 무료한 시간을 보내는 데 기여하는 소극적인 의의에서 음식, 관람, 여행, 스포츠 등보다 부작용이 적고 효과가 뛰어나다. 공연히 무엇을 만들어 불필요한 재화를 생산하지 않고, 여가를 소중하게 여기도록 하고, 정신을 윤택하게 하고, 세계를 평화롭게 하도, 새로운 가치를 창조할 수 있게 하는 문화활동 가운데 언어 학습만한 것이 없다.

일부의 특권층만 문자문명을 독점하고 있는 중세의 잘못을 시정해 누구나 글을 알 수 있게 하려고, 신분이나 능력을 가리지 않고 국민교육을 일제히 실시한 것은 근대의 자랑이다. 그렇게 하기 위해서는 난삽해서 말썽인 공동문어를 버리고, 쉽게 익혀서 읽고 쓸 수 있는 민족어를 표준화된 공용어로 삼아 국어라고 한 것이 너무나도 당연한 일이었다. 그런데 지금에 와서는 몇 가지 사정이 달라졌으므로, 같은 주장을 되풀이하고 있는 것은 시대착오이다.

이제 민족어를 읽고 쓰는 일은 누구나 다 할 수 있게 되어 그 의의를 계속 강조할 필요가 없게 되었다. 국민교육을 처음 실시할 때에는 쉬운 글을 빨리 익혀 일하러 나가도록 해야 노동시간을 확보할 수 있었는데, 이제 노동시간을 단축하지 않을 수 없게 되어 여가를 공부에 돌리는 방법을 찾아야 한다. 노동시간이 생산을 보장해주는 시대가 지나서, 수준 높은 교육을 다각도로 실시해야 삶의 질을 높이는 진정한 발전을 할 수 있다. 공동문어문명의 유산을 계승해 새롭게 활용하는 것도 그 가운데 하나이다.

근대는 언어를 단일화한 시대이다. 국내에서는 표준화된 민족어를 국어로 사용하고, 국제교류를 위해서는 영어를 익히는 데 어느 나라에서 누구든지 일제히 노력해야 한다고 하는 것이 근대에 이르서서 일반화된 언어관이다. 근대주의자들은 그 주장를 계속 펴다가, 영어를 세계 각국의 국어로 삼아 두 가지 언어를 하나로 합치자고 하는 데까지 이르고 있다. 그러나 근대가 완성되어 역사가 종말되는 것 같은 시기에 다음 시대가 태동되고 있는 것이 陰陽의 이치이다.

근대 극복의 다음 시대에는 언어 사용이 다원화된다. 국내에서는 국어뿐만 아니라 소수민족의 언어나 지방의 방언도 적극 활용하고, 국제간에는 영어 외에 다른 여러 언어도 함께 사용하면서, 자기 문명권의 공동문어를 되살리고 다른 문명권의 공동문어도 공부해 인류문화 유산의 전영역을 적극 계승하는 데 힘쓸 수 있는 시대가 온다. 생산시간은 줄어들고 노동시간은 늘어나는 사태를 새로운 사회문제를 만들어내지 않고 슬기롭게 해결하는 최상의 방안이 거기 있다.

모든 사람이 일제히 그 길로 나아가기 위해서 공통된 교육을 실시하자는 것은 아니다. 공통된 교육을 일제히 실시하는 것은 근대의 방식이다. 다음 시대에는 교육이 다원화되어야 한다. 많은 사람이 자기 취향에 따라 서로 다른 공부를 하고, 자기에게 필요하면서 인류에게 유익한 일을 자기 판단에 따라 개척하는 것이 마땅하다. 서로 충돌하면서 창조적인 화합을 이루는 生克 관계의 사회에서, 언어를 배우고 쓰는 것도 각기 달라서 유익한 논쟁을 벌여야 한다.

산스크리트문학과 민족어문학

전반적 양상

산스크리트문명권을 흔히 인도문명권이라고 하는 것은 적절하지 못한 말이 되었다. 인도가 특정한 나라 이름이 된 다음에는 인도를 포함한 지역을 '인도아대륙'(Indian Subcontinent)라고 하는 것이 새로운 관례이다. 그러나 그 말 또한 나라 이름이 들어 있어서, '남아시아'로 대치하는 것이 바람직하다. 남아시아에는 인도, 파키스탄, 방글라데시, 네팔, 스리랑카 같은 나라들이 있다. 산스크리트문명권은 그런 범위의 남아시아를 넘어서서 동남아시아까지 뻗어 있었다. 지역을 들어 말하면 '남·동남아시아문명권'이라고 지칭하는 것이 마땅하다.

남·동남아시아의 산스크리트문명권의 보편종교는 힌두교와 불교이다. 원래는 힌두교만이었는데 불교가 추가되면서 문명권의 확산이 이루어지다가, 문명권의 중심부에서는 불교가 사라지고 힌두교만 남았다. 다른 곳에서는 두 종교가 공존하고 서로 융합되었다. 종교를 들어 말하면, 힌두교·불교문명권이라는 말을 쓰는 것이 마땅하다.

그러나 그것이 그 문명권의 전모는 아니다. 그렇게 말하는 데 포함되지 않은 티베트 또한 산스크리트문명권에 속한다고 보아야 한다. 산스크리트를 경전어로 한 불교를 인도에서 받아들였기 때문이다. 그런데 티베트에서는 산스크리트경전을 그대로 사용하지 않고 티베트어로 번역한 점이 특이하다. 몽골은 티베트불교를 받아들이면서 티베트어경전을 사용하다가 자기 말로 번역했으므로 산스크리트문명권의 주변부의 주변부라고 할 수 있다.[84]

중세전기에 이루어진 산스크리트문명권의 판도를 공동문어와 민족어의 관계에 따라 구분하고, 중심부에서 주변부로 나아가는 순서로 들어 정리하면 다음과 같다.

(가) 문명권 중심부 '같은 언어 공동문어-민족어의 양층'이 이루어진 곳 : 인도 중심부, 힌디어(Hindi), 벵골어(Bengali), 아쌈어(Assamese), 오리야어(Orya), 마라티어(Marathi), 구자라티어(Gujarati), 펀잡어(Punjabi), 카슈미르어(Kashmiri) 등 아리안계 여러 언어 사용 지역.

(나) 문명권 중간부 '다른 언어 공동문어-민족어의 양층'이 이루어진 곳 : 인도 남쪽 타밀어(Tamil), 카난다어(Kannanda), 텔레구어(Telegu), 말라야람어(Malayalam) 등 드라비다계 여러 언어 사용 지역.

(다) 문명권 주변부 '다른 언어 공동문어-민족어의 양층'이 이루어진 곳 : 캄보디아, 참파(Champa), 말레이, 자바 등 동남아시아 여러

---

84) 그러면서 몽골에는 한문을 사용하고 한문으로 문학창작을 한 소수의 예외자도 있었다. 몽골은 산스크리트문명권 및 한문문명권과 이중의 관계를 가지면서, 그 어느 쪽에도 정회원이 되지 않고 준회원 또는 참관자 정도의 위치에 머물렀다. 그런 경우가 더 있는지 찾아보아야 할 일이다. 공동문어문학과 민족어문학의 관계를 살펴 중세문학을 논하는 작업에서 몽골문학을 소홀하게 여기는 것은 어쩔 수 없는 일이다. 그러나 고대의 영웅서사시를 중세문학으로 이어 발전시킨 과정을 살핀 《동아시아 구비서사시의 양상과 변천》에서는 몽골의 경우를 커다란 비중을 두어 다루었다.

지역.

(라) 문명권의 주변부 '민족문어-구어의 양층'이 이루어진 곳 : 티베트, 몽골.

중세전기에 이렇게까지 확대된 산스크리트문명권의 영역이 중세후기에는 축소되었다. 인도아대륙 서북부에서 중심부까지에 이슬람교가 들어와서 아랍어문명을 이식했다. 동남아시아의 말레이, 인도네시아군도 등지도 아랍어문명권으로 소속을 바꾸었다. 스리랑카에서는 중세전기부터 신봉하고 있던, 팔리어를 경전어로 하는 상좌불교가 위에서 (다)라고 한 동남아시아 여러 곳, 오늘날의 미얀마, 타이, 캄보디아 등지로 전파되어 팔리어문명권을 형성했다.

참파는 오늘날의 중부월남에 자리잡고 있던 나라인데, 월남과 오랫동안 싸우다가 월남에 병합되었다. 참파인은 그 뒤에 다시 독립을 얻지 못하고, 월남의 소수민족이 되고 말았다. 거기서는 산스크리트문명권이 축소되고 한문문명권이 확대되었다.

그렇다고 해서 중세후기 이후에 산스크리트문명권이 사라진 것은 아니다. 인도아대륙 내부 대부분의 지역, 즉 위에서 (가)라고 한 곳의 대부분, 그리고 (나)라고 한 곳은 그런 변화에 흔들리지 않고 산스크리트문명권으로 남아 있었다. (라)의 티베트 또한 문명권 소속을 바꾸지 않았다.

산스크리트문명권의 문학은 오랜 기간 동안 많은 작품을 산출해서, 자료가 부족하다고 말할 수는 없다. 그러나 문학사 서술에는 근본적인 난점이 하나 있으니, 작가의 생존연대나 작품의 창작연대를 밝히기 어렵다는 것이다. 산스크리트문명권에서는 절대연대를 적으면서 역사를 기록하는 관습이 없고, 역사서술을 문학창작의 소관으로 여겼기 때문에 그렇게 되었다. 또한 문학작품이 인쇄되지 않고 후대에 거듭 이루어진 필사본으로만 전하며, 구전되다가 기록된 것이 많은 점도 연대를 밝히면서 문학사를 서술하기 어렵게 하는 조건이다.

그러나 정확한 연대기를 갖추는 것이 문학사 서술의 선결과제라고 하지 않으면, 해결책이 생긴다. 연대가 몇 세기 오르내리는 것은 그리 큰 문제가 아니라고 관대하게 여길 필요가 있다.[85] 문학의 변천을 거시적으로 구조적으로 파악하는 것이 긴요한 과제라고 하면, 산스크리트문명권의 문학사를 선후의 단계를 구분하면서 서술하는 것이 가능하다. 그래서 얻은 성과가 세계문학사를 통괄해서 이해하는 데 소중한 지침이 될 수 있다. 세계문학사 전개에서 공통되게 나타난 시대 변화는 연대기적인 일치에 집착하지 않고 단계의 선후관계를 중요시해야 비로소 인식될 수 있다는 지혜를 산스크리트문명권의 문학사가 일깨워준다.

산스크리트문학사의 전개

산스크리트문학의 연원은 《베다》(*Veda*)에서 시작되었다. 고대 아리안 민족의 신앙 브라만교에서 섬기는 여러 신을 신앙하고 찬미하는 데 쓴 노래인 《베다》를 오랜 기간 동안 창작하고 전승하다가 네 가지 부류로 집성했다. 그 다음 단계의 《우파니샤드》(*Upanishad*)에서는 우주의 근본원리에 관한 철학적 성찰을 노래해서 사상이 달라졌음을 알려준다. 서사시 《라마야나》(*Ramayana*)와 《마하바라타》(*Mahabharata*) 또한 이른 시기부터 구전되다가 기원후 2세기 무렵에 오늘날 볼 수

---

85) 지금부터의 서술에 등장하는 연대는 모두 유동적이다. 작가나 작품의 연대가 어느 세기에 속한다고 하는 것은 기본자료로 이용하는 논저에 있는 것을 옮겨 그렇게 말할 따름이고, 언제나 다른 견해가 있다.

있는 바와 같은 형태로 정착되었다. 《마하바라타》의 일부로 포함되어 있는 〈바가바드 기타〉(Bhagavad Gita) 또한 종교의 경전이면서 산스크리트문학의 고전이다.   .

《베다》에서 사용하던 언어인 베다어(Vedic)는 시대에 따라서 변하는 구어였다, 베다어의 문법을 고정시켜 변할 수 없는 규범을 지닌 문어로 만든 새로운 언어가 산스크리트이다. 그렇게 하는 데 파니니(Panini), 파탄잘리(Patanjali) 같은 문법학자가 큰 구실을 했다. '산스크리트'라는 용어는 파니니가 처음 사용했는데, '고정시킨' 또는 '다듬은' 말이라는 뜻이다.[86]

파니니가 《아스타디야이》(*Astadhyayi*)라는 이름의 문법서를 저술해, 4천 개 가까운 조항에 걸쳐 언어 사용의 규칙을 정비한 것이 기원전 5세기경의 일이었다.[87] 그 후계자 파탄잘리가 기원전 2세기에 《마하바시야》(*Mahabhasya*)에서 재확립한 규칙이 널리 이용되어 산스크리트가 문어로 정착되도록 하는 구실을 했다. 그 뒤에도 문법학의 저술이 이어져 나와, 언어사용의 원리를 해명하고 규제했다. 공동문어가 유지되기 위해서는 사용규범서가 필요한 당연한 일을 산스크리트문명권에서 다른 어느 문명권에서보다도 특히 모범적으로 수행했다.

문법서에 맞추어 다듬은 말인 산스크리트가 출현했다고 해서 언어변화가 중단된 것은 아니다. 승려 및 학자인 브라만계급은 산스크리트를 소중하게 전승해서 말하는 데도 사용했지만, 다른 계급의

---

86) H. R. Aggarawal, *A Short History of Sanskrit Literature*(Delhi : Munshi Ram Manohar Lal, 1963), 8면. 산스크리트문학사에 관한 서술은 대부분 이 책에 의거한다.

87) 이 대목의 서술은 Suniti Kumar Chatterji ed., *The Cultural Heritage of India vol. 5 Languages and Literatures*(Calcutta : The Ramakrishna Mission Institute of Culture, 1978), 312-320면의 "Sanskrit Grammar"에 근거를 둔다.

사람들이 일상생활에서 사용하는 말은 계속 변했다. 그런 말 여러 갈래가 프라크리트(Prakrit)라고 총칭된다. 프라크리트는 '자연스러운' 또는 '다듬지 않은' 말이라는 뜻이다.

인도문학에는 산스크리트문학도 있고, 프라크리트문학도 있었다. 그러나 프라크리트문학은 가치가 인정되지 않았으며, 이른 시기에 기록된 자료가 드물어서 그 계보를 알아보기 어렵다. 프라크리트가 힌디어, 벵골어 등의 여러 지역언어로 분화되어 독자적인 문학을 이룩한 증거가 뚜렷하게 나타난 13세기에 이르기까지 인도문학사는 산스크리트문학사로 일관했다.

산스크리트문학은 산스크리트를 사용한 문학만이 아니고, 산스크리트의 언어규범을 갖춘 문학이다. 베다어와 산스크리트 사이의 중간단계를 지나서, 산스크리트가 불변의 문법규칙을 지니고, 문장 표현의 일정한 규범을 갖춘 문어로 고정되기 시작한 것은 2세기경의 일이다. 그때 산스크리트문학이 품격 높게 다듬어지고, 인도아대륙 밖의 광범위한 지역에서도 널리 받아들여 함께 활용하는 공동의 자산이 되었다.

그렇게 해서 산스크리트가 문명권 전체의 공동문어로 등장한 과정을 우선 금석문의 변화를 통해서 확인할 수 있다. 인도의 금석문은 아소카(Ashoka)대왕의 칙령을 새긴 비문에서 마련한 선례에 따라 지방의 구어를 사용하다가, 2세기 무렵부터 산스크리트로 쓰는 관례가 이루어졌다. 동남아시아 각국에서 통치자의 위업을 자랑하는 비문을 산스크리트로 지은 것은 그 모형을 재현해서 문명권의 중심부와 동격이 되고자 했기 때문이다.

산스크리트를 이용한 불교문학의 등장 또한 주목할 만한 변화였다. 불교의 경전은 원래 팔리어(Pali)를 사용했는데, 기원 전후에 대승불교가 일어나면서 산스크리트를 택했다. 산스크리트가 사상 표현의 언어로 독점적인 의의를 가졌다는 것을 인정하고, 산스크리트의 가치를 높이는 데서 브라만교보다 한걸음 더 나아가고자 했기 때문이다. 불교승려 아스바고사(Asvaghosa, 한문명 馬鳴)가 불타의 생애를 노래한 서사시 《붓다차리타》(Buddhacarita)를 지은 것도 2세기의 일로 추정된다.

아스바고사는 시바신을 섬기는 브라만 출신이었던 것 같고, 브라만에게 필요한 교육을 광범위하게 받은 다음 불교에 귀의했다.[88] 그 작품은 산스크리트를 경전어로 하는 불교문명권 전체의 고전으로 높이 평가되었으며, 《佛所行讚》이라고 하는 한문 번역본이 또한 북방불교 세계에서 광범위한 영향을 끼쳤다. 산스크리트본은 제14장 성불한 대목까지만 남아 있고, 한문 및 티베트어 번역은 제28장 불타가 열반에 든 뒤에 다비를 하고 사리를 나눈 결말 대목까지 모두 전한다.[89]

산스크리트문학이 더욱 세련되어 전성기를 맞이했다고 평가된 시기는 그 뒤의 굽타(Gupta)제국 시절 5세기부터이다. 그 시기 문학을 주도한 칼리다사(Kalidasa)는 생애에 관한 구체적인 사실은 확인되지 않으나, 아스바고사처럼 시바신을 섬기는 브라만 출신이며, 굽타제국의 궁중문인으로서 크게 활약했다 하고, 공주와 결혼해서 행복하게 살았다는 말이 전한다.[90] 힌두교를 정신세계로 삼았으나 종교사상보다는 문학성이 두드러진 작품을 썼다.

희곡, 서정시, 서사시 등의 영역에서 이룬 바가 모두 불교시인들

---

88) Siegfried Lienhard, *A History of Classical Poetry Sanskrit-Pali-Prakrit* (Wiesbadenen : Otto Harrassowitz, 1984), 164면.

89) 한문본 국역이 馬鳴, 김달진 역, 《붓다차리타》(서울 : 고려원, 1988)로 출판되어 있다.

90) Siegfried Lienhard, 위의 책, 115면.

138

보다 한걸음 더 나아가서, 세련되고, 균형 잡히고, 예술적으로 성숙된 작품세계를 보여주어 중세산스크리트문학의 절정을 이루었다고 평가된다. 그 가운데 서사시는 서사시 본래의 영역에서 이탈한 탓에, 《라마야나》나 《마하바라타》만큼 높이 평가되지 않았으나, 희곡과 서정시는 독자적인 의의를 가진 새로운 문학이다. 《사쿤탈라》(Sakuntala)와 다른 두 편의 희곡을 중세문학의 새로운 갈래로 삼고, 시대정신 표현의 가장 적합한 방식으로 만들었다.[91]

서정시에서는 시대와 지역을 넘어서서 널리 영향을 끼치는 전범을 마련했다. 멀리 있는 님에게 하고 싶은 말을 구름이 가는 편에 전한다고 하는 사연으로 이루어진 연작시 《구름의 使者》(Meghaduta)에서, 어떤 매개자를 택해서 자기 말을 누구에게 전해달라고 하는 '使者詩'(duta poem, messinger poem)의 좋은 본보기를 만들었다. 여러 세기에 걸쳐 수많은 추종자가 이 작품을 주해하고 모방했다.

쿠베라(Kubera) 신의 보물창고를 지키는 半神 야스카(Yaksa)가 죄를 짓고 북쪽에 있는 신들의 고장 알라카(Alaka)에서 추방되어 중부인도의 산속으로 귀양갔다 하고서, 지나가는 구름에게 부탁해서 자기 아내에게 소식을 전해달라고 하는 사연으로 작품이 이루어졌다. 그런 종교적인 배경이나 서사적인 전개를 이용해서, 다채로운 심상을 만들어내고, 장편이라도 계속 긴장되게 했다. 구름이 가는 길에 관해서 자세하게 말하는 路程記를 펼치면서, 곳곳에 펼쳐져 있을 아름다운 풍경을 비탄에 잠긴 아내를 그리워하는 자기 심정과 겹쳐서 그렸다. 情과 景이 하나가 되어 情景을 이루도록 하는 서정시의 영원한 과제를 탁월한 착상과 표현을 갖추어 이룩했다. 한 대목을 들어보자.

---

91) 《카타르시스·라사·신명풀이》에서 《사쿤탈라》를 '라사' 연극의 본보기로 들어 자세하게 검토했다.

가는 길에 니르빈디야(Nirvindya)강을 만나면 연인으로 삼으려무나.

강의 허리춤에서 물결이 소란스럽게 굴고 새들이 지저귀리니.

소용돌이로 아름다운 배꼽을 보여주는 몸뚱이의 향기를 즐겨라.

그런 요염한 거동이 보이는 것이 여인의 첫번째이니라.[92]

구름은 남성형이고, 강은 여성형이다. 구름이 물결치는 강 위로 지나가는 광경을 사랑하는 남녀의 만남으로 이해될 수 있게 노래했다. 그런 방식으로 만든 약 110개의 연이 연결되어 있으니, 서정시치고는 상당한 장편이다.

2세기와 5세기 그 두 단계의 노력을 거쳐 확립된 산스크리트고전문학은 문학사의 시대구분을 들어 말하면, 중세전기문학이다. 여러 문명권에서 일제히 마련된 중세전기문학 가운데 산스크리트문학이 가장 앞서고, 표현의 품격이 월등하게 높으며, 기교가 특히 세련되어 우뚝한 위치를 차지했다. 중세전기 산스크리트문학의 품격을 구현하는 기교 구사의 방법을 그 당시부터 '카비야'(kavya)라고 지칭했다.

'카비야'는 '카비'(kavi)라고 일컬은 시인의 작품을 지칭하는 데서 유래한 말이다. 전통적인 방식으로 글 종류를 나눌 때, '카비야'는 '경전'인 '아가마'(agama), '전승'인 '이티하사'(itihasa), '논설'인 '사스트라'(sastra)와 구별되었다. 오늘날의 개념으로 정의하면 '카비야'는 "예술의 한 형태인 문학"이라고 정의될 수 있는 글이다.[93] 그 실상을 보면, 절묘한 대구와 기발한 비유를 사용해서 화려하면서도 격조 높은 작품을 창작하는 문체가 '카비야'이다. '카비야'의 최상의 본보기인 칼리다사의 작품은 불멸의 고전으로 평가되었다.

---

92) C. R. Devadhar ed., *Works of Kalidasa II Poetry*(Delhi : Montilal Banarsidass, 1993) 수록 "Megaduta", 11면.

93) A. K. Warder, *Indian Kavya Literature 1*(Dehli : Motilal Banarsidass, 1989), 1면.

　시뿐만 아니라 산문도 '카비야'의 요건을 갖추어야 한다 하고, 그렇지 못한 시문은 가치가 인정되지 않았다. 그런 관습을 7세기의 바나(Bana)가 마련했다. 바나의 작품에는 《카탐바리》(*Katambari*)라고 하는 환상담도 있고, 국왕의 전기인 《하르사차리타》(*Harsacarita*)도 있는데, 내용은 무엇이든지 시에 못지 않게 품격 높은 문장을 다듬어 쓰는 데 힘써, 산문 또한 '카비야'문학일 수 있게 했다.

　'카비야'의 위세가 그렇게까지 확대된 결과, 사실을 기술하고 전달하는 산문의 영역이 위축되었다. 글을 구분할 때 '이티하사'(itihasa)라고 일컬어 '전승'에 속한다고 하던 역사서가 '카비야'의 영역 안으로 들어와서, '역사 카비야'라는 것으로 바뀌었다. 그 결과 역사를 소재로 한 문학작품을 쓰면서, 내용보다도 문장을 더욱 소중하게 여기는 풍조가 일반화되어, 역사기록은 없어지고 역사문학만 남았다. 역사상의 사건이나 인물의 생애에 관한 연대를 알려주는 자료가 남아 있지 않은 것이 그 때문이다.

　산스크리트는 사제계급인 브라만의 언어였다. 다른 계급에서는 자기네 구어를 사용해서, 브라만과 언어 소통이 되지 않았다.[94] 그런데 브라만은 사제이면서 시인이어서, 산스크리트를 종교어로 사용하는 데 그치지 않고 문학어로 다듬어 품격 높은 작품을 산출해 선망의 대상이 되게 했다. 군사와 정치를 담당하는 계급 크샤트리아가 그 가치를 인정하고 후원자로 나섰다. 국왕이 시인들의 작품낭송회를 주최하고, 뛰어난 사람을 선발해서 포상하는 관례가 있었다. 그것은 한문문명권의 科擧와 비슷한 제도이다. 그러자 국왕 이하 위치의 통치자나 관원들도 산스크리트문학을 존중해 후원자로 참가하고, 상인들도 애호자가 되었다.

---

　94) 이 대목의 논의는 같은 책, 200-218면의 "The audience and the readers of kavya and its social functions"에 근거를 두고 진행한다.

후원자들이나 애호자들도 산스크리트를 알아야 했으며, 작자가 되기도 했다. 원래 남성의 문학인 산스크리트문학에 여성 작가가 등장하기도 했다. 산스크리트 '카비야'문학은 신분상 상위의 서열에 있는 사람들의 정신적 우월성을 보장해주는 구실을 했는데, 상위자로 자처하는 사람들이 증가하는 데 따라서 그 기반이 확대되어, 사회 전체의 공유물이라고 할 수 있는 위치를 차지했다.

그렇다고 해서 산스크리트문학에 새로운 경험이나 주제를 나타내게 된 것은 아니다. 내용을 바꾸어놓는 창의성은 배제하고, 아름다운 언어와 갖가지 율격을 활용해서 표현기교를 다채롭게 하는 것만 오직 소중하다고 하는 전통이 확립되어 변화가 불가능해졌다. 작자층이 확대되고 관심을 가지는 사람들이 늘어나도 그 점에서는 변화가 없었다. 산스크리트문학에 작자나 독자로 참여해 정신적 상위자임을 확인하려면 민중과는 거리를 두고, 역사니 현실이니 하는 것은 멀리 해야 했다. '카비야'의 규범이 그런 잡스러운 관심을 배제하는 장치 노릇을 했다.

그 때문에 산스크리트문학사에서는 혁신이 일어날 수 없었다. 새로운 시대의 칼리다사가 거듭 등장하지 못했다. 시대가 달라지면 문학갈래도 새롭게 개편되어야 한다는 원칙이 무시될 만큼 인습의 무게가 컸다. 그러나 '카비야'의 범위 밖에 있는 글을 문학이 아니라고 하는 관습에 구애되지 않고, 고찰의 범위를 넓히면 어느 정도의 다양성이 인정된다.

'경전'과 '논설' 가운데 시로 이루어진 것은 문학에 포함시켜 다루는 것이 마땅하다. '전승'에 속하는 설화류는 격식에서 벗어난 산문을 사용했어도 문학으로 인정할 수 있다. 브라만교의 신화·전설·교리서 등을 집성한 《푸르나스》(*Purnas*)라고 하는 것이 일찍 이루어져 그 연원을 마련했다. 그 뒤에 나온 것들 가운데 3세기경에 이루

142

어졌다고 추정되는 우화집 《판차탄트라》(*Pancatantra*)를 특히 주목할
만하다.[95]

《판차탄트라》란 "다섯 가지 논의"라는 뜻이다. 전래된 사람의 행
실에 관해 가르치는 일화와 우화를 다섯 가지 부류로 정리해서 책
을 꾸몄기 때문에 그런 이름이 붙었다. 왕의 부탁을 받고 어리석은
왕자들의 교육을 맡은 사려 깊은 스승이 통치술의 지혜를 이해하기
쉽게 일러주는 교본으로 만들었다고 했다. 세상일을 잘못 알아 어
리석은 행동을 하지 않도록 경계하고, "지식보다는 지혜가 소중하
다"고 하는 가르침을 지닌 이야기가 많다. 단순하고 직설적인 산스
크리트를 사용해서 산문을 쓰고, 격언을 인용하거나 주제를 요약할
때에는 시를 삽입하는 방식을 사용했다.

《판차탄트라》는 일찍부터 인도아대륙의 여러 언어로 번역되었으
며, 페르시아어 번역을 통해서 유럽에도 전해져 국제적인 명성을
얻고, 인도문학의 위상을 높이는 구실을 했으나, 문학적 가치가 있
다고 평가된 것은 아니다. '카비야'의 영역에서 벗어난 글은 작품으
로 인정되지 않았다. 문학의 주변영역으로 취급되어, 문학사의 본류
를 바꾸어놓는 구실을 하지 못했다. 문학의 본류이고 핵심인 시는
주변의 변화에 영향을 받지 않아 불변의 규범을 견지했다. 시를 혁
신하는 것은 산스크리트문학을 민족어문학으로 대치할 때 비로소
가능했다.

산스크리트문학은 아직까지 작가가 있고 독자가 있어, 창작과 수
용이 계속되고 있다.[96] 인도에서 산스크리트를 15개 공용어의 하나

---

95) Edouard Lancereau tr., *Pancatantra*(Paris : Gallimard, 1965) ; 서수인 역, 《판차탄
   트라》(서울: 태일출판사, 1996)를 자료로 이용한다.
96) 이 대목의 논의는 Radha Vallabh Tripathi, "Contemporary Sanskrit Writing",
   A. N. D. Haksar ed., *Glimpses of Sanskrit Literature*(New Delhi : Indian Council for

라 하고, 살아 있는 언어로 인정하는 정책이 그런 움직임을 뒷받침하고 있다. 오늘날의 산스크리트문학은 오늘날의 한문학처럼 중세문학의 잔존형태 노릇을 하면서 지난 날에 대한 추억을 지속시키는 데 머무르지 않는다. 시대변화에 뒤떨어지지 않는 문학활동을 하기 위해서, 형식과 주제를 다양하게 하고, 소설도 쓰고 희곡도 쓰는 작가들이 있다. 그렇게 해서 중세산스크리트문학과는 다른 근대산스크리트문학을 창조하려고 하지만, 근대문학은 민족구어의 문학이어야 하는 기본조건을 충족시키지 못하는 탓에 장래가 보장되지 않는다.

산스크리트문학의 주인은 인도아대륙 북부의 아리안족이었다. 아리안족에게 정복당한 드라비다족에게는 산스크리트가 침략자의 언어였다. 인도아대륙 남쪽으로 밀려난 드라비다 족의 후예들은 고대 동안에는 산스크리트문명에 대해서 적대적인 관계를 가지다가, 태도를 바꾸었다. 문명권의 신참자들이 불교와 힌두교를 받아들여 자기 종교로 하고, 원래의 주인에 비해서 손색이 없는 수준으로 산스크리트를 구사하는 문학과 사상의 저술을 마련하는 새로운 응전방식을 택해, 중세가 시작되었다. 산스크리트문명을 양쪽에서 공유하는 보편적인 문명으로 만들어 선·후발의 격차가 없게 하는 것이 중세의 이상이었다.

그러나 이상이 곧 현실은 아니었다. '카비야'문학은 아리안족이 주고 드라비다족은 받는 관계에 있어 중원과 변방 사이의 선후·우열의 거리가 좁혀지지 않았다. 표현의 격식은 모방의 대상일 따름이었기 때문이었다. 사고를 혁신하는 새로운 논리는 그렇지 않아, 불필요한 인습이 없는 곳에서 더욱 과감하게 창조할 수 있었다. 철학사상에 관한 산스크리트 저술은 남쪽의 드라비다족이 먼저 마련

Cultural Relations, 1995)에 의거한다.

해 북쪽의 아리안족에게 전해준 것이 그런 결과이다.

그렇게 해서 선진이 후진이고, 후진이 선진이게 하는 것은 다른 문명권에서도 널리 확인되는 보편적인 현상이지만, 산스크리트문명권의 철학사는 주도권 교체가 일찍 선명하게 이루어진 점이 특별하다. 《우파니샤드》의 철학과 불교철학을 마련해서 고대에서 중세로 나아간 길을 연 것은 중심부에서 한 일이다. 그러나 중세철학을 창조하는 일은 중간부에서 맡았다. 주변부는 철학을 공유하는 데까지 나아가기 어려워 동참하지 못하고, 중심부와 중간부가 경합을 하는 판도에서 중심부의 철학을 중간부에서 발전시키는 것은 흔히 있는 일이지만, 중세철학을 온통 중간부에서 창조해서 중심부로 보낸 것은 산스크리트문명권에서만 볼 수 있었던 일이다.

산스크리트문명권의 중세철학을 필요한 단계마다 다시 창조한 주역은 2세기경의 나가르주나(Nagarjuna), 8세기경의 산카라(Sankara), 12세기의 라마누자(Ramanuja)이다. 이 셋보다 더 중요한 사람은 없다. 그런데 셋 다 인도아대륙 남쪽 사람이고, 드라비다족이다. 나가르주나는 타밀인으로 추정된다. 산카라는 타밀어와 함께 드라비다어의 또 한 갈래를 이룬 말라야람어를 모국어로 한 케랄라(Kerala) 출신이다. 라마누자는 타밀인이다.

나가르주나는 있음과 없음의 양극단론에서 벗어나야 진실에 이른다고 하는 사상을 전개한 《마디야마카카리카》(*Madyamakakarika*) 등의 저술을 마련해 대승불교철학 정립을 주도했다. 기존의 불교가 팔리어를 사용해서 산문으로 글을 쓴 탓에 산스크리트문명의 핵심영역에 들어서지 못한 폐단을 시정하기 위해서, 산스크리트를 사용하고, 시형식을 택했다. 그래서 문명권 전체에서 널리 숭앙되는 새로운 사조를 마련했다. 나가르주나를 龍樹라고 하고 주저를 《中論》이라고 일컫은 한문문명권에서는 표현 효과야 이해하지 못하지만, 번역해도 전달될 수 있는 논리는 경탄하면서 받아들여 중세보편주의 정립의 철학적 근거로 삼았다.

그 다음 시기의 산카라는 불교에 대한 힌두교의 반론을 《베다》의 원리를 재해석한 베단타(Vedanta)사상 확립을 통해 전개하고, 있음과 없음의 관계를 다시 해명했다. 우주의 본체인 브라흐만만이 진실되어 '있음'의 근거가 되고, 나머지는 모두 가상에 지나지 않는 '없음'이라고 규정한 '不二論의 베단타철학'(advaita Vedanta)을 이룩했다. 다시 몇 세기가 지난 다음에 라마누자는 그런 주장이 그릇되었다고 비판하고, 산카라가 '없음'이라고 한 것이 또한 '있음'이라고 했다. 경험할 수 있는 모든 것이 브라만의 모습이므로 또한 진실되다고 하는 '限定不二論의 베단타철학'(visistadvaita Vedanta)을 대안으로 제시했다.

그 세 사람 모두 드라비다어 계통의 언어를 사용하는 남인도인이면서 산스크리트문명권 의 철학사를 이끌고 시대를 바꾸어놓는 주역 노릇을 했다. 자기 언어가 아닌 산스크리트를 사용한 저술이 문명권의 중심부에서 수용되어 크게 평가되어 마땅한 놀라운 수준의 창의적인 사고를 새롭게 제시해 그럴 수 있었다. 나가르주나와 산카라의 사상은 중세전기를, 라마누자의 사상은 중세후기를 만드는 구실을 했다. 산카라와 라마누자가 보여준 베단타철학의 노선 차이는 중세전기사상과 중세후기사상의 전형적인 예로서 보편성을 지닌다.

산스크리트문명이 인도문명이라고 하는 견해는 남아시아의 지배민족인 아리안족에 대해 반감을 가진 드라비다 계통 민족들의 기여를 무시하기 때문에 받아들일 수 없다. 인도아대륙의 범위를 벗어나서도 펼쳐져 있는 동남아시아 산스크리트문명의 넓은 판도를 생각하지 못하게 하므로 더욱 부당하다. 산스크리트문학은 인도아대륙 전역에서 수용되고, 동남아시아 각국에 이식되어, 문명권 전체의

146

공동창조물이 되었던 사실을 정당하게 평가해야 한다.

남아시아와 동남아시아의 산스크리트문명을 총괄한 업적이 나와야 부당한 편견에서 벗어날 수 있을 것인데, 그렇지 못하다. 양쪽의 산스크리트문학을 함께 다룬 저술은 아직 없다. 동남아시아 산스크리트문학의 전반적인 양상을 정리해서 소개한 책이 있기는 하지만,[97] 인도아대륙 밖의 산스크리트문학은 인도가 해외로 진출해서 거둔 성과라고 평가하는 관점을 내세웠다. 중국은 다른 나라를 무력으로 침공해서 자기 문화를 전파했지만, 인도는 오직 평화스럽게 침투하는 방법을 써서 동남아시아 일대를 인도문화의 영향권 아래에 두는 '아리안화'(Aryanization)를 이룩했으니 더욱 자랑스럽다고 했다.[98]

그런 견해는 중세문명의 역사를 근대민족주의의 관점에서 이해한 잘못이 있다. 산스크리트문명은 인도민족국가의 소유물이 아닌 문명권 전체의 공유물이다. 누가 먼저 만들어냈던가 하는 것은 그리 긴요하지 않다. 산스크리트문명을 인도의 민족문화라고 말하기 위해서 타밀인의 기여를 무시하거나 타밀인도 인도민족이라고 하는 것은 전혀 부당하다. 타밀인은 산스크리트문명의 발전을 위해 특히 사상 영역에서 큰 구실을 했을 뿐만 아니라, 산스크리트문명을 동남아시아 일대에 전해주는 데서도 적극적인 기여를 했다. 그것은 마치 일본열도에 한문문명을 전해주는 일을한 민족이 한 것과 같다.

'인도'와 '중국'이 문명권을 나타낸다고 이해하는 경우에는 공동

---

97) Himasu Bhusan Sarkar, *Literary Heritage of South-East Asia*(Calcutta : Firma, 1980)이 그 책이다.

98) 같은 책, 1-2면의 서장과 241-242면의 결론에서 그렇게 말했다. 그러나 그것은 Reginal Le May, *The Cultures of South-East Asia, the Heritage of India*(London : George Allen and Unwin, 1964)에서 동남아시아의 산스크리트문명은 "Indian colonization"에 의해서 "greater India"가 형성된 결과라고 하는 것보다는 나은 주장이다.

문어문명을 받아들여 동남아시아는 '인도화'되고 일본은 '중국화'되
었다고 말할 수 있다. 그러나 '인도'와 '중국'이 국가를 의미하는 경
우에는 그렇게 말할 수 없으므로 경계해야 한다. 근대인은 근대의
상식으로 중세를 이해해서 '인도문명'이나 '중국문명'이 그 중심국
가의 영광을 입증해주는 세력팽창의 판도라고 생각하고, 제국주의
국가의 식민지 지배영역과 동일시하려고까지 하므로, '산스크리트문
명권'이나 '한문문명권'이라고 하는 말을 써서 용어의 혼란을 막아
야 한다.

산스크리트를 받아들이고 힌두교 또는 불교를 신봉하는 동남아시
아 여러 곳의 많은 왕국에서 통치자의 위업을 자랑하는 비문을 산
스크리트로 써서 세우면서 '카비야' 시형식을 일제히 갖추었다. 그
런 금석문은 인도아대륙 안에서 먼저 출현했지만, 동남아시아 여러
곳에서 더욱 풍부하고 다채롭게 창작되었다. 동남아시아의 금석문
은 절대연대를 밝혀 기록해 연대기 구성의 자료가 되는 점이 인도
아대륙의 것들과 다르다.

동남아시아 일대의 금석문 가운데 캄보디아의 것이 특히 많고 글
이 뛰어나다. 캄보디아에서 이루어진 최초의 국가 푸난(Funan, 한자
명은 扶南)왕조는 3세기경부터 산스크리트 금석문을 마련한 것으로
추정된다. 확인 가능한 분명한 자료는 자야바르만(Jayavarman)이 475
년에서 514년까지 왕위에 있는 동안에, 시바(Siva)의 신을 국왕과 동
일시해서 섬기는 의식을 거행하는 데 필요한 금석문을 남긴 것이
다.[99] 왕후 또한 자기 신앙심을 술회하는 금석문을 마련하고서 세상
에서 벗어나서 조용하게 은거하고 싶다고 했다. 왕자에게도 자기
금석문이 있어 "카운디니아 겨레의 달(月)"과 같은 존재라고 했다.

---

99) Himasu Bhusan Sarkar, 위의 책, 10-11면.

카운디니아(Kaundinya)는 인도에서 건너가 캄보디아의 통치자가 된 첫번째 임금이다.[100]

푸난의 뒤를 이어 등장한 크메르제국에서는 그런 금석문을 많이 만들어 세웠으며, 산스크리트를 구사해서 문장을 만드는 능력이 더욱 향상되었다. '카비야'의 문체를 온전하게 갖추고, 여러 형태의 율격을 다채롭게 사용해서 시를 지으면서, 인도의 전례를 그대로 따르지 않고 독자적인 취향을 보여주었다. 1181년에서 1218년경까지 왕위에 있었던 자야바르만 7세를 기린 금석문이 그 가운데 특히 뛰어난 작품이다.

캄보디아에서 산스크리트문학을 창작한 작가에 관해서는 자료가 분명하지 않아 확실하게 알기 어렵다. 저술한 문헌은 전하지 않고, 그 행적에 관한 언급이 금석문에 단편적으로 남아 있기 때문이다. 그런 가운데도 몇 사람은 구체적인 논의의 대상으로 삼을 수 있다.

9세기 중엽의 스리니바사카비(Srinivasakavi), 9세기말의 야즈나바라하(Yajnavaraha)를 비롯한 몇몇 사람이 산스크리트에 능통하고 시문을 잘 지었다고 전하니, 지금 남아 있는 금석문의 작자 노릇을 했을 것으로 추정된다.[101] 10세기에 활동한 키리티판디타(Kiritipandita) 같은 불교철학자가 있어, 여러 나라를 왕래하면서 불교철학의 문헌을 모아 더욱 심오한 연구를 했다고 한다.[102]

산스크리트문학은 문명권의 중심부는 물론 중간부나 주변부에서도 13세기 이후의 것은 소식을 알기 어려운데, 그 이유는 시대변화에 함께 나아간 발전이라고 드러내서 평가할 것이 없기 때문이다.

---

100) 《하나이면서 여럿인 동아시아문학》의 〈시조도래건국신화〉에서 이에 관해 고찰했다.

101) Himasu Bhusan Sarkar, 위의 책, 99-100면.

102) 같은 책, 117면.

16세기 힌디시인 하리바마스(Harivamas)처럼 산스크리트와 민족어 두 가지 언어로 시를 쓰는 사람들이 있었으나,[103] 산스크리트시의 전통을 받아들여 민족어시의 품격을 높이는 데 힘썼으며, 산스크리트시에 민족어시의 활력을 불어넣은 것은 아니다.

그렇다고 해서 산스크리트문학이 사라지고 없거나 세력이 위축된 것도 아니다. 동남아시아에서는 팔리어를 공동문어로 사용하는 새로운 시대가 시작되었지만, 인도아대륙에서는 산스크리트가 공동문어의 지위를 상실하지 않았다. 산스크리트로 글을 쓰고 문학을 창작하는 전통이 흔들리지 않고 이어졌다. 민족어 사용이 확대되고 있었어도 산스크리트의 지위를 위태롭게 할 정도는 아니었던 것은 다른 문명권에서와 마찬가지였다. 중세에서 근대로의 이행기가 끝나고 근대가 시작될 때까지에는 공동문어가 상위언어이고, 민족어가 하위언어인 양층언어의 구조가 지속되었다.

그런데도 산스크리트문학에는 드러내서 거론하고 평가할 만한 창조물이 없었다. 그 이유는 중세전기까지 이룩한 규범에 매여 시대변화를 외면하고, 새로운 사조를 구현하는 데 동참하지 않았기 때문이다. 산스크리트문학만 두고 보면, 중세전기만 계속 이어지다가 쇠퇴하는 길에 들어서고 중세후기는 시작되지 않았다. 민족어문학에서는 중세전기와는 다른 중세후기의 문학, 중세후기와는 다른 중세에서 근대로의 이행기문학이 나타나서, 시대변화를 뚜렷이 보여주었는데, 산스크리트문학은 타격을 받지 않고, 그런 추세에 동조하지도 않았다.

그 점은 한문학의 경우와 크게 다르다. 한문학은 안으로는 그 자체의 혁신을 겪고 밖으로는 민족어문학의 새로운 동향을 적극 받아

---

103) Charles S. J. White, *The Caurasi Pad of Sri Hit Harivams*(Honolulu : The University Press of Hawaii, 1977)에서 이 시인에 대한 이해를 얻는다.

들여 시대변화를 뚜렷이 나타냈다. 중세에서 근대로의 이행기문학 창조를 한문학에서 선도하기까지 했다. 어째서 그런 차이가 생겼는가 밝혀내는 것은 쉬운 일이 아니다. 장차 많은 연구를 별도로 해야 할 과제이지만, 공동문어문학과 민족어문학의 관계를 살펴 문제에 접근하는 것이 지금 여기서 할 수 있는 일이다.

한문은 글이기만 하고, 산스크리트는 말이면서 글이다. 한문은 말이 달라져도 절대적인 지위가 흔들리지 않을 수 있었으나, 산스크리트는 변하는 말과 경쟁해야 했다. 글의 차원에서는 산스크리트가 건재했다. 철학논술은 계속해서 산스크리트의 독점영역이었다. 그러나 문학은 글과 말이 넘나드는 영역이고, 새로운 말을 받아들여 생기를 얻는다. 산스크리트 그 자체가 글이면서 말이기 때문에 말로 하는 문학이 성장해서 새로운 발언을 하지 못하게 글의 권위를 내세워 막아낼 수 없었다. 그런 이유가 있어 민족어문학의 여러 분파가 활발하게 성장했다.

종교사의 변화도 함께 고려할 사항이다. 사제계급만의 종교였던 브라만교가 불교 때문에 받은 타격을 극복하려고 대중종교인 힌두교로 다시 태어난 변화가 민족어문학의 성장과 맞물려서 함께 진행되었다. 힌두교에서 말하는 최고의 진리를 산스크리트 대신에 민족어로 나타내고 시로 노래해 누구나 욀 수 있게 하면서 중세후기가 시작되었다.

중심부의 민족어문학

시를 혁신하는 것은 산스크리트문학이 아닌 구어문학의 소관사였다. 공동문어문학에서는 일어날 수 없는 변화를 공동문어문학에서 파생된 구어문학이 만들어냈다. 구어의 성장과 더불어 그런 결과가 필연적으로 산출되었다.

같은 언어가 한편에서는 산스크리트로 고정되고 다른 한편으로는 프라크리트가 되어 변화를 겪어오다가, 서로 알아들을 수 없고, 사용자가 각기 수천만씩 되는 독립된 언어로 분화되었다. 그런 언어는 오늘날 인도에서는 지방어라고 하고 민족어라고 하지는 않지만, 언어 차이, 역사적 유래, 문학의 유산, 사용자 수 등을 보건대 각기 독립된 민족어로서 아무런 결격 사유가 없다.

민족어문학은 산스크리트문학을 받아들여 자기 것으로 하다가 차차 독자적인 영역을 찾아가는 과정을 거쳐 성장했다. 민족어문학이 등장한 시기를 보면 변방일수록 빨랐다. 이 두 가지 원칙은 다른 문명권에서와 마찬가지로 산스크리트문명권에서도 확인된다. 민족어문학의 등장에서 특기할 만한 사실 몇 가지를 들어서, 과연 그런가 확인해보자.

구비문학은 여러 언어에서 일찍부터 있었다고 한다. 언어가 분화되자 독자적인 구비문학이 생겨나는 것은 당연한 일이다. 기록문학이 언제 어떻게 출현했는가 하는 것만 긴요한 관심사인데, 그 점에 관해 말해주는 이른 시기의 자료가 인도아대륙 동북부의 벵골과 서남부의 마라티에서 발견된다. 두 곳 모두 대제국이 들어서서 판도를 넓히는 데 들어갔어도 독자적인 세력을 유지하고, 대제국이 무너진 시기에는 민족국가를 이룩하는 데 앞장서면서, 민족문학을 일찍 발전시켰다.

산스크리트에서 이른 시기에 파생한 여러 갈래의 구어를 아파브람사(Apabhramsa)라고 한다. 그 언어의 동부지역 분파, 오늘날 벵골어의 원형에 해당하는 언어를 사용해서 8세기에 쓴 사상서가 남아 있어 소중한 자료가 된다. 나란다(Nalanda) 불교대학에서 공부하고 가르친 경력이 있는 브라만 사하라(Sahara)가 단순하고 소박한 삶을 즐기는 것이 마땅하다고 한 내용이다. 기존의 모든 종교사상을 비판하면서 비정통의 주장을 펴느라고 산스크리트를 버리고 자기 언어를 사용했다. 그런데도 그 가치가 널리 알려져, 티베트어로 번역된 것도 전한다.[104]

벵골어 사용자들은 9세기에 팔라(Pala)왕조가 들어선 이후 13세기까지 독립국을 이루면서, 독자적인 민족의 언어와 문화를 산스크리트문명과 병행해서 발전시켰다. 그 기간 동안에 벵골문학이 출현했다. 이른 시기의 힌두교종교시를, 벵골어로 본문을 적고 산스크리트로 주석을 단 《카르야지티》(*Caryagiti*)라는 것이 남아 있는데, 11세기에서 12세기까지 사이에 이루어졌으리라고 추정된다.[105] 13세기의 작품인 자야데바(Jayadeva)의 《지타고빈다》(*Gitagovinda*)는 산스크리트를 사용한 시이지만, 어휘나 율격에서 벵골어를 받아들였다. 14세기의 시인 비디야파티(Vidyapati)는 산스크리트와 벵골어 두 가지 언어로 시를 지었다.

마라티어 금석문은 8세기의 것부터 있어, 민족어 글쓰기가 일찍 이루어졌음을 입증한다. 그곳에 들어선 찬다(Canda)왕조의 군주가 11세기에 "마라티문학에 능통한 사람을 수도에 거주하도록 했다"고 하는 기록이 남아 있다.[106] 12세기 후반에는 고라카(Gorakha)라는 시인이 있어, 힌두교의 교리를 해설한 작품과 함께, 제자 가히니

---

104) K. Satchidan Murty, *Philosophy in India*(New Delhi : Montilal Banarsidas, 1985), 662-664면에서 이에 관해 고찰했다.

105) Sukumar Sen, *History of Bengali Literature*(New Delhi : Sahitya Akademi, 1971), 24-33면에서 이에 관해 고찰했다. 벵골문학에 관한 고찰은 이 책에 근거를 둔다.

106) Shankar Gopal Tulpule, *Classical Marathi Literature, from the Beginning to A. D. 1818* (Wiesbaden : Otto Harrassowitz, 1979), 314면.

(Gahini)가 스승이 하는 말을 받아적었다고 하는 깨달음의 노래를 남겼다고 전해지고 있다. 13세기말에 마라티(Marathi)시인 즈난데브 (Jnandev, 또는 Jnanadeva, Jnanesvara)는 〈바가바드 기타〉를 자기 말로 옮겨 재창작했으며 '박티'(bhakti) 시풍을 개척하는 시를 남겼다.

인도아대륙의 중원지방의 언어인 힌디어는 하위갈래가 복잡하며, 독자적인 언어로 정립된 시기가 늦다. 구비문학의 연원은 오래되었다고 하지만 확실하지 않다. 왕을 따라다니면서 왕의 치적을 노래한 광대시인의 작품이 구비문학의 유산 가운데 특히 소중하게 평가된다.[107] 12세기 후반에 찬드 바르다이(Chand Bardai)라는 광대가 델리지방 통치자의 역사를 노래한 시는 대장편으로 남아 있다. 그러나 기록된 시기는 후대이고, 구전되는 동안에 말이 늘어나고 달라져 원래의 모습은 알기 어렵다.

힌디어 기록문학이 분명한 모습을 갖추어 나타난 시기는 15세기이다. 공동문어문학의 본고장인 문명권의 중심부에서는 민족어문학이 중간부나 주변부보다 늦게 등장한다는 사실이 확인된다. 그런데 뛰어난 시인 카비르(Kabir)가 선두에 서서 민족어문학을 통해서 종교적 진실을 추구하는 '박티'운동을 크게 발전시켜, 힌디어문학이 일거에 비약적인 성장을 했다. 민족어를 적극적으로 사용해서 사상혁신을 구현하자 중심부의 능력이 새롭게 발현되었다. 그러한 사실은 한문문명권의 중심부에서는 공동문어문학을 계속 존중하고 새로운 사상을 적극적으로 모색하지 않아 민족어문학의 발전이 부진했던 것과 커다란 차이가 있다.

'박티'운동은 남쪽의 타밀에서 시작되었으며, 마라티문학에서 먼저 정착했다. 힌디어 사용지역은 그 운동에 뒤늦게 참여했지만, 고

---

107) Madan Gopal, *Origin and Development of Hindi / Urdu Literature*(New Delhi : Deep and Peep, 1996), 9-13면의 "Bardic Chroniclers"에서 이에 관해 고찰했다.

대 이래로 종교문화의 중심지였으므로 혁신의 성과를 대폭 확대할 수 있었다. 그런 경우에는 중심부의 저력이 크게 발휘된다. 산스크리트에 매여 있는 기존의 종교와 그 문학적 표현에 대해서 대중의 불만이 팽배해 있어 그런 변화를 촉진했다.

새로운 사상을 창도한 사람은 타밀의 브라만 라마누자이다. 라마누자는 산스크리트로 저술을 해서 중심부에까지 전할 수 있었다. 라마누자의 도통이 힌디어를 사용하는 성자-시인 라마난다(Ramanada)에게로 이어지고, 라마난다는 미천한 신분의 제자를 여럿 두었는데, 그 가운데 카비르가 으뜸이었다고 한다.

카비르는 힌두교에서 이슬람교로 개종한 하층민 출신이다. 베를 짜는 것을 생업으로 하는 미천한 카스트에서 태어나고 일자무식이었다고 하니 산스크리트를 알지 못했음은 물론이다. 자기는 지어서 구전하기만 하고 뒤에 다른 사람이 기록한 노래가 '박티' 시풍을 최고 수준으로 구현한 성인의 시로 인정되었다. 자기 시에서 어떤 언어를 사용하는가 노래한 말을 들어보자.

> 나는 책에 있는 지식에는 능통하지 못하다.
> 나는 종이를 손에 잡지 않고, 붓을 들지 않고서,
> 네 시대에 걸쳐 이어져온 진리를
> 입으로 전한다.
>
> 내 말은 동쪽에서 하는 말이어서,
> 아주 먼 동쪽에서 온 사람들이야
> 내 말을 알아듣는다.[108]

---

108) F. E. Keay, *Kabir and His Followers*(Delhi : Sri Statguru, 1996), 39면에서 "카비르는 글을 알았던가?" 하는 질문을 던지고, 이 시를 들어 글을 몰랐다는 견

인용한 시의 앞 연에서는 카비르가 자기는 글을 모르고, 말로 전
해받아 깨달은 진리를 말로 전한다고 했다. 뒤의 연에서는 자기가
사용하는 언어에 관해서 말했다. 동쪽에서 하는 말을 사용한다고
한 것은 자기가 바라나시(Baranasi) 사람이기 때문이다. 바라나시는
힌두교 사용지역의 중심부인 델리지방에서 보면 동쪽이다. 카비르
는 집안에서 보주리(Bhojuri)라고 하는 방언을 사용했으며, 그 언어
로 시를 지었다.[109]

그러나 델리지방의 서부힌디어에 근거를 두고 역대의 방랑자들이
만들어낸 혼합어를 사용한 시가 더 많다. 여러 지역을 돌아다니면
서 활동하기 위해서, 이해하는 사람들이 많은 언어를 사용해야 했
다. 때로는 아랍어나 페르시아의 요소를 많이 받아들인 언어를 사
용하기도 해서, 우르두어의 연원을 보여주었다고 평가되기도 한다.

카비르의 어머니는
몰래 흐느껴 울었다.
"주님이시어,
이 아이들이 어떻게 자랄 수 있나요."

카비르는 자라나서,
베틀과 베를 밀어놓고
주님의 이름을
자기 몸에다 썼다.

해가 타당하다고 했다.
109) 이 단락과 다음 단락에서 카비르의 언어에 관해 서술한 내용은 Suniti Kumar
   Chatterji, *Languages and Literatures of Modern India*(Calcutta : Bengal Publishers, 1963),
   119면에 근거를 둔다.

"물레에서
실을 잣는 동안에
나는 사랑하는 주님을
잊고 있었다.

베 짜는 일을 하는 신분이라
나는 지각이 부족하지만,
주님의 이름에서
보물을 찾았다."

카비르는 말했다.
"어머니, 들어보세요.
주님이 우리를 부양해요.
자식들까지도."[110]

카비르의 생애를 노래한 자서전적인 시에 이런 것이 있다. 베를 짜는 천민의 신분으로 태어나서, 육체노동을 하면서 살아가야 했으므로 지각이 부족했지만, 신을 섬겨서 보물을 찾고 부양자로 삼았다고 했다. 주님의 이름은 "라구리"(Raghuri), "하리"(Hari), "람"(Ram)으로 일컬었는데, 같은 신의 다른 이름이다. 위의 번역에서는 그런 이름을 구분해서 적지 않고 모두 "주님"이라고 했다.

카비르의 생애와 작품은 칼리다사와 전혀 반대가 되는 특징을 지니고 있다. 시대가 달라졌기 때문에 새로운 시인이 등장한 것이다.

---

110) Nirmal Dass tr., *Songs of Kabir drom the Adi Granth*(Delhi : Sri Satguru, 1992), 152-153면 ; Charlotte Vaudevill, *Au cabaret de l'amour, parole de Kabir*(Paris : Gallimard, 1959), 45면.

칼리다사의 시대에서 카비르의 시대로 넘어온 것은 중세전기문학이
끝나고 중세후기문학이 시작된 변화의 전형적인 과정이라고 할 수
있다. 양쪽의 차이를 여러 측면에서 지적해서 말할 수 있으므로, 표
를 그려 나타내야 전모를 쉽게 파악할 수 있다.

	칼리다사	카비르
(가) 시대	중세전기	중세후기
(나) 신분	높은 신분	낮은 신분
(다) 위치	궁정시인	山野시인
(라) 언어	공동문어	민족어
(마) 작품	아름다운 표현	진실된 깨달음

중세전기문학과 중세후기문학이 이런 특징을 가지고 서로 구별된
다는 것은 다른 여러 곳에서도 널리 확인될 수 있는 공통된 사실이
다. 그 점을 쉽사리 납득할 수 있도록 하기 위해서 한국의 경우와
비교하기로 하고, 더욱 광범위한 비교론은 앞으로의 과제로 남겨둔
다. 한국과의 비교만 해도 문학사의 전개를 거시적인 안목에서 깊
이 투시할 수 있다.

한국에서는 칼리다사의 자리에 金富軾이, 카비르의 자리에 李滉
이 있었다고 할 수 있다. 김부식은 중앙정계를 지배하는 문벌귀족
이고, 이황은 관직에 참여하지 못하고 있던 벽지의 사대부여서, 칼
리다사와 카비르처럼 거리가 멀지는 않아도 신분이 높고 낮은 차이
가 있었다. 김부식은 칼리다사처럼 공동문어만 사용했으나, 이황은
민족어시도 지어 민족어시로만 창작한 카비르와 그 점에서는 일면
에서 상통했다. 이황은 카비르처럼 일자무식은 아니었지만 말을 아
름답게 다듬으면 진실과 멀어진다고 하고, 표현의 기교보다는 마음

가짐을 더욱 중요시하는 문학을 했으며, 시를 쓰면서도 시인이라는 말을 듣지 않으려고 한 점이 카비르와 같다.

이황은 벼슬을 하면서도 줄곧 山野로 물러나려고 하고, 그곳을 정신의 고향으로 삼았다. 산야가 동아시아에서는 산이고, 인도아대륙에서는 숲이고, 아랍세계에서는 사막인 점은 서로 달랐지만, 산야가 도시 궁정의 혼탁함에서 벗어나 진실된 깨달음을 얻을 수 있는 처소라는 생각은 공통되게 했다. 문명권에 따라서는 士林이나 禪僧, ‘박티’, 그리고 ‘수피’(sufi)라고 서로 다르게 일컬어진 사상혁신자들이 중세후기문학 창작의 새로운 노선을 개척한 점이 서로 같다.

그런데 중세후기문학에서 진실된 깨달음을 추구하는 열정이 인도아대륙에서는 다른 곳보다 더욱 두드러지게 나타났다. 그런 특징은 다음 순서로 다룰 문명권 중간부의 민족어문학, 그 가운데 특히 타밀문학에서 먼저 나타나 힌디문학으로 이전되었다. 타밀 출신의 철학자 라마누자가 힌두교철학의 선행사조에 반대하고, 경험할 수 있는 사물도 신의 모습이라고 하고, 누구든지 자기 내면에서 신과 만날 수 있다고 하는 서로 상통하는 두 가지 새로운 원리를 제시했다. 거기 상응하는 혁신을 문학에서 구현한 ‘박티’ 시운동이 타밀어시를 통해 일어나서 중세후기문학으로의 전환을 선도했다.

산스크리트문학은 여전히 이어지고 전통적인 위세를 지녔지만, 시대변화와는 동떨어져 ‘박티’의 시풍을 받아들이지 않았다. 그래서 창조의 활기나, 정신적인 가치에서 힌디어시가 단연 앞선다고 인정되는 시대가 도래했다. 그것은 동아시아 한문문명권은 물론 다른 어느 문명권에서도 볼 수 없는 일이었다.

‘박티’ 시인들은 시를 신에게 다가가는 길이라고 하면서, 신학·철학·시론이 하나를 이룬 이론을 풍부하게 전개했다.[111] 신에게 다가가기 위해서는 기도를 해야 하는데, 기도에는 철학적 기도도 있고, 서정적 기도도 있었다. "철학적인 기도에서는 사람의 마음이 실재하는 것과 합치되고, 서정적인 기도에서는 사람의 마음이 그 자체에서 벗어나 최고의 이상에 이른다"고 했다.[112] 카비르의 뒤를 이은, 툴시다스(Tulsidas, 일명 Tulasi Das), 수르다스(Surdas), 미라바이(Mirabai) 같은 시인이 모두 시를 통해서 서정적 기도를 했다고 인정되고, 힌두교의 성자로 숭앙되었다.

그 가운데 16세기후반에서 17세기초까지 활동한 툴시다스를 특히 주목할 만하다. 툴시다스는 브라만 출신이지만, 태어나자 어머니를 잃고 불길한 아이라고 해서 아버지가 버려 고아가 되었으며, 연명하기 위해서 구걸하면서 사방 돌아다니다가 뛰어난 스승을 만나 산스크리트고전을 익혔다고 한다. 성장한 뒤에 다시 진리를 찾기 위해서 가정을 버리고 방랑의 길에 올라 성자-시인으로 일생을 보냈다. 자기 언어인 아와디어(Awadi)와 서부힌디어의 두 가지 언어를 사용해 이해하기 쉬운 시를 써서 광범위한 민중의 호응을 얻었다.

툴시다스는 산스크리트를 알고, 고전을 직접 읽어 학습한 점이 카비르와 달랐다. 그러나 고전을 그대로 두지 않고 힌디어로 옮겨 누구나 이해할 수 있게 해야 한다고 생각해서 《라마야나》를 번역하고 개작한 《라마차리트마나스》(Ramacaritmanas)를 남겨, 오늘날에 이르기까지 광범위한 호응을 얻고 있다. 그 서두에서 다음과 같이 노래해, 어떤 언어로 누구를 위한 작품을 마련하는가 분명하게 했다.

내가 하는 말은 속되고, 내 생각은 단순하다.
그래서 웃음거리가 될 만하니, 비웃어도 그만이다.

---

111) 이 대목은 R. D. Ranade, *Pathway to God in Hindi Literature*(Bijapur, India : Shri Gurudev Ramada Samadhi, 1986)에 의거해서 서술한다.
112) 같은 책, 99면.

내 말은 아무 가치도 없다고 하지만,

누구든지 이해할 수 있는 점 한 가지만 훌륭하다.

천대받는 사람들이 잘 알아들을 수 있는

말을 하려고 한다.[113]

원작의 어렵고 복잡한 서술을 단순화하고, 명료하게 했다. 주인공 라마를 민중이 기대해 마지 않는 이상적인 지도자로 그리고, '박티' 사상에서 추구하는 진리의 표상으로 만들어, 대중종교의 취향에 부합되게 했다. 힌디어를 사용하는 인도인들은 오늘날까지 《라마야나》의 원문은 모른 채, 이 번역개작본을 읽거나 듣고서 심취해 라마를 열광적으로 숭배하고 있다.

힌디문학은 그 뒤에 다른 방향으로 나아갔다.[114] 17세기 중엽 이후에는 세속적이고 육감적인 시를 쓰는 '리티'(riti) 시풍이 등장해서, 첫번째의 '카비야', 두번째의 '박티' 다음의 세번째 시대의 문학을 이룩했다. '카비야'는 중세전기, '박티'는 중세후기, '리티'는 중세에서 근대로의 이행기의 사조이다.

'카비야'와 '박티'는 고귀한 정신을 찾는 이상주의를 내세우고, '리티'는 세속적이고 현실적인 풍조를 지닌 점이 서로 다르면서, '카비야'와 '리티'는 문학을 그 자체로 소중하게 여겨 형식과 기교를 중요시하고, '박티'는 종교적인 진실을 찾았다. '박티' 시대의 시인-성자들은 하층민 출신이거나 하층민과 공감을 나누고자 한 것과는 달리, 브라만계급 출신의 '리티' 시인들은 산야를 버리고 궁정으

---

113) Philip Lutgendorf, *The Life of a Text, Performing Ramacaritmanas* (Berkeley : University of California Press, 1991), 7면.

114) Ram Awadh Dwivedi, *A Critical Survey of Hindi Literature* (Varnasi : Montilal Baranasidass, 1966)에서 그 개관을 얻는다.

로 들어가 제왕의 보호를 받는 궁정시인이 되었다.

‘리티’ 시인으로 특히 높이 평가되는 사람은 비하리(Bihari)와 데바다타(Devadatta)이다. 브라만 출신의 박식가이며, 자기 고장의 통치자에게 봉사하는 궁정시인이었던 17세기의 비하리는 뛰어난 기교를 자랑했다. 사랑의 정감을 절묘하게 묘사해서 감탄을 자아냈다. 17세기말에서 18세기초에 걸쳐 활동한 데바다타 또한 브라만 출신의 궁정시인이었다. 여인 신체의 아름다움을 매혹되게 하는 언어구사에다 철학적 의미를 부여하는 시를 많이 써내서 인기를 얻었다.

‘리티’ 시풍은 전통적인 관점에서 보면 문학이 타락했다고 할 일이었다. 종교적인 이상을 버리고 세속화된 문학을 하는 시인들이 남녀관계를 종교적인 상징으로 이해될 수는 없는 실제상황에서 다루어 후원자들의 환심을 산 것은 개탄스러운 일이라고 비판된다. 그러나 그것은 중세문학의 시기가 끝나고 중세에서 근대로의 이행기에 들어서는 당연한 변화였다. ‘카비야’가 중세전기문학, ‘박티’가 중세후기문학의 이념으로서 보편적인 의의를 가지듯이, ‘리티’ 또한 중세에서 근대로의 이행기문학의 특징을 논할 때 널리 적용할 수 있는 개념이다.

그런데도 ‘리티’에 대해서는 인도인들이 자부심을 가지지 않는다. 평가할 만한 가치가 부족하다고 보는 것이 그 이유이다. 중세에서 근대로의 이행기문학에는 시민이나 민중으로 구성된 하층민이 참여해서 현실인식을 넓히고 언어표현에서도 생기를 불어넣는 것이 상례인데, 힌디어문학에서는 그런 일이 거의 이루어지지 않았다. 중세후기문학의 새로운 동향에 종교적인 열정을 가지고 호응하던 하층민이 중세에서 근대로의 이행기에 사회변혁을 요구하는 세력으로 나서지는 못했다.

그래서 중세에서 근대로의 이행기문학은 타락의 길에 들어섰다고 할 수 있는 징후를 보였다. 브라만 출신의 궁정시인들이 새로운 문학을 담당해서 시대변화에 자기네 나름대로 반응을 보이는 동안에, 중세후기까지의 이상주의를 버리고 그 대신에 무엇을 얻었던가 하는 의문이 생기지 않을 수 없다. 무굴제국은 쇠퇴의 길로 들어서는데, 새로운 역사를 창조할 세력이 사회저층에서 등장하지 않은 것이 인도역사의 커다란 불행이었다.

어째서 그랬던가 밝혀 논하기 위해서는 문학사와 사회사를 함께 다루는 더욱 깊이 있는 연구가 필요하며, 그것은 장차 해야 할 일이다. 하층민의 대두를 가로막는 장애요인이 있었던가 밝혀내는 사회사연구의 작업이 필요하다. 그렇지만 사상사에서 논의를 시작하는 것도 가능하다. 인도인은 이상주의적인 성향이 지나쳐 중세에서 근대로의 이행기의 현실주의문학을 창조하는 데서는 뒤떨어질 수밖에 없었다고 할 수 있다. 중세전기에는 산스크리트문학에서, 중세후기는 민족어문학에서 최고수준의 창조를 이룩한 선진성이 그 뒤에는 더 이어지지 않아, 선진이 후진이 되었다고 할 수 있다.

그러나 인도인에 관해서 일률적으로 말하는 것은 적합하지 않다. 중심부의 힌디어권을 벗어난 변방의 다른 언어를 사용하는 문학에서는, 중세에서 근대로의 이행기문학이 새롭게 형성된 사례가 이따금 있었다. 그 여러 곳의 문학은 힌디문학만큼 소상하게 알려지지 않아 전모를 파악하기 어렵지만, 힌디문학의 침체와 대조가 되는 활기에 찬 창조가 이루어진 것을 확인할 수 있다. 오랜 연원을 가진 구비문학의 전통을 되살려 하층민의 의식을 나타내는 문학을 한 것이 그 가운데 특히 주목할 만하다.

그럴 수 있었던 이유는 민중의 참여가 있어서 역사 전개의 양상이 달라졌기 때문이라고 할 수 있다. 무굴제국의 통제력이 약화되자, 그 구속에서 벗어나 주권을 되찾고자 하는 지방의 통치자들이

민중의 성장을 억압하지 않고 촉진해서 힘을 얻고자 해서 그렇게
되었다. 그런 곳에서는 선진이 후진이 되고, 후진이 선진이 되는 전
환이 한동안 순조롭게 진행되어 중세에서 근대로의 이행기의 역사
창조를 구체화하다가, 영국의 식민지 통치가 시작되어 차질이 생기
고 방향이 달라졌다.

 힌두교와 이슬람교의 대립을 넘어서고자 한 카비르의 노력에서
한걸음 더 나아가, 16세기에 새로운 종교인 시크교를 창건해 문제
를 해결하려고 한 나나크(Nanak)는 펀잡(Punjab)문학에 활기를 불어
넣는 시를 지었다.[115] 종교적인 깨달음을 갈파한 교술시를, 형식은
자유롭고 말은 풍부하고 아름답게 지어 사회저변에까지 호응을 얻
을 수 있게 했다. 시크교가 신흥대중종교로 성장하는 동안에, 나나
크의 후계자들이 그런 시를 계속해서 지어 수천 편에 이른 작품을
집성한 것이 펀잡문학 최대의 유산이다. 17세기에는 페르시아문학
을 대폭 받아들이다가, 18세기에는 독자적인 전통을 되찾아 자기
고장에서 일어난 일을 다루는 애정서사시가 크게 유행했다.

 구비문학을 새롭게 창작해서 민족어문학의 기틀을 삼는 것은 널
리 볼 수 있는 일이었다. 힌디어와 가까운 위치에 있는 언어를 사
용하는 중부지방 라자스탄(Rajastan)문학에서는 《파부지》(*Pabuji*)라고
하는 하층 전승의 구비서사시를 이어나가면서 주체성 인식의 근거
로 삼았다.[116] 서남쪽의 마라티어(Marathi) 사용 지역에서는 무굴제국
의 굴레에서 벗어나 독자적인 민족국가를 이룩하고자 하는 저항운
동을 일으키면서 '파바다'(pavada)라고 일컬어지는 영웅서사시를 활

---

115) 이 대목은 Suniti Kumar Chatterji ed., *The Cultural Heritage of India vol. 5
 Languages and Literatures*의 "Punjabi" ; Khushwant, "Punjabi Literature", *Contemporary
 Indian Literature*(Delhi : Sahitya Akademi, 1981)에 근거를 둔다.

116) 《동아시아 구비서사시의 양상과 변천》, 407-413면에서 이에 대해 고찰했다.

발하게 재창조했다. 당대의 영웅을 칭송하는 작품도 창작해서 오랜 전승을 새롭게 활용했다.

17세기 마라티 시인 투카람(Toukaram, Tukaram)은 천민으로 태어나 극도의 빈곤에 시달리는 처지이면서 종교적 진실을 찾는 시를 지어, 널리 숭앙받는 성자가 되었다. "나는 글 쓴 것을 모두 강물에 던져버리고, 신의 문에 가서 고집스럽게 앉았다"고 했듯이,[117] 글공부에 대한 헛된 기대를 버리고 진실을 바로 깨달으려고 해서 그럴 수 있었다. 문자 대신 하층의 경험을 깨달음의 근거로 삼는 데서 카비르보다 한걸음 더 나아갔다.[118]

서쪽 해안지방의 구자라트어(Gujarathi) 문학은 17·18세기에 활기를 띠었다.[119] 뛰어난 시인 셋이 이어서 나와 생동하는 기풍의 다양한 문학을 이룩했다. 그 선두에 선 아크호(Akho)는 가문의 생업인 대장장이의 처지로 사람이 살아나가는 바른 길을 찾기 위해 분투하면서, 단순하고 수식이 없는 구자라트어를 사용해 종교지도자들의 탐욕과 허위를 비판했다. 그 뒤를 이어 더욱 활발한 창작을 통해 구자라트 문학이 발전하는 추세를 가장 고조시킨 브레마난다 바타(Premanand Bhatta)가 남긴 시편은 대단한 호응을 얻어 오늘날까지 널리 구송하고 있다.

벵골문학에서는 15세기의 시인 찬디-다사(Chandi-dasa)가 왕성한 창조력을 보여 1,200편 이상이나 되는 시를 남겼다. 17세기에는 아리안민족 이주 이전의 독자적인 신앙과 연관을 가진 종교적이고 낭

---

117) Toukaram, G. -A. Deleury tr., *Psaumes du pèrlerin*(Paris : Gallimard, 1956), 40면.

118) S. G. Tulple, "Tukaram : Making of a Saint", R. S. McGregor ed., *Devotional Literature in South Asia*(Cambridge : Cambridge University Press, 1992)에서 정신세계의 형성과정에 대해 고찰했다.

119) Suniti Kumar Chatterji ed., *The Cultural Heritage of India vol. 5 Languages and Literatures*의 "Gujarati"에 의거해서 이 대목을 서술한다.

만적인 서사시가 다수 창작되었으며, 그 가운데 루파-라마 차크라바르티(Rupa-rama Cakravarti)의 작품이 특히 인기가 있었다. 세속적인 기풍의 범인서사시도 함께 등장했다.

벵골지방에서는 일상의 구어를 적는 산문을 19세기초부터 마련하고, 근대소설을 이룩하는 데 앞장섰다. 샤테르지(Chatterji)의 뒤를 이어 타고르(Tagore)가 등장해 근대문학의 영역을 확대하고, 평가를 높였다. 그곳은 다른 고장보다 영국의 지배에 먼저 들어가, 영문학의 충격과 영향을 일찍 받아들인 결과 문학의 근대화를 앞당겼다고 하지만, 독자적인 전통을 계승해서 식민지통치에 맞서는 정신적 각성을 얻는 더욱 긴요한 과제는 스스로 결단을 내려 힘들게 해결해야 했다.

근대문학으로 들어서는 길은 벵골문학이 앞서서 개척했으나, 근대문학이 일반화된 뒤에는 힌디문학이 다시 주도권을 차지했다. 중세후기에 '박티'문학을 이룩할 때 출발이 늦은 힌디문학이 다른 곳에서보다 더욱 두드러진 성과를 보여준 것과 같은 일이 재현되었다. 힌디어는 행정중심지가 자리잡고 있는 수도권의 언어이고, 사용자가 가장 많아 영향력이 다른 언어보다 앞서기 때문이다. 근대사실주의 소설을 확립한 프렘찬드(Premchand)가 힌디문학의 발전에 크게 기여했다.

그렇지만 힌디어의 주도권은 상대적인 것이었다. 여러 언어가 모두 근대문학의 작품 창작에 적극 사용되어 인도아대륙문학이 유럽문학만한 다양성을 보여주었다. 자기네 언어를 버리고 영어를 사용한 작가들도 있었으나 그 비중이 그리 크지 않다. 식민지통치에 맞서서 자기 언어로 작품을 쓴 문학이 주류를 이룬 점이 아프리카의 경우와 달랐다.

그런데 영국의 식민지통치를 받는 동안에 학문의 언어는 산스크리트에서 영어로 바꾸었다. 힌디어를 위시한 여러 민족어는 지난 시기에 철학을 전개하는 데는 적극 활용되지 못했으며,[120] 오늘날에도 이론을 따지는 작업은 감당하지 못하고 있다. 그 대신에 인도문학사, 인도철학사, 인도사 전체나 그 세부적인 내용에 관한 책을 영어로 쓰는 관례가 재검토의 여지가 없게 확립되어 몇 가지 점에서 폐단을 자아낸다.

오늘날 인도의 학자들은 유럽인의 물질주의에 대해 대안이 되는 정신주의를 제시한다면서 자기네 문화유산을 단순화시킨다.[121] 다양한 양상의 문명사를 단일한 국가의 틀 안에다 넣으려고, 그 구심체인 산스크리트문학에 지나친 의의를 부여하고 민족어문학의 다채로운 역사는 상대적으로 경시한다. 철학의 언어와 문학의 언어가 더욱 극단적으로 분리되게 해서 심오한 사고의 창조가 양쪽에서 모두 어렵게 한다.

그렇게 된 이유는 중세에서 근대로의 이행기의 역사창조가 영국의 식민지통치 때문에 중단되고 역전된 차질을 아직까지 시정하지 못한 데 있다고 생각된다. 식민지가 되기 전까지 여러 언어에서 활발하게 이룩한 새로운 문화창조의 다채로운 유산을 적극적으로 계승하고 발전시켜야 활로를 열 수 있다. 언어권에 따라서 각기 다른 민족국가를 창건하는 것이 문화적 역량을 극대화할 수 있는 방안이다. 그렇다고 해서 문명권의 동질성을 버리자는 것은 아니다. 문명

---

120) 인도철학의 과거와 현재를 총괄해서 논한 K. Satchidan Murty, *Philosophy in India*, 55-94면에서 산스크리트가 아닌 다른 여러 언어를 사용한 철학을 개관했는데, 취급한 저작이 거의 다 문학이면서 철학이고, 철학만이라고 할 것은 찾기 어렵다.

121) R. Radhakrishnan, *Indian Philosophy*(1923)에서 산카라의 철학을 계승하는 데 힘쓰기만 하고 라마누자는 무시한 잘못에 대해서 《인문학문의 사명》, 467-486면에서 밝혀 논했다.

권의 동질성과 민족문화의 이질성을 함께 살려야 지금의 난관을 극
복하고 세계사의 미래를 여는 데 앞장설 수 있다.

중간부의 민족어문학

지금은 인도에 포함되어 있는 지방이지만, 남쪽의 타밀, 텔레구,
카난다, 말라야람 등의 언어 사용자는 아리안족이 아니고 드라비다
족의 후예이다. 선주민인 드라비다족이 고도의 문명을 누리고 있다
가 아리안족에게 쫓겨 남쪽으로 이주했다. 드라비다계 언어는 기원
이나 어순이 아리안계 언어와 다르다. 산스크리트와는 언어계통상 아
무런 연관이 없어서 '다른 언어 공동문어-민족어의 양층'을 이룬다.
드라비다계 네 언어 가운데 타밀어가 문학의 유산이 가장 풍부하
고, 민족의식을 가장 강력하게 표출하고 있어서 집중해서 다룰 만
하다. 타밀문학은 처음에 산스크리트문학과 관련이 없이 독자적으
로 시작되었다.[122] 이른 시기에 '상감'(sangam)이라고 하는 시단에서

---

122) K.V. Zvelebil, *Tamil Literature*(Leiden : E. J. Brill, 1975), 33면에서 타밀문학사
를 다음과 같이 시대구분한 데 의거해서 연대를 파악한다.
  A. Pre-devotional literature
    1. The bardic corpus : ? 150 B.C.- ca. 250 A.D.
    2. Post-classical period : 250-600
  B. Devotional and post-devotional literature
    3. Devotional texts : 600-900
  Post-devotional literature
  Medieval period
    4. Ealry medieval period : 900-1200
    5. Late medieval period : 1200-1750
  Modern literature
    6. Pre-modern literature : 1750-1900

창작했다고 하는 시편이 있다. 그 뒤에 3세기경부터 산스크리트문학을 받아들였다. 20세기에 들어와서는 산스크리트문학과의 관련이 거부되었다. 그 중간의 오랜 기간이 중세문학이다. 중세문학에는 산스크리트문학, 산스크리트화한 타밀문학, 타밀구어문학이 공존했다.

산스크리트문학과 타밀문학이 공존하는 동안에, 타밀문학은 산스크리트문학에서 많은 영향을 받았다. 그러나 일방통행의 작용이 있었던 것만은 아니다. 타밀문학이 타밀인의 산스크리트문학에 작용해 독자적인 성향을 촉구하고, 문명권 중심부의 산스크리트문학을 변모시키는 구실도 했다고 한다.[123] 칼리다사의 경우를 그런 예로 든다. 칼리다사는 타밀문학의 영향을 받아 북인도와 남인도 두 곳의 전통을 합쳤다고 한다. 칼리다사의 〈메가두타〉 때문에 널리 유행하게 된 '使者詩'는 칼리다사 이전의 산스크리트문학에는 나타나지 않고, 타밀에서는 '상감' 시대의 시에 있었다는 것을 그 증거로 든다.[124]

산스크리트문학에서 세련됨을 지나치게 추구해서 격식이 고정화될 때, 타밀문학은 민중문학의 생동하는 전통에 의해 활기를 되찾은 점에서 산스크리트문학보다 앞서나갔다.[125] 산스크리트시에서는 절제를 소중하게 여겼다. 그런데 타밀시에서는 인격적인 신과 격렬한 느낌을 가지고 직접 만나면서 비참함과 뉘우침을 해소하는 것을 이상으로 삼았다. 그런 이상을 받아들여 어느 정도 공동보조를 취하려고 했어도, 산스크리트시는 타밀시를 따르지 못했다.[126]

5세기부터 9세기까지 타밀에 시바신 또는 비시누신을 섬기는 시

---

7. Modern and contemporary literature : since 1900

123) George Luzerne Hart, *The Relation between Tamil and Classical Sanskrit Literature* (Wiesbaden : Otto Harrassowitz, 1976)에서 이에 관해 논했다.
124) 같은 책, 318-320면.
125) 같은 책, 336면.
126) 같은 책, 343면.

인-성자들이 많이 나타나 힌두교 신앙의 새로운 기풍을 조성했다.[127] 신을 열렬하게 찬미해 신과 일체를 이루는 종교의식을 거행하면서, 신분의 차이를 넘어서서 상하층이 함께 참여하는 신앙공동체를 형성했다. 타밀민족의 여러 왕조는 그런 신앙행위를 적극 지원했다. 시바신이나 비시누신 신앙은 문명권의 중심부에서 받아들였지만, 타밀민족의 독자적인 방식으로 발전시켜, 힌두교를 혁신하는 원천이 되게 했다. 그때 타밀에서 시작된 '박티'의 신앙운동이 13세기 이후에는 중심부에 정착되어 새로운 시대를 이끄는 이념 노릇을 했다.

시인-성자들은 신을 찬양하는 노래를 타밀어로 지어 불렀다. 구전되기도 하고 기록되기도 한 그런 노래가 타밀문학과 타밀사상의 자랑스러운 고전이다. 시바신을 섬기는 시인-성자 가운데 6세기에서 8세기까지 살았다고 추정되는 아파르(Appar), 삼판타르(Campantar), 순타라르(Cuntarar)가 그렇게 하는 데 특히 두드러진 구실을 했다.[128] 그 세 사람의 시를 11세기에서 13세기 사이에 편찬한 《테바람》(Tevaram)이라고 하는 책에다 모아놓았다. 13세기부터 16세기까지에는 그 책에 대한 주석서가 많이 이루어졌다.

그 세 사람의 시인들은 타밀지방의 여러 성지를 순례하면서 신을 찬양하는 노래를 타밀어로 지어 불렀다. 다른 보편종교에서는 성지순례를 하려면 종교의 연원지를 찾는 것이 관례인데, 타밀의 힌두교도들은 자기네 나라 곳곳에 신이 좌정한 성지가 있다고 해서, 국내여행을 통해서 성지순례를 했다. 그래서 국토사랑을 종교적으로 승화시켰다.[129] 순타라르 시에서는 "타밀의 노래"라는 말을 거듭 등

---

127) 지금부터의 논의는 Indira Viswanathan Peterson, *Poems to Siva, the Hymns of the Tamil Saints*(Delhi : Montilal Banarsidass, 1989)에 근거를 둔다.

128) 같은 책에서, 세 사람의 이름을 이렇게 발음한다고 설명했다.

129) Indira V. Peterson, "Singing of a Place as Methapore and Motif in the Tevaran

장시켜, 타밀의 언어를 신성한 국토와 같은 자리에 놓고 숭상했다. 여기 저기서 몇 대목을 들어본다.[130]

　도시마다 가서 먹을 것을 구걸하면서
　훌륭한 타밀의 찬가를 듣고자 했다……

　훌륭한 타밀의 노래로 그분을 노래하면서,
　모든 신들이 존경하는 주님을 나는 본다……

　감미로운 타밀 찬가를 노래하는 사람은
　가장 높은 곳에 자리잡고 있다……

　7세기에서 10세기까지에는 비시누신을 섬기는 시인-성자들도 크게 활동했다. 시바신을 섬기는 쪽과 비시누신을 섬기는 쪽은 힌두교 신앙을 타밀인의 것으로 만들어 중세보편주의를 독자적으로 구현하는 과업을 함께 수행했다. 그 일을 중세전기에 다른 어느 곳에서도보다 앞서서 시작하고 중세후기에 더욱 발전시킨 것이 타밀에서 볼 수 있는 특이한 점이다. 성자-시인들이 중세전기에 지은 시가 뜻하는 바를 중세후기의 주석에서 심오하게 풀이했다.

　그런데 시바신을 섬기는 쪽의 시가 직감적이고 단순하다면, 비시누신을 섬기는 쪽의 시는 사고구조가 복잡한 차이점이 있다. 중세전기에 시를 시로 받아들일 때에는 앞의 것이 더욱 큰 감동을 주어 인기가 높았으나, 중세후기에 주석서를 쓸 때에는 뒤의 것에서 제

Songs of Tamil Saivite Saints", *Journal of American Oriental Society*, vol. 102.1(1982)에서 그 점에 관해 자세하게 고찰했다.
130) Indira Viswanathan Peterson, 위의 책, 324면.

시하는 사상에 관한 논의가 철학의 새로운 동향과 관련되어 한층
철저하게, 체계적으로 이루어졌다.

비시누신을 섬기는 성자-시인들 가운데 으뜸이라고 하는 사타코
판(Satakopan)은 "무지를 파괴하는 사람"이라는 뜻의 남말바르(Nammalvar)
라는 존칭으로 널리 알려져 있다.[131] 신과 일체를 이루는 종교적인
체험을 노래한 《티루바이몰리》(*Tiruvaymoli*)를 남겨, 타밀의 《베다》라
고 일컬어진다. 산스크리트 《베다》보다 나중에 이루어졌지만 그것
과는 다른 독자적인 전통을 구현하고 있어서, 서로 대등한 위치에
서 힌두교 사상의 양대 원천을 이룬다고 인정된다. 타밀민족은 그
둘을 '이중의 베다'(Ubhaya Vedanta)라고 하면서, 오늘날의 종교의식
에서도 그 둘을 함께 노래한다.

《티루바이몰리》에 대한 최초의 해설 《아라이라파티》(*Arayirappati*)는
필란(Pillan)이 12세기에 썼다. 철학사상에 관한 논설을 타밀어로 쓴
것과, 천민에 속하는 사람이 그런 일을 한 것은 둘 다 상례에 어긋
나는 일이었다. 그렇지만 필란은 그 작업을 라마누자와 밀접한 관
련을 가지고 진행했다. 필란의 해설에 라마누자의 생각이 나타나
있는 것으로 인정된다.

필란은 라마누자의 조카이면서 수제자이다. 라마누자는 자기 스
스로 전혀 언급하지 않았으나, 남말바르의 《티루바이몰리》를 위시
한 여러 성자들의 시이에서 박티의 사상을 이어받았다고 생각된다.
필란은 라마누자의 사상에 입각해서 《티루바이몰리》를 이해하고 해
설했다. 라마누자의 저작과 그 해설 사이의 명확한 유사성이 그 증
거이다. 라마누자는 글은 산스크리트로 썼으나, 강학을 할 때에는
타밀어를 사용했다. 라마누자가 말로 한 해설을 필란이 글로 썼다

---

131) Francis X. Clooney, *Seeing through Texts, Doing Theolgy among the Srivaisnavas of South
    India*(Albany : State University of New York Press, 1990), 14면.

172

고 하는 추정이 설득력을 가진다.[132]

타밀에서는 산스크리트와 타밀어가 문명권 중간부의 '공동문어-민족어의 양층'을 이루며, 다시 산스크리트화한 고전적인 타밀어와 일상언어인 타밀구어가 '민족어 문어-구어의 양층'의 관계를 가진다. 산스크리트는 7세기 이후에 깊이 침투해서, 11세기경에 가장 활발하게 사용되었다. 그래서 '공동문어-민족어의 양층'이 이루어졌다.

타밀어와 산스크리트를 섞은 문체는 자이나교도와 비시누교도들이 만들어서 사용했으며, 14세기부터 16세기까지 그 문체가 유행하고, 17세기까지 남아 있었다. 산스크리트 및 산스크리트화한 타밀어의 권위는 20세기초까지 지속되었다. 19세기에 타밀어 소설이 처음 등장할 때에도 산스크리트 단어를 많이 사용했다.[133] 산스크리트 공식교육은 브라만에게 국한되었다. 산스크리트화한 타밀어는 학문, 철학, 종교에 관한 것이었다. 일반인과는 관련이 없었다.[134]

타밀서사시는 독자적인 전통을 이어서, 산스크리트서사시와 대결했다. 《라마야나》의 번역에서는 힌두교신앙의 정통성을 더욱 강조하는 중세적인 취향을 보여 진보적인 의의를 인정하기 어려울 것 같다. 그러나 5세기에 이루어진 《발찌의 노래》(*Cilappatikaram*), 《보석의 띠》(*Manimekalai*)를 비롯해 여러 시대에서 걸쳐 거듭 창작된 타밀서사시는 인도의 고전서사시에 대한 반론으로서 중요한 의의를 가진다.[135]

---

132) Vasudha Narayanan, *The Vernacular Veda, Revelation, Recitation, and Ritual*(Columbia, South Calolina : The University of South Calolina Press, 1994), 102-114면에서 그런 견해를 제시했다.

133) Francis Britto, *Diaglossia, a Study of the Theory with Application to Tamil*(Georgetown : Georgetown Universty Press, 1968), 80면.

134) 같은 책, 83면.

135) 타밀서사시에 관해 《동아시아 구비서사시의 양상과 변천》, 391-406면에서

반론의 의의를 셋으로 간추릴 수 있다. 인도고전서사시의 구전과 기록이 끝난 다음 시기에 타밀서사시가 창작되었다. 인도고전서사시, 특히 《라마야나》가 아리안족의 우위를 주장하는 데 맞서서 타밀민족의 주체성을 선양했다. 인도고전서사시가 상층과 남성을 옹호하는 데 맞서서 타밀서사시는 하층여성을 내세웠다. 오늘날에도 타밀서사시는 활발하게 구전된다.

언어 사용에서 본 타밀문학사의 전개를 보면,[136] 기원 3세기부터 13세기까지의 문학은 모두 시이다. 종교적·교육적 기능을 가진 교술시와 신앙시가 주류를 이루었다. 처음에는 타밀어시, 그 다음에는 산스크리트와 산스크리트화한 타밀어시가 있었다. 14세기부터는 산스크리트화한 타밀어를 이용한 고도로 세련된 산문이 출현했다. 17세기부터 20세기초까지 민속문학 구어체문학이 발달해서 타밀구어를 문학에서 사용하는 선례를 보여주었다.

그 시기에 타밀어의 가치에 대한 자각이 표면화되었다. 17세기 무렵에 이루어진 작자 미상의 〈타밀 비투투푸〉(Tamil Vitutufu)라는 시가 그 점을 확인할 수 있는 좋은 자료이다. 그 작품은 시바의 신을 사랑하는 여인이 타밀어를 시켜서 말을 전한다고 하는 '使者詩'인데, 전문 268연 가운데 200연을 사자인 타밀어 칭송에 바쳤다. 타밀어는 영광스럽고, 순결하고, 고귀해서, 제왕의 언어이고, 신의 언어라고 했다.[137]

근대에 이르러서 타밀문예부흥이라고 하는 운동이 일어나서, 산

자세하게 고찰했으므로, 되풀이하지 않는다.

136) Francis Britto, 위의 책, 87면 이하.

137) Sumathi Ramaswamy, "Language of the People in the World of Gods", *The Journal of Asian Studies*, vol. 57, no. 1(Salt Lake City, Utah : University of Utah, 1998)에서 그 작품을 소개하고 고찰했다.

스크리트화한 타밀어가 불신되고, 종교와 철학 분야 외에서는 사용되지 않게 되었다. 순수한 타밀어를 1900년에는 5%, 1950년에는 20% 정도 사용하다가, 오늘날에는 생활의 모든 영역에서 사용하기 위해 대중교육을 실시하고 있다고 한다.[138] 오늘날 타밀인들은, 타밀어의 산스크리트화는 역사적인 실패라고 규정하고, ‘순수한’ 타밀어를 칭송한다.[139] 그러나 그것은 편협한 태도이다. 근대민족주의의 좁은 안목에서 문학사를 이해하고 마는 것은 적합하지 않다.[140]

산스크리트의 요소를 제거한 타밀어를 ‘순수한 타밀어’라고 한다.[141] 그것은 인위적으로 다듬은 말이므로, ‘구어체 타밀어’와 일치하지 않는다. 산스크리트화한 타밀어를 청산하기 위해서 그 둘 가운데 어느 것을 사용해야 하는가 하는 것이 문제가 된다. 타밀 민족주의자들은 ‘순수한 타밀어’를 일방적으로 찬양하고, ‘구어체 타

---

138) Francis Britto, 위의 책, 105면.

139) 같은 책, 84면.

140) 1997년 8월 16일부터 22일까지 네덜란드 레이덴대학에서 열린 제15회 국제 비교문학회 발표대회에 타밀학자들이 몇 사람 참가해서 타밀문학을 널리 알리는 발표를 했다. 그런데 산스크리트문학의 압도적인 영향에 맞서서 힘써 지켜온 타밀문학의 순수성을 옹호하고 평가하는 주장을 폈으며, 두 문학의 상관관계를 거시적인 안목에서 다루려고 하지 않았다. 내가 토론을 하면서, 산스크리트문학과 타밀문학의 관계는 중국문학과 한국문학의 관계와 흡사해서 평소에 깊은 관심을 가지고 공부하고 있다 하고, 타밀민족주의가 타밀문학을 평가하는 데 반드시 이로운 것은 아니니 관심을 확대해야 하겠다고 했다. 공동문어문학과 민족어문학의 상관관계에 대한 비교연구를 해서 거시적인 이론을 마련해야 타밀문학의 의의를 제대로 평가할 수 있다고 했다. 서사시의 경우에도 타밀서사시의 독자성을 옹호하는 데 그치지 말고 산스크리트 서사시에 대한 타밀서사시의 반론을 세계문학사의 관점에서 이해해야 한다고 했다.

141) 지금부터의 논의는 Harold Schiffman, "Language, Linguistics, and Politics in Tamilnad", Edwin Gerow and Margery D. Lange ed., *Studies in the Language and Culture of South Asia*(Seattle : University of Washington Press, 1973)에 근거를 둔다.

밀어'는 어린이와 무식자나 사용하는 언어라고 한다. 문학창작의 실제상황에서는 다음 인용구에서 확인할 수 있는 바와 같이, 그 둘을 각기 일부 사용하고 있을 따름이며, 산스크리트화한 타밀어를 전면적으로 청산하지 못하고 있다.

소설을 쓸 때 따옴표 속에 든 대화에서 '회화체' 타밀어를 사용하는 작가들이 있으나, 모두 다 그렇게 하는 것은 아니다. 소설의 지문에서는 '순수한' 타밀어만 사용된다. '회화체' 타밀어는 (무식하다고 생각되는) 하층민, 어린이, 그리고 외국인의 대화에서만 사용하는 작가들이 많다. 양층언어를 청산하려고 하지 않고, 고형을 다시 등장시키는 작가들도 있다.[142]

정도나 양상의 차이가 있으나, 이것은 한국에서 한자 혼용과 한글 전용, 한자어휘를 사용하는 문장과 고유어휘를 사용하는 문장 가운데 어느 것을 택해야 하는가 하는 고민과 근본적인 일치점이 있다. 공동문어와 민족어를 함께 사용하면서, 민족어를 공동문어에 밀착시키려고 한 중세 동안의 노력의 결과가 지금에 와서는 청산하기 어려운 인습이 된 점이 서로 같다고 할 수 있다. 타밀인이나 한국인이 세계 공통의 진통을 겪고 있으니, 특별히 비관할 일은 아니다.

고민이니 진통이니 하는 부정적인 어휘를 사용하면서 그 현상을 다루는 것도 마땅하지 않다. 근대 동안에는 공동문어에 의존한 과거를 청산하고 민족어를 순수하게 만드는 것이 바람직하다고 생각했지만, 순수한 언어는 있을 수 없고, 있다면 문화창조의 능력이 저열하게 마련이다. 여러 문화요소를 함께 지니고 있어 진통을 겪는

---

142) 위의 글, 131면.

것이 창조의 원동력일 수 있음을 생극론에서 말해준다.

주변부의 민족어문학

인도아대륙 밖 동남아시아 여러 곳도 산스크리트문명권에 속한
다. 산스크리트를 공동문어로 받아들여 자기네 언어와 함께 사용하
면서, 문명권 주변부의 '다른 언어 공동문어-민족어의 양층'을 이루
었다. 산스크리트를 사용해서 통치자의 위업을 기리는 비를 세운
것은 동남아시아 각국이 산스크리트문명권에 포함된 확실한 증거이
다. 보르네오나 자바에 5세기에 세운 그런 비가 있어,[143] 그 시기에
이미 산스크리트문명이 멀리까지 전파되었음을 알 수 있게 한다.
그때부터 시작해서 동남아시아의 산스크리트문명화는 말레이인의
왕국 말라카(Malaka)가 포르투갈에 망한 1511년까지 계속되었다.[144]

---

143) G. Coedes, *Les états hindouisés d'Indochine et d'Indonésie*(Paris : De Boccard, 1989),
42면. 보로네오 Kutei 지방의 산스크리트비문 "Mulavarman"은 5세기 초의 것
이다. 자바 서부 "Purnavarman"의 비문은 5세기 중엽의 것이다.

144) 같은 책, 37-38면. 그 책에서는 동남아시아 일대의 '인도화'(hindouanisation)
는 인도 안에서 서북쪽의 문명이 벵골만 쪽이나 남부로 뻗어난 것의 연장이
라고 했다. 양자의 차이는 전파 경로가 육로인가 해로인가 하는 것뿐이라고
했다(38면). '인도화'는 인도의 활발한 해외진출의 결과이다. 해외진출을 한
이유는 물질적인 것과 정신적인 것이 있다. 물질적인 것은 항해술의 발달과
교역의 확대이다. 정신적인 것은 불교가 생겨나서 계급의 구분이나 민족의
순수성을 넘어설 수 있게 한 것이다. 야만인들과 접촉하면 더럽혀진다고 염
려하던 브라만교도들도 생각을 바꾸도록 불교에서 자극했다고 했다(48면).
그러나 산스크리트문명의 전파를 '인도화'라고 하는 것은 적절한 용어가 아
니다. 인도 안의 산스크리트문명과 동남아시아의 산스크리트문명은 동질성과
이질성도 지니고 있다. 산스크리트문명의 전파를 인도인의 해외진출에 수반
된 일로 이해하는 데 머무르지 말고 세계적인 범위에서 일어난 중세화의 당
연한 과정으로 보아야 한다.

　그런데 12세기까지와 13세기 이후에 문학의 양상이 달라졌다. 12세기까지에는 산스크리트문학이 일방적으로 우세하고 민족어문학의 출현은 확인하기 어렵지만, 13세기 이후에는 민족어문학이 성장해서 산스크리트문학의 구실을 물려받은 것이 대체적인 추세이다. 그렇게 된 이유를 동남아시아사의 내부적인 사정에서 찾으려고 하는 것은 단견이다.[145] 역사적인 전환을 거시적으로 이해하는 시대구분의 개념을 분명하게 하고, 문명의 변화를 거시적인 관점에서 고찰하는 비교연구의 시야를 확보해야 한다.

　힌두교와 결합된 대승불교를 버리고 상좌불교를 새로운 이념으로 삼으면서, 산스크리트 대신에 팔리어를 공동문어로 택한 것을 민족어문학의 등장과 함께 주목해야 이해의 폭이 넓어진다. 미얀마와 타이에서 먼저 일어난 그런 일이 캄보디아에까지 닥쳐 산스크리트문명의 선진지역까지 흔들어놓았다. 또한 오늘날 말레이지아와 인도네시아가 된 곳에서는 14세기 이후에 이슬람교를 받아들여 공동문어를 아랍어로 바꾸어놓은 것도 함께 고려해야 할 일이다.

　12세기까지의 중세전기가 끝나고 13세기 이후에는 중세후기가 시작되어 그런 변화가 일어났다. 중세전기에는 산스크리트가 절대적

---

145) 이에 관해서 몇 가지 기존연구가 있다. V. I. Braginsky, *Unity and Diversity of Traditional Literatures of South East Asia*(London : School of Oriental and Asian Studies, University of London, 1996)에서는 "old peoples"의 "core" 국가를 대신해서 "mono-ethnic states"가 등장해서 변화가 일어났다고 했다. Sheldon Pollock, "The Cosmopolitan Vernacular", *The Journal of Asian Studies*, vol. 1, no. 57(Salt Lake City, Utah : University of Utah, 1998)에서는 제국을 지향하는 통치자가 산스크리트를 사용하던 시대를 지나, 민족국가를 만들려고 하는 속어 사용자 정치세력인 "vernacular polity"가 등장한 것이 변화의 원인이라고 했다. 그런 견해는 사용한 개념이 모호해서 나타난 현상을 정확하게 지적하기 어렵고, 변화의 원인을 정치사의 관점에서 찾기만 하고 그 이상의 포괄적인 논의를 진행하지 않은 이중의 결함이 있다.

178

인 권위를 가진 단일문명권이었던 곳에서 민족어문학이 대두하는 변화가 일어난 것은 다른 여러 문명권에서 중세후기가 시작된 양상과 동일하지만, 산스크리트를 다른 공동문어로 대치하는 변화가 함께 일어난 것은 동남아시아 특유의 현상이다.

그러나 중세전기의 보편적인 이념인 대승불교의 관념체제가 불신되고, 선불교의 직감적인 사고나 신유학의 현실주의 또는 합리주의가 중세후기의 사상으로 대두한 한문문명권에서의 변화가 동남아시아의 경우와 상통한다. 그것은 또한 힌두교의 라마누자, 이슬람교의 가잘리, 기독교의 토마스 아퀴나스가 마련한 새로운 사상이 중세후기의 이념으로 널리 채택된 것과 크게 보아 같은 일이다. 그런데 중세전기의 사상을 중세후기의 사상으로 바꾸어놓지 못하고 원천이 다른 새로운 사상을 가져와야 하는 특수한 사정이 있어서, 동남아시아에서만은 공동문어를 교체해야 했다.

동남아시아 각국은 모두 문명권의 주변부이다. 그러면서 그 가운데 중심부와 상대적으로 가까운 곳도 있고, 더 먼 곳도 있다. 상대적으로 가까운 곳의 본보기는 캄보디아를, 더 먼 곳의 본보기는 자바를 들기로 한다. 캄보디아에서나 자바에서도 비문을 쓸 때 산스크리트와 자국어를 함께 사용했다. 바로 그 점은 변방의 공통점이다. 그러면서 두 언어 사용 방식에 차이가 있었다. 중세후기가 시작되기 전에 중세전기문학에 이미 현저한 격차가 있었다.

중세후기에 팔리어를 공동문어로 삼은 미얀마나 타이, 아랍어를 받아들인 말레이는 중세전기 산스크리트문명 시절에 이룩한 공동문어문학이든 민족어문학이든 자료가 거의 남아 있지 않아 여기서 고찰하기 어렵다. 그런 곳의 중세후기의 문학은 팔리어문명권과 아랍어문명권을 고찰할 때 다루는 것이 마땅하다. 그러므로 중세전기에 공동문어문학과 민족어문학이 어떤 관련을 가졌던가 살피면서 중세후기로의 변화까지 논의를 확장할 수 있는 자료를 제공하는 곳은 캄보디아와 자바 정도이다. 그 둘은 중심부와 가까운 곳과 먼 곳의 본보기이면서, 동남아시아 산스크리트문학에 관해서 알려주는 거의 모든 자료의 제공자이다.

캄보디아 산스크리트 비문은 애민을 표방하면서 덕치를 하는 제왕은 위대하다고 칭송하고, 그렇기 때문에 모든 왕공 위에 군림하는 황제일 수 있다는 말을 산스크리트 '카비야' 시의 표현법을 온전하게 갖추어 나타냈으며, 캄보디아어 금석문도 있다.[146] 그 두 가지 금석문의 차이점은 다음과 같았다.

산스크리트금석문은 시로 썼으며, 신들의 공덕을 칭송하고, 국왕의 학식과 위대한 행위를 찬양한다. 크메르어금석문은 산문을 사용했으며, 정확하지 못한 문장으로 국가 조직의 종교적 기초에 관해서 일반 백성에게 설명했다.[147]

이러한 특징은 캄보디아가 문명권의 중간부이기 때문에 생겨났다는 것을 문명권의 주변부인 자바의 경우와 함께 살피면 선명하게 확인할 수 있다. 자바에서 쓴 산스크리트 비문 또한 통치자를 칭송하고 그 위업을 자랑한 것이다. 그런데 '카비야' 시형을 온전하게 갖추지 못하고 서투른 모작이어서 캄보디아의 것을 따르지 못한다. 그런데 캄보디아의 자국어 비문은 서투르고 조잡한 산문만이지만, 자바의 자국어 비문은 시형식을 갖추고 내용이 자세하고 당당하다.

---

146) Judith M. Jacob, *The Traditional Literature of Cambodia, a Preliminary Guide* (Oxford : Oxford University Press, 1966) ; Khing Hoc Dy, *Contribution à la littérature khmère 1* (Paris : L'Harmattan, 1990)에서 그런 사실을 확인할 수 있다.

147) V. I. Braginsky, 위의 책, 2면.

산스크리트 사용에서는 캄보디아가, 자국어 사용에서는 자바가 앞섰다. 캄보디아에서는 산스크리트 '카비야'문학을 높은 수준으로 재현한 것과 달리, 자바에서는 "산스크리트와 그 문학이 제공하는 혜택을 재빨리 자기 것으로 만드는 지혜를 발휘했다"[148]고 하는 것이 문명권의 주변부가 보여주는 특징이다.

그 점은 산스크리트의 어휘가 민족어에 들어온 양상의 차이와 직결된다.[149] 캄보디아에서는 산스크리트문학에 힘쓰고 캄보디아어 글쓰기는 중요시하지 않아 이른 시기 캄보디아어에 산스크리트의 어휘가 자바어의 경우만큼 많이 들어가 있지 않다. 자바에서는 '오랜 자바어'에 수용된 산스크리트의 어휘가 몇천 개가 되어 기이하다고 생각할 수 있으나, 산스크리트문헌을 자바어로 옮기는 작업을 일찍부터 열심히 해서 그렇게 되었다.

자바의 언어와 문학을 자세하게 살펴보자.[150] 자바문학사는 언어사에 의해 구분되는데, '오랜 자바어'를 사용하는 첫 시기의 문학이 12세기까지 계속되다가, 13세기부터는 '중간 자바어'를 사용하는 문학이 시작되었다. 앞의 것이 중세전기문학이라면, 뒤의 것은 중세후기문학이다. '오랜 자바어'는 산스크리트를 많이 받아들인 자바어이다. 그런 언어를 사용한 중세전기문학은 산스크리트문학과 밀접한 관련을 가지고, 산스크리트문학에 크게 의존했다. '중간 자바어'는 산스크리트 의존에서 벗어나 자바어 구어에 근접한 언어이다. 그런 언어를 사용한 중세후기문학은 자바문학의 독자적인 세계를 찾았다.

'오랜 자바어'를 사용한 중세전기문학이 산스크리트문학과 관련

---

148) Himasu Bhusan Sarkar, *Literary Heritage of South-East Asia*, 88면.
149) 같은 책, 96면에서 이런 비교론을 전개했다.
150) J. Gonda, "Old Javanese literature", *Literaturen Abscrift 1* (Leiden : E. J. Brill, 1976) 에서 자료를 얻는다.

된 양상의 특징을 몇 가지로 정리할 수 있다. 산스크리트 글쓰기를 제대로 하지 못해서, 문법이 부정확하고 어미변화가 결락되어 있기도 한 "섬나라 산스크리트"라고 하는 것을 만들어냈다.[151] 그것은 일본의 變體漢文과 상통한다.

산스크리트를 널리 이해하지 못해, 산스크리트와 자바어를 섞어서 글을 써야 하고, 또한 번역에 힘썼다. 산스크리트 원문을 간략하게 줄여 몇 줄 적고, 자바어로 길게 풀이하기도 했다. 산스크리트문학을 자바어로 번역하면서, 원문을 부분적으로 인용하고, 새로운 내용을 보태는 개작 방식을 사용하기도 했다.

산스크리트 '카비야' 시를 자바어로 재현하려고 한 '카카윈'(kaka-win)이라는 시형이 856년의 비문에서 처음 나타난 이후 지배적인 위치를 차지했다.[152] 그 내용은 인도에서 가져온 것이 많고, 율격 또한 차용해서 산스크리트시의 장단율을 그대로 가져오려고 했다. 그러나 그 율격이 자바어의 특성과는 이질적이므로 예외를 많이 허용하는 방식으로 융통성 있게 이용될 수밖에 없었다. 산스크리트문학에는 없는 새로운 율격을 만들어내면서 산스크리트로 된 명칭을 사용해서 그런 전례가 있는 것처럼 생각되게 했다.[153]

산스크리트문학의 고전을 자바어로 옮겨 재창작한 작품의 한 본보기로 《바라타유다》(*Bharatayudda*)를 들어보자.[154] 세다흐(Sedah)와 파

---

151) 같은 책, 199면.

152) 같은 책, 217면.

153) Marry S. Zurbuchen, *Introduction to Old Javanese Language and Literature : A Kawi Prose Anthology*(Ann Arbor : Center for South and Southeast Asian Studies, The University of Michigan, 1976), 4면.

154) S. Supomo, *Bharatayudda, an Old Javanese Poem and its Indian Sources*(New Delhi : International Academy of Indian Culture and Aditya Prakashnan, 1993)에 원문, 영역, 해설이 있다.

눌루흐(Panuluh)라는 두 시인이 12세기에 《마하바라타》를 자바어로 옮겨 그 작품을 만들었다. 2만 연에 이르는 《마하바라타》를 711연으로 줄여서 옮겼다. 번역·축약·생략의 방법을 함께 사용했다. 등장인물도 많이 줄이고, 사건 전개를 간략하게 했다. 생략된 부분이 3,500연이나 되고, 오해한 대목도 적지 않다고 한다.[155]

삽입한 부분도 있다. 그 분량이 200연이어서 작품 전편의 30%에 가깝다.[156] 원작에는 보이지 않는 여성을 아홉이나 등장시켜, 살벌한 전투 이야기가 다각적인 내용과 감동을 지니게 했다. 남편이나 아들의 죽음을 애도하는 대목에서 두드러진 변화를 보였다. 사랑의 이야기도 추가했다. 사랑하는 사람과 원하지 않은 이별을 하고 싸우러 나가는 사람의 고통을 심각하게 그리고, 남편의 시신을 찾아 전쟁터를 헤매다가 하늘 나라에 함께 가는 여인에 관해서도 자세하게 말했다.

그런 개작을 통해 고대서사시를 중세서사시로 바꾸어놓았다. 서사시에서 영웅적인 남성들의 활약만 다루는 관습을 깨고, 범속한 여인들의 삶을 중요시하는 새로운 관심사를 나타낸 것이 중요한 변화였다. 타밀서사시에서는 더욱 분명하게 나타났던 그런 변화를 고대에 대한 중세, 문명권의 중심부에 대한 주변부의 반론으로 이해할 수 있다. 타밀에서는 가련하게 죽은 여인을 타밀민족국가의 수호신으로 만들어 민족의 역사를 다룰 수 있는 고리로 삼았는데, 이 작품에서는 자바의 국왕을 찬양하는 말을 앞뒤에 붙이는 방법을 써서 민족서사시를 만들었다. 타밀의 창작서사시는 사건 자체의 전개를 통해서, 자바의 번역서사시는 원작에는 없던 내용을 첨가해서

---

155) 같은 책, 21-22면.
156) 같은 책, 29면. 추가된 내용에 관한 설명은 같은 책, 34-35면에 있다.

자기 민족의 독자적인 발언을 하려고 했다는 점에서 상당한 수준 차이가 있다.

자야바야(Jayabhaya)라는 왕의 명을 받아 그 작품을 이룩했다. 왕의 이름이 작품 속에 거듭 나온다. 《마하바라타》에서 전개된 싸움이 왕의 위업이라고 하고, 그 서두와 결말에 왕을 칭송하는 말을 덧보탰다. 서두에서는, 뛰어난 무력으로 모든 적을 물리친 자야바야왕을 이 세상의 모든 사람들이 칭송하는데, 하늘에서 내려온 기리나타신(Girinatha, 시바신의 다른 이름)이 "그대는 세상을 다 다스리고, 적에게 승리할 뿐만 아니라, 그대는 나와 일체를 이루어, 영원히 세상의 주인 노릇을 할 것이다"라고 했다.[157] 신의 가호로 왕은 모든 전투에서 승리했다고 한다.

결말에서는 자바가 편안하게 되었으므로 천신과 천신을 돕는 신들은 하늘로 올라갔다 하고, 자바가 액운의 시기를 만나 다시 어지러워지면, 천신은 자야바야왕이 되어 다시 이 세상에 온다고 했다.[158] 그 대목을 번역한다.

> 시간이 흘러 액운 칼리(kali)의 시기에 이르면
> 세상이 망하는 증거가 나타난다.
> 유쾌한 섬 자바, 견줄 곳이 없이 아름다운 섬에서
> 악한 사람의 통치 때문에 백성이 두려워 떨고,
> 강력한 수호자가 없어 나라가 망한다.
> 숲의 나무에는 꽃이 피는데 백수의 왕이 없듯이,
> 아름다운 나라가 파괴되면 얼마나 슬프리.

---

157) 같은 책, 164면에 있는 번역 첫 노래 1-4연의 개요이다.

158) 그 말은 티베트 서사시 《게사르》의 결말에서 볼 수 있는 것과 같다. 《동아시아 구비서사시의 양상과 변천》에서 《게사르》에 관해 고찰했다.

> 그런 광경을 보면, 비시누신이 가엾게 생각해
> 이 섬의 수호자가 되기 위해서 이 세상에 내려오셔서,
> 정성들여 왕국을 다시 일으켜 세우신다.[159]

13세기 이후에는 캄보디아와 자바 양쪽이 중세후기에 들어서서, 그전과 다른 문학을 하게 되었다. 그러면서 중세후기문학의 양상 또한 그 두 곳이 서로 달랐다. 캄보디아에서는 대승불교시대로부터 상좌불교시대로 이행하면서, 산스크리트 대신에 팔리어를 새로운 공동문어로 받아들여, 팔리어문학과 자국어문학을 병행시켰다. 그런데 자바에서는 한동안 자국어문학을 육성하는 데 힘을 기울였다.

자바에서는 15세기 이후에 아랍어를 공동문어로 한 이슬람교를 받아들였다. 그러나 아랍어문학을 한 것은 아니고, 아랍어문학의 유산을 토착화하는 것을 새로운 과업으로 삼았을 따름이다. 중세후기에 공동문어를 교체하는 변화는 양쪽에서 다 일어났는데, 새로운 공동문어를 캄보디아에서는 문학창작에서 활용해 공동문어문학을 민족어문학보다 상위에 두고, 자바에서는 공동문어문학을 다시 마련하지 않은 점에 커다란 차이가 있다.

한편 자바에서는, 13세기 이후에 '중간 자바어'를 사용하는 중세후기문학을 이룩했다. 그때부터는 시를 지으면서 산스크리트시의 율격을 따르려고 하지 않고 민요의 율격을 받아들였다. 그 율격은 고정된 음절수가 되풀이되는 음수율이다. 중세전기에서 중세후기로 나아가면서, 공동문어시의 율격의 표본으로 삼아야 한다는 생각을 버리고 자기네 민요의 율격을 받아들여 민족어시의 율격을 다시 마련한 것은 월남에서도 볼 수 있는 일이다.

---

159) 52번째 노래, 3·4연, S. Supomo, 위의 책, 255면.

민요의 율격을 받아들여 다시 만든 시형은 '키둥'(kidung)이라고
했다. '카카윈' 대신에 '키둥' 시형이 널리 사용되면서 문학의 전반
적 양상이 달라졌다. '키둥'은 문학적 가치가 '카카윈'보다 떨어진다
고 평가된다. 반복이 심해서, 가령 옷차림 묘사를 할 때 번번이 같
은 말을 되풀이한다. 서술이 단조롭고, 인물의 설정에 진실성이 부
족하다고 한다. 그러나 그것은 일면적인 평가이다.

'키둥'은 다양한 기능을 수행하면서, 문학담당층을 확대하고, 현
실반영의 폭을 넓히는 데 기여했다. 서정시뿐만 아니라 교술시나
서사시에도 두루 사용되었다. 흥미로운 이야기를 들려주기도 하고
사회환경을 생동하게 그리기도 했다.[160] 역사를 기록한 연대기도 그
시형을 택했다. '키둥'은 월남의 6·8조 장시형이나 한국의 가사와
비슷한 구실을 하면서 그 쓰임새가 더 넓었다.

15세기에 이슬람교가 들어오면서 문학에서 커다란 변화가 일어났
다. 공동문어가 산스크리트에서 아랍어로 바뀌었다. 아랍어문학을
스스로 창작하지는 않고, 수입해와서 번역하고 개작하는 것을 새로
운 과제로 삼았다. 그때부터 자바어 대신에 말레이어가 더 큰 구실
을 했다. 이슬람교를 말레이어 사용자들이 먼저 받아들였고, 말레이
어가 인도네시아군도의 교통어로 사용되었기 때문이다.

인도네시아 군도의 한 섬인 발리(Bali)는 언어가 자바어와 밀접
한 관련을 가지고 있으며, 문학을 창작하고 역사를 서술하는 전
통에서도 자바의 영향을 많이 받았다. 10세기경에 기록문학을 처
음 시작할 때에는 자바어를 사용하다가, 그 뒤에 자국어문학을
일으키면서 산스크리트문명의 유산을 자바를 통해 수용했다. 필
사본으로 전하는 발리어문학의 자료는 작자와 연대를 알 수 없는

---

160) P. J. Zoetmulder, *Kalangwan, a Survey of Old Javanese Literature*(The Hague : Martinus
    Nihhoff, 1974), 408면.

것들이다. 일부 자료가 소개되고 번역되기는 했으나, 전체적인 연관에 관한 연구는 부진하다.

  도술에 관한 가르침을 시로 쓴 《바수르》(*Basur*)가 그런 자료의 하나이다.[161] 실용서인 것 같지만, 문학작품으로 평가할 수 있는 내용을 갖추었다. 도술이란 부정적으로 볼 것이 아니고, 힌두교에서 말하는 종교적 수련의 긴요한 사항이기 때문이다. 올바른 마음을 가지고 처신해야 한다는 말을 설득력 있게 구체화려고 애써서 인생론에 관한 교술시라고 할 것을 마련했다. 한 대목을 들어 본다.

꾸준히 공부하고
줄기차게 수련하면서
깨달음 얻어야 하느니라.
세상을 살아가면서
좋은 일이 생기든 나쁜 일이 생기든
거만하게 굴지 않고,
능력을 뽐내지 마라.

네가 많이 안다고 생각하지 말고,
사람들이 네게 관해 말하도록 하라.
네가 할 일은 청소부와 같다.
날마다 쓰레기가 쌓이고,
쓰레기를 치우면, 먼지가 난다.
지혜가 많다 해도

---

161) C. Hooykaas tr., *The Balinese Poem, an Introduction to Magic* (The Hague : Martinus Hijhoff, 1978).

더 배워야 할 것이 많다.[162]

또 한 가지 사본 자료인 《비바드 불레렌》(*Babad Bulelen*)은 역사의 시초에서부터 네덜란드의 통치가 시작될 때까지의 발리왕국의 역사를 노래한 詠史詩이며, 1890년경에 이루어졌다.[163] 신들의 특별한 가호를 입은 영웅이 세운 최초의 왕조가 계속 이어지지 않고, 도래자도 있고 찬탈자도 있어 각기 다르게 전개된 역사를, 중심이 되는 사건을 들어 다루었다. 그 전체를 하나로 연결시키면서, 이상적인 군주의 모습을 찾는 것을 지속적인 관심사로 삼았다.

발리는 인도네시아의 다른 곳이 모두 이슬람화한 뒤에도 발리는 힌두교를 지키면서 산스리트문명권에 남아 있었다. 그래서 자바와 길이 달라졌다. 오늘날 발리는 힌두교와 관련된 종교적인 전승이나 민속예술을 풍부하게 간직하고 있어서 전세계의 관심을 끌고 있다. 그러나 문학에 관해서는 잘 알려지지 않았다. 문학의 유산이 빈약해서 그런 것은 아니고 자료조사와 연구가 미흡하기 때문이라고 생각된다. 발리문학이 산스크리트문명권의 전통을 이어나가면서 어떻게 시대적인 변화를 겪었는가 지금으로서는 논의하기 어려우므로 일단 보류하지 않을 수 없다.

티베트의 경우

'민족문어-구어의 양층'이라고 한 티베트는 위에서 든 여러 곳과

---

162) 같은 책, 43면.

163) P. J. Worsley, *Babad Bulelen, a Balinese Genealogy*(The Hague : Martinus Hijhoff, 1972).

크게 다르다. 티베트는 산스크리트를 경전어로 한 불교를 받아들였다. 그런데 산스크리트경전을 그대로 사용하지 않고 자기말 티베트어로 번역했다. 티베트어를 경전어로 사용해서, 시대에 따른 변화를 받아들이지 않고 고정시켜 문어를 만들었다. 티베트에서 불교를 받아들인 淸海지방이나 몽골에서까지 사용해, 그 말이 작은 범위의 공동문어가 되었다.

7세기에 티베트를 통일한 토번왕국 통치자 송첸감포(Song-tsen-gam-po, 松贊干布)가 불교를 받아들였다. 그것은 키에프 러시아의 블라디미르(Vladimir)가 기독교를 받아들인 것과 같은 결단이었다. 티베트민족 최초의 통일왕국을 이룩하고서, 본(Bon)교라고 일컬어지는 재래의 종교로 그 정신적 지주를 삼을 수 없다고 판단해서 불교를 받아들이기로 작정했다. 블라디미르는 이슬람교, 유태교, 기독교 가운데 어느 것을 택할까 고민했지만, 송첸감포는 중국불교를 받아들일 것인가 인도불교를 받아들일 것인가 고민했다.

당나라 시대의 중국불교는 크게 발달되어 있었고, 인도불교는 오히려 쇠퇴하는 시기에 들어섰으며 네팔 쪽에서 활기를 띠었다. 두 불교의 경쟁이 당나라와 네팔의 경쟁으로 나타났다. 양쪽에서 모두 공주를 보내 송첸감포의 아내로 삼게 하면서 동행한 불교승려들이 각기 자기네 불교를 받아들이라고 권유했다. 송첸감포는 양자를 비교해보고서 네팔 쪽을 택해서 인도불교를 받아들였다고 한다.[164]

그런 결정을 내린 이유가 무엇인지 직접 말해주는 자료는 없다. 그러나 결과에서 출발해서 원인을 추적하는 것은 가능하다. 중국불교를 택했더라면 한문을 공동문어로 사용했어야 한다. 한자를 이용해서 티베트어를 표기하는 방법을 마련하는 것이 힘든 일이고, 또

---

164) 班班多杰, 《藏傳佛敎思想史》(上海 : 上海三聯書店, 1992), 67-70면.

한 한문문명권에는 번역이 그리 발달되어 있지 않았다. 중국불교를 버리고 인도불교를 택했으므로, 모든 일이 쉽게 해결되었다.

산스크리트 문자는 표음문자이므로 언어 표기의 수단에 지나지 않았다. 산스크리트를 적을 때 데바다가리 외에 다른 것도 썼다. 같은 문자가 산스크리트뿐만 아니라 다른 여러 언어에 널리 쓰인 전례가 있다. 그 문자를 이용해서 티베트어를 표기하는 것은 쉬운 일이었다. 또한 산스크리트문명권에는 여러 언어가 공존하고 있어, 번역이 빈번하게 이루어졌다. 불교 자체만 보더라도 마가디어를 사용한 불타의 설법을 상좌불교에서는 팔리어로 정리하다가, 대승불교에 이르러서는 산스크리트를 경전어로 사용하게 되었다. 불경을 티베트어로 번역하는 것은 쉽사리 가능한 일이었다.

기독교의 언어인 교회슬라브어와 불교의 언어인 티베트어는 뚜렷한 공통점이 있다. 그 원형인 그리스어와 산스크리트에서 문자를 빌려오고, 단어와 어법을 가져와서 종교사상의 내용을 원래의 것과 최대한 유사하게 전달하는 데 쓰인 언어이다. 자기 민족의 언어이기는 하지만, 구어와는 커다란 차이가 있고, 언어의 자연적인 변화를 반영하지 않고 고정되어 있어, 시간이 경과할수록 더욱 난해해졌다.

교회슬라브어를 사용하는 기독교나 티베트어로 옮겨진 불교는 처음에는 중세보편주의를 토착화하면서 자기 민족의 문자문화가 일찍 등장할 수 있게 하는 긍정적인 기여를 했지만, 나중에는 민족어의 문자문화가 민중의 구어와 밀접한 관련을 가지고 시대변화와 더불어 역동적인 발전을 하지 못하게 하는 기능을 했다. 일찍 등장한 민족주의는 귀족화되고 보수화되어 민중의 역량을 살려 민족사를 발전시키지 못하게 저해하는 본보기를 보여주었다.

캄보디아나 자바에서는 산스크리트를 배우고 산스크리트경전을 직접 이용했는데, 티베트에서는 번역을 한 것이 서로 크게 다르다. 어째서 그런 차이점이 생겼는가 생각해보면, 그 이유를 세 가지로 추정할 수 있다. (가) 티베트는 문화 중심지에서 멀리 떨어져 있고 교통이 불편해서 산스크리트가 자연스럽게 전파되지 않은 미개지였다. (나) 식자층이 형성되지 않았다. (다) 국왕이 주도해서 일시에 불교를 받아들이고 번역사업을 전개해야 문명국이 될 수 있었다.

이 세 가지 조건이 모두 한문을 공동문어로 삼는 중국불교를 받아들일 수 없게 하는 것이었다. (나) 식자층이 형성되지 않은 것이 치명적인 약점이었다. 또한 이 세 가지 조건은 티베트와 러시아에서 공통되었다. 불교를 티베트어로, 기독교를 교회슬라브어로 옮기는 공통된 결과가 그렇게 나타났다.

두 나라의 공통점은 그것만이 아니다. 티베트의 경우에도 인도의 승려들이 이주해서 불교를 전하고, 번역을 담당했다. 송첸감포왕이 인도에 보낸 재상 돈미삼보타(Thon-mi-sam-bhota, 呑彌桑布扎)가 산스크리트를 공부하고, 그 문자를 받아들여 티베트어를 기록하는 데 사용할 수 있게 하고, 불경 번역을 시작했다고 한다. 그러나 인도에 가서 공부한 티베트 승려보다 티베트에 가서 활동한 인도인 승려가 더 많았다. 8세기 후반의 파드마삼바바(Padmasambhava)를 위시한 여러 인도인 승려가 티베트에 머무르면서 경전 번역을 주도하고, 티베트인은 보조적인 구실을 했다. 그런 방식으로 번역을 계속해서 이룩한 방대한 규모의 티베트경전을 14세기 중엽에 집성했다.[165]

티베트인은 산스크리트를 철저하게 공부하지 않았다. 불경 이외

---

165) Suniti Kumar Chatterji ed., *The Cultural Heritage of India vol. 5 Languages and Literatures*, 720-721면 ; 丹珠昂奔, 《佛敎與藏族文學》(北京 : 中央民族學院出版社, 1988), 50-55면 ; Noble Ross Reat, *Buddhism, a History* (Berkeley, California : Asian Humanities Press, 1994), 220-228면.

의 다른 문헌을 번역하는 일은 거의 없었다. 불경이 티베트어로 번역된 다음에는 산스크리트를 공부하지 않았다. 그래서 티베트에서는 산스크리트문명 전체를 받아들일 수 없었다. 그런 여러 가지 사정에서 티베트와 러시아가 일치했다. 두 나라 다 승려가 아닌 식자층이 없고, 승려가 문자 사용을 독점한 점이 한문문명권과 전혀 다르고, 산스크리트문명권의 중심부 및 서방기독교문명권과도 차이가 있었다.

티베트문학사에서는 불교문학이 압도적인 우위를 차지한 정도가 다른 불교국가보다 앞섰다.[166] 구비서사시 《게사르》(Gesar)도 불교의 천신이 이 세상에 나와 악의 무리를 쓸어 없앤다고 하는 불교의 세계관을 구현한 영웅서사시이다. 불교 승려의 생애를 다룬 고승의 이야기를 장편 전기로 서술한 성자전이 티베트어문학의 가장 긴요한 유산이다. 그 가운데 파드마삼바바의 전기도 있고, 그보다 후대의 고승 밀라레파(Milarepa, 米拉日巴)를 주인공으로 한 것도 있다.[167]

밀라레파는 11세기말에서 12세기까지 살았던 승려이며 시인이다. 전3부 4백여 편의 종교시편을 남긴 것이 티베트문학의 고전으로 높이 평가되는데, 작품수가 많다는 뜻에서 《十萬頌》(gLwbum)이라고 일컬어진다. 15세기말-16세기초의 승려 쌍논 헤루카(Tsangnyon Heruka, Mad Yogin of gTsang, 桑吉堅贊)가 여러 형태로 전해지는 작품을 모아 그 책을 엮었으며, 밀라레파의 전기도 지었다.[168] 노래책이 전기의

---

166) 티베트문학은 《藏族文學史》(成都 : 四川民族出版社, 1985)와 같이 중국어로 출판된 것들이 있고, R. A. Stein, J. E. Stapleton Driver tr., *Tibetan Civilization* (Stanford, California : Stanford University Press, 1972)에 문학에 관한 대목이 있어, 개요를 알 수 있다.

167) 《문명권의 동질성과 이질성》의 〈성자전〉에서 이에 대한 구체적인 고찰을 한다.

168) 中央民族學院藏族文學史編寫組, 《藏族文學史》(成都 : 四川人民出版社, 1985),

속편과 같은 성격을 지녀, 밀라레파의 생애를 설명하면서 노래의 유래, 노래와 관련된 사건을 든 산문 일화가 전편에 이따금 삽입되어 있다. 밀라레파의 작품이라고 하면서 전해지는 후대의 작품도 포함되어 있다.

密敎에서 이어온 신비스러운 노래의 오랜 전통을 티베트민요와 결합시켜 재창조하면서, 친근한 사연, 개인적인 경험을 삽입해 실감을 가중시킨 것이 전체적인 내용이다. 전3부 가운데 제1부 〈시험당하는 밀라레파〉에서는 고행을 하면서 도를 닦을 때 지은 노래를 수록했다. 산중에 오래 머물며 살핀 풍광을 생동하게 그리면서 인생 무상의 느낌을 자아낸 솜씨가 특히 뛰어나다.제2부 〈밀라레파와 제자들〉은 도를 깨친 다음에 제자들을 만나고 세상 사람들을 교화하면서 지은 노래로 이루어져 있다. 성격이 서로 다른 여러 사람들과 만난 내력을 다룬 점이 흥미롭다. 제3부 〈전해지는 이야기들〉에서는 짧은 일화와 관련된 노래를 모아놓았다. 세상사에 관한 광범위한 관심을 보였다.

> 나뭇가지 사이로 산새들이 노래하고
> 수양버들은 미풍에 하늘거리네.
> 나무 꼭대기에 원숭이들 매달려 즐거워하고,
> 양떼가 흩어져 풀을 뜯는 목초지에서,
> 생기에 넘치는 목동들의
> 아름다운 갈대 피리소리.

148면 ; Robert A. E. Thurman, *Essential Tibetan Buddhism*(San Francisco : Haper San Francisco, 1995), 303면 ; Francis V. Fiso, "The Biographical Tradition of Milarepa : Orality, Literacy and Iconography", *The Tibet Journal*, vol. XXI, no. 2 (Dharamsala, India : Library of Tibetan Works and Archives, 1996).

　　욕망과 갈망에 불타는 세속 사람들은
　　世事에 얽매여 대지의 노예가 되었도다.

　　명상자 밀라레파는
　　빛나는 보석 바위에 홀로 앉아,
　　이 모든 것을 내려다보네.
　　그것들을 지켜다보니,
　　일체가 흐르는 물처럼 무상함을 깨닫는도다.[169]

　제1부에 실려 있는, 깨달음을 얻었을 때 부른 노래의 한 대목을 들어보면 이와 같다. 세속의 미망에서 벗어나서, 모든 것이 흐르는 물처럼 무상하다는 것을 바로 아니, 새들이 노래하고 수양버들이 하늘거리고, 원숭이·양떼·목동이 삶을 누리는 모습이 즐겁게 생각된다고 했다. 헛된 욕망을 버리고 진리를 발견한 각성을 생동하는 심상을 통해 나타냈다.

　밀라레파는 이런 작품에서 당대 최고의 사상을 민족어문학을 통해서 나타내는 과업을 다른 나라에서보다 일찍 성취했다. 아직 중세전기라고 해야 할 시기에, 힌디문학사가 중세후기로 들어섰을 때 카비르가 수행한 것과 같은 사명을 몇 세기 먼저 수행했다. 그러나 공동문어를 고집하는 기존의 종교에 대한 반론이 대중운동의 형태로 나타나면서 민족어문학이 등장한 것은 아니므로, 밀라레파의 시는 훨씬 고답적인 기풍을 지녔다. 그 점은 바로 밀라레파의 시가 중세전기문학을 완성하는 구실을 하고, 중세후기문학을 개척한 것은 아니라고 해야 할 증거이다.

---

169) 영역본을 이정섭이 풀어 옮긴, 《미라래빠의 十萬頌》(서울 : 시공사, 1994), 90면. 표기는 일부 바꾸었다.

194

깨달음의 높은 경지에 이른 성자는 시인이이어여야 하는 전통이
그 뒤에 오래 두고 계승되어 보수적인 전통을 이루었다. 15세기에
새로운 교파를 창설한 종가파(Tsongkha-pa, 宗喀巴) 또한 종교적인 깨
달음을 시를 지어 나타냈다. 그 뒤를 이어 등장한, 종교와 정치 양
면의 지배자인 역대의 달라이라마도 시인의 임무를 잇고자 했다.
19세기까지 그런 일을 되풀이하는 동안에 창조력이 고갈되었다고
할 수 있다.

그렇다고 해서 종교시의 본령에서 벗어난 변혁이 없었다는 것은
아니다. 석가를 공부한 대학자를 뜻하는 사키야 판디타(Sakya Pandita,
薩迦班欽)라는 존칭으로 알려진 12세기 고승의 《격언집》은 다른 성
향을 지녔다. 세상 사람들의 행실을 시비한 격언 4백여 개를 모아
서 4행시 한 수씩으로 나타내고 산문 해설을 붙인 책인데, 현실 문
제에 대해서 광범위한 관심을 보이고, 정치의 도리에 관한 것도 적
지 않다. 그 가운데 둘을 들어보자.

불법 받들어 나라와 중생을 돌보지 못하는
그런 국왕의 나라는 쇠망할 징조를 보인다.
태양이 어둠을 쓸어내지 못하고 있으면
일식이 생기는 징조를 보이는 것처럼.[170]

훌륭한 사람이 애써 한 일을
악인 때문에 한 순간에 망칠 수 있다.
한 해 동안 농사지은 들판이
우박이 와서 한 순간에 결단나듯이.[171]

---

170) 《藏族文學史》, 177면.

그리 대단한 것 없는 범속한 작품인 것 같지만, 연관관계를 넓게
살피면 세계문학사 전개에서 중요한 위치를 차지한다고 할 수 있다.
시의 형태나 어법은 나가르주나가 사용한 것과 밀접하게 연관되어
있다고 한다.[172] 한번만으로 끝난 작품이 아니다. 티베트 안에서 거
듭 재창조되는 전통을 마련했으며, 몽골어로 번역되어 널리 읽히기
도 했다.

논의의 범위를 확대해보면, 이 작품은 중세후기에 이르러서 교술
시가 서정시 못지 않게 중요한 구실을 하게 되는, 세계 도처에서
확인되는 사례의 하나라고 할 수 있다. 시를 들고 산문 해설을 곁
들인 교술시라는 점에서, 그 가운데 특히 13세기 페르시아의 작품,
사디(Sadi)의 《장미의 낙원》과 상통한다. 지구상에서 가장 궁벽진 곳
이라고 생각되는 티베트에서 산출한 문학이라고 해서 세계문학사의
흐름에서 벗어나 있는 것은 아니다. 이처럼 그 중심점에 자리잡고
있다고 할 수 있는 점이 발견된다.

그러나 중세후기문학으로 나아가는 길을 그렇게 개척한 티베트문
학이 중세에서 근대로의 이행기에 더욱 진취적인 변모를 보였다고
하기는 어렵다. 17세기 이후에 구비문학이 대두하고, 진보적인 성향
의 작가가 일부 나타나고, 문학이 종교철학에서 분리되는 조짐을
보였다고 하는 것은[173] 티베트문학에서도 중세에서 근대로의 이행기
가 시작되었다는 말이다. 그러나 혁신의 범위는 좁고, 보수적인 기
풍은 넓게 자리잡고 있어, 문학이 불교에 의존하고, 시를 기본으로
하고, 오랜 관습을 지속시키는 구실을 해왔다.

---

171) R. A. Stein, J. E. Stapleton Driver tr., *Tibetan Civilization,* 269면.

172) 같은 책, 270면.

173) 《藏族文學史》, 407면 이하에서 논의한 사실을 407면에서 이 세 가지 조항으
　　로 요약했다.

공동문어문학과 민족어문학을 양립시키지 않고, 민족어문학이 공동문어문학의 기능을 수행하게 한 티베트는 근대민족문학으로 나아가는 길을 일찍 개척한 것처럼 보인다. 그러나 민족어 가 문어로 고착되어 민족구어의 성장을 막았다. 산스크리트경전을 민족어로 번역해서 사용한 것이 주체성을 살리는 마땅한 길이었다고 할지 모르나, 그 때문에 생긴 손실이 적지 않다.

티베트에서는 산스크리트를 스스로 배워서 활용하지 못한 탓에 산스크리트문명을 받아들일 수 있는 폭이 아주 제한되었다. 산스크리트로 이루어진 고전 가운데 불경만 번역하고 다른 것은 번역하지 않아 이해하고 활용할 수 없었다. 티베트는 불교문학을 스스로 이룩하는 데서는 다른 어느 불교국가보다 앞섰다. 그러나 그 때문에 불교문학이 아닌 다른 문학은 갖추지 못해 문학의 폭을 좁히는 폐단을 자초하고, 불교문학을 혁신하는 결단을 내리기 어려웠다.

티베트는 산스크리트문명권의 가장 먼 주변에 자리잡고 있었다. 그런 후진적인 조건 때문에 산스크리트경전을 자기 말로 번역해서 사용하지 않을 수 없었다. 불교를 받아들이자 바로 그렇게 한 것은 대단한 일이었다. 중세전기에 이미 그렇게 한 것은 중세에서 근대로의 이행기에 해야 할 일까지 앞질러서 하는 선진의 처사여서, 다음 시대에 마땅히 이룩해야 할 비약과 혁신을 하지 못했다. 중세후기로의 전환까지는 어느 정도 이룩하다가, 그 뒤에는 창의력을 잃었다. 그래서 처음의 선진이 나중에는 후진이 되는 본보기를 보여주었다.

팔리어문학과 민족어문학

팔리어문명권의 성립

팔리어는 남방불교·上座불교·小乘불교라고 일컬어지는 불교의 경전어이다. 북방불교·大乘불교라고 하는 불교는 산스크리트를 경전어로 해서, 두 불교가 서로 다른 언어를 사용했다. 경전어의 차이 때문에 불교문명권은 팔리어불교문명권과 산스크리트불교문명권으로 나누어졌다. 그것은 기독교문명권이 그리스어기독교문명권과 라틴어기독교문명권으로 양분된 것과 유사하다.

그리스어기독교문명권이 더 오래 된 내력을 가지고 있으면서 라틴어기독교문명권보다 열세인 것과 마찬가지로, 팔리어불교문명권이 정통성을 자랑하면서도 산스크리트불교문명권만큼 영역이 넓지 않다. 그래서 산스크리트와 라틴어는 네 가지 커다란 공동문어에 속하고, 팔리어나 그리스어는 그보다 작은 범위의 공동문어이다.

불교의 경전은 원래 팔리어를 사용했으며, 산스크리트경전은 나중에 생겼다. 석가가 득도해서 설법할 때 사용한 언어는 활동한 지역에서 널리 통용되던 구어 마가디어(Maghadhi)였다. 석가가 세상을 떠난 뒤에 승려들이 모여서 석가의 가르침을 정리해서 불경을 편찬

198

하는 結集 행사가 네 번 있었다고 한다. 거기 모여서 석가의 가르침을 회고한 승려들은 각기 자기 언어를 사용했다. 그 말을 서로 다른 언어로 기록하면 이해할 수 없으므로, 통일화와 표준화가 필요했다.

기원전 3세기 아쇼카(Asoka)대왕 시절에 있었던 세번째 결집 때, 통일화와 표준화의 언어가 필요해서, 그 당시 동부인도 불교도들의 교통어로 사용되던 세련된 형태의 속어가 채택되었던 것으로 보인다. 그 언어가 바로 팔리어(Pali)이고, 그 언어를 사용한 문학이 팔리어문학이다.[174] 팔리어는 상좌불교의 경전어이고, 팔리어문학은 상좌불교문명권의 공동문어문학이다.

상좌불교문명권 또는 팔리어문명권에는 세계제국이 생겨나지 않고, 책봉체제도 없었다. 그래서 독자적인 문명권을 이루는 데 결격사유가 있다고 할 수 있다. 그러나 종교와 언어를 통해이루어진 결속은 다른 어느 문명권 못지 않게 단단했다. 세속인으로 살아갈 사람도 사원에서 교육을 받으면서 팔리어경전을 암송해 사상 활동의 지침으로 삼고 문학 창작의 원천으로 삼는 것이 공통된 관습이었다.

불교의 경전어는 팔리어만이며, 산스크리트를 사용하는 불교는 불교가 아니라고 하면서, 산스크리트문명권에 대한 팔리어문명권의 우위를 주장했다. 중세전기에는 산스크리트문명권이었던 동남아시아 여러 나라가 중세후기에는 팔리어문명권을 이루어, 산스크리트문명에 대한 팔리어문명권의 우위가 확인되었다.

팔리어는 베다어(Vedic)와는 부자의 관계를, 산스크리트와는 형제

---

174) 팔리어문학에 관한 논의는 Maurice Winternitz, V. Srinivasa tr., *History of Indian Literature II*(Delhi : Montilal Banarsidass, 1983 ; K. R. Norman, *Pali Literature* (Wiesbaden : Otto Harrassowitz, 1983) ; Kanai Lal Hazra, *Pali Language and Literature*(New Delhi : D. K. Printworld, 1994)에 의거한다.

의 관계를 가졌다고 할 수 있다. 불교가 생겨났을 때 산스크리트는 창작해서 전승하는 문학의 유산이 풍부한 점이 다른 언어보다 돋보이고, 어법이 정리되고 고정된 문어가 되었으나, 아직은 브라만 계급이 사용하는 브라만교의 경전어의 범위를 크게 넘어서지 않았다. 산스크리트가 공동문어가 된 것은 기원전 2세기의 일이다. 초기 경전을 산스크리트로 기록해야 할 이유는 없었다. 브라만교와 맞서는 새로운 종교 불교는 브라만교의 경전어인 산스크리트가 아닌 다른 언어를 사용해서 경전을 기록해야 했다.

팔리어는 문어와 구어의 중간적인 성격을 가져 글쓰기를 하는 데 이용할 수 있으면서 대중이 이해하는 데 큰 지장이 없었다. 팔리어로 경전을 기록해서 그 두 가지 이점을 함께 누리는 것은 현명한 처사였다. 기원 전후 시기에 대승불교가 나타나 산스크리트를 경전어로 채택하기 전까지의 불경은 모두 팔리어를 사용했다. 불교경전의 언어로 사용하는 과정에서 팔리어의 어법이 고정되고 표현이 풍부하게 되었다. 팔리어는 오직 불교의 언어여서, 불교와는 무관한 고전은 없다.

‘팔리’(Pali)란 원래 ‘경전’이라는 뜻이다. ‘아타카타’(atthakatha)라고 한 ‘주석’과 구별해서, ‘경전’을 ‘팔리’라고 했다.[175] 처음에는 이름도 없던 언어가 불교경전의 언어로 사용되면서 어법이 정비되고, 산스크리트와 맞설 수 있는 문화어로 승격되었다. 팔리어경전을 사용하는 불교가 여러 지역으로 퍼져나가 공동의 문명을 이룩하면서 팔리어가 한 문명의 공동문어가 되었다.

팔리어 경전이 바다 건너 스리랑카에까지 전해졌을 때, 불교의 본고장에서는 산스크리트를 경전어로 하는 대승불교가 일어나서 신

---

175) K. R. Norman, 위의 책, 1면 ; Kanai Lal Hazra, 위의 책, 1면.

구의 불교가 대립하고 경쟁하게 되었다. 대승불교는 그 이전의 불교를 출가자의 득도에만 힘쓰는 '작은 수레'인 '小乘'(Hinayana)의 불교라고 비난하고, 자기네는 대중을 널리 제도하는 '큰 수레'인 '大乘'(Mahayana)의 불교라고 자부했다. 그러나 소승이라고 지목된 쪽에서는 그 말을 받아들이지 않고, 자기네는 대중이 불교를 변질시키는 데 휩쓸리지 않고 수행의 높은 경지에 이른 스님들의 가르침을 이은 '上座'(Theravada)의 불교라고 했다.

불교는 원래 브라만교를 부정하고 나왔으며, 브라만교가 불교의 충격을 받아들여 힌두교로 바뀐 뒤에는 힌두교와 경쟁하는 관계에 있었다. 대승불교는 경쟁에서 이기는 새로운 방법을 마련해, 브라만교를 흡수해서 넘어서려고 했다. 法身佛이라는 교리를 만들어 불타를 신으로 섬기고, 보살이며 천신이니 하는 신앙의 대상을 만들어내서 브라만교의 신 개념을 이용하고 브라만교의 신을 다수 편입시켰다. 언어 사용에서도 힌두교의 경전어이면서 문명권 전체의 공동문어이기도 한 산스크리트를 받아들여 불교의 경전어로 삼았으며, 힌두교철학을 넘어서는 불교철학의 논리를 고도로 세련된 표현을 갖추어 나타내는 것을 소중한 과제로 삼았다. 나가르주나의 철학시와 아스바고사의 서사시가 그렇게 해서 이루어졌다.

상좌불교 쪽에서는 "대승은 불교가 아니다"고 하면서, 브라만교를 부정하고 새로운 종교를 창건한 원래의 정통노선을 견지하려고 했다. 그러나 대승불교의 세력은 커지고, 상좌불교는 위축되었다. 불교를 아시아 여러 곳으로 전파해서 국제화하는 데 대승불교가 앞섰다. 불교 수용이 늦은 쪽에서는 처음부터 대승불교를 받아들였으며, 상좌불교는 소승불교라고 하면서 멀리하고 낮추어보았다.

스리랑카는 기원전 3세기에 아쇼카왕의 아들이 스리랑카에 불교를 전래했다는 전설이 있고, 불교 전래의 시기에 관해서는 그것이 어느 정도 사실로 인정된다. 스리랑카에서만 대승불교 이전의 상좌불교가 존속되었다. 그러나 다른 모든 곳에서는 상좌불교는 돌보지 않고 대승불교를 신봉하는 시대가 한동안 계속되었다. 그 시대가 바로 중세전기이다. 중세전기는 인도에서 일본까지, 몽골에서 자바까지의 아시아가 모두 대승불교를 보편종교로 삼은 대승불교의 시대였다.

그러는 동안에 인도아대륙의 본거지에서 불교가 힌두교에 밀려 자취를 감추었다. 사제 계급의 종교였던 브라만교가 불교의 충격을 받고 대중종교인 힌두교로 바뀌어, 대승불교를 끌어들였다. 힌두교를 흡수해서 넘어서려고 하던 대승불교는 인도에서 힌두교에게 흡수되어 소멸되고 말았다. 동남아시아 일대의 대승불교는 힌두교를 많이 받아들여 불교인지 힌두교인지 구별하기 어렵게 되었다. 북방으로 전래된 대승불교는 여러 형태의 재래종교과 복합되어 성격이 다양해지고 모호해졌다. 티베트불교는 독자적인 노선을 뚜렷하게 하고, 한문문명권에서는 그쪽 나름대로의 불교철학을 이룩했다.

그러다가 13세기경에 이르러 중세전기가 중세후기로 전환되는 커다란 변동이 일제히 일어났다. 그런 전환의 하나로, 동남아시아 여러 곳에서 대승불교를 버리고 상좌불교를 택했다. 힌두교와 뒤섞인 대승불교에서 제왕을 신의 지위로 올려 신앙하는 폐단을 자아내다가, 허황된 신앙을 버리고 내면적인 각성에 힘쓰는 엄정한 자세를 되찾아야 한다는 요구가 일어나, 대승불교를 버리고 상좌불교를 택하게 되었다. 스리랑카에서 보존하고 있던 상좌불교의 경전을 가져와 불교를 혁신하면서, 공동문어를 산스크리트에서 팔리어로 바꾸었다. 그렇게 하는 데 미얀마가 앞장서고, 타이가 뒤따랐으며, 캄보디아도 동참했다.

두 가지 불교 사이의 보수와 혁신의 관계가 뒤바뀐 것이 흥미롭다. 팔리어경전을 지키는 상좌불교를 보수노선이라고 비판하면서 산스크리트경전을 새롭게 마련한 대승불교가 혁신운동을 일으킨 것은 중세전기의 일이었다. 그러다가 대승불교가 보수화된 폐단을 시정하는 다음 단계의 혁신운동이 상좌불교의 재현을 통해서 일어나면서 중세후기로 들어섰다. 역사의 국면이 달라지자, 대승불교의 보수노선을 상좌불교의 혁신노선으로 극복했다. 중세전기에서 중세후기로 넘어오는 사상사의 전환이 동남아시아에서는 그렇게 구현되었다.

동남아시아에서 대승불교가 가고 상좌불교가 등장한 것은, 보편종교를 재정립하는 노선을 다양하게 마련한 새로운 시대 중세후기가 시작된 역사적인 전환의 일환이다. 중세전기의 대승불교가 중세후기에 인도에서는 혁신을 거친 힌두교로, 동남아시아에서는 상좌불교로, 동북아시아 한문문명권에서는 신유학과 禪불교로, 인도서북방에서 동남아시아의 해안에 이르는 지역에서는 이슬람교로 바뀌었다. 중세전기의 한 문명권이 중세후기에는 네 문명권으로 갈라졌다.

왜 그렇게 되었는가 이해하는 데 한문문명권에서 일어난 변화를 먼저 살펴보는 것이 도움이 된다. 동북아시아에 전해진 대승불교는 한문을 경전어로 삼아 한문고전에서 필요한 요소를 섭취해서 독자적인 철학을 이룩하다가, 대승불교를 수용해서 극복한 신유교철학이 일어나자 수세에 몰렸으며, 선불교로 변신해서 존속하려고 했다. 이것 또한 보수와 혁신의 뒤바뀜이며, 생극론으로 파악되는 역사적 변화의 일면이다.

힌두교·상좌불교·신유학·禪불교·이슬람교는 서로 아주 다른 종교이고 사상이지만, 대승불교와 맞서는 데서는 공통점이 있다. 대승불교가 거대한 관념체계를 마련해 모든 것이 헛되다고 한 데 맞서서 내면적인 각성을 촉구해 자기 자신에게로 돌아가자고 하고, 실제로 경험하는 세계가 그 나름대로 진실성을 가졌다고 한 점에서, 그 여러 반론에서 주장하는 바가 상통한다. 중세후기의 새로운 사고를 구현하는 공통의 과제가 지역에 따라 다른 문화적인 전통이나 역사적인 조건에 맞게 수행되어, 중세전기의 한 문명권이 중세후기에는 여러 문명권으로 나누어졌다.

그 가운데 힌두교의 경우를 들어보자. 라마누자(Ramanuja)가 창도한 새로운 종교운동은 누구나 내면적 각성을 통해서 신과 바로 만날 수 있다고 하고, 실제로 경험하는 세계가 신의 모습을 구현하고 있어서 진실되다고 하는 두 가지 주장을 내세워 재래의 관념적이고 권위주의적인 전통과 맞섰다. 타밀에서 일어난 그런 힌두교 혁신운동이 인도 중원지방까지 바꾸어놓아 중세후기가 시작되게 했다.

동남아시아의 중세후기 사상 선택에 관해 좀더 구체적으로 살펴보자. 월남은 동남아시아에 자리를 잡고 있으면서 한문문명권에 속했으니 신유학과 선불교를 중세후기사상으로 삼는 것이 당연한 일이었다. 동남아시아에서는 힌두교가 대승불교와 구별되지 않아 힌두교로 반론을 삼기 어려웠으며, 힌두교를 혁신한 철학은 전해지지 않았다. 동남아시아에서 선택할 수 있는 중세후기사상은 이슬람교이거나 상좌불교였다.

이슬람교는 인도를 경유해서 동남아시아에 전래되었다. 이슬람교가 인도에 들어온 것은 이슬람교도의 침공이 있었기 때문이지만, 무력에 의해 강압으로 신앙을 바꾼 것은 아니다. 이슬람교는 중세후기 사상으로서 대단한 설득력을 가져 널리 퍼져나갔으며, 인도에서는 카스트제도를 부인하는 것을 가장 큰 힘으로 해서 사회저변을 파고들었다. 이슬람교와 힌두교가 중세후기 사상으로서 서로 경쟁하는 관계를 가지고 인도아대륙을 양분하는 세력을 구축했다.

인도에서 건너온 이슬람교가 말레이와 오늘날의 인도네시아 해안지방에 정착해서 사상의 판도를 바꾸어놓은 것은 군인도 선교사도 아닌 상인들의 활동 덕분이다. 그쪽은 해안 교역이 발달한 곳이어서, 이슬람 상인들이 자주 왕래하는 동안에 이슬람교가 전해졌다. 지역 전역을 통괄하는 제국은 사라지고 여러 곳에서 소규모의 새로운 왕조를 창건한 통치자들이 과거를 청산하는 것이 바람직하다고 여겨 새로운 신앙을 받아들였다.

새로운 왕조가 들어서는 일이 동남아시아 내륙에서도 연쇄적으로 일어났다. 그것은 정치사에서 중세후기가 시작되었음을 말해주는 사건이고, 경제사적인 해명도 필요한 전환이라고 생각되지만, 구체적으로 확인할 준비가 되어 있지 않다. 그러나 이념의 교체는 선명하게 파악된다. 새로운 왕조의 창건자들은 대승불교를 버리고 상좌불교를 택해 새로운 통치원리로 삼았다.

11세기에 새로운 왕조를 창건한 미얀마의 통치자가 스리랑카에서 경전을 가져가고 승려를 초빙해서 그렇게 하는 시발점을 마련했다.[176] 동남아시아에 새로 이주해서 민족국가를 창건한 타이인은 새 역사 창조가 바람직하다고 여겨 상좌불교의 열렬한 지지자가 되었다. 캄보디아는 그렇게 해야 할 만한 이유가 없었으나, 타이의 위세에 밀려 노선 전환을 해야 했다.

대승불교시대에서 상좌불교시대로 전환되고, 공동문어를 산스크리트에서 팔리어로 바꾸면서 동남아시아 안에서 선진과 후진이 교체되었다. 앞 시대 중세전기에는 크메르제국을 이룩한 캄보디아가 선진이고, 다른 곳은 후진이었다. 그런데 중세후기에는 북쪽에서 이주한 타이인이 선진이 되고, 캄보디아는 후진이 되었다.

---

176) P. V. Bapat ed., *2500 Years of Buddhism* (New Delhi : Publication Division, Government of India, 1987), 75-85면 ; Noble Ross Reat, *Buddhism, a History* (Berkeley, California : Asian Humanities Press, 1994), 99-132면의 서술에 의거해서 이 대목의 미얀마불교사와 다음 대목의 타이불교사를 이해한다.

타이인은 그 일부가 10세기경에 처음 이주했을 때 크메르제국에 소속되어 캄보디아의 산스크리트대승불교 선진문명을 힘겹게 받아들였다. 그러다가 13세기에는 타이왕국이 세력을 떨쳐 캄보디아를 위협하는 위치로 올라서서, 팔리어상좌불교문명을 이룩하는 데 앞장서고 그것을 캄보디아에 전해주었다. 타이로서는 중세후기로 전환이 민족의 영광을 드높이는 최상의 방안이었으므로, 선배격인 미얀마보다 더욱 분발했다. 캄보디아는 중세전기의 영광을 지속시키려고 하다가 뒤늦게 변화를 받아들여 뒤떨어지고 말았다.

선진이 후진이 되고, 후진이 선진이 되는 전환의 전형적인 양상이 거기서 확인된다. 산스크리트문학은 캄보디아에 중점을 두고 고찰했지만, 팔리어문학은 타이의 경우를 들어 살피는 것이 마땅하다. 캄보디아에서도 팔리어로 금석문을 쓰고, 역사를 기록하는 일을 했다. 그러나 이미 활기를 잃어서 그 수준과 성과가 산스크리트 시대를 따르지 못한다. 산스크리트 시대에는 공동문어문학을 이룩하는 데 참여하지 못하던 타이인은 처음 시작한 일을 열심히 했다.

팔리어문학사의 전개

팔리어문학의 기본은 불교경전이다. 팔리어불경은 석가의 언행에 관한 기록을 많이 지니고 있어 교조전을 이룬다. 대승불교 산스크리트경전에서는 실제 인물 석가에 관해서는 말하지 않고 신앙의 대상이 된 석가부처를 등장시킨 것과 다르다. 교단생활에 관한 기록, 교리에 대한 해설이 불경에 포함되는 것은 대승경전의 경우와 마찬가지이지만, 그 내용이 훨씬 구체적이다.

이른 시기의 팔리어 경전은 시로 이루어지고 문학적 표현을 갖춘 것이 예사이다. 그 좋은 본보기라고 할 수 있는 《수타니파타》(*Suttani-pata*)에서 석가의 가르침을 정리한 시는 단순하다고 할 수 있는 말을 여러 형식으로 나타냈다. 비유, 대화, 일화 등을 활용해서 이해하기 쉽게 하고, 흥미를 돋구었다. 팔리어문명권에서는 널리 알려진 경전인데, 한역은 일부만 이루졌다. 〈뱀의 章〉이라고 한 첫 대목의 서두를 들어본다.[177]

뱀의 독이 몸에 퍼지는 것을 약으로 다스리듯
분노가 일어나는 것을 제압하는 사람은
이 언덕과 저 언덕을 모두 떠난다.
뱀이 묵은 허물을 벗어던지듯.

인도에서는 뱀을 흔히 볼 수 있어서, 뱀에다 견주어서 가르침을 폈다. 뱀은 이중의 의미를 지니고 있다. 물리면 독을 풀어야 하니, 뱀은 위협을 주는 존재라고 본 것은 다른 곳과 마찬가지이다. 그러면서 뱀이 허물을 벗는 것을 보고 슬기롭다고 생각한다. 그 점을 중요시해서 〈뱀의 章〉이라고 하는 시를 여러 편 연작으로 지었다. 뱀이 허물을 벗는 것처럼 슬기로운 변신을 하는 사람은 "이 언덕"이라고 하는 세속이 싫다고 해서 "저 언덕"이라고 하는 피안으로 가지도 않고, 그 양극에서 모두 벗어난 경지에 이르러 깨달음을 얻어야 한다고 했다. 그 경지를 구체화해서 제시할 수 없으니, 비유를 들어 말하고, 시로 나타냈다.

《담마파다》(*Dhammapada*) 또한 이른 시기의 경전으로 생각되는데, 전편이 시로 이루어져 있다. 《숫타니파타》에서보다 더 다듬어져 있

---

177) 석지현 역, 《숫타니파타》(서울 : 민족사, 1993)라는 번역본이 있어 이용할 수 있다. 13면에서 인용한다.

는 시를 통해서 한층 명확한 교리를 전해 완성도가 높은 문학작품
이다. 불교 신앙을 뛰어난 표현을 갖추어 나타낸 시의 표본으로서
널리 알려지고 많은 영향을 끼쳤다. 팔리어문학권의 가장 소중한
고전으로 삼았을 뿐만 아니라, 한문문명권에서도 번역해서 애독했
다. "진리에 이르는 길"이라는 말을 표제로 하고 있어서, 한역에서
《法句經》이라고 했다. 한역본이 완역이어서, 팔리어본에서는 없어진
대목도 갖추고 있다.

　형성 시기는 기원전 3세기로 추정된다. 그렇다면 브라만교 시의
고전인 〈바가바트 기타〉보다는 나중에, 산스크리트 불교시를 대표
하는 《붓다차리타》보다는 먼저 이루어졌다. 세 가지 종교가 각기
세 가지 시를 자랑하는데, 그 가운데 상좌불교의 시 《담마파다》만
산스크리트가 아닌 팔리어를 사용했다.

　　우리 삶은 마음에서 만들어지고,
　　우리는 생각하는 대로 나아간다.
　　나쁜 생각에는 고통이 따르나니,
　　수레 끄는 소를 바퀴가 따르듯이.

　　우리 삶은 마음에서 만들어지고,
　　우리는 생각하는 대로 나아간다.
　　순수한 생각에는 기쁨이 따르나니,
　　그림자가 떨어져나가지 않듯이.[178]

　처음 두 편을 들면 이와 같다.[179] 쉬운 말을 반복하면서 구체적인

---

178) Eknath Easwaren tr., *The Dhammapada*(London : Penguin Books, 1986), 78면.

사실을 통해서 삶의 이치를 깨닫게 한다. 그래서 누구든지 알아들어 따를 수 있게 한다. 《담마파다》 전편을 다 읽어보아도, 어렵고 복잡한 내용은 없다. 어떻게 하면 불행에서 벗어나 행복을 얻을 수 있는가 하는 문제를 인생의 실상에 대한 무리하지 않은 성찰을 통해서 다루었다.[180] 순수한 마음을 지니면 행동을 바르게 하고, 그 결과 세상을 바꿀 수 있다는 가르침을 친근한 어조로 폈다.[181]

다른 불교시와 견주어보면, 그런 특징이 더욱 분명해진다. 팔리어시에는 산스크리트문학의 '카비야'에 해당하는 고답적이고 화려한 표현의 전범이 없어 따르지 않아도 되는 점이 《붓다차리타》의 경우와 다르다. 한문문명권의 禪詩에서는 추상적인 사고를 논리를 거부한 어법으로 제시한 것과 커다란 차이가 있다.[182] 《담마파다》는 경전으로도 작품으로도 크게 존중되어 널리 숭상되고, 여러 차례 주석되었다. 본문과 주석서가 여러 나라 말로 번역되었다.

팔리어로 전하는 이른 시기 불교문학에 《밀란다 판하》(*Milanda Panha*)라는 것도 있다. 책 제목이 《밀란다의 질문》을 뜻하는 그 책은 서두에다 흥미로운 설화를 내놓고서 불교 교리를 풀어 밝힌 .내용이다.

밀란다라고 하는 왕이 어려운 질문을 하고서 아무도 대답하지 못하자 "인도가 텅비어 있구나"라고 얕보는 것을 그대로 두지 못해,

---

179) 이 대목의 한역을 들면, "心爲法本 心尊心使 中心念惡 卽言卽行 罪苦自追 車轢於轍 心爲法本처 心尊心使 中心含善 卽言卽行 福樂自追 如影隨形"(김어수 역, 《법구경》, 서울 : 보성문화사, 1995, 55-56면)이라고 했다.

180) Subramania Gopalan, "*Dhammapada* and *Tirukkral* : a Comparative Study", Frank J. Hoffman and Deegalle Mahinda ed., *Pali Buddhism*(Richmond : Curzon, 1996)에서 그 점을 밝혀 논했다.

181) Angaraj Chaudhary, "Ethical Teachings in the Dhammapada", *Essays on Buddhism and Pali Literature*(Delhi : Eastern Books, 1994)에서 그렇게 말했다.

182) 이진오, 〈인도의 *Dhammapada*와 한문문명권의 禪詩 비교〉, 《한국불교문학의 연구》(서울 : 민족사, 1997)에서 그런 차이점을 검토했다.

천상에 있던 尊者가 사람으로 태어나서 나가세나(Nagasena)라는 불교승려가 되어, 왕의 까다로운 질문에 다 응답하면서 인생에 대한 갖가지 절실한 고민을 불교를 믿어 해결하는 길을 제시했다. 대답하는 말을 직설법으로 설명하고, 비유로 말하고, 노래로 옮기는 방법을 고정된 순서에 따라 함께 사용해서, 그 셋이 각기 긴요하다는 것을 보여주었다.

밀란다왕은 기원전 2세기에 인도 북쪽 박트리아(Bactria)를 다스리던 그리스인 메난데르(Menander)로 확인된다. 그 곳은 팔리어를 사용하는 지역이 아니어서 원래는 산스크리트나 북인도의 구어 가운데 어느 것으로 썼으리라고 짐작되는 책이, 지금은 팔리어본만 남아 있어, 팔리어문학의 고전으로 평가된다. 한역본은 나가세나의 이름을 따서 《那善比丘經》이라고 했다.

팔리어 불교문학의 고전으로 《자타카》(Jataka)가 또한 소중한 위치를 차지한다. 표제가 뜻하는 바는 "출생의 이야기"이며, 한역에서는 그 말을 옮겨 《本生譚》이라고 한다. 이루어진 시기는 기원전 3세기 이전으로 추정되지만, 확실하지 않다. 석가가 성불하기 전에 이 세상에 수없이 많이 태어났다고 하며, 그때마다 있었다는 이야기 5백여 편을 수록하고 있다. 산문과 율문을 섞어 썼다.

석가는 윤회전생을 겪어 이 세상에 여러 차례 태어나는 동안에 갖가지 별난 경험을 하면서 자기를 희생하는 자비를 베풀었다고 하고서 석가를 본받아 바른 마음을 가지고 착한 일을 하라고 했다. 이야기마다 (1) 석가가 제자들에게 이야기를 하는 상황, (2) 석가가 말한 자기 전생의 이야기, (3) 그 이야기에 관한 노래인 偈頌, (4) 짧은 논평, (5) 과거와 현재를 연결시키는 말로 이루어진 다섯 단계 구성을 갖추고 있다. 구체적인 상황을 설정하고 이야기를 진실되게 해서 감동을 주며, 이른 시기 인도의 사회상을 알 수 있는 자료로도 평가된다.

그 가운데 몇 가지를 들어보자. 사슴 임금이 자기 몸을 던져 배고픈 짐승들이 먹게 했다는 이야기로 자비를 가르쳤다. 나무에 불이 붙자 슬기로운 새는 날아가고 어리석은 새는 그냥 있다가 타서 죽었다고 해서, 지혜를 가르쳤다. 보물을 캐낸 사람이 감추어두느라고 너무 깊이 묻었다가 잃어버리고 말았으니, 집착에서 벗어나라고 했다. 도적에게 잡힌 임금이 고통을 잘 참아 도적들이 감복하고 개심하게 했다고 말해, 인내가 소중하다고 했다.

이런 이야기는 창작한 것은 아니다. 대부분 구전되고 있던 설화를 받아들여 개작한 것들을 수록하고 있어, 《자타카》는 그것보다 뒤에 기원후 3세기경에 이루어진 《판차탄트라》와 함께 이른 시기 설화집으로서 소중한 의의가 있다. 불교세계 전역에 널리 퍼져나가, 수많은 형태로 번역되고, 개작되고, 또한 조각이나 그림의 소재가 되었다.

《담마파다》에서 볼 수 있듯이, 시를 쉽게 쓸 수 있으면 많이 쓸 수 있다. 팔리어문학은 그런 원리를 일관되게 구현하고 있다. 팔리어문학에 역사서술을 한 시가 많은 것이 산스크리트문학과는 아주 다른 특성이다. 모든 공동문어가 역사서술에 이용되고, 역사서술을 하는 것이 공동문어의 기본 용도의 하나이다. 산스크리트는 그 점에서 예외인 것과 달리, 팔리어는 역사를 시로 서술하는 데 적극 활용되었다.

팔리어도 그 중심부인 인도 안에서는 역사기록에 사용되지 않았다. 그러나 팔리어문명권의 중간부라고 할 수 있는 스리랑카에서는 '밤사'(vamsa)라고 일컬어지는 팔리어시를 써서 역사를 기록하는 전통이 일찍 이루어져 면면하게 이어졌으며, 팔리어문명권의 다른 나라에도 전해졌다. 자국의 역사를 서두에서부터 최근에 이르기까지 거듭 서술하고 연속해서 다루는 것은 한문문명권 각국 외에 스리랑카에서나 볼 수 있는 일이다. 그런데 한문문명권의 국사는 산문을 사용하고 사실 기록에 힘썼으나, 스리랑카의 국사는 시로 쓰면서 문학적 표현을 중요시한 점이 서로 다르다.

4세기에서 5세기초까지의 기간 동안에 이루어진 《디파밤사》(*Dipavamsa*)에서는 불교 이전의 시대에서 그 당시까지의 역사를 설화를 섞어 다루면서, 부처가 스리랑카를 세 번이나 방문하고 그곳이 성자들의 고장이 되리라고 말했다 하고, 아쇼카대왕도 스리랑카를 찾아서 불교를 전파할 곳이라고 했다고 했다. 그 뒤를 이은 《마하밤사》(*Mahavamsa*)는 5세기말에서 6세기초까지에 마하나마(Mahanama)가 쓴 것으로 확인되는데, 《디파밤사》에서 다룬 내용을 더욱 구체적으로 서술하고, 스리랑카에 불교가 전래된 경위를 밝히는 데 특히 힘썼으며, 문학적 표현에서도 향상을 이룩했다고 평가된다. 그 속편인 《쿨라밤사》(*Culavamsa*)에서는 최근의 역사까지 계속 서술했다.

그런 국사서에서 불교사를 포함시켜 다루는 데 만족하지 않고, 불교사나 불교교리에 관한 사항을 별도로 서술한 작품이 또한 풍부하게 이루어졌으며, 그 형식이나 문체가 다양하다. 《보리수이야기》를 뜻하는 《마하보디밤사》(*Mahabodhivamsa*)는 부처가 득도한 곳의 보리수가 스리랑카에 이식된 내력을 중심으로 한 불교사를 산문으로 서술했는데, 10세기 또는 11세기에 이루어졌다고 추정된다. 아누르다차리아(Anuruddhacariya)가 12세기초에 불교철학을 서술한 〈아부힌다마타-상가하〉(Abhindhammattha-Sangaha) 같은 시편도 있다.

부처의 치아가 스리랑카에 전해진 내력을 다룬 13세기초의 《다타밤사》(*Dathavamsa*)는 제목이 《佛齒 이야기》를 뜻하는데, '산스크리트화한 팔리어'(Sanskritized Pali)를 사용한 서사시인 점이 특이하다. 13세기 후반에 이루어진 《진나차리타》(*Jinacarita*)는 부처의 일생을 산스크리트문학의 《붓다차리타》처럼 다루면서 그것과 대등한 수준의 표현기교를 갖추려고 했다. 산스크리트문학의 '카비야' 작풍을 팔리어문학에서 구현하려고 하는 작품이 그 밖에도 더 있다.

산스크리트화한 팔리어는 단어구성이 복잡하고 수식이 많은 것이 특징이며, 그것과는 반대로 간단하고 쉬운 말이 '단순한 팔리어'(simple Pali)이다. 13세기부터는 단순한 팔리어를 사용해서 불교의 역사와 설화에 관한 시문을 다시 썼다. 14세기 후반에 이루어진 불교설화집 《라사바히니》(Rasavahini)가 그 좋은 예인데, 이해하기 어렵게 된 말을 쉽게 고쳤다.

팔리어문학은 동남아시아 여러 나라에서도 이루어졌으며, 역사시문을 그 근간으로 하는 점이 스리랑카의 경우와 같다. 《책들의 역사》라는 뜻을 가진 17세기의 《간다밤사》(Gandhavamsa) 이래로 미얀마의 역사서도 여러 가지가 이루어졌다. 타이의 역사서에는 그보다 선행저작이 있다. 《참다데비밤사》(Camdadevivamsa)라고 하는 타이 북부지방의 역사서가 15세기말에서 16세기의 것이다. 그 뒤를 이어, 16세기 후반, 18세기에 이루어진 역사서도 있다. 불교사에 관한 저작도 여럿 있다.

중간부의 민족어문학

스리랑카의 민족어는 싱할리어(Singhali, Singhalese)이다.[183] 인도 서북

---

183) 이제부터 전개하는 싱할리문학에 관한 논의는 H. de Glasenapp, Robert Sailley tr., *Les littératures de L'Inde, des origines à l'époque contemporaine*(Paris : Payot, 1963)에 수록되어 있는 Wilhelm Geiger et Heinz Berchert, "La littérature singhalaise de Ceylon"에 의거한다. 고유명사 로마자 표기를 불어 방식으로 한 것이 그 때문

지방에서 아리안어의 한 갈래를 사용하던 싱할리인이 기원전 천 년
경에 스리랑카로 이주했다. 싱할리어는 산스크리트의 근원인 베다
어와 가까운 관계를 가졌다.

기원전 3세기경에 불교를 받아들인 이후에 스리랑카에서는 팔리
어를 공동문어로 사용하고, 팔리어로 불교문헌 및 문학작품을 창작
하는 데 커다란 열의를 보였다. 팔리어문학과 함께 산스크리트문학
도 받아들였다. 싱할리어문학을 이룩하기까지는 상당한 시간이 필
요했다.

스리랑카가 팔리어문학의 중심지는 아니다. 그러나 인도아대륙
안의 팔리어문학권 중심부는 사라졌다. 그쪽에서는 대승불교가 등
장한 뒤에 팔리어를 사용하지 않았으며, 팔리어에서 파생된 민족어
가 나타나지도 않았다. 그래서 팔리어문명권의 중심부가 아니고 중
간부인 스리랑카가 중심부 노릇을 하게 되었다. 양자가 들어가서
가문을 이은 격이다. 팔리어문명권은 중심국가가 없어지고, 다시 나
타나지 않은 점이 특이하다. 그래서 문명권 중심부의 천자가 변방
의 국왕을 책봉하는 책봉체제가 없었다.

싱할리어가 팔리어에서 파생된 민족어인 것은 아니다. 그러나 그
두 언어는 계통에서 서로 연결되어 있어, 팔리어문헌을 싱할리어로
옮기고, 싱할리어로 글을 쓰면서 팔리어의 전례를 본뜨는 일을 쉽
사리 할 수 있었다. 팔리어문학권의 다른 나라인 타이나 캄보디아
의 언어는 팔리어와 거리가 멀어, 팔리어문학을 수용하는 데 스리
랑카의 경우보다 더 큰 어려움을 겪어야 했다.

싱할리어의 문체는 셋으로 나누어진다.[184] (가) 고대 싱할리어 이

이다.

184) 위의 글에서 그 셋을 프랑스어로 지칭해 “la langue singhalaise ancienne, nommé
(élu), la langue littéraire singhalaise (mixte) et la langue vulgaire moderne”라고

래의 순수한 모습을 유지하고 있는 '선택된' 언어, (나) 산스크리트
및 팔리어가 많이 섞인 '혼합된' 형태의 문어, (다) 근래에 사용하
는 구어가 그 셋이다. (가)는 고전시에서, (나)는 고전산문에서 주
로 사용하고, (다)는 언문일치를 이룩한 근대문학의 언어이다.

스리랑카 사람들이 팔리어 경전을 가지고 불교를 공부하면서, 이
해를 쉽게 하기 위해 자기네 언어로 주석서를 마련한 데서 싱할리
어 글쓰기가 시작된 것으로 보인다. 《담마파다》의 주석서인 《담마
파드다카타》(*Dhammapadatthakatha*)라고 한 현존본 가운데 5세기초에 이
루어진 것이 가장 오래 되는데, 지금은 전하지 않는 싱할리어 원본
을 팔리어로 번역한 것으로 추정된다. 팔리어본 주석서를 13세기에
는 마하테나 담마세나(Mahathena Dhammasena)가 다시 싱할리어로 옮
겨 《사담마라트나발리》(*Saddhammaratnavali*)를 만들었다.[185]

싱할리어로 이루어진 최초의 시는 금석문에 흔적을 남기고 있다.
5세기에 처음 나타나고 8세기부터 10세기까지 다수 창작되었던 것
으로 보이지만, 온전하게 남아 있지 않다. 13세기 이후의 시는 필사
본으로 전하는데, 고형의 '선택된' 언어를 사용한 불교시가 그 주류
를 이루었다. 《본생담》에서 소재를 얻는 것이 두드러진 경향이었다.

시문학 발달의 절정기는 15세기라고 하며, 그때에는 산스크리트
의 '카비야' 시풍을 받아들였다. 스리 하훌라 테라(Shri Rahula Thera)
는 칼리다사의 〈구름의 사자〉를 개작해서 새를 사자로 삼아 사랑하
는 이에게 말을 전한다고 하는 〈새의 사자〉(Sälalihini-sandesa)를 지었
다. 그렇게 하는 것이 흔히 있는 개작방법이었다.

12세기에 구루루고미(Gurulugomi)가 팔리어 원본을 충실하게 따르

했다(273면).

185) Kanai Lal Hazra, *Pali Language and Literature*, vol. 2, 582-584면에 근거를 둔다.

면서 불타의 생애를 서술하고 불교경전을 풀이하는 저술을 한 것이 산문문학의 시초이다. 《담마파다》 주석서 《사담마라트나발리》가 큰 인기를 모았다. 《자타카》의 번역도 널리 환영받았다. 《자타카》가 번역된 것도 13세기의 일이다. 같은 시기에 불교의 진리를 간추려 해설한 《푸자바리》(*Pujavali*)는 후대에 전해지면서 내용이 계속 보충되었다. 불교를 자기네 언어 싱할리어를 통해서 이해하고자 하는 대중의 요구가 있어서 그런 책이 계속 나온 것은 싱할리문학사에서 중세후기가 시작되었다고 할 수 있는 증거이다.

팔리어를 사용해서 역사서를 쓰는 데 스리랑카가 대단한 열의를 가진 것은 이미 말한 바와 같다. 그런 열기가 일부 싱할리어 저술로 옮겨졌다. 불교의 역사를 싱할리어로 서술하는 일은 14세기에 시작되었다. 스리랑카의 역사를 싱할리어로도 쓰는 것은 16세기의 《라자라타나카라》(*Rajaratanakara*)에서 비롯하고, 18세기와 19세기에 다시 이루어졌다. 팔리어역사서의 대표적인 저술인 《마하밤사》 번역은 19세기에 했다.

지금까지 든 기록문학의 이면에서 구비문학이 다양하고 풍부하게 전승되다가, 19세기 이후에 기록에 오르고, 근대문학에서 싱할리어 구어를 사용할 수 있게 하는 원천 노릇을 했다. 19세기말에 창극이 발달했다. 20세기초에는 '새로운 이야기'라는 뜻의 '나바카타'(nava-katha)라는 말로 지칭되는 소설이 나타나 문체 혁신을 더욱 진전시켰다.

소설을 처음 쓸 때에는 현실에서 벗어난 사랑과 모험의 이야기를 전개했다. 서양식 소설은 타락된 문학이라고 하면서 산스크리트문학이나 싱할리문학의 고전에서 보이는 사랑 이야기를 잇고자 하는 작가도 있었다. 그러다가 마르틴 위크레마싱그헤(Martin Wickremasinghe)가 등장해서 마르크스주의의 사회혁명과 불교의 정신각성을 함께

이룩하자고 하는 노선에서 근대소설을 확립했다.[186]

주변부의 민족어문학

미얀마와 타이는 원래 몬(Mon)족의 땅이었고, 퓨(Pyu)족도 함께 거주하고 있었다. 몬족의 왕조 드바라바티(Dvaravati)가 11세기까지 번성했다. 중세전기 동안에는 동남쪽의 크메르제국이 가장 큰 세력을 떨치고, 동북쪽 해안에는 참파(Champa)왕국이, 서북쪽에는 드바라바티왕국이 들어서서 인도차이나반도를 삼분했으며, 모두 힌두교와 합쳐져 있는 대승불교를 신봉했다. 그러다가 중세후기에는 미얀마인과 타이인이 등장해서, 세력판도를 크게 바꾸어놓았으며, 대승불교 대신에 상좌불교를 새 시대의 이념으로 삼아 역사창조를 주도했다.

몬족이나 참파인은 그때 주권을 상실하고 다시 일어나지 못했으며, 여러 나라에 흩어져 소수민족으로나 남아 있어, 중세후기문명을 창조하는 데 동참하지 못했다. 그 두 민족이 중세전기 문명을 이룩한 자취도 조형예술만 일부 남아 있을 따름이고, 문학에 관해서는 말할 수 있는 자료가 없다. 인도차이나반도의 중세후기는 미얀마와 타이가 주도했다. 크메르제국은 작은 왕국으로 존속하면서 상좌불교로 이념을 전환하는 데 동조했다. 라오스는 타이민족의 한 갈래가 별도로 세운 나라이다.

오늘날의 국토 북쪽까지 진출해 있던 미얀마인은 11세기에 남쪽

---

186) Ediriwira R. Sarachchandra, "Tradition Overturned : a Modern Literature in Sri Lanka", Guy Amirthanayagam ed., *Asian and Western Writers in Dialogue, New Cultural Identities* (London : Mcmillan, 1982)에서 스리랑카 근대소설의 형성을 고찰했다.

으로 내려와 몬족과 퓨족을 밀어내고 자기네 터전을 마련했다.[187] 파
간(Pagan)왕조를 창건한 군주는 스리랑카에서 상좌불교를 받아들여
통치이념으로 삼았다. 미얀마인은 그때 문자생활을 시작했다. 팔리
어를 공동문어로 사용하고, 몬족이 사용하던 문자를 빌려 미얀마어
를 표기했다. 1113년에 세운 〈라자쿠마르(Rajakumar)왕자의 비문〉 또
는 〈미야-제이-디(Mya-zei-di) 비문〉이라는 것은 팔리어·미얀마어·몬
족어·퓨족어의 네 가지 언어를 사용해서 언어생활사연구를 위한 소
중한 자료가 된다.

미얀마문학은 팔리어 불교문헌을 자기네 언어로 번역하고 개작하
는 데서 시작했다. 경전을 풀이하고, 《밀란다의 질문》을 번역해서,
팔리어를 모르는 사람들도 불교 교리를 이해할 수 있게 했다. 《자
타카》는 특히 인기가 있었다. 15세기의 이름난 승려인 아리야밤사
담마세나파티(Ariyavavamsadhammasenapati)가 팔리어 원문에다 미얀마어
주석을 붙인 이래로 많은 주석본과 번역본이 나왔다. 《자타카》를
선별해서 재창작하면서 미얀마 민족문학의 자산으로 만드는 작업이
또한 활발하게 이루어졌다.[188]

16세기 승려시인 악가사마디(Aggasamadhi)가 《자타카》에서 가져온
소재를 '표'(pyo)라고 하는 불교시로 재창작한 작품이 미얀마문학사
에서 커다란 위치를 차지한다. 18세기에는 그것을 '야감'(yagam)이라

---

187) 미얀마문학에 관해서 자세한 이해를 할 수 있는 논저는 발견되지 않는다.
다만 Solange Bernard-Thierry, "Littérature birmaire", Raymond Queneau dir., *Histore
des littératures I*(Paris : Gallimard, 1977) ; Anna Allot et al., "Burma", Patricia
Herbert and Anthony Miller ed., *South-East Asia Languages and Literatures, a Select
Guide*(Whiting Bay, Scotland : Kiscadle, 연대불명)에서 그 개요를 파악할 수 있
을 뿐이다.

188) 蔡祝生, 〈緬甸文學的佛本生古史來源〉, 盧蔚秋 編, 《東方比較文學論文集》(長
沙 : 湖南文藝出版社, 1987).

고 하는 장시와 산문에서 거듭 활용했다. 그런 작품에서, 《자타카》
를 이용해 종교를 가르치고 교양을 제공하는 데 그치지 않으며, 당
대사회를 비판하고 풍자하기도 했다.

스리랑카에서 받아들인 팔리어역사시 '밤사'로 미얀마 역사를 서
술하는 일이 17세기의 《간다밤사》(*Gandhavamsa*)에서 시작되었다고 위
에서 이미 말했다. 그런 것을 미얀마어로 옮겨 다시 써서 '야-자
윈'(ya-zawin)이라고 하는 영사시를 마련했다. 18세기초에 우 칼라(U
Kala)가 쓴 《마하 야-자윈-기》(*Maha ya-zawin-gyi*), 즉 《위대한 연대기》
에서 선행업적을 집성해 큰 규모의 '야-자윈'을 이룩한 다음, 추가
하고 개작하는 일이 계속되었다.

타이민족은 중국에서 오늘날의 타이랜드로 이주해서 몬족을 밀어
내고 자기네 왕국을 건설했다. 양쪽의 타이민족이 모두 구비서사시를
전승하고 있어서, 타이문학의 연원을 알 수 있게 한다.[189] 그러나 기
록문학이 시작된 것은 수코타이(Sukhotai)왕조의 람캉행(Ramkhangheng,
Rama Khangheng)왕이 1283년에 타이문자를 제정한 뒤의 일이다. 람캉
행왕의 치적을 칭송해 1292년에 세운 비문이 이른 시기 타이문학의
소중한 자료이다. 왕이 타이인에게는 타이문자가 있어야 한다고 하
고, 백성을 존중하는 정치를 하겠다고 다짐했다고 한다.[190]

그 두 가지 말은 중세후기의 이념을 선포한 의의를 가진다. 중세
후기는 중세보편주의를 독자적으로 구현하기 위해서 민족어를 기록

---

189) 《동아시아 구비서사시의 양상과 변천》(서울 : 문학과지성사, 1997), 379-390
면에서 이에 대해 고찰했다.

190) Manich Jumsai, *History of Thai Literature*(Bangkok : Chalermnit, 1973), 144-148면 ;
Panya Borisutdhi, *World-view of Thai People Anaysed from the Didactic Literature of
Sukhotai Period*(Bangkok : The Office of the National Culture Commission, 1982)에서
그 자료를 문학작품으로 들고 평가했다. 《문명권의 동질성과 이질성》의 〈금
석문〉에서 이 비문에 대해 자세하게 고찰한다.

화하는 문자가 필요한 시대이고, 백성을 사랑하면서 통치한다고 하는 愛民 또는 訓民의 정치철학을 표방하는 시대이다. 한국에서 訓民正音을 제정하고 그 취지를 밝히는 글을 쓴 1446년보다 한 세기 반 전에 타이에서 같은 일을 했다.

그 비문에 이어서, 1362년의 비문에서도 국왕의 통치를 찬양했다. 국왕의 통치를 칭송하는 비문은 공동문어로 쓰는 것이 관례인데, 타이에서는 민족어로 썼다. 타이인이 세운 나라는 중세후기국가로 시작되었으므로, 중세전기의 관례를 무시하고 새로운 시도를 과감하게 할 수 있었다. 불교사와 국사를 서로 연결시켜 서술하고, 불교교리를 논하는 일은 스리랑카에서 받아들인 방식을 사용하면서, 그런 것들도 타이어로 옮기는 작업을 일찍부터 시도했다.

팔리어불교문학을 자기 언어로 옮겨 민족문학을 만드는 것이 타이에서 큰 규모로 이룩한 중세후기문학 건설의 과업이었다. 타이문학사에서는 중세전기문학은 생략되고, 중세후기문학은 확대되어 있다. 중세전기문학에서 중세후기문학으로의 전환을 세계적인 범위에서 이해하는 데 타이문학에서 보여주는 특이한 사례가 소중한 의의를 지닌다.

수코타이왕조 시대에 이루어진 타이어 작품에 람캉행왕이 지었다고 전하는 《루앙임금의 격언집》(*Suphasit Phraruang*)이라는 것이 있어 타이문학의 연원을 이룬다고 평가된다. 팔리어시에서 모형을 받아들이고, 《담마파트》에서 사용한 표현방식을 본떠서 만든 격언시집이다. 12세기 티베트에서 이루어진 《격언집》의 시편과 유사한 성격을 지니고 있다. 이 책에 연원을 둔 '수파시트'라고 하는 격언시가 타이문학의 한 갈래로 등장했다.

그 내용을 보면, 대부분 불교적인 인생관을 나타내고, 재래의 신앙과 관련된 것들도 있으며, 처세의 요령을 가르치기도 했다. "다시 태어나는 고통을 생각하라", "그대에게 친절한 사람을 도와주어 은혜에 보답하라"고 하는 것은 불교 교리에 근거를 둔 교훈이다. "힘이 있으면 다른 사람들이 도와주지만, 병들면 다른 사람이 피한다", "귀신 다루는 사람은 귀신 때문에 죽고, 땅꾼은 뱀 때문에 죽는다"고 하는 것은 자만하지 않도록 일깨워주는 세속적인 경고이다.[191]

그 뒤의 타이문학사는 팔리어경전 및 팔리어문학과 밀접한 관련을 가지고 전개되었다. 수코타이왕조의 파야 리타이(Phya Lithai)왕이 저자라고 하는 14세기의 저술 《루랑임금의 三界》(*Tribhumi Phraruang*)는 30여 종의 불교 경전에서 가져온 소재를 타이어 산문으로 옮겨 재정리한 내용이다. 慾界(kama bhumi), 色界(rupa bhumi), 無色界(arupa bhumi)의 세 세계가 다시 여러 세계로 나누어져 있다 하고, 사람이 지은 업에 따라서 그 어느 곳에 가서 고통을 겪기도 하고 즐거움을 누리기도 하는 모습을 소상하게 보여주었다.[192] 비슷한 시기에 기독교 문명권에서 단테가 그린 《신곡》의 저승과 상통하는 구도를 펼쳤다.

그처럼 피안의 일을 다루는 데 그치지 않고, 통치자를 신성시하는 데도 관심을 가졌다. 산스크리트문명권에는 있고 팔리어문명권에서는 사라진, 천지에 불법을 펴는 轉輪聖王 '차크라바르틴' (Cakravartin)을 등장시켜, 타이의 국왕이 그런 위치를 차지하고자 하는 소망을 암시했다. 타이의 역대왕조는 그 책을 크게 받들고, 거듭 다시 썼다. 18세기 후반에 차크리왕조의 창설자 라마(Rama) 1세는 《타일로크 위니트차이》(*Tailok Winitchai*)란 개작본을 다시 마련했다.[193]

15세기후반의 《물라사사나》(*Mulasasana*)는 불교사를 다룬 영사시이

---

191) Panya Borisutdhi, 위의 책, 17-20면.

192) 같은 책, 20-22면.

193) 이 대목은 P. J. Bee et al., "Thailand", Patricia Herbert and Anthony Miller ed., *South-East Asia Languages and Literatures, a Seclet Guide*, 32면에 근거를 둔다.

다. 석가가 성불해서 부처가 된 데서 시작해서 불교가 타이에 전래되기까지의 경과를 타이 북부지방의 언어로 서술했다.[194] 《자타카》를 타이어시로 옮긴 《베산타라 자타카》(*Vessantara Jataka*)라는 것도 그 무렵에 처음 이루어졌다. 같은 시기에 나타나서 여러 차례 개작된 《마하차트 캄루앙》(*Mahachat Khamluang*)은 욕망의 지배에서 벗어나 해탈에 이르는 길을 제시한 팔리어 불교시 천 편을 모아서 타이어시로 풀이했다.

타이문학 발전의 정점을 이루었다고 평가되는 작품은 이상적인 인물로 설정된 왕자의 사랑과 모험을 다룬 서사시 《사무타고테왕자이야기》(*Samuttakote Khamchan*)이다.[195] 그 전에 일부 이루어진 것을 17세기 아유타야(Ayuthaya)왕조 시절 나라이(Naray)임금이 주도해서 창작하다가 미완으로 남겨두었으며, 그 뒤에 19세기 중엽에야 완성되었다고 하는 작품이다. 타이에서는 문학사를 서술하면서 그 오랜 기간 동안의 노력을 또한 찬양하고 자랑하는 것이 관례이다.

《자타카》에서 부처의 전생에 있었다고 한 사건을 가져와서 다시 꾸민 왕자와 공주의 사랑 이야기에다 아름다운 환상과 우아한 수식을 보태서, 연원이 오래 되고, 표현의 격조가 높고, 뜻하는 바가 성스럽다고 했다. 천상의 통치자가 지상으로 내려와 왕자로 태어나서, 꿈에서 만나 사랑을 나눈 공주를 찾아내 아내로 삼으려고 모험을 하고, 많은 경쟁자들을 제압하는 용맹을 발휘했다. 여러 신이 계속 돌보아주어 난관을 돌파하고 승리를 거두었다고 했다. 군주 자신이

---

194) Kanai Lal Hazra, 위의 책, 698-699면.

195) 그 작품이 Thomas John Hudak, *The Tale of Prince Samuttakote, a Buddhist Epic from Thailand*(Athens, Ohio : Ohio University Monographs in International Studies, 1993)로 영역되어 있다. 《동아시아 구비서사시의 양상과 변천》, 384-385면에서 이에 관한 고찰을 했다.

주도해서 이상적인 통치자의 모습을 그런 방식으로 구현한 장편서
사시를 만들어, 국민의 기대와 존경을 모을 수 있는 구심점을 설정
했다.

　마지막 대목에서 몇 부분 인용해본다. 사건에 관한 서술을 다 끝
내놓고, 끝에서 두번째 대목에는 〈작품 창작의 내력〉이라는 첫번째
후기를, 마지막 대목에는 〈창작을 마치면서〉라고 하는 두번째 후기
를 두었다. 다음에 드는 (가1)과 (가2)는 첫번째 후기, (나1)과 (나2)
는 두번째 후기에서 가져온 시구이다.

　　(가1) 이야기를 마치면서
　　조국을 칭송하리라.
　　임금님을 칭송하리라.

　　(가2) 영원한 도시 아유타야에서
　　가장 높은 분이신,
　　임금님을 위한 작품이니.[196]

　　(나1) 나는 먼 훗날 어느 곳에 있든
　　훌륭한 제자가 되기를 기원하노라.
　　업보를 짓는 일을 그만두는 소원 이루는
　　가장 슬기로운 시인이 되리라고 발원하노라.

　　(나2) 위대한 분의 이야기가 여기서 끝났다.
　　부처님이 부처님 되시기 오래 전의 이야기,

---

196) Thomas John Hudak, 위의 책, 225면.

해탈을 얻으신 분의 내력을 말하는

여러 劫 이전의 아득한 옛적 이야기를.[197]

　(가)에서는 자기 조국의 영광을 다룬 이야기를 마치면서 군주를 칭송한다고 했다. 작품 창작이 끝날 때 아유타야왕조는 끝나고 수도를 옮겼지만, 타이의 군주는 영원한 도시 아유타야에서 가장 높은 분이라고 해서, 그때의 이상을 이어나간다고 했다. 그런데 (나)에서는 부처가 부처가 되기 전에 겪었던 아주 오랜 이야기를 마치면서, 자기는 아득한 미래에 업보를 짓는 일을 그만두고 윤회에서 벗어나기를 바란다고 했다. 국왕이 부처이고, 과거가 미래라고 하면서, 시인은 국왕을 칭송한 공적으로 윤회에서 벗어나 부처의 제자가 되고자 한다고 했다. 그런 주장이 타당하다는 것이 그 작품에서 제시하는 핵심적인 주제이다.

　스리프라트(Sriprat)라는 궁정시인이 지은 《아니루드》(*Anirudh*)라고 하는 작품 또한 그 비슷한 설정을 갖추고 있다.[198] 왕자가 거인왕의 딸과 동침하는 꿈을 꾼 다음 거인왕의 방해를 물리치고, 그 여자를 아내로 맞이하고, 왕위에 올라 거인왕은 문지기로 삼았다고 하는 것이 그 개요이다. 최대한 이상화되고 미화된 왕자의 행적을 우아한 수식을 갖추고 품격 높이 묘사하는 그런 작품을 거듭 이룩한 것이 타이궁정문학의 큰 자랑이었다. 그러나 그 때문에 영웅서사시의 역사성이 상실되고, 문학적 표현의 진실성이 훼손되었다.

　인도의 《라마야나》를 타이 작품으로 바꾼 《라마 이야기》인 《라마키안》(*Ramakian*)은 타이의 현왕조 차크리왕조의 첫번째 임금 라마

----

197) 같은 책, 226면.
198) Manich Jumsai, 위의 책, 161–168면에서 이에 관해 고찰했다.

(Rama) 1세 시절에 궁중에서 이룩한 작품이며, 타이의 지배자를 라마와 동일시하게 하는 구실을 했다. 그렇게 한 연원은 수코타이왕조의 통치자가 자기 자신을 '람캉행'이라고 일컬을 때부터 시작되었다. '람캉행'은 '강력한 라마'라는 뜻이다. 18세기 후반에 새로운 왕조를 창건한 왕은 자기를 《라마야나》의 주인공 라마와 동일시해 '라마'라고 칭하면서, 그 작품을 지어 새로운 왕조를 창건한 타이의 국가서사시로 삼고자 했다.[199]

원작을 그대로 옮기지 않고 개작한 대목을 보면 무엇을 말하려고 했는지 드러난다. 사람·마귀·원숭이의 세 세계가 엄격하게 나누어져 있다는 것을 분명하게 하고, 그 세 세계의 상관관계에서 모든 사건이 전개되도록 해서 원작보다 한층 정비된 질서를 갖추었다. 마귀들의 작태를 길게 서술하고, 신이 라마의 모습을 하고 이 세상에 와서 악마를 징치하지 않을 수 없게 되었다고 했다. 라마 1세는 그런 내용의 《라카키안》을 불교의 三界에 관해서 논하면서 轉輪聖王의 위업을 기리는 일을 다시 한 업적인 《타일로크 위니트차이》와 함께 내놓아, 새로운 왕조의 이념적인 지표로 삼았다.

타이민족이 지금의 타이랜드에 이주했을 때 그 곳을 지배하던 캄보디아인의 크메르제국은 타이인이 수코타이왕조를 세운 다음에 밀려났으며, 15세기에는 타이와의 싸움에서 패망해서 큰 타격을 입었다. 수도를 앙코르에서 부놈팬으로 옮겨 작은 나라로 존속하면서, 다른 한편으로는 월남의 공격과 간섭을 받는 신세가 되었다.

---

199) 타이의 국왕이 자기를 라마와 동일시해온 전통에 관해서 Frank S. Reynols, "Ramayana, Ramajataka, and Ramakien", Paula Richman ed., *Many Ramayanas* (Berkeley, California : University of California Press, 1991), 55-59면에서 고찰했다. 그 관습이 이어져서 지금 타이의 국왕은 라마 9세이며, 타이 왕궁 바깥 담장에 《라마야나》 이야기의 벽화를 길게 그려놓았다.

중세후기문학을 이룩하는 데 타이가 캄보디아보다 앞서는 것은 역사발전의 당연한 추세였다. 중세전기의 선진인 캄보디아는 그 영광을 지속시키려고 하다가 시대변화에서 뒤떨어져 중세후기에는 후진이 되게 마련이었다. 중세전기의 후진인 타이는 그 상태에서 벗어나기 위해서 새로운 시대 창조에 남다른 열의를 가져 중세후기에는 선진이 되는 것이 또한 마땅한 일이었다.

그런데 타이는 중세후기에 이룩한 과업에 스스로 만족하고 더 나아가려고 하지 않아, 도리어 후퇴하는 변화를 보였다. 15세기 이후에 캄보디아를 무력으로 억누르는 위치에 올라선 것이 계기가 되어, 전진은 멈추고 후퇴가 시작되었다. 캄보디아가 이룩한 중세전기문명을 가져와서 타이의 위세를 더 보태려고 하다가, 중세후기를 중세전기로 후퇴시키는 것이 바람직하다고 착각하게 되었다. 국왕이 주도해서 궁중문화의 수준을 한껏 높이려고 해서 그런 시대착오에 빠지고, 민중의 활력이 표면화되는 것을 차단했다. 그래서 중세후기의 선진인 타이가 중세에서 근대로의 이행기에는 후진이 되었다.

아유타야왕조 시절이나 지금의 차크리(Chakri)왕조에 이르러서나 타이의 국왕은 문학에 대해서 대단한 취미를 가지고 작품 창작을 스스로 하거나 궁정의 창작단에게 그 일을 맡기는 데 열의를 가졌다. 유럽에 유학한 왕자들은 새로운 사조를 도입하는 데 앞장서면서 문학활동을 주도했다. 그래서 타이의 문학은 계속 융성할 수 있었다고 하지만, 민중문학이 배제되어 근대민족문학의 성장이 순조로울 수 없었던 사정을 간과하지 말아야 한다.

그렇다고 해서 캄보디아문학에서는 혁신이 일어난 것도 아니다. 중세전기에 절정에 올랐던 캄보디아문학은 그 뒤 줄곧 하강의 길을 걸었다. 상좌불교와 함께 팔리어를 받아들여 중세후기로의 변화에 동참하기는 했으나, 전에 하던 일을 새로운 공동문어를 사용해서 계속해서 하는 데 그쳤다. 산스크리트로 쓰던 금석문을 13세기 이후에는 팔리어로 썼다. 팔리어를 사용해서 시로 쓰는 금석문이 18세까지 이어졌는데, 그 표현이나 내용에서 산스크리트 금석문을 능가하는 작품을 만들어내지 못했다. 금석문이 아닌 다른 작품은 종려나무 잎에다 쓴 사본으로만 전하는데, 팔리어와 캄보디아어를 사용한 것들이 공존한다.

문학을 둘로 나누어 하나는 '신성'(kambi)문학이라고 하고, 다른 하나는 '오락'(lpaen)문학이라고 했다. 종교, 역사, 교훈 등을 다룬 신성문학은 팔리어를 사용하는 것을 원칙으로 하고, 이야기와 노래로 이루어진 오락문학은 캄보디아어문학이다. 오락문학이 등장한 것이 특기할 만한 일이다. 역사서는 성격상 신성문학인데 캄보디아어를 사용했다. 궁정의 문사와 불교승려 양쪽이 맡아서 산문으로 썼으며, 불교적인 내용이 많이 들어가 있다. 서두에서는 전설적인 역사를, 나중에는 실제적인 역사를 다루었다. 이른 시기의 것은 없어지고, 18세기 후반의 것이 가장 오래된 것이다. 온전하게 남아 있는 것은 20세기의 것뿐이다.[200]

---

200) Khing Hoc Dy, *Contribution à la littérature khmère 1*(Paris : L'Harmattan, 1990), 58면.

아랍어문학과 민족어문학

용어 사용과 지역 구분

아랍어문학에 관해 고찰하기 위해서는 용어를 정리하는 일부터 할 필요가 있다. 지금 쓰고 있는 여러 용어는 모두 영어에서 가져온 것들이니, 영어 용어를 검토의 대상으로 삼지 않을 수 없다. 영어에 'arabic', 'arab', 'islamic', 'Muslim'(또는 'Moslem'), 'Moor', 'Saracen' 등의 용어가 함께 쓰이고 있어, 의미를 구분하는 구실을 하면서 혼란을 일으키기도 한다. 번역어를 적절하게 마련해서 의미 구분을 하는 데 도움이 되도록 하고, 불필요한 혼란은 막아야 한다.

'arabic'은 언어를 뜻하는 말이다. 'arabic language'를 'arabic'이라고 하고, 그 언어를 사용한 문학을 'arabic literature'라고 한다. 'arab'은 주민이나 지역을 지칭하는 말이다. 'arabic'을 공동문어로 사용하던 이슬람제국이 'arab empire'이며, 그 뒤를 이은 지역이 'arab world'이고, 문명권이 'arab civilization'이다. 'arabic'을 사용하지 않던 사람들이나 이교도도 거기 포함되어 경계가 모호한 말을 대범하게 사용하는 것이 관례이다. 'islamic'은 이슬람교를 뜻하는 'Islam'의 형용사형이며, 그 종교를 믿는 신도는 'Muslim'(Moslem)이라고 한다. 'Moor'는 스페인을 점거한 이슬람교도를 특별히 지칭한 말인데 그 범위를 넘어서도 쓰인다. 'Saracen'은 유럽문명권의 기독교도들이 상대방을 적대시하고 멸시하면서 사용하던 말이다.

한국어 표기를 정리해보자. 'arabic'은 '아랍어'이다. 그 말을 '아라비아어'라고 하는 것은 부당하다.[201] '아라비아어'는 아라비아에서 사용하는 '아랍어'의 구어형태를 지칭하는 용어로 삼아 '이집트어', '시리아어' 등과 짝이 되게 해야 마땅하다. 'arabic literature'는 '아랍어문학'이라고 해야 정확하다. 그 말을 '아랍문학'이라고 하는 것은 편의상의 약칭이다. 'arab'은 '아랍'이라고 할 수밖에 없다. '아랍제국', '아랍세계', '아랍문명권'이라는 말도 영어에서처럼 사용한다. 'Islam'을 '이슬람'이라고 하는 데는 아무 문제가 없다. '회교'라고 하는 것은 중국의 이슬람교를 지칭하는 데 치우쳐 있는 말이다. 'Muslim'은 '이슬람교도'라고 해야 이해하기 쉽다. '무어인'이라는 말은 쓸 필요가 없다. '사라센'이라는 말을 사용해서 유럽인들의 편견을 수입하지 말아야 한다.

문명권을 지칭하는 용어는 영어에서 받아들인 관례를 따르지 않고 새롭게 정립해야 한다. 그렇게 해야 기존의 관습을 넘어서서 새로운 이론을 분명하게 전개할 수 있다. 문명권은 언어를 들어 '아랍어문명권'이라고 할 수도 있고, 종교를 들어 '이슬람문명권'이라고 할 수도 있는데, 그 둘은 지칭하는 범위가 일치한다. '아랍어문명권'은 '아랍어'를 공동문어로 사용한 권역이고, '이슬람문명권'은 '이슬람'을 보편종교로 한 영역이다. '이슬람'은 어느 경우에든 반드시 그 경전어인 '아랍어'를 공동문어로 해서, 보편종교와 공동문어 사이의 불가분의 관계가 다른 어느 문명권에서보다 분명하다.

---

201) 일본에서 그렇게 번역하는 부적절한 관례가 일본어 문헌을 번역할 때 끼여 들어와 한국에서도 더러 사용되고 있어 바로잡을 필요가 있다.

‘아랍어문명권’에 ‘아랍어’를 모르는 사람들이, ‘이슬람문명권’에 이교도가 있다는 사실은 문제될 것이 없다. 다른 문명권의 경우가 모두 그렇듯이, 글 모르는 무식자는 공동문어를 받아들이지 않았지만, 공동문어를 사용하는 사람들의 통치와 교화를 받아 그 문명권에 속했다. 보편종교 또한 중세 동안에는 사회체제를 이루어 이교도도 그 속에 들어가게 했다. 문명권이란 그런 체제를 의미한다.

아랍어문명권 또는 이슬람문명권은 지역에 따라 상당히 다른 특성을 보여주고 있다. 그 때문에 어느 곳은 문명권 안이고 어느 곳은 문명권 밖이라고 해야 할 일이 아니며, 문명권 안의 여러 지역이 ‘중심부’에서 ‘주변부’까지 단계적인 차이를 나타낸다고 보는 편이 타당하다. 공동문어와 민족어의 관계양상을 다음의 네 등급으로 구분할 수 있다.

(가) 문명권 중심부 ‘같은 언어 공동문어-민족어의 양층’ 영역 : 아랍어의 구어를 민족어로 사용하는 아랍세계 중심부, 동쪽의 시리아에서 서쪽의 모로코까지.

(나) 문명권 중간부 ‘다른 언어 공동문어-민족어의 양층’ 영역 : 페르시아인, 터키인.

(다) 문명권 주변부 ‘다른 언어 공동문어-민족어의 양층’ 영역 : 우르두(Urdu), 말레이어 사용지역.

(라) 문명권 주변부 ‘다른 언어 공동문어-민족어의 양층’ 영역 : 하우사(Hausa), 스와힐리(Swahili), 말라가쉬(Malagashy) 등의 언어를 사용하는 사하라 이남의 아프리카.

(가)의 지역에도 원래 민족어가 있었으나 거의 다 없어지고, 아랍어가 문어이면서 구어이다. 다만 알제리와 모로코에서는 원래의 민족어인 베르베르어(Berber)가 새로운 민족어인 아랍어구어와 함께 사용되고 있다. (나)의 페르시아인과 터키인은 아랍제국 안에 들어

가서 중세전기에 공동문어로 받아들인 아랍어를 다방면에 걸쳐 적극 활용했다. (다)의 우르두어와 말레이어 사용자들은 아랍제국 밖에서 중세후기에 받아들인 아랍어를 경전어로 사용하기만 했으며, 아랍어로 창작한 문학작품은 거의 없다. (다)와 (라)는 주변부라는 공통점이 있지만, (라)는 중심부와 더욱 거리가 멀고, 공동문어 사용이 한층 부진해서, 주변부 가운데서도 주변부라고 할 수 있다.

아랍어문학사의 전개

아랍어를 사용한 문학의 역사를 아랍어문학사라고 총칭한다. '아랍어문학사'를 '아랍문학사'라고 약칭할 수 있다. 그것은 어느 특정한 나라의 문학이 아니고 문명권 전체의 문학이다. 문명권 전체의 문학이기는 마찬가지이지만, 한문학사에는 그 중심에 중국문학사가, 산스크리트문학사에는 그 중심에 인도문학사가 있어서, 문명권 전체의 문학사가 어느 나라의 문학사와 혼동되는데, 아랍문학사는 그렇지 않다.

아랍문학사는 이슬람교 이전 시기 아라비아의 문학에서 시작되었다. 그런 사실을 밝히기 위해서, 아랍문학사 앞 부분은 이슬람 이전의 아라비아어문학을 다루고, 그 뒤에다 이슬람문명권의 공동문어인 아랍어문학을 붙이는 것이 관례이다. 언어의 역사를 좇아 문학사를 이해하기 때문에 그런 불균형이 생겼다. 그러나 이슬람교 성립 이후의 아랍문학사는 문명권 전체의 공동문어문학사이기만 하고, 국적에 따라 나누어지지 않는다.

아랍어는 원래 오늘날의 사우디아라비아 메카 일대에서 사용하던 언어이다. 이슬람교에서 그 언어를 경전어로 택해서, 이슬람교의 확

장과 더불어 광범위한 지역에서 많은 민족이 함께 사용하는 공동문
어 아랍어가 태어났다. 이슬람교의 경전 《쿠란》(*Quran*)은 아랍어 원
문으로만 읽고 번역하지는 못하게 해서, 단일한 아랍어가 문명권
전체에서 일제히 사용되었다.

이슬람교는 승려계급이 따로 없는 종교이다. 출가한 승려가 아닌
예사 사람인 '울라마'(ulama)라는 이슬람교의 지도자는 세속의 생활
을 하면서 아랍어에 대한 학습을 널리 전파하는 구실을 했다. 지역
이나 민족의 구분을 넘어서서 이슬람교도는 누구나 '울라마'가 될
수 있어서, 아랍어가 국제적인 언어가 되게 했다. 광범위한 지역의
많은 민족이 모국어를 아랍어로 바꾸어, 아랍인이라고 하는 거대민
족의 일원이 되었다.[202]

공동문어인 '고전아랍어'(classical Arabic)가 어디서든지 동일한 형태
로 사용된 것은 아니다. 시간의 경과와 더불어 지역에 따른 변이가
나타나 일상생활에서 사용하는 구어는 산스크리트문명권이나 라틴
어문명권의 경우처럼 서로 알아들을 수 없게 되었다. 그러나 그런
구어는 실제로 개별언어이지만 별개의 것으로 명명되지 않았다. 아
라비아어, 이집트어, 시리아어, 레바논어 등의 말이 있어야 할 것
같은데 없다. 그런 개별언어마다 독자적으로 전개한 구어문학의 역
사가 있다고 하지 않는다. 그 이유는 고전아랍어를 이어서 사용하

---

202) Mike Holte, "Divided Loyalities : Language anf Ethnic Identity in the Arab
World", Yasir Suleiman ed., *Languge and Identity in Middle East and North Africa*
(Richmond : Curzon, 1996)에서 유럽의 라틴어문명권의 경우에는 16세기 이후
상업적인 출판이 발달해서 민족어문학이 분화되었으나, 아랍어문명권에서는
상업적 출판의 발달이 없어서 아랍어 사용이 지속되었다고 한 것은 사실이
아니다. 산스크리트문명권의 경우에는 상업적 출판의 발달이 없었어도 라틴
어문명권의 경우와 마찬가지로 민족어문학이 분화되었다. 공동문어를 승려계
급만 사용했는가 아니면 일반인이 널리 사용했는가 하는 데 따라서 민족어
문학의 분화가 생기기도 하고 생기지 않기도 했다.

고 있는 '근대표준아랍어'(modern standard Arabic)를 오늘날 여러 나라
에서 함께 사용하고 있기 때문이다. 공통적으로 사용하고 있는 그
런 공용어가 있어서 아랍세계가 하나일 수 있다.[203]

문학창작에서도 근대표준아랍어를 많이 사용하고, 소설의 대화
부분이나 희곡에서는 거기다 구어를 섞은 '중간아랍어'(middle Arabic)
를 등장시키고, 순수하게 구어를 사용하는 경우는 오히려 드물다.
구어로 이루어진 시도 상당한 내력이 있지만, 적극적으로 평가되지
않고 있으며, 문학의 주류로 등장할 조짐을 보이지 않는다. 그래서
아랍어를 사용하는 서아시아와 북아프리카의 광대한 지역에서는 아
직도 공동문어문학과 민족어문학을 병행시키면서 공동문어문학을
높이 평가하고 민족어문학의 의의를 인정하지 않는 중세의 관습이
지속되고 있다고 할 수 있다.

아랍문학사의 시대구분은 비교적 선명하게 이루어져 있다. 문명
의 역사에서 일어난 변화가 문학의 성격을 뚜렷하게 구분짓기 때문
이다. 시대구분에 관한 여러 견해 가운데 둘을 들어 비교하는 표를
만들어 보인다.[204]

시대	연대	구분 (가)	구분 (나)
(1)	500-622	영웅시대	
(2)	622-750	팽창시대	정복의 문학
(3)	750-1055	황금시대	만남의문학

---

203) M. H. Bakalla, *Arabic Culture, through its Language and Literature*(London : Kegan Paul,
1984)에서 아랍어의 분화 양상을 문학과 관련시켜 논한 것을 참고한다.

204) 구분 (가)는 H. A. R. Gibb, *Arabic Literature, an Introduction* (Oxford : Oxford
University Press, 1962)에서, 구분 (나)는 André Miquel, *La littérature arabe*(Paris :
Presses Universitaires de France, 1986)에서 가져온다.

(4)   1055-1258   은시대
(5)   1258-1800   맘룩왕국시대   추억의 문학
(6)   1800 이후   부흥의 문학

시대(1)은 이슬람 이전의 시대이다. 그때는 '자힐리야'(Jahiliyyah) 시대라고 하는데, 그 말은 '우매함'을 뜻한다. 아직 국가는 없었고, 예언자이고 부족의 지도자이기도 한 시인이 유목생활의 정서를 노래하고 부족 단위 영웅들의 활약을 칭송하면 다른 사람들이 받아서 외면서 전파하던 그때가 아랍문학사의 고대이다. 진정한 신앙을 아직 몰랐다는 이유에서 우매했다고 하지만, 불필요한 구속이 없어 시 창작이 자유로울 수 있었다. 시를 최대의 정신적 자산으로 삼았다. '카시다'(qasida)를 위시한 여러 시형식이 그 단계에서 이미 마련되었다.[205]

이집트, 메소포타미아, 페르시아 등지에서는 거대한 제국을 건설한 통치자의 위업을 놀라운 규모의 석조물에다 새겨 알리고 글로 적어 보존할 때, 아라비아 반도에 사는 아랍인의 선조는 후진을 면하지 못했다. 그렇지만 후진의 처지를 재능을 특별하게 개발하는 데 이용했다. 조형물이나 문자기록에는 쏟을 수 없는 정력을 구비 시를 아름답게 짓는 데 모아서, 모든 사람이 함께 전승하면서 즐기는 공동의 유산을 근처 다른 어느 곳에서보다 탁월하게 만들었다.

후진의 처지를 면하지 못한 아라비아 사람들은 선진 고대문명이 통치자를 신격화해서 피통치자와의 거리를 최대한 벌여놓는 데에

---

205) Abdula el Tayib, "Pre-Islamic Poetry", A. F. L. Beeston et al., ed., *Arabic Literature to the End of the Umayyad Period*(Cambridge : Cambridge University Press, 1983) ; Albert Arazi, *La réalité et la fiction dans la poésie arabe ancienne*(Paris : Editions G. -P. Maisonneuve et Larose, 1989)에서 그 시대 문학의 모습을 파악할 수 있다.

동참하지 못했으므로, 고대를 극복하고 중세를 만드는 보편종교 이슬람교를 창건할 수 있었다. '우매한' 시대에 갈고 닦은 시어를 가지고 새로운 종교의 경전을 만들어, 구비전승의 전통을 이어 암송하도록 해서 글 모르는 사람들도 신앙의 평등을 누릴 수 있게 했다. 선진고대문명은 이슬람교가 전해지자 덧없이 무너졌다. 그래서 후진이 선진이고, 선진이 후진임이 입증되었다.

시대(2)는 이슬람교가 생겨나고 《쿠란》이 형성된 시기이다. 그때 아랍문학사에서 중세가 시작되었다. 다른 곳의 보편종교에서는 고대에 만들어 오래 전승하고 있던 경전을 가지고 중세사상을 폈으나, 이슬람교는 중세를 이룩하면서 새롭게 창조한 종교이므로, 전혀 새로운 경전인 《쿠란》을 설득력 있게 쓰는 것을 소중한 과업으로 삼아야 했다. 고대의 차별상을 부정하고, 민족의 구분을 넘어서서, 사람은 누구나 대등하다고 하는 신의 말을 전하는 작업을 구비전승을 이은 언어표현을 통해서 수행해, 중세보편주의 구현의 모범 사례를 만들어야 했다.

622년에 이슬람교를 창건한 예언자 무함마드(Muhammad)가 알라신이 자기를 통해서 신도들에게 하는 말을 기록했다고 하는 《쿠란》은 종교적 예언서·교리서로서 탁월할 뿐만 아니라, 언어구사가 훌륭하다는 데 대해서 이슬람교도들은 커다란 자부심을 가진다. 예언자의 고장 메카(Mecca)지방에서 사용하던 일상적인 구어를 서사어로 가다듬은 그 언어가, 이슬람교도라면 누구나 《쿠란》을 암송해야 했으므로, 문명권 전체의 공동문어인 고전아랍어가 되었다. 오늘날까지도 아랍어문학은 그 언어를 이어받고 있다.

그렇지만 《쿠란》이 이루어진 뒤 몇 세기 동안에 문학은 침체했다. 정복전쟁을 통해 이슬람교를 전파하는 데 치중했으므로, 종교적인 정열이 문학을 압도해서 문학다운 문학이 없었다. 아랍문학의 영역이 크게 팽창한 반면에 가장 소중한 전통인 시가 위축되었다. 이슬람문명권을 지중해연안 동·남·서부를 아우른 방대한 영역으로 확장한 우마야드(Umayyad)제국이 문학의 질적 향상에는 기여하지 못했다.

그러나 종교전쟁을 하다가 전사한 용사들을 칭송하고 추도하는 시를 짓는 것은 소홀하게 할 수 없는 일이었다. 이슬람 이전 시기의 시에서 부족들끼리 싸우다가 죽은 전우를, 텅 비어 있는 천막 자리를 보면서 그리워하던 것과 같은 시를 다시 지으면서, 위대한 희생에 대해 대단한 의미를 부여했다. 임루 알-카이(Imru al-Qay)가 그런 시의 명편을 남겼다고 칭송된다.[206]

정복전쟁이 어느 정도 끝나고 정치질서가 확립된 시기에는 전사 대신에 통치자를 칭송하는 예찬시가 성행했다.[207] 재능이 있는 사람이면 출신을 가리지 않고 누구든지 그런 시를 잘 짓는다고 평가되면 궁정시인으로 발탁될 수 있었다. 알-아크탈(Al-Akhtal)은 기독교인이었지만 예찬시를 짓는 능력이 탁월해 우마야드제국의 궁정시인으로 발탁되어, 아랍어시를 발전시키는 데 크게 기여했다. 유목민 베두인 출신의 알-파라즈다크(Al-Farazdaq)는 웅변적인 어조의 화려한 표현을 잘 구사하는 예찬시를 잘 지어 높이 평가되었다.

시대(3)에는 압바시드(Abbasid)제국이 이루어져, 아랍세계가 최대로 팽창하고 통일을 유지했다. 서로 다른 언어를 사용하던 수많은 민족이 공동문어인 아랍어를 일상생활에서도 사용해서 모국어를 잊었다. 여러 곳에서 창조된 문화가 서로 만나 공동의 문명을 이루었

---

206) John Renard, *Seven Doors to Islam, Sprituality and the Religious Life of Islam*(Berkeley : University of California Press, 1996), 109-110면.

207) Salma K. Jayyusi, "Umayyad Poetry", A. F. L. Beeston et al., ed., *Arabic Literature to the End of the Umayyad Period*, 396-405면.

으므로 '만남의 시대'라고 한다. 문학 또한 황금시대에 이르렀다고 평가된다. 앞 시대의 문학이 지나치게 종교에 경도된 것을 바로잡고 이슬람 이전 시대의 자유롭고 창조적인 전통을 되살려 문학을 그 자체로 옹호하는 새로운 풍조를 마련했다.

언어 구사를 세련되게 해서 글을 잘 다듬어 쓰는 것을 '아다브'(adab)라고 하는 개념이 그때 확립되었다. '문학'(belles lettres)이라고 번역되는 그 말은 중세적인 규범을 갖춘 문학을 뜻한다. '아다브' 가운데서 서정시가 문학의 핵심 영역임을 재확인하고, 서정시 창작의 수법을 재정립한 '바디'(badi)라는 시를 만들어냈다. '바디'는 그 자체로 '새로운 문체'를 뜻하는 말이며, '새로운 시'를 지칭했다. 산문 또한 시처럼 써서 '시 문체의 산문'(prose rimé)이라고 할 것을 만들었는데, 그 대표적인 갈래가 '마카마'(maqama)라고 하는 것이다.

압바시드제국 시대의 아랍어문학은 문명권 전체에 널리 통용되고 후대까지 지속적인 권위를 유지한 중세문학의 규범을 확립한 점에서, 굽타제국의 산스크리트문학, 당나라의 한문학과 같다. '아다브'는 산스크리트문학의 '카비야'와, '바디'는 한문학의 '근체시'와 상통한다. '바디'와 '근체시'는 둘 다 공동문어시의 규범을 재확립한 '새로운 시'이다.

한시에서는 '고시'보다 더욱 엄격한 형식을 갖춘 점에서 '근체시'가 새로웠다. 아랍어문학의 '바디'는 앞 시대의 시가 종교에 경도된 폐단을 시정하고, 이슬람 이전의 시가 보여준 자연스럽고 아름다운 언어표현을 되살려 더욱 세련되게 다듬은 점에서 '새로운 시'이다. 그러나 그 둘은 산스크리트문학의 '카비야' 시와 함께, 인류가 지금까지 이룩한 서정시의 정상에 자리를 잡고 있으면서, 세련된 아름다움의 극치를 보여준다.

그런데 시론을 전개하는 데서는 아랍어문명권이 단연 앞섰다.[208] 아

랍시론의 수많은 유산 가운데 9세기에 이븐 알-무타즈(Ibn al-Mutazz)
가 쓴 《바디의 역사》(*Katib al-Badi*)에서 '바디'에 관해서 특히 주목할
만한 논의를 폈다. "새롭고, 독창적이고, 아름다운 것"을 '바디'의
세 가지 특징으로 들고, 은유, 익살, 반복, 변증법적 전개의 등의 제
반 요소를 다 잘 갖추어야 그런 시를 쓸 수 있다고 한 것이 그 핵
심적인 내용이다.[209]

　8세기의 아부 누와스(Abu Nuwas), 9세기의 아부 탐만(Abu Tamman),
10세기의 무타납비(al-Mutanabbi)가 '새로운 시' '바디'를 쓰는 데 특
히 뛰어난 역량을 발휘해서 아랍문학의 고전적인 전범을 확립했다.
칼리파나 술탄의 궁정을 찾아다니면서 통치자를 예찬하는 궁정시인
노릇을 하면서 또한 자기 작품세계를 가꾸는 데 힘쓰는 것은 그 세
사람이 함께 겪은 그 시대 시인의 공통된 삶이었다. 그러나 그 세
사람은 출신과 성장, 통치자와의 관계, 작품의 특징이 서로 대조가
되었다.[210]

　아부 누와스는 페르시아인인데 압바시드제국의 전성기인 8세기에
칼리파의 총애를 받는 궁정시인이 되어, 격식과 법도에 구애되지
않은 기발한 착상을 나타내는 뛰어난 기교를 자랑했다. 궁정의 향
락적인 분위기가 자기 기질과 합치되었다. 이슬람교에서 술을 금하
는 율법에 구애되지 않을 수 있는 자유를 누려, 술에 대한 시를 쓰

---

208) Vincent Cantarino, *Arabic Poetics in the Golden Age, Selections of Texts Accompanied by
　　a Preliminary Study* (Leiden : E. J. Brill, 1975)에서 다룬 시론이 12편이나 된다.

209) K. Abu Deeb, "Literary Criticsm", Julia Ashtiany and others ed., *Abbasid Belles-
　　Lettres* (Cambridge : Cambridge University Press, 1990)에서 이에 관해 자세하게 고
　　찰했다.

210) Andras Hamori, *On the Art of Medieval Arabic Literature* (Princeton, Ner Jersey :
　　Princeton University Press, 1974), 119-141면에서는 모호한 의미를 가진 미묘한
　　표현의 기교를 논의의 대상으로 삼아 세 시인을 비교했다.

기를 좋아했다. 그 가운데 한 편을 들어보면 다음과 같다. 마치 술이 영혼과 육체를 갖추고 있는 것처럼 의인화시킨 발상과 표현이 기발하다.

여전히 나는 천천히 술의 영혼을 뽑아내고 있다.
상처입은 육체로부터 나는 그 피를 마신다.
하나의 육체에 두 개의 영혼이 들어가
내가 둘이 될 때까지……
술은 영혼이 없는 시체가 되어 팽개쳐져 있다.[211]

아부 탐만은 시리아의 기독교 가문에서 태어나 이슬람교로 개종하고, 자기 고장에서는 직조공의 조수 노릇을 하다가, 카이로에 가서 물장수로 생계를 꾸려나가면서 시를 배웠다. 시를 잘 쓰는 재주가 있어 상승의 기회를 얻었다. 비잔틴제국과 싸우고 돌아온 칼리파를 예찬한 시가 크게 인정되어 궁정시인으로 발탁된 다음에는 만년의 영화를 누렸다. 놀라운 기교를 구사한 작품을 남겨, '바디'의 기교를 논할 때 가장 긴요한 예증이 된다.[212] 아부 탐만의 시를 한 토막 들어보자.

책보다 칼이 진리를 더 잘 논한다.
칼날은 허세와 지혜를 갈라놓는다.
먼지 묻은 책 더미는 헛되도다.

---

211) 송경숙 외, 《아랍문학사》(서울 : 송산출판사, 1992), 127면. 시행을 구분해서 적으면서 인용한다.

212) Suzanne Pinckney Stetkevych, *Abu Tamman and the Poetics of the Abbasid Age*(Leiden : E. J. Brill, 1991)에서 이 시인에 대해서 자세하게 고찰했다.

몸체 빛나는 칼이라야 불확실과 의문을 몰아낸다.[213]

  길게 이어지는 예찬시의 첫 대목이다. 칼을 휘둘러 정복을 하고 통치를 하는 군주에게는 이 이상의 찬사가 없다. 文에 대한 武의 우위를 입증하는 교묘한 논리를 펴기 위해, 탁월한 재능을 가진 문인이 전후 어느 시기에도 볼 수 없는 기발한 표현을 마련했다.
  무타납비는 순수한 아랍인인데, 압바시드제국이 무력해지고 칼리파가 실권을 상실한 시기에 여러 이민족 술탄의 조정을 찾아 돌아다니면서 받아들여지기를 바랐으나 뜻을 이루지 못해서 자탄의 시를 써야 했으며, 정제된 표현을 찾지 않았다. 예찬시를 지을 때에는 말을 과장되게 쓰면서 허풍을 떤 잘못이 있다고 비판받는다. 자기 신세를 한탄할 때에도 사연이 장황하지만, 진실성을 갖추고 있어 공감을 자아낸다. 자탄의 시를 한 편 들어본다.

  내가 만약 고통스러운 삶에 만족한다면
  나의 존엄성은 어디 있겠는가?
  나의 멸망이 불운 속에 있고 나의 고통이 행운 속에 있는 한
  나는 영원히 방황할 것이다.
  나는 죽음의 운명과 더불어
  목이 높은 말을 몰고 다닐 생각이오……
  팔리지 않는 시장에서 시를 팔면서
  훌륭한 자들을 찾는 나의 영혼은 포기하였소.
  내게는 죽음이 더 낫고 인내가 더욱 아름답소.
  승리하는 자에게 세상과 땅은 더 넓다오.[214]

---

213) Julia Ashtiany and others ed., *Abbasid Belles-Lettres*, 159면.

아랍세계의 가장 존경받는 지식인은 11세기후반에서 12세기초까지의 가잘리(al-Ghazali)이다. 가잘리는 압바시드제국이 아직 존속하고 있던 중세전기의 마지막 시기에 살면서, 중세후기에 널리 받아들여질 새로운 정통사상을 마련해, 한문문명권의 朱熹, 산스크리트문명권의 라마누자(Ramanuja), 라틴어문명권의 토마스 아퀴나스(Thomas Aquinas)와 상통하는 구실을 했다. 라마누자와 함께 가잘리는 문명권의 중간부 사람이면서 문명권 전체의 사상을 바꾸어놓았다.

가잘리는 페르시아인인데, 아랍어로 저술을 해서 이슬람세계 최대의 사상가가 되었다. 바그다드에서 교수 노릇을 하다가 수피가 되어 자취를 감추고 진리를 찾아 방랑했다. 그 두 가지 생활을 되풀이하면서 이슬람철학을 수피의 정신으로 혁신하는 과업을 수행하고, 논리와 체험을 결합시켰다. 그렇게 해서 이룬 성과가 크게 평가되어, 이슬람을 혁신한 최대의 신학자를 뜻하는 '무자디드'(mujaddid)라고 칭송되었다.[215]

생애의 전반을 참회하면서 새로운 탐구의 길에 들어서겠다고 다짐한 《착각에서의 구제》(*Munqidh min ad-dalal*)라는 고백록은 진리 탐구에 헌신하는 성실한 자세를 절실하게 나타내서 감동을 준다. 바그다드에 진출해 기존의 사상을 이어받아 가르치는 교수가 되어 인기를 끌다가, 과연 바른 길을 가고 있는가 하는 깊은 회의에 사로잡혀, "사물이 실제로 어떤가 하는 지식을 의심할 수 없을 만큼 찾아보자" 하고 결심했다.[216]

---

214) 송경숙 외, 《아랍문학사》, 218면. 이것 또한 시행을 구분해서 적으면서 인용한다.

215) W. Mongomery Watt, *Muslim Intellectual, a Study of al-Ghazali*(Edinburgh : Edinburgh University Press, 1963)에서 가잘리의 생애를 고찰했다. 김정위, 《이슬람사상사》(서울 : 민음사, 1987), 129-140면에서 가잘리의 사상에 관해서 논했다. 가잘리 저술의 번역명은 이 책을 따른다.

정통신학의 권위주의, 철학의 합리주의가 둘 다 잘못되었다고 깨닫고, "영원한 삶을 얻는 데 긴요하지 않은 사소한 지식이나 전수하는" 생활을 청산하고, 진리를 스스로 체득하는 구도자 '수피'(sufi)가 되어 떠나갔다.[217] 그렇다고 해서 신비주의에 빠진 것은 아니다. '수피' 노릇에서 체험의 방법을 얻어, 오랜 논란거리가 되어온 이슬람사상의 제반 문제를 다시 논했다.

경험적이고 합리적인 인식을 그 이상의 초월적이고 포괄적인 통찰과 합치는 방법을 찾아내 권위화되고 형식화된 이슬람사상을 혁신하는 과업을 많은 저작을 통해 수행했다. 《철학의 부조리》(*Tahafut al-falasifa*)에서는 철학이라고 하는 기존의 학문, 물질학, 논리학, 형이하학, 형이상학, 정치학, 윤리학 등이 모두 진리를 편파적으로 인식한다고 비판했다. 40권이나 되는 방대한 규모에 이르는 《종교학문의 부활》(*Ihaya ulum al-din*)에서는 그 대안이 되는 신을 사랑하면서 얻는 종교적인 통찰과 사람에 대한 사랑이 학문을 하고, 사회를 구성하고, 윤리를 설정하는 데 어떤 의의를 가지는가 다각도로 논의했다.

아랍문학의 저작 가운데 또 한 가지 특기할 만한 것은 역사서이다.[218] 그 내용은 아랍문명사를 중심에다 둔 세계사이거나 다른 문명에 관한 문명사이며, 국사는 따로 쓰지 않았다. 신이 인류의 시조를 창조했을 때부터 시작해서 자기 시대까지의 문명사이자 세계사인 역사를 서술하는 일은 9세기의 야쿠비(Yakubi)가 시작했으며, 9세기

---

216) W. Mongomery Watt tr., *The Faith and Practice of al-Ghazali*(Oxford : Oneworld, 1994), 19면.

217) 같은 책, 58면.

218) 이 대목에 관한 서술에서는 Krishna Chaitanya, *A History of Arabic Literature* (New Delhi : Manohar, 1983)의 제8장 "The Historians"를 기본자료로 이용한다.

후반에서 10세기초까지의 타바리(Tabari)에 의해 본격적으로 이루어졌다.

타바리는 아랍문명의 여러 곳을 실제로 답사하기까지 해서 지금 15권으로 남아 있으며, 원래는 그 열 배나 되었으라고 하는 《예언자들과 왕들의 역사》를 썼다. 10세기에 마수디(Masudi)는 37권에 이르는 백과사전적인 저술을 이룩해서 아랍문명의 여러 면모를 자세하게 보여주었다. 11세기의 알 비루니(Al Biruni)는 현지에서 체험한 바에 근거를 두고 《인도의 역사》를 서술해 다른 문명권에 대한 진지한 관심을 보여주었다.

시대(4)에는 압바시드제국이 지속되기는 했지만 터키민족이 정치적인 실권을 차지하고, 칼리파가 무력하게 되었다. 황금시대가 지나갔다고 해서 은시대라고 한다. 황금시대에 대한 추억에 사로잡히고 새로운 것을 창조하지 못했다고 평가된다. 정치사에서는 시대(3)과 시대(4)가 구분되지만, 문학사에서는 그 둘을 갈라야 할 이유가 뚜렷하지 않다.

시대(5)는 압바시드제국이 무너지고 아랍세계가 분열된 시대이다. 이집트의 맘룩(Mamluk)왕국이 아랍문학의 중심지가 되었다는 이유에서 '맘룩왕국시대'라고도 한다. 황금시대에 대한 추억이 문학의 주류를 이루었다고 해서 '추억의 시대'라고도 한다. 그러나 그때 중세전기가 끝나고 중세후기가 시작되었다고 하는 적극적인 평가를 하는 것이 바람직하다.

중세전기문학의 주류를 이루던 시를 같은 방식으로 계속 창작했으나, 수준이 낮아지고 창의력이 떨어져 크게 평가되지 않는다. 시의 주도권은 페르시아로 넘어갔다. 그 대신에 다양한 형태의 산문이 발달한 것이 새로운 경향이었다. 이븐 칼리칸(Ibn Khallikan)의 전기문학, 이븐 바투타(Ibn Battuta)의 기행문, 이븐 칼둔(Ibn Khaldun)의

역사서가 이루어지고, 대중 취향의 서사문학이 유행하다가 《천일야
화》(*Alf Layla wa Layla*)로 집성되었다.

그런 저작에서 현실에 대한 경험을 중요시하는 사고방식, 그리고
세계인식을 끊임없이 확대하고자 하는 요구를 확인할 수 있다. 그
것이 중세후기문학의 진취적인 성향이다. 그런데 언어사용의 변화
가 함께 나타난 것은 아니다. 중세후기에 이르러서 고전적인 시에
서 벗어나 새로운 형태의 산문을 발전시키게 되면 공동문어 대신에
민족어를 사용하는 것이 상례인데, 아랍어문학권에서는 그런 변화
는 일어나지 않았다. 새로운 형태의 산문에서도 공동문어를 계속
사용하면서, 수식을 줄이고, 문장을 단순화하기만 했다.

이븐 칼둔의 세계사의 서설인 《무카디마》(*Muqaddimah*)는 역사에
대한 통찰의 높은 수준을 보여준 업적이었다. 앞 시대부터 거듭 이
루어진 역사서술의 성과를 더욱 발전시켜 아랍문명의 역사를 세계
사의 관점에서 고찰하는 놀라운 작업을 했다. 사실에 관해 기록한
것은 다른 역사사가들과 그리 다르지 않으나, 역사를 이해하고 설
명하는 역사철학의 이론이 특출하다.[219]

이븐 칼둔은 원래 북아프리카인이며, 스페인에서 티무르제국까지
아랍문명권 전체 영역을 삶의 터전으로 하고, 이집트에서 오래 활
동했다. 세계를 넓게 경험한 것을 바탕으로 해서, 아랍문명을 다른
문명과 비교해서 논하는 안목을 갖추고, 아랍문명 안에서 도시지역
과 사막지역의 관계를 살폈다. 문명의 여러 국면을 다각도로 고찰
해, 문명이 성립되고 변천되는 원리를 논했다. 그렇게 해서 이룩한
역사철학 또는 사회철학의 이론이 그때까지 세계 어디서도 볼 수
없는 수준에 이르렀으며, 그 뒤에도 줄곧 독보적인 의의를 가진다.

---

219) 《문명권의 동질성과 이질성》의 〈역사서〉에서 이에 관해 자세하게 고찰한다.

244

《천일야화》는 일찍부터 유럽에 소개되면서 《아라비안 나이트》(*Arabian Nights*)라는 이름으로 더 잘 알려졌다.[220] 하루 밤에 하나씩 천 하룻 밤 동안 계속해서 했다고 하는 〈알라딘과 마술 램프〉, 〈알리바바와 40인의 도적〉 같은 흥미로운 이야기를 모아놓은 책이다. 이야기의 총수는 크게 나누면 180개이고, 그 속에 작은 이야기가 여럿 들어가 있는 것들도 있다. 작자는 알 수 없고, 유래도 분명하게 밝히기 어렵다. 페르시아에서 마련된 이야기에 인도의 것이 추가되어 아랍어로 옮겨졌으며, 10세기부터 12세기까지에는 바그다드에서, 13세기부터 14세기에는 카이로에서 재창조되는 동안에 확장되고 윤색되었다고 하는 것이 유력한 견해이다. 지금 남아 있는 가장 오랜 필사본은 15세기의 것이고, 18세기부터 유럽의 언어로 번역되기 시작했다.

전체적인 성격을 규정하면 구전 자료를 집성한 설화집이며, 세계 도처에 흔히 있는 것 가운데 하나이다. 상상을 초월한 이적이 일어나서 흥미를 돋우는 전개 방식도 특별하다고 하기 어렵다. 그러나 설화를 모아들인 범위가 넓고, 사건이 벌어지는 시공이 크게 열려 있으며, 여러 곳의 풍속을 다채롭게 소개한 점이 예사롭지 않다. 중세시기에 아랍인들의 활동범위가 다른 문명권의 어느 누구보다도 넓고, 경험한 바가 풍부해서 그럴 수 있었다. 아랍인 사회는 상하·남녀·노소의 차등이 적어, 모두 함께 즐기는 문학을 마련하는 데 다른 문명권보다 앞설 수 있었던 것도 고려해야 할 사항이다.

시대(6)은 유럽문명권의 도전에 맞서 아랍문명권이 분발해서 자기네 전통을 되찾고자 하는 부흥의 시대이다. 그때 중세에서 근대로의 이행기가 시작되고, 근대로 이어졌다. 아랍어문학사에서 중세

---

220) Mia I. Grerhart, *The Art of Story-Telling, a Literary Study of the Thousand and One Nights*(Leiden : E. J. Brill, 1963)에서 이에 대한 자세한 고찰을 했다.

에서 근대로의 이행기문학이 자생적으로 나타난 양상은 확인되지 않고 있다. 《천일야화》보다 다 현실감이 확대되고 인쇄된 형태의 독서물로도 유통된 '키사'(qissa)라는 서사문학은 페르시아나 터키의 것들과 함께 중세에서 근대로의 이행기소설이라고 할 수 있는데, 그런 연구가 이루어지지 않았다. 내부적인 변화는 찾지 않고, 유럽문명권의 충격을 받고서 시대가 변하고 근대문학에 다가서게 되었다는 논의만 일방적으로 전개되고 있는 것이 지금의 형편이다.

그러나 유럽문학을 이식하고 추종해서 근대문학이 시작된 것은 아니다. 오히려 주체성을 찾고 전통을 계승하고자 하는 운동이 적극적으로 나타났다. 타락된 후대의 혼미상을 청산하고, 황금시대의 문학을 되살리고자 했다. 시에서는 그런 성향의 고전주의가 크게 대두해서 한 동안 주류를 이루었다. 그것은 한문문명권이나 산스크리트문명권에서는 찾아볼 수 없는 현상이다.

그렇지만 산문에서는 사정이 달라서, 유럽문명권의 충격을 받아들여 소설과 희곡이 생겨났다. 시인 아도니스(Adonis)는 창작과 비평 양면에서 전통을 존중하지만, 소설가 마흐푸즈(Mahfuz)는 근대사실주의소설을 받아들여 현실인식을 심화한 다음 독자적인 노선을 찾을 수 있었다. 소설의 형태를 다양하게 만들어, 유럽문명권의 횡포에 맞서는 아랍인의 자각을 고취하는 작품 창작을 새로운 과제로 삼아 다양한 실험을 하고 있다. 《거울들》(*al Miraya*)에서 인물전기 연작물을 만든 것을 특별한 성과로 평가할 수 있다.

중심부의 민족어문학

일상생활에서 실제로 사용되는 아랍구어는 다음과 같이 구분되어, 나라에 따라서 다르다.[221] 사우디아라비아, 이집트, 팔레스타인, 레바논, 쿠웨이트, 카타르, 아랍에미리트, 리비아, 튀니지, 알제리, 모로코 등지의 구어가 모두 서로 다르다. 이들 언어는 힌디어, 벵골어, 마라티어 또는 이탈리아어, 프랑스어, 스페인와 같은 정도의 차이가 있는 별개의 언어여서, 서로 알아듣지 못한다. 그러나 일상생활에서 사용되는 구어이기만 하고, 공식적인 기능은 수행하지 않는다. 실용적인 글쓰기만 일부 있을 따름이고, 문학어로 성장했다고 인정되지 못하고 있다. 그 때문에 민족어라고 하지 않는다.

이들 언어로 이루어진 문학이 없는 것은 아니다. 문학이 존재한다는 사실이 인정되지 못하거나 평가되지 못하고 있을 따름이다. 중국에는 구어문학의 오랜 내력을 추적한 《白話文學史》가 나왔는데, 아랍세계에는 그런 것이 없다. 아랍문학사는 문명권 전체의 문학사인 아랍어문학사이기만 하고, 그 내부의 각국문학사는 집필되지 않았다.[222]

그렇다고 해서 문학사는 공동문어문학사와 민족어문학사의 관련사라고 하는 원리가 아랍문명권의 특수성 때문에 타격을 받아야 하는 것은 아니다. 아랍문명권의 문학사도 공동문어문학사와 민족어문학의 관련사이면서 민족어문학사 쪽이 약화되어 있는 특수성이 있을 따름이다. 민족어문학사 쪽이 약화되어 있다는 것은 사실 차원보다 인식 차원에서 더욱 두드러진 현상이다.

아랍세계에서는 구비문학은 문학이 아니라고 하는 인습이 있어,

---

221) 오명근, 위의 책, 6면.

222) Jean Déjeux, *La littérature algérienne contemporaine*(Paris : Presses Universitaires de France, 1979)라고 하는 알제리현대문학사가 있으나, 알제리 땅에서 이루어진 문학을 취급 범위로 삼아, 프랑스인의 프랑스어문학, 알제리인의 아랍어문학과 프랑스어문학을 함께 고찰했다.

문학사 전개의 전모를 이해하는 데 장애가 된다. 이집트 학자들이 자기네 문학의 유산이라고 인정하지 않지만, 이집트에는 세계구비서사시의 소중한 자료의 하나인 《힐라리》(*Hilali*)라는 서사시가 구전되고 있다.[223] 장편영웅서사시인 《힐라리》와는 별도로 단형범인서사시도 여럿 전승되고 있다.[224] 그 밖의 다른 갈래의 구비문학을 여러 나라에서 다양하게 갖추고 있다. 아랍세계의 문학사 또한, 다른 곳에서 그랬듯이 공동문어문학과 구비문학이 양립해온 역사이다.

오늘날 이집트를 위시한 아랍세계 여러 나라의 문학이 대단한 수준으로 발전했으나, 언어 문제를 바람직하게 해결하지 못하는 고민이 있다. 오늘날 통용되고 있는 용어에서 '푸샤'(fusha)라고 하는 표준아랍어와, '아미야'(amiyya)라고 하는 일상생활의 구어 가운데 어느 것을 공용어로 사용하고, 문학창작에서 사용해야 하는가 하는 문제를 놓고 논란을 거듭하고 있다.[225]

그 논란은 민족주의의 기본 노선 설정과 깊은 관련이 있다.[226] 20세기초에 이집트지식인들은 이슬람문명권에서 벗어나 이집트의 독자노선을 정립하는 것이 민족주의의 바람직한 방향이라고 했다. 그렇게 하기 위해서는 오스만 투르크의 책봉체제에서 벗어나 이집트

---

223) Susan Slyomovics, *The Merchant of Art, an Egyptian Hilai Oral Epic Poet in Performance* (Berkeley : University of California Press, 1987)에서 그 서사시의 구연현장을 조사하고 연구했다.

224) Pierre Cachia, *Popular Narrative Ballads of Modern Egypt* (Oxford : Clarendon, 1989) 에서 전반적인 양상을 고찰하고 작품의 본보기를 제시했다.

225) 그 경과를 Walter Armburst, *Mass Culture and Modernism in Egypt* (Camgidge : Cambridge University Press, 1996), 37~62면의 "The split of vernacular"; Yasir Suleiman "Language and Identity in Egptian Nationalsm", Yasir Suleiman ed., *Languge and Identity in Middle East and North Africa*에서 정리해서 논했다.

226) David Semah, *Four Egyptian Literary Critics* (Leiden : E. J. Brill, 1974)에서 그 경과를 잘 정리해 논했다.

가 근대주권국가가 되어야 하는 것과 마찬가지로, 남의 것인 이슬람문명을 청산하고 고대 파라오시대의 영광을 재현해야 한다고 주장했다. 그러나 이집트를 위협하는 적은 오스만 투르크의 칼리파가 아니고 유럽의 제국주의 침략자였다. 아랍문명의 단결된 힘으로 침략에 대항하기 위해서는, 이집트민족주의를 아랍민족주의로 확대해야 한다는 반론이 더욱 큰 설득력을 가졌다.

고대이집트의 영광을 되살리자는 주장을 계속 펴는 데 가장 큰 장애가 되는 것은 언어 문제였다. 이미 잃어버린지 오래 되는 고대 이집트어를 찾아 사용하는 것은 불가능하고, 아랍어를 버릴 수 없었다. 이집트민족주의자라도 이집트 사람들의 구어아랍어, 그 가운데서 카이로의 구어를 표준화해서 이집트 전체의 공용어로 삼자는 것 외에 다른 대안을 제시하지 못했다. 아랍민족주의자들은 그런 궁색한 방법을 찾을 것 없이 표준아랍어를 계속 사용해 문명의 전통을 이어나가고, 아랍세계 전체의 언어 통일을 유지하자고 했다.

근대산문문학의 개척자이고, 1950년대초의 교육부장관이었던 타하 후사인(Taha Husayn)은 구어는 타락된 언어라고 규정하고, 광범위한 영역의 지적 활동을 하고, 의사교환의 범위를 넓히기 위해서는 표준아랍어를 사용해야 한다는 정책을 폈다. 나세르(Nasser) 정권에서 그 노선을 공식적으로 채택했다. 나푸사 사이드(Nafusa Said)가 1964년에 낸 책《구어 사용 주장의 역사와 그것이 이집트에 끼친 영향》에서도 구어 사용론을 부정적으로 평가하고, 규칙화되어 있는 표준아랍어가 무질서하게 변하는 구어보다 우월하다고 했다.

그러나 일상생활의 모든 영역에서 표준아랍어를 과거와 같이 사용할 수는 없다. 표준아랍어의 규칙을 단순화하고, 구어를 정리하고 가다듬어 그 둘의 간격을 줄이려고 하는 운동이 계속되고 있다.[227] 그 둘 사이의 '중간 아랍어'를 만들고 사용 영역을 확대해서 언어문제를 해결하고자 하는 노력이 광범위하게 나타나고 있다. 그렇게 하는 데 소설이 앞장선다. 지문에서는 표준아랍어를 쉽게 만들어 쓰고, 대화에는 구어를 정리해서 사용하는 방식으로 '중간 아랍어'를 사용하는 것이 소설 창작의 일반적인 방식으로 등장했다.

희곡에서 사용하는 언어는 경우에 따라서 다르다. 희곡을 써서 공연하는 작품은 문어를 사용하고, 즉흥적인 공연물은 구어를 사용한다. 그 중간적인 성격을 가진 연극의 언어는 '중간 아랍어'이다. 연극에는 분명히 구어문학이 존재하지만, 글로 써서 발표하는 작품은 아니어서 문학으로 인정되지 않고 있다.

희곡의 갈래에 따라서 구분해 말하면, 몇 가지 등급이 있다.[228] 역사극과 번역극에서는 거의 문어만 사용한다. 전설극, 관념극, 사회비극, 아동극 등에서는 문어에다 구어를 일부 곁들인다. 사회희극에서는 구어에다 문어를 일부 곁들인다. '중간 아랍어'가 다시 그 두 가지로 나누어진다. 소극이나 마당극에서는 구어만 사용한다.

1960년대에 이르러 관중이 참여하는 연극을 해야 한다는 운동이 일어나 극단적인 구어극을 요청했다.[229] 유수프 이드리스(Yusuf Idrís)의 사회희극 《계절》(al Farafir)이 그렇게 해서 나타난 작품의 대표적

---

227) 오명근, 《아랍어구어문체비교론》(서울 : 한국외국어대학출판부, 1994), 145-175면에서는 이집트에서 일어나고 있는 언어 개혁에 관한 주장을 다음과 같이 정리해 소개했다. (가) 아랍어의 이집트화를 위해서 구어체를 사용해야 한다고 한다. (나) 지식인들이 사용하는 구어체를 널리 사용해서 문어와 구어의 간격을 좁히자고 한다. (다) 고전아랍어를 지속시키면서 문법을 단순화하자고 한다. (라) 고전아랍어를 그대로 쓰자고 한다. 이와 같은 여러 주장이 맞서서 결론이 나지 않는다고 했다.

228) Sasson Somekh, *Genre and Language in Modern Arabic Literature*(Wiesbaen : Otto Harrassowitz, 1991), 39면.

229) Nada Tomiche, *Histoire de la littérature romaneque de l'Égype moderne*(Paris : G. -P. Maisonneuve et Larose, 1981), 123-128면.

250

인 예인데, 토속 재담의 묘미가 뛰어나 커다란 인기를 얻었다. 그러나 대다수의 극작가들은 한층 온건한 방법을 택해서 문어에다 구어를 곁들이는 '중간 아랍어'를 사용하고자 한다.

구어를 사용하는 시는 연원이 오래 된다고 한다.[230] 그렇지만 구어시는 구비시와 넘나드는 관계를 가지다가 사라졌다. 남아 있는 작품이 드물고, 연구가 충실하게 이루어져 있지 않다. 19세기에 이집트에서 나딤(Nadim)이 민중을 교화하기 위해서 신문에 실은 작품이 구어시를 의도적으로 시도한 선구적인 예로 평가된다.

구어시는 중국의 白話詩보다도 늦게 나타나고 영역이 좁다. 구어로 시를 쓰는 시인들이 없는 것은 아니지만, 널리 주목되지 않고 있으며, 문학사를 서술할 때 외면되고 있다. 20세기초에 활동한 이집트의 시인 알-툰시(Bayram al-Tunsi)는 재능 있는 솜씨로 구어시를 써서 대중의 사랑을 받았으나 문학사에 등장하지 못하고 있다.[231] 그러나 구어시를 쓰는 오늘날의 시인 가운데 이집트의 아흐마드 푸아드 니금(Ahmad Fuad Nigm)은 근래에 평가되기 시작해서, 연구서가 나왔다.[232] 〈조국의 아들〉이라고 한 작품의 한 대목을 들어, 어떤 시를 어떤 생각에서 쓰는지 알아알보자.

인사를 나눈 다음,
내 조국의 착한 아들들아,
앉아서 마음을 터놓고 이야기를 해보자.

---

230) Marilyn Booth, "Poetry in the vernacular", M. M. Badawi, *Modern Arabic Literature* (Cambridge : Cambridge University Press, 1992)에서 그 유래와 현황을 고찰했다.

231) Sasson Somekh, 위의 책, 67면.

232) Kamel Abdel-Malek, *A Study of the Vernacular Poetry of Ahmad Fuad Nigm*(Leiden : E. J. Brill, 1990)에서 그 시인을 논했다.

누구든지 들을 수 있게.

사랑스럽고 다정한 이집트,

모든 아들과 딸들의 어머니가

지금 어느 지경에 있는가?

어머니의 자식들은 어떻게 되어 있는가?

조국은 거친 바다에 떠 있는 배와 같아,

오른쪽에서도 왼쪽에서도 폭풍이 닥친다.[233]

이처럼 아랍민족 전체의 처지에는 관심을 두지 않고, 어머니라고 한 조국 이집트를 구할 아들을 찾는다고 하는 이집트민족주의의 노선을 천명했다. 시인의 고고한 자세를 버리고, 가까운 사람들끼리 모여앉아 이야기를 나누는 말투를 사용했다. 혁명적인 정열을 구어시로 나타내서 민중의 공감을 얻으려고 했다.

이집트시인들만 구어시를 쓰는 것은 아니다. 이라크의 알-카락시(Abbud al-Karaxi), 레바논의 라시드 낙슬라(Rasid Naxla) 같은 시인들도 구어시를 써서, 이집트시와는 다른 이라크시, 레바논시를 이룩하고 있다.[234] 다른 여러 나라에도 그런 시인들이 있을 것으로 생각된다. 나라마다 언어가 달라 문학을 별도로 마련해야 한다는 것이 막을 수 없는 추세이다.

구어를 손상되지 않게 살리려면 아랍문자가 불편하다. 구어에는 아랍어 철자로 적을 수 없는 발음이 많기 때문이다. 그래서 레바논의 시인 사이드 아클(Said Aql)이 1961년에 낸 시집에서는 아랍문자를 버리고 로마자를 사용해 음성 표기를 하는 새로운 실험을 했다.

---

233) 같은 책, 110면.
234) Sasson Somekh, 위의 책, 67면.

그렇게 하면 레바논어가 문학어로 독립된다. 그런데 반대론이 거세게 일어났으며, 그 뒤를 따르는 사람들이 없다.[235]

페르시아와 터키의 민족어문학

아랍문명권의 중간부에서 공동문어문학과 민족어문학이 어떤 관계를 가졌던가 살피는 데 가장 적합한 사례는 오늘날의 이란인 페르시아이다. 오랜 내력을 가진 고대의 문명국이고 강국인 페르시아가 아랍군에게 점령당해 이슬람교를 받아들이고 아랍어를 공동문어로 사용하면서 중세화의 길에 들어서지 않을 수 없게 된 것은 치욕이었다. 그러나 패배를 기회로 만드는 것이 마땅한 줄 알아, 이슬람문명의 가속적인 발전을 이룩하는 데 아랍인보다 한걸음 더 나아가서 대국적인 경쟁의 승리자가 되는 길을 찾았다.[236]

아랍어문학을 수준 높게 창작하는 데 적극적인 기여를 하는 한편, 자기네 언어를 잃지 않고 되살려 이슬람사상을 새롭게 구현하는 이중의 과업을 수행했다. 압바시드제국의 칼리파를 도와서 이슬람문명권의 수준을 최대한 높이는 데 주도적으로 참여하고서도, 순니파의 정통교리를 부정하고 예언자 무하마드의 진정한 후계자인 칼리파는 없어졌다고 하는 시아파의 주장을 내세우는 본고장이 되었다. 그렇게 해서 이슬람이 곧 아랍임을 부인하고, 아랍인이 타락시킨 이슬람을 순수하게 지키면서 더욱 높이 받든다고 자부하는 사람들이 페르시아인이다.

---

235) 같은 책, 69면.

236) I. P. Petrushevsky, Hubert Evans tr., *Islam in Iran*(London : Anthlon, 1985)에서 그런 양상을 다각도로 지적하고 논의했다.

　페르시아에서 공동문어문학과 민족어문학이 어떤 관련을 가졌던가 구체적으로 살피기 위해서 역사적인 경과부터 알아보자. 페르시아는 고대문명이 일어난 곳이고, 고대에 이미 기록문학이 풍부하게 이루어졌다. 그런데 7세기에 아랍인에게 점령당한 다음 얼마 동안은 페르시아문학이 사라졌다. 페르시아 작가들이 아랍어문학의 작품을 창작하기만 했다. 페르시아문학은 구비문학을 통해서 이어졌다. 그러다가 10세기에 페르시아문학이 다시 시작되었다. 그때부터 사용한 언어는 '새로운 페르시아어'(new Persian)이라고 해서 그 전의 언어와 구별한다.[237]

　'새로운 페르시아어'는 아랍화한 페르시아어이다. 아랍문자를 사용하고, 아랍어 어휘를 대량 받아들였을 뿐만 아니라, 언어구조 자체도 많이 달라져, 라틴어가 이탈리아어로 바뀐 것과 같은 결과에 이르렀다. 그 언어, '새로운 페르시아어'가 사회각층에서 모두 쓰이고, 다른 여러 민족이 받아들여 함께 사용해서, 이슬람세계 동쪽의 공용어가 되고, 또 하나의 공동문어의 구실을 하게 되었다.

　아랍인에게 점령당하고 동화된 다른 곳, 오늘날의 시리아, 이라크, 팔레스타인, 레바논, 요르단, 이집트 등지에서는 고유한 언어가 없어지고 아랍어를 자기네 언어로 삼게 된 것과 페르시아에서는 페르시아어를 보존한 것이 서로 다르다. 페르시아는 문화전통이 더 강하고, 지역이 넓어 동쪽의 변방이 페르시아어를 보존하는 배후지 구실을 한 점이 특별해서 그랬다고 할 수 있다. 그곳의 통치자들은 아랍어를 몰라서 페르시아어를 사용해야 했다. 재래의 종교를 지키려고 하는 소수의 조로아스터교도들은 페르시아어를 완강하게 보존

---

237) 지금부터의 논의는 주로 Jahn Rypka ed., *History of Iranian Literature*(Dordrecht : D. Reidel, 1968)의 Jahn Rypka, "History of Iranian Literature up to the beginning of the 20th Century"에 의거해서 이루어진다.

했다.[238]

페르시아어를 또 하나의 공동문어로 사용하도록 한 중심지 또한 동쪽이다. 그 근처의 터키민족이 자기 언어를 버리고 페르시아어를 사용하도록 할 만큼 강력한 영향력을 행사했다. 아랍화를 거치면서 페르시아어로 이룩하는 문화의 수준이 더욱 높아졌기 때문에 그럴 수 있었다. 페르시아어를 사용하는 터키민족의 한 갈래가 인도에 들어가서 무굴제국을 세웠다.[239]

이슬람제국이 다마스커스에 수도를 둔 우마야드제국에서 바그다드에 수도를 둔 압바스제국으로 바뀌면서, 페르시아문화의 전통이 아랍문화를 풍부하고 수준 높게 하는 데 적극적으로 이용되었다. 앞에서 아랍어문학사를 다룰 때 등장한 시인 아부 누와스와 철학자 가잘리가 모두 페르시아인이다. 타바리를 위시한 여러 페르시아인 역사가가 아랍세계의 역사를 서술하면서 페르시아에 관한 사실을 많이 등장시키고, 페르시아 서사시의 전통을 이었다. 그 밖에도 많은 아랍어 저술가들이 배출되어 아랍어문명 발전에 크나큰 기여를 했다. 특히 중요한 한 사람만 더 든다면, 의학서를 남긴 자연과학자이고, 철학자이며 시인인 11세기인 이븐 시나(Ibn Sina, Avicenna)가 있다.

아부 누와스, 타바리, 이븐 센나, 가잘리 등의 뛰어난 인재가 계속 나와서 다른 문명권에 대한 아랍어문명권의 우위를 확고하게 하는 구실을 했다. 라틴어문명권에서는 근대 실험의학이 등장하기 전까지 이븐 시나의 의학서를 기본교과서로 삼았다. 토마스 아퀴나스

---

238) G. Lazard, "The Rise of the New Persian Language", R. N. Frye ed., *The Cambridge History of Iran* 4(Cambridge : Cambridge Uiversity Press, 1975).

239) Annemarie Schimmel, "Persian Poetry in Indo-Parkistani Subcontinent", Ehsan Yarshater ed., *Persian Literature*(Akbany, New York : Bibliotheca Persia, 1988)에서 인도의 페르시아문학에 관해서 고찰했다.

는 가잘리의 영향을 받았다. 그처럼 아랍어문명 발전에 페르시아아인들이 크게 기여한 것은 산스크리트문명권 철학의 새로운 전개를 드라비다민족 계통의 남인도 사람들 나가르주나, 산카라, 라마누자 등이 주도한 것과 상통하면서, 자기네 문명권의 범위를 넘어서서까지 영향을 끼쳐 울림이 더 컸다.

'새로운 페르시아어'를 사용하는 아랍화 이후의 페르시아문학을 확립한 사람은 11세기초의 페르도우시(Ferdowsi)이다. 페르도우시는 아랍어문학의 위세에 눌려 쇠퇴한 페르시아어문학을 다시 일으키는 것이 자기 소임이라고 자부하면서, '마트나비'(mathnavi)라고 하는 재래의 對句 형식을 이용해서 민족서사시를 썼다. 서사시는 아랍문학에는 없고, 페르시아문학에서는 오랜 내력을 가진 자산이어서, 서사시를 쓴다는 것 자체가 민족문화 계승운동이었다. 그런데 각고의 노력 끝에 《왕들의 책》(Shah-nama)이라고 하는 장편서사시를 완성해서 자기네 군주에게 바쳤으나, 환영받지 못하고 방랑의 길에 올라야 했다. 머무를 곳을 찾지 못하고 방랑한 궁정시인의 한 본보기를 보여주었으며, 그 점에서 李白이나 무타납비와 상통한다.

《왕들의 책》은 인류역사를 페르시아를 중심으로 해서 다룬 방대한 구상을 갖추었다. 페르시아의 역사를 신화적인 기원에서 시작해 사산제국의 멸망까지 다루면서, 몇몇 영웅의 투쟁을 특히 자세하게 취급해, 영사시가 아니고 서사시일 수 있게 했다. 이슬람교 신앙이 일반화된 시대에 살면서, 선과 악의 투쟁이라는 페르시아사상을 재현해 조로아스터교를 이었다는 비난을 받았다. 그런 소재를 문헌을 통해서 수집한 것보다 구비전승에서 받아들인 것이 더 많았다.[240] 페르시아 서사시의 전통과 연결된 통로 또한 구비서사시였다.

---

240) Dick Davis, "The Problem of Ferdowsi's Sources", *Journal of American Oriental Society* vol. 116.1(1996).

그 작품에 등장하는 영웅 가운데 가장 뛰어난 인물은 로스탐 (Rostam)이다. 로스탐이 자기 아들 소흐라브(Sohrab)를 죽이지 않을 수 없었던 처참한 비극이 독자를 사로잡는다. 로스탐이 사냥을 하러 이웃 나라 투란(Turan) 땅에 들어섰다가 사랑하는 말 락흐슈 (Rakhsh)를 잃어버렸다. 말을 찾아 투란의 수도까지 가서, 그 나라 국왕을 찾아보고 도와준 데 대해서 감사했다. 그 나라 공주가 밤에 찾아와 인연을 맺게 되어, 만약 아들이 태어나면 전하라고 하면서 팔찌를 맡겼다. 그래서 태어난 자기 아들 소흐라브가 투란군의 장수가 되어 페르시아를 침공하고, 로스탐이 맞아 싸웠다. 소흐라브가 싸우다가 져서 죽어 넘어질 때, 두 사람이 부자관계임을 가까스로 알아차렸다.

로스탐의 최후를 그린 장면에 비극적인 상황이 요약되어 있다. 로스탐은 자기와 싸워서 심하게 다친 아들의 몸을 수습하기만 하고 죽음은 차마 자기 눈으로 보지 못해 외면하고서, 마지막의 소식은 다른 사람들이 전했다고 했다. 그 대목을 들면 다음과 같다.

로스탐은 하인에게 옷가지를 가져오라 하고,
강가로 가서 그 옷가지를 펴놓고서
소흐라브의 몸을 그 위에다 눕혔다.
그러고는 락흐슈를 타고 임금님에게로 향했다.
궁전 쪽으로 머리를 돌리고 달려가고 있는데,
재빨리 따라오는 사람들이 있어 소식을 전했다.
"소흐라브는 이 험한 세상을 떠났습니다.
이제 왕관이 아닌 당신이 마련해줄 관이 필요합니다.
'아버지'하고 외치며 차가운 바람에 숨을 몰아 쉬고
그 다음에는 크게 울더니 눈을 감고말았습니다."[241]

로스탐의 활약상은 영웅다움을 말해준다. 사랑을 이루고 용맹을 발휘하는 데 거리낌이 없는 영웅의 모습을 보여준다. 그러면서 로스탐은 자기 나라를 지키는 애국의 영웅이었다. 비록 알지 못하고 한 일이지만, 외적을 물리치고 나라를 지키기 위해서는 자기 아들을 죽이기까지 해야 했다. 페르시아인과 가까운 관계를 가진 이웃 민족의 나라 투란이 친선맹약을 파기하고 페르시아를 침공하는 것을 용납할 수 없는 만행이라고 단호하게 규정한다. 그것은 모든 외적에 대한 엄중한 경고이다. 페르도우시의 시대에 페르시아를 침공해 다스리는 아랍인들에게 대한 저항의 의지를 그런 방식으로 암시했다고 보아도 좋다.

그런 복합적인 상황을 조성하는 일련의 사태의 핵심을 이루는 로스탐이 자기 아들을 아들인 줄 모르고 죽인 사건은 그 자체로도 심각한 의미를 지닌다. 부자의 사이의 천륜이 잘못 맺어지고 부적절하게 확인되었다. 아버지뿐만 아니라 아들도 최대한의 능력을 지닌 영웅이어서 무엇이든지 할 수 있고, 힘을 합치면 어떤 역사적인 위업이라도 성취할 수 있을 것인데, 그럴 수 없었던 것이 영웅의 운명이고 인생의 한계이다.[242]

10세기부터 11세기초까지 '새로운 페르시아어'를 사용하는 문학은 동부페르시아의 궁정문학으로 성장했다.[243] 군주에 소속되어 군주를

---

241) Jerome W. Clinton tr., *The Tragedy of Sohrab and Rostam, from the Persian National Epic, the Shaname of Abol-Qasem Ferdowsi*(Seattle : University of Washington Press, 1987), 165면.

242) Olga M. Davidson, *Poet and Hero in the Persian Book of Kings*(Itaca : Cornell University Press, 1994), 128-141면에서 그런 취지의 논의를 전개했다.

243) Jerome W. Clinton, "Court Poetry at the Beginning of the Classical Period", Ehsan Yarshater ed., *Persian Literature*(Albany, New York : Bibliotheca Persia, 1988)에서 이에 관해 고찰했다.

찬양하는 궁정시인 노릇을 하는 것이 시인이 살아나가는 일반적인 방식이었다. 시형식은 페르시아 재래의 시형식과 아랍시의 형식을 함께 사용했다. 페르시아 재래의 시형식은 韻을 사용하지 않은 강약률이인데, 아랍시의 율격을 받아들여 韻을 사용하는 장단율이 등장했다.[244]

서사시는 페르도우시가 좋은 본보기를 보인 재래의 형식인 '마트나비'(mathnavi)라고 하는 對句를 사용했다. 서정시는 '로바이'(robai), '가잘'(ghazal), '카시다'(qasida)의 형식을 택했다. 그 가운데 4행시인 '로바이'(복수형은 rubaiyyat)는 페르시아시 특유의 형식이다. 다른 둘은 아랍시에서 가져온 것이다. '가잘'은 비교적 단형이다. '카시다'는 예찬시에 쓰이고, 공식화되고 고답적인 문체를 사용하며, 비교적 장형이다. 그 둘 가운데 '카시다'가 우세하다가, 12세기초에 이르러서 '가잘'이 더욱 긴요한 구실을 하게 되었다.

산문에서는 페르시아문학의 등장이 시보다 늦었다. 신학이나 철학의 글쓰기에서는 민족어로 하지 않고 공동문어를 사용한다는 원칙이 아랍어문명권권에서도 다른 문명권에서와 같이 통용되어, 페르시아어 산문의 성립을 지연시켰다. 페르시아의 역사가들의 역사서에서도 아랍어를 사용해서, 《왕들의 책》에 상응하는 산문역사서술은 이루어지지 않았다.

그러나 사상이나 역사의 문제를 다룬 페르시아어 글이 없었던 것은 아니다.[245] 이븐 신나도 가잘리도 아랍어와 함께 페르시아어로도

---

244) G. Lazard, "The Rise of the New Persian Language", R. N. Frye ed., *The Cambridge History of Iran* 4, 612–614면.

245) 지금부터 전개하는 페르시아어 산문에 관한 논의는 Julian Baldick, "Medieval Sufi literature in Persian Prose", George Morrisin et al., ed., *History of Persian Literature from the Beginning of the Islamic Period to the Present Day* (Leiden : E. J. Brill, 1981), 에 근거를 둔다.

글을 썼다.[246] 자기 문명권 전체의 보편주의 사상을 혁신한 다른 문명권의 주역인 朱熹, 라마누자, 토마스 아퀴나스는 모두 공동문어로만 글을 썼는데, 가잘리만은 공동문어와 민족어 두 가지 언어를 사용하면서 서로 다른 발언을 했다.

가잘리는 아랍어 저술에서는 정통이슬람사상과 수피사상을 함께 받아들여 조화를 이루려고 했는데, 페르시아 저술 가운데 주저인 《키미야-이 사아다트》(*Kimiya-yi Saadat*)에서는 수피사상을 적극적으로 옹호했다. 페르시아어로 쓴 서간문에서는 아랍어 저술에서 편 주장에 대한 반론이 발견된다. 가잘리의 형인 아흐마드 가잘리(Ahmad Ghazali)는 페르시아어로 글을 쓰면서 수피사상을 더욱 자유롭고 대담하게 전개했다. 페르시아어 글쓰기가 공식노선에서 벗어난 사상을 격식에 매이지 않고 나타내는 데 사용되었다.

페르시아어산문이 아랍어산문의 그늘에서 벗어나 크게 발전한 영역은 성자전이다. 이슬람교에서 크게 받드는 인물들의 전기를 모아 성자전을 편찬하는 일은 아랍어문학에서 먼저 시작했으나, 페르시아어문학에서 더욱 열의를 가지고 해서 아랍어문학을 능가하는 결과를 보여주었다. 페르시아의 위대한 성자들이 수피의 도리를 실천한 경지가 존경스럽다는 것을 보여준 성자전이 거듭 이루어졌다.

11세기의 성자-시인 아부 사이드(Abu Said)의 전기를 이름을 남기지 않은 동시대인이 쓰고, 후손인 무함마드 이븐 알-문아바르(Muhammad ibn al-Munavvar)가 12세기에 다시 써서 페르시아성자전의 본보기를 마련했다. 아부 사이드가 노래 부르고 춤을 추면서 상례에 벗어난 행동을 해서 수피의 진실을 나타냈다고 했다. 아랍인 성자들의 전기를 페르시아어로 번역하고 페르시아아인 성자들의 행적을

---

246) Seyyed Hussein Nasr, *The Islamic Intellectual Tradition in Persia* (Richmond : Curzon, 1996), 47-51면.

보태서 성자전을 집성하는 일은 11세기에 호즈위리(Hojwiri)가 먼저 하고, 그 뒤에 13세기초에 아타르(Attar)가 이어받아 《성자들의 기억》 (*Tadhkerat al-Auliya*)을 이룩했다.[247]

수피의 사상은 정통 이슬람신앙에 대한 반성과 비판으로 나타났다. 권위화되고 특권화된 신앙에 대해서 반대하고 진실을 다시 찾기 위해서 신과 스스로 대면해야 한다고 하면서 고행으로 가득찬 구도의 길에 나선 사람들이 수피였다. '수피'라는 말은 '양털'을 뜻한다. 구도자가 양털 한 장만 걸치고 사막에서 생활한다고 해서 그런 말이 생겼다. 수피는 박티와 상통하는 구실을 하고, 동아시아의 禪僧이나 士林과도 상통한다. 어느 문명권에서든지 그런 사람들이 있어서 중세후기 사상을 새롭게 마련했다.

수피의 신앙혁신운동은 아랍인들이 먼저 일으켰으나, 페르시아에서 더욱 확대되고 심화되었다. 그 점은 타밀이 박티 운동의 진원지인 것과 비교해서 논할 만하다. 박티운동은 타밀에서 시작해서 인도의 중원지방으로 전파되었다. 수피운동은 페르시아에 이르러서 발전이 최고도에 이르렀다. 그런 차이점이 있지만, 타밀과 페르시아가 중세후기사상을 마련하는 데 주동적인 구실을 한 점은 서로 같다.

내란과 몽골의 침입 등으로 생긴 사회불안이 수피사상에 열의를 가지게 하는 계기가 되었다. 그런 시련을 페르시아가 먼저 겪어 사상의 전환을 적극 이룩했다고 할 수 있다. 이른 시기 페르시아시는 종교에 관심을 보이지 않았다. 그러나 아랍화를 겪고난 뒤에 아랍어문학보다 앞서서 새로운 종교문학을 일으켰다. 밖에서 닥쳐온 영

---

247) A. J. Arberry tr., *Muslim Saints and Mystics, Episodes from Tadhirat al-Auliya* (*Memorials of the Sints*) *by Farid al-Din Attar*(London : Routeledge and Kegan Paul, 1966)가 있어 그 내용을 알 수 있다. 《문명권의 동질성과 이질성》의 〈성자전〉에서 이에 대해 구체적으로 고찰한다.

향을 자기 것으로 해서 시대변화를 앞질러나가는 창조적인 결단을 내린 결과가 그렇게 나타난 전환이다. 그래서 페르시아아인이 아랍어시를 지을 때 도달하지 못한 성과를 페르시아시에서 이룩했다.

절대자의 은총에 일방적으로 의존하려고 하던 원래의 수피사상에서 벗어나, 누구나 자기 나름대로의 각성에 의해 진실을 찾을 수 있다고 하는 새로운 길을 페르시아에서 열었다. 페르시아인 성자들이 그렇게 하는 데 모범을 보였다고 성자전을 엮어서 알려주고, 내면적인 깨달음의 높은 경지를 보여주는 시를 지어 수피사상을 더욱 확대하고 심화했다. 아랍인들에게 정복당해서 중세화를 강요당한 페르시아에서, 수피의 성자전뿐만 아니라 수피의 시에서도 아랍문학의 침체상을 극복하고 새로운 활로를 찾았다.[248] 성자전과 시 양면에서 새로운 사상을 나타내면서 페르시아문학은 중세후기문학으로 들어섰다.

중세후기에는 아랍어문학보다 페르시아어문학이 더욱 활기를 띠었다. 신앙혁신운동을 일으킨 수피의 문학은 페르시아문학에서 주도했다. 산스크리트문명권에서는 중세전기의 공동문어문학을 대신할 중세후기의 민족어문학을 산스크리트 자체의 분화에서 생겨난 힌디어문학에서 제공하고 카비르 같은 시인이 그 주동자가 되었는데, 아랍어문명권에서는 힌디어와 같은 언어가 생겨나지도 않았다. 카비르와 같은 구실을 하는 시인들이 아랍어문명권에서는 '다른 언어 공동문어-민족어의 양층'의 관계를 가지는 페르시아에서 나타났다. 페르시아어문학은 문명권의 중간부에서 공동문어문학의 일방적인 독주를 제어한 문학이라는 점에서 한국문학이나 타밀문학과 상

---

248) 페르시아 수피의 시의 새로운 경지에 관해서 Reuben Levy, *Introduction à la littérature persane*(Paris : G. -P. Maisonneuve, 1973)의 "V. Le soufisme" 장에서 밝혀 논했다.

통하지만, 그 구실을 더욱 적극적으로 수행했다.

시가 내면적 진실성을 찾는 인생철학에서 천하만물의 이치를 다 서술하는 백과사전적인 거편을 이룬 것이 그 구체적인 성과이다. 그런 작품은 광범위한 민중과 연결되고, 구비문학을 받아들였다.[249] 수피문학을 통해서 페르시아어문학이 자기 민족의 주체성을 살리면서 이슬람세계 전체를 지도하는 위치를 차지했다. 중세보편주의를 독자적으로 구현해서 보편주의 자체를 혁신했다.

위대한 수피시인이라고 칭송되는 12세기의 사나이(Sanai)는 궁정시인의 지위를 버리고 일생동안 세상에서 벗어난 구도자로서 살아갔다. 그러면서 금욕주의와 신비주의 인생철학을 설득력 있게 구현했다. 융통성 있게 규정된 자유로운 주제를 성자들의 생애에서 가져온 비유나 일화를 곁들여 나타냈다. 그 좋은 예인, 원어명의 약칭을 《하디카》(Hadiqa)라고 하는 《진리의 정원과 처세의 법칙》을 1만 개의 對句로 지어, 10장으로 나누고서, 신, 예언자, 이성, 신비적 직관, 천국, 철학, 사랑, 자기 시대의 세상 형편 등에 관해서 광범위하게 고찰했다.

위에서 성자전의 저자로 이미 든 13세기초의 아타르(Attar), 그리고 13세기의 루미(Rumi)도 인생철학에 대한 다각적인 성찰을 갖춘 교술시의 거편을 창작해서 페르시아어문학을 더욱 풍부하게 했다. 아타르는 수많은 종류의 새들이 자기네 군주인 봉황을 찾아가는 여행기로 꾸민 장시 《새들의 회합》(Manteq al-Tair)에서 진리 탐구의 과정을 우의적으로 표현했다. 루미의 장시 《정신적인 二聯句》(Mathnawi-i Ma'nawi)는 진리에 관한 다각적인 논의를 갖추어 문명의 백과사전의 구실을 하는 내용이다. 그렇지만 책을 읽어서 얻는 지식을 전한다

---

249) 같은 책, 237면.

고 하지 않고 자기 스스로 깨달아 말할 따름이라고 하면서 다음과
같이 말했다. 수피의 선언문이라고 할 수 있는 말이다.

  수피의 책에는 먹도 글씨도 없고,
  눈처럼 흰 마음씨만 거기 있도다.
  붓을 휘두르는 자들은 박식하게 따지는데,
  수피는 무얼 하는가? 자기 발로 걸어다니네.[250]

  그 뒤의 페르시아어문학은 수피의 구도정신을 가지고 현실을 비
판하는 방향으로 나아갔다. 13세기 후반의 사디(Sadi)는 실제 생활에
깊은 관심을 가지고, 도덕적 허위를 바로잡는 작품을 썼다. 흥미로운
일화를 들고 시로 요약하면서 논평하는 특이한 수법을 사용한 《장
미의 화원》(*Gulistan*)에서 그 작업을 아주 성과 있게 수행했다. 그 한
대목을 들어보자.

  어떤 폭군이 은자에게, 어떤 식으로 예배를 드리는 것이 가장 좋은
  것이냐고 물었다. 은자는 이렇게 말해 주었다. "가장 좋은 것은 폐하
  가 그저 반나절쯤 주무시는 것입니다. 그 동안이라도 백성들이 해를
  입지 않게 말입니다."

  폭군이 반나절 잠자는 것을 보고
  나는 말했다네 "그런 혼미한 상태가 잠에서 깨는 것보다 낫구나"
  깨어 있을 때보다 잠자는 것이 더 나은 인간은
  그런 못된 삶을 사느니 죽는 편이 낫네.[251]

---

250) Reuben Levy, 위의 책, 82면.

시인이 군주를 이렇게까지 풍자하는 것은 흔한 일이 아니고, 쉬운 일도 아니다. 그런데 작품 속의 은자처럼 아무 것도 바라지 않는 순수한 마음에서 세상일을 살피면 모든 잘못을 시비할 수 있다고 했다. 권력에 도취한 자들 뿐만 아니라 부유하다고 뽐내거나 학식이 많다고 자랑하는 자들도 용서하지 않고 비판했다. 그것은 다른 데서 볼 수 없는 특이한 일이다. 중세의 거의 모든 종교가 공통되게 세속에서 벗어난 상태에서 다시 벗어나야 하는 出出世間의 길을 제시했지만, 이슬람교가 그렇게 하는 데 단연 앞서고, 페르시아 수도자 시인이 이처럼 그 최상의 본보기를 보였다.

그런 전통이 페르시아 특유의 풍자시로 이어졌다.[252] 페르시아의 풍자시는 세상의 잘못을 시비하고 야유하는 풍자시 일반의 특성을 아주 잘 구현해서 세계 풍자시의 역사에서 특히 두드러진 위치를 차지했다. 그런 풍자시에는 몇 가지 경향이 있었다. 개인적인 이유에서 상대방에 대해 빈정거리고, 욕하고 하는 등의 야비한 언사를 늘어놓아 헐뜯는 작품도 있었지만, 군주를 풍자한 작품은 그렇지 않고 정치를 바로잡고자 하는 사명감의 소산이다. 군주에 대한 예찬시에서 시작된 페르시아시가 군주에 대한 풍자시로 바뀐 것은 주목할 만한 변화이다.

군주는 함부로 풍자할 수 없으므로, 적절한 방법을 찾아야 했다. 군주를 예찬하는 것처럼 말하면서 비꼬는 말을 넣어 반어를 만드는 것이, 피해는 받지 않고 효과는 거두는 좋은 방법이었다. 아타르의 작품에서 그 좋은 본보기를 하나 든다.

---

251) 사아디, 김남기 역, 《장미의 화원》(서울 : 정신세계사, 1990), 45면.

252) Paul Sprachman, "Persian Satire, Parody and Burlesque", Ehsan Yarshater ed., *Persian Literature*(Akbany, N. Y. : Bibliotheca Persia, 1988) ; Hasan Javadi, *Satire in Persian Literature*(London : Associated University Press, 1998)에서 이에 대해 고찰했다.

어떤 미친 녀석이 술에 취해
임금님의 용상에 올라갔다가,
경비하는 군사들에게 잡혀서
피터지게 얻어맞으면서
입을 열어서 한다는 수작이,
"이 세상을 다스리는 임금님이시어,
나는 잠시 용상에 앉았다가
이렇게 얻어터졌는데,
평생토록 용상에 앉아 있어야 하는 당신은
사지가 찢어지지 않을까요?
나는 잠시 동안의 죄과를 치루었지만,
당신은 어떻게 감당하오리까?"[253]

그 뒤에 14세기의 자카니(Zakani)는 몽골 통치하의 페르시아 지배층의 타락상을 비판하했다. 산문에다 시를 이따금 삽입한 《귀족들의 윤리》(*Akhaq al-asraf*)를 써서, 귀족이라는 사람들이 마땅히 지켜야 할 도리를 버렸다고 나무랐다. 지혜, 용기, 순결, 정의, 관용 등의 덕목을 열거하면서, 그것들마다 지금은 찾아볼 수 없게 된 "폐기된 관습"과 세상에서 널리 통용되고 있는 "채택된 관습"을 대조해서 보여주는 방식을 사용했다. "채택된 관습" 대목에서 그릇된 세태를 나무라는 말을 바로 하지 않고, 악덕이 마땅한 도리라고 하는 반어적인 발언을 해서 풍자의 효과를 높였다. 정의에 관한 대목에서 다음과 같이 말했다.[254]

---

253) Hasan Javadi, 같은 책, 106면.

254) Obeyd-e Zakani, Hasan Javadi tr., *The Ethics of the Aristocrats and Other Satirical Works*(Piemont, California : Jahan, 1985), 39면.

정의를 실행하며, 아랫 사람들을 때리고, 죽이고, 벌금형에 처하는 일을 자제하며, 술에 취해 으르렁대며 아랫 사람들을 꾸짖지 않은 상전은 아무도 두려워하지 않는다. 그런 임금에게는 신하들이, 그런 어버이에게는 자식들이, 그런 주인에게는 노예들이 복종하지 않는다. 그 때문에 나라 전체가 혼란에 빠진다. 그래서 이런 말이 있다.

왕들은 한 사람의 신하를 얻기 위해
백 사람의 신하를 희생시켜야 하느니라.

그런데 15세기부터는 페르시아어문학이 전반적으로 위축기에 들어서자, 풍자시도 쇠퇴했다. 페르시아어문학이 위축되었다는 것은 전래된 관습을 고수하고 혁신이 없었다는 말이다.[255] 그렇게 된 이유는 여러 가지 논란이 있어 아직 분명하지 않으나, 시아파 교리의 종교적 엄숙주의가 지배적인 영향력을 행사해서 시인의 창작행위를 평가절하한 것이 가장 큰 이유라는 견해가 유력하다. 정치에 대해서는 풍자로 맞섰으나, 종교에 대해서는 그럴 수 없었다.

그러다가 19세기 중엽에 이르러서 풍자시가 되살아났다. 소책자와 신문에 실리는 풍자문에서도 풍자정신이 이어졌다.[256] 페르시아문학은 오늘날까지 정치의 부정에 항거하는 의지를 강렬하게 나타내고 있다. 1970년대말에 파흘라비왕조를 무너뜨리고 이슬람공화국을 세우는 혁명을 할 때 문인들이 투쟁의 선두에 서서 예언자 및 선동자의 구실을 적극 수행한 것이 그 때문이다.[257]

---

255) 같은 책에 수록된, Ehsan Yarshater, "The Indian Style : Progress or Decline"에서 이에 관해 고찰했다.
256) 같은 글, 128면에서 그렇게 말하고서, 침체기가 있었던 이유에 관해서는 고찰하지 않았다.

페르시아 본고장에서 15세기 이후에 오랫동안 페르시아어문학이 침체기에 들어섰을 때, 인도아대륙에 페르시아어문학이 이식되었다.[258] 인도아대륙에 들어간 이슬람교도들은 터키민족에 속하지만 페르시아어를 모국어로 했다. 이슬람교도이므로 아랍어를 공동문어로 해서 아랍어문학도 했지만, 자기네 모국어인 페르시아어를 제2의 공동문어로 삼아 문학창작에서 널리 사용했으며, 터키어로 쓴 글도 더러 있다.

인도아대륙에 페르시아어문학이 등장한 것은 12세기 델리(Delhi)의 술탄왕조 시대에서 비롯했다. 터키인 아버지와 인도인 어머니 사이에서 태어난 14세기의 시인 코스로우(Amir Khosrow)는 세련된 페르시아어를 사용해서 군주를 찬양하고 당대의 일을 다루는 시를 썼으며, 아랍어시도 지었다. 16세기에 무굴제국을 창설한 군주들은 페르시아에서 많은 문인을 초빙했다. 페르시아문인들에게 인도는 새로운 희망의 땅이었다.

전래된 격식에 매이지 않고 자유로운 표현을 하는 페르시아어문학의 새로운 경향이 인도에서 나타났다. 17세기의 카림(Karim)은 자기 시대에 일어난 정치적인 사건을 시로 다루었다.[259] 18세기초의 비델(Bidel)은 신비적인 착상을 오묘하게 표현해서 코스로우 이후의 최대 시인이라고 평가되었다.[260] 19세기말에서 20세기초에 걸쳐서 활동

---

257) M. R. Ghanoonparvar, *Prophets of Doom, Literature as a Socio-political Phenomenon in Modern Iran* (Lanham, Maryland : University Press of America, 1984)에서 이에 대해 고찰했다.

258) Ehsan Yarshater ed., *Persian Literature*에 수록된 Annemarie Schimmel, "Persian Poetry in Indo-Parkistani Subcontinent"에서 인도아대륙의 페르시아어문학에 대해서 고찰했다. 인도아대륙 이슬람문학의 전체적인 모습은 Annemarie Scheimmel, *Islamic Literatures of India* (Wiesbaden : Otto Harrassowitz, 1973)에서 총괄해서 논했다.

259) 같은 글, 415면.

260) Z. Safa, *Anthologie de la poésie persane, XIe-XXe siècle* (Paris : Gallimard, 1964),

한 이크발(Iqbal)은 인도페르시아어문학의 최후를 장식했다. 페르시아어와 우르두어 두 가지 언어를 사용해서, 이슬람사상을 새롭게 해석해서 시대적 각성의 원천을 삼고, 영국의 침략을 통렬하게 풍자하고 비판하는 시를 풍부하게 창작했다.

터키민족은 중국의 서북부에서 유럽의 남부까지 유라시아대륙 광범위한 지역에 자리잡고 살면서 여러 갈래로 분화되어, 다양한 문학을 산출했다. 구비문학을 풍부하게 간직했으며, 그 가운데 특히 영웅서사시는 세계 전체의 유산 가운데 가장 방대하고, 오랜 기간 이어져온 모범사례여서 대단한 의의를 가진다.[261] 고대영웅서사시의 유산인 《알파미슈》(*Alpamysh*), 《마나스》(*Manas*) 같은 것들을 오늘날까지 장편으로 전승하고 있으며[262], 중세서사시로 재창조한 《코르구트》(*Qorgut, Korgut*), 중세에서 근대로의 이행기에는 반역의 영웅을 등장시킨 《쾨로글루》(*Köroglu*)도 있어, 터키민족군의 서사시는 아주 다양하고 풍부하다.

그 가운데 《코르구트》는 9세기에서 11세기 사이에 형성되었으리라고 추정되며, 16세기에 기록되었다고 인정되는 필사본이 전해져 기록문학의 영역에 들어섰다고 인정된다.[263] 영웅서사시 12편을 모아서 책을 엮고, 부록 한 편을 보탠 특이한 구성을 하고 있다. 그렇게 해서 이슬람교를 받아들여 중세화에 들어선 시기 영웅들의 투쟁을 다양하게 보여주면서, 용맹 못지 않게 지혜의 소중함을 말하고 있다.

297-299면.

261) Karl Reichl, *Turkic Epic Poetry, Traditions, Forms, Poetic Structure*(New York : Garland, 1992)에서 그 전체를 개관하려고 했으나, 자료를 풍부하게 들지 못하고, 작품론이 자세하지는 않다.

262) 그 가운데 《마나스》에 관해서 《동아시아 구비서사시의 양상과 변천》, 313-327면에서 자세하게 고찰했다.

263) Karl Reichl, 위의 책, 43-44면.

‘할아버지’를 뜻하는 ‘데데’(Dede)라는 호칭이 붙은 코르구트는 이슬람교의 수도사인데, 서로 다른 여러 사건에 출현해서 개별적인 서사시를 연결시키는 구실을 한다. 코르구트를 주인공으로 한 서사시가 아니고, 코르구트가 관여하고 보고한 사건들로 이루어진 서사시라는 뜻으로 《코르구트》서사시라고 한다. 첫번째 서사시에서 디르세 칸(Dirse Khan)이라고 하는 군주의 아들이 싸워서 황소를 죽이는 위업을 이룩하자, 그 아이를 아버지에게 데리고 가서 다음과 같이 노래했다고 하는 데서 코르구트가 어떤 구실을 했는가 쉽사리 확인할 수 있다.[264]

  오 디르세 칸이시여, 이 아이를 세자로 삼으소서.
  관을 내려주소서, 받을 만한 자격이 있나이다.
  목이 긴 아랍산 군마를 내려주소서,
  지략이 뛰어나, 타고나설 수 있나이다.

이런 말로 시작되는 노래를 코르구트가 부르는 것을 듣고서 아버지 디르세 칸은 그 아들을 세자로 삼아, 세자의 관을 내렸다고 했다. 영웅이 영웅다운 행동을 했어도 코르쿠트가 확인하고 평가하는 절차를 거쳐야 비로소 공식적으로 인정되었다는 말이다. 그런 구실을 하는 코르구트는 군주에게 가르침을 베푸는 정신적 지도자이고 공인된 기록 담당자이다.

  코르구트를 ‘할아버지’를 뜻하는 ‘데데’로 일컫는 것은 지혜로운 사람에 대한 존칭이면서 실제로 나이가 아주 많기 때문이다. 코르구트는 나이가 몇백 살이 될 때까지 계속 출현한다. 이슬람교의 지

---

264) Geoffrey Lewis tr., *The Book of Dede Korgut* (London : Penguin Books, 1974), 31면.

혜가 일관성을 가지고 역사에 깊숙히 개입하는 것이 마땅하다고 하는 생각을 그런 방식으로 나타냈다. 영웅서사시 12편이 끝난 다음에 부록처럼 첨부한 마지막 한 편은 〈데데 코르구트의 지혜〉에 관한 것이다. 코르구트가 군주를 위해서 가르침을 베푼 말을 모아놓았다. 거기서는 이슬람 신앙의 중요성을 역설하고 정치를 하는 원리를 종교에서 찾으라고 했다.

그렇게 해서 무력에 대한 정신, 정치에 대한 종교, 군주의 통치에 대한 보편적 이상의 우위를 확인했다. 고대서사시를 중세서사시로 재창조하는 탁월한 방법을 이 작품에서 찾을 수 있다. 페르시아의 《왕들의 책》에서는 아직 적지 않게 남아 있는 고대서사시의 유산에 대한 미련을 크게 떨쳐버리고 영웅들의 투쟁을 중세문명의 세계관 속에서 다시 서술한 것이 특기할 만한 사실이다.

《코르구트》 서사시 같은 것이 기록되기는 했어도, 기록문학을 발전시키는 과정은 순조롭지 못했다. 터키민족은 유목생활을 하면서 전투에 능해 세력을 크게 떨치고, 영웅서사시에서 자랑하는 승리의 역사를 창조해온 반면에, 정착해 문자문명을 발전시키는 데는 관심이 적었다. 민족 전체가 한 나라를 이룬 일은 없고, 여러 지역에 흩어져 살면서 각기 다른 나라를 이룬 개별민족이 그 나름대로 주어진 조건에 따라 기록문학을 가꾸어왔다.

처음에는 한 가닥이었던 터키민족이 오랜 시간이 경과하는 동안에 터키민족군으로 분화되어 각기 다른 문학을 이룩했다. 구비문학과 기록문학을 함께 다루면서 터키민족군 전체의 문학을 총괄해서 고찰하는 작업은 아직 제대로 이루어지지 않았으므로,[265] 힘들게 시

---

265) Alessio Bombaci, I. Melikoff tr., *Histoire de la littérature turque*(Paris : C. Klincksieck, 1968) ; Fahir Iz, "Turkish Literature", P. M. Holt and others ed., *The Cambridge History of Islam vol. 2B*(Cambridge : Cambridge University Press, 1970) ; Raymond

도하지 않을 수 없다. 각기 제한된 측면에 관해 고찰한 논저를 필요한 대로 이용하고, 다른 자료를 보태서 터키민족군문학의 전모를 대강 파악하려고 한다.

기록문학의 가장 오랜 유산은 오늘날의 몽골 땅에 남아 있는 8세기의 비문이다. 그 비문에서 민족의 자주성을 드높인 역사를 독자적인 문자를 사용해서 기록했다. 그때 유목생활을 하면서 突闕제국을 세운 터키인은 중국인과 경쟁하지 않을 수 없어 글을 써서 비석을 세울 필요가 있었다고 생각된다. 비석 가운데 하나는 한 면을 한문으로 썼다. 그렇다고 해서 한문문명권에 들어간 것은 아니다.[266]

터키인은 광범위한 지역에서 여러 종교와 접촉하다가, 이슬람교를 최종적으로 선택했다. 그 과정에서 여러 종교의 문자문명을 다양하게 받아들였다. 9세기에서 12세기 사이에 위그르 지방의 터키민족은 갖가지 종교를 믿고, 여러 문자를 사용해서 각기 자기 나름대로의 종교문학을 산출했다. 11세기의 마흐무드 카슈가하리(Mahmud Kashghari)가 재래종교와 이슬람교의 갈등을 다룬 글이 특히 소중하게 평가된다. 이슬람 이전의 서사시나 전설의 단편들을 간직하고 있어서, 이미 사라지고 없는 유산에 대한 소중한 증거를 제공하는 점이 특이하다.

이슬람교를 받아들인 시기는 11세기이다. 그때 페르시아를 통해 이슬람교를 수용하고, 아랍어 경전을 공부하면서, 아랍문자를 사용해 자기네 언어를 표기하기 시작했다. 그러나 문학에서는 아랍세계

Queneau dir., *Histoires des littératures I* (Paris : Gallimard, 1977)의 Louis Hambis, "Littérature turques de Haute Asie", Louis Bazin et Paul Dumont, "Littérature turque" 등의논저에서 터키문학을 다룬 내용을 이용해서 이 글을 쓴다.
266) 이에 관해서는 다음 책 《문명권의 동질성과 이질성》의 〈금석문〉에서 자세하게 고찰한다.

보다 페르시아 쪽을 더욱 선호했다. 아랍어문학보다 더욱 활발하게 창작되고 있는 신흥 페르시아어문학을 이슬람문학의 모범으로 삼았다. 터키시의 음수율과는 이질적인 장단율을 페르시아시에서 받아들였으며, '카시다', '가잘', '마트나위' 같은 시형을 차용했다. 이슬람화된 이후의 터키어문학은 동서 두 곳이 서로 다른 길을 가게 되어, 별도로 고찰할 필요가 있다.

동부터키는 문명권의 중심부에서 가까운 곳이고, 서부터키는 먼 곳이다. 그런데 동부터키어가 먼저 서사어로 사용되었다. 문명권의 변방에서 독자적인 언어를 사용하고자 하는 요구가 더 강한 것이 상례이기 때문에 그랬다고 생각된다. 카슈가르(Kashghar)를 중심으로 한 지역에서 위구르어를 기본으로 한 동부터키의 서사어 '하카니예'(Hakaniye)가 생겨나서 널리 사용되었다. 그 언어는 오스만 투르크 이동 지역 터키민족들에게서 널리 애용되는 공동의 문학어 노릇을 하다가, 각 지역의 언어가 문학어로 각기 등장하는 19세기 말에 이르자 사용이 중단되었다.

동부터키어를 문학어로 사용한 작품 가운데 지금 남아 있는 첫번째 것은 12세기 사람 유수프(Yusuf)의 《행복을 주는 지식》(*Kutadgu bilig*)이다. 통치자가 신하들과 도덕적·종교적 이상을 논한 정치 논설이다. 작자는 그 글을 카슈가르의 술탄에게 헌정하고, 재상으로 발탁되었다. 12세기에 아디브 아흐메드(Adib Ahmed)는 이슬람교의 도덕에 관한 전반적인 지침을 시로 나타낸 《아야트 알-하카이드》(*Ayat al-haqaid*)를 썼다. 《쿠란》이 터키어로 번역된 것이 그 무렵의 일이다.

13세기 이후에는 문명권의 보편주의를 독자적으로 구현하려는 움직임이 두드러지게 나타났다. 쿠트브(Qutb)의 《쿠스류 우-시린》(*Khusru u-Shirin*)은 이슬람교의 진리를 다각도로 집성한 작품인데, 토착문화에서 가져온 요소가 풍부하며, 민중의 언어와 가까운 문체를 사용한 점이 크게 주목된다. 티무르제국의 중심지에서 15세기에 발전한 문학이 대단한 수준에 이르러서 동부터키 전역 및 인도에까지 전파되었다. 그 시기 대표적인 시인 나바이(Navai)는 이슬람문학의 공통적인 주제를 개성적이고 독창적인 방법으로 표현해서, 터키어의 아름다움을 발현했다. 페르시아어와 터키어를 비교하면서 터키어의 우수성을 입증하는 논의를 폈다.

중앙아시아 초원지대의 터키인들은 구비서사시를 자랑스럽게 전승하면서 기록문학보다 구비문학을 더욱 소중하게 여겼다. 그런 전통을 이어 새로운 시를 창작하는 것이 자연스러운 일이자 광범위한 호응을 얻을 수 있는 방법이었다. 떠돌이 장님이었다고 하는 17세기 우즈베키스탄 시인 마츠라브(Machrab)의 노래가 구전되다가 19세기에 이르러서 기록된 것들이 그 좋은 본보기이다. 그 한 대목을 들어본다.[267]

나는 기괴하게 미친 사람이라 초원에도 사막에도 머무르지 못한다.
내 마음은 이 세상 어디에도 자리잡지 못하는 불 붙은 강물이다.

황홀한 경지에 이른 나는 내 안에 있기도 하고, 내 밖에 있기도 한다.
어리석은 짓을 하다가 황홀해져, 예절이란 것을 따르지 않는다.

작품에 제목이 없다. 서두에 일화를 하나 들고, 그 다음에 시를 내놓는 방식으로 새로운 작품이 시작되었음을 알린다. 이 시 앞의 일화에서 마츠라브가 옷을 벗어던지고 호수에 뛰어드는 것을 보고, 호수가에서 잔치를 하고 있던 사람들이 마츠라브의 어머니에게 알

---

267) Machrab, *Le Vagabond flamboyant, anecdotes et poèmes soufis*(Paris : Gallimard, 1993), 19면, 20면.

렸다고 했다. 어머니가 달려와 기괴한 행동을 나무라면서 "나는 너를 이렇게 키우지 않았다"고 하자, 마츠라브가 대답했다고 하는 말이 시로 이어지면서 공연히 기괴한 짓을 하는 것은 아니고 깊은 이유가 있다고 했다. 그 가운데 두 토막을 따온 위의 인용구만 보아도, 모든 집착에서 벗어나서 진실을 탐구하는 '수피'의 정열을 노래했음을 알 수 있다.

투르크멘의 문학은 18세기에 이르러서 독자적인 모습을 갖추었다. 그 시기의 대표적인 시인은 메크툼쿨리(Mäkhtumquli)는 자기네 민요에 기본을 둔 창작시를 다양하게 지어, 서정적이고, 신비적이고, 애국적인 기풍을 함께 보여주었다.[268] 문자를 사용해서 지은 시가 구전을 통해 널리 퍼져나가 투르크멘인들 사이에서 크게 환영받았으며, 다른 인접 언어로 번역되어 애송되기도 했다. 지금 수집되어 있는 시가 8백여 편에 이른다.

메크툼쿨리의 생애가 불우해서, 깊은 감동을 주는 시를 지었다. 학식이 있어 훈장 노릇을 하는 위치에 있으면서도 대장장이의 물품을 교역하는 일에 종사하면서 생계를 보태야 했다. 사랑에 실패하고, 몇 차례 투옥되는 시련도 겪으면서 삶의 쓰라림을 경험했다. 페르시아의 침공으로 빚어진 민족적 시련 때문에도 괴로워했다. 다음과 같은 시구에 복합적인 의미를 가진 탄식이 나타나 있다.[269]

아름다운 대지에서 행운이 사라지고, 영웅들은 겁쟁이가 된다.
겁쟁이에게 거는 말은 영웅에 대한 농담이다. 제왕은 힘이 없다.

---

268) Walter Feldman, "Interpreting the Poetry of Mäkhtumquli", Jo-Ann Gross ed., *Muslims in Central Asia, Expressions of Identity*(Durham : Duke University Press, 1992).
269) 같은 글, 같은 책, 176면.

모든 아름다움은 완전하지 못하고, 반드시 흠집이 나 있다.

여인의 가슴 안쪽을 보아라. 그곳에 피가 엉켜 있지 않으냐.

서부터키어문학은, 그 중심세력인 셀주크 투르크가 오랫동안 페르시아어를 공용어로 사용한 탓에 동부터키의 경우보다 2세기쯤 늦어 13세기에 시작되었으며, 페르시아어문학과 더욱 근접한 관계를 가졌다. 문명권의 중심부에 가까운 곳에서는 그럴 수밖에 없다고 하겠으나, 근접의 정도가 특히 심하다. 페르시아어문학과의 친소관계에 따라서 서부터키어문학은 몇 층위로 나누어져 있었다. 공동문어문학과 밀착된 민족어문학에서 흔히 찾을 수 있고, 타밀문학에서 좋은 본보기가 보이는 현상을 더욱 뚜렷하게 나타냈다.

먼저 시를 보자. '상층시'는 페르시아시의 모형을 따르며 그 율격을 사용해서, 재래의 음수율을 지키는 '하층시'와 구별되었다. '상층시'는 구어와의 거리가 어느 정도인가에 따라서 다시 나누어졌다. '하층시' 아래에 민요가 있었다. 그 층위가 여럿이었다.

13세기후반에서 14세기초에 걸쳐 몽골군이 지배하는 아나톨리아 지방에 살았던 수피 시인 유누스 엠레(Yunus Emre)는 '상층시'의 시인이 될 수 있는 교양을 풍부하게 지녔다. 이슬람교리를 널리 학습하고, 페르시아시인 루미를 애독해 영향받았으며, 《충고에 관한 논의》(*Risalat an-Nushiyya*)라고 하는 장편교술시를 지어, 사람이 살아가는 마땅한 자세에 관해 다각도의 고찰을 했다. 그런데도 무식한 사람이라고 알려진 것은 '하층시'의 경향을 두드러지게 보였기 때문이다.

아랍시 및 페르시아시에서 온 장단율과 터키 재래의 음수율을 둘다 사용했는데, 뒤의 것으로 지은 시가 더욱 널리 알려졌다. 먼 시골까지 돌아다니는 방랑자가 되어 하층민의 일상생활을 노래하는 시를 지어 읊어 구두로 전달했다. 그 계열 작품의 한 대목을 들어본다. "타둑"(Taduk)이란 자기가 섬기는 정신적인 스승이다. 스승의 정신을 누구에게 어떻게 전했는가 다음과 같이 노래했다.

우리가 찾아간 여러 고장, 사랑스럽고 순수한 마음을 간직한 이들에게,
타둑이 가르친 내면의 진리를 만백성에게 전해준다. 신이여 찬양을 받으소서.

그대가 낯선 사람이면, 여기로 와서 평화스럽게 지내자, 서로 사귀자.
말에다 안장을 얹었으니, 우리 떠나가기로 하자. 신이여 찬양을 받으소서.

우리는 겨울 동안 우리 고장에 머무르면서, 좋은 일도 나쁜 일도 하다가,
봄이 되돌아오면, 다시 움직인다. 신이여 찬양을 받으소서.

봄이면 봄마다 우리는 함께 모여들어, 강물처럼 늘어난다.
우리는 바다로 흘러간다. 넘치면서 흘러간다. 신이여 찬양을 받으소서.[270]

'상층시'를 확립하는 데 앞장선 시인은 16세기의 푸줄리(Fuzuli)였다. 압바시드제국이 폐허가 된 뒤에 그 중심지였던 곳에서 태어난 푸줄리는 당시까지 알려진 거의 모든 학문에 통달한 광범위한 지식을 가지고, 아랍어·페르시아어·터키어를 함께 구사하는 국제인이었

---

270) Grace Martin Smith, *The Poetry of Yunus Emre, a Turkish Sufi Poet* (Berkeley : University of California Press, 1993), 109면.

다. 그러나 자기 모국어를 사용해 터키어시를 창작하는 데 가장 큰 열의를 가지고, 아랍어시나 페르시아어시에서 이미 이룬 바를 터키어시에서 한층 높은 수준으로 구현하는 것을 자기 사명으로 삼았다. 페르시아문학에서 유래한 사랑의 서사시 《레이라(Meyla)와 메즈눈(Mejnun)》을 개작해서 뛰어난 식견과 솜씨를 보였다고 자부하면서, 그 말미에서 다음과 같이 말했다.

> 즐거움의 진주를 찾는 사람들에게
> 이런 작품은 소용되지 않는다고 말하지 말아라.
> 시인이 이룩하는 빛나는 예술은 완전한 사랑처럼
> 마음에 상처를 줄 따름이라는 사실을
> 비평하는 이들은 언제나 잊고 있다.
> 비평가와는 무관한 고통을 시인이나 연인은 겪어야 한다.
> 그렇지만 이 모든 생각을 사서 가져갈 사람 친애하는 후원자는
> 내 마음 속 깊은 곳에 자리잡고 있다가
> 내 영혼을 작동하는 말을 향해서 문을 열어준다.[271]

시인이 사랑의 이야기를 작품으로 쓰는 것은, 사랑과 시 창작은 완전하게 이루어질수록 더 큰 고통을 겪는 점이 서로 같기 때문이라고 했다. 비평하는 사람들은 그런 줄 모르고 공연한 시비를 하지만, 자기 작품을 알아주고 후원해줄 사람은 그렇지 않아 창조의 활력을 불어넣어준다고 했다. 이런 작품을 지어 후원자를 구하다가 마침내 오스만 투르크의 통치자와 만났다.

오스만 투르크의 통치자들은 제국의 위엄을 장식할 문학을 필요

---

271) Fuzuli, *Leyla and Mejnan*, translated by Sofi Huri, Introduction and Notes by Alessio Bombaci(London : George Allen and Unwin, 1970), 332면.

로 했다. 그래서 '상층시'의 꼭지점을 높여 민중의 언어와 멀어지는 것을 자랑으로 삼는 궁정문학이 이룩되었다. 그런 시인 가운데 으뜸이었다고 하는 18세기의 갈리브(Ghalib)는 소수의 특별한 사람만 이해할 수 있는 고답적인 작품세계를 자랑스럽게 이룩해서 대단한 시인으로 행세했다. 그러나 동시대의 다른 시인 네딤(Nedim)은 수도 이스탄불에서 사용하는 구어를 받아들여, '상층시'의 층위를 낮추었다. 시가 추상적인 영역에 머무르지 않고 시대 환경과 더불어 호흡할 수 있게 하는 길을 열었다.

'하층시'는 수도와는 멀리 떨어진 시골의 초원지대에서 이어졌다. 오스만제국의 통치에 항거하는 민중의 목소리를 구어로 그대로 나타내는 시인들이 있었으며, 그 가운데 특히 두드러진 활동을 한 17세기의 카라자-오그흘란(Karadja-Oghlan), 19세기의 다달-오글로우(Dadal-oglou)는 터키시 고유의 음수율을 사용하면서 구비서사시의 기풍을 이었다. 그렇게 해서 민요 자체와 아주 가까워진 구어시를 마련했다.

산문은 시만큼 페르시아어문학에 근접하지는 않았어도, 여러 층위가 나누어져 있었던 점은 마찬가지였다. '장식적 산문'이라고 하는 것은 아랍어나 페르시아어에서 온 말을 연결시키면서 중요하지 않은 자리에나 터키어를 배정한 글이다. 그것과는 다르게 일상생활에서 사용하는 구어를 받아들인 글은 '순수한 산문'이라고 한다. 그 둘 사이에 '중간 산문'이라는 것이 있었다. 세 가지 층위의 산문 가운데 어느 것을 택하는가는 글의 종류나 글 쓰는 목적에 따라서 결정되었다. '장식적 산문'은 글쓰는 능력을 자랑하는 일부 고답적인 작품에서 사용했다. '중간 산문'은 역사서나 정치문서 같은, 문장보다 전하는 내용이 중요한 작품에서 사용했다. '순수한 산문'은 민간전승을 기록할 때 사용했다.

그처럼 세 가지 문학의 차이가 크게 벌어진 것은 오스만 투르크 제국이 생겨난 이후의 일이다. 오스만 투르크의 수도 이스탄불이 이슬람문명의 중심지가 되자, 궁정의 시인들은 민중으로부터 멀어지고, 흔히 사용하는 말에서조차 터키어를 아랍어나 페르시아어로 대치했다. 그러나 아랍어나 페르시아어로 글을 쓴 것은 아니다. 그럴 능력을 넉넉하게 갖추지 못한 주변민족의 술탄이 칼리파의 지위를 차지했으므로, 자기 언어를 공동문어 비슷하게 만들어서 쓰는 자해행위를 해야 했다.

오스만 투르크는 청나라와 상통하는 구실을 했으므로 비교해 고찰할 만하다. 청나라 황제는 한문을 사용하는 천자 노릇을 하고, 만주족의 지배자이기에 만주어를 지키는 이중의 구실을 하려고 하다가 뒤의 과업에서는 실패했다. 오스만 투르크의 칼리파-술탄은 칼리파의 업무 가운데 불가결한 최소한의 영역만 아랍어를 사용해서 수행하면서, 칼리파-술탄의 위엄을 높이느라고 자기 언어를 아랍어나 페르시아어에 근접시켜 온전하게 보존하지 못했다.

청나라를 세운 집단, 오스만제국의 주인이 된 민족, 그리고 인도 무굴제국의 건설자들은 무력이 강성한 탓에 문명권 전체의 커다란 짐을 경비하는 크나큰 수고를 해야 했다. 그것은 허울 좋은 영광이었다. 이미 시효가 지난 중세보편주의를 뒤늦게 수호하려고 하고, 새로운 혁신을 이룩하지 못해서 문명권 전체의 역량을 감퇴시키고, 자기네 민족문화 발전의 정상적인 추세도 왜곡시키는 이중의 구실을 했다.

오스만제국에서는 이슬람사상의 정통의 지위를 확보한 가잘리의 철학을 군게 지키면서 보수적인 해석을 통해서 그 의의를 감퇴시켰다. 철학은 신학을 위한 예비적인 학문으로나 필요하다고 하고, 《쿠란》의 내용과 상치될 수 있는 철학은 허용하지 않았다.[272] 중세사상을 내부에서부터 비판하고 넘어서서 새로운 사고를 이룩하기 위해서 모색한 시기인 중세에서 근대로의 이행기의 창조적인 활동이 일어나지 못하게 억압하는 구실을 오스만 투르크와 청나라에서 함께 수행했는데, 오스만 투르크 쪽에서 그 정도가 더 심했다.

20세기초에 청나라와 오스만제국을 무너뜨리고 근대민족국가를 창건하기 위한 혁명이 양쪽에서 다 일어났다. 그래서 중화민국과 터키공화국이 등장했으나, 중국에서 만주족을 대신해서 한족이 주도권을 잡아 다민족국가를 유지한 것과 다르게, 터키공화국은 터키민족의 민족국가로 출발하면서, 이슬람문명의 구심점 노릇을 하는 무거운 임무를 벗어던지고 자기 민족 고유의 유산을 근대화의 원천으로 삼으려고 했다. 아랍문자 대신에 로마자로 표기하는 근대민족문학의 작품에서 구어문학의 전통을 적극 이으려고 하는 새로운 방향을 설정했다.

페르시아에서는 '다스탄'(dastan)이라고 하고, 터키에서는 '데스탄'(destan)이라고 하는 서사문학은 서로 연결되어 있어 함께 다룰 수 있다. 그것은 서사시나 전설에서 가져온 소재에다 현실경험을 추가해 흥미롭게 개작해 대중적인 인기를 모으는 공연물이면서 독서물로 삼은 것이라 중세에서 근대로의 이행기소설이라고 할 수 있다. 페르시아와 터키 양쪽의 것이 왕래하면서 성장하고, 아랍어문학으로도, 우르두문학으로도 넘어갔다.

그런 유산을 터키에서 특히 풍부하게 간직하고 적극 활용했다. 터키에는 서사시가 활발하게 전승되고 있으면서 '데스탄'으로 바뀌었다. 이슬람문명의 종주국의 위치에서 벗어나 자기 민족의 문학을 되찾으려고 하층의 전승으로 관심을 돌리는 터키의 작가들이 그 전

---

272) Halil Inalicik, *The Ottoman Empire, the Classical Age 1300-1600*(London : Phoenix, 1973), 176면.

통을 잇고자 했다. 야사르 케말(Yasar Kemal)의 《메메드》(*Memed*) 연작이 그렇게 해서 이루어진 작품 가운데 특히 주목할 만하다.[273]

우르두어와 말레이어의 이슬람문학

인도아대륙에서 이슬람교도의 지배를 확립한 무굴제국은 페르시아어를 국가 통치의 공용어로 삼았으므로, 현지민이 페르시아어를 배워야 했다. 힌디어를 사용하는 사람들이 페르시아어를 배워서 함께 쓰다가, 페르시아어의 어휘와 표현이 많이 들어간 변형어를 만들어내서, 페르시아어에서 사용하는 아랍어문자로 표기한 것이 우르두어(Urdu)이다. "우르두"란 원래 "군대 막사"를 뜻하는 말이다. 터키인이 군대 막사에서 쓰던 말을 연원으로 삼아 우르두어가 생겨났다고 해서, 그런 명칭을 사용한다.

우르두어는 문법에서 힌디어와 같은 언어이다. 그런데 문화 내용의 차이 때문에 다른 언어로 취급되고, 지금은 파키스탄에서 공용어로 사용하고 있다. 인도에서는 힌디어와 우르두어의 공통점을, 파키스탄에서는 둘 사이의 차이점을 중요시하고 있다. 우르두어를 사용하는 우르두문학은 페르시아어를 사용하는 이슬람문학이 인도아대륙에 이식되어 산출한 민족어문학이어서, 공동문어문학과 민족어문학의 관계를 살피는 데 그 나름내로 소중하다.[274]

---

273) 《한국문학과 세계문학》(서울 : 지식산업사, 1991)의 〈서사시의 전통과 근대소설〉에서 이 작품을 민족문학의 전통을 이은 제3세계 근대소설의 한 본보기로 들고 논했다.

274) 우르두문학에 관한 이해는 Annemarie Schimmel, *Classical Urdu Literature from the Beginning to Iqbal*(Wiesbaden : Otto Harrassowitz, 1975) ; Ralph Russell, *The Pursuit of Urdu Literature, a Select History*(London : Zed, 1992) : Muhhammad Sadiq, *A History of*

페르시아어를 모국어로 하는 이슬람교가 인도를 침공한 것은 11세기초에 시작된 일이다. 17세기에는 무굴제국이 성립되어 페르시아어가 인도 전역의 공용어로 등장했다. 영국의 인도지배가 상당한 범위로 확대된 1835년에 이르러서야 무굴제국이 결정적으로 약화되어 페르시아어가 공용어의 지위를 상실했다.[275] 우르두문학의 성립과 발전이 그런 사실과 밀접한 관련을 가졌다.

우르두문학은 12세기에 나타났으나 17세기까지는 페르시아어문학을 보조하는 정도의 소극적인 기능만 수행했으며, 그 기간 동안에는 산스크리트의 데바나가리문자를 사용했다. 그런 과도기적인 시기 우르두문학의 모습을 앞에서 인도의 페르시아문학의 작자로 들었던 14세기초의 코스로우가 보여주었다.[276]

터키인 아버지와 인도인 어머니 사이에서 태어난 코스로우는 모국어인 페르시아어 외에 터키어와 아랍어로도 글을 썼으며, 자기가 살고 있던 고장 델리지방에서 사용하던 힌디어를 익혀 주위의 하층민과 이해소통이 될 수 있는 방법을 시험하면서, 힌디어는 잘 다듬어 사용하면 모든 언어 가운데 으뜸인 아랍어에 비해서 손색이 없을 것이라고 했다. 힌디어가 서사어로 자라잡기 전의 일이다. 그렇게 써놓은 글은 페르시아어와 아랍어에서 온 요소가 많이 들어가 있어 우르두어의 연원을 이루었다고 평가된다.

무굴제국의 정착기인 18세기 이후에 이르면, 우르두문학이 페르시아어문학을 대신할 수 있는 위치에 올라서서 본격적으로 발전했다. 우르두어 표기에 페르시아문자를 사용하는 관습이 확정된 것도

Urdu Literature(Delhi : Oxford University Press, 1995)에 의거한다.

275) Annemarie Schimmel, 위의 책, 126면.

276) Nadam Gopal, *Origin and Development of Hidi / Urdu Literature*(New Delhi : Deep and Deep, 1996), 17-18면.

그때의 일이다. 중세에서 근대로의 이행기에 이르면 민족어문학이 공동문어문학보다 더욱 큰 비중을 가지고 활발하게 창작된 일반적인 추세가 이 경우에도 확인된다고 할 수 있다.

그러나 우르두문학의 본령은 시이며, 페르시아어문학에서 가져온 시의 갈래와 형식을 그대로 사용하면서 같은 용어로 지칭했다. 우르두시인들은 페르시아시를 충실하게 재현하는 것을 목표로 해서 관습적인 표현을 되풀이한 탓에 인도문학다운 특징은 찾아보기 어렵다.[277] 특수성보다는 보편성을 더욱 소중하게 여기는 중세적인 사고방식을 가지고, 민족어시를 공동문어시와 대등하게 창작하려고 해서 그런 결과가 생겨났다. 그 점에 대한 평가는 관점에 따라서 달라진다. “내면적인 진실이 형체를 갖추도록 하면서 미묘한 감각의 조화를 갖추는 것이 시인이 하는 일이다”고 하는 관점에 서면, 페르시아시에서 이룬 바를 우르두시에서 더욱 진전시킨 성과를 평가할 수 있다.[278]

페르시아어와 우르두어 두 가지 언어로 창작한 18세기의 시인 미르(Mir)가 우르두시의 가치를 입증해주는 구실을 한다. 미르는 페르시아시 창작 능력으로 평가받아 궁정시인이 되고자 했으나 실패하고, 우르두어시를 지어 자기 내면에서 느끼는 좌절과 보람을 솔직하고도 자연스럽게 나타냈다. 그래서 우르두어시가 페르시아어시보다 한걸음 더 나아갈 수 있게 했다. 철학적인 사고를 나타낸 것도 스스로 깨달은 바 있었기 때문이다. 다음과 같은 작품은 누구에게

---

277) Muhammad Sadiq, 위의 책, 14-16면에서는 그 점에 관해 고찰하면서 부정적인 평가를 했다.

278) Ahmed Ali selected and translated, *The Golden Tradition, an Anthology of Urdu·Poetry* (Delhi : Oxford University Press, 1922)에서는 그런 관점에서 우르두시를 평가하는 해설을 하고, 대표적인 작품을 골라서 영역했다. 인용구는 6면에 있다.

보여 인정을 받으려고 쓴 것이 아니다.

> 저녁나절부터
> 나직하고 흐릿하게 타오르고 있는
> 내 마음은
> 거렁뱅이의 등불이다.
>
> 미르가 하는 이야기를
> 누가 들으려고 하는가?
> 주변 사람들의 분위기가
> 서먹서먹하고 우울하다.[279]

순수시의 영역에서 벗어나서 역사에 동참하는 변화를, 근래의 우르두시는 보여주었다. 19세기 후반의 할리(Hali)는 고아가 되어 고생스럽게 살면서, 아랍어와 페르시아어를 어렵게 배워 오래 동경하던 정신세계를 이을 수 있었다. 압바시드제국의 수도 바그다드가 유린되고 파괴된 지난 날의 비극을 노래하면서 영국의 인도 침략에 간접적으로 항거했다.[280]

20세기초의 이크발(Iqbal)은 페르시아어 창작에서 한 일을 우르두어 창작에서도 더욱 확대해, 이슬람사상에 입각해서 인도인의 각성을 촉구했다. 고매한 정신을 역설하는 것을 능사로 삼지 않고, 영국의 통치에 대한 신랄한 풍자시를 지어, 널리 공감을 불러일으켰다. 그 점에서는 페르시아 풍자시의 전통을 이었다고 할 수 있다. 오늘

---

279) Ahmed Ali tr., *Golden Tradition, an Anthology of Urdu Poetry* (Delhi : Oxford University Press, 1992), 141면.

280) 같은 책, 20면.

날의 우르두문학은 이크발을 위대한 스승으로 삼고 있다. 인도에서는 타고르를 받드는 데 맞서서 파키스탄에서는 이크발을 내세운다.

우르두문학에서는 '키사'(qissa)라고 하는 소설이 성행했다.[281] 힌디어를 사용하는 사람들이 이슬람교로 개종하고 페르시아어를 공동어로 사용하는 동안에, 페르시아어와 아랍어의 영향을 많이 받아 새로운 언어로 바뀐 힌디어의 한 갈래가 우르두어이다. 이슬람세계에서 가져온 문학이 우르두문학에서 큰 비중을 차지했는데, 그 가운데 하나인 '키사'는 구전되기도 하고 기록되기도 한 환상적인 모험담 소설이어, 대중의 인기를 끌면서 상업적인 유통물이 되었다. 그것이 힌디문학으로 옮겨져 충격과 영향을 확대했다.

동남아시아 말레이인은 원래 산스크리트문명권에 소속되어 있었다.[282] 그런데 15세기 이후에는 이슬람교를 받아들이고 공동문어를 바꾸어 아랍어문명권의 일원이 되었다. 이슬람 이전 말레이문학에 관해 기록된 자료는 모두 없어져서 구체적으로 고찰할 길이 없다. 구비문학으로 침강했던 전통이 다시 상승해서 이슬람 이후 문학의 독자적인 노선 개척에 이용되었을 따름이다.[283]

말레이의 이슬람화는 인도 이동 아시아 중세전기 대승불교의 세계가 중세후기에는 힌두교, 신유학, 상좌불교, 이슬람교 네 문명권으로 갈라진 현상의 하나이다. 이웃 나라에서는 상좌불교를 택할 때, 말레이인은 다른 길을 택했다. 해안에 살고 상업과 해운에 종사하는 말레이인은 인도에서 건너오는 이슬람교도와 빈번하게 접촉하

---

281) Francis W. Prichett, *Marvelous Encounter, Folk Romance in Urdu and Hindi*(Riverdale, Maryland : The Riverdale, 1985)에서 이에 대해 고찰했다.

282) 말레이문학에 관한 이해는 Richard Windsedt, *A History of Classical Malay Literature*(Kuala Lumpur, Oxford University Press, 1969) ; V. I. Braginsky, *The System of Classical Malay Literature*(Leiden : KITLV, 1993)에서 얻는다.

283) V. I. Braginsky, 같은 책, 2면.

다가, 이슬람교도가 되었다.

인도의 이슬람교도들이 무굴제국의 공용어인 페르시아어를 새로운 문어로 삼은 것과 달리, 말레이인들은 인도를 거쳐 이슬람교를 받아들였으면서도 페르시아어가 아닌 아랍어를 사용해, 이슬람교의 경전어가 아랍어임을 재확인했다. 말레이인이 아랍어를 익혀 아랍어문학을 스스로 창작한 것은 아니다. 아랍어 학습이 그 정도에까지 이르지 않았으며, 그렇게 할 필요가 없었다. 아랍어를 기본교리서나 읽을 정도로 익혀, 아랍문학을 받아들여 민족어문학에 수용하는 데 힘썼다.

말레이어문학은 아랍어를 받아들이기 전에 이미 오랜 역사를 가지고 있었다. 산스크리트문학과 관련을 가지고 민족어문학을 이룩하는 데 말레이인이 주변의 다른 민족보다 특별히 뒤떨어진 것은 아니었다. 그러나 아랍어문학을 중심지로부터 아주 먼 곳에서 대강 받아들여 자기 나름대로 이용하는 데 그쳐 가장 먼 주변부의 특징을 보여주었다.

말레이문학은 상하층의 신분에 의한 구분이 명확하지 않아 공동의 영역이 넓으며, 구비문학과 기록문학이 쉽사리 넘나드는 관계에 있는 것을 특징으로 했다. '판툰'(pantun)이라는 4행시를 누구나 즐기고 짓는 전통이 있다. 4행시를 연결시킨 장시형 '시아이르'(syair)를 이용해서 일상적인 서사시를 만드는 데도 누구나 참여했다. 말레이문학의 특질인 이런 대중취향은 산스크리트문학의 고차원한 수준을 이해하고 받아들이는 데는 장애가 되었으나, 이슬람교를 믿고 아랍어문학과 친숙해지기 쉽게 했다.

    말라카에다 심은 모는
    따가운 햇살 속에 자라나는데,

    이내 마음은 비참해지네
    님을 만나지도 않고서.[284]

　‘사랑의 사행시’라고 하는 데 들어 있는 ‘판툰’을 하나 들면 이와 같다. 말라카(Malacca)에다 심은 모가 잘 자란다고 하면서 나라 전체를 한 눈으로 보고 자기의 사랑은 아직 이루어지지 않은 내심의 고민을 토로했다. 나라와 자기, 곡식과 사랑, 외면과 내면이 서로 다른 것은 잘못이고 하나가 되어야 한다고 했다. ‘시아이르’의 한 본보기로 《시아이르 시티 주바이다흐 페랑 치나》(*Syair Siti Zubaidah Perang China*)라는 것을 들어보면, 말레이의 공주가 중국황제를 싸워 물리친 이야기이다.[285] 민족수호의 영웅을 여성으로 설정해서 누구나 흥미를 가질 이야기를 만들어냈다.

　말레이인은 말라카 해협 양쪽에 항구를 만들어 해운과 교역에 종사하면서 다른 여러 나라 사람들과 접촉하는 동안에 이슬람교를 쉽사리 받아들였으며, 이슬람교 덕분에 활동 범위를 넓힐 수 있었다. 이슬람신학을 이해하는 수준은 낮으나, 다국적의 지식을 광범위하게 얻어 활용했다. 상인들이 문화의 수용과 창조를 후원하는 중심세력을 이루었다. 서로 직접적인 연관을 가지고 같은 종교를 믿었지만, 무굴제국의 궁정에서 활동하는 인도의 이슬람교 문인들이 중세후기의 정신주의를 오래 지속시키려고 한 것과는 달리, 상인의 나라 말레이에서는 중세에서 근대로의 이행기문학의 성향을 일찍부터 나타냈다.

　말레이인은 아랍어 이해가 불충분하기 때문에 이슬람교의 경전을

---

284) Hasnah Haji Ibrahim ed., *Anthology of Asean Literatures : Malaysia Indigeous Tradition* (Kuala Lumpur : Ministry of Education, 1985), 85면.
285) 같은 책, 235-249면.

번역해서 사용해야 하는 예외를 만들었다. 아랍어문학을 번역할 때는 외국인이 큰 기여를 했다. 17세기초의 라니리(a'r-Raniri)는 인도 구자라트지방에서 태어나고 메카에 가서 아랍어를 익힌 다음 말레이에 이르러 이슬람교 교리서를 말레이어로 간추려 번역했다. 《술탄의 정원》(*Bustan a's-Salatin*)을 지어, 이슬람교에서 본 세계사를 서술하고, 나라를 다스리는 데 지침이 되는 지혜를 제공하는 일을 하면서, 흥미로운 일화를 풍부하게 들었다.

아랍문학을 본받기 위해 아랍어 단어가 많이 들어간 말레이어를 사용하고, 페르시아시를 재현하기 위해서 노력하기도 하는 시인들도 같은 시기에 나타났으며, 그 가운데 함자흐(Hamzah)를 특히 높이 평가한다. 그러나 말레이의 이슬람교문학에는 고답적인 시문보다 대중문학이 더 큰 비중을 차지했다. 이슬람교의 내력에 관한 전설을 가져와서 '히카야트'(hikayat)라고 하는 소설을 만들어 자기네가 겪고 있는 역사적인 시련을 다루기도 한 것이 아랍어문학을 수용한 가장 두드러진 성과이다.[286] 아랍문명권의 중심부로부터 아주 멀리 떨어진 주변부에서 뒤늦게 불철저하게 받아들인 이슬람교가 귀족문화가 아닌 민중문화와 접맥되어 그런 결과를 산출했다.

이슬람교를 받아들인 이후의 말레이문학 가운데 더욱 주목할 것은 역사서이다. 이슬람 국가의 내력을 말레이어로 서술한 역사서가 13세기말의 《파사이王 이야기》(*Hikayat Raja-Raja Pasai*) 이래로 19세기에 이르기까지 거듭 이루어졌다. 그런 일은 다른 이슬람국가에서는 찾을 수 없어, 팔리어문명권 상좌불교국가의 관습에 자극을 받아 생긴 변이가 아닌가 추정된다. 그런데 상좌불교 국가에서는 스리랑카는 물론 타이에서도 역사서를 공동문어인 팔리어로 썼는데, 말레

---

286) Ismail Hamid, *Arabic and Islamic Tradition*(Kuala Lumpur : Utusan, 1982)에서 이
에 관해 고찰했다.

이에서는 말레이어를 사용한 점이 다르다. 말레이에서는 능력이 부족해서 공동문어를 사용하기 어려워 자기네 언어로 역사를 서술했다고 할 수 있다. 라틴어문명권의 가장 먼 주변부에 자리를 잡은 아이슬랜드에서도 그런 일이 있어, 장차 고찰할 예정이다.

말레이의 역사서 가운데 가장 중요한 것이 《말레이역사》(*Sejarah Melayu*)이다.[287] 그 책은 16세기초에 처음 이루어진 다음, 17세기초까지 추가되고 개변되는 과정을 거쳤던 것으로 보인다. 작자는 누군지 알 수 없으나, 메카에 가서 머문 적이 있고 아랍어를 이해하는 사람이라는 증거가 본문 가운데 있다. 아랍어 외에 페르시아어, 산스크리트, 타밀어, 자바어, 중국어 등 다른 여러 외국어의 단어도 인용한 것을 보면 광범위한 지식을 갖춘 국제인이었다.

저자는 학식뿐만 아니라, 문학적인 재능이 또한 뛰어나, 구어에서 가져온 말레이어를 능숙하게 구사해서, 흥미롭고 박진감 있는 서술을 했다. 전투가 벌어지는 장면을 눈으로 보는 듯이 묘사했다. 여러 나라의 배가 드나드는 항구의 모습을 생동하게 그려냈다. 역사서가 실기문학이기도 하고, 역사소설이기도 하게 했다. 그래서 국가에서 비장하는 역사서를 일반 독자들이 널리 탐독하는 역사서로 바꾸어 놓는 세계사적 전환을 마련했다.

유럽인의 침략에 대항하는 문학을 '히카야트'에서 이룩한 것이 말레이문학의 또 한 가지 특기할 사항이다. 원래는 아랍세계의 인물이었던 '히카야트'의 주인공을 말레이인으로 바꾸더니, 그 다음에는 말레인이 유럽의 침략자를 싸워서 물리치는 이야기를 만들었다. 《히카야트 말림 데와》(*Hikayat Malim Dewa*)에서는 말레이의 용사 말림 데와가 할아버지를 죽이고 아내를 납치해간 포르투갈의 왕에게 복

---

287) 《문명권의 동질성과 이질성》의 〈역사서〉에서 이에 관해 자세하게 고찰한다.

수를 했다. 《히카야트 앙군 치크 퉁갈》(*Hikayat Anggun Cik Tunggal*)에서는 적대자를 백인통치자라고 해서 뜻하는 바를 확대했다.[288]

그런 작품은 착상이 단순하고 표현에서 과장이 심해 성숙된 문학이라 하기 어렵고, 사실성이 모자란다. 그렇기 때문에 고급소설도 아니고 근대소설도 아니지만, 소설이 아니라고 할 수는 없다. 중세에서 근대로의 통속소설이 그런 형태로 나타난 것은 한국의 군담소설에서 볼 수 있는 바와 같다. 다른 여러 곳에서도 흔히 볼 수 있는 보편적인 문학갈래를 이용해서 유럽인 침략자를 격퇴하는 이야기를 전개한 것은 말레이문학에서 보이는 독특한 면모이다.

사하라 이남 아프리카의 민족어문학

아랍어문명권의 주변부는 사하라 이남의 아프리카이다. 사하라 이북의 아프리카는 중세전기에 이미 아랍군에게 정복되어 일찍이 아랍세계의 일부가 되고 아랍어를 사용하게 되었지만, 사하라 이남의 아프리카는 그 영역에서 제외되어 있었다. 그러다가 압바시드제국이 무너지고 아랍세계가 중세후기에 들어선 시기에 아랍상인들이 사하라 이남으로 교역을 위해 왕래할 때 이슬람교 선교사들이 동반해서 이슬람교와 아랍어를 전해주었다.

이슬람교와 아랍어가 정복에 의해 전해질 때에는 사회변화가 급격하게 일어나 토착의 언어와 문화가 존립하기 어려웠지만, 정복이 아닌 교역이 매개체가 된 새로운 방식의 변화는 몇 단계에 걸쳐 서서히 진행되어,[289] 사회 전반을 바꾸어놓지 않고 일부의 사람들만 새

---

288) Hasnah Haji Ibrahim ed., 위의 책, 441-451면, 271-285면에 그 두 작품 발췌본이 실려 있다.

로운 문명을 받아들일 수 있게 했다. 변화의 선두에 선 선각자들은 이슬람문명에서 제시한 모형에 따라 중세국가를 세우고, 통치자를 술탄이라고 일컬었다. 그런 술탄국가가 여럿 생겨났지만 그 어느 것도 광범위한 영역을 지속적으로 지배하지는 못했다. 그 때문에 아프리카역사에 근본적인 변화가 일어나지 못했다.

그러나 이슬람교와 함께 아랍어가 전래되어 사하라 이남 지역에서도 아랍문자를 이용해서 자기네 언어를 기록하는 하우사(Hausa), 스와힐리(Swahilli), 말라가쉬(Malagashy)와 같은 언어를 사용하는 기록문학이 나타났다. 그런 변화의 과정과 양상은 지금까지 고찰한 다른 여러 곳의 중세화와 기본적으로 일치하면서, 문명권의 주변부에서 보이는 불철저한 중세화의 특징이 잘 나타난다. 문명권 주변부의 중세화에 관한 이해를 심화하는 데 사하라 이남의 아프리카가 특히 긴요한 사례이다.

그런데 그 경과가 제대로 알려져 있지 않다. 아프리카문학에 관한 연구서는 대부분 유럽의 언어를 사용한 문학에 관한 것이다. 아프리카언어의 문학을 더러 다루어도 그 내용이 너무 소략해서, 아프리카언어의 문학은 유럽의 언어를 사용한 문학이 시작된 배경이나 말해주는 보조적인 의의를 가진 것으로 오해하게 한다. 그런 가운데 다행스럽게도 아프리카언어의 문학을 본격적으로 다룬 업적이 있어 논의를 구체화하는 데 도움이 된다.[290]

---

289) J. Spencer Trimingham, *The Influence of Islam upon Africa*(London : Longman, 1980), 42-44면에서는 세 단계에 걸친 변화가 세 세대에 걸쳐 이루어졌다고 했다. 첫 단계는 이슬람교와의 접촉이고, 둘째 단계는 이슬람교를 수용해서 재래신앙과 병존시키는 이중신앙이고, 셋째 단계는 재래 신앙을 버린 단일신앙이라고 했다. 그런 변화의 단계는 보편종교를 받아들여 중세화할 때 어디서나 겪었다 하겠는데, 자료 결핍으로 분명하게 확인할 수 없는 어려움이 있다.

290) B. W. Andrzekewski, S. Pilasszewicz and W. Tyloch ed., *Literatures in African*

먼저 하우사어문학에 관해서 알아보자. 사하라 서남부에 송하이 (Songhai), 말리(Mali) 등의 이슬람왕국이 들어선 곳에서 이슬람교도 들이 아랍어문명을 이식해서 토착화시킨 결과, 여러 언어가 아랍어 에서 문자를 가져오고 글쓰기 방법을 차용한 서사어로 발전했다.[291] 그 가운데 가장 큰 비중을 차지한 언어가 하우사어이다.

하우사어는 지금 나이지리아 북쪽의 한 지방에서 사용하는 언어 이다. 민족국가의 국어가 될 수 있는 언어가, 나이지라아가 지나치 게 큰 국가가 된 탓에 지방어 노릇이나 하는 신세가 되었다. 그렇 지만 국경을 넘어서서 널리 알려진 국제어이고, 언어가 서로 다른 민족들의 의사 교환을 가능하게 하는 교통어의 구실을 해왔다.

하우사지방은 일찍 이슬람화되어 문자생활을 시작할 수 있었다. 12 세기에서 15세기 사이에 이슬람교가 들어와서, 아랍어를 알고 이슬람 문명을 전수하는 '말라라미'(malalami)라고 하는 선비가 생겨났다. 두 가지 학교에서 교육을 실시했다. '쿠란학교'에서는 종교교육을, '학 문학교'에서는 법률, 신학, 문법, 논리, 시, 천문학, 수학 등에 관한 교육을 했다. 모든 교재는 아랍어본이었다. 시문도 아랍어로 썼다. 학문학교에서는 아랍어 교재를 한 문장씩 하우사어로 번역하면서 가르쳤다. 그렇게 하는 데서 '아자미'(ajami) 글쓰기가 생겨났다.[292]

Languages(Warszawa : Wiedza Powszechna, 1985)에서 아프리카어 기록문학의 전 반적인 모습을 파악할 수 있다. 이 책에서 취급한 아프리카어의 문학은 구비 문학만인 것과 기록문학도 있는 것으로 나누어지고, 기록문학은 유럽의 언어 가 들어와서 비로소 생긴 것과 그 전부터 있던 것으로 나누어진다. 그 전부 터 있던 기록문학이 여기서 다룰 대상이다. 그 가운데 Hausa, Swahili, Malagasy 의 세 가지 본보기를 들어 논의에 필요한 예증으로 삼고자 한다.

291) Albert S. Gérard, *African Language Literatures, an Introduction to the Literary History of Sub-Saharan Africa*(Washington D. C. : Three Continents, 1981), 29-31면에서 그 경과를 고찰했다.

292) Ibrahim Yaro Yahaya, "The Development of Hausa Literature", Yemi Ogunbiyi ed.,

아랍문자를 이용해서 하우사어를 적는 글을 '아자미'라고 한다. 처음에는 '아자미'문학이 온통 이슬람문학이었다. 17세기까지는 아랍어와 아자미 두 가지 글을 썼다. 왈리 단마리나(Wali Danmarina)는 법률과 문법에 관한 책 몇 권을 아랍어로 쓰고, 예언자를 찬양한 아랍어시에 대해 주석을 달고, 이슬람 전쟁을 묘사한 '아자미' 시 〈야키르 야킨 바다르〉(Yakir Yakin Badar)를 지었다.[293] 18세기말의 종교지도자 우스만 포디오(Usman dan Fodio)와 압둘라히 포디오(Abdullahi dan Fodio) 형제가 협력해서 시인으로서도 크게 활동하면서, 종교시와 정치시를 창작했다. 〈정통신앙의 재현과 이단의 척결〉과 같은 논설을 아랍어로 쓰고, 480편의 시를 아랍어, 풀풀드어(Fulfulde), 하우사어의 세 가지 언어로 지었다.

하우사어시는 아랍어문학과 밀접한 관련을 가지고 시작되었다. 자기 나라의 기록문학을 처음으로 마련한 하우사 이슬람시는 형식에서나 주제에서나 아랍어 고전시를 연장시켰다. 하우사의 시인들은 고전아랍시의 율격을 받아들여 약간 수정하기만 했다. 운을 맞출 때에는, 아랍시의 규칙을 따르면서 어느 정도 융통성이 있게 했다.

그래서 주체성을 상실했는가? 아니다. 그 반대가 진실이다. 하우사어를 사용하는 시인들은 그런 시를 쓰면서 아랍문명을 자기 것으로 하고, 아랍시의 규범과 자기네 구비문학의 창조력을 결합시키는 창작을 해서, 문명의식과 민족의식을 함께 키웠다.

19세기말에 영국이 하우사의 소코토(Sokoto)왕국에까지 침략의 손길을 뻗칠 때, 그 나라의 재상이었던 지다도(Bahari dan Gidado)는 수피사상에 의해 다져진 이슬람신앙으로 어려움을 극복하고 마음의

Perspectives on Nigerian Literature volume one(Lagos : Guardian, 1988), 10-11면.
293) 같은 책, 11면.

중심을 바로잡자고 호소하는 연작시를 지었다. 그 가운데 두 편을 들면 다음과 같다.[294]

그러나 나는 마음 속에 깊은 생각을 가지고 숙고한다.
젖은 땅에다 씨를 뿌렸다는 것을 너는 알리라.
세월이 변덕스러워도 두려워하지 말아라.
우리가 두려움을 물려받지 않았음을 너는 알리라.
믿음이 굳은 사람은 두려워할 것이 없다.

너를 창조하신 분이 하느님인 줄 알았을 때부터,
얻거나 잃거나, 좋으나 나쁘나, 모든 일이 그분에게서 온다.
그 모든 것 가운데 하나라도 네게서 가져갈 사람이 없으니,
서 있거라, 조용히 있어라.
무슨 일이 닥치든지 참고 견디어라.

식민지통치를 받으면서 아프리카의 다른 민족들은 자기 언어를 버리고 침략자의 언어를 배워서 문학을 했다. 항거하는 문학을 하기 위해서 먼저 모방하는 문학을 하는 오랜 기간을 거쳐야 했다. 그러나 하우사에서는 식민지통치에 항거하는 문학을 자기의 언어로, 자기 전통을 이어서 바로 이룩할 수 있었다. 우마루(Alhaji Umaru)는 20세기초에 〈기독교도들이 오다〉(Zuwan Nasara)라고 하는 장시를 써서 침략자가 주권을 유린하고 이슬람문명을 파괴하는 것을 규탄했다. 아프리카 도처에서 침략자들이 학살을 일삼고 전통을 파괴하는 만행을 구체적으로 들었다.

---

294) Marvyn Hiskett, *A History of Hausa Islamic Verse*(London : School of Oriental and African Studies, University of Kondon, 1975), 76면에 있는 자료이다.

식민지통치에서 독립될 때, 하우사는 한 나라를 이루지 못하고 나이지리아의 일부가 되었다. 그래서 하우사어는 국어가 아닌 지방어가 되었다. 그런데 나이지리아를 이루는 다른 여러 민족은 자기네 말을 문학어로 발전시키고자 하는 희망을 이루지 못하고, 영어로 창작한다. 이보(Igbo)족 출신인 아체베(Chinua Achebe)도 그 가운데 하나이다. 그러나 하우사의 작가들은 자기 언어를 사용한다. 하우사어가 국어는 되지 못했어도 민족어의 구실은 훌륭하게 수행한다.

현대하우사문학의 대표적인 시인 시피킨(Mudi Sipikin)은 종교, 정치, 과학, 경제, 사회생활 등의 광범위한 주제를 다루면서, 아프리카의 전통을 자체 혁신을 거쳐 오늘의 것으로 계승해서 유럽문명의 도전을 이겨내는 지혜를 마련하고자 한다. 소설에서도 독자적인 전통을 살리고 있다. 일상생활을 있는 그대로 묘사하려고 하는 유럽소설과는 다르게, 이슬람의 가치를 존중하는 교훈적인 경향이 두드러지고, 모험과 상상을 펼치는 환상적인 작품이 적지 않다.

오늘날 하우사지방에서는 시를 지어 생각을 전파하고 주장을 펴는 일이 일반화되어 있다.[295] 장편교술시를 구전으로 옮겨, 신문이나 방송과 같은 구실을 할 수 있게 한다. 그 가운데 예찬시, 정치시, 종교시, 풍속시, 계몽시라고 할 것들이 있어 종류가 다양하다.

정치지도자 쿠라와(Aminu Abubakar Kurawa)가 1964년에 지은 정치적 자유에 관한 노래가 정치시의 좋은 본보기이다. 1973년 작품이라고 하는 무하마드(Ibrahim Yaro Muhammad)의 〈세 든 사람과 집주인에 관한 시〉 같은 것은 살아나가기 어려운 사정을 특별한 사람이 아니라도 누구든지 호소할 수 있다는 것을 보여준다. 그 한 대목을 들어본다.

---

295) Graham Furniss, *Ideology in Practice, Hausa Poetry as Exposition of Values and Viewpoints* (Köln : Rüdiger Köppe, 1995)에서 이에 대해 고찰했다.

돈만 탐내는 집주인은
창녀에게나 집을 빌려주네.

그런 불법이나 저지르고,
적법한 임대는 거부하네.

예언자의 가르침을 따르는
착한 사람들은 집을 얻지 못하네.

근로자들이며 학생들이며
이 도시의 모든 주민은

인권의 소중함을 알고 있고,
임대주택의 가치도 알고 있네.[296]

동부아프리카의 스와힐리어는 반투어의 하나인데, 이슬람교 및 아랍어와 관련을 가지고 서사어로 성장했다.[297] 동부아프리카의 해안에 아랍상인들이 왕래하고, 이슬람교를 신앙하는 왕국이 여럿 생기고 없어지고 하는 동안에, 아랍어를 대신할 수 있는 언어가 생겨나, 다각적인 용도로 널리 쓰였다. 아랍어문자를 사용하고, 아랍어 글쓰기를 본받아 지침으로 삼고, 이슬람교와 관련된 내용을 많이 다루었지만, 스와힐리어는 언어구조에서나 사용지역에서나 동부아프리카 반투어의 하나이다.

---

296) 같은 책, 197면.
297) Rajmund Ohly, "Literature in Swahili".

그런 내력을 가진 스와힐리어 사용자들은 혈통이나 유래가 단일하지 않고 거주 지역도 어느 한 곳에 집중되어 있지 않으나, 언어 문화의 공동체의식을 가지고, 역사 창조의 경험을 공유하고 있어서 스와힐리민족이라고 할 수 있다. 스와힐리어가 사용되는 곳은 '스와힐리땅'이라고 할 수 있다. 스와힐리어나 스와힐리땅을 '스와힐리'라고 약칭할 수 있다. 스와힐리어는 그 말을 모국어로 사용하지 않는 사람들도 익혀 서로 교통하는 데 써서 국제어로 등장했다. 스와힐리어는 오늘날 탄자니아의 국어이고, 케냐에서는 영어와 함께 공용어로 쓰이며, 우간다에서도 통용된다.

소수의 아랍인이 동부아프리카에 왕래하다가 이주한 것은 8세기에 비롯한 일이라고 한다. 그러나 해안 지방에만 머물러 내륙에까지는 영향을 끼치지 않다가, 11세기 중엽부터는 이주자가 많아지고 활동범위가 넓어져서 토착사회의 변화를 일으키는 충격을 주었다.[298] 토착민은 이슬람상인들과 교역을 하기 위해서 이슬람교를 믿는 것이 유리했다. 그래야 교역을 하는 데 필요한 지식을 넓히고, 아랍세계를 자유롭게 드나들 수 있었다. 대중이 먼저 이슬람화한 다음 100년 또는 150년이 경과한 12세기에서 13세기에 이르는 기간 동안에, 펨바(Pemba), 잔지바르(Zanzibar), 툼바투(Tumbatu) 등으로 일컬어진 작은 왕국이 여럿 생겨났다.

이슬람교를 그런 방식으로 받아들인 것은 다른 여러 곳에서 볼 수 있는 보편종교 수용의 일반적인 방식과 다소 거리가 있다. 다른 데서는 통일국가를 이룩하거나 국가통치를 혁신하고자 하는 군주가 앞장서서 재래 신앙의 저항을 물리치고 보편종교를 국교로 하는 것이 상례였다. 그런데 스와힐리의 이슬람화가 위에서 말한 바와 같

---

298) James de Vere Allen, *Swahilli Origines, Swahilli Culture and the Shugwaya Phenomenon* (London : James Curry, 1993), 180면.

이 진행된 것은 그 첫 단계에 지나지 않는다. 16세기에는 그 지역이 포르투갈에 점령당해서 독자적인 역사 발전이 저해되었다가, 17세기 이르러서 이슬람교도들이 포르투갈 세력을 몰아내고 2차적이고 본격적인 이슬람화를 이룩했다. 그때 파테(Pate)왕국이 주도권을 장악하고 상당한 범위에 걸쳐 통치력을 행사했다.

파테왕국에서 아랍어로 글을 쓴 문헌은 발견되지 않는다. 17세기 이후 파테왕국에서는 아랍어 글쓰기는 하지 않고 아랍어를 학습해서 얻은 견문을 이용해서 자기네 글을 쓰기만 했다. 아랍어 문자로 자기네 언어를 표기하고, 아랍어에서 받아들인 모형에 따라 글쓰기를 하고 문학 작품을 창작해서 스와힐리어의 문자생활이 이루어지고, 기록문학의 역사가 시작되게 했다. 《아크바르 파테》(*Akhbar Pate*)라고 하는 파테왕국의 역사서를 마련하고, 여러 형태의 시를 발전시켰다.

아랍어시의 정신세계에 근접하고, 표현방법을 받아들여 스와힐리어시를 만들어냈다. 율격형성에서도 참고와 자극을 구했으나, 나타난 결과는 아주 다르다. 스와힐리시는 한 줄이 8·4음절, 4·6음절, 4·4음절 등으로 음절수가 일정한 규칙을 갖추었다.[299] 토착의 구비시에서 그런 율격을 받아들였으면서, 아랍어시에서 받아들인 방식을 사용해서 고급문학의 위엄을 갖추었다.

아랍문학에는 없는 서사시를 다수 창작한 것은 특기할 일이다. 토착의 구비서사시를 기록서사시로 발전시키면서, 서사시에 대한 인식을 명확하게 했다. 서사시를 '우텐지'(utenzi)라고 했다. 원래 서사시에서 사용되는 장시형을 뜻하는 말을, 서사시 자체를 지칭하는 것으로 전용해서 썼다. 스와힐리문학에서는 '우텐지'가 무엇이며, 어

---

299) Jan Knappert, *Four Centuries of Swahili Verse, a Literary History and Anthology*(London : Darf, 1988), 37-38면.

떻게 쓰는가 하는 갈래 인식이 명확하게 이루어졌으므로, 새삼스럽게 외래의 용어를 가져와서 재검토할 필요가 없다.

스와힐리어 사용지역에도 구비서사시가 있었으리라는 것은 같은 계통의 반투어를 사용하는 이웃 민족의 경우를 보아 인정할 수 있는 일이다. 자이레 동부지방 니양가(Nyanga)민족의 《므윈도》(*Mwindo*) 서사시는 고대영웅서사시가 오늘날까지 구전되는 좋은 본보기로서 널리 주목되고 있다.[300] 그런데 스와힐리인은, 구비서사시는 간직하지 않고 기록서사시만 특별하게 발전시켜 많은 작품을 다양하게 이룩했다. 서사시를 중세기록문학으로 발전시키고자 하는 의욕이 남달랐기 때문에 그렇게 되었다고 생각된다.

스와힐리서사시의 대표적인 작품을 주인공 이름을 들어 일컬으면, 《리옹고》(*Liongo*), 《헤라클리오스》(*Heraklios*), 《파티마》(*Fatima*)이다.[301] 《리옹고》는 작자 미상의 단편들로 전하고, 이루어진 시기도 확실하지 않다. 주인공 리옹고는 이슬람교 세력과 맞서 싸운 토착사회의 영웅이다. 《헤라클리오스》는 18세기전반기의 이름난 시인 브와나 므웬고(Bwana Mwengo)가 창작한 작품이고, 헤라클리오스는 비잔틴제국의 황제이다. 아랍군과 맞서서 싸우는 상대방 영웅의 이름을 작품의 표제에 등장시켰다. 《파티마》는 18세기 중엽에 하사니(Hasani, Huseini)라는 사람이 지은 것으로 추정된다. 예언자 무하마드의 딸을 주인공으로 내세워, 결혼을 하고 살림살이를 꾸려나가는 데서 생기는 일을 서사시로 다루었다.

이 세 작품은 서사시의 단계적인 변화과정을 보여준다는 점에서 특기할 만하다. 《리옹고》는 토착의 영웅을 등장시키는 고대서사시

---

300) 《동아시아 구비서사시의 양상과 변천》, 418-422면에서 이에 대해 고찰했다.
301) Jan Knappert, 위의 책에 의거해서 그 세 작품을 고찰한다.

를 중세에 와서 재창조하고 기록했다. 《헤라클리오스》는 이슬람문명권 전체의 중세영웅서사시를 멀리 스와힐리에서 창작한 작품이다. 《파티마》는 그것과 연결되는 소재를 사용하면서 영웅서사시가 범인서사시로 바뀌고, 남녀관계에서 여성의 구실이 새로운 관심사로 등장하게 된 변화를 보였다. 그래서 중세후기 이후에 서사시가 변모된 양상을 잘 보여준다. 이루어진 시기의 차이는 그리 크지 않으나, 이 세 작품은 중세에서 재창조된 고대서사시, 전형적인 중세서사시, 중세후기 이후에 변모된 서사시의 좋은 본보기를 보여준다. 스와힐리민족은 서사시 창작에 정열을 쏟아, 서사시의 변천을 구현하면서 역사를 경험했다.

아랍어문명권의 중심부에는 없는 서사시를 변방에서 창작한 것은 페르시아에서도, 터키에서도 볼 수 있는데, 그것은 당연한 일이다. 문명권의 중심부에서는 우세민족이 다른 여러 민족을 정복해 동화시키면서 중세화를 지나치게 이룩한 탓에 잃어버린 서사시를, 변방에서는 민족적 저항 표상으로 삼아 극력 보존하면서 중세문학으로 재창조할 수 있었던 사실이 세계 도처에서 확인된다고 했다.[302] 그 점이 아랍어문명권에서 특히 분명하게 확인되어, 페르시아·터키·스와힐리의 서사시는 세계 다른 어느 곳의 서사시보다도 풍부하고 뛰어나다.

그러면서 스와힐리의 서사시는 두 가지 점에서 페르시아나 터키의 서사시보다 한걸음 더 나아갔다. 스와힐리문학에서는 기록서사시를 계속 창작하면서 서사시의 변천과정을 단계별로 보여주었다. 이슬람교의 역사에서 소재를 가져와 문명권 전체의 서사시를 만든 것은 페르시아나 터키에서 볼 수 없던 일이다.

---

302) 《동아시아 구비서사시의 양상과 변천》에서 한 작업이다.

　위에서 든 세 가지 서사시 가운데 《헤라클리오스》를 들어 문명권 전체의 중세서사시를 만든 양상을 살펴보자. 헤라클리오스는 동로마제국의 황제였던 실제 인물이며, 629년의 전투에서 이슬람교를 창건한 초기의 아랍군을 싸워 물리쳤다. 작품에서 예언자 무하마드의 사위 알리(Ali)가 무하마드의 분부를 받들고 아랍군의 사령관으로 나서서 대단한 용맹을 발휘해 헤라클리오스를 무찌르고 승리를 거두었다고 하는 것은 사실과는 다르게 꾸민 사건이다. 무하마드 사후에 이슬람군이 몇 차례 비잔틴제국에 쳐들어가서 수도를 포위해서 공격하기까지 했으나, 이기지 못하고 물러나야 했다.

　그러나 사건을 그렇게 꾸민 것은 단순한 와전이나 착오 때문이 아니다. 1453년에 오스만 투르크가 비잔틴제국을 멸망시킨 사건을 9백여 년 전의 일로 소급시켰다고 보면, 결말이 잘못되지 않았다. 16세기에서 17세기까지의 기간 동안에 자기네 고장을 침공해서 통치한 포르투갈인들과 싸운 경험을 투영시켜 기독교와의 대결을 더욱 절실하게 형상화했다고 할 수도 있다. 19세기말 이후 유럽기독교 국가의 식민지가 된 시기의 독자들이 당대의 상황과 관련시켜 작품을 받아들이면서 한층 깊은 감동을 받고 실제로 또는 가상적으로 작품을 개작했을 수 있다.

　역사의 오랜 기간에 걸쳐 이루어진 기독교도와 이슬람교도의 싸움을 한 시기에 일어난 단일 사건으로 축약시켜 작품화했다고 보면 그 의의를 인정할 수 있다. 사실과의 개별적인 일치 여부가 문학작품의 평가에서 긴요한 것은 아니다. 문학적 형상화의 총체적인 의미가 진실성을 가진다고 이해되면 세부 사항은 문제가 되지 않는다. 총체적인 진실성은 이슬람교가 기독교도보다 용맹이 뛰어났다는 데 있지 않고, 사람이 살아가는 마땅한 도리를 어느 쪽에서 더욱 설득력 있게 제시했는가 하는 시비를 가리면서 구현된다.

이슬람교는 예언자 무하마드가 신의 말을 사람들에게 전한다고 하면서 창건한 종교이다. 무하마드는 예언자이고, 예언자가 하는 말은 신의 말이므로 진실되다고 하는 교리만으로는 부족하므로, 더욱 구체적인 증언을 작품화해서 제시했다. 스와힐리 '우텐지'가 모두 그렇듯이, 시행이 짧고 말이 간략하며, 장황한 서술을 하지는 않았다. 웅변적인 사설을 끝없이 늘어놓는 유럽의 서사시와는 다르게, 요긴한 말만 간추려 하면서 이슬람교의 우월성을 입증하는 진실을 깊이 있게 나타냈다.

싸움이 벌어져 아랍군에 사망자가 생기자 예언자 무하마드는 애통해 하고, 흐느껴 울면서 절망에 사로잡혔다. 그러다가 천사가 하늘에서 내려와 분발하라고 하자, 다시 싸우기로 작정했다. 무하마드는 나약하다고 할 정도로 다정한 사람이지만, 신의 부름을 받고 있어 단호하고 위대하다는 것을 그런 방식으로 말했다. 헤라클리오스는 용맹이 워낙 뛰어난 영웅이어서, 그 뒤 몇 차례의 전투도 아랍군에게 불리했다. 예언자는 하늘을 향해서 기도를 한 다음, 자기 사위 알리에게 선두에 나서서 싸우라고 분부했다.

그 다음 순서로 벌어진 처절한 전투 장면을 그리고, 뛰어난 용맹으로 승리의 영광을 차지했다고 칭송하는 말로 작품을 끝내지는 않았다. 영웅담을 모든 사람의 이야기로 끌어내려 설득력을 가중시켰다. 알리가 이기고 돌아가자 아내가 다정하게 맞이해 따뜻하게 포옹하고, 의자에 앉히고 갑옷을 끌르는 장면을 서술했다. 아내가 알리에게 싸움의 경과와 결과에 대해서 많은 것을 알고 싶어 묻자, 알리는 다음과 같이 대답했다.

너의 아버님이 전쟁을 좌우하셔서
비잔틴을 패망시키셨다.

> 그쪽 군사들 가운데
> 죽은 사람은 소수이다.

나가서 싸운 자기는 공을 세운 것이 없고, 이슬람을 창건한 예언자 무하마드가 전쟁의 승패를 좌우해 비잔틴을 패망시켰을 따름이라고 했다. 살상을 자랑으로 삼지 않고, 죽은 군사는 소수라고 했다. 헤라클리오스는 죽었다고 하지 않고 자취를 감추어 찾을 수 없었다고 작품에서 서술해놓았다. 포로로 잡힌 군사들에 관해서는 다음과 같이 말했다.

> 남아 있는 포로들은
> 주님에 대한 신앙을 증언했다.
> 증언을 하지 않은 자는
> 칼로 처단했지만.[303]

영웅들 사이에서 싸움이 진행되었지만, 싸움의 본질은 종교전쟁임을 명시했다. 신앙이 같으면 사랑하고, 다르면 적대시하는 것 외에 다른 구분 기준은 없다. 터키서사시 《코르구트》에서 영웅들의 싸움에 종교지도자가 개입하는 것과는 다르게, 싸우는 영웅 자신이 종교지도자인 이 작품은 중세화를 더욱 철저하게 실현했다. 문명권의 중심부에서 멀리 떨어져 있는 주변부 가운데서도 주변부에서 스와힐리어로 창작한 작품이 이슬람세계 전체의 보편적 사고방식을 아주 선명하게 나타낸 것은 특기할 만한 일이다.

스와힐리문학은 18세기에 확고하게 자리를 잡은 뒤에 오늘날까지

---

303) 아래 위의 인용구 모두 Jan Knappert, *Traditional Swahili Poetry* (Leiden : E. J. Brill, 1967), 199면에서 가져왔다.

중단되지 않고 이어오면서 시대마다 다른 창작물을 다양하게 내놓았다. 19세기초의 무야카(Muyaka)는 세속적이고 일상적인 시를 쓰는데 앞서서, 아내에게 주는 시 여러 편과 함께, 정치적인 항거, 철학적 성찰의 시를 남겼다.[304] 산문의 영역에서는 아랍어문학과 관련을 가지고 마련한 '키사'(kisa), '하디티'(hadithi), '헤카야'(hekaya) 등으로 일컬어지는 중세에서 근대로의 이행기 소설이 풍부하게 마련되었다.[305]

19세기말에 독일이 침공할 때 스와힐리 시인들은 항거의 시를 지었다. 독일과 영국의 식민지가 되고, 독일의 패망으로 전역이 영국 식민지가 된 뒤에도 주체성을 잃지 않아, 유럽의 언어가 아닌 자기 언어로 근대문학을 이룩했다. 샤바안 로버트(Shabaan Robert)라는 대작가가 등장해서 수많은 시와 산문을 창작했다. 그 가운데 제2차 세계대전을 다룬 서사시도 있다. 전통적인 형태의 소설을 이어받아 당대의 문제를 심각하게 다루고, 식민지사회의 모순을 비판한 것도 특기할 만한 일이다.[306]

말라가쉬문학은 이슬람문명권의 민족어문학 가운데서도 가장 먼 주변부에 자리잡고 있는 사례이다.[307] 그런 이유 때문에 자세하게 고찰하기로 한다. 말라가쉬어는 마다카스카르 사람들이 인도네시아에서 이주할 때 가져간 언어이다. 아프리카대륙의 주민과 연결되어 있는 원주민은 별도의 언어를 사용하는, 다민족 다언어사회이다.

---

304) Jan Knappert, *Four Centuries of Swahilli Verse, a Literary History and Anthology*, 141-165면.

305) Jack D. Rollins, *A History of Swahili Prose* (Leiden : E. J. Brill, 1983), 107-127면에서 이에 대해 더 많은 갈래를 들고 자세하게 고찰했다.

306) Elena Zubkova Bertoncini, *Outline of Swahili Literature, Prose Fiction and Drama* (Leiden : R. J. Brill, 1980), 36-46면.

307) Zefaniasy Bemananjara and Suzy-Andrée Ramamonjisoa, "Malagashy Literature in Madacascar"에서.

섬의 서남부에 거주하는 '테모로'(Temoro)라고 하는 집단이 아랍
화해서 아랍문자를 이용해 말라가쉬어를 표기하는 문자생활을 시작
했다. 안드리아남포이니메리나(Andrianampoinimerina)왕이 18세기말에 이
르러서 통일왕조를 건립하고, '테메로' 문사들에게 명해서 왕국의
역사서를 저술하게 했다.[308] 아버지의 왕위를 계승한 라다마(Radama)
1세는 자기 스스로 아랍문자를 사용하는 글쓰기를 하다가, 19세기
초에는 아랍문자를 버리고 로마자를 사용하기 시작했다.[309]

19세기말에는 로마자 표기의 글쓰기가 보급되면서 언어통일이 촉
진되고, 기록문학이 발달하고, 말라가쉬어를 교육의 언어로 사용해
서 의학이나 자연과학을 가르칠 수 있을 정도에 이르렀다. 그 시기
에 국어가 확립되었다. 마다카스카르 섬에는 여러 언어가 사용되고
있지만, 아프리카의 다른 어느 곳에서 볼 수 없을 정도로 말라가쉬
어가 통일되고 보급되었다.

그런데 1895년에 시작된 프랑스의 식민지통치는 말라가쉬어가 국
어일 수 없게 와해하는 작용을 했다.[310] 프랑스가 식민지로 삼은 다
른 곳, 가령 월남에서는 하지 못한 일을 마다카스카르에서 강행한
이유는 저항이 약해 성사 가능하다고 판단했기 때문일 것이다. 국
어가 형성되어 있지 않은 아프리카의 다른 곳에서는 프랑스어를 보
급하기만 하면 되었지만, 마다카스카르에서는 국어 파괴를 프랑스
어 보급과 함께 진행해야 했다.

프랑스의 식민지통치 방식은 말라가쉬인들의 민족적 단합을 해체
하고, 일부 특별한 사람들을 동화시켜 프랑스인으로 만드는 것을
목표로 했다. 문화의 요소들을 통합하려고 하지 않고 주민을 구성

---

308) 같은 책, 426면.
309) 같은 책, 427면.
310) 같은 책, 435-436면에서 서술한 내용을 옮겨온다.

하고 있는 하위집단 사이의 차이점을 강조해서 나라를 분할해 통치하면서, 식민지주의 및 말라가쉬문명에 대한 외래문화의 지배를 정당화하려고 했다.

19세기 동안 언어와 교육에서 이룩한 발전이 파괴되고, 학교는 폐쇄되었다. 국어가 아닌 메리나(Merina)방언을 서사어로 발전시키는 데 특별한 노력을 해서 공용어로 삼았다. 그전부터 특권계급이었던 사람들은 프랑스인과 비슷한 위치로 올라섰다고 자부하면서, 무지하고 미천한 처지의 동족들보다 우월하다는 의식을 명확하게 가지도록 만들었다. 말라가쉬어의 글은 유럽화되었으며, 식민지 당국의 명령을 전하는 데에만 이용되고, 기술이나 과학의 영역에서는 사용되지 않아 초라하게 되었다.

말라가쉬인은 '원주민'과 '프랑스 시민'으로 양분되었다. 1915년 이후에는 학교에서 말라가쉬어, 마다카스카르의 역사와 지리를 학교에서 가르치지 못하게 했다. 학생들은 프랑스어를 잘 하고, 프랑스인으로 동화되는 교육을 제대로 받아 대학입학 자격시험에 합격하는 것을 최상의 목표로 삼게 했다. 그런 가운데도 말라가쉬어로 창작을 하면서 민족문화를 지키는 라마난토아니아(Ramanantoania) 같은 작자가 나타나서 다음 시대를 준비했다. 라베아리벨로(Rabearivelo)는 프랑스어 작품을 더 많이 썼기 때문에 비난받고 마침내 자결한 사람인데, 〈꿈만 같다〉(Saiky nofy)라는 말라가쉬어시에서 민족해방의 소망을 다음과 같이 노래했다.

깔고 누울 짚조차도 없는 거지도
옷이라고는 자기 살갗뿐인 먼지 구덩이 속의 포로도
둥지를 잃은 새들도
모두 해방될 것이다.[311]

마다카스카르가 독립한 뒤에 '프랑스 시민'의 프랑스어를 버리고, '원주민'의 말라가쉬어를 국어로 삼고, 말라가쉬어로 문학활동을 하게 된 것은 당연한 일이다. 프랑스 식민지가 되기 전에 이미 축적해놓고, 식민지통치에 맞서서 지켜온 역량이 있어 그럴 수 있었다. 프랑스의 통치를 거치면서 말라가쉬어 글쓰기를 시작하고 문자문명에 참가해서 전환이 가능했던 것은 결코 아니다.

식민지 통치자의 언어와 만나서 자기 말을 국어로 키운 민족은 아프리카에서도, 다른 어디에도 전혀 없다. 중세의 공동문어 아랍어와 만나 이룩한 문자생활의 역량이 식민지 시대의 시련을 이겨내고 자기 민족어를 오늘날의 국어로 가꿀 수 있게 한 원동력이다. 중세의 공동문어와 근대식민지 지배자의 언어는 민족어의 성장에서 전혀 반대가 되는 구실을 했다.

하우사·스와힐리·말라가쉬 순서로 이슬람세계와의 접촉의 폭이 좁아지고, 종교문학의 성격이 줄어들고, 언어 통일을 위한 정치적인 통일의 기능이 증대되었다. 하우사 땅은 영국이, 스와힐리의 고장은 처음에 독일이, 나중에 영국이, 말라가쉬어의 나라는 프랑스가 식민지화했는데, 그 가운데 프랑스가 언어 탄압을 가장 심하게 했다. 그 이유의 하나는 프랑스의 식민지 통치의 방식이 언어 문제에 민감한 특성이 있었기 때문이다. 다른 하나는 말라가쉬어가 통일마다카스카르왕국의 국어 노릇을 하고 있는 것이 식민지통치를 위해 장애가 되었기 때문이다.

식민지 시대에 하우사·스와힐리·말라가쉬 순서로 주체성을 더 잘 지키고, 식민지 통치에 적극적으로 항거했다. 식민지 통치의 차이만이 그 이유는 아니다. 그 순서대로 민족문학의 성장이 이슬람교와

---

311) 같은 책, 440면.

깊은 관련을 가졌던 전통이 남아 있어, 이슬람교의 가치관에 입각해서 침략자를 규탄하는 명분을 분명하게 세울 수 있었기 때문이다.

그리스어문학과 민족어문학

중세그리스어문명권의 위상

그리스어는 동방기독교문명권의 공동문어이다. 고대그리스에서 사용하던 언어를 동로마제국으로 출발한 비잔틴제국에서 이어받아 기독교의 경전어로 사용하면서, 어법이 고정된 공동문어로 만들었다. 비잔틴제국이 기독교를 보편종교로 하고 그리스어를 공동문어로 한 문명권의 구심체 노릇을 했다.

고대그리스인이 같은 장소에서 같은 언어를 사용하면서 계속 살아가는 동안에 중세비잔틴제국의 주인이 되었다. 그런데도 고대그리스와 중세비잔틴의 문명은 성격이 아주 달랐다. 그 점을 여러 측면에서 밝혀 논할 수 있으나, 쉽사리 확인할 수 있는 가장 명확한 증거를 미술품이 보여주고 있다. 고대그리스의 조각과 중세비잔틴의 회화는 고대와 중세의 차이점에 대한 최상의 요약진술이다.[312]

---

312) 아테네에 가서 국립고고학박물관(National Archeological Museum), 비잔틴박물관(Byzantine Museum), 국립미술관(National Gallery of Art)을 차례로 방문하면, 그런 차이점을 선명하게 확인할 수 있다. 고고학박물관은 고대를, 비잔틴박물관은 중세를 보여준다. 미술관의 회화는 근대가 고대나 중세와 어떻게 다

고대그리스인은 활기에 찬 거동을 하고 표정이 풍부한 조각으로 수많은 신들의 모습을 나타냈다. 중세비잔틴인은 聖像을 조각하는 것은 허용하지 않고 오직 평면에다 그림으로 나타내기만 해야 한다 하고서, 근엄한 모습을 하고 있는 예수와 성모를 검은 바탕에 황금색으로 그렸을 따름이다. 그처럼 극과 극의 차이를 보인 것은 시대가 달라졌음을 명확하게 하려고 한 의도적인 선택이었다. 고대의 지속을 단절시키고 전혀 새로운 시대가 시작되었음을 널리 알려 오해가 없도록 하기 위해서 특단의 조처를 했다.

고대그리스의 조각은 걸작이고 중세비잔틴의 회화는 졸작이어서, 역사 발전에 역행하는 후퇴를 보였다고 할 수 있다. 그러나 미술품을 기법 면에서 평가하고 마는 것은 부당하다. 나타내는 의미, 사회적인 기능까지 파악해서 종합적인 판단을 내려야 한다. 한쪽이 발전하기 위해서는 다른 쪽은 후퇴해야 한다는 것을 알고서, 그 양면을 함께 파악해야 한다.

고대그리스의 조각은 서로 다른 수많은 신을 도시국가마다 경쟁하면서 모신 신앙물이므로 다른 곳에서는 본뜰 수 없게 각기 특별했다. 모방이 불가능하고, 모조품은 가치가 없도록 만들었다. 그러나 비잔틴의 회화는 만인이 함께 섬길 수 있는 신의 모습이므로, 누구든지 본떠서 다시 그리면 모두 다 진품이 될 수 있는 단순한 형상을 갖추는 것이 마땅했다. 뛰어난 솜씨를 가지고 별나게 그릴 필요가 없게 해서, 보편종교의 보편성을 보장했다. 보편주의를 구현하는 사명을 수행하기 위해서 특수성에 대한 집착은 버려야 했다. 그것은 역사의 발전이다.

고대그리스문명은 오직 그 본고장에서만 위대했을 따름이고, 다

른가 알려준다. 한 도시의 세 박물관이 시대변화를 그렇게까지 잘 나타내고 있는 것은 놀라운 일이다.

른 곳에서 같은 수준으로 이식할 수 없었다. 로마인들조차도 저열한 모방자의 위치에서 벗어나지 못했다. 그러나 중세비잔틴의 문명은 어느 변방으로 가져가더라도 중심지와 근본적으로 동등했다. 러시아가 제2의 비잔틴 노릇을 훌륭하게 수행한 것이 그 때문이다. 고대문명은 본고장을 벗어나 확산되면 질이 떨어지게 마련이었던 것과 달리, 중세문명은 문명권 전체의 공유재산이었다. 공유재산을 만들고 늘인 것이 역사의 발전이다. 근대인이 중세를 폄하하고 고대를 평가하는 것은 일방적인 주장이다.

그리스민족이 자기 땅에서 만든 미술품이 그처럼 판이한 것은 민족문화의 지속성보다는 문명이 시대에 따라 달라지는 양상이 더 큰 의의를 가진다는 사실을 입증하는 증거로서 소중한 의의를 가진다. 세계사의 고대는 그리스를 기준으로 삼아 이해하다가 중세에 관한 논의에서는 그리스를 제외하는 것은 부당하다. 다른 어느 곳에서도 일제히 확인될 수 있는 고대와 중세의 특성, 고대의 다원론과 중세의 일원론, 고대의 자기중심주의와 중세의 보편주의, 고대의 자유로움과 중세의 근엄함이 그리스에 특히 잘 나타나 있어서, 세계사 전체의 전개를 이론화해서 파악할 수 있게 한다. 세계사를 민족사의 경쟁장이라고 여기는 근대사학의 좁은 소견에서 벗어나서 문명의 성격이 시대마다 달라져온 과정을 정당하게 파악할 수 있게 하는 구체적인 단서가 바로 거기 있다.

그리스어를 공동문어로 한 동방기독교문명권은 라틴어를 공동문어로 한 서방기독교문명권과 언어 사용에서 구분되고, 교리에서도 차이가 있어, 서로 대립되었다. 각기 상대방은 이단이고 자기 쪽은 정통이라고 했다. 서방기독교문명권의 십자군이 성지 회복을 구실로 이슬람문명권을 공격할 때, 동방기독교문명권의 중심지 비잔틴 제국 수도도 점령하고 약탈한 일이 있어 적대관계가 더욱 심각하게 조성되었다.

두 문명권의 관계를 가족관계에 견주어 말한다면, 동방기독교문명권은 형님이고, 서방기독교문명권은 아우라고 할 수 있다. 기독교를 보편종교로 하는 중세화의 과업을 동쪽에서 서쪽보다 앞서서 완수했다. 자기 고장 팔레스타인을 떠난 초기 기독교도들은 가까이 있는 그리스를 활동무대로 하고 그리스어를 경전어로 삼아 《신약성서》를 편찬해서 국제적인 선교의 거점을 확보한 다음 로마로 진출했다. 그리스문명의 오랜 전통이, 기독교가 보편종교로 성장하는 데 결정적으로 유리한 자양분을 제공했다. 라틴어 《신약성서》는 그리스어 원본의 번역에 지나지 않는다. 서방기독교문명은 동방기독교문명의 복제판이라고 할 수 있다. 동방기독교가 기독교의 '정통'(orthodox)이라고 하는 것은 당연한 주장이다.

콘스탄티노플을 수도로 한 동로마제국은 330년에 기독교국가인 비잔틴제국으로 거듭 태어나 천 년 동안이나 지속되었다. 그 무렵에 처음 지은 다음 몇 번 파괴되고 재건되어, 537년에 성대한 봉헌식을 거행하고, 562년에 재보수한 쫗소피아사원(Hagia Sophia)이 오랜 시련을 겪고서도 오늘날까지 건재해 중세보편종교의 위업을 입증하는 가장 오랜 상징물 노릇을 하고 있다.[313] 그런데 서유럽은 476년에 게르만족의 침입을 받고 서로마제국이 무너진 다음 오랫동안 혼미 상태에 있었다. 서로마제국의 뒤를 이은 중세기독교제국이 서유럽에 등장한 것은 800년의 일이다. 그때 샤를마뉴가 세운 카롤링거제국은 구조가 엉성하고 문화 수준이 낮다고 비잔틴제국에서는 낮추어보았다.

5세기의 굽타제국, 7세기의 수·당제국, 8세기의 압바시드제국에

---

313) Yücel Akat, *Istanbul*(Ankarra : Keskin, 1995), 30-32면 ; Robert Mantran, *Histoire d'Istanbul*(Paris : Arthème Fayard, 1996), 52-54면.

상응하는 기독교세계의 중세제국이 비잔틴제국인가 아니면 카롤링거제국인가 하는 데 따라서, 기독교문명권의 중세화가 다른 문명권보다 빨랐다고 할 수도 있고, 늦었다고 할 수도 있다. 그런데 오늘날 서방기독교문명권의 논자들은 자기네가 기독교문명권을 대표한다고 하면서 동방기독교의 역사를 무시해, 기독교문명이 다른 보편종교문명보다 후진임을 자인하고 있다. 그것은 유럽문명권중심주의를 협소하게 구축하려고 해서 생긴 자가당착이다.

사태가 그렇게 된 것은 동방기독교문명권이 망했기 때문이다. 중세제국 가운데 가장 앞서가던 비잔틴제국이, 622년에야 비로소 등장한 최후발의 보편종교인 이슬람교 쪽의 공격을 받고 영역이 계속 줄어들다가, 1453년에 마침내 멸망하고 말았다. 그 터전을 오스만투르크가 차지하고서 콘스탄티노플이고 또는 비잔티움이던 곳을 이스탄불이라고 개칭하고 이슬람제국의 수도로 삼았다.

선진이 후진이고, 후진이 선진이어서 그렇게 되었다. 동방기독교문명은 중세문명 가운데 가장 선진이었으므로 보편종교 성립의 순서로 볼 때 가장 후진인 이슬람문명권과의 싸움에서 이겨내지 못하고 무너졌다. 선진이 자만하고 있는 동안에 후진은 선진을 철저하게 연구해서 넘어서는 길을 찾는 것이 상례이다. 선진에서 먼저 한 중세화가 급조로 이루어져 무리가 많고 엉성했던 탓에, 그 일을 제대로 한 쪽이 새롭게 갖춘 단단한 힘을 당해내지 못했다.

동방기독교문명권에서는 로마제국의 유산을 이은 황제가 지배하는 정치가 선행하고 총대주교가 주도하는 보편종교가 뒤따랐으나, 이슬람교에서는 종교가 종교로 시작되어 종교를 위한 정치를 마련해서 종교의 이상 실현을 정치가 방해하지 않았다. 정치적 권위주의는 사람을 차별하는 사고방식과 연관되어 있어, 기독교도로 개종해도 변방 사람들은 이방인이라고 여겨 낮추어보았다. 고대그리스

시대에 그리스인이 아닌 다른 사람들은 모두 야만인이라고 멸시하던 자기중심주의에서는 벗어났어도 중심부의 배타주의는 버리지 않았다. 그러나 알라신을 믿으면 누구나 형제가 된다는 교리를 실현하는 이슬람교에서는 차별 없는 신앙공동체를 형성했다.[314]

그것보다도 더욱 중요한 차이는 선행문명의 유산을 계승하는 태도에 있었다. 비탄틴문명권에서는 고대그리스로부터 배타주의의 관습은 의식하지 않은 가운데 이으면서, 가장 가치 있는 성취물인 철학은 거부했다. 고대와의 단절을 분명하게 하기 위해서, 철학저술을, 사상은 버리고 문장 공부의 교본으로나 사용했다. 그런데 아랍어문명권에서는 고대그리스철학을 아랍어로 번역해가서, 이슬람철학을 새롭게 발전시키는 데 이용했다. 때문에 철학적 사고의 우열이 나누어졌다. 서방기독교 라틴어문명권에서는 고대그리스철학을 아랍어 번역을 통해서 받아들이면서 기독교문명권의 열세를 회복하려고 했는데, 동방기독교문명권에서는 그런 동향조차 몰랐다.

동방기독교문명권에서는 중심부에서만 그리스어 경전을 사용하고 변방에서는 그것을 자국어로 번역해 경전어가 여럿으로 나누어져 있고, 이슬람교문명권에서는 이슬람교 경전의 번역이 허용되지 않아 경전어가 하나인 것도 중요한 차이점이다. 그렇게 된 이유를 세 가지로 설명할 수 있다. (가) 종교의 교리로 사고를 규제하는 일을 융통성 있게 한 쪽과 엄격하게 한 쪽의 차이이다. (나) 중심부와 주변부 사이의 문화 수준 차이가 큰 곳과 작은 곳의 차이이다. (다) 주변부를 낮추어보는 배타주의가 있는 곳과 없는 곳의 차이이다.

---

314) Alain Ducellier, *Chrétiens d'Orient et Islam au Moyen-Age VIIe-XVe siècle*(Paris : Arman, 1996)의 결론 부분에서도 이 비슷한 비교론을 전개했으나, 논지가 선명하게 파악되지는 않는다. 두 종교 사이에서 천 년 이상의 기간 동안 진행된 논란에 관해서 어느 한쪽에 속하는 논자가 공평하게 말하기는 어려운 일이다.

(나)는 실제상황이다. 중심부 비잔틴과 주변부 러시아의 수준 차이 같은 것이 중심부를 옮겨가면서 대제국을 건설한 이슬람문명권에는 없었다. 중심부와 주변부 사이의 완충지대인 중간부가 없는 것도 동방기독교문명권의 불행이었다. 그런 (나)의 사정에 (다)의 사고방식이 추가되어, 동방기독교문명권에서는 중심부의 경전어와 주변부의 경전어가 서로 달라지게 했다. (가)라고 말하면 경전어의 다원화가 융통성을 의미한다고 긍정적으로 이해할 수 있으나, (가)의 이면이 (다)이므로 평가가 달라질 수 있다. 차별이 다원화로 나타난 것이다.

동방기독교문명권에서 중심부와 주변부를 갈라놓는 차등의 질서는 주변부를 위축시킬 뿐만 아니라, 문명권 전체의 결속을 흐리게 한 결과 중심부를 위해서도 유익하지 못하다. 중심부가 공격을 받을 때 주변부에서 도와주지 않았다는 것만은 아니다. 중심부가 침체기에 들어갈 때 변방에서 새로운 활력을 제공하지 못하고, 선두주자 교체가 일어날 수 없었던 것이 더욱 큰 불행이다. 중심부에서 창조력을 잃을 때에는 중간부가 나서서 그 결함을 보충하고, 그 다음 단계에서는 주변부에서 분발하는 단계적인 변화를 하지 못하는 문명은 커다란 약점이 있다.

그런데 이슬람교에서는 경전 번역을 허용하지 않아, 단일 공동문어가 문명권의 결속을 다지는 구실을 했다. 그래서 주역이 거듭 교체되어, 아랍인·페르시아인·터키인이 차례대로 나서서 문명권 전체의 역량을 쇄신하는 새로운 역사를 창조했다. 동방기독교문명권이 이슬람문명권의 도전 때문에 계속 위축된 이유가 바로 거기 있다고 할 수 있다.

그리스어 경전을 자기네 말로 번역해서 사용한 동방기독교문명의 여러 분파에 시리아, 이집트, 에디오피아, 슬라브민족들, 그루지아

등이 있었다. 그 모든 나라가 이슬람교의 공세에 시달렸다. 시리아
인은 기독교를 버리고, 시리아어를 잃고, 아랍어를 사용하는 이슬람
교도가 되었다. 이집트에서는 그런 변화가 전면적으로 일어나지는
않아, 이집트어를 경전어로 만든 곱트어(Coptic)를 사용하는 기독교
도가 일부 힘겹게 남아 있었다. 다른 나라에서는 기독교를 지키기
는 했지만, 문명권의 동질성은 점차 상실하고 각기 고립되었다.

에디오피아에서는 이슬람교도의 포위공격을 견디며 게에즈어
(Ge'ez)를 경전어로 하는 기독교가 지속되었다. 교회슬라브어를 경전
어로 하는 슬라브민족들, 특히 그 가운데 러시아는 이슬람문명권과
다소 거리를 두고 있어서 큰 위협은 받지 않으면서, 비잔틴제국이
망한 뒤에는 동방기독교문명권의 정통적인 후계자라고 자처했다.
그루지아인 또한 주권을 위협받는 상황에서 독자적인 기독교를 이
어나갔다. 그래서 민족문화를 발전시키는 길에 일찍 들어섰으나, 보
편주의를 재창조하는 데는 힘쓰지 못해서 민족문화의 내용이 빈약
해질 수밖에 없었다.

동방기독교문명권은 다른 어느 문명권보다 동질성이 희박한 편이
다. 중심부의 비잔틴제국과 주변부의 여러 나라 사이에 이질성이
두드러졌으며, 중간부라고 할 곳은 없었다. 이슬람교의 침공으로 중
심부를 상실하고, 주변부 또한 적지 않은 침해를 받아, 연결이 끊어
지고 분열이 가속화되었다. 공동문어를 버리고 각기 자기 언어를
경전어로 사용하면서, 문명권의 동질성은 돌보지 않고 민족문화의
특수성을 키워나가는 데 힘썼다.

그런 특수성이 있다 해도 동방기독교문명권이 사라진 것은 아니
다. 그리스어를 공동문어로 사용하지 않아도, 비잔틴제국에서 마련
한 중세문명의 규범을 자기 나름대로 이어나가는 기본적인 성격은
변하지 않았다. 동방기독교문명권을 한 문명권으로 인정해 다른 여

러 문명권과 같은 자리에 두고 비교하는 데 아무 잘못이 없다.

기독교문명권이 서방기독교문명권만이라고 착각하지 않도록 하기 위해서도 동방기독교문명권에 대해서 구체적인 관심을 가져야 한다. 서유럽의 논자들이 비잔틴제국을 부당하게 무시하고 폄하해온 데 말려들지 말고, 그 잘못을 시정해야 한다. 처음에는 그리스에서 비롯해 나중에는 서유럽으로 이어진 역사가 보편적인 세계사라고 주장하는 유럽문명권중심주의를 바로잡기 위해서, 동·서기독교문명권을 비교해 동질성과 이질성을 함께 밝히는 작업을 반드시 해야 한다.

동방기독교문명권에 대한 서방기독교문명권의 적대행위는 잘난 형에 대한 못난 아우의 질투와 같은 성격을 띠고 시작되었다. 비잔틴제국이 터키에게 망한 뒤에는 죽고 없는 형은 족보에서 삭제하고 아우가 정통을 차지하기 위한 책동 같은 것을 계속 벌였다. 터키는 비잔틴의 육신을 차지했다면, 서유럽은 비잔틴의 영혼을 유린했다. 유럽의 역사를 서술하거나 세계사를 논할 때 동방기독교문명권은 최대한 축소해서 다루고 함부로 폄하해 다시 돌아볼 필요가 없게 만들었다.

헤겔의 《역사철학》에서는, "진실되고 순수한 기독교를 품격 높게 구현하고 있다고 믿어야 한다는 비잔틴제국 천 년의 역사가 사실은 범죄·나약함·비열함·개성상실의 연속을 보여줄 따름이다"라고 단언했다.[315] 프랑스에서 내놓은 가장 방대한 규모의 세계문학사인 《문학의 일반적 역사》에서는, 비잔틴문학은 "멸시의 대상이 되어 쉽게 접근할 수 없다" 하고, "프랑스에서 그리스어를 읽고 즐거움을 맛보는 몇백 명의 교수 가운데 비잔틴인이 쓴 글 원문을 한 면이라도 온전하게 읽어본 사람이 얼마나 될까?" 하고 반문했다.[316]

---

315) G. W. F. Hegel, *Vorlesungen über die Philosophie der Geschichte*(Frankfurt am Main : Schrkamp, 1970), 408-409면.

편견으로 가득찬 폭언이다. 이성을 무엇보다 존중하는 철학자나 문학에 관한 문제라면 무엇이든지 맡아서 다룬다고 하는 나라의 자랑스러운 업적에서나 그런 말을 하는 것은 뜻밖의 일이라고 할 것은 아니다. 그럴 만한 이유가 있다. 열등의식이 오래 누적된 탓에 죽은 형의 목을 자르는 아우의 폭행을 감추어두지 못하고 드러냈다. 그래서 학문을 할 자격이 없다는 것을 스스로 폭로했다. 그런 야만스러운 충동을 청산하지 못하고 있으면서 세계사를 논하고 세계문학의 역사를 서술하겠다는 것은 억지이다.

지금에 와서는 잘못을 시인하고 시정하려고 일부의 논자들은 성실하게 노력한다. 그 덕분에 비잔틴에 대한 관심이 중세연구의 "가련한 양자"(poor stepchild)의 위치에 있는 비정상을 시정하고, 서부유럽 못지 않게 비잔틴의 중세문명에 대해서도 정당한 관심을 가져야 한다는 것과 같은 발언을 들을 수 있게 되었으나,[317] 잘못을 시정하는 새로운 연구성과가 납득할 만하게 이루어진 것은 아니다. 비잔틴문명은 "그 자체로 폐쇄되어 있는 기이한 세계로 취급되고, 보편적인 문명과의 관련이 악명 높다고 할 만큼 무시되었다"고 비판한 논자는 비잔틴연구를 적극적으로 진행했으나, 얻은 성과는 그 문명의 특성을 묘사하는 데 그쳤다.[318]

---

316) 《세계문학사의 허실》(서울 : 지식산업사, 1996), 202면에서 해당 대목의 원문을 들고 검토했으므로, 구체적은 사항은 그쪽으로 미룬다.

317) Michael McCormick, "Byzantium and Modern Medieval Studies", John Van Engen ed., *The Past and Future of Medieval Studies*(Notre Dame, Indiana : University of Notre Dame Press, 1994)에서 그렇게 말했다.

318) Alain Ducellier가 그런 사람의 좋은 본보기이다. 위에서 든 *Chrétiens d'Orient et Islam au Moyen-Age VIIe-XVe siècle*를 내기 전에 내놓은 비잔틴문명 총괄론 *Les Byzantins*(Paris : Seuil, 1988)에서 그렇게 말했다(7면). 서유럽의 논자들이 비잔틴문명을 부당하게 무시하고 지나치게 폄하한 내력을 들어 비판하면서 헤겔의 말도 인용했다(10면).

비잔틴문명의 보편적인 의의를 밝히는 데 필요한 안목을 갖추지 못해 그런 한계를 나타냈다. 비잔틴문명에만 몰두하고 있는 전문가의 식견으로 세계사 인식을 바꾸어놓을 수는 없다. 세계사 인식을 바로잡는 거대한 과업을 수행하지 않고서는 비잔틴문명에 대한 부당한 대우를 시정할 수 없다. 비잔틴문명에 대한 재인식은 다른 여러 문명을 함께 고찰해 서로 비교하는 관점에서 이루어져야 한다. 어느 문명을 특별히 폄하하거나 옹호하는 것은 학문을 하는 도리가 아니다. 어느 문명이든 함께 지니고 있는 보편적인 원리를 찾아내면서 특수성이 나타난 양상과 그 이유를 찾아야 한다.

비교논의의 대상을 비잔틴문명권이라고 하지 말고 동방기독교문명권이라고 해야 하는 것도 긴요한 사항이다. 비잔틴제국을 멸망시키고 그 터전을 터키가 차지했어도, 더 넓은 범위의 동방기독교문명권은 없어지지 않고 지속되었다. 그런 사실을 무시하고 비잔틴에 관해서 논하고 마는 것은 세계사를 제국의 흥망사로 보려고 하는 武勇사관의 낡은 관습이므로 시정해야 마땅하다.

동방기독교문명권은 그 중심부의 제국이 없어진 뒤에도 여러 민족의 다양한 언어문화를 통해서 지속되어 오늘에 이르렀다. 그 양상을 통괄해서 파악해야 다른 여러 문명권과 비교하는 단위가 같아지는데, 불행히도 그런 작업이 아직 없다. 동방기독교의 역사를 일괄해서 다루는 작업을 종교사 또는 기독교사에서는 하고 있지만,[319] 언어, 문학, 예술, 사상 등의 역사를 모두 포함한 문명사는 없다.

비잔틴제국이 망한 뒤의 동방기독교문명은 그 내부에 동질성보다 이질성이 더욱 두드러져 한 문명이라는 인식이 흐려진 것이 문명사 성립을 어렵게 하는 요인이다. 그러나 모든 문명권은 그 내부에 동

---

319) Aziz S. Atiya, *A History of Eastern Christianity*(London : Metheuen, 1968) 같은 것이 그런 예이다.

질성과 이질성이 있게 마련이다. 이슬람문명권은 그 내부구조의 동질성이 가장 두드러진 쪽이지만 이질성도 갖추고 있듯이, 동방기독교문명권은 이질성이 두드러진 쪽이지만 동질성도 갖추고 있다.

공동문어문학과 민족어문학의 관계를 문명권 단위로 고찰하는 작업에서 민족어문학의 비중이 낮은 이슬람문명권 아랍어문학의 경우를 논외로 할 수 없는 것처럼, 공동문어문학이 그리 중요시되지 않았다는 이유에서 동방기독교문명권을 빼놓을 수 없다. 그 양쪽의 사정을 서로 비교해서 고찰해야 세계문학사 일반론을 도출할 수 있다.

그리스어공동문어문학사의 전개

그리스어는 고대문명을 이룬 언어여서 학문과 문학의 저술이 풍부하다. 그렇지만 고대그리스어가 바로 중세그리스어인 것은 아니다. 고대말기에 알렉산더대왕의 정복이 있은 다음 고대그리스어 사용의 규범이 무너지고 많은 방언이 표면화되었으며, 다른 여러 언어의 요소가 유입되었다. 광범위한 지역에서 함께 사용하는 공동의 언어를 마련해 그런 혼란을 수습하고자 하는 움직임이 자연발생으로 일어나서 '코이네'(koine)라고 하는 '공동어'가 나타났다.[320]

그 언어가 《신약성서》에서 사용되어, 동방기독교문명권의 공동문어가 되었다. 예수가 세상을 떠난 직후부터 몇 차례에 걸쳐 이루어진 예수의 전기, 초기 사제자들의 편지, 기타 관련 문서 27종을 모아 《신약성서》를 편찬한 것이 2세기 후반의 일로 추정된다. 기독교

---

320) R. M. Dawkins, "The Greek Language in the Byzantine Period", Norman H.Baynes and H. St. L. B. Moss ed., *Byzantium, an Introduction to East Roman Civilization* (Oxford : Clarendon Press, 1949), 252-267면.

가 그리스문명의 산물은 아니고, 예수나 그 제자, 후계자들이 그리
스어를 사용한 것은 아니다. 그러나 기독교를 전파하는 지역에서
공통되게 사용되는 언어가 그리스어이고, 또한 그리스어는 글쓰기
에 적합한 문명어이므로, 그리스어를 《신약성서》의 언어로 삼는 것
외에 다른 선택을 할 여지가 없었다. 《구약성서》는 원래 이스라엘
인의 경전이었으므로 그곳의 언어인 헤브라이어를 사용했다. 《구약
성서》를 헤브라이어에서 그리스어로 옮겨 기독교의 경전을 모두 갖
추었다.

서방기독교는 라틴어경전을, 동방기독교는 그리스어경전을 사용
한 점이 달랐다. 그 두 가지 경전어는 연원을 따지면 그리스어 쪽
이 앞선다. 《구약성서》는 둘 다 번역본이어서 서로 같다고 하겠으
나, 《신약성서》는 그리스어본이 원본이고 라틴어본은 번역본이다.
그리스어와 라틴어는 둘 다 고대문명의 언어이므로 오랜 역사를 자
랑하지만, 그 점에 관해서도 그리스어가 앞선다. 고대라틴어문명은
지식의 많은 요소를 고대그리스어문명에서 가져가야 했다.

서방기독교의 라틴어이든 동방기독교의 그리스어이든 언어가 저
절로 변하는 것을 막고, 언어 사용의 규칙과 글쓰기의 규범을 고정
시켜야 공동문어일 수 있었다. 그런 언어를 사용해야 절대적인 진
리를 지켜나갈 수 있다고 믿어, 언어의 혼란은 곧 사상의 타락이므
로 극력 경계해야 한다고 했다. 그렇게 하는 일을 기독교 교회가
맡았다.

11세기의 프셀루스(Psellus)가 '코이네'라고 일컬은 공동어의 글쓰
기 규범을 마련했다. 당대의 언어는 타락되었다고 보고, 이미 사용
하지 않는 고형을 고수해야 한다고 했는데, 규칙을 너무 엄격하게
정해서 생동하는 느낌을 주지 못한다고 부정적인 평가를 받는다.[321]
그런 의고적인 순수주의 글쓰기 방식이 비잔틴제국 말기까지 계속

지배적인 영향력을 가졌으며, '純正語'(katharevusa)라고 하는 오늘날의 문어로 이어진다. 그 중간에 오스만 투르크의 지배를 받는 동안에, 그리스어 문어의 순수성을 지켜야 기독교문명을 수호하고, 그리스민족의 자존심을 잃지 않을 수 있다고 여겼다.

비잔틴제국에서 문어를 보존하고, 글쓰기의 규범을 지키는 데 주동적인 구실을 한 사람들은 동방기독교의 사제였다. 그 점은 서방기독교문명권의 경우와 상통하면서, 중요한 차이점이 있다. 동방기독교의 사제는 결혼을 하고 가족과 함께 살았다. 오랫동안 속인 노릇을 하던 사람이 나중에 사제가 되기도 했다. 속세를 버리고 출가해야 사제일 수 있는 것은 아니었다. 사제가 된다는 것은 학식에 상응하는 직위가 부여된다는 뜻이었다.[322]

서방기독교문명권에서는 사제가 문자문명을 거의 독점해서, 세속인은 무식했다. 그런데 동방기독교사회에는 유식한 사람들이 많았다. 사제가 아닌 사람들이 수사학을 가르치는 교사 노릇을 하고, 공동문어문학 창작에도 종사하며, 글하는 능력 덕분에 관리로 발탁되기도 했다. 사제는 공동문어문학의 여러 담당자 가운데 특히 높은 지위에 있으면서, 규범을 준수하고 가치관이 흔들리지 않도록 감독하는 구실을 했다.

결혼해서 살고 사회활동을 하는 사람이면서 학식이 뛰어났다는 점에서 동방기독교의 사제는 유교의 사제인 '士'와 상통했다. 유교사회의 '士'는 신분인데 동방기독교의 사제는 직위인 점이 서로 달랐으나, 동방기독교의 사제가 되는 것은 유교의 '士'가 과거에 급제하는 것과 상통하는 의의를 가졌다고 보면 차이점보다 공통점이 더

---

321) R. M. Dawkins, 위의 글, 256-257면.

322) Rosemary Morris, *Monks and Layman in Byzantium*(Cambridge : Cambridge University Press, 1995)에서 그 점에 관해 다각적으로 고찰했다.

크다. 그런 성격의 사제가 엄격하게 규범화된 문어를 사용해서 품격 높은 저술활동을 한 것을 자랑스럽게 여겨 자기네가 세계의 중심에 자리잡고 있다고 한 점도 서로 같다.

공동문어를 정착시키고 발전시키는 데 중국에서와 같이 비잔틴제국의 황제들도 적극적인 기여를 했다. 황제들이 직접 시문을 창작하고, 방대한 저술을 하는 국가사업을 주도해서, 서방기독교사회의 무식한 통치자들과 좋은 대조를 보여주었다. 비잔틴문명의 위세가 가장 높았다고 평가되는 10세기에서 11세기에 이르는 기간 동안에, 레오(Leo) 4세와 그 아들인 콘스탄티누스(Constantinus) 7세가 이룩한 업적이 특히 뛰어나다. 레오 4세는 기독교시, 역사산문, 군사작전에 관한 논설 등 다양한 형태의 시문을 남겼다. 콘스탄티누스 7세 또한 제왕의 전기, 성자전, 제국의 통치에 관한 논설을 포함한 다양한 분야에 관한 글을 썼으며, 학자들을 동원해서 학문의 여러 영역을 망라한 방대한 규모의 백과사전을 편찬했다. 그 책은 지금 일부만 남아 있으나, 비잔틴문명의 여러 면모에 관해서 알려주는 소중한 자료이다.[323]

공동문어로 쓴 글 가운데 가장 권위 있는 것은 기독교의 교리를 풀어 밝히는 신학서였다. 비잔틴신학은 4세기에 정립되었다. 그 주동자의 하나인 그레고리우스(Gregorius de Nazianzus)는[324] 서방기독교에 맞서서 동방기독교의 신비주의적이고 정신주의적인 신앙의 정당성

---

323) Jacques Brosse, *Histoire de la chrétienité d'orient et d'occident de la conversion des barbares au sac de Constaninople (406-1204)*(Paris : Albin Michel, 1995), 578-580면.

324) 비잔틴의 인명을 어떻게 표기할 것인가는 문제이다. 이용 가능한 자료인 영어·불어·독어 논저에서 각기 자기네의 표기 방식을 사용하고 있어서 어느 것을 따를 수 없다. 확인 가능한 범위 안에서 그리스어 (때로는 본의 아니게 라틴어) 원래의 이름을 찾아 적으면서, 출신 지역을 뜻하는 말은 "de"를 사용하기로 한다.

을 주장하는 데 힘썼으며, 아우구스티누스(Augustinus)의 《고백록》과
비견되는 자서전적인 시편을 남겼다. 그 가운데 한 대목을 들어보자.

> 고독한 심정으로 불안에 시달리면서,
> 그늘진 숲속에 앉아 근심에 잠겼는데,
> 이런 슬픈 날에도 믿음이 내게로 닥쳐온다.
> 내 자신과 더불어 홀로 자문자답하고 있는데,
> 바람은 살랑거리고 새는 노래하고
> 나무가지 끝에서 편안함이 흘러내린다.[325]

고뇌가 신앙으로 바뀌는 과정을 이렇게 노래해, 고뇌의 시련을
겪어야 신앙의 즐거움을 찾을 수 있다고 했다. 고뇌를 참고 견디면
서 은총이 내리기를 기다리는 자세에 관해 비잔틴문학은 많은 비중
을 두고 다루어 어두운 분위기를 띠었다. 교회의 벽에 새겨놓은 聖
像 모자이크의 표정처럼 근엄한 마음가짐을 요구했다.

그 뒤의 신학사상에는 신비주의의 색채를 지나치게 띤 것이 많
아, 7세기에 막시무스(Maximus)가 정통노선을 재확인했다. 교회에서
가르치는 규범을 엄격하게 따르면서 근신하고 복종해야 내세에 구
원을 얻을 수 있다고 했다. 그러나 신을 믿는 사람은 누구든지 교
회를 통하지 않고서도 현세에 신과 만나 일체를 이룰 수 있다고 하
는 비정통의 신비주의 노선이 계속 남아 있었다. 10세기말에 그런
취지의 새로운 신학을 주창한 시메온(Symeon)은 다음과 같은 시를
지어, 구원이 가까이 다가오고 있다고 했다.

---

325) Hans-Georg Beck, *Das byzantinische Jahrtausend*(München : C. H. Beck, 1994), 117면.

나는 움직이지 않는 분이 가까이 내려오는 것을 아노라.

나는 보이지 않는 분이 내게 나타나는 것을 아노라.

나는 천지창조 저쪽 먼 곳에 계시는 분이

나를 데려가서서 품에 품으리라는 것을 아노라.[326]

정통신학자들은 시를 멀리하고 산문을 사용했다. 산문을 엄격한 규범을 갖춘 문어로 써야 순수한 신앙의 정통노선을 분명하게 할 수 있다고 했다. 문어의 규범은 논리가 아닌 수식을 본질로 했다. 글을 정교하게 다듬어 쓰는 데 힘써서, 이미 공인된 진리에 대해서 새삼스러운 의문이 생기지 않도록 막았다. 기독교 교리의 고유한 영역을 넘어선 광범위한 문제에 대해서 논의가 활발하게 이루어질 수 없었던 것이 그 때문이다.[327]

비잔틴신학은 철학으로 나아가지 않았다. 서방기독교문명권에서 아우구스티누스나 토마스 아퀴나스(Thomas Aquinas)가 한 것처럼 신학과 철학을 연결시키지 않고, 순수하게 종교적인 문제를 다루는 것을 특징으로 했다.[328] 고대그리스의 철학, 특히 아리스토텔레스의 저작이 번역을 통해서 이슬람세계에서도 적극 수용되었으며, 기독교철학을 새롭게 정립하는 데 긴요하게 쓰이기도 했으나, 원문을 읽어 이해하는 사람이 많은 본고장에서는 그 사상적 의의가 평가되지 않고 계승되지 않았다.

---

326) Sergei Hackel, "The Orthodox Churches of Eastern Europe", John McManners ed., *The Oxford History of Christianity*(Oxford : Oxford University Press, 1990), 147면.

327) Ernst Baker, *Social and Political Thought in Byzantium*(Oxford : Clarendon, 1961), 3-4면.

328) 그 점을 Jonh Meyendorff, *Rome, Costantinople, Moscow, Historical and Theological Studies* (St. Vladimir's Seminary Press, 1996)의 제2장 "Byzantium as Center of Theological Thought in the Christian East"에서 밝혀 논했다.

글의 규칙을 정비하고 교육하는 수사학은 신학과 밀접한 관련을 가졌다. 수사학자들은 고대그리스 철학자들의 저작을 가르치고 주석하고 하는 일은 계속해서 했으나, 언어를 이어받고 문장 공부를 하는 데 그 목적을 두었다. 고대그리스의 사상이 이어지는 것은 엄격하게 막아, 고대와 중세의 차이를 분명하게 하고, 기독교 교리가 흔들리지 않도록 했다.

그렇지만 역사서 서술에서는 서방기독교문명권을 능가하는 성과를 보여주었다. 역사학은 기독교의 교리를 흔들어놓을 염려가 없다고 여겨, 고대그리스의 전례를 이어받을 수 있었다. 그 경우에는 언어문화의 직접적인 전승이 유리하게 작용했다. 《구약성서》에서 펼쳐 보인 기독교의 역사관을 독자적인 전통에다 보태서, 새로운 구상을 마련했다. 비잔틴의 역사와 세계의 역사 두 가지 역사서를 쓰는 일을 거듭해서 하면서, 작은 범위의 국가사는 제왕의 능력, 넓은 범위의 세계사는 신의 섭리에 따라서 진행된다는 양면의 역사인식을 여러 시대에 걸쳐서 구현했다.

6세기의 프로코피우스(Procopius)는 비잔틴의 군대가 페르시아인, 반달인, 고트인 등 여러 이방인과 싸운 내력을 서술해 비잔틴역사서의 본보기를 마련했다. 자기가 직접 경험한 바를 술회하는 데 많은 비중을 두면서, 헤로도투스(Herodotus)와 투키디데스(Thucydides)가 마련한 고대그리스의 역사서술 방법을 이어 사실을 정확하게 기술하려고 했다. 그렇게 해서 지리 및 민족지에 관한 정보가 많이 들어 있는 소중한 자료로 평가되는 저술을 남겼다.

국가의 역사를 서술하고, 제왕의 업적을 정리하는 작업을 10세기에 이르러서 더욱 규모가 크고 수준이 높게 이룩했다. 게네시우스(Genesius)가 쓴 《황제들의 역사》라고 하는 통사가 그 가운데 가장 주목할 만한 업적이다. 레온 디아코누스(Leon Diaconos)가 10세기의 당대사를 기록한 저작도 내용이 풍부하고 자료가 정확해서 뛰어난 업적으로 평가된다. 비잔틴제국의 역사가들은 국가사를 쓰는 일을 끝까지 계속하면서 시대마다 새로운 관심사를 다루었다.

팔레스타인에서 태어나고, 그 곳 가이사랴의 주교 노릇을 한 4세기 사람 에우세비우스(Eusebius de Caesara)는 그리스어로 저작한 《교회사》에서 기독교교회사를 쓰는 전범을 마련해 '교회사의 아버지'라고 칭송되었으며, 기독교세계 전역에 많은 영향을 끼쳤다.[329] 《교회사》와는 별도로 천지창조에서 자기 시대까지의 일어난 역사적 사실을, 《구약성서》를 기본자료로 하고, 이집트·앗시리아·그리스·로마의 자료까지 보태서 정리한 세계사 연표인 《연대기》도 저술했다. 그 두 책은 라틴어로 번역되어 서방기독교문명권에도 광범위한 영향을 끼쳤다.

그 뒤를 이어 16세기에 요한 말라라스(Johan Malalas)는 고대이집트에서 자기 시대까지의 역사를 서술했는데, 구어를 섞은 대중용 저작이어서 높이 평가되지 않는다. 세계사 서술의 전범을 다시 마련한 사람은 9세기의 성직자 게오르기우스(Georgius)이다. 인류의 시조시대에서 당대까지의 역사를 서술하면서, 기독교의 역사관을 분명하게 하고 문장 표현을 바로잡으려고 했다. 그것을 10세기에 다른 사람이 보완하고, 동방기독교문명권의 다른 나라에서 가져가서 번역하고 개작했다.

비잔틴문학의 또 한 가지 중요한 영역은 종교적인 행적이 뛰어나서 널리 모범이 되는 성자의 생애를 다룬 성자전이다. 성자전을 종교문학의 핵심영역으로 삼는 전통을 비잔틴에서 마련해 그 전통을 러시아로 넘겨주었다. 그런데 비잔틴의 성자전은 외국의 인물을 주

---

329) 얼 E. 케이른즈, 엄성옥 역, 《세계교회사(상) 고대 및 중세편》(서울 : 은성, 1995), 218면.

인공으로 삼았다. 이집트인 성자 안토니우스(Anthonius), 자선가 요한 (Johan) 등에 관한 전기를 가져와서 비잔틴 성자전의 모형이 되는 작품을 이룩했다. 팔레스타인, 크레타 등지의 성자도 등장시켜 성자전의 고전을 거듭 이룩했다.

그 이유에 관해서 두 가지 추론을 전개할 수 있다. 기독교 세계 전체의 성자를 추앙해야 기독교의 정통을 지킨다고 자부할 수 있었던 것이 표면적인 이유였을 것이다. 황제나 총대주교보다 훌륭한 인물이 자기 나라에는 있을 수 없다고 하는 권력자의 사고방식 때문에, 비잔틴의 성자는 전면에 내세우지 않은 것이 이면적인 이유였을 것이다.

그런데 마트로나(Matrona)는 원래 외국인이지만 비잔틴의 성자라고 할 수 있어 예외가 된다. 소아시아 남부에서 태어난 여인이 사나운 남편의 박해를 피해 비잔티움에 이르러서 수녀원을 창설하고 마음의 안정을 얻었다는 이야기가 기록에 올라 전한다. 교회에서 뛰쳐나와 비잔틴 시정에서 노예처럼 지내면서 하층민을 도와주었다고 하는 히파티우스(Hypatius)는 자기 나라 사람이다.[330] 기존 교단의 권위주의에 불만을 가진 하층에서는 자기네와 더욱 친근한 성자를 요구해서 그런 인물이 성자전에 오르는 변화가 나타났다.

비잔틴그리스문학의 시에서는 찬미가가 으뜸가는 자리를 차지했다. 4세기에서 5세기까지의 찬미가는 고대그리스의 시형식을 사용했으며, 장단율로 이루어져 있었다. 그런데 원래 시리아 사람이었던 로마누스(Romanus)가 6세기에 다시 지은 찬미가는 강약률을 사용했다. 모두 수천 편이나 되는 찬미가를 지었다고 하는 것 가운데 80

---

330) Cyril Mango, "The Saints", Gugliemo Cavallo ed., *The Byzantines*(Chicago : University of Chicago Press, 1992), 266-269면, 274-280면에서 그 두 인물에 관한 성자전을 다루었다.

여 편이 남아 있는데, 종교교리를 시로 옮기는 데 그쳐 문학적 가치는 인정하기 어렵다.

비잔틴문학에서 시는 거의 다 교술시이고 서정시는 찾아보기 어렵다. 구비문학의 저층에도 서정시가 없다는 것은 아니고, 서정시가 공동문어문학의 층위까지 상승하기 어려웠다는 말이다. 죽음을 슬퍼하고 죽은 사람을 그리워하는 민간의 노래는 훌륭한 서정시이다. ‘트레노스’(threnos)라고 일컬어지는 그런 내용의 哀悼歌가 성자전을 통해서 진입해 공동문어문학의 영역에도 서정시가 아주 없지는 않게 했을 따름이다.[331] 공동문어문학에서 재정립한 서정시의 갈래는 보이지 않는다. 중세의 공동문어문학은 서정시를 으뜸가는 갈래로 삼는 일반적인 현상에서 비잔틴문학은 예외라고 하지 않을 수 없다. 종교적인 엄숙주의가 지나쳐서 그렇게 되었다고 생각된다.

12세기 이후에는 문학의 풍조가 달라졌다. 구어를 사용하는 문학은 그 전에도 있었으나, 12세기 이후에 훨씬 늘어났다. 미천한 처지에서 태어나 스스로 노력해서 당대 최고시인으로 평가된 테오도레 프로드로무스(Theodore Prodromus)가 문어와 구어 두 가지 언어로 시를 쓰는, 전에 없던 일을 하면서 상하층의 거리를 좁히고자 했다.[332] 시를 쓰면 고정된 격식을 갖추어 널리 인정되고 있는 내용을 전해야 하는 관습을 깨고, 자기 자신을 나타낸 것이 또 한 가지 주목할 만한 변화이다. 프로드로무스가 다음과 같이 술회한 것이 그 본보

---

331) Dagmar Burkhart, “Der byzantinische (hagiographische) Threnos und sein Einfluss auf die orthodoxen Slaven”, *Zeitschrift für Slawistik*, Band 42(Berlin : Akademie Verlg, 1997)에서 비잔틴문학의 ‘트레노스’가 슬라브문학으로 계승된 양상에 관해 고찰했다.

332) Alexander Hazhdan, *Studies on Byzantine Literature of the Eleventh and Twelveth Centuries* (Cambridge : Cambridge University Press, 1984), 87-114면에서 이 시인에 대해 자세하게 고찰했다.

기여서, 서정시 결핍을 어느 정도 보충할 수 있는 길을 열었다.

> 오 나의 정열과 욕망이여,
> 어릴 때부터 길러오던 너희들이
> 이제 내 마음 속에서 크게 자랐구나.
> 너희들이 성숙되어 고마운 일을 해주리라고 기대했더니,
> 나를 괴롭히기만 하는구나.
> 이보다 더 잔인한 일이 어디 있겠나.[333]

정열이나 욕망이 성숙되어 질서 유지에 기여하는 고마운 일을 해주는 것, 그것이 중세문학의 공통된 이상이다. 비잔틴문명권에서는 그 이상 실현을 더욱 엄격하게 요구하고 장애요인을 최대한 제거했다. 그러나 인간이 완전해지기를 기대하고 통제를 지나치게 하면 창조력 상실이 초래될 뿐이다. 그렇게 하는 데 항거하는 움직임이 이 시기에 나타났다.

종교가 무리한 권위를 가지는 전통을 깨야 사상의 활로를 찾을 수 있었다. 그런 반성론 또한 보수주의 중심부에서까지 일어났다. 에우스타티우스(Eustathius de Thessalonika)는 격식화된 문어를 가르치고 쓰고 하는 수사학자였지만, 인류역사는 신의 의지와는 상관없이 인간의 자아실현 욕구와 자아파괴 충동의 상관관계에 의해서 내재적인 발전을 한다는 생각을 했다.[334]

오랫동안 관심 밖에 두었던 아리스토텔레스의 사상을 재인식하고자 하는 움직임이 일부 나타났다. 에우스트라티우스(Eustratius de

---

333) 같은 책, 113면.
334) 같은 책, 115-195면에서 이 작가를 다각도로 논했다.

Nikkaia)가 아리스토텔레스의 저작을 주해한 것이 그 때문이었다. 그것이 라틴어로 번역되어, 서방기독교문명권에서 아랍어를 통하지 않고 아리스토텔레스에 접근하는 길을 열어주고, 토마스 아퀴나스도 독자가 될 수 있게 했다.[335]

여류작가의 등장이 또한 주목할 만한 일이다. 황제의 딸 안나 콤네네(Anna Komnene)는 자기 아버지의 이름을 표제로 내건 역사서 《알렉시우스》(*Alexius*)에서 한 시대의 움직임에 관해 많은 자료를 들어 서술하고, 자기 스스로 겪은 일을 소상하게 술회했다. 그래서 비잔틴 산문문학의 최고작품을 이룩했다고 평가된다.

지금까지 고찰한 여러 사실은 12세기 이후에 이르러서 비잔틴문학사가 중세후기로의 전환을 보여주었음을 말해준다. 종교에 지나치게 의존하는 보수주의를 재검토하면서 삶의 실상에 대한 진지한 관심이 나타난 것이 변화의 핵심적인 성격이었다. 그래서 비잔틴문학은 절정에 이르자 쇠퇴의 길에 들어섰다고 한다.[336]

비잔틴문학이 그때 절정에 이르렀다는 것은 중세후기문학이 시작되면서 중세전기문학에서보다 다양한 창조력을 보였다는 말이다. 그것은 다른 곳에서도 널리 발견되는 공통된 현상이다. 쇠퇴하는 길에 들어섰다는 것은 비잔틴에서만 겪은 특이한 일이었다. 비잔틴에서는 중세후기로의 전환에서 더 나아가지 못하고 있을 때 이슬람문명권의 도전이 거세게 닥쳐왔다. 이슬람문명권의 새로운 강자 터키가 압박해들어와 국력이 나날이 쇠퇴하고 강역이 크게 줄어드는 시련을 안겨주었다.

나라가 쇠잔기에 들어서면서 혁신은 하지 못하고 절망에 사로잡

---

335) Alain Ducellier, *Les Byzantins*, 232-233면.
336) 같은 책, 231-234면에서 그렇게 말했다.

히기나 하는 풍조가 점차 짙어졌다. 비잔틴문학의 자랑인 역사서술에 그 점을 확인할 수 있는 증언이 남아 있다. 1453년까지 저술을 계속한 역사가 라오니코스(Laonikos)는 비잔틴이 제국의 허명과 인습에 매달려 그리스인의 국가로 다시 태어나지 못해 망해가고 있다가 오스만 투르크가 천하의 중심을 차지하게 되었다고 하는 내용의 당대사를 서술했다.

중심부의 민족어문학

동방기독교문명권의 중심부 비잔틴제국에서는 공동문어를, 공동문어와 같은 언어에서 생긴 민족어와 함께 사용하는 양층언어현상이 나타났다. 언어의 용법을 고정시켜 문어를 만들면 구어와의 간격이 벌어지는 것은 당연한 일이다. 기독교교회에서 문어를 사용하고 문어로만 글을 쓰라고 해도, 그 때문에 일반인이 사용하는 구어를 받아들인 구어문학의 등장을 막을 수는 없었다. 그래서 공동문어문학사와 민족어문학사가 동시에 전개되는 현상이 비잔틴문학에서도 확인된다.[337]

구어문학의 등장은 라틴어문학이 이탈리아어문학이나 프랑스어문학으로 바뀐 것과 기본적으로 일치하는 변화였다. 다만 그리스어에서는 문어와 구어가 더욱 근접되어 있고, 같은 권역에서 함께 사용되어, 두 가지를 혼용하는 중위언어라는 것이 있었던 점이 특별하다. 그래서 정신적 품격에서 상위·중위·하위로 구분되는 세 가지

---

337) 비잔틴의 《白話文學史》라고 할 수 있는 Hans Georg Beck, *Geschichte der byzantinischen Volksliteratur*(München : C. H. Beck, 1971)에서 다룬 내용이 중국의 경우보다 더욱 풍부하다.

언어가 있었다고 다시 정리해서 말할 수 있다.

독자의 성향에 따라서 서로 다른 언어를 사용하는 것은 전부터 있었던 일이다. 6세기에 이미 말라라스가, 역사서는 상위언어를 사용하는 관계를 무시하고, 중위언어를 등장시켰다. 독자층을 확대하고자 했기 때문이다. 10세기 후반의 시메온(Symeon the Methaphrst)은 성자전을 상위언어에서 중위언어로 바꾸어 개작했다.

그러나 구어시는 12세기 이후에 비로소 등장했다. 그때 비로소 구어가 문어와 달라, 구어문학이 별도로 있어야 한다는 인식이 이루어졌다.[338] 민요는 원래부터 구어를 사용했으며, 구어를 가지고 창작한 문학도 그 전부터 있었다. 그러나 구어시가 기록문학의 영역에 등장해 그 존재 의의를 확인받기까지 시대변화가 있어야 하고, 문학에 대한 생각이 달라져야 했다. 12세기에 이르러서 비잔틴문학사가 중세후기로 들어서자 공동문어문학과 민족어문학이 공존하게 되었다.

구어시 창작을 선도한 사람은 프로드로무스(Prodromus)라고 알려져 있다. 12세기 최다작가 프로드로무스는 상위·중위·하위의 언어를 모두 사용해서, 문학을 통해서 상하층이 서로 근접되는 것이 바람직하다고 여겨 문어시와 함께 구어시도 지었다. 그런 연유가 있어 구어시는 프로드로무스가 창안한 시라고 하게 되었다.

"프로드로무스의 작품"이라는 뜻으로 《프토코프로드로미카》(*Ptocho-prodromika*)라는 이름이 붙은 시집이 있어 구어시의 좋은 본보기를 풍부하게 보여주는데, 프로드로무스의 작품은 아니고 누군지 모를 사람의 위작이라고 판명되었다.[339] 수록된 작품은 생활고를 하소연하

---

338) 같은 책, 4면.
339) 같은 책, 101-108면.

334

고, 수도원생활의 허위를 풍자한 것과 같은 하층민 취향의 파격적
인 시이다. 그 책이 인기를 얻어 널리 읽히면서 '프토코프로드미카'
라는 말이 '구어시'를 뜻하는 것으로 통용되었다.[340]

　문어시와 구어시는 율격의 기본특징이 달랐다. 문어시는 장단율
을, 구어시는 강약률을 사용했다. 고대그리스시대에 모음의 장단 구
분이 언어 사용에서 긴요한 구실을 하는 데 근거를 두고 만든 장단
율을 비잔틴 시대의 문어시에서 계속 사용했는데, 그것은 언어의
실상과는 어긋났다. 비잔틴 시대의 언어에서는 모음의 장단이 강약
으로 바뀌어서, 율격도 달라졌다. 그렇기 때문에 구어시는 민요의
율격을 받아들여 강약율을 사용했다.

　구어시는 '정치시'라고도 했다.[341] 문어시의 규범에서 이탈한 시가
마땅히 지녀야 할 위신을 잃고 세상의 잡다한 일에 간섭하는 것을
'정치적'이라고 해서 사용하기 시작한 그 용어가 오늘날까지 널리
통용되고 있다. 위에서 이미 소개한 12세기의 수사학자 에우스타티
우스가 장단을 무시한 '정치시'의 출현에 관해 논한 글을 남겼다.
13세기말에 막시모스 플라누데스(Maximos Planudes)는 스승과 제자가
문법에 관해서 문답하는 글을 쓰면서, 장단율을 버리고 강약률을
사용하는 시를 나무라고, 그런 시를 작자 자신들이 '정치적'인 시라
고 하는 것도 마땅하지 않다고 했다.

　에우스타티우스의 동시대인 요한 트제트제스(Johan Tzetzes)는 가난
을 불평하지 않을 수 없는 환경에서 자라나 지식을 가르치는 교사

---

340) Otto Mazal, Claude Detienne tr., *Manuel d'études byzantinnes*(Graz : Akademische Druck
　　-u. Verlagsanstalt, 1988), 180-181면.

341) Michael J. Jeffreys, " The nature and origines of the political verse", E. M. and
　　M. J. Jeffreys ed., *Popular Literature in Late Byzantium*(London : Variorum Reprints,
　　1993)에서 필요한 자료를 얻는다.

로 입신했다. 문어의 규범을 제대로 갖춘 글을 써서 유식함을 자랑하고 자기 과시를 하는 데 사용하기도 했지만, 구어시를 적극 활용했다. 힘들이지 않고 빨리 쓸 수 있는 구어시를 지어 이해하는 사람들의 폭을 넓히는 것이 바람직한 일이라고 판단했다. 학생들을 가르치는 데 쓰기도 하고, 후원자들에게 바치기도 한 구어시가 다양하게 남아 있다.

고대그리스문명에 관해서 가르친 시가 그 가운데 큰 비중을 차지한다. 《일리아스》(*Ilias*)를 구어로 번역하기도 하고, 그 작품에 등장하는 신들에 관해서 우의적인 수법을 써서 해설한 《일리아스 寓意》을 지어내기도 하고, 고대그리스의 신화를 해설한 《신들의 계보》를 만들기도 했다. 그런 것들이 가치 있는 작품이라고 하지는 않고, "배움에 이르는 쉬운 길"이라고 했다. 《신들의 계보》에서 다음과 같이 말했다.

> 나는 언제나 말을 분명하게 한다.
> 나는 갖가지 언설이 솟아나는 샘이지만,
> 단순하고 직설적인 글을 써서,
> 어디서든지 명확한 사실을 추구한다.
> 지금 나는 말을 더욱 간단하게 한다.
> 그 때문에 나를 나무라는 사람은
> 절약의 방도를 모르는 사람이다.[342]

독자적인 내용을 가진 시편을 《이야기책》이라고 한 데 모아놓은 것이 모두 1만 2천 행을 넘는 분량이다. 처음 출판할 때부터 천 행

---

342) 같은 책, 153면.

씩 나누어놓아 책 이름이 《千行集》이라고 하기도 하는 것이다. 그런데 그 내용은 자기가 쓴 편지글에 대한 해설이 대부분이어서, 문학적 가치는 인정되지 않는다. 생애를 살피는 데 필요한 자료로나 이용될 따름이다.

요한 트제트제스는 가치가 있는 작품을 남기지 않았으며, 오히려 문학을 격하시키는 구실을 했다고 비판된다. 그러나 잘못되었다는 것이 바로 공적이다. 공동문어문학이 지나치게 격식화되어 있는 장벽을 허물고, 누구든지 무슨 내용을 가지고서든지 쉽게 시를 쓸 수 있는 길을 열었다. 그렇게 해서 구어시 보급에 획기적인 기여를 했다.[343]

그것은 중세후기문학에 이르는 전형적인 과정의 하나이다. 구어를 사용해서 시를 쉽게 쓴다면, 누구든지 시인일 수 있다. 구어시로 나아가는 길을 활짝 열자, 뒤를 이어 등장하는 작가가 많았다. 요한 카마테로스(Johan Kamateros)가 천문에 대해서 가르친 시, 미카엘 그리카스(Michael Glykas)가 부당한 감옥살이에서 놓여나게 해달라고 탄원한 〈옥중시〉, 위에서 든 《프토코프로드로미카》의 시편 같은 것들이 그런 예이다.

구어문학의 원천은 구비문학만이 아니고, 외부에서 전래된 이야기가 또한 중요한 구실을 했다. 이슬람문명권과 적대적인 관계에 있었어도, 구전설화는 종교와 언어의 장벽을 쉽사리 넘나들었다. 알렉산더대왕의 생애에 관한 전설이나 기독교성서에서 유래한 이야기도 받아들여 재창조했다. 비잔틴구어문학의 대표작인 장편서사시 《디게니스 아크리타스》(*Digenis Akritas*) 또한 외래의 소재를 이용한 작품이다.

---

343) A. A. Vasiliev, *History of the Byzantine Empire 324~1453 vol. II*(Madison : The University of Wisconsin Press, 1952), 496~499면에서 이 시인이 기여한 바를 특히 중요시해서 다루었다.

그 작품은 9세기에서 11세기까지 벌어진 기독교도와 이슬람교도 사이의 갈등을 기독교의 관점에서 다룬 작품이다.[344] 창작 시기는 12세기초라고 추정되고, 지금 남아 있는 자료는 가장 오래된 것이 13세기에 기록되었다. 중위언어본과 하위언어본이 각기 있는데, 그 둘 가운데 어느 것이 먼저인지 판명되지 않는다.

그 전반부의 내용은 기독교인 처녀를 강탈해 결혼한 이슬람교도가 기독교로 개종해 기독교의 우위를 입증했다는 것이다. 시리아인 족장이 아나톨리아의 비잔틴 땅을 습격해서 잡은 포로 가운데 장군의 딸이 있었다. 그 여자의 오빠들이 달려가서 누이를 내놓으라고 하면서 족장과 결투를 청했다. 족장은 상대방의 영웅적인 행위에 감복했다. 족장은 그 여자와 결혼하고, 자기 집단 전체를 기독교로 개종하도록 했다. 그 뒤에 족장의 어머니가 아들과 며느리를 불러서 시리아로 가야 했다. 처남들의 만류로 아내는 두고, 족장 홀로 돌아갔다. 족장이 어머니와 다른 사람들을 설득해서 모두 기독교로 개종하도록 했다.

후반부에서는 자식대의 일을 다루었다. 두 사람 사이에서 아이가 태어나서 "두 가지 피를 지닌, 변방 사람"이라는 뜻의 "Digenes Akrites"라고 이름지었다. 아들이 용맹스러운 젊은이로 자라나 펼치는 투쟁과 사랑의 이야기가 다채롭게 전개되었다. 사랑을 성취하기 위해서 싸우고, 나라를 위협하는 도적을 물리쳐서 큰 공을 세웠다. 황제가 벼슬을 내려도 거절하고, 아내와 함께 조용하게 살겠다고 했다.

13세기에 이루어지고, 15세기에 개작된 것으로 보이는 《벨탄드로스(Belthandros)와 크리산트자(Chrysantza)》 또한 인기 있는 서사시였다.

---

344) Robert Beaton, *The Medieval Greek Romance*(London : Routledge, 1996), 32-35면.

가상적인 인물로 설정된 황제의 둘째 아들이 아버지의 꾸중을 피해, 터키로 갔다가 아르메니아로 향했다. 환상 속의 나라로 가기까지 하면서, 놀라운 모험을 되풀이했다. 마침내 안티오크의 공주를 아내로 맞이하고, 귀국해서는 황제의 자리에 올랐다. 문명권의 차이를 무시하고, 국경을 넘나들면서 이루어지는 모험과 사랑 이야기의 전형적인 모습을 갖추고 있다. 격식화된 문어문학의 폐쇄성과는 대조가 되는 구어문학의 개방적인 성향을 잘 나타내준다.

여러 곳에서 모아들인 흥미로운 전설을 작품화한 서사시가 14세기에 더 많이 생겨나고, 장편으로 늘어났다. 《리비스토로스(Libystros)와 로담네(Rhodamne)》라는 작품은 여러 소재를 복합적으로 구성해서 4천 행이나 되는 장편을 이루었으며, 운이 없는 시형을 사용하고, 정치적인 주제를 다루었다. 서사시에서 교술시로 나아가는 성향 변화를 확인할 수 있게 하는 작품이다.

비잔틴 문어문학에서는 역사서가 특별한 의의를 가진 것처럼, 구어문학에서는 영사시가 큰 비중을 차지한다. 그 내용은 비잔틴의 역사에서 벌어진 특별한 사건을 정통에서 벗어난 관점에서 다룬 것이다. 14세기에서 15세기까지의 키프로스(Cyprus) 역사를 노래한 시가 있어, 지방사에 대한 관심을 나타냈다. 서방기독교문명권의 십자군이 비잔틴제국을 침공한 내력을 다룬 대장편 영사시 《모레아(Morea)의 기록》은 침략자에 동조하는 시각을 보인 점이 특이하다. 터키의 침공으로 나라가 망한 비극을 여러 단형영사시에서 다양하게 노래했다.

우화시 창작이 또한 성행해서, 교술시를 더욱 풍부하게 했다. 《네발 달린 짐승의 역사》라고 하는 것은 우화시 집성이다. 《당나귀 이야기》에서는 가난한 사람에 대한 억압을 풍자했다. 《과일에 관한 책》, 《물고기에 관한 책》은 각기 과일의 왕, 물고기의 왕 앞에서 재판을 한다는 우화이다. 인간만사를 우화 형식으로 다룬 프랑스의 교술시 《장미이야기》 같은 것이 서유럽 일대에서 성행한 것과 상통하는 현상이었다.

1453년에 오스만 투르크가 비잔틴제국을 멸망시킨 다음 그리스어문학이 없어진 것은 아니다. 그리스사람들이 오스만 투르크의 지배를 받고 그 자리에 그대로 살고 있으면서 문학창작을 계속해서 했다. 구어문학뿐만 아니라 문어문학도 지속되었다. 비잔틴 시대 문화의 전통을 존중하면서 품격 높은 글을 쓰고자 하는 쪽에서는 문어를 이어왔다. 동방기독교의 교회가 그 구심체 노릇을 했다. '純正語'(katharevusa)와 '民用語'(dhimotiki)라고 일컬어지는 두 가지 그리스어가 오늘날까지 공존하고 있어, 양층언어의 현상을 이해하는 좋은 사례로 거론되고 있다. 그러나 '순정어'라고 하는 문어의 문학은 계속 창작되기는 해도 구시대문화의 잔존형태에 지나지 않아 시대에 따른 변모를 보이지 않고, 평가할 만한 작품을 산출하지 못했다. 구어문학이라고 해서 활기를 띨 수 있었던 것은 아니다. 국가가 없어져 후원자를 얻지 못하고, 교회에 의지하지도 못한 구어문학은 변두리 지역의 하층민중이 이어가면서 힘겹게 재창조했다.

15세기부터 19세기까지 그리스문학사는 지역문학의 시대에 들어섰다.[345] 도데카니소스(Dodekanisos), 치오스(Chios), 키프로스, 크레타(Crete) 등의 변방 도서지방에서 그리스어문학을 육성하던 시대가 오래 계속되었다. 비교적 큰 섬이고, 이탈리아 베네치아의 지배하에 들어가서 그리스어 사용이 자유로웠던 키프로스와 크레타가 그 가운데 특히 긴요한 구실을 했다.

---

345) André Mirambel, "Littérature néo-héllenique", Raymond Queneau dir., *Histoires des littératures II*(Paris : Gallimard, 1977), 904면. 이 책에서 15세기 이후의 그리스어문학을 이해하는 데 필요한 기본자료를 얻는다.

키프로스의 무명시인들이 남긴 시편의 미묘하고 섬세한 표현에서 근대서정시의 기원이 발견된다고 한다. 자기 고장 크레타가 문명의 중심지라고 하는 자부심을 16세기의 시인 마뉴엘 스클라보스(Manuel Sklavos)가 표명했다. 그 뒤의 다른 시인들도 터키의 압박에 완강하게 맞서는 민족의식을 작품창작의 중요한 동기로 삼았다.

그런 곳에서 구비시를 풍부하게 창작하고, 구비시를 바탕으로 자기 고장 사람들이 환영하는 시를 창작했으며, 이탈리아문학의 영향을 받아들였다. 문어문학을 의식하지 않고 구어문학의 작가들이 자유롭게 활동했으며, 구어문학의 언어를 일상적인 구어에 더욱 근접시켰다. 산문은 버려두고 시 창작에 정열을 쏟으면서, 교술시보다는 서정시를 선호하게 되었다. 그 모든 변화가 중세에서 근대로의 이행기가 나타난 증거라고 할 수 있다.

터키의 지배를 받지 않고 이탈리아 베네치아공화국의 일부가 된 크레타에서는 이탈리아 문예부흥과 병행해서 '크레타 문예부흥'이 일어났다.[346] 1509년에 베네치아에서 출판된 베르가디스(Bergadhis)의 시집 《아포코스》(*Apokos*)가 그래서 이루어진 작품의 대표적인 예로 평가된다. '정치시' 계통의 구어시를 쓰면서 크레타의 방언을 활용해 서정시의 생동하는 표현을 얻은 점이 특이하다. 그러나 크레타에서도 산문은 변하지 않고, 계속 공동문어를 사용했다.

터키의 지배를 받고 있던 내륙의 중심지에서는 18세기에 이르러서야 그리스어문학이 되살아나서, 다양한 갈래의 창작활동이 이루어졌다. 서유럽문학의 영향을 다각도로 받아들여 변모를 꾀하면서, 문어와 구어 가운데 어느 언어를 어떻게 써야 하는가 하는 논란을 벌였다. 동방기독교문명의 전통을 수호하는 데 머무르지 말고, 서방

---

346) David Holton, *Literature and Society in Renaissance Crete*(Cambridge : Cambridge Uiversity Press, 1991)에서 이에 관해 다각도로 고찰했다.

기독교문명권에서 진행되는 새 시대 창조에 동참해야 터키의 지배
에서 벗어날 수 있다고 생각하게 되었다.

19세기에는 '문예부흥'이라는 이름의 민족문화운동이 새로운 중심
지 아테네를 위시한 여러 곳에서 일어나, 근대민족문학을 이룩했으
며, 독립국가 건설의 정신적 지침을 제공했다. 그 시기 대표적인 시
인 솔로모스(Solomos)는 구어인 '민용어'를 사용해서 독립정신을 고
취하는 작품을 썼다. 1823년에 쓴 〈자유의 찬가〉가 그리스의 국가
가 되었다. 그러나 '순정어'라고 한 문어 사용이 중단되지 않고 지
속되어, 언문일치를 이루는 데 많은 지장이 있었다.

시보다 소설에서 구어 사용을 더욱 활성화했던 것은 아니고, 사
실은 그 반대이다. 산문에서 문어를 사용하는 관습은 완강하게 지
속되었다. 파블로스 칼리가스(Pavlos Kalligas)가 1855년에 쓴 《타노스
블레카스》(*Thanos Vlekas*)는 근대장편소설의 시발점을 마련했다고 평가
되지만, 언어 사용에서는 보수적인 취향을 나타냈다. 농촌 출신의
형제가 도시로 나가 범죄자가 될 수밖에 없는 현실을 고발한 그 작
품에서 문어를 많이 사용하고, 이상화하고 관습화된 문구를 애용했
다.[347] 소설에서 구어 사용이 늘어난 것은 근래의 일이다.

문어를 계속 공용어로 사용할 것인가 문어를 구어로 대치할 것인
가 하는 문제를 그리스에서는 쉽사리 해결할 수 없었다. 그 둘 사
이의 중간형태를 마련해 해답을 찾자는 주장도 있어 논란이 더욱
복잡해졌다. 그러다가 1970년대말에 이르러서 구어를 국어교육의
공식언어로 선택했으나, 결론이 나서 시비가 끝난 것은 아니다.

고대에서 중세로 이어진 문어문학의 방대한 유산을 이어받은 것
은 그리스인에게 자랑스러운 일이다. 그러나 그 때문에 민족구어를

---

347) Robert Beaton, *An Introduction to Modern Greek Literature*(Oxford : Claredon, 1994),
  56-57면, 333-334면.

공용어로 해서 근대민족국가를 건설하는 데 필요한 정신적 구심체를 얻는 과업을 순조롭게 수행할 수 없다. 자랑스러운 유산이 과거의 것으로 물러나지 않아 근대국가 건설의 새로운 과업을 방해한다. 고전의 무게가 지나쳐 근대문학이 민족문학으로 자라나기 어렵게 한다.[348]

그리스의 고민은, 오랜 내력을 가진 문명권의 중심부가 근대화를 하고 근대문학을 이룩할 때 으레 생기는 것임을 다른 곳과 함께 살피면 쉽사리 확인할 수 있다. 문명권의 중심부에서는 공동문어문학의 무게 때문에 근대민족어문학을 순조롭게 마련할 수 없는 사정을 중국에서 확인하고, 이집트의 경우를 들어 아랍어문명권의 상황도 고찰한 바 있다. 문명권의 중간부나 주변부에서는 중세후기에 이미 개척하고 중세에서 근대로의 이행기 동안에는 새차게 발전시킨 민족어문학을 근대에 이르러서도 제대로 만들어내지 못하고 있어, 그 세 곳 모두 선진이 후진임을 입증한다.

그러나 그리스의 경우는 다른 두 곳과 상이한 점이 있다. 중세에서 근대로의 이행기 동안에 터키제국의 지배하에 들어가서 역사발전이 중단되고 왜곡되었다. 그 이유가 터키의 억압에만 있었던 것은 아니다. 터키인의 이슬람교와 맞서는 기독교의 자부심을 공동문어문학의 유산을 이으면서 지키고자 한 까닭에, 비잔틴 시절의 중세후기에 이미 마련한 민족어문학을 성장시키지 않고 버려두었다. 만주족의 황제가 다스린 중국이나 터키제국과 책봉관계를 가진 이집트에서는 그런 양상의 역행이 일어나지 않았다.

중국이나 이집트는 중세에서 근대로의 이행기국가의 성장을 이어

---

348) Vassilis Lambropoulos, *Literature as National Institution, Studies in the Politics of Modern Greek Criticism* (Princeton : Princeton University Press, 1988)에서 그 때문에 생기는 고민에 관해서 다각도로 고찰했다.

받고 있는 것과 상이하게, 그리스는 근대국가를 일거에 만들어야 하므로 힘겹다고 하지 않을 수 없다. 지나치다고 할 만큼 당당한 고대와 중세, 상실하고 없는 중세에서 근대로의 이행기, 작은 규모로 다시 시작된 근대국가 사이의 불균형 때문에 심각한 고민이 생겼다. 중세까지의 유산이 과도한 문명권 중심부는 선진이므로 후진을 수밖에 없는 과정을 여러 문명권의 중심부와 함께 겪으면서, 이민족의 통치에서 가까스로 벗어나 근대국가 건설을 어렵게 진행하는 다른 일면에서는 스스로의 노력으로 후진을 선진으로 바꾸어야 하는 이중의 운명을 지녀 고민하고 있는 나라가 그리스이다.

중간부의 민족어문학

비잔틴제국 밖의 다른 나라에서는 그리스어경전을 그대로 사용하지 않고, 자기네 민족어로 번역해서 사용해서 민족어를 종교문어로 만들었다. 그래서 민족어 내부에서 종교문어와 생활구어가 갈라졌다. 민족어 종교문어가 민족의 경계를 넘어서서 사용되어 공동문어의 성격을 지니는 일도 있었다.

그렇게 하는 데 시리아어를 사용하는 시리아인들이 앞섰다.[349] 시리아에서는 3세기에 기독교를 받아들여, 그리스어로부터 번역하기도 하고 스스로 창작하기도 하면서, 종교문헌을 풍부하게 산출했다. 4세기에 이루어진 에페람(Epheram)의 성서 주해는 그 가운데 특히 높이 평가되었다. 그런 것들을 주변의 다른 민족들도 받아들여, 시리아어를 공동문어로 한 동방기독교가 서아시아 일대에서 넓게 자

---

349) Antoine Guillaumont, "Littérature syriaque", Raymond Queneau dir., *Histoire des littératures I*(Paris : Gallimard, 1977)에서 그 개략을 이해한다.

리를 잡아 비잔틴의 주도권을 위협할 정도였다. 그러나 이슬람교의 침공을 받아 그 지역이 모두 이슬람화하고, 아랍어를 사용하게 되었다. 시리아어를 지키는 소수의 기독교도들은 오래 견디다가 마침내 거의 다 자취를 감추고 말았다.

이슬람교도의 침공을 함께 겪었으면서도 이집트의 곱트어는 더 오래 견디었으며, 지금도 이집트에는 곱트어를 경전어로 한 기독교도들이 있다.[350] 곱트어는 이집트 한 나라에서만 통용되었으니 공동문어라고 할 수는 없다. 처음에는 일상생활에서도 사용했으니 곱트어를 문어라고 하기도 어렵다. 그러나 곱트어로 번역한 기독교경전이 불변의 권위를 가지고 있어, 교회의 예배를 그 언어로 진행했다.

알렉산더대왕의 침공 이래로, 기원전 332년부터 약 3세기 동안 그리스인들이 이집트를 지배했다. 그 뒤 2세기에 기독교가 전래되었다. 이집트의 기독교도들은 처음에 그리스어를 사용하다가, 자기네 말 이집트어를 종교어로 사용했다. 그리스어 기독교문헌을 곱트어로 번역해서 사용했다. 그 전에 사용하던 상형문자를 버리고, 그리스문자로 표기한 이집트어가 곱트어이다. 그 것도 2세기에 비롯한 일이다. 그리스문자에는 없는 기호 7개는 고대이집트문자를 단순화해서 사용하던 표기법에서 가져다 썼다. 곱트어에는 그리스어가 많이 차용되었다. 종교나 기술에 관련된 말이 그 대부분이다.

3세기에 《신약성서》를 비롯한 여러 가지 기독교문헌이 번역되어 곱트문학이 시작되고, 바로 이어서 창작도 활발하게 이루어졌다.[351] 4세기에 아타나시우스(Athanasius)가 쓴 성자 안토니우스(Anthonius)의 전기는 기독교 성자전의 전범이 되어 여러 언어권에 널리 차용되고,

---

350) 오명근, 《아랍어구어문체비교론》에서 곱트어와 아랍어의 관계를 고찰했다.

351) Jean Doresse, "Littérature copte", Raymond Queneau dir., *Histoire des littératures I* (Paris : Gallimard, 1977)에 의거해서 곱트문학을 고찰한다.

광범위한 영향을 끼쳤다. 같은 시기에 수도원 운동의 창시자 파초미우스(Pachomius)가 자기 내심을 술회한 글은 정신적인 깊이와 표현의 아름다움을 잘 갖추어 곱트문학의 최고봉이라고 평가된다.

중세기독교문학의 발전을 곱트문학이 선도할 수 있었던 것은 고대이집트문명의 유산이 그 이면에서 작용하고 있었기 때문이라고 생각된다. 이집트문명과 그리스문명이 기독교를 매개로 해서 만나 비상한 창조력을 발휘했다. 알렉산드리아의 도서관에는 당시로는 세계 최대인 50만 권의 장서가 있었다고 한다. 그런데 그것이 3세기에 내전이 일어나 일부 불타고, 4세기말에는 기독교가 나머지를 불태웠다. 기독교가 세력을 굳히면서 폐쇄적인 성향을 나타냈다.

그래서 6세기 이후에는 곱트문학은 침체기에 들어섰다. 처음에는 곱트문학이 비잔틴문학으로 수출되다가 나중에는 수입하는 처지가 되었다. 기독교문학과 직접 관련되지 않은 문학도 있었던 것 같으나, 자료가 제대로 전하지 않는다. 설화문학 일부가 아랍어 번역으로 남아 있다. 이집트가 아랍화된 시기에도 곱트문학이 중단된 것은 아니었다. 이슬람교로 개종했다고 후회하고 순교를 한 인물에 관한 13세기의 성자전이 있어서, 내용은 단순하지만 비상한 진실성을 갖추었다고 평가된다.[352]

7세기에 아랍인의 침공을 계기로 이집트에서 이슬람교와 아랍어를 받아들이자, 곱트어는 큰 타격을 받았다. 우마야드제국에서 파견한 통치자가 8세기초에 곱트어 대신에 아랍어를 공용어로 쓰는 조처를 내렸다. 그 뒤에 이슬람교도는 아랍어를 공용어로, 곱트어를 생활어로 사용하다가, 11세기 이후에 생활어를 아랍어로 바꾸었다. 기독교도는 곱트어를 신앙과 생활 양면의 언어로 사용하다가, 15세

---

352) Jean Doresse, "Littérature copte", 609면.

기부터는 생활어를 아랍어로 바꾸고, 17세기부터는 곱트어를 교회어로만 사용하면서 가까스로 지켜왔다.

곱트문학의 마지막 걸작은 14세기에 이루어진 《트리아돈》(*Triadon*)이라고 하는 교술시이다.[353] 성직자인 줄은 알겠으나 누군지 밝혀지지 않은 그 작품의 작자는 곱트어를 찬양했다. 비록 몰락의 길에 들어섰어도 곱트어는 기적의 언어라고 했다. 그렇지만 곱트어는 모르고 아랍어만 아는 독자도 자기 주장에 동의할 수 있도록 하기 위해서 곱트어의 시에다 아랍어 번역시를 곁들여야 했다.

이디오피아는 4세기에 동방기독교를 받아들여 기독교국가가 되면서, 그리스어 종교문헌을 자기네 말로 옮기는 일에 착수했다. 그때 사용한 언어를 게에즈어(Ge'ez, Giiz, guèze)라고 한다.[354] 게에즈어는 4세기부터 11세기까지 이디오피아왕국을 주도하던 민족이 구어로도 사용하던 말이다. 그런데 게에즈어로 번역된 성서가 불변의 가치를 가져야 하므로, 그 언어를 규범화했다. 게에즈어는 이디오피아에서만 사용한 언어이지만 종교어인 문어의 일반적인 특징을 갖추고 있다.

이디오피아는 이슬람교를 믿는 아랍인들에게 포위되어 있는 상태에서 기독교를 정신적 지주로 삼았다. 비잔틴에서 받아들인 그리스어, 이집트에서 가져온 곱트어의 기독교문헌을 번역해서 사용하고, 자기네 성자전을 독자적으로 마련하고, 또한 국사를 서술한 것이 이디오피아의 자랑스러운 업적이다. 《왕들의 영광》(*Kebra Nagast*)이라고 하는 국사서를 14세기초에 이삭(Yishak, Issac)이라는 승려와 악수

---

353) Aziz S. Atiya, *A History of Eastern Christianity*, 144면에서 이에 대해 고찰했다.

354) 지금부터의 논의는 Roger Schneider, "Littérature étiopienne", Raymond Queneau dir., *Histoire des littératures I* ; Aleksander Ferenc, "Writing in classical Ethiopic(Giiz)", B. W. Andrzekewski, S. Pilasszewicz and W. Tyloch ed., *Literatures in African Languages* (Warszawa : Wiedza Powszechna, 1985)에 근거를 둔다.

오움(Axoum)이라는 속인이 함께 저술해서 오랜 역사의 영광스러운 발전을 찬양했다. 그런 전통을 이은 역사 서술을 19세기에 이르기까지 계속해서 했다. 그 가운데 국사개설, 당대사를 기록한 연대기, 전설을 모은 역사서 등이 두루 갖추어져 있다.

이디오피아 국사서는 자기네 통치자와 민족을 신성화하는 구실을 했다. 솔로몬왕의 후손이 대를 이어 다스리는 이디오피아인은 하늘의 뜻을 땅에 펴는 임무를 맡은 선택받은 민족이라고 하는 자부심을 심어주는 것이 국사서의 가장 큰 기능이었다. 그런 사상을 집약해서 나타낸 《왕들의 영광》이 불변의 가치를 가진다고 하면서, 모든 것을 판단하는 기준으로 삼고, 나라를 다스리는 절대적인 규범으로 여겼다.[355]

게에즈어문학은 다양하지 않았다. 15세기부터 성자전과 제왕전의 두 가지 형태의 전기가 거듭 기록되고 집성되었다. 시 또한 종교시가 아니면 제왕을 기리는 예찬시이다. 게에즈어문학은 국가와 교회 양쪽에서 제공하는 규범을 지탱하는 구실을 하면서, 자유로운 창조를 제한했다. 그 범위 안에서 여러 시형이 생겨나 서로 경쟁하는 관계에 있었으며, 특이한 형태가 나타나기도 했다. 17세기에 성행한 '말케'(malke)라는 시형은 예수, 마리아, 성자 등을 찬양하면서 머리부터 발까지 차례대로 묘사했다. 그 무렵에 찬미가를 흉내내면서 뒤집는 것도 나타났다.

그런 변형이 있다 해서 게에즈어문학이 새로운 활력을 얻을 수 있는 것은 아니었다. 고전적인 문어의 문학이 이디오피아에서는 너

---

355) Eike Haberland, "The Ethiopian Orthodox Church", *Christian and Islamic Contributions towards Establishing Independent States South of Sahars*(Tübingen : Institut für Auslandbeziehung, 1979), 166~168면 ; Harolf G. Marcus, *A History of Ethiopia* (Berkeley : University of California Press, 1994), 17~19면.

무 오래 지속되었다. 그래서 다른 언어를 사용하는 문학이 나타나는 반역을 막을 수 없었다. 게에즈어가 오늘날까지도 종교문어로 사용되는 동안에, 그것과는 별개의 구어로서 가장 널리 사용되던 암하릭어(Amharic)가 이디오피아의 민족어로 등장했다. 게에즈어와 암하릭어는 계통이 달라 라틴어와 독일어의 관계와 같다고 할 수 있다.

암하릭어가 사용된 것은 10세기 이후의 일로 확인된다.[356] 이디오피아를 이루는 여러 민족 가운데 하나인 암하릭어 사용자들이 이디오피아왕국의 주도세력으로 등장한 것은 13세기 이후의 일이다. 암하릭어문학은 14세기에 처음 출현했다. 이른 시기 암하릭어를 사용해서 제왕을 기린 예찬시가 그때부터 16세기까지 기록되었다. 18세기의 군주 테오도르(Theodore) 2세는 암하릭어를 공용어로 삼아 국가의 통일을 이룩하려고 하다가 영국군의 침공으로 실패했다. 서방기독교문명권의 침략자들이 자기네 기독교를 침투시키는 데 암하릭어를 사용했다. 이에 맞서면서 그 영향을 받은 이디오피아의 지식인들이 19세기말부터 근대시와 근대소설을 쓰기 시작했다.

1930년에 이디오피아의 국권 수호를 위해 진력하는 외무부장관이었던 헤루이(Heruy Wäldä Sellasé)의 《새로운 세계》는 근대소설의 탁월한 작품으로 평가된다. 아프리카와 유럽 두 세계를 왕래하는 주인공의 번민을 심각하게 다루면서, 밖에서 닥쳐오는 도전을 극복하기 위한 이디오피아인의 각성을 촉구했다. 이디오피아를 강점한 이탈리아는 암하릭어 사용을 금지했으나, 독립을 되찾은 이디오피아

---

356) Albert Gérard, *Four African Literatures*(Berekley, California : University of California Press, 1971)의 "Amharic literature" ; Joanna Mantel-Niecko, "Ethiopian literature in Amharic", B. W. Andrzekewski, S. Pilasszewicz and W. Tyloch ed., *Literatures in African Languages*에 의거해서 이 대목을 서술한다.

는 통일하고 표준화한 암하릭어를 국어로 삼아 교육을 통해서 널리
보급하고 있다.

주변부의 민족어문학

동방기독교는 멀리 코카사스지방에까지 전파되었다. 그 곳의 아
르메니아와 그루지아는 중심부에서 멀리 떨어져 있지만 동방기독교
문명의 일원으로서 중요한 위치를 차지하고 있다. 그 둘 가운데 아
르메니아의 경우는 자료가 부족해서 간략하게 다루지 않을 수 없고,
그루지아의 경우는 어느 정도 자세하게 알 수 있다.

소련에 포함되어 있다가 독립한 아르메니아는, 지금은 인구 250
만 정도인 작은 나라이지만 오랜 역사를 가지고 있다.[357] 인도유러피
안어의 한 갈래인 아르메니아어를 사용하는 아르메니아인은 4세기
에 기독교를 수용하고, 5세기 페르시아 통치하에서 아르메니아 기
독교문학을 이룩했다. 독립된 교회 노선을 선포하고, 독자적인 문학
을 이룩했다. 페르시아에서 독립하려는 전쟁이 실패로 돌아가자 애
국심과 기독교를 결부시켜, 5세기에 모세(Moïse de Khoren)가 《아르메
니아의 역사》를 썼다. 그 뒤에 애국적인 역사서가 계속 이어져 나
와, 17세기까지 40여 종에 이르렀다. 10세기에 그레고리(Gréoire de
Narek)가 종교시의 뛰어난 작품을 남겼다.

아르메니아문학에서 특기할 만한 것은 민족의 수난을 다룬 서사
시이다. 7세기에 아르메니아를 침공한 아랍인과의 싸움을 소재로
해서 10세기경에 짓고, 터키, 페르시아 등에게 수난을 당하는 기간

---

357) Haïg Berérian, "Littérature arménienne", 같은 책에 의거해서 아르메니아문학
　　에 대한 대체적인 이해를 한다.

동안에 거듭 개작한 민족서사시를 오늘날까지 구전하고 있다. 거듭 되는 시련 때문에 혈통이 가까스로 이어진 4대의 주인공을 등장시 킨 연작 가운데 제3대의 다비드(David de Sassoun)에 관한 대목이 가 장 장편이고 인기가 높다. 다비드는 이슬람교도의 위협을 제거하고 아르메니아의 민중이 편안한 삶을 누리도록 하기 위해서 분투한 영 웅이어서, 뜨거운 지지와 깊은 공감을 얻었다. 싸우러 나가는 장면 을 묘사한 대목을 하나 들어본다.

다비드는 일어나서, 말에 올랐다.
신의 이름을 불렀다.
성안 사람들의 찬사를 받았다.
마을 사람들의 찬사를 받았다.
남녀 모든 사람들의 찬사를 받고, 이렇게 말했다.

"형제 자매여, 두려워하지 말아라.
나는 신의 분부를 받고 나가 싸운다.
오 자매여, 조용하게 있어라.
오 어머님이시여, 조용하게 계십시오."[358]

그런데 싸워서 죽인 적대자, 이슬람의 영웅이 사실은 자기 동생 이었다. 아버지의 피를 함께 나눈 이복동생을, 그런 줄 모르고 무찔 러 승리를 구가했다. 다비드 자신도 혈육에게 살해되었다. 여성 술 탄에게 유혹되어 낳은 자기 딸이 피차 그런 관계를 모르는 채 다비 드를 죽였다. 영웅의 투쟁이나 죽음이 모두 비극이라고 했다.

---

358) Frédéric Deydit, *David de Sassoun, épopée en vers*(Paris : Gallimard, 1964), 299면.

왜 그렇게 말했는가 생각해볼 일이다. 역사적 사실의 반영이라는 관점에서 살피면, 아르메니아인과 그 주위의 이슬람교도들은 혈통상 상당한 관련을 가졌으면서도 종교가 달라서 불화하고 정치적인 이해가 엇갈려 충돌하지 않을 수 없었던 사정을 그런 방식으로 나타냈다고 할 수 있다. 그러나 양쪽이 혈통상 상당한 관련이 있다는 사실을 말하기 위해서 형제나 부모 사이에서 살육이 벌어졌다고 한 것은 지나치다 하겠으므로, 논의의 관점을 바꿀 필요가 있다. 적대적인 관계에서 서로 싸우고 죽이고 하는 사람들이 인류 공동체의 혈육임을 말하려고 했다고 보는 것이 타당한 해석이다.

그루지아 또한 소련에 포함되어 있다가 독립한 작은 나라이다. 계통 불명의 언어인 그루지아어를 사용하는 그루지아인은 지금 인구가 400만 정도 된다고 한다. 소재조차도 알기 어려운 작은 나라라서 관심의 대상이 될 수 없을 것 같다. 그러나 그루지아는 동방기독교문명권의 한 나라이고, 그리스어의 종교문헌을 자기 언어로 옮긴 데서 비롯한 고전문어와 민족구어의 양층언어를 사용해온 나라의 좋은 본보기이다. 문명권의 중심부에서 아주 멀리 떨어진 주변부 가운데서 주변부의 한 예로서 주목할 만하다.

그루지아는 4세기에 비잔틴에서 동방기독교를 받아들이고, 그리스문자를 이용해서 자기네 문자를 만들어냈다. 그 두 가지 일이 러시아에서보다 먼저 이루어졌다. 처음에는 그리스어로 글을 쓰는 사람도 있었다고 하면서, 5세기의 군주 피터(Peter the Iberaian)를 본보기로 든다.[359] 성서를 포함한 그리스어 종교문헌이 그루지아어로 대량 번역된 것도 동방기독교문명권에 속하는 다른 나라의 경우와 같다. 그렇게 해서 종교어인 고전문어가 생겨났다.

---

359) Donald Rayfield, 위의 책, 3면.

그러면서 그루지아에서는 창작문학이 다른 곳에서보다 더욱 다양하고 풍부하게 이루어졌다.[360] 그루지아인을 등장시킨 성자전을 일찍 마련했다. 5세기의 순교자 수샤니크(Shushanik)가 겪은 일을 일인칭 형식으로 술회하는 데서 시작해 복잡하게 얽힌 당시의 정치적인 상황을 다각도로 그리기까지 한 작품이 있어서 높이 평가된다. 창작시기는 7세기라고 한다.[361] 그루지아 특유의 성자전이 그 뒤에도 계속 창작되어, 가까이 다가와서 위협을 주는 이슬람교와의 갈등을 다루는 데 힘썼다. '敎父들의 생애'라고 통칭되는 많은 성자전이 그루지아문학의 가장 중요한 유산을 이룬다.

그루지아에 기독교를 가져온 4세기의 전설적 인물 聖 니노(Saint Nino)를 주인공으로 해서 그루지아의 개종을 다룬 책은, 성자전이면서 또한 최초의 역사서이다. 여러 형태로 전하는 가운데, 10세기의 것이 가장 오래되었다. 11세기초에 레온티 므로벨리(Leonti Mroveli)가 지은 《왕들의 생애》에서는 그루지아의 역사를 통괄해서 서술했다. 《구약성서》의 문체를 받아들여, 전설과 사실을 연결시키면서, 외적의 침입에 맞서서 기독교국가를 수호해온 과정이 자랑스럽다고 했다.

그루지아의 기독교찬미가 또한 정해진 내용을 다루고, 비잔틴찬미가의 번역이 많았으나, 그런 가운데도 개인적인 서정을 나타낸 것들이 있고, 기독교 이전의 민요 곡조로 노래부른 점이 특이하다.[362] 10세기의 이오아네-조시메(Ioane-Zosime)는 시 작품으로서도 높

---

360) 필요한 자료를 Alexander Alexiedzé, "Littérature géorgienne", Raymond Queneau dir., *Histoire des littératures I* ; Donald Rayfield, *The Literature of Georgia, a History* (Oxford : Clarendon, 1994)에서 얻는다. 아르메니아문학에 관한 자료는 앞의 글이 실린 책에 비슷한 글이 있기는 하나, 뒤의 책과 같은 문학사는 보지 못했다.

361) 같은 책, 30-32면.

이 평가될 수 있는 찬미가를 풍부하게 창작한 가운데, 그루지아어
에 대해서 다음과 같은 찬사를 바친 작품이 있다. 아랍인의 박해를
받아 그루지아어의 자존심이 유린되는 데 대해서 항거한 말이다.

> 그루지아의 언어는 묻혀 있다.
> 구세주가 재림을 기다리는 순교자처럼.
> 하느님은 모든 언어를
> 이 언어를 통해서 살피리라.
> 그래서 이 언어는
> 아직 잠들어 있다.[363]

　지금까지 다룬 모든 영역에다 세속적인 설화문학까지 보태서, 그
루지아문학은 12세기에 극성기를 맞이했다. 그래서 그 시기의 그루
지아문학은 세익스피어 시대의 영문학과 비교할 수 있다고 한다.[364]
12세기 그루지아와 17세기 영국은 각기 그 언어를 말하는 사람이나
글을 읽는 독자의 수가 비슷하고, 문학이 발달한 정도도 대등하다
고 할 수 있어서, 그루지아문학이 영문학보다 일찍 성숙한 문학이
었다고 한다. 동방기독교문명권의 중세화가 서방기독교문명권보다
일찍 추진되었고, 그루지아는 중세보편주의를 독자적으로 구현하는
데 앞서서 그럴 수 있었다.

　그 뒤에 그루지아는 아랍세계의 팽창 때문에 큰 위협을 받고, 다
시 러시아의 지배를 받아 역사발전이 정체되었다. 그런 가운데도
그루지아의 언어가 보존되고 문학이 이어지면서, 시대 변화에 상응

---

362) Donald Rayfield, *The Literature of Georgia, a History*, 16면.
363) 같은 책, 19면.
364) 같은 책의 머리말, vii면에서 한 말이다.

하는 발전을 이룩하고, 그 주위의 여러 민족의 문학이 서로 교류하는 매개체 노릇을 해왔다. 문학이 세속화되고 대중화되는 중세후기 및 중세에서 근대로의 이행기의 변화를 겪고, 다시 근대문학의 시기에 들어선 변화가 다른 여러 곳의 문학사에서와 기본적으로 동질적인 양상을 띠고 나타났다.

고전문어인 그루지아어를 버리고 문학창작에서 구어를 사용하는 전환이 일어난 것은 18세기의 일이다. 그 일을 주동한 술칸-사바(Sulkhan-Saba)는 그 당시 그루지아를 지배하던 페르시아에 항거하는 일생을 보내면서, 이슬람교로 개종하라는 요구를 거부하고 기독교의 신앙을 지켜 성직자가 되었다. 정치적으로도 종교적으로도 박해를 받는 어려운 상황에서, 교훈적인 일화를 수집해서 《거짓말의 지혜》라는 책을 엮어 생동하는 언어를 찾고, 그루지아어 사전을 편찬했다.[365]

19세기 시인들은 니코로스 바라타스빌리(Nikoloz Baratashvili)의 《그루지아의 운명》 같은 서사시를 지어서 민족의식을 고취하는 것을 사명으로 삼았다.[366] 19세기 후반기에 들어와서 러시아의 지배에 항거하면서 근대문학을 이룩할 때 18세기 이래로 스스로 모색한 성과를 적극 활용했다. 그때 구비문학의 유산 특히 영웅서사시를 수집하고 출판하는 운동이 광범위하게 일어났다.

---

365) 같은 책, 117-119면.
366) 같은 책, 156-159면.

러시아의 교회슬라브어문학과 러시아구어문학

러시아, 불가리아, 세르비아 등 동방기독교를 믿는 슬라브계 여러 민족, 그리고 민족의 계통은 다르지만 루마니아에서도 교회슬라브어를 종교어로 함께 사용했다. 비잔틴에서 동방기독교를 받아들이면서 그 언어를 사용하기 시작했으며, 그리스어에서 가져온 키릴문자로 그 언어를 표기했다. 그 문자는 누가 만들었는가, 교회슬라브어는 어떻게 이루어졌는가 이해하는 것이 선결 과제이다.[367]

교회슬라브어는 고대 불가리아어를 기초로 해서 만들었다. 일명 키릴(Cyril)이라고도 하는 콘스탄티누스(Costantinus)가 동생 메토디우스(Methodius), 그리고 제자들과 함께 9세기 중엽에 그리스문자를 이용해서 슬라브어를 표기하는 문자를 만들었다. 그 문자를 이용해서 그리스어 기독교 성서를 번역하면서 그리스어의 단어와 어법을 많이 차용했다. 그래서 생긴 종교용 문어가 교회슬라브어이다.

교회슬라브어를 사용한 슬라브 여러 민족 가운데 러시아의 경우를 들어, 그 언어와 민족어의 관계를 구체적으로 고찰해보자. 교회슬라브어는 고급의, 종교적인, 유식한 언어이고, 러시아어는 일상생활 또는 상거래에서나 사용되는 저급한 언어였다. 같은 단어라도 그런 의미 차이가 있다. 교회슬라브어는 러시아어에 많은 영향을 끼쳤으나, 그 반대의 영향은 거의 없었다.

러시아에서 문자 사용의 요구는 그 전에도 있었으나 988년에 기독교를 받아들이자, 비로소 글쓰기가 시작될 수 있었으며, 기록문학

---

367) D. S. Likhachev, "Byzantium and the Emergence of an Independent Russian Literature", David Daiches, Anthony Thorlby ed., *Literature and Western Civilization : The Medieval World*(London : Aldus, 1974)에서 러시아문학의 성립에 관한 기본적인 이해를 얻는다.

이 출현했다. 그런데 최초의 글은 모두 종교문헌이었으며, 러시아인이 스스로 쓸 수 있었던 것은 아니다. 러시아인이 그리스어를 익혀서 그리스문화를 전반적으로 이해하는 기회를 얻지는 못하고, 그리스어문헌을 교회슬라브어로 번역하는 일을 러시아인이 아닌 그리스인이 담당했다. 러시아인 사제자 가운데 그리스어를 아는 사람은 흔하지 않았으며, 러시아에 온 그리스인 사제자가 교회슬라브어를 익혀 번역의 임무를 감당하는 것이 상례였다.

러시아에 이주해서 활동하는 그리스인 성직자들에 관해서 러시아인이 호감을 가진 것은 아니었다. 러시아에 살고 있는 그리스인은 일반인에게 인기가 없었다. 러시아 연대기에서는 흔히 그리스인들은 남을 속인다고 했으면서도, 지혜롭고 세련되었다고 인정했는데, 그것이 문화적으로 우위에 있다는 증거였다. 그리스인 주교나 신부 가운데 여럿이 러시아의 성인으로 숭앙되는 위치를 차지했다.[368]

비잔틴제국이 망한 뒤에 16세기초에 러시아에 온 그리스인 사제자, 러시아인이 '그리스인 막심'(Maksim Grek)이라고 일컬은 미카엘 트리볼리스(Michael Trivolis)에 관해서 알아보는 것이 흥미로운 일이다.[369] 그 사람은 러시아의 통치자에게 초빙되어 종교문헌을 번역하는 일에 종사했다. 그때까지도 번역이 끝나지 않아 할 일이 많이 남아 있었다. 교회슬라브어를 익혀서 필요한 작업을 하고 러시아인이 되었으나, 많이도 써서 남겨 그 시기 러시아의 종교문학을 풍성하게 한 저술을 보면, 의식세계에서는 여전히 그리스인이었다. 러시아가 비잔틴의 뒤를 이은 제3의 로마라고 자부하는 데 반대하는 등

---

368) John Meyendorff, *Rome, Constantinople, Moscow, Historical and Theological Studies*, 21-22면. 종교문헌 번역에 관한 이하의 논의는 대부분 이 책에 근거를 둔다.

369) Victor Terras, *A History of Russian Literature*(New Haven : Yale University Press, 1991), 62-63면에서 자료를 얻는다.

의 이유로 통치자의 미움을 받아 오랫동안 토굴감옥에 감금되었다.

슬라브민족 가운데 폴란드인이나 체코인은 서방기독교를 받아들이고, 그쪽의 경전어인 라틴어를 직접 익혔다. 동쪽의 '야만인들'은 기독교를 자기네의 슬라브어로 받아들였는데, 서쪽의 사촌들은 신앙에 관한 지식을 얻으려면 라틴어를 배워야 했다. 교회슬라브어를 사용한 곳은 주체성이 있고, 라틴어에 의존한 곳은 그렇지 못한 것 같지만, 그렇지 않다. 양쪽의 차이에 관해서 여러 측면에서 고찰할 필요가 있다.

슬라브 땅에서 빠른 시일 안에 토착화하는 데 성공한 기독교는 세속의 학문을 향한 길을 열어주지는 않았다. 번역을 통해 받아들인 문명은 쉽게 이해되어 하층에까지 전달될 수 있었으며, 응용하고 재창조하는 데도 유리하다. 그러나 이해의 수준이 낮을 수밖에 없다. 민족문화 차원의 재창조는 쉽사리 할 수 있어도 문명권 수준의 혁신은 하기 어려웠다.

그리스어로부터의 번역이 획기적으로 늘어나, 러시아가 종교예술, 동방기독교정신, 성자전, 그리고 개인적이거나 사회적인 윤리에 관한 사항에서는 비잔틴의 충실한 제자가 되었다고 할 수 있는 14세기에 이르러서도, 문화 수용의 범위는 아주 제한되어 있었다. 고대까지 소급되는 그리스어문명의 전폭을 이해하지 못하니, 중세문명을 혁신하면서 다음 시대 문명을 창조하는 작업을 할 수는 없었다. 러시아가 근대화할 때 서방기독교문명이 혁신된 성과를 힘써 받아들이지 않을 수 없었던 이유가 바로 거기 있다.

비잔틴제국에서 사용하는 그리스어는 종교어이면서 세속어이고, 문어이면서 구어였다. 종교문어문학은 어법이 변할 수 없고 내용 또한 고정되어야 했으나, 최상의 문학을 산출해서 세속문어문학에 대한 우위를 계속 확보했다. 종교구어문학이란 것은 없고, 구어문학의 영역에서는 세속문학이 독자적인 가치를 발휘했다. 그것은 구어문학의 등장이 문학사 전개의 당연한 과정이고, 비잔틴문학은 살아 있는 문학이라는 증거였다.

그런데 러시아의 교회슬라브어는 종교어이기만 하고 세속어일 수는 없고, 문어이기만 하고 구어는 아니어서, 다양하게 이용되지 못했다. 교회슬라브어와 러시아구어는 양층언어의 전형적인 관계를 가졌다. 교회슬라브어와 구어러시아어의 양층은 종교적인 글과 세속적인 글, 문어와 구어, 공식화된 언어와 비공식의 언어, 격식화한 언어구사와 실용적인 언어구사의 여러 측면을 갖추고 있었다. 중세화의 산물인 그런 양층언어현상은 근대화와 더불어 구어러시아어를 공용어로 하는 시대에 이르러서 비로소 청산될 수 있었다.[370]

교회슬라브어와 구어러시아어 사이의 그런 관계는 공동문어와 민족어가 양층언어의 관계를 가지는 곳과 기본적으로 일치하면서 한 가지 중요한 차이점이 있다. 교회슬라브어는 종교적인 기능을 수행하는 데 치우쳐 있는 문어이고 세속적인 글을 쓰는 데 사용되는 것은 본래의 기능이 아니므로, 러시아의 문어문학은 비잔틴문학의 경우보다도 더욱 폐쇄적인 성향을 지니고 주제나 표현이 단조로웠다. 교회슬라브어는 세속구어문학이 기록문학의 영역에 등장하지 못하도록 막고 있었다.

그러나 종교문어문학의 본영역인 성자전에서는 러시아문학이 비잔틴문학보다 앞설 수 있었다. 성자전을 대단하게 여기는 전통은 비잔틴에서 러시아로 전해졌으나, 성자전의 성격이 달라졌다. 비잔틴에서는 외래의 성자, 특히 이집트나 팔레스타인의 성자를 숭상했

---

370) Dean S. Worth, "Towards a Social History of Russian", Henrik Birnbaum and Michael S. Flier ed., *Medieval Russian Culture*(Berkeley : University of California Press, 1984)에서 이에 대해서 적절한 분석을 했다.

는데, 러시아에서는 자기 나라의 인물을 성자로 등장시켜 민족의 각성과 민중의 소망을 나타내는 데 이용했다. 내용이나 서술방법을 다양화하고 생동하게 하는 방식으로 문학창작의 욕구를 발현했다. 성자전은 러시아중세문학의 가장 중요한 갈래로 등장해 풍부하게 창조되어, 러시아는 성자전의 나라이게 했다.[371]

12세기에 수도승 네스토르(Nestor)가 선행본을 정리해서 다시 쓰고, 여러 사람이 덧보탠 역사서 《원초연대기》에서 러시아문학이 시작된 모습을 확인할 수 있다. 그 내용은 천지창조 및 인류의 기원에서 시작해서 당대까지의 러시아역사를 다룬 것인데, 성서에 의거해서 역사의 시발을 이해하는 방식을 받아들여 그 서두의 기사를 마련했다. 이른 시기 러시아 역사는 구전을 받아들여 기록했다. 기독교를 받아들인 이후의 기사에서는 이따금 비잔틴의 역사서를 요약하고 인용했다.

사실 기술이 정확하다고 할 수 없고, 앞뒤의 연결이 불분명한 산만한 서술을 해서 역사서로서는 결함이 있다 하겠지만, 문학작품으로 이해하면 평가가 달라진다. 러시아가 기독교를 받아들여 문명세계의 일원이 되어 자랑스럽다고 하고, 나라의 모든 일이 신의 섭리에 따라 움직인다는 것을 보여주며, 민족의 삶을 수호하고 확장하는 용맹스러운 투쟁을 찬양했다. 교회슬라브어 글쓰기를 확립해서 문명권 전체의 보편적인 이상과 러시아인의 독자적인 삶을 함께 나타내는 길을 연 것이 또한 커다란 의의이다.

《원초연대기》에 성자전이 여럿 들어 있다. 그 가운데 하나인 〈보리스와 글레브 이야기〉는 기독교를 받아들인 군주 블라지미르의 아들들 사이의 싸움을 다루면서, 피를 흘리지 않기 위해서 희생되는

---

371) Victor Terras, 위의 책, 25-31면에서 러시아 성자전의 특징과 의의에 관해 자세하게 고찰했다.

것을 자원한 쪽이 성자다운 행위를 보여주었다고 했다. 〈동굴 수도원장 성 데오도시의 전기〉에서는 고행을 하면서 신앙을 연마하는 수도승의 정신과 생활을 절실하게 그려, 러시아 성자전의 전범으로 평가되었다.

그처럼 역사의 한 단면이고 개인의 내력에 관한 소재를 기독교의 관점에서 이해하고 성자전의 구성을 갖추도록 작품화한 것은 기독교문명권의 다른 곳에서는 보기 어려운 러시아 특유의 현상이었다. 러시아인에게는 교회슬라브어가 아니면 글을 쓸 수 없고, 성자전이 아니면 사람의 생애를 이야기할 수 없었다. 그 때문에 교회슬라브어로 성자전을 쓰는 데 노력을 집중해서 많은 것을 말하고자 했다.

그런데 성자전이 문학갈래로서 자리를 잡으면서 다양성보다는 유형성을 더욱 뚜렷하게 갖추게 되었다. 성자전은 중세교회의 영웅서사시라고 할 수 있는 위치를 차지해서, '영웅의 일생'에 해당하는 '성자의 일생'에 따라 전개되었다. 성자는 태어날 때 이미 예사롭지 않은 기품을 지니고, 자라면서 특이한 징조를 보였다고 하는 서두에서, 성자가 악마의 유혹을 물리치고, 고결한 죽음을 맞이하고, 유품에서 이적이 일어나기도 했다는 데 이르기까지, 정해진 순서에 따라 사건이 펼쳐지고, 서사적인 유형이 고정되도록 했다.

이른 시기 러시아문학에는 그 밖에 《아포크리파》라고 하는 기독교의 僞經, 《율법과 은총에 대한 이야기》, 《블라지미르 대공의 교훈서》 등이 있는데, 종교적이거나 정치적인 내용의 교술산문이다.[372] 교술문학이 산문에 치우쳐 있고, 교술시는 산문 속에 삽입되어 있을 따름이다. 중세문학의 근간을 이루어야 마땅한 서정시는 보이지 않는다. 그것은 다른 어느 나라 문학에서도 찾기 어려운 러시아문

---

372) 모두 같은 책에 번역되어 있다. 그 책의 작품명을 그대로 든다.

학의 특수성이다.

《블라지미르 대공의 교훈서》에 삽입되어 있는 다음과 같은 율문은 구태어 분류한다면 교술시이겠으나, 시라고 할 만한 표현을 갖추지 못하고 있다. 군주의 통치방법에 대해서 가르친 내용인데, 생각이 단순하고 말이 거칠다. 문화가 세련되지 못했음을 알려준다.

무엇보다도
가난한 자들을 잊지 말고,
네 능력껏 그들을 부양하여라.
고아들에게 베풀고,
과부들을 보호하며,
아무도 이들을 해치지 못하게 하라.
옳은 사람이든 그렇지 않은 사람이든
그들의 목숨을 빼앗지 말고, 죽게 내버려두지 말라.
비록 기독교인이 살인죄를 지었다 해도,
어떠한 기독교인도 해치지 말라.[373]

서사시는 행방을 확인할 수 있다. 러시아에는 영웅서사시가 구전되고 있다. 그 연원이 오랠 것으로 생각된다. 중세에는 지금 구전되는 것보다 더욱 장편인 민족영웅서사시가 있었으리라고 추정할 수 있다. 그러나 기록에 남은 작품은 13세기초에 있었던 역사적인 사실을 다루어, 외적과 싸우다가 패배한 민족영웅의 비극을 노래한 《이고리 원정기》가 있을 따름이다.

그런데 그 작품은 교술시의 성향을 갖춘 서사시이고, 구전되기는

373) 같은 책, 107면.

어려운 형태이다. 그 점은 독일, 영국, 스칸디나비아 쪽에서 고대 이래로 구전하던 영웅서사시를 정착시킨 사례는 물론이고, 프랑스에서 중세서사시를 구비창작한 다음에 기록한 것과도 상당한 거리가 있다. 교회슬라브어문학이 민간전승을 직접 받아들이기 어려워서 그랬다고 생각된다.

《이고리 원정기》의 주인공은 북부지방 노보고르드의 군주였다. 그 이야기를 작품으로 만들 때 러시아의 중심지는 남쪽의 키에프에서 북쪽의 모스크바와 노보고르드로 옮겨졌다. 키에프러시아는 몽골군의 침공 때문에 망하고, 북쪽의 러시아인들은 몽골의 간섭을 받으면서도 새로운 시대를 열었다. 비잔틴문명과 가까운 관계를 가지던 키에프러시아를 대신해서 모스크바 중심의 러시아는 독자적인 성향을 더욱 뚜렷하게 지녔다. 그것이 러시아에서 중세전기가 끝나고 중세후기가 시작된 전환이다.

몽골의 침공으로 벌어진 전투에 관한 역사기록에 서사적인 윤색을 보태 러시아의 민족의 시련을 다루는 것이 새로운 문학의 주된 내용으로 등장했다. 14세기 후반에 모스크바의 大公이 몽골군과 싸워 타격을 준 전투를 다룬 《돈 강 이야기》가 그 좋은 예이다.[374] 15세기 후반에 파코미우스 로고테테(Pachomius Logothete)가 처음 짓고, 16세기에 이르러서 완성된 것으로 보이는 《위대한 러시아 大公 블라지미르의 전설》에서는 인류역사에다 이어서 러시아의 역사를 이야기하고, 모스크바의 군주의 위대한 치적을 칭송했다.

역사서를 쓰는 일에서는 러시아가 비잔틴을 따르지 못했다. 전설이나 상상을 배제하고 사실 그대로의 역사를 기록하는 데 러시아인은 적극적인 관심을 가지지 않았다. 16세기말에 안드레이 쿠르브스

---

374) 이 작품 또한 같은 책에 번역되어 있다.

키(Andrei Kurbsky)가 쓴 《모스크바 大公의 역사》가 역사서다운 역사서의 최초 저작이다. 저자는 비잔틴을 대신해서 기독교의 정통을 지키는 것이 러시아제국에 부여된 위대한 사명이라고 했다.

모스크바를 중심으로 발전하는 새로운 국가에서 러시아가 문명권의 중심이라고 하는 자부심이 등장한 것은 문명권 전체의 보편주의를 독자적으로 구현하려고 하는 중세후기의 자각이라고 평가할 수 있다. 그러나 중세후기문학의 다른 한 양상인 구어의 사용, 하층 출신 작가의 참여 등의 내부적인 변화가 러시아에서는 일어나지 않았다. 비잔틴문학에서는 몇 세기 전에 이미 그 길로 들어섰다는 사실을, 기독교문헌의 번역을 통하지 않고서는 그리스어문학과 연결될 수 없던 러시아에서는 알지 못했다.

교회슬라브문학의 오랜 관습에 대한 반성은 17세기에 들어서서 비로소 나타났다. 《슬픔과 불행 이야기》라는 장시가 전환의 양상을 보여주어, 아버지와 불화하면서 종교적 고뇌를 겪는 젊은이의 내면 심리를 민요에 가까운 시로 노래했다.[375] 문학갈래의 고전적인 규범을 따르지 않고, 범속한 인물의 일상생활을 심각하게 다루는 것이 그 시기 문학의 새로운 경향이었다. 신이 궁극적인 조화를 이룩한다는 믿음에 안주하지 않고, 사람이 살아가면서 겪는 갈등에 진정한 문제가 있다는 것을 처음으로 깨달았다. 과거의 환상이 허망하다는 생각 때문에, 패로디가 등장하고 풍자가 나타나기도 했다.

아바쿰(Aavvakum)의 《생애전》은 그 가운데 특히 주목할 만한 작품이다.[376] 성자전이라고 하지만, 성자전 본래의 관습에서 벗어난 자서

---

375) 이 작품 번역도 같은 책에 수록되어 있다.

376) 이인영 역, 《아바쿰》(서울 : 서울대학교출판부, 1991)이 나와 있어, 작품과 직접 만날 수 있으며, 자세한 해설을 갖추어 그 시대 러시아문학의 전반적인 양상을 파악하는 데 도움이 된다.

전을 쓰면서, 자기 삶을 되돌아보고 광범위한 사회문제를 다루는
데 필요한 갖가지 기법을 구사했다. 빈부의 차이 때문에 벌어지는
갈등에 관심을 가지고, 지배층에 대한 신랄한 비판을 했다. 간결한
문체를 사용해서 교회슬라브어와 구어 사이의 간격을 좁혔다. 종교
문헌을 인용한 대목과 자연스러운 구어를 사용한 대화가 좋은 대조
를 이루게 했다. 그래서 진실된 내용을 갖추고 절실한 감동을 주는
새로운 문학을 하는 길을 열었다.[377]

그런 동향은 러시아문학이 중세에서 근대로의 이행기로 들어섰다
는 증거이다. 17세기문학이 중세에서 벗어나서 근대로 향하는 과도
기적 성격을 가지고 서유럽의 바로크문학에 근접했다는 점에 관해
서 이미 많은 논의가 있다.[378] 그러나 문학사의 전환이 순조롭게 이
루어지지 않았다. 교회슬라브문학의 오랜 관습으로 누적된 보수주
의의 두터운 층위를 그런 부분적인 시도로 혁신할 수 없었으며, 사
회체제가 변할 기미가 없었다. 하층의 민중은 억압된 상태에 묶여
있고, 지식인들 사이에서 변혁을 위한 논란이 적극적으로 벌어진
것도 아니었다.

몽골의 간섭을 물리친 다음에는, 영광스러운 고립을 누리면서 러
시아 특유의 전통을 이어나가기나 하니 혁신은 기대할 수 없었다.
비잔틴황제의 후계자인 짜르의 권능은 절대적이라고 교회에서 확고
하게 보증했다. 동방기독교문명권의 어느 곳에도 경쟁자나 협력자
가 없었으며, 다만 서부러시아에서만 폴란드를 통해서 라틴어문명
권의 동향에 관심을 가졌을 따름이었다. 오랜 침체상태에서 벗어날

---

377) Jostein Bortenes, *Vision of Glory, Studies in Early Russian Hagiography*(Oslo : Solum
Forlag, 1988), 194-277면에서 이 작품의 위치와 특징에 대해 다각도의 고찰을
했다.

378) 같은 책 해설의 75-80면에서 그 점에 관해 논의했다.

만한 자극을 얻지 못했다.

그러다가 18세기에 이르러 계몽군주 페테르(Peter)大帝가 극력 주장해서 서유럽을 향해 문을 열었다. 동방기독교가 서방기독교보다 우월하므로 서쪽에는 관심을 둘 필요가 없다고 하는 오랜 고집을 버리고, 서방기독교문명권에서 이룩한 발전에 관심을 가지게 되었다. 서방기독교문명권은 동방기독교문명권과 다르게 중세에서 근대로의 이행기에 활력을 얻어 발전하고 있었다. 라틴어를 공동문어로 사용하면서 여러 나라가 활발한 문화교류를 가지고 경쟁한 덕분에 러시아의 침체와는 대조가 되는 활기를 띨 수 있었다.

더욱 심층적인 진단을 하면, 서방기독교문명권에서는 문예부흥을 거치면서 고대그리스문명을 재인식해, 중세를 극복하기 위해서는 고대를 계승해야 한다는 논리를 마련했던 것이 커다란 차이점이 생긴 이유이다. 그리스문명을 정통으로 잇고 있는 동방기독교세계에서는 고대그리스의 유산 가운데 중세화되지 않은 것은 버렸는데, 멀리 있는 서유럽 여러 나라에서는 그 부분을 재활용해서 근대로 향하는 길을 찾는 데 썼다. 고대그리스의 유산을, 이슬람문명권은 자기네 중세철학을 혁신하는 데, 서방기독교문명권은 근대화를 위해 각기 이용하는 동안에, 중세공동문어의 모형으로나 삼았던 탓에 줄곧 뒤떨어진 동방기독교문명권의 마지막 후계자 러시아가 뒤늦게 사태의 심각성을 깨닫고 방향 전환을 시도했다.

러시아가 서유럽을 향해서 문을 여는 데 호응해서, 18세기의 지식인들은 서유럽, 특히 프랑스에서 이루어진 새로운 문학을 적극 받아들였다. 트레디아코브스키(Trediakovski)가 라틴어시와 프랑스어시를 번역하고 본뜨는 데 열중해서 방향 전환을 하는 선구자 노릇을 했다. 그렇게 하기 위해서 시에서도 산문에서도 구어를 이용해 새로운 형식을 시험해야 했으며, 교회슬라브문학의 고정된 틀에서 벗어나야 했다.

19세기초에 푸쉬킨(Pushkin)은 러시아구어를 문학어로 만들어, 언문일치를 시도했다. 러시아 민중이 간직해온 구어문학의 전통과 서유럽에서 받아들인 근대문학의 원천을 합쳐서 만들어낸 러시아근대문학이 국민 전체의 공유물이 되게 하는 시발점을 마련했다. 그 뒤를 이은 많은 작가가 서유럽에서 이루어진 근대문학을 러시아에서도 창조하기 위해서 분투했다.

그것은 동방기독교와 서방기독교 사이의 오랜 다툼에서 동방기독교가 최종적으로 패배한 것을 의미하는 결과이다. 그러나 패배를 기꺼이 인정하고 출발하는 작업을 열심히 했기 때문에 러시아문학은 19세기말의 톨스토이(Tolstoy)의 시대에 이르러서 서유럽문학보다 앞설 수 있었다. 두 기독교문명을 합치는 과업을 러시아에서는 할 수 있고, 서유럽에서는 할 수 없었다. 그래서 후진이 선진임을 입증했다.

라틴어문학과 민족어문학

양층언어의 양상

　라틴어문명권의 문학사는 많이 연구되고 거듭 씌어져 소상하게 알 수 있다. 세부적인 사실을 갖추어 자세하게 다루는 것은 필요하지 않은 일이다. 그러나 전체를 어떻게 볼 것인가 하는 문제는 망각되었으므로, 내가 할 일이 있다. 지금까지 여러 문명권의 문학사에서 공동문어문학과 민족어문학이 어떤 관련을 가졌던가 살핀 방법과 얻은 성과를 적용하면 라틴어문명권의 문학사에 대해서 새로운 조망을 할 수 있다. 지금까지 없던 총괄론을 마련해서, 세계문학사 전개의 이론을 정립하는 데 큰 기여를 할 수 있다.

　라틴어문명권을 출발점으로 해서 세계문학을 논하는 관습을 시정하기 위해서 지구를 돌아 이제 라틴어문명권에 이르렀다. 다른 여러 문명권을 고찰해서 얻은 일반론을 라틴어문명권에 적용해, 라틴어문명권이 우월하지도 않고 특별하지도 않다는 것을 확인하면서 세계일주의 여정을 끝내기로 한다. 그래서 지구가 둥글다는 것을 입증한다. 유럽중심주의에 맞서기 위해서 모든 문명권은 각기 특수하다고 하는 것이 능사가 아니다. 세계문학사의 보편적인 전개가 라틴어문명권에서도 다른 여러 문명권의 경우와 공통된 양상으로 나타났음을 확인하는 것을 대안으로 삼아야 한다.

중세문명론은 유럽에서 먼저 시작하고, 근래에 다시 대단한 관심사로 삼고 있어 널리 자극이 된다. 그런 전례에 힘입어 내 연구도 이루어졌다. 그러나 다른 곳의 사정은 돌보지 않고 중세에 관한 논의를 일방적으로 전개한 선진학문이 불가피하게 지니는 독선과 억지를 뒤따르면서 시정해, 선진이 후진이고 후진이 선진임을 입증하는 것이 나의 임무이다.

중세는 라틴어로 'Medium Aevum'이라고 했다. 그 말을 번역해 영어에서는 'Middle Age', 불어에서는 'moyen-age', 그리고 독어에서는 'Mittelalter'라고 한다. 모두 '중간시대'라는 뜻이다. '중간시대'를 '중세'라고 약칭한다. 그런 말이 생긴 내력을 살피면, 세 단계의 변화를 확인할 수 있다.[379] (1) 처음에는 예수가 처음 세상에 온 시기와 장차 재림할 시기 사이의 기간을 지칭했다. 그것이 중세기독교인의 중세관이었다. (2) 15세기 문예부흥기에 이르러서 고대문명이 몰락하고 자기 시대에 재현되기까지의 중간 시기를 중세라고 했다. 그런 생각이 이어져 중세는 '암흑시대'라고 하는 견해가 오랫동안 지속되었다. (3) 요즈음 유럽에서는 중세는 '봉건시대'라고 다시 규정하는 견해가 지배적이다.

유럽문명권에서 중세라는 용어를 사용하는 관습은 세계사 전체의 전개를 이해하기 위해서 받아들여 마땅하다. 중세라는 용어가 있어야, 고대·중세·근대를 구분할 수 있다. 그러나 중세가 어떤 시대인가 규정하는 데서는 위에서 든 세 가지 정의는 모두 부적절하다.

중세기독교인의 중세관을 나타내는 (1)은 결코 일반화할 수 없다

---

379) Norman Davies, *Europe, a History* (London : Pimlico, 1997), 291면에서 처음 두 단계의 유래를 설명했다.

는 데 대해서는 긴 논의가 필요하지 않다. (2)의 선입견에서 벗어나야 중세를 올바르게 평가할 수 있다. 중세는 '암흑시대'가 아니고 그 나름대로 '광명시대'였다. 다만 무엇이 광명이냐 하는 데 대해서 근대인과 견해가 달랐을 따름이다. (3)은 널리 받아들일 수 있는 견해 같지만 그렇지 않다. '봉건사회'의 사회경제적 특징이라고 하는 것이 다른 문명권에서는 확인되지 않는다는 이유를 들어 유럽만 전형적인 중세를 경험했다고 하는 역설을 되풀이하지 말아야 한다.

중세는 보편종교의 경전어를 문명권 전체의 공동문어로 사용한 시대이다. 이것이 모든 문명권에 두루 적용되는 공통된 정의이다. 공통점을 확인하면 문명권마다의 특수성을 밝힐 수 있다. 유럽문명권에서 중세를 위에서 든 세 가지로 정의한 것은 그 곳 나름대로의 특수성에 근거를 두는데, 무엇이 얼마나 특수한가는 보편성을 매개로 해서 검증해야 한다.

신과 인간이 만나는 길이 막혀 있으면서 또한 열려 있다고 하는 보편종교를 절대화해서 믿는 시대가 중세라고 하는 일반적인 특징을 기독교에서 특수화한 것이 (1)의 정의이다. 중세는 고대 다음의 시대이고 근대보다 앞선 시대이며, 근대는 중세의 부정이고 고대의 긍정이라는 인식을 유럽에서 처음 구체화해서 (2)의 견해를 마련했다. 중세를 부정하고 고대를 계승하고자 하는 의지를 처음 표명한 15세기의 문예부흥기는 중세에서 근대로의 이행기의 시발점이었다. 중세의 보편적인 성격인 신분제에 의한 생산조직이 유럽에서 특별한 방식으로 구체화된 양상을 (3)에서 말한다.

그러나 중세가 어떤 시대였는가에 관한 그 모든 측면의 논의를 여기서 구체화할 필요는 없다. 공동문어와 민족어의 관계가 문학을 통해서 어떻게 나타났는가 살피는 것이 핵심과제이다. 공동문어문학과 민족어문학의 관계는 다른 문명권의 경우나 유럽 라틴어문명권의 경우나 기본적으로 동일하다. 라틴어문명권에서 공동문어문학과 민족어문학의 관계가 펼쳐진 양상을 다음의 (가)에서 (다)까지로 구분할 수 있는 것이 다른 문명권의 경우와 마찬가지이다.

(가) 문명권 중심부의 '같은 언어 공동문어-민족어의 양층' : 이탈리아, 프랑스, 포르투갈, 스페인, 루마니아 등 라틴계 언어 사용 지역.

(나) 문명권 중간부의 '다른 언어 공동문어-민족어의 양층' : 독일, 네덜란드 등의 중부유럽 게르만어 사용 지역, 폴란드, 체코 등의 슬라브어 사용 지역, 그리고 피노우그리아어를 사용하는 외래민족 헝가리 등.

(다) 문명권 주변부의 '다른 언어 공동문어-민족어의 양층' : 영국, 스칸디나비아 각국, 발트해 연안의 리투아니아, 핀랜드 등.

그런데 라틴어문명권에는 나라가 많고 민족어가 미세하게 분화된 점이 특별하다. 그래서 중심부·중간부·주변부의 세 단계가 다시 여러 단계로 나누어진다. 중심부 가운데도 차이가 있어, 이탈리아가 중심부라면, 프랑스는 중간부이고, 스페인은 주변부이다. 중간부 가운데에서도, 독일이 중심부라면, 폴란드는 중간부이고, 헝가리는 주변부이다. 주변부 가운데서도 영국은 중심부이고, 덴마크는 중간부이고, 리투아니아나 핀랜드는 주변부이다. 스칸디나비아 각국은 모두 주변부라고 했지만, 그 가운데 덴마크는 중심부이고, 스웨덴은 중간부이고, 노르웨이는 주변부이고, 아이슬랜드는 더 주변부이다.

그 모든 경우를 다 고찰하는 것은 힘든 일이고, 또한 지나치게 번다하다. 그래서 몇 나라의 경우를 대표적인 예증으로 택하기로 한다. 중심부에서 주변부로 나아가면서 이탈리아·프랑스·독일·헝가리·영국·아이슬랜드의 경우를 특별히 고찰해서, 공동문어문학과 민족어문학의 관계가 일곱 등급으로 나누어져 있는 양상을 파악하고

자 한다. 일곱을 한꺼번에 말할 수 없으므로, 둘셋씩 짝을 지어 비교론을 전개하는 데 힘쓰기로 한다.

그 일곱 나라 가운데 다른 나라의 문학은 비교적 잘 알려져 있는 편이고, 필요한 자료를 쉽사리 찾을 수 있지만, 헝가리문학과 아이슬랜드문학은 그렇지 못하다. 유럽문학에 대해서 고찰할 때 그런 변방의 문학은 무시하고서 유럽문학사는 특별하다고 하는 착각이 생기게 한다. 알려지지 않은 쪽에 관해서 알아내 착각을 시정하기 위해서 힘겨운 노력을 했다. 결과가 미흡한 것은 어쩔 수 없는 일이지만, 세계문학사의 전개를 새로운 눈으로 보는 데 필요한 착상을 다소나마 얻었다고 생각한다.

라틴어문학사의 전개

서유럽의 공동문어는 라틴어이다. 라틴어는 로마제국에서 사용하던 말인데, 기독교의 경전어로 선택되어, 중세의 공동문어가 되었다. 헤브라이어 《구약성서》와 그리스어 《신약성서》를 라틴어로 번역한 것을 원본으로 삼고, 교회의 의식절차도 라틴어로 진행했다. 로마제국이 망하고, 게르만민족이 이동해서 라틴어가 변하고 속화되어 혼란에 빠졌을 때, 기독교교회에서 정통라틴어를 보존하고 규범화했다.

동방기독교문명권에서는 성서를 번역한 것과 달리 서방기독교문명권에서는 라틴어성서를 원문 그대로 사용했다. 동방기독교문명권 가까운 곳이나 동방기독교에서 서방기독교로 개종한 곳에서 성서 번역본을 사용하게 해달라고 하는 요청을 로마의 교황이 거절하면서, 라틴어를 몰라 예배절차를 이해하지 못하는 것은 어쩔 수 없는 일이라 하고, 성서를 번역해서 무식한 사람들이 성서를 함부로 왜

곡하는 일이 일어나지 않도록 해야 한다고 했다.[380]

그러나 종교는 불변의 권위를 지켜야 하는 다른 한편으로 그 권위를 많은 사람이 받아들여 이해하고 생활을 하면서 실천하게 해야 하는 서로 모순된 이중성을 지녔다. 무식한 신도를 가르치기 위해서, 성서에 비해서 부수적인 위치에 있는 각종 교리서는 속화된 라틴어로 옮기고 민족어로도 풀이하지 않을 수 없었다. '교리의 통속화'가 광범위하게 이루어져 민족어문명이 등장할 수 있게 하는 계기를 만들었다.[381]

라틴어가 서부유럽의 공동문어 등장하기까지는 여러 단계의 변화를 겪어야만 했다.[382] 로마제국의 언어인 라틴어는 476년에 로마제국이 망하자 그 기반을 상실했다. 그런데 로마제국을 무너뜨린 게르만족 야만인 왕들은, 글은 모르면서 로마문명을 평가하고 로마문명을 통치의 도구로 이용할 만큼 로마화되어 있었다. 6세기초 동고트족 통치자 테오도릭(Theodoric the Ostrogoth)은 로마제국 황제의 후계자가 되어 지중해의 평화를 유지하고자 했다.

로마제국이 망하자 서부유럽에서 고대가 끝나고 중세가 시작되었다고 하는 것이 상례이지만, 기독교라틴어문학의 성립을 더욱 중요시해야 한다. 로마제국이 망하기 전에 이미 기독교라틴어문학이 나타나서, 라틴어를 구어와는 구별되는 공동문어로 삼아, 문명권 전체의 공동이념인 기독교의 사상을 전하는 데 쓴 것이 다른 여러 문명

---

380) Michael Richter, *Studies in Medieval Language and Culture*(Dublin : Dour Couts Press, 1995), 18면, 165면.

381) Aron Gurevich, Janos M. Bak and Paul A. Hollingsworth tr., *Medieval Popular Culture : Problems of Belief and Perception*(Cambridge : Cambridge University Press, 1988), 24-32면.

382) Pierre Riché, "The Survival of Culture", David Daiches, Anthony Thorlby ed., *Literature and Western Civilization : The Medieval World*(London : Aldus, 1974).

권에서 볼 수 있는 바와 공통된 중세화의 길이었다. 기독교라틴어문학의 성립과 더불어 서부유럽의 중세가 시작되었다.

그러한 변화는 로마제국의 중심부에서만 일어나지 않고 주변부에서도 일어났으며, 그 시기는 어디서나 4세기말에서 5세기초까지여서 서로 같고, 변화의 기본 양상에서도 차이가 없었다. 고대로마문명의 자기중심주의를 대신하는 중세기독교문명의 보편주의를 이룩하는 데 중심부와 주변부가 합작했다. 중심부에서는 고대의 유산을 중세의 것으로 재창조할 수 있게 정리하고, 주변부에서는 중세가 고대와는 다른 시대임을 명확하게 했다. 그렇지만 중심부에서 수행한 과업에 이질적인 외래문화가 개입했으며, 주변부가 문명권의 동질성을 널리 확장하는 데 더욱 적극적으로 기여했다. 중심부가 주변부 구실을 하고, 주변부는 중심부 노릇을 하면서 중세보편주의를 구현하는 과업을 함께 수행다.

중심부에서 한 가장 긴요한 과업은 라틴어본 기독교 경전을 만든 것이다. 로마의 성직자 히에로니무스(Hieronimus, Jérôme de Stridon, Saint Jerome)는 안티오크, 콘스탄티노플, 팔레스타인 등지에 가서 그리스어와 헤브라이어를 익혀 그 일을 할 수 있는 능력을 얻었다.[383] 《신약성서》는 기존의 번역을 손질하고, 《구약성서》는 새롭게 번역해서, 기독교성서 라틴어본의 결정판을 만들었다. 성서를 주해를 위시해 사상과 문학에 관한 다양한 논설을 또한 남겼는데, 힘 있고 화려한 문체를 사용했다.

같은 시기에 밀라노의 사제였던 암브로시우스(Ambrosius, Ambroise, Ambrose)는 광범위한 지식과 생동하는 감수성을 갖춘 문장으로 철학자의 과업과 시인의 창조를 함께 보여주었다고 평가된다.[384] 교리주

---

383) 같은 책, 77-89면.

해나 서간에서 라틴어 산문의 전형을 마련했으며, 예배용 찬미가를 지어 고대라틴어문학과는 다른 중세라틴어문학의 새로운 모습을 제시해서 서유럽 기독교 세계 전체에서 널리 이용하게 했다. 4행시 형식으로 찬미가를 지어 쉽게 기억할 수 있게 한 것이 새로운 규범이 되었다.[385]

암브로시우스의 찬미가는 라틴어시이지만 게르만어의 시처럼 읽을 수도 있는 이중의 성격을 지녔다. 모음의 장단이 율격을 이루는 장단율 라틴어시 재래 형식에서는 短長格 2음보인데, 모음의 강약이 율격을 이루는 게르만어 시형의 강약률을 받아들여 弱强格 2음보로 읽을 수도 있게 허용했다. 게르만민족의 한 갈래인 롬바르디아인(Lombardian)이 이탈리아 북부로 이주한 뒤에 라틴어를 자기네 언어의 관습대로 발음해 혼란을 일으킨 상황에 적응해서 그런 융통성을 지니게 되었다.[386]

기독교라틴어시가 창의적이고 개성적인 표현을 갖추어 문학작품으로 평가될 수 있게 하는 과업은 또한 같은 시기인 4세기말에서 5세기초에 프루덴티우스(Prudentius, Prudence)가 수행했다. 프루덴티우스는 스페인 사람이고, 사라고사(Saragossa)에서 태어난 것으로 보인다. 로마를 찾아가 기독교 전래와 수난의 자취를 돌아보고서, 문명과 야만의 세계, 기독교도와 이교도의 대조적인 모습에서 받은 큰 감명을 시로 나타냈다. 라틴어고전에서 물려받고, 문법과 수사학 학습을 통해서 체득한 문학창작의 역량을 새로운 사상인 기독교와 결합

---

384) Neil B. Mclynn, *Ambrose of Milan, Church and Court in a Christian Capital*(Berkeley, California : University of California Press, 1994)에서 이 인물에 대해 다각적인 고찰을 했다.

385) Jacques Fontaine, *La Littérature latine chrétienne*, 63~76면, 107~109면.

386) Patrick S. Diehl, *The Medieval European Lyric, an Ars Poetica*(Berkeley : University of California Press, 1985), 76면.

시켜 나타낸 기독교라틴어문학을 예술작품의 경지에 처음 올려놓았
다. 인습적인 표현을 버리고, 삶의 모습을 생동하게 그리는 언어를
구사해서, 중세라틴어 서정시의 최고봉을 보여주었다고 평가된다.[387]

《카테메리온》(*Cathemerion*)이라고 하는 시집을 남긴 것을 보면, 서정
시가 대부분 예배용인 점은 암브로시우스의 경우와 다르지 않다.
고전적인 율격을 능숙하게 익힌 솜씨를 보여주었으며, 새로운 율격
을 만들어낸 것은 아니다. 다루는 내용은 다소 따분한 것이라도 활
력이 있고 우아한 표현을 한 것이 커다란 가치이다. 암브로시우스
는 예배를 위해 필요한 노래를 짓기만 한 것과는 달리, 예배용 노
래가 문학작품이 되게 했다. 말을 잘 다루는 것을 장기로 삼고, 새
로운 표현을 개척하는 데 탁월한 재능이 있었다. 문명의 언어로 기
독교를 나타내는 데 핵심적인 구실을 했다.

거기 있는 시를 한 편 들어보자. 신이 가까이 와서 새벽잠을 깨
우니 일찍 일어나라고 하면서 다음과 같이 말했다.

> 게으름뱅이들이 잠자리에서 일어나라고 그분이 말했다.
> 생기 없이 나른해 하고 있는 데서 깨어나라고.
> "소박하고, 정숙하고, 순수한 눈과 마음으로 기원하라.
> 나는 아주 가까이 와서 네 가슴을 두드린다."[388]

〈아포테오시스〉(Apotheosis)는 그리스도가 어떤 의미를 가진 생애를
보냈으며, 왜 인류를 구원할 수 있는가 하는 문제를 다루어 이단을

---

387) F. J. E. Raby, *A History of Christian-latin Poetry, from the Beginnings to the Close of
the Middle Ages*(Oxford : Claredon, 1953), 44-71면.

388) Jean-Pierre Foucher, *La littérature latine du moyen-age*(Paris : Presses Universitries de
France, 1963), 22면.

배격하고 정통신앙을 옹호하는 견해를 1천행 이상이 되는 분량으로 다룬 장시이다. 내용은 새삼스러운 것이 아니지만, 표현이 신선해서 생기가 있다. 기독교 교리를 노래한 장편 교술시가 이 밖에도 몇 편 더 있다. 서정시와 교술시를 함께 썼는데, 서정시가 더욱 평가되는 것은 언어구사의 장기를 서정시에서 더 잘 보여줄 수 있었기 때문이다. 교술시가 생동하게 되려면 나타내는 내용이 참신해야 하는데, 정통교리를 해설하는 작품이라면 그럴 수 없었다.

자기 시대 스페인 기독교의 모습을 생생하게 그린 점이 그 작품에서 특별히 흥미롭다. 사라고사와 그 인근 지역의 스페인의 순교자를 자랑스럽게 여겨 칭송하고, 신이 특별하게 가호하는 나라 스페인에서도 자기 고장이 가장 신령스러운 곳이어서 카르타고나 로마와 맞설 수 있다고 자부했다. 사라고사에는 "그리스도가 거리 마다 산다. 그리스도가 어디든지 있다"고 노래하고 최후의 심판 때 특별한 은총을 입으리라고 했다.[389] 문명의 주변부가 기독교 신앙의 중심지라고 자부했다.

주변부에서 일어난 변화를 살피기 위해서는 북아프리카로 시선을 돌릴 필요가 있다. 북아프리카는 로마제국의 변방에 편입되어 라틴어를 뒤늦게 받아들였지만, 중세기독교 라틴어문학을 이룩하는 데 다른 어느 고장보다 더욱 적극적으로 기여했다. 카르타고인 테르툴리아누스(Tertullianus)가 2세기말에 기독교를 옹호하는 논설을 써서 라틴어기독교문학의 시발점을 마련했다.[390] 4세기말에서 5세기초에 걸쳐 쓴 《고백록》으로 중세기독교의 신학사상을 정립한 아우구스티

---

389) 같은 책, 54면.

390) Jacques Fontaine, *La Littérature latine chrétienne*(Paris : Presses Universitaies de France, 1970), 15-24면. 기독교라틴어문학에 대한 전반적인 논의를 이 책에 의거해서 전개한다. 인명에 불어 표기가 병기된 것은 이 책을 이용했기 때문이다.

누스(Augustinus) 또한 오늘날의 알제리 땅에서 태어난 사람이었다. 북아프리카에서 6세기에 편찬된 라틴어시선집(Anthologia latina)은 대단한 수준이다. 7세기에 아랍화될 때까지 북아프리카 라틴어문명이 계속 번창했다.

아우구스티누스는 문명권의 중심부로부터 멀리 떨어진 곳에서 태어나고 활동하면서 라틴어문명권 전체의 중세가 시작될 수 있게 하는 주역 노릇을 했다. 오늘날의 유럽역사가들이 '고대 晚期'(trardoantico, antiquité tardive, Spätantike)라고 하는, 고대에서 중세로의 이행기를 끝내고 중세가 시작될 수 있게 하는 사상을 마련했다. 다른 문명권에도 모두 있었을 그런 사람의 구실을 라틴어문명권의 아우구스티누스가 특히 선명하게 보여주므로, 자세하게 살필 만하다.

문명권의 중심부에서 멀리 떨어진 곳에서 시대 전환의 사상을 마련한 것은 기이하다고 생각할 일이 아니다. 고대문명을 한편으로 부정하고 다른 한편으로는 계승해 중세문명을 창조하는 이중의 과업을 수행하는 데 아우구스티누스는 유리한 조건을 갖추었다. 고대문명을 부정하기 위해서는 중심부에서 벗어날 필요가 있고, 고대문명을 계승하기 위해서는 중심부에서 이룬 것을 제대로 가져가서 활용해야 한다는 것을 아우구스티누스가 잘 보여주었다.

아우구스티누스는 북아프리카의 원주민 베르베르인이었으리라고 추정되지만, 모국어는 라틴어였다.[391] 로마가 카르타고를 정복한 다음 로마인이 이주해서 라틴어문명을 이식했다. 처음 전파된 기독교는 그리스어를 사용했는데, 그리스어가 라틴어로 바뀌었다. 아우구스티누스의 아버지는 가난한 시민이지만 라틴어를 말하고 유식한 사람으로 행세해서 출세의 발판으로 삼으려고 했다.

---

391) Dominique de Courcelles, *Augustin ou le génie de L'Europe*(Paris : J C Lattès, 1995)을 기본자료로 삼아 이 대목의 논의를 전개한다.

아우구스티누스는 어렵게 자라면서, 라틴어 학습을 철저하게 하는 것을 보람으로 삼았다. 라틴어 교사가 되어 생계를 이어가다가, 마침내 라틴어문명의 본고장인 이탈리아까지 진출했으니 대단한 성공을 거둔 셈이다. 그런데 거기서 새로운 각성을 하고 삶의 방향을 바꾸었다. 원래 기독교 집안에서 태어났으나 오랫동안 마니교에 기울어져 있다가, 밀라노에 머무를 때에 기독교를 받아들였으며, 플라톤철학의 유산과 깊은 교류를 했다.

그 뒤에는 이탈리아에 머무르지 않고, 아프리카로 돌아왔다. 수입 학문을 창조학문으로 바꾸기 위해서 자기 고장으로 복귀했다. 오랫동안 히포(Hippo)의 주교 노릇을 하면서 중세기독교의 기본교리를 정립하는 일에 몰두했다. 문명의 중심부에서 얻어온 종교적 각성과 문학적 역량을 변방에 있는 자기 고장에서 새로운 형태로 재창조해서 역사 전개의 방향을 제시했다. 그런 일을 북아프리카에서 할 수 있었던 이유는 고대의 변방에서 중세로의 전환을 주도할 수 있었기 때문이다.

아우구스티누스는 대단한 저술가였다. 두 가지 주저 《고백록》(*Confessiones*), 《신국론》(*De civitate dei*)을 위시해서, 서정시, 성자전, 호교론, 역사, 철학, 신학 등을 광범위하게 다룬 저작을 풍부하고 다채롭게 남겼다. 정해진 틀이 없이 자유롭게 사고하고 왕성하게 탐구한 바를 끊임없이 글로 옮겼다. 그렇게 하면서 그리스문명에서 물려받은 플라톤주의의 철학을 기독교를 이해하는 데 적용하고, 최고 수준의 라틴어 글쓰기 전통을 이어서 전달하는 것을 긴요한 과업으로 삼았다.

이 아프리카인 젊은이는 사회적 진출의 어려운 관문을 뚫고자 하는 열의를 가지고 로마를 향해 이탈리아로 갔다가, 자기 고장 아프리카로 귀환했다. 로마의 황제들이 새로운 수입을 늘이기 위해 정복한 변방의 영토로밖에 생각하지 않은 아프리카가 자기가 살아가는 자랑스러운 터전임을 자각하고 세계인식을 새롭게 하는 출발점을 거기서 마련하려고 했다. 고대말기에서 중세초기까지의 전환기에 로마에서는 결코 할 수 없는 사상의 혁신을 아프리카에서 이룩했다.[392]

그렇게 해서 아프리카문화의 특수성을 선양한 것은 아니다. 민족문화라는 개념은 아직 형성될 수 없던 시기였다. 누구의 것도 아니면서 그 나름대로 자기중심주의의 폐쇄성을 가진 고대문명의 여러 갈래를 하나로 모아 중세보편주의를 이룩하는 것이 세계사 전개의 새로운 과제였다. 다원에서 일원으로, 상대에서 절대로 나아가야 그럴 수 있었다. 《고백록》에서는 "산산이 조각이 나 흩어졌던 나를 당신이 거두셨"다고 하면서,[393] 그릇된 행동으로 파멸된 인간은 하느님을 만나야 온전해질 수 있다고 했다. 《신국론》에서는 덧없이 무너질 수밖에 없는 로마제국 대신에 하느님의 영원한 나라를 세우자고 주장했다. 고대의 폐허에서 중세가 일어날 수 있는 길을 그렇게 열었다.

아우구스티누스가 그 과업 수행을 선도한 성과를 서유럽 라틴어 기독교문명권에서 널리 받아들여, 아우구스티누스를 유럽인으로 만들었다. 몇 세기 뒤에 이슬람군의 침공을 받고 이슬람세계의 일부가 된 탓에 자기 고장에서는 잊혀진 아우구스티누스를 유럽에서는 지금까지 받들고 있는 것은 다행한 일이지만, 아우구스티누스가 유럽정신을 창조했다고 하는 것은 일방적인 주장이다. 그 뒤의 논자들은 아우구스티누스의 보편주의를 유럽문명권중심주의의 논거로

---

392) 같은 책, 31면.
393) 최민순 역, 《고백록》(서울 : 바오로딸, 1998), 54면.

삼아, 극복의 대상이 되지 않을 수 없는 장애물을 만들었다.

아우구스티누스의 저술이 널리 전파되어 기독교라틴어 교리를 정립하는 데 주도적인 위치를 차지한 것과 함께 또 하나의 주목할 만한 사건이 북쪽에서 벌어졌다. 로마제국의 판도 안에 들지 않았던 아일랜드에서 기독교 라틴어를 잘 보존해서 유럽대륙에다 전해주었다. 그 두 가지 과정을 거쳐 라틴어가 고대로마의 언어에서 중세기독교의 언어로 바뀌었다. 고대의 후진지역이던 주변부에서 먼저 각성해 고대를 중세로 바꾸어놓는 일을 선도한 것은 역사발전의 당연한 과정이었다.

다시 중심부의 사정을 살펴보자. 5세기 이후에 이탈리아는 서고트족과 반달족의 침략 때문에 황폐해졌지만, 로마교황은 기독교 세계의 정신적 지도자의 위치를 유지하고, 라틴어문명의 구심체 노릇을 하는 기능을 계속 수행했다. 5세기 중엽의 교황 레오(Leo, Léon le Grand, saint Léon)는 로마가 파멸적인 약탈을 당하는 것을 보고, 종말이 가까워왔으니 어떤 희생이라도 각오하고 신앙을 지켜 구원받을 수 있는 길을 찾아야 한다고 했다. 고대의 수사법에서 벗어나 있어 쉽게 이해할 수 있는 단순하고도 명료한 라틴어로 그런 주장을 나타내서 새로운 글쓰기의 모범을 보였다.[394] 그 과업을 6세기의 교황 그레고리우스(Gregorius, Grégorie le Grand)가 이었다.

5세기말에서 6세기초까지의 인물 보에티우스(Boethius)는 아리스토텔레스의 저작을 라틴어로 번역해서 기독교신학을 전개하는 데 원용했다. "모든 일은 신의 견지에서 보면 필연적이지만, 그 자체는 자유로운 선택의 결과이다"라고 해서, 신의 섭리와 인간의 자유의지가 합치된다고 증명하려고 했다.[395]

---

394) Michel Banniard, *Genèse culturelle de l'Europe Ve-VIIIe siècles* (Paris : Seuil, 1989), 119-120면.

　　보에티우스는 사형선고를 받고 옥중에 있을 때 쓴 《철학의 위안》
(*De consolatione philosophiae*)에서, 신앙에 근거를 둔 철학이야말로 삶을 청
산하고 죽음을 맞이할 수 있는 확신을 제공한다고 했다. 서두에서
한탄하는 시를 짓고 있는데, 철학의 여신이 나타나, "인간의 정신을
병에서 해방시키는 것이 아니라 병이 만성이 되게 하는 것이다"라
고 한 죄를 물어 詩神을 축출했다.[396] 철학의 여신은 산문과 시를 교
대로 사용하면서, 창조주를 마음 속에서 만나 안정을 얻어야 한다
고 거듭 역설하다가 다음과 같은 시를 읊는 데 이르렀다. 문학을
버리고 철학을 해야 한다 하고서, 숨어 있는 진리를 일깨우기 위해
서는 문학의 표현을 사용하지 않을 수 없다는 것을 보여주었다.

　　　　육신은 건망증을 지닐지라도
　　　　정신은 그 빛을 모두 잃지 않았구나.
　　　　확실한 진리의 씨는
　　　　깊숙한 곳에 있어,
　　　　지혜로운 가르침은
　　　　다시 이것을 눈뜨게 한다네.
　　　　만일 진리의 근원이
　　　　마음속 깊이 감춰져 있지 않았다면
　　　　너희가 어찌 스스로
　　　　참된 것을 말할 수 있으리오.[397]

---

395) Forrest E. Baird ed., *Medieval Philosophy* (Upper Saddle River, New Jersey : Prentice
　　 Hall, 1997), 146면.
396) 보에티우스, 정의채 역, 《철학의 위안》(서울 : 성바오로출판사, 1993), 14면.
397) 같은 책, 125면.

기독교시가 생기를 띠게 하는 데 다른 여러 시인이 또한 기여했다. 5세기 사람인 프랑스의 파울리누스(Paulinus, Paulin)는 《구약성서》의 〈시편〉을 시로 풀이하고, 기독교 축제를 두고 민속풍물시를 지어 독창성을 발현했다. 6세기의 포르투나투스(Fortunatus)는 이탈리아 사람인데, 알프스를 넘어가서 프랑크왕국에서 봉사했다. 상투적인 내용을 거부하고 스스로 경험한 바를 생생하고 흥미롭게 나타내는 표현이 깊이 있는 종교적인 의미를 지니게 했다고 한다.

그런 주목할 만한 동향이 있기는 했어도 고대라틴어시와는 다른 중세라틴어시의 독자적인 형식이나 미학을 이룩한 것은 아니었다. 한문문명권의 律詩, 산스크리트문명권의 '카비야', 아랍어문명권의 '아다브'에 해당하는 중세문학의 규범을 새롭게 정립하는 일을 라틴어문명권에서는 하지 못했다. 프루덴티우스가 이백, 칼리다사, 아부 누와스와 같은 위치에 있었다고 하기 어렵다. 그런 불균형이 생긴 이유는 중세라틴어문학은 기독교와 지나치게 밀착되어, 성직자의 문학이기만 하고 세속의 귀족은 창작에 참여하지 않았던 데 있었다고 할 수 있다.

라틴어 산문은 기독교의 교리를 논하고, 역사를 서술하는 데 쓰였다. 기독교의 역사를 자국사의 범위 안에서 쓰는 일은 영국에서 시작했다. 8세기 전반기에 베데(Bede)라는 석학이 있어,《영국교회사》(*Historia ecclesiastica gentis anglorum*)를 지었다. 영국이 기독교국가가 된 내력을 말해주면서 정치사에 관해서도 많은 것을 알려주는 책이다. 분별력 있고 냉철한 역사가여서 허황된 환상의 요소가 동시대 다른 사람들의 경우보다 적다. 라틴어 문장이 능숙하고, 시적인 표현을 갖추었다.

그 책의 취급범위는 로마의 선교사가 도착한 597년에서 자기 시대 731년까지이다. 성서에 입각한 역사관을 지니고서, 신의 뜻이 자

기 나라에서 실현된 내력을 찾아서 고찰했다. 기독교 군주가 이교
도 군주에게 이긴 것은 신의 뜻이 실현되었기 때문이라고 보고, 초
역사적이고 초인간적인 힘이 특정 지역 어느 시기에 구체적으로 실
현된 양상을 다루었다. 역사전개의 원동력은 전적으로 초자연적인
영역에 있다고 하는 이론을 전개하면서도, 지난 시기의 거룩한 사
람들은 노력과 인내로 신의 뜻을 실현했으므로 그 생애가 아주 중
요하다고 생각했다. 자기 나라에 그런 사람들이 있다는 것을 크게
자랑스럽게 여겼다.

라틴어는 기독교 성직자들의 언어여서, 세속의 귀족들은 잘 하지
못했다. 특히 알프스 이북의 게르만족 군주나 기사들은 무식했다.
그러나 황제가 제국을 운영하기 위해서는 라틴어를 사용해야 했다.
800년에 로마교황에 의해 황제로 책봉된 샤를마뉴(Charmagne, 라틴어
명 Carlus)는 그런 형편을 타개하기 위해서 제국의 공용어로 채택한
라틴어를 보존하고 보급하는 데 힘썼다. "lateinische Mittelalter"라고
일컬어지는 중세라틴어문명이 샤를마뉴 제국의 통치에 의해 확립되
었다.[398] 산스크리트문명권의 5세기 굽타제국, 한문문명권의 7세기
당제국, 아랍어문명권의 8세기 압바시드제국과 상응하는 라틴어문
명권의 제국이 9세기에 비로소 등장해서, 라틴어도 다른 공동문어
와 마찬가지로 보편종교의 언어이면서 또한 세계제국의 언어이기도
한 요건을 충족시켰다.

샤를마뉴 자신은 게르만어의 한 방언인 프랑크어를 사용하면서
그 문법을 정리하라고 했으며, 전쟁의 영웅을 칭송하는 민족어시를
자랑스럽게 여겼다. 로만스어를 모국어로 한 신하들이 사용하는 속
화된 라틴어를 어느 정도 알아들을 수 있을 따름이고, 라틴어 글공

---

398) Ernst Robert Curtius, *Europäische Literature und lateinische Mittelalter*(Bern : Francke,
1948), 37면.

부를 한 것은 아니다. 그런데도 라틴어를 공용어로 쓰도록 조처한 데는 세 가지 이유가 있었다고 할 수 있다. 언어가 서로 다른 여러 민족을 다스리려면 공용어가 있어야 했다. 성직직들의 라틴어 이해 수준을 높여 문화발전을 꾀할 필요가 있었다. 유럽문명의 정통적인 계승자이자 문명권 전체의 정치적 구심체 노릇을 하는 황제이기 위해서는 거룩한 언어인 라틴어를 사용해야 했다.[399]

유럽 일대에서 널리 인재를 찾다가 요크의 알퀸(Alcuin of York)을 영국에서 초빙해 정통 라틴어 회복의 과업을 주도하도록 했다. 샤를마뉴가 수도 아헨(Achen, Aix-la-chapelle)에다 황제의 위엄을 나타내는 교회를 지어 봉헌하는 말을, 알퀸은 다음과 같은 라틴어시로 나타내 벽면에다 새겼다.

생명을 지닌 돌들을 조화롭게 모아들여
숫자며 축척이며 모두 합당하게 맞추었으니,
주님께서 지으신 이 성전이 밝은 빛 내며
만백성의 경건한 수고 영광되게 하도다.
모든 것을 지으신 분께서 보살펴주셔서
아름다운 기념물이 언제까지나 남으리라.
카를루스 임금님께서 반석 위에다 세운
이 사원을 신이시여 보호해주소서.[400]

---

399) Erich Auerbach, *Literary Language and its Public in Late Latin Antiquity and Middle Ages*(Princeton : Princeton University Pres, 1965), 266면 ; Marry Garrison, "The Emergency of Carolingian Latin Literature and the Court of Charlemgne(780-824)", Rosamond McKitterick ed., *Carolingian Culture, Emulation and Innovation*(Cambridge : Cambridge University Press, 1994) ; Michael Richter, *Studies in Medieval Languge and Culture*, 107-108면, 158면 등에서 말한 바를 종합해서 정리했다.

400) Norman Davies, *Europe, a History*, 305면.

　주님·황제·만백성을 하나로 연결하는 성전을 마련한 사연을 라틴어시로 나타낸 것은 라틴어가 주님과 교통하는 데 쓰는 말이고, 황제가 주님의 명을 받아 세상을 통치하는 데 쓰는 말이기 때문이다. 황제 샤를마뉴 개인은 무식한 사람이라 라틴어는 모르고 만백성의 언어인 속어만 사용했으나, 주님을 섬기면서 황제 노릇을 하기 위해서는 라틴어를 공용어로 삼아야 했다. 이런 라틴어시를 지어서 교회의 벽면에다 새겨, 황제는 공동문어 라틴어의 수호자임을 천하만방에 알렸다.

　라틴어는 신과 연결되는 종교적인 기능을 수행하는 데 쓰인 것만은 아니다. 샤를마뉴제국의 모든 국내외의 정치나 외교의 문서는 모두 라틴어로 썼다. 제왕의 전기 《카를루스대왕의 생애》(*Vita Karoli Magni*)를 쓰고, 역사를 기록하는 데도 라틴어를 사용했다. 라틴어에 능통한 성직자들이 특별히 초빙되어 그런 일을 담당하는 전문가 노릇을 했다. 그런 사람들이 공적인 임무를 위해서 시를 지어 궁정시인 노릇을 했으며, 알퀸이 그 중심인물이었다.

　알퀸은 샤를마뉴의 궁정에서 라틴어문학을 일으키는 데 주동적인 구실을 하면서, 고전 수사학을 재정리한 수사학 책을 썼다. 그 책을 황제와 학자가 문답하는 방식으로 써서, 황제가 대단한 학식을 갖춘 것처럼 보이도록 했다. 내용에서는 로마시대 법률이나 웅변에서 사용하던 수사학의 원리를, 성서를 이용해서 제시했다. 그렇게 해서 두 문명을 하나로 결합시키고자 했다.

　알퀸이 황제에게 보낸 편지도 남아 있다. 문법, 성자전, 신학논설 등도 있다. 자기 고장 요크의 기독교 내력을 다루는 시도 지었다. 만년의 시와 서간에서는 스칸디나비아인의 침공으로 자기 고장이 황폐화되는 것에 대단 탄식이 나타나 있다. 그 사실을 로마제국의 멸망에다 견주었다. 과거의 문명에 대한 기억이 현재의 비관과 함

께 나타나 있다. 세상이 잘못된 이유는 신의 노여움과 도덕적 타락
에 있다고 했다.

알퀸과 함께 활동하던 테오둘프(Theodulf, Théodulfe d'Orléans)는 북
부 스페인에서 태어난 고트족인데, 문학창작 능력이 뛰어나 샤를마
뉴에게 초빙되었다. 그런데 궁중에 머무르지 않고 외직으로 나가
오를레앙의 주교가 된 점이 알퀸과 다르고, 시를 쓰는 기풍에도 차
이가 있었다. 고전적인 규범을 이은 작품을 쓰는 것으로 만족하지
않고, 자기가 실제로 겪은 일, 희망과 두려움, 기쁨과 슬픔을 진솔
하게 나타냈다. 가난하고 억압받는 사람들의 처지를 동정하는 마음
을 보여주기도 했다. 교구를 순회하면서 견문한 바를 장시에다 기
록했는데, 거듭되는 뇌물을 거부해야 했던 사연, 지방의 법관의 부
패상 같은 것이 포함되어 있다. 샤를마뉴의 아들대에는 투옥되는
수난을 겪었으며, 그때의 일을 다룬 시도 있다.

롬바르디아의 귀족인 파울 와른프리트(Paul Warnfried)는 기구한 인
연으로 샤를마뉴의 궁정시인이 되었다. 자기 민족의 나라 롬바르디
아를 멸망시킨 샤를마뉴의 군대에 항거하다가 잡혀서 감옥에 갇히
는 신세가 되었다. 샤를마뉴에게 보낸 옥중의 편지에서 자기 가문
이 비참하게 된 처지를 하소연했다가, 능력이 인정되어 발탁되었다.
라틴어를 능숙하게 구사하고, 시를 짓는 격식을 잘 갖추었다. 《롬바
르디아의 역사》(*Historia langobardorum*)를 써서, 스칸디나비아에서 출발
해 여러 곳으로 이주하다가 이탈리아를 침공해 나라를 세우고, 다
시 시련을 겪은 자기 민족의 역사를 정리했다.[401]

샤를마뉴의 제국이 들어선 이후에 라틴어는 교황의 언어이면서도
또한 황제의 언어인 이중의 위세를 갖추게 되었다. 라틴어를 열심

---

401) Jean Décarreaux, *Moines et monastères à l'époque de Charlemagne*(Paris : Jules Tallandier,
1980), 99-105면.

히 배우고자 하는 운동이 널리 확산되어, 라틴어와 자기 언어를 둘 다 사용하는 양층언어 현상이 일반화되었다. 서유럽이 다른 문명권과 대등한 수준의 중세문명을 누리게 된 것은 그때부터 시작된 일이다.

독일에서도 10세기 무렵에는 라틴어 사용이 확대되어, 비드킨드(Widkind)가 삭손(Saxons)왕국의 역사서를 지었다. 훈(Huns)족과 싸운 내력을 다룬 영웅서사시 《발타리우스》(Waltharius)를 에케하르트(Ekkehart)라고 하는 기독교 사제자가 라틴어로 쓴 것도 그 무렵의 일이다. 라틴어로 민족사를 기록한 것은 흔히 있는 일이지만, 라틴어 영웅서사시를 쓴 것은 독일에서만 한 일이므로 특별히 주목할 필요가 있다.

《발타리우스》는, 훈족의 왕 아틸라(Attila)에게 게르만민족의 서로 다른 갈래의 왕자 하겐(Hagen), 발타리(Walthari), 공주 힐데군데(Hildegunde)가 포로로 잡혀 있다가 탈출해, 하겐의 도전을 물리치고 승리한 발타리가 힐데군데와 결혼하고 게르만민족 전체를 30년 동안이나 다스렸다고 하는 것을 기본 줄거리로 하고 있다.[402] 훈족의 위협을 게르만민족이 단합해서 물리쳐 기독교문명을 수호하자고 하는 소망을 그런 방식으로 나타낸 이 작품은 구두어가 서로 다른 게르만민족의 여러 갈래가 모두 이해하고, 기독교를 단합의 구심점으로 삼자고 하는 데 동의하도록 하기 위해서 라틴어로 썼다고 생각된다. 그렇게 하기 위해서 기독교 사제자가 나서야 했다.[403]

11세기에 독일에서는 예사 사람들의 사랑이야기를 다룬 또 하나

---

402) Max Mantius, *Geschichte der lateinischen Literatur des Mittelalters 3*(München : C. H. Becksche, 1973), 609-614면.

403) Brian Murdoch, *The Germanic Hero, Politics and Pragmatism in Early Medieval Poetry* (London : Hambledon, 1996), 89-117면.

의 서사시인 《루오드리브》(*Ruodlieb*)가 이루어졌다. 라틴어를 사용해서 그런 저술을 한 사람은 이름이 알려졌든 이름을 알 수 없든 모두 기독교의 성직자였다. 그런데 세속의 군주들이 관심을 가질 만한 내용을 모든 작품을 썼다. 황제가 아닌 군주들도 라틴어를 통치의 언어로 삼고, 국가의 위업을 자랑하는 데 라틴어를 이용하는 시대가 시작되었다.

11세기부터 나타난 헝가리의 라틴어문학에는 신학논설, 성자전, 종교시 등이 두루 포함되어 있다. 기독교를 받아들인 나라라면 어디에든지 다 있는 것들이지만, 작품이 많고 내용이 풍부하다. 국왕이면서 성자인 스테판(Stephan)에 관한 전설을 수집한 것들이 그 가운데 특히 중요한 위치를 차지했다. 13세기초에 이루어진 작자 미상의 〈타타르인의 헝가리 파괴를 탄식하노라〉(Planctus destructionis regni hungariae per tartaros)는 종교시의 범주에 드는 작품이지만, 조국의 참상을 보고 상심하는 헝가리인의 심정을 잘 나타냈다.[404]

헝가리의 국사서를 거듭 서술한 것이 특기할 만한 사실이다.[405] 13세기가 시작될 때 이루어진 《웅가리의 위업》(*Gesta ungarorum*)은 국사서라고 할 수 있는 책이다. 페테르(Peter)라는 이름의 승려로 추정되는 저자가 세련된 라틴어를 사용해, 헝가리의 역사를 서술하면서 11세기와 12세기에 이루어진 선행의 역사기록을 인용하고, 노래 형태로 전승되던 연대기를 삽입하기도 했으며, 외국의 자료는 사용하지 않았다. 자기 시대의 정치적인 논란에 관해 의견을 제시할 때에는 현재의 일을 과거로 가져가는 방법을 사용했다.

13세기말에는 다시 《헝가리의 위업》(*Gesta hungarorum*)이라고 하는

---

404) 같은 책, 24면에서 이에 관해 고찰했다.
405) 같은 책, 25-27에서 이에 관해 고찰했다.

또 하나의 국사서가 저술되었다. 책 이름의 'ungar'와 'hungar'는 둘
다 '헝가리'를 지칭하는 말이다. 그 작자인 시몬 케자이(Simon Kezai)
라는 승려는 이탈리아의 여러 대학에서 공부하고, 다양한 문헌을
인용했으며, 그 가운데 독일의 《니벨룽겐의 노래》도 포함되어 있다.
그렇지만 사실을 정확하게 전한 것이 아니고, 설화적인 내용이 많
다고 한다. 그 뒤에도 당대에 일어난 사실을 기록한 연대기, 국왕의
전기, 한 시대를 다룬 역사서 등에 관한 라틴어 저술이 계속해서
이루어졌다. 승려가 아닌 일반 귀족도 그렇게 하는 데 참가했다.

멀리 스칸디나비아에서도 라틴어를 배워 성서를 읽고 예배를 진
행했으며, 자기네 나라 성자들의 생애를 라틴어로 서술했다. 자기네
역사나 구비전승을 라틴어로 옮기기도 했다. 그렇게 하는 데 덴마
크인이 앞장섰다. 덴마크 승려들이 파리에 가서 공부하고 라틴어
저작을 남겼다. 삭소 그라마티쿠스(Saxo Grammaticus)라는 승려가 세
련된 라틴어를 구사해 12세기말에 서술한 《덴마크의 위업》(*Gesta
danorum*)은 기독교 이전 시기에서 이후 시기까지 덴마크역사가 연속
되었음을 강조하면서 덴마크의 주체성을 선양했다.[406) 자기 민족의
역사와 관련된 구비전승을 다채롭게 수록했으며, 영웅서사시를 번
역해 넣은 대목도 있다.[407)

12세기에서 13세기에 이르는 기간 동안 공동문어와 민족어의 이
중구조가 유럽에서 일반화되었다. "중부 및 남부의 유럽에서 북쪽으

---

406) Inge Skovgaard-Petersen, "Saxo's Denmark", Brian Patrick McGuire ed., *The Birth of
Identities, Denmark and Europe in the Middle Ages*(Copenhagen : C. A. Reitel Publishers,
1996)에서 그런 특징을 고찰했다. 《문명권의 동질성과 이질성》의 〈역사서〉에
서 이에 관해 자세하게 살핀다.

407) Frédéric Durand, *Les littératures scandinaves*(Paris : Presses Universitaies de France,
1974), 17면 ; P. M. Mitchell, *A History of Danish Literature*(Copenhagen : Gyldendal,
1957), 17-25면.

로는 아이슬랜드, 스칸디나비아, 서남쪽으로는 팔레스타인에 이르는” 광대한 지역에서 라틴어를 공동문어로 받아들이고, 다른 한편으로 민족어 사용을 활성화하기 시작했다.[408] 그런 상황이 조성된 시기는 중세후기이다. 공동문어 사용이 확장되어 문명권의 전체의 판도가 완성되고, 공동문어 때문에 눌려 있던 민족어가 대두해 두 가지 언어가 함께 사용된 중세후기에 이르러서, 중세문명은 완성되고 또한 해체되기 시작했다. 그것은 유럽문명권과 다른 여러 문명권에서 공통되게 나타난 세계사의 전환이었다.

중세후기에도 공동문어와 민족어가 대등한 가치를 가졌다고 인정되지 않았다. 민족어가 공동문어 못지 않게 소중한 기능을 실제로 수행했어도, 가치의 서열은 기능상의 중요성과는 별개의 것이었다. 공동문어 존중은 말보다 글을 소중하게 여기는 사고방식과 깊은 관련을 가졌다. 글을 읽는다는 것은 라틴어를 읽는다는 뜻이었다. 민족어로 된 책은 라틴어책보다 훨씬 적었고, 가치가 없다고 여겼다. 그러나 두 가지 책을 다 합쳐도 책은 그리 많지 않았다. 필사자들이 베껴서 보급하는 책은 가격이 높고, 양이 부족했다.

라틴어문학은 기독교 교리서, 성자전, 기독교시, 역사서 등을 주요 갈래로 삼았다. 그 가운데 기독교 교리서는 계속 라틴어의 영역이었다. 성자전은 일부가 민족어로 번역되거나 재창조되었다. 기독교시는 민족어시와 경쟁관계에 있었다. 연대기라고 하는 역사서를 라틴어로 쓰다가 나중에는 민족어로 쓰게 되었다.

교리서 및 그것과 관련된 신학·철학의 저술에서는 라틴어가 독보적인 권위를 자랑했다. 그러나 그것이 라틴어문학의 핵심 영역이라고 할 수는 없었다. 중세에는 서정시를 문학의 갈래 가운데 으뜸으

---

408) Ernst Robert Curtius, 위의 책, 35면.

로 여기는 것이 상례인데, 라틴어문학에서는 특별히 내세워 자랑할
만한 서정시가 없었다. 예배용 라틴어서정시가 고대로마의 라틴어
시와는 다른 독자적인 영역을 마련하기는 했어도, 문학적 가치에서
새로운 경지를 개척했다고 하기는 어려웠다.

  그 이유는 사회조직이 특이한 데서 찾을 수 있다. 중세유럽에서
는 성직자가 아닌 귀족은 기사라고 칭하는 무사이다. 싸움하는 것
을 자기 일로 삼으며, 글 공부는 하지 않았다. '기도하는 사
람'(oratores), '싸우는 사람'(bellatores), '일하는 사람'(laboratores)의 세
가지 기능인으로 세상이 이루어져 있다고 하는 오랜 전통을 가진
기능 삼분법에는 기도하는 것을 주임무로 하지 않은 귀족문인의 자
리가 없었다.[409] 성직자가 아닌 귀족문인이 종교시의 범위 밖에 있는
서정시를 발전시키는 것이 라틴어문명권에서는 가능하지 않았다.

  중세유럽에서 13세기 이후에 대학이 생겨난 것이 대단한 일이라
고 하지만, 그 때문에 다방면에 걸친 학문연구가 활발해지고 저술
이 많이 이루어진 것은 아니다. 중세유럽의 대학은 교회의 부속기
관으로 생겨났으며, 성직자인 교수가 종교교육을 중심으로 한 교과
목에 관해서 구두로 전달하는 수업을 했다. 교수가 책을 큰 소리로
읽고 주석을 달면 학생들은 눈으로 책을 보지 못하고 귀로 말을 듣
는 방식으로 강의를 했다. 대학에서는 강의든 시험이든 구두전달에
의존하는 방식이 19세기까지 계속되었다. 그 점은 인쇄술이 생겨나
책이 많이 보급되어, 서당에서 책을 놓고 공부를 한 동아시아와 많
은 차이가 있었다. 라틴어는 들려주기만 해도 되지만, 한문은 눈으

---

409) Jacques Le Goff dir., *L'homme médiéval*(Paris : Seuil, 1989)의 서장 16-21면에서
    세 가지 기능인을 구분하는 전통에 관해서 고찰했다. 그 삼분법은 뒤메질
    (Dumézil)이 밝혀 논한 인도유러피안 여러 민족의 공통된 전승에 근거를 둔
    다고 했다.

로 보지 않고서는 이해되지 않는다.[410]

유럽의 중세문화는 전반적으로 구두문화였으며, 소수의 전문가가 라틴어문서를 필사하고, 속어문서도 관장했다. 그런데도 문자로 쓴 것이 구두 전달보다 우월하다고 여긴 점이 다른 문명권의 경우와 마찬가지이고, 희귀하기 때문에 더욱 대단한 가치를 가졌다고 인정되었다. 문자문화의 산물 가운데 최고의 권위를 가진 것은 성서였다. 성서가 표준이 되는 책이고 글이었다.[411] 성서를 가지고 읽는 사람이 아주 드물고 대부분은 성서를 읽거나 성서에 관해서 하는 말을 듣기나 했으므로, 구두문화가 우세했을 따름이다.

라틴어를 아는가 하는 것은 신분과는 무관했다. 어느 신분에 속하는 사람이든 라틴어를 알면 '유식자'(literati)라고 자부하고, 모르면 '무식자'(illiterati)로 폄하되었으며, '유식자' 신분과 '무식자' 신분이 정해져 있는 것은 아니었다. 종교적이거나 정신적인 차원에서는 '유식자'와 '무식자'의 차이는 사람과 짐승의 차이라고 할 수 있지만,[412] 그런 구분에 따라 사회적 위치가 정해진 것은 아니다.

라틴어는 모르고 민족어를 읽고 쓰기만 하는 사람은 '무식자'로 분류되었지만, 그 때문에 지체가 낮아지는 것은 아니었다. 세속의 귀족은 성직자의 언어인 라틴어를 모르는 것이 당연했다. 샤를마뉴도 그런 사람이었지만, 그 때문에 황제 노릇을 하기에 자격 미달이라고 하지는 않았다. 귀족은 라틴어 대신에 자기네 민족어로 이루

---

410) 그런 차이점이 오늘날까지 이어져, 외국어를 학습할 때 유럽인은 말을 배우고 동아시아인은 글을 배우며, 연구발표를 할 때 유럽인은 원고는 자기만 가지고 읽어주며 동아시아인은 원고를 배부하고 읽는다.

411) R. W. Southern, *Scholastic Humanism and the Unification of Europe vol. 1 Foundations* (Cambridge, Mass. : Blakwell, 1997)의 "The Sovereign Textbook of the School : the Bible"(102-133면)에서 그 점에 관해 자세한 고찰을 했다.

412) Michael Richter, *Studies in Medieval Language and Culture*, 13면.

어진 서사시, 성자전, 역사서 등은 노래하고 읽고 하면서 필요한 교양을 갖추었다고 자부하고, 라틴어문서를 필사하는 장인들을 낮추어 보았다.[413]

필사자는 '스크리프토리아'(scriptoria)라고 했다. 처음에는 사원에서 사제자들이 그 일을 하고, 필사 행위 자체가 영혼의 구원을 얻는 길이라고 여겼다. 그 뒤에는 사원 주위에서, 대학에서 필사자들이 활동했다. 세속의 문학옹호자들을 위해서 속어문서를 필사하는 사람들이 생긴 것이 그 다음 단계의 변화였다. 귀족들의 도서실이 독서문화를 위해서 중요한 구실을 하면서 중세는 끝났다. 필사 과정에서 변화가 생기는 것은 당연한 일이었다. 필사자는 글을 수정할 수 있는 권한을 가졌다.[414]

필사자가 선비는 아니었다. 한문문명권의 '士', 즉 선비와 같은 존재가 라틴어문명권에는 없었다. 아랍어문명권에서도 기도하는 사람과 싸우는 사람이 라틴어문명권에서와 같이 나누어져 있어서 상황이 같았다고 할 수 있으나, 양쪽에 다 있는 서기가 서로 다른 기능을 했다. 아랍어문명권의 서기귀족은 기록과 필사를 담당하는 데 그치지 않고 스스로 자기 글을 썼다. 그런데 라틴어문명권의 서기는 필사를 직업으로 하는 匠人일 따름이다. 기능삼분에서 일하는 사람에 속했다.

한문문명권의 선비, 아랍어문명권의 서기귀족, 라틴어문명권의 필사자는 글 쓰는 일을 맡은 전문직업인이라는 점에서 서로 같으면서, 그 지위와 기능은 달랐다. 한문문명권의 선비는 지배층을 이루고 스스로 자기 글을 썼다. 아랍어문명권의 서기귀족은 지배층의 일원

---

413) Jacques Le Goff dir., *L'homme médiéval*, 19면.
414) Michel Zink, *Introduction à la littérature française du Moyen Age*(Paris : Librairie Générale Française, 1993), 23-24면.

이어서, 쓰라고 주어지는 글을 쓰면서 또한 자기 글도 썼다. 한문문명권에서도 일본의 경우에는 그런 위치의 서기가 있었다. 라틴어문명권의 필사자는 글을 베끼는 하위의 기능공이다. 그러한 차이점이 공동문어문학의 폭이 넓고 좁고, 수준이 높고 낮은 것과 직접 관련된다.

그런데 중세후기에 이르러서는 사정이 달라졌다. 자기 본연의 임무에서 어느 정도 이탈해 자유로운 사고를 하고자 하는 성직자, 싸움하는 일보다 글하는 일이 더욱 보람되다고 하는 기사, 글 공부를 하겠다는 시민층이 나타났다. 그런 사람들이 지식인의 기능을 수행했다. 원래 중세유럽인의 직능 구분에는 없었던 지식인이라고 할 수 있는 부류의 사람들이 생겨나, 문자생활을 확대하면서 합리적인 사고를 키운 것이 중세후기의 새로운 사태였다.[415] 지식인은 종교적인 극단론을 부정하지는 못해도 완화하는 방향으로 나아갔다. 저승에 관해 논하면서 천국과 지옥의 양극 사이에 연옥(purgatoire)이 있다고 해서, 중간영역을 인정하고, 이승의 삶이 저승으로까지 연장된다고 하게 한 것이 그렇게 해서 생긴 변화이다.[416]

라틴어 시문을 통해서 철학 논쟁을 벌이고 파격적인 사상을 편 것이 새로운 동향이었다. 11세기의 안셀무스(Anselmus, Anselme)는 신이 어디서나 존재한다는 것을 증명하는 논리를 신학이 철학이게 하면서 전개해 그 연원을 이루었다. 12세기의 아베라리우스(Abelarius, Abélard)는 이치의 근본을 따질 때에는 논리적인 철학을 하면서, 《불행의 역사》(*Historia calamitatum*)에서는 성직자답지 않게 엘로이즈(Heloïse)

---

415) Jacques Le Goff, *Les intellectuels au Moyen Age*(Paris : Seuil, 1957)에서 그 점을 밝혀 논했다.

416) 그 점에 관해서 자세하게 고찰한 책이 자크 르 고프, 최애리 역, 《연옥의 탄생》(서울 : 문학과지성사, 1995)으로 번역되어 있다.

라는 여성과의 사랑 때문에 겪은 고민과 시련을 토로했다. 그 작품을 장 드 묑(Jean de Meun)이 13세기에 불어로 번역해서 《아베라르와 엘로이즈》라고 한 것이 당대의 인기를 모았다.

중세전기에는 버려두었던 그리스고전을 받아들여 철학 논란을 전개하는 것이 새로운 과업으로 등장했다. 그렇게 해서 중세후기의 사상은 이치를 철저하게 따지는 합리적인 사고를 특징으로 했다. 13세기 후반의 토마스 아퀴나스(Thomas Aquinas)가 그런 과업을 가장 큰 규모로 성취했다. 그래서 한문문명권의 朱熹, 산스크리트문명권의 라마누자(Ramanuja), 아랍어문명권의 가잘리(al-Ghazali)가 수행한 것과 상통하는 구실을 맡았다. 그 네 사람은 모두 자기네 문명권 보편종교의 절대적이고 보편적인 의의를 확고하게 입증해 정통노선이 흔들릴 수 없게 재확립했다고 크게 숭앙되는 성자이면서, 신과 세계, 마음과 사물 사이의 긴밀한 관계를 이치에 맞게 따지는 철학을 전개해 중세인의 위대한 사고를 오늘날까지 전해주고 있다.

토마스 아퀴나스는 이탈리아 사람이지만, 프랑스와 독일의 북방인의 혈통도 물려받았다. 프랑스의 파리와 독일의 쾰른에서 공부하고, 파리에서 교수 노릇을 하면서 저술에 몰두했다. 아퀴나스의 시대에는 이탈리아가 외침과 분열의 상처를 회복하지 못하고 있어서 프랑스가 라틴어문명의 중심지 노릇을 하고 있었다. 중세전기의 라틴어문명은 여러 지역에서 창조한 성과를 이탈리아에서 정리해 다시 내보낸 것과는 다르게, 중세후기로의 전환은 프랑스가 주도해서 이룩했다. 이탈리아에도 대학이 여럿 생겨났으나, 파리대학이 특히 번성해서, 프랑스가 유럽의 중심지 노릇을 하는 시대가 시작되었다.

아퀴나스는 그 어느 곳에 속한 사람이 아니고 유럽인이었다. 종교와 학문의 언어인 라틴어를 사용하고, 라틴어를 이용해서 논리적인 글을 쓰는 새로운 모범을 보였으므로, 어디 가도 아무 불편이 없었다. 그렇다고 해서 라틴어가 모국어인 것은 아니다. 자기 모국어는 이탈리아어였다. 토마스와 가까운 혈연관계가 있다고 알려진 리날도(Rinaldo d'Aquino)는 사랑을 노래하는 민요풍의 서정시를 지어 이탈리아문학의 연원을 마련하는 데 기여했다.[417] 그러나 아퀴나스는 산문을 쓰든 시를 쓰든 품격 높은 라틴어를 정확하고 풍부하게 구사하는 데 모범을 보였다.

《신학대전》(*Summa theologia*)을 저술해, 계시와 이성을 합쳐서 기독교철학을 체계하는 과업을 거대한 규모로 이룩한 것이 아퀴나스의 대표적인 업적이다. 자기가 어떤 학문을 하는가 따지는 데서 시작해서, 신의 존재에 관해서 가능한 반론을 하나씩 들어 부정하고 그 대안이 되는 해답을 치밀한 논리를 전개해서 구한 것은[418] 특기할 만한 일이다. "신의 존재는 불합리하므로 나는 믿는다"고 한 아우구스티누스의 명제가 "신의 존재는 합리적이므로 나는 믿는다"고 하는 아퀴나스의 명제로 바뀐 데 중세전기와 중세후기의 명확한 차이가 나타나 있다.

아퀴나스는 시인이기도 해서, 자기 사상을 시로 나타냈다. 그 점에서 朱熹와 흡사하지만, 교회의 예배에서 부르는 찬미가를 지었을 따름이다. 아퀴나스의 찬미가는 "예배절차에 맞춘 구성이 탁월하고, 형식의 엄격함, 표현의 간결함, 신학적인 내용의 정확함이 시작의 기교와 결합되어 있다"는 평을 듣는다.[419]

---

417) Peter Brand and Liono Pertile ed., *The Cambridge History of Italian Literature* (Cambridge : Cambridge University Press, 1996), 13면.

418) 《신학대전》을 영역해 간추려놓은 Anton C. Pegis ed., *Introduction to Saint Thomas Aquinas* (New York : The Modern Library, 1948), 20-27면에서 그 대목을 확인한다.

419) F. J. E. Raby, *A History of Christian-latin Poetry, From the Beginnings to the Close of the Middle Ages*, 405면.

그 시대가 안정된 시대는 아니었다. 지식의 확대와 더불어 종교에 대한 회의가 늘어나서, 합리적인 반론이 필요했다. 보편종교의 권위가 의문시되는 것은 공동문어문학의 규범이 흔들리는 것과 함께 나타났다. 라틴어를 아는 사람이 많아지고, 대학생이라면 누구나 라틴어시를 지을 수 있었던 것이 혼란의 원인이 되었다. 아무나 함부로 짓는 시가 되었다.

종교사상에서 질서를 재확립하는 반론이 구축된 것과 같은 일이 문학에서는 이루어지지 않았다. 공동문어시의 형식이나 내용 자체를 쇄신해서 중세후기문학의 새로운 방향을 개척하는 움직임은 나타날 수 없었다. 라틴어시는 고대에 마련된 규범을 이어왔으며, 중세전기시나 중세후기시로 다시 태어나지 않았던 점이 다른 문명권의 공동문어시와 달랐다.

그 대신에 비정통의 파격적인 시가 나타나 규범을 흔들어놓아 세상 풍조가 달라진 것을 보여주었다.[420] 일부 성직자들이나 대학생들이 교회의 통제에서 벗어나 자유로운 생활을 하고 술과 환락에 빠지고 방랑을 일삼으면서 라틴어시의 규범을 어긴 시를 짓는 풍조가 나타났다. 그런 시를 속어가 아닌 라틴어로 지은 것은 라틴어시를 희화하고자 했기 때문이다.

13세기에 이루어진 필사본에 실려 있는 편력시인의 시라고 하는 것들이 그런 작품인데, "나는 간간히 부는 바람을 닮아 한낱 나뭇잎 같구나", "선장 잃은 배처럼 나는 바닷가 멀리 떠나가네"라고 하면서 자유로운 방랑을 희구하는 마음을 거친 언사로 나타냈다.[421] '골리아르'(Goliard)라는 시가 유행한 것도 그런 풍조 때문이다. 골리아

---

420) Michel Zink, *Littérature française du Moyen Age*(Paris : Presse Universitaire de France, 1992)에서 그때의 상황을 확인할 수 있다.

421) 볼프강 보이틴 외, 허창운 역, 《독일문학사》(서울 : 삼영사, 1993), 21면.

르시는 라틴어를 사용면서 장단률은 무시하고 "재치 있고, 유쾌하고, 익살맞은" 표현을 일삼은 戱作이다.[422]

> 마셔라 계집이든 사내든, 마셔라 군졸이든 서기든
> 이놈도 저년도, 하인도 일꾼도
> 재빠른 놈도 게으름뱅이도, 흰 놈과 검은 놈 함께 마셔라.
> 착실한 놈, 변덕스러운 놈, 농군이며 무당이며,
> 가난한 놈은 병든 놈과 함께, 쫓겨난 놈은 잊혀진 놈과 함께.[423]

그 가운데 걸작이라는 것이 이런 술 마시는 노래인데, 품격을 버렸을 뿐만 아니라, 표현의 묘미나 시상의 압축 같은 것도 찾아볼 수 없다. 골리아르시는 라틴어문학으로서는 평가될 것이 없지만, 프랑스와 독일에서 각기 자국문학사에 포함시켜 다룬다. 두 나라 모두 정통라틴어문학은 자기네 문학이 아니라고 여겨 돌보지 않으면서, 그런 예외만 소중하게 여긴다.[424]

중세후기에는 민족어문학이 성장한 것이 또한 특기할 만한 일이다. 라틴어문학과 민족어문학은 우열을 다투지 않고 대등한 위치에

---

422) Pierre Abraham et al., *Manuel d'histoire litté rire de la France*(Paris : Editions Sociales, 1971), 284면.

423) Jean-Pierre Foucher, *La litté rature latine du moyen-age*, 93면.

424) Pierre Abraham et al., *Manuel d'histoire litté raire de la France 1*(Paris : Éditions Sociales, 1971)에서는 라틴어문학은 다루지 않고 있다가, 중세문학은 종교 때문에 몽매했다고 하는 편견을 시정하는 데 좋은 자료가 된다고 하면서 "Les Goliards"라는 장을 설정해 골리아르시에 관해서 고찰했다(284면 이하). Wolfgang Beutin et al., *Deutsche Literaturgeschite*(Stuttgart : J. B. Metzlersche, 1976)에서도 라틴어문학은 오직 "Vagentendichtung"이라고 한 편력시인의 희작시만 취급 대상으로 삼고, 라틴어 원문을 독일어로 번역과 함께 들어 고찰했다(16면, 허창운 역, 《독일문학사》, 서울 : 삼영사, 1988, 21-22면).

서 서로 자극을 주는 관계에 있었다. "12세기와 13세기 이후의 민족
어문학의 발전이 라틴어문학의 고갈이나 후퇴를 가져온 것은 결코
아니었으며, 12세기와 13세기는 오히려 라틴어의 문학과 학문의 전
성기였다"고[425] 한 것이 적절한 지적이다. 그 시기에 라틴어와 라틴
어문학은 중부 및 남부 유럽에서 시작해서 북쪽으로는 아이슬랜드,
핀랜드까지, 남동쪽으로는 팔레스타인까지 이르렀다. 교양 있는 사
람은 그 어디서나 한결같이 민족어와 학식어 두 언어를 사용했다.
그렇게 되기까지 많은 시간이 필요했던 것은 라틴어문명권이 다른
문명권보다 뒤떨어졌다는 증거이다.

중세후기 다음 시기가 르네상스이다. '문예부흥'이라고 번역되는
'르네상스'가 근대의 시작이라고 하는 것은 부당하다. 르네상스는
중세에서 근대로의 이행기의 시작이다. 르네상스는 그리스와 로마
의 고대문명을 되살린다고 하는 운동이었는데, 라틴어문학을 중세
때보다 더 잘하자고 하면서, 중세를 부정하기 위해 고대를 긍정하
려고 하는 상반된 양면이 거기 포함되어 있었다. 공동문어문학을
강화하면서 중세에서 벗어나고자 하는, 서로 반대가 되는 움직임이
중세에서 근대로의 이행기의 시대적인 특징을 이루었다.

르네상스를 기점으로 해서 중세에서 근대로의 이행기에 들어서자
라틴어문학의 확대와 민족어문학의 성장이 둘 다 가속화되었다. 공
동문어문학과 민족어문학은 배타적인 관계를 가지기도 하고 상보적
인 관계를 가지기도 하기 때문에 그럴 수 있다. 중세에서 근대로의
이행기에는 그 둘의 상보적인 관계가 두드러지게 나타났다.

르네상스에 함께 나타난 인문주의(humanism) 운동은 라틴어 저작
을 통해서 전개되어, 라틴어의 쓰임새를 더욱 확대했다. 16세기초에

---

425) Ernst Robert Curtius, 위의 책, 35-36면.

에라스무스(Erasmus)는 기존의 관념을 타파하고 새로운 사고를 하게 하는 《어리석음의 예찬》(*Encomium moriae*) 같은 책을 라틴어로 저술하면서 국제적인 활동을 벌였으므로, 자기 나라 네덜란드의 범위를 넘어서서 온 유럽에 광범위한 영향을 끼쳤다. 같은 시기에 영국인 토마스 무어(Thomas More)가 《유토피아》(*Utopia*)에서 가상의 공간에서 이상적인 사회를 그려본 것도 널리 읽혀 깊은 공감을 얻었다. 파격적인 구상을 통해 펼치는 새로운 사상을 민족어가 아닌 라틴어로 나타내야 변혁에 동조하는 독자를 멀리까지 가서 찾아낼 수 있었다.

시대 변화와 더불어, 라틴어를 구사할 수 있는 사람들이 줄어들지 않고 오히려 늘어났다. 무식한 기사가 유식한 관리로 변모되어, 라틴어와 민족어를 둘 다 구사하는 것이 당연하다고 하게 되었다. 문학창작에서도 라틴어 사용이 지속되기만 하지 않고 새삼스럽게 열기를 띠어, '새로운 라틴문학'(neo-latin literature)이라고 하는 것이 유럽 각국에서 일어났다.[426] 그것은 유럽 전역을 무대로 전개되는 중세에서 근대로의 이행기문학이었다.

문예부흥기 이후 중세에서 근대로의 이행기의 새로운 라틴어시는 창의력이 고갈되었는가 하면, 그런 것은 아니다. 중세에서 근대로의 이행기 공동문어문학은 전시대문학의 시대착오적인 잔존물이므로 개성적인 창조와는 거리가 멀 것이라고 생각하기 쉬운데, 그렇지 않다는 것을 동아시아의 경우에서 확인할 수 있을 뿐만 아니라 서유럽의 자료도 그 점에서 그리 다르지 않다. 중세에서 근대로의 이행기 라틴어시 선집을 근래에 내고, 그 서문에서 "이러한 시에서 보이는 가장 놀라운 특징은 아마도 친근하면서 개성적인 성향이어서,

---

426) Jozef Ijewijn, *Companion to Neo-latin Studies Part 1, History and Diffusion of Neo-latin Literature*(Leuven : University Press, 1990)에서 유럽 각국의 라틴어문학과 그것에 대한 연구를 개관했다.

동시대의 민족구어시가 어색하고, 추상적이고, 비개성적인 것과 다르다”고[427] 한 말을 주목할 만하다.

그 예로 든 15세기 이탈리아 시인 폴리티안(Politian)은 라틴어 잠언시(epigram)에서 자기 사회생활의 곡절, 싫고 좋은 것을 털어내 보였다. 특히 라틴어 단형시에서는 이탈리아어로 쓴 시의 명편에서는 할 수 없었던 방식으로 사회생활을 다루었다. 그 뒤를 이어, 16세기 프랑스의 뒤 벨래(Du Bellay)와 17세기의 영국의 밀튼(John Milton) 또한 자국어시보다 라틴어시에서 더욱 개성적이고 생동하는 표현을 했다.

뒤 벨래는 〈프랑스어의 옹호와 선양〉(Déffense et illustration de la langue française)이라는 논설을 써서 프랑스어를 잘 다듬어 훌륭한 시를 쓰자고 주장하고 스스로 그렇게 실현하려고 노력했다. 그런데 실제 창작에서는 라틴어시를 통해서 뛰어난 능력을 발휘했으며, 자기 조국에 대한 뜨거운 사랑을 라틴어로 나타냈다. 한문문명권에서 한시를 통해서 민족과 민중을 발견한 작품과 상통해서, 라틴어문명권의 樂府詩라고 할 수 있는 작품을 이룩했다.

뒤 벨래의 라틴어시 가운데 〈조국을 그리워하면서〉(Patriaed desiderium)는 외국에서 헤매면서 조국을 잊지 못해 그리워하는 심정을 노래했다. 〈시골의 기도〉(Votum rusticum)에서는 향촌의 풍경을 그리고, 거기서 농사 짓고 짐승 기르며 사는 삶이 복되다고 하면서, 향토에 대한 애착을 나타내고, 그 안녕과 평화가 지속되기를 기원했다. 그 밖에 외적의 침공을 막는 프랑스의 군주를 찬양하고, 군사들에게 용기를 불어넣어주는 시도 지었다.

중세에서 근대로의 이행기에 이루어진 라틴어시에서 민족과 민중

---

427) “Introduction” in Fred J. Nicholas edited and translated, *An Anthology of Neo-Latin Poetry*(New Haven : Yale University Press, 1979), 1면.

을 발견한 것은 한문문명권의 악부시에서 볼 수 있는 바와 같다. 그런 작품이 한문문명권뿐만 아니라 라틴어문명권에서도 중간부에서 더 많이 나타났다. 헝가리의 경우를 들어 그 점을 확인할 수 있다. 헝가리에서는 라틴어문학 창작이 계속되고, 그러한 사실을 헝가리문학사에서 중요시해서 다룬다.[428]

15세기의 야누스 판노니우스(Janus Pannonius)는 이탈리아에 가서 공부하고 귀국해서 주교가 된 승려인데, 헝가리가 라틴어문명세계의 일원으로서 당당한 자리를 차지해야 한다고 하고, 그 증거가 되는 작품을 창작하려고 했다. 15세기 후반의 〈홍수〉(De inundatione)라는 장시에서는 자기 고장 다뉴브강에서 일어난 홍수를 성서에서 말한 홍수와 연결시켜 다루었다.[429] 16세기의 승려시인 이스타반 브로다릭스(Istavan Brodarics)와 미클라스 올라흐(Miklas Ohlah)는 터키의 침공 때문에 벌어진 민족의 수난과 항쟁을 노래하는 애국적인 시를 썼다. 17세기 동안에도 헝가리의 역사를 다루는 라틴어 저술이 계속 나왔다.

헝가리문학사를 서술하면서 라틴어문학을 헝가리어문학과 함께 다루는 것은 주목할 만한 일이다. 유럽 다른 나라의 문학사 서술에서는 라틴어문학사는 하나로 합치고, 민족어문학사는 나라에 따라 나누며, 민족어문학사의 전개를 각기 다루면서 라틴어문학과의 관련은 논외로 하는 것이 관례이다. 라틴어문학과 민족어문학은 19세기까지 공존하면서 서로 자극이 되고, 서로 영향을 끼친 것이 그 때문에 잘 드러나지 않는다. 그런 폐단을 시정하고, 공동문어문학과 민족어문학 사이의 생극의 관계를 밝혀내는 것이 유럽문학사 서

---

428) 같은 책, 43-49면의 "Humanism in Latin Tongue"에서 한 일이다.
429) 같은 책, 44면.

술의 긴요한 과제이다. 헝가리에서는 그럴 수 있는 준비를 갖추고
있다.

　근대국가 형성에 앞선 민족이 민족어문학 창조에 열의를 보일
때, 민족국가를 크게 이룩할 수 없었던 민족, 그리고 민족국가를 창
설하지 못한 소수민족은 라틴어문학에 많은 미련을 가졌다. 지금은
네덜란드·벨지움·룩셈부르크로 나누어져 있는 곳은 16세기 이후에
라틴어를 사용하는 학문과 문학을 유럽 전체의 범위에서 주도하는
구실을 했다. 에라스무스의 전통을 이어, 17세기에는 그로티우스
(Hugo Grotius), 하인시우스(Daniel Heinsius) 같은 거장이 활동했다.[430]
그로티우스는 어학, 신학, 철학, 법학 등에 두루 통달한 국제적인
석학이어어서 광범위한 저술을 남기고, 종교적인 영감에 가득찬 시
를 썼다. 하인시우스는 개신교도이면서 라틴어로 저술을 해 《유일
한 책》(*Monobiblos*)라고 하는 사랑의 이야기를 남겼다.

　민족어문학을 이룩하기 위해 유럽 각국이 경쟁하는 시대가 되자
그 세 나라는 한 걸음 뒤로 물러나지 않을 수 없게 되었으므로, 그
런 약점에 대한 보상책으로 라틴어문학을 계속 존중해서 뛰어난 작
가가 계속 나왔다. 1975년에 세상을 떠난 브롬(H. B. Vroom)이 네덜
란드 라틴어문학의 마지막 거장이었다고 한다. 벨지움의 루벵(Louvin,
Leuven)대학과 네덜란드의 레이덴(Leiden)대학은 지금도 라틴어학문의
중심지 노릇을 하면서, 유럽문명을 총괄적으로 연구하는 데 앞장서
서, 유럽 통합의 정신적 지침을 마련하고 있다.

　알사스인은 독일국민이 되었다가 프랑스국민이 되었다고 했으나,
알사스어를 민족어로 하는 독자적인 민족이다. 자기네 언어로 창작
한 작품이 널리 알려질 수 없고, 그렇다고 해서 독일어나 프랑스어

---

430) Edmond Pognon, "Littérature latine moderne", *Histoire des littératures* II(Paris :
　　 Gallimard, 1977), 306~307면.

를 사용하는 것도 마땅하지 않아, 라틴어문학을 창작하는 데 특별한 애착을 가지고 유럽인이고자 했다.[431] 프랑스의 이등국민이 되어 천대를 받아오던 알사스인이 오늘날 유럽통합의 선두주자 노릇을 하는 것이 당연한 일이다.

프랑스어가 아닌 독자적인 언어를 사용하면서 프랑스의 일부가 된 코르시카(Corsica)에서 라틴어문학의 창작이 계속된 것도[432] 같은 이유에서 이해할 수 있다. 지중해의 섬나라 말타(Malta)는 일찍이 아랍세계의 일부가 되어, 그 곳 사람들이 사용하는 말타어는 아랍어의 한 방언이다. 그런데 17세기 이후에는 유럽문명권에 소속되기를 바라서 행정과 교육상의 공용어는 이탈리아어로 했으면서, 고급의 문학은 라틴어로 창작해, 최근까지 많은 작품을 내놓았다.[433]

그런 민족의 민족어문학이나 공동문어문학은 유럽문학사 서술에서 부당하게 제외하고 있다. 유력한 민족국가문학 사이의 쟁패를 다루는 문학사를 넘어서서 진정으로 유럽문학사라고 할 수 있는 것을 마련해야 그처럼 가리워진 영역까지 드러내서 살필 수 있을 것이다. 유럽중심주의가 유럽 안에서는 강대국중심주의가 되어 이중의 폐단을 자아내는 것을 거시적인 구조조정을 통해 해결하는 과업을 세계문학사의 이론을 다시 정립하면서 감당해야 한다.

이제 라틴어문학의 시대는 끝났다. 교황 레오(Leo) 13세가 19세기

---

431) David L. Paisey, "La littérature alsacienne", *Histoire des littératures III*(Paris : Gallimard, 1978), 1618면에서 그런 사실을 일부 언급했다.

432) Jozef Ijewijn, *Companion to Neo-latin Studies Part 1 History and Diffusion of Neo-latin Literature*, 69-70면에서 이에 관해 고찰했다.

433) 말타문학의 전반적인 양상은 David Cohen, "Littératue maltaise", *Histoire des littératures I*(Paris : Gallimard, 1977)에서, 라틴어문학은 Jozef Ijewijn, *Companion to Neo-latin Studies Part 1, History and Diffusion of Neo-latin Literature*, 101-103면에서 고찰했다.

의 라틴어문학을 주도하는 마지막 대가 노릇을 했다. 지금도 라틴어문학이 지속된다. 앙드레 지드(André Gide)의 《전원교향곡》이 1978년에 라틴어로 번역되어, 라틴어문학의 독자가 있다는 것을 입증했다. 안나 엘리사네 라드케(Anna Elisa Radke)라는 여류시인이 1982년에 낸 라틴어시집이 높이 평가되고 있다.[434]

20세기에 들어서 중세에서 근대로의 이행기가 끝나고 근대문학이 시작되면서 공동문어문학이 사라진 것은 한문문명권·산스크리트문명권·라틴어문명권에서 동일하게 나타난 현상이다. 그런데도 지금까지 공통점은 감추어지고 차이점만 두드러진 것은 문학사서술이 각기 편파적으로 이루어졌기 때문이다. 동아시아에서는 중세에서 근대로의 이행기 한문학을 각국문학사에서 소중하게 취급하고, 유럽에서는 중세까지의 라틴어문학을 공동영역으로 다루고 마는 것이 잘못이라고 지적한 지 여러 해만에,[435] 이제 양쪽 문학사가 공통되게 전개된 실상을 밝히는 데 이르렀다. 세계문학사가 하나라고 할 수 없게 하는 최대의 난관 하나를 무너뜨리고 앞으로 나아갈 수 있게 되었다.

중심부의 민족어문학

라틴어문학과 민족어문학의 관계가 전체적으로 그런 공통점을 가지면서 나라에 따라서 다르게 나타났다. 위에서 (가)·(나)·(다)로 구분한 세 부류가 그 점에서 단계적인 차이를 보였다. 유럽문명권

---

434) 같은 책, 31면.
435) 〈한문학과 라틴어문학의 문학사서술 비교〉, 《한국문학과 세계문학》(서울 : 지식산업사, 1991)에서 그 작업을 했다.

의 중심부에서 시작해서 주변부로 가면서, 공동문어문학보다 민족
어문학을 더욱 소중하게 여기는 점차적인 변이를 보인다. 서두에서
이미 말한 바와 같이, (가)의 이탈리아·프랑스, (나)의 독일·헝가리,
(다)의 영국·아이슬랜드를 대표적인 예증으로 삼아, 그 점에 관한
비교고찰을 해보기로 하자.

그런 나라의 민족어문학이 중세 때부터 특히 두드러진 위치에 있
어서 검토의 대상으로 삼는 것은 아니다. 그런 나라에서는 여러 언
어가 사용되어 언어 통일이 이루어지지 않았다. 오늘날은 국어의
지위를 잃고 소수자의 언어 또는 지방어가 된 언어 가운데 중세 때
에는 민족어문학 발전에서 두드러진 구실을 한 것들이 적지 않았다.

남부 프랑스의 '랑그 도크'(langue d'oc)라고 하는 언어는 북부 프
랑스의 '랑그 되이으'(langue d'oïl)보다 독자적인 문학을 이룩하는 데
앞서서 국제적인 영향을 널리 끼쳤다. 두 언어를 구분하는 데 쓰는
"도크"와 "되이으"라는 말은 "예"를 뜻하는 "오크", "외이으"라는 말
에 전치사 "드"(de)가 붙은 것이다. 그런 기본단어가 아주 다른 만
큼 두 언어는 거리가 멀었다. 그 둘 가운데 '랑그 도크'는 일부지방
의 소수어로 명맥을 유지하고, '랑그 되이으'가 지금의 프랑스어가
되었다.

중세 때에는 대단했다가 근대에는 쇠퇴한 민족어가 그것만은 아
니다. 지금은 스페인과 프랑스 양쪽의 지방어가 된 카타란어(Catalan)
의 문학도 두드러진 위치를 차지했다. 아이랜드, 영국의 스코틀랜드
와 웨일즈, 그리고 프랑스의 브레타뉴 지방에 걸쳐서 사용되던 켈
트어(Celtic)의 문학은 광범위한 지역에서 상당한 발전을 보였다.[436]
그러나 그런 것들은 민족국가문학으로 성장하지 못해 근대에 이르

---

436) Pierre-Yves Lambert, *Les littératures celtiques*(Paris : Presses Universitaires de France,
1981)에서 그 양상을 개관했다.

러서는 크게 쇠퇴했으므로, 문학사의 전개를 전폭에 걸쳐 다루는 사례로 적합하지 않다.

이탈리아어를 비롯한 여러 갈래의 로망스어는 라틴어가 변하고 속화되어 나타났다.[437] 그것은 오래 된 일이 아니다. 로마에 복속된 민족들이 자기 언어의 고유한 억양을 버리지 못한 채 최소한의 노력으로 라틴어를 편리하게 발음하려고 해서 음운 변화가 일어났다.[438] 주로 1세기에서 6세기 사이에, 이중모음을 단모음으로 바꾸어 라틴어가 로망어로 바뀌었다. 5·6세기에는 하급라틴어, 7·8세기에는 비속라틴어라고 하는 것이 나타났다.

이탈리아에서는 민족어 글쓰기가 다른 어느 나라보다도 늦게 출현했다. 지금까지 알려진 이탈리아어 글의 가장 오랜 자료는 1211년의 회계장부라고 한다.[439] 상인은 공동문어를 사용하지 않고 민족어를 사용해서 계산을 하는 데 필요한 일을 보았다. 문명권의 중심부인 이탈리아에서는 민족어 글쓰기가 늦게 시작되고, 상인이 그 주동자가 된 것은 다른 여러 문명권에도 함께 적용되는 전형적인 사례라고 할 수 있다.

이탈리아문학의 연원은 다른 나라의 경우와 마찬가지로 구비문학이다. 그러나 이른 시기에 기록된 구비문학의 자료는 보이지 않고, 구비시의 형태를 사용한 기독교 찬미가가 전해지고 있다. 그 가운

---

437) J. Cremona, "The Romance Languages", David Daiches, Anthony Thorlby ed., *Literature and Western Civilization : The Medieval World*(London : Aldus, 1974)에서 그 과정에 대한 총괄적인 고찰을 했다.

438) 장재성, 〈라틴어에서 불어로의 언어 변화 과정에서 나타난 음성적 변화의 몇몇 지배적 양상 연구〉, 《인문논총》(서울 : 서울대학교 인문논총, 1997)에서 이에 대해 고찰했다.

439) Aron J. Gouverich, "Le marchand", Jacques Le Goff dir., *L'homme médiéval*(Paris : Seuil, 1989), 293면.

데 13세기에 아시시(Assisi)의 성인 프란치스코(Francisco, Francis)가 지었다고 하는 찬미가가 가장 오래 되었다고 하면서 이탈리아문학의 시발점을 마련했다고 평가된다.[440]

그런 것이 있었다고 해도 기록문학이 제대로 시작된 것은 아니다. 이탈리아어문학의 정착은 문명권 주변부의 여러 나라는 물론 중심부 가운데도 주변인 프랑스에 비해 현저하게 뒤떨어졌다. 그래서 이탈리아 사람이면서 프랑스어로 글을 쓰는 작가가 더러 있었다. 프랑스의 경우와 이탈리아의 경우를 비교해보면, 문명권의 중심부에서는 민족어문학의 성립이 늦는 일반적인 이유 때문에 이탈리아문학이 뒤떨어졌다고 하고 말 것은 아니다. 프랑스에서는 이루어지고 있는 정치적인 통일이 이탈리아에서는 계속 지연된 것이 또 하나의 중요한 이유이다.

이탈리아어는 지역에 따라서 많은 차이가 생겼다. 그래서는 의사소통이 불편하므로 '코이네'(koine)라고 일컬어지는 공통어가 저절로 생겨났다. 북부 이탈리아에서 형성된 투스칸 공통어(Tuscan koine)는 '비속 라틴어'와 가장 유사하고, 이탈리아 전역의 언어가 될 수 있는 조건을 갖추었다. 그러나 정치적인 통일이 이루어지지 않아, 다른 여러 언어가 경쟁자 노릇을 했다. 남북의 언어가 합쳐지는 과정을 거쳐야 했다.

13세기 초에는 시칠리아에서 민요풍의 서정시가 발달해, 큰 영향력을 행사했다. 북쪽에서도 그런 동향이 관심을 가지고 보조를 맞출 필요가 있게 되었다. 새로운 문학을 하기 위해서는 훌륭한 언어가 있어야 했는데, 14세기 전반기에 투스칸(Tuscan)지방 피렌쩨(Firenze) 출신의 시인 단테(Dante)가 그 과제 해결에 앞장섰다. 단테

---

440) Peter Brand and Liono Pertile ed., *The Cambridge History of Italian Literature*, 5-6면.

는 새로 형성된 투스칸 공통어를 '불가리스 이루스트리스'(vulgaris illustris)라고 지칭해서 속어 가운데 으뜸이라고 했다. 그 언어 투스칸어가 단테, 페트라르카(Petrarca), 복카치오(Boccaccio) 등이 즐겨 사용해서 문학어가 되었으나, 정치적인 통합이 늦어 이탈리아의 국어가 되지는 못했다.

이탈리아인에게는 라틴어나 이탈리아어나 둘 다 자기 언어였다. 라틴어는 외국어이므로 배격해야 할 이유가 없었다. 라틴어로 글을 쓴다고 해서 사대주의를 한다는 생각을 가질 여지가 전혀 없었다. 그런데도 라틴어를 버리고 이탈리아어를 사용한 것은 많은 사람이 쉽사리 읽고 즐기도록 하기 위한 선택이었다. 이탈리아어문학을 일으키면서 문학사의 전개에서 커다란 변화가 일어나, 새로운 시대인 중세후기로 들어섰다.

단테는 〈속어론〉(De vulgari eloquentia)에서, 태어나자 자연스럽게 배우는 '속어'와 오랜 기간에 걸쳐 공부를 해야 익힐 수 있는 또 하나의 언어인 '문법어'(gramatica) 가운데 속어가 더 값지다고 했다. '속어'는 발음이나 어휘가 일정하지 않아도 자연스러운 언어이므로 인위적으로 다듬은 언어가 따를 수 없는 가치가 있다고 했다.[441] 누구나 할 수 있는 그런 서론을 편 다음, 다음 대목에서 언어는 사람만 사용하고, 동물이나 천사에게는 언어가 없다고 하는 놀라운 발언을 했다.[442]

동물에게 언어가 없다는 것은 당연한 말이다. 그러나 천사에게는 언어가 없다고 한 것은 기존의 관념을 뒤집어엎은 선언이다. 그 전까지는 라틴어문명권뿐만 아니라 다른 여러 문명권에서도 언어에는

---

441) Dante, Steven Botterill ed., and tr., *De vulgari elogentia*(Cambridge : Cambridge University Press, 1996), 3면.
442) 같은 책, 5면.

410

신과 사람을 연결하는 신성한 언어가 있고, 사람과 사람을 연결하는 세속의 언어가 있다고 생각해왔다. 라틴어와 같은 신성한 언어는 신과 사람을 연결하므로 경전어로 삼고 교회에서 사용했다. 천사가 신의 말을 전할 때 그 언어를 사용하는 것이 당연하다고 여겼다. 그런데 천사는 언어를 사용하지 않는다고 한 것은 언어를 가지고 신과 사람을 연결시킨다는 생각을 거부한 말이다. 라틴어 같은 '문법어'는 신성한 기능이 부인되니 배우기 어려워 번거로운 언어가 되고 말았다. 사람만 언어를 사용해서, 사람과 사람을 연결하는 언어 이외에 다른 언어가 없으니, 자연스러운 언어인 '속어'가 절대적인 가치를 가진다는 결론이 쉽사리 도출되었다.[443]

단테는 《신곡》(*Divina Commedia*)에서 신에 관한 이야기를 '속어'로 썼다. 그 내용은 신에 관한 것이지만, 신이 전해주지 않고 사람이 자기 언어로 하는 이야기이므로 라틴어로 써야 할 이유가 없었다. 언어 선택을 통해서 문학의 본질에 관한 사고를 바꾸어놓았다. 그렇게까지 이해가 미치지 않은 독자는 자기네가 늘 사용하는 속어가 문학어일 수 있음을 알고 기뻐하고, 이탈리아인도 마침내 자기 언어로 된 대단한 작품을 가지게 되었다고 자부할 수 있게 했다.

중세후기문학은 중세보편주의를 독자적으로 구현하는 것을 목표로 한다는 명제가 이 작품의 성격을 해명하는 데 적절하게 적용될 수 있다. 나타내는 내용에서는 기독교문명의 정신적 유산을 체계화한 백과사전이면서 언어 표현에서는 속어를 자유롭게 구사해서 누

---

443) Robert Barnett, "Patterns of Unity and Diversity in Medieval Europe", C. A. Reitzel, *The Birth of Identities, Denmark and Europe in the Middlle Age* (Copenhagen : C. A. Reitzel, 1996)에서, 이탈리아어를 사용하기로 한 단테의 결단을 유럽문명사의 전체적인 전개에서 아주 중요한 사건이라고 하는 견해를 재확인했으나, 본문에서 보인 것과 같은 분석을 하지는 않았다.

구나 접근하기 쉽고 이해하기 쉽게 한 양면성에 중세후기문학의 특성이 명확하게 구현되어 있다. 표제에서 사용한 두 단어 가운데 'Divina'는 '신'을 믿는 신앙의 엄숙한 내용을, 'Commedia'는 '희극'이므로 말을 쉽게 할 수 있다는 표현을 지칭했다.

《신곡》은 서술자로 등장한 시인 자신이 로마시대 서사시인 비르길리우스(Virgilius) 혼령의 안내를 받고, 사랑하는 사람을 찾기 위해서 저승에 가서 지옥·연옥·천국을 둘러보았다고 하는 여행기로 전개되어 서사시라고 할 수 있는 구성을 갖추었다. 다른 언어의 문학에서와는 달리 서사시가 없는 이탈리아어문학의 결격사유를 보충하기 위해서 서사시를 만들 필요가 있었다. 서사시의 모형을 라틴어문학에서 가져오기 위해서 비르길리우스를 안내자로 내세웠다고 할 수 있다.

그러나 세 곳 저승에서 목격한 사실에는 기독교에서 재정리한 라틴어문명의 갖가지 지식이 다채롭게 열거되어 있다. 낮은 곳에서 높은 곳으로 나아가면서 역사상의 인물들에 대한 기독교 방식의 분류와 평가를 보여준다. 세 곳은 다시 아홉 개의 권역으로 나누어져 있다. 노래는 모두 백 개로 이루어져 있다. 그런 구성 자체가 기독교의 교리를 구현하는 의미를 지닌다. 논문으로 써서 말해야 할 사항을 시로 옮겨 흥미있게 읽을 수 있게 했다.

그 때문에 《신곡》은 서사시이면서 교술시이다. 서사시이기에 시간적인 구성을 갖추고 있지만, 교술시이기에 공간적인 구조물이다. 서사시의 전개를 따라가면서 교술시의 공간구조물을 하나씩 구경하게 하는 방식을 택했다. 그 가운데 시간적인 전개는 작품을 만든 수법이라면, 공간구조물은 나타내고자 한 내용이다. 그래서 서사시의 전개방식을 사용한 서사적 교술시라고 다시 규정할 수 있다. 고대문학의 후계자이면서, 중세민족어문학의 발현자인 단테는 서사시인 노릇을 할 필요가 있었다. 그러나 중세문명의 정리자인 단테는 교술시인이어야 했다. 그래서 그런 양면성을 가진 작품을 마련했다. 서사시를 전개하면서 사용한 말은 간결하지만, 교술시를 이루는 내용은 복잡하고 난삽하다.

《신곡》이 나타났다고 해서 이탈리아어문학의 시대가 활짝 열린 것은 아니다. 바로 그 뒤를 이어 복카치오가 더욱 흥미로운 작품《데카메론》(*Decameron*)을 써서 이탈리아어문학에 대한 대중의 호응을 넓혔어도, 공인된 문학관을 바꾸어놓기에는 역부족이었다. 《데카메론》은 전염병을 피해서 시골로 간 사람들 열 명이 백 편의 흥미로운 이야기를 했다고 하는 방식으로 남녀관계의 갖가지 양상을 펼쳐 보이고, 세태를 적나라하게 묘사하고, 도덕적 가식의 허위를 뒤집었다. 그 작품은 큰 인기를 얻어 다른 나라에서도 모방작이 속출하게 했지만, 문학의 외곽에서 일어난 일탈행위로나 간주되었다.

이탈리아어의 지위를 높이기 위해서는 몇 가지 단계를 거쳐야 했다. 처음에는 라틴어에는 문법이 있고 속어에는 문법이 없다고 하다가, 속어의 문법을 라틴어와 같은 방식으로 정리하는 일에 착수했다. 이탈리아어가 라틴어에 대해서 종속적인 지위에서 라틴어와 함께 쓰일 수 있는 언어로 인정된 것은 16세기 이후의 일이다. 그때부터 이탈리아어가 국토 전역에 보급되고, 문법과 사전이 마련되고, 글쓰기 규범을 갖추고, 작품 창작에 널리 사용되기 시작했다.

그러나 이탈리아는 19세기 후반에야 통일국가를 이룩했으므로 국어의 형성이 오랫동안 지연되었다. 그래서 생기는 차질은 라틴어가 계속 사용되어 보충할 수 있었다. 20세기가 시작될 때 이탈리아 사람들 반수 정도는 각기 다른 언어 또는 서로 이해할 수 없는 방언을 사용하고 표준이탈리아어를 말하거나 알아듣지 못했다.[444] 그 뒤 수십 년 동안 교육을 통한 노력과 대중매체의 영향으로 표준이탈리아어가 국어로 정착하게 되었다. 이탈리아는 근대민족어 형성이 유럽에서 가장 늦은 나라이다.

프랑스는 라틴어문명권에서 이탈리아 다음의 중심부였다. 프랑스의 민족어문학은 이탈리아의 경우보다는 먼저 생겨났지만, 독일이나 영국보다는 많이 뒤떨어진 것이 그 때문이다. 샤를마뉴의 두 아들이 나라를 나누어 다스린다고 하는 합의사항을 적은 842년의 〈스트라스부르 맹약문〉(Serments de Strassbourg)에 프랑스어라고 할 수 있는 것과 독일어의 한 방언이 적혀 있다. 그것이 프랑스어가 처음 생겨나는 모습을 전하는 자료이고, 독일어가 기록에 오른 시기는 그보다 앞선다. 950년에 쓴 〈조나의 맹세〉(Serments de Jonas)가 그 다음으로 드는 프랑스어 자료인데, 신앙을 맹세하고 외침을 막는 가호를 비는 글을 일부는 라틴어로, 일부는 프랑스어로 쓴 것이다.

그 뒤에는 한동안 프랑스어로 쓴 글을 찾기 어려웠다. 프랑스문학은 구비문학에서 자라나고 있었으며 기록에 오를 기회가 거의 없었다. 구비창작으로 마련한 서사시 《롤랑의 노래》(*Chanson de Rolland*)를 처음 기록한 것이 11세기 후반의 일로 추정된다. 《롤랑의 노래》는 샤를마뉴의 부하장수 롤랑이 이슬람교도와 싸우다가 죽는 사건을 다루어, 기독교문명의 수호를 주제로 한 영웅서사시이다.

구비가요의 기록이 아닌 프랑스어 글쓰기는 라틴어문학의 번역에서 시작되었다.[445] 라틴어시의 번역은 9세기말에 시작되었다고 하지만 확실하지 않다. 11세기 중엽에 〈알렉시스의 생애〉(La vie de saint Alexis)라고 하는 성자전시를 라틴어에서 번역한 것이 상당한 장편이

---

444) J. Cremona, "The Romance Languages", David Daiches, Anthony Thorlby ed., *Literature and Western Civilization : The Medieval World*, 66면.

445) 이 대목은 Michel Zink, *Introduction à la littérature française du Moyen Age*(Paris : Librairie Générale Française, 1993)에 근거를 두고 논의를 진행한다.

414

어서 획기적인 의의를 가진다. 원래 5세기 시리아에서 형성된 이야기를 9세기에 그리스어로 옮겨지으면서 인물설정과 사건전개를 구체화하고, 다시 10세기에 라틴어로 번역하고 개작한 것을 프랑스어로 옮기면서 대화와 심리묘사가 생동하게 만들었다.[446] 13세기 무렵에는 성자전 번역이 활발하게 이루어졌다. 〈프랑스와 성인의 생애〉(La vie saint François), 〈교부들의 생애〉(Vie des Pères) 같은 것이 그런 예인데, 광대의 구연본과 기록물 독서본이 뒤얽히면서 수용자의 요구를 반영하는 개작이 많이 이루어졌다.[447]

성서는 12세기말에 부분적으로 번역되었으며, 13세기 이래로 여러 차례 전문을 옮겼으나, 충실한 번역은 아니었다. 율문을 사용하는 것이 관례였고, 자유로운 개작을 하거나 축약을 하는 것이 예사였으며, 주석을 삽입했다. 14세기부터는 호화로운 장정이 있는 번역본이 출현했다. 가톨릭교회에서 성서는 원문으로 읽어야 한다고 요구했으므로 그런 것들이 공인될 수 없는 번역이고 속인들이 듣고 즐기는 독서물이었다.[448]

13세기에 들어서면 민족어문학의 영역이 확대되었다. 서사산문, 역사기록 등에서 라틴어가 수행하던 기능을 일부 민족문학이 물려받았다. 남부 프랑스에서는 12세기초에 이미 공문서가 속어로 번역되거나 작성되어, 속어 산문이 일찍 성립되었다. 즐기기 위한 문학에 대한 요구가 일어나서 민족어 산문의 다양한 발전을 보게 되었다. 서사산문은 그 전의 민족어 율문 작품을 개작해서 만들고, 역사

---

446) 같은 책, 39면.
447) Pamela Gehrke, *Saints and Scribes, Medieval Hagiography in its Manuscript Context* (Berkeley : University of California Press, 1993)에서 그런 자료를 여럿 들어 고찰했다.
448) 같은 책, 59-61면.

기록, 성자전, 논설 등의 교술산문은 라틴어의 원천에서, 또는 라틴어를 매개로 해서 아랍어의 원천에서 가져와 번역하고 개작한 것이 대부분이었다.

라틴어에서 번역한 산문 저작의 좋은 본보기로 아우구스티누스의 《신국론》을 들 수 있다.[449] 아우구스티누스의 《신국론》은 프랑스에 전해져서 많이 읽히고, 여러 차례 주해본이 나왔다. 14세기의 군주 샤를 5세(Charles V)는 영국에 빼았겼던 땅을 되찾은 데 이어 국력을 신장을 꾀하면서, 자기 나라의 문화 수준을 높이고 자기 궁정에서 일하는 관리들의 학식을 키우기 위한 사업의 하나로 그 책을 번역하도록 했다. 라울 드 프레슬(Raoul de Presles)이라는 사람이 그 일을 맡아 《La cité de Dieu》라고 하는 프랑스어본을 내놓으면서, 복잡하고 난삽한 말을 쉽게 풀고, 필요한 설명을 보태서 이해하기 쉽도록 하려고 애썼다.

당시의 프랑스어는 그런 책에서 제시하는 진지한 내용을 감당하기 어려웠다. 쉽게 풀어 쓴 번역서는 원문만한 가치가 없다고 폄하되었다. 프랑스어도 라틴어처럼 복잡한 사고를 나타내는 고차원한 언어가 되도록 하는 것이 특정 저술의 내용 전달보다 더욱 긴요한 목표로 등장했다. 프랑스어를 되도록이면 라틴어에 근접하도록 하는 것이 그렇게 하는 유일한 방책이었다. 그래서 프랑스어로 글을 쓰면서 라틴어의 어휘나 구문을 대폭 받아들인 라틴어풍(latinisme)의 문체가 유행했다.

프랑스어 글쓰기를 확립하기 위해서 다방면의 교본이 필요했다.

---

449) Charity Cannon Willard, "Raoul de Presles's Translation of Saint Augustinus's *De Civitate Dei*", Jeanette Beer ed., Medieval Translators and Their Craft(Kalamazoo, Michigan : Medieval Institutr, Western Michigan University, 1989)에서 이에 대해 고찰했다.

라틴어-불어 사전, 불어-라틴어사전, 정서법 교본, 문법서 등을 16세기 동안에 거듭 내놓았다. 그런 일을 하면서 라틴어를 언어 사용의 모범으로 받들고, 프랑스어가 라틴어와 대등한 수준의 언어가 되도록 하는 데 힘썼다. 프랑스어문법을 서술하면서 라틴어문법을 모형으로 삼은 것이 당연한 일이었다.[450]

프랑스문학이 라틴어문학의 번역에서 벗어나 독자적인 창작의 길로 나서도록 하는 데는 유랑시인이 커다란 구실을 했다. 남쪽 '랑그 도크' 지역에서는 '투르바두르'(trouvadour)라고 하고, 북쪽 '랑그 되이으' 지방에서는 '투르베르'(trouvère)라고 하는 유랑시인이 새로운 소재를 모아들여 인기 있는 작품을 만드는 일을 구두창작을 통해서 했다. 그런데 '투르바두르'는 서정시에, '투르베르'는 서사시에 힘써, 양쪽 문학이 서로 달라졌다. '투르베르'의 작품은 '종글뢰르'(jongleur)라고도 하는 광대의 공연물이 되어 더욱 널리 알려졌다.

'투르베르'와 '종글뢰르'가 애용하는 환상모험물을 작가가 맡아서 확장하고 윤색한 것이 12세기 이후에 유행한 '로망'(roman)이다. '로망'이란 '소설'이라고 번역되는 말이지만, 이 경우에는 '서사시'의 형식을 사용하는 '전설'이다. 영웅서사시의 주인공은 아니지만 비범한 능력을 가진 인물이, 역사적인 사실과는 상당한 거리가 있는 환상적인 모험을 하는 사건을 산문이 일부 섞인 장시로 써서 한 시대를 풍미하는 인기를 얻었다. 브레타뉴 지방에서 유래한 '로망 브르통'(roman breton)이 그 근간을 이룬다고 할 수 있으며, 거기다 성서에서 온 것, 알렉산더대왕과 관련시킨 것들이 추가되었다.

---

450) 한국에서는 그런 일을 20세기초에 했다. 그러나 양쪽 다 중세에서 근대로의 이행기의 과업이었던 점이 서로 같다. 프랑스에서는 중세에서 근대로의 이행기가 시작될 때, 한국에서는 중세에서 근대로의 이행기가 끝날 때 그 일을 했다.

12세기 후반의 크레티앙 드 트롸(Chrétien de Toryes)가 그런 '로망'
서사시의 작가로서 가장 널리 알려지고 높이 평가된다. 전해지는
이야기를 탁월한 솜씨로 재현해 인기를 얻는 데 그치지 않고, 자기
시대의 경험을 사실적으로 투영시켜 더욱 흥미롭고 박진감 있는 작
품을 만들었다. 과장이 적은 진실된 말을 사용해서, 환상을 현실로
가져오면서 시민 취향을 나타냈다. 그런 작품이 이웃 여러 나라에
까지 알려져, 프랑스문학의 국제적인 위상을 높였다.

작품의 한 대목을 보기로 하자. 3백 명이나 되는 처녀가 古城에
잡혀가 강제노역에 시달린다고 하는 환상적인 전설에 어울리는 사
건을 설정하고서, 일하는 사람들의 처지를 다음과 같이 노래했다.
민요의 한 대목을 가져다 놓은 듯한 말을 써서, 현실인식을 생동감
있게 나타냈다.

언제나 베를 짜기만 하고,
한 번도 잘 입지는 못하네.
언제나 가난하고 헐벗었고,
언제나 배고프고 목마르네.
너무 많이 수고해서 얻은 빵이
아침에 모자라고 저녁에는 더 적네⋯⋯
우리는 누구를 위해 일하나.
우리가 일해 부자를 만들어,
밤마다 잔치로 지새고,
날마다 잔치로 보내라고.[451]

---

451) 프랑스문학사를 통괄해서 서술한 대표적인 업적 Gustave Lanson, *Histoire de la
littérature française*(Paris : Hachette, 1951), 57면에 인용한 대목을 가져온다.

일상생활에서 사용하는 구어를 문학어로 받아들이는 데 한 걸음 더 나아간 사람은 15세기의 시인 프랑소와 비용(François Villon)이었다. 비용은 방랑자 노릇을 하고, 범죄자가 되어 감옥살이를 하기까지 한 밑바닥 생활의 절실한 체험을 파리 시민들이 사용하는 구어로 생기가 넘치게 나타냈다. 비탄과 울분의 사연을 담은 시가 특히 절실한 감동을 준다. 그렇게 해서 프랑스문학을 일으키는 데 라틴어문학을 번역을 통해서 배우고 따르는 것과는 다른 길이 있다는 것을 보여주었다.

16세기의 라블래(Rablais)는 기존의 관습을 과감하게 뒤집어엎은 기발한 이야기를 산문으로 썼다. 가르강튀아(Gargantua)와 팡타그뤼엘(Pantagruel)이라고 하는 두 거인의 활약상을 다룬 연작물을 쓴 것은 어디 소속되지 않은 정체불명의 문학이어서 논란이 많다.[452] 이야기라는 이유에서 '로망'이라고 하지만, 재래의 '로망'인 '전설'이라고 하기에는 현실인식이 너무 강렬하고, 다음 시대의 '로망'인 '소설'이라고 하기에는 가상의 세계를 그리는 과장법이 지나치다. 인물설정과 사건전개를 통해서 모든 구속에서 벗어나 바라는 대로 행동하면서 새로운 지식을 찾아나가야 한다고 주장하기 위해서, 작가 자신이 문학갈래의 격식을 깨는 일부터 먼저 했다.

그러나 몇 차례의 반역으로 프랑스문학이 라틴어문학과 결별하고 하층의 반역을 대변하는 방향으로 나아갈 수는 없었다. 프랑스어문학이 본격적으로 발전한 17세기에 라틴어문학과의 관계가 다시 긴밀해졌다. 프랑스문학이 라틴어문학과 대등할 수 있다고 생각하지는 않고, 그리스문학이나 라틴어문학에서 이룩한 규범을 프랑스어문학에서 재현해 그 영원한 아름다움을 이어받는 것이 가장 바람직

---

452) Henri Coulet, *Le roman jusqu'à la révolution*(Paris : Armand Colin, 1967), 117-
121면.

하다고 하는 고전주의가 지배적인 사조로 등장했다. 프랑스어시에서 라틴어시의 장단률을 재현하려고 하는 노력이 언어의 차이 때문에 성공하지 못한다는 것을 인정하지 않았다.

프랑스 중세에서 근대로의 이행기문학을 최대수준으로 올린 고전주의 극작가 코르네이유(Corneille)와 라시느(Racine)는 비극 작품에서 문명권 전체의 고귀한 유산을 계승하는 데 힘쓰고, 자기 당대에는 관심을 돌리지 않았다. 17세기에서 18세기로 넘어오는 시기의 신구논쟁을 거친 다음에야 근대인의 프랑스어문학은 옛 사람들이 이룬 성과를 넘어서서 독자적인 발전을 할 수 있다는 것을 인정하게 되었다.

18세기 계몽주의 사상가이면서 작가인 볼테르(Voltaire)와 디드로(Diderot)가 앞장서서 비극을 시민극으로 바꾸고, 환상적인 이야기인 '로망' 대신에 사실적인 소설인 '로망'을 마련하자, 라틴어문학에서 독립한 프랑스어문학이 확고하게 자리잡게 되었다. 그러나 라틴어문학과 프랑스어문학, 교술시와 서정시가 공존하는 중세에서 근대로의 이행기문학의 이중구조를 청산하고, 근대문학을 확립하려면 19세기를 지나 20세기에 들어서야 했다.

중간부의 민족어문학

프랑스어가 라틴어에서 파생한 것과 달리, 독일어는 동쪽에서 이동해온 게르만민족의 언어이다. 게르만민족과 그 언어는 여러 갈래이다. 동게르만어·북게르만어·서게르만어로 크게 나누어질 수 있다. 동게르만어는 지금 없어졌다. 북게르만어는 스칸디나비아에서 사용하는 언어이다. 독일어와 영어가 함께 서게르만어에 속한다. 독일어에는 북쪽의 저지독일어와 남쪽의 고지독일어가 있었다. 그 가운데 저지독일어의 일부가 네덜란드어가 되고, 고지독일어가 오늘날의 표준독일어이다.

게르만어의 여러 가닥 가운데 동게르만어에 속하는 고트어(Gothic)가 맨 처음 기록에 올랐다. 4세기에 고틱족의 사제자 울피라스(Ulfilas)가 기독교 성서를 번역한 단편이 남아 있다. 그 당시에 고트족은 흑해 서안에 살고 있었다. 4세기 후반에 게르만족의 여러 갈래가 대이동을 해서 중부 및 서부 유럽의 여러 곳에 거주하게 되었다. 지금의 독일 땅으로 이주한 서게르만민족은 6세기에서 7세기에 이르는 기간 동안에 기독교를 받아들이고, 라틴어를 공동문어로 사용하기 시작했다. 그래서 라틴어 글쓰기와 민족어 글쓰기를 함께 시작하게 되었다.

프랑스에서는 라틴어문학과 프랑스어문학의 가까운 관계를 인정하고 평가해오는 것이 관례이지만, 독일에서는 독일문학의 순수성을 독자적인 전통에서 찾고자 하는 민족주의적인 학풍이 오랫동안 두드러지게 나타났다가 근래에는 방향을 바꾸었다. 독일이 유럽통합에 주도적으로 참여하면서 민족주의의 학문을 넘어서고 있다. 라틴어와 독일어의 관련을 중요시하고, 중세독일문학의 국제적인 성격을 재인식하고, 유럽이 하나였던 중세를 재현해야 한다는 일련의 저작이 이어서 나왔다.[453]

---

453) 그 세 가지로 든 내용을 지닌 저작의 대표적인 예를 하나씩 들면, 라틴어와 독일어의 관계에 관해서는 Nikolaus Henkel und Niegel F. Palmer her., *Latein und Volssprache im deutshen Mittelater 1100-1500, Regenburger Colloquium 1988*(Tübingen : Max Miemeyer, 1992) ; 중세문학의 국제적인 성격에 관해서는 Hartmund Kugler her., *Interregionalität der deutschen Literatur im europäischen Mittelalter*(Berlin : Walther de Gryter, 1995) ; 중세의 재현에 관해서는 Horst Fuhrmann, *Überall ist Mittelalter, von der Gegenwart einer vergangnen Zeit*(München : C. H. Beck, 1997)가 있다.

　독일인이 민족어 글쓰기를 하면서 기독교 라틴어 서적을 다수 번역하고, 라틴어 글쓰기를 본받으려고 한 것은 다른 나라의 경우와 같다. 그런데 기독교 교리서를 라틴어에서 독일어로 옮기면서 독일 구비문학의 전통을 살린 것은 특기할 만한 사실이다. 9세기 중엽에 오트프리트 폰 바이센부르크(Otfrit von Weissenburg)라는 사제자가 쓴 《복음서》(Evangelienbuch)라고 하는 책은 예수의 일생을 영웅서사시에서 볼 수 있는 방식으로 서술했다.

　그 서두에 민족어 사용이 마땅하다고 한 주목할 만한 주장이 있다.[454] 정교하고 정확한 그리스어나 라틴어 글쓰기가 대단한 가치를 가진다는 것을 인정하지만, 하느님이 여러 민족에게 각기 다른 언어를 마련해준 것은 각자 자기 말로 축복을 받고 하느님을 찬미하라는 뜻이었다고 했다. 공동문어가 독점하고 있던 신과 통하는 신성언어의 기능을 민족어도 수행할 수 있다고 한 것은 주목할 만한 주장이다. 5세기 뒤에 이탈리아에서 단테가 언어는 사람만 사용한다고 하는 이유를 들어 민족어문학을 일으킨 것만큼 획기적이지 않으나, 공동문어의 독점적인 의의를 부정하는 데 더욱 설득력이 더 큰 논리이다.

　구전하고 있던 영웅서사시 〈힐데브란트노래〉(Hildebrandslied)를 9세기가 시작될 무렵에 기록했는데, 지금은 일부만 남아 있다. 《니벨룽겐노래》(Niebelungenlied)는 13세기가 시작될 무렵에 창작되었으리라고 추정되지만, 게르만민족 구전영웅서사시의 오랜 전통을 잇고 있다.[455] 프랑스에서는 기독교문명을 받아들인 뒤에 창작한 서사시를

---

454) Walter Haug, Jonna M. Catling tr., *Vernacular Literary Theory in the Middle Ages : The German Tradition, 800-1300, in its European Context*(Cambridge : Cambrige University Press, 1997), 25-45면에서 이에 관해 고찰했다.

455) 허창운 편역, 《니벨룽겐의 노래》(서울 : 서울대학교출판부, 1996)에 작품 번

기록했는데, 독일·영국·스칸디나비아에서는 모두 기독교 이전 시대부터 이어오던 재래의 전승을 문학의 세계에 등장시켰다. 중심부중간부·주변부의 차이가 거기 나타나 있다.

영웅서사시의 뒤를 이어 기사들의 환상모험담이 크게 성행한 것이 유럽문학에서 널리 보이는 공통적인 현상인데, 환상모험담의 소재가 풍부하고 작품 창작이 특히 활발하게 일어난 곳은 이 독일이다. 13세기초에 이루어졌다고 하는, 고트프리트 폰 슈트라스부르크 (Gottfried von Strassburg)의 《트리스탄》(Tristan), 볼프람 폰 에센바하 (Wolfram von Eschenbach)의 《파르지팔》(Parzival) 같은 것들이 그 좋은 예이다.[456] 《트리스탄》은 비극적인 사랑이야기이고, 《파르지팔》은 예수의 최후의 만찬에서 썼다는 聖盃를 찾아나선 모험담이다. 이들 작품은 유럽의 다른 나라에서도 널리 알려지고, 광범위한 영향을 끼쳤다.

볼프람 폰 에센바하는 《파르지팔》에서 자기가 작품을 창작하는 방법에 대해 술회하면서 민족어문학의 독자적인 전통을 잇는다고 자부했다.[457] 라틴어문학의 유식한 책을 보고 그 내용을 옮기는 것이 아니고, 독일사람들의 구비전승을 받아들여 이야기를 전개한다고 했다. 자기는 무식한 사람이어서 입담 좋은 사람들이 열어준 길을 따라간다고 했다. 그렇게 말한 대목을 옮기면 다음과 같다.

> 궁금하게 생각한다면 말하리라.
> 나는 글을 모르는 사람이라,

역과 함께 다각적인 해설이 마련되어 있다.
456) 박찬기, 《독일문학사》(서울 : 일조각, 1976), 46-66면.
457) Walter Haug, 같은 책, 153-177면에서 이에 관해 고찰했다. 인용구는 175면에 있다.

책에 있는 이야기를 하지 않는다.
책의 조종을 받지는 않고,
입담 좋은 사람들이 열어준
그 길을 따라 이야기가 나아간다.

같은 시기 13세기초에 활동한 발터 폰 데어 포겔바이데(Walther von der Vogelweider)는 서정시와 교술시의 새로운 경지를 보여주어, 중세독일문학의 최고봉을 이룩했다고 평가된다.[458] 궁정시인으로 활동했으면서도 고귀한 기풍의 노래를 지어 군주의 환심을 사는 데 만족하지 않고, 다양한 성격의 창작을 시험했다. 그 가운데 이상적인 귀부인 대신에 현실의 연인을 상대로 해서 육욕적인 사랑을 한다고 한 연가도 있고, 정치를 비판한 격언시도 있고, 세태의 잘못을 나무라면서 자기의 삶을 되돌아본 인생론시도 있다. 그 어느 쪽에서도 일상생활에서 쓰는 말을 살려 실감 나는 표현을 한 것이 소중한 성과이다. 세번째 것의 한 예를 들어보자.

속세여, 내 그대의 응보를 알고 있다네.
그대가 주는 것, 그것은 다시 그대가 앗아가는 것.
우리 모두 빈 손으로 그대와 작별을 나누네.
내게도 역시 그러한 운명이라면, 이는 그대의 치욕.
내 그대를 위해 수천 번이나
영혼과 육신을 (그리고 너무나 많은 부분들을)
도박에 걸었었기 때문이라네.

---

458) Joachim Bumke, "Walther von der Vogelwide", Ursula Liebertz-Grün her., *Deutche Literatur, eine Sozialgeshichte 1, Aus der Mündlichkeit in die Shriftlichkeit : Höfische und andere Literatur*(Hamburg : Rowolt, 1988), 193면 이하.

424

내 이제 늙어버렸는데도, 그대는

나를 희롱하고 있구료.[459]

　기독교 성서를 자국어로 번역하는 일은 중심부에서도 이따금 있었다. 그러나 번역 성서는 대중 참고용이고 교회에서는 공인하지 않았다. 가톨릭 교회에서는 라틴어가 아닌 다른 언어의 성서는 성서로 인정하지 않았다. 그런데 독일의 사제자 마르틴 루터(Martin Luther)는 1517년에 가톨릭교회의 권위에 반기를 들고 종교개혁을 선언하고, 성서를 독일어로 번역했다. 루터는 성서 번역의 방법을 밝힌 〈번역에 대한 공개서한〉(Sendbrief vom Dolmetschen)에서 "집안의 어머니와 골목길의 아이들과 시장의 미천한 사람들에게 묻고 이들이 어떻게 말하는지, 이들의 입을 보고난 후에 번역해야 한다"고 했다.[460] 루터가 사용한 그런 민중의 말은 하노바 일대 작센(Sachsen)지방의 중동부독일어여서, 그 언어가 표준독일어가 되었다.

　종교개혁을 겪으면서 서유럽의 기독교는 양분되었다. 문명권의 중심부에서는 라틴어 성경을 사용하는 가톨릭교가 지속되고, 문명권의 중간부나 주변부는 번역 성경을 사용하는 개신교를 택했다. 그것은 양쪽의 특징을 잘 나타내는 당연한 선택이었다. 가톨릭 국가에서는 사제자가 계속 라틴어를 익혀서 라틴어문학이 이어졌으나, 개신교 국가에서는 라틴어문학을 지속시킬 주동자가 없어졌다.

　프랑스에서는 통일국가가 일찍 이루어졌으나, 독일은 여러 작은 나라로 분열되어 있는 시대가 오래 계속되었다. 프랑스에서는 교회가 라틴어를 보존하고, 국가가 프랑스어를 통일시키는 구실을 분담

---

459) 페터 바프넵스키, 허창운 역, 《중세독일문학개설》(서울 : 탐구당, 1983), 129면.
460) 볼프강 보이틴 외, 허창운 역, 《독일문학사》, 93면.

해서 했다. 그런데 독일에서는 그 양쪽 주동자가 모두 없었다. 그런데도 라틴어를 보존하고 독일어를 통일시킨 것은 지식인의 노력 덕분이다. 루터가 성서를 번역할 때 사용한 말을 괴테(Goethe) 시대의 문인들이 적극 활용하고, 더욱 풍부하게 만들어 표준독일어가 널리 정착될 수 있게 했다.

그래서 서로 다른 나라에 속하고 구어는 서로 알아듣기 어려운 사람들이, 글쓰기와 글읽기를 통해서 독일민족의 동질성을 확인했다. 문명권의 중심부에 맞서서 자기 민족을 지키고자 한 오랜 노력이 저변에서 작용해서, 고유문화의 응집력으로 독일어를 키우고, 독일문학을 발달시켰다. 민족의식이 강해서 발전의 원동력이 되기도 하고 차질을 빚어내기도 했다.

공동문어를 버리고 민족어로 철학을 하면서 공동문어철학의 수준을 더욱 발전시키는 데서는 독일인이 독보적인 기여를 했다. 철학은 보편적인 논리이다. 독일에서 보편적인 논리를 민족어로 추구한 것은 대단한 진전이다. 근대가 중세보다 앞선 시대임을 입증한 쾌거이다. 토마스 아퀴나스가 가고 없는 그 다음 시대에 같은 크기와 영향력을 가진 대철학자 헤겔(Hegel)은 유럽인이면서 독일인이어서, 세계사 발전을 위한 유럽의 사명을 게르만세계의 주인공 독일이 앞서서 수행한다고 했다. 그런데 보편적인 논리가 빠져나간 독일의 민족주의가 커다란 폐단을 자아냈다. 나치주의가 그렇게 해서 생겨났다.

헝가리를 유럽문명권 중간부의 한 나라로 드는 것은 납득하기 어려운 일이라고 할 수 있다. 자기 스스로 마자르(Magyar)인이라고 일컫는 헝가리인은 인도유러피안어가 아닌 피노우그리아어를 사용하는 민족이며, 9세기말에 지금 거주하는 곳으로 이주했다.[461] 그때 외래의 야만인인 헝가리인이 주변의 다른 민족을 닥치는 대로 무찔러

426

큰 타격을 주었으므로, 공포의 대상이 되었다. 그런데 10세기에 서방기독교를 받아들여 라틴어문명권의 일원이 되었다.

원래 헝가리민족은 영웅서사시를 풍부하게 전승했으리라고 짐작할 수 있으나, 기록되어 남은 것이 없다. 헝가리문학은 라틴어문학에서 시작되었다. 라틴어문학을 풍부하게 이룩하면서, 민족어문학을 기록에 올린 성과는 상대적으로 빈약하다. 독일의 경우와 견주어보면, 헝가리는 공동문어문학에서는 앞서고 민족어문학에서는 뒤떨어진다. 헝가리는 외래의 야만인이 라틴어문명권의 일원이 되기 위한 변신을 위한 노력을 철저하게 했기 때문에 그렇게 되었다. 공동문어문학이 민족어문학보다 우세한 정도를 문명권의 중심부에 있는 나라와 대등하게 만드는 극단적인 방법을 써서 라틴어문명권의 속으로 깊숙히 들어갔다. 그래서 헝가리문학은 주변부에 머무르지 않고, 중간부로 들어갔다.

그렇다고 해서 헝가리에서 이탈리아나 프랑스와 같은 수준의 라틴어문학을 이룩한 것은 아니다. 라틴어를 가지고 자기 나라에 관한 글을 쓰는 것을 긴요한 과업으로 삼은 점이 그런 곳과는 달랐다. 그것이 바로 문명권의 중간부의 특징이다. 독일과 헝가리는 자기민족의 역사를 다루는 라틴어문학을 하는 데 힘쓴 점이 서로 같다. 헝가리는 독일에서처럼 라틴어로 민족서사시를 짓지는 않았으나, 자기 나라 역사를 라틴어로 썼다. 라틴어로 쓴 국사서는 영국, 덴마크 등에서도 볼 수 있는 것이다.

헝가리어로 쓴 글은 12세기 중엽에 출현했다. 라틴어문학의 번역, 프랑스나 독일에서 유행하는 설화를 받아들인 것이 그 대부분이고, 헝가리의 구비문학을 기록한 것은 찾아보기 어렵다. 제오프로이 데

---

461) Tibor Klaniczay ed., *A History of Hungarian Literature*(Budapest : Kultura, 1982), 17면. 헝가리문학사에 관한 이해는 이 책에 의거한다.

브레테일(Geoffroy de Breteuil)의 라틴어의 시를 번역한 〈성모 마리아 형가리어 비탄가〉(Omagyar Maria-sirlom)을 이른 시기 형가리어문학의 본보기로 든다. 그 작품은 예수의 시신을 십자기에서 내려놓고 성모 마리아가 비탄에 잠긴 심정을 절실하게 노래했다.[462]

13세기와 14세기 동안에는 형가리어 성자전이 이루어졌다. 수도원으로 간 공주의 생애를 다룬 〈축복받은 마가레트 성자전〉, 그리고 기독교 세계에 널리 알려진 〈프란시스 성자전〉, 〈알렉시스 성자전〉 등을 받아들여 토착화하고 재창조했다. 한편 형가리의 공주이고 독일 영주의 아내인 엘리자베드(Elizabeth)가 가여운 사람들을 위해 헌신적인 봉사를 했다는 이야기는 중심부로 전해져서, 13세기후반에 이탈리아 제노아의 사제 야코부스 데 보라지네(Jacobus de Voragine)가 엮은 《성자전 황금본》(Legenda aurea)에 큰 비중을 차지하면서 수록되어 있다.[463] 성자전의 적극적인 교류는 형가리가 기독교문명권 내부에 깊이 들어간 증거이다.

기독교 성서 번역이 15세기에 이루어져서, 형가리어 글쓰기의 확대를 위해 크게 공헌했다. 그 시기에 이르러서 기독교과 직접 관련이 없는 세속의 문학으로도 관심을 돌릴 수 있어, 형가리의 역사를 다룬 서사시가 기록되었다. 1476년에 이루어진 《차바크의 포위 공격》(Szabacs viadala)라는 작품에서 터키와의 싸움을 노래한 것을 보면, 표현은 서투르지만, 오늘날 쓰는 언어에 근접한 구어를 사용하고, 운율이 잘 정비되어 있다. 구전되다가 사라진 수많은 구비서사시의 일단이 뒤늦게 그런 형태로 기록된 것으로 생각된다.[464]

---

462) 같은 책, 28면.

463) Jacobus de Voragine, William Granger Ryan tr., *The Golden Legend, Readings on the Saints*(Princeton, N. J. : Princeton University Press, 1993), 제2권, 302-318면.

464) Tibor Klaniczay ed., 위의 책, 32면.

헝가리어문학이 독자적인 형식과 내용을 가진 창작물이 된 것은 16세기에 발린트 발라시(Balint Balassi)가 활약한 이후의 일이다. 발라시는 독일과 이탈리아에 유학했으며, 라틴어·이탈리아어·독일어·폴란드어·터키어·슬로바크어·크로아티아어·루마니아의 여덟 언어를 구사하는 능력을 가졌다. 유럽문학에 대해서 광범위한 탐구를 한 바탕 위에서 풍부하고 수준 높은 작품세계를 이룩했다. 부유한 귀족의 아들로 태어났으나, 개인적인 갈등과 정치적인 박해의 연속인 불우한 생애를 보냈다. 처음에는 개신교도였다가 가톨릭교도가 되었다. 그처럼 여러 방면에 걸친 탐구·방황·시련의 경험이 작품의 진실성을 확보했다.

번역과 창작, 희곡과 시 등 다방면에 걸친 문필활동을 정력적으로 전개한 결과 남긴 수많은 작품 가운데 전쟁터에 나가는 병사들의 심정을 노래한 시편이 가장 높이 평가되고, 널리 인용된다. 나타내는 사연과 다름답게 다듬은 말이 놀랄만하게 호응된다고 한다. 한 대목을 들어보기로 한다. 움직임과 소리, 힘찬 것과 피곤한 것의 인상 깊은 대조를 통해서 병영의 아침을 신선하게 묘사한 솜씨가 뛰어나다.

아랍 혈통의 건장한 말떼가
마구 뛰어오른다.
나팔 소리 드높게 울리니.

보초를 선 사람
졸다가 떨어진 사람,
아침 소리 들리는데.

밤마다 싸우느라고,

모두들 지쳐서 피곤한데,

닭 울음 소리.[465]

  발린트 발라씨가 이런 작품 쓰자 헝가리어문학으로 나아가는 길
이 활짝 열린 것은 아니다. 라틴어문학을 다룰 때 이미 말한 바와
같이, 라틴어문학이 커다란 비중을 차지하는 시대가 오래 지속되었
다. 16세기의 페렌스 포르가흐(Ference Forgach), 17세기초까지 활동한
미클포스 이스트반피(Miklos Istvanffy)는 최근의 역사를 라틴어로 서술
해 그릇된 세태를 비판하고 정신적 각성을 촉구하는 과업을 거듭해
서 수행했다.

  그러다가 17세기 중엽에 미클로스 즈린이(Miklos Zrinyi)가 터키의
침공에 맞서서 민족의식을 고취하는 다양한 형태의 서사시와 산문
을 써서 헝가리어문학의 발전을 가속화시켰다. 헝가리어에 대해서
자부심을 가져 문학어로 손색이 없게 가다듬고 표현을 풍부하게 하
는 데 힘쓴 것은 18세기의 일이다. 그런 운동을 선도한 기외르기
베세니에이(György Bessenyei)는 민족국가의 근간이 되는 민족어를 발
전시켜 지식의 확장에 기여하는 것이 문학의 임무라고 하고, 서사
시와 희곡을 통해 뜻한 바를 이루고자 했으며 최초의 소설을 썼다.

  헝가리에서도 개신교를 받아들인 사람들은 라틴어를 버리고 자국
어 글쓰기를 하는 데 앞섰다. 헝가리의 개신교는 가톨릭보다 우세
하지 못했다. 독일과 영국, 그리고 스칸디나비아 각국은 개신교를
택한 것과 다르게, 헝가리, 체코, 폴란드 등은 가톨릭 국가로 남았
다. 라틴어문명권의 중심부와 정신적으로 연결되어 있는 전통의식

---

465) 같은 책, 67면.

또는 보수성이 그 이유라고 할 수 있다. 그래서 지리적인 위치에서는 독일보다 변방인 곳이, 문명권의 주변부가 아닌 중간부에 속할 수 있었다. 독일은 중심부와 가까운 곳에 있지만 개신교의 나라가 되어 중간부임을 확인하고, 헝가리·체코·폴란드는 중심부에서 먼 곳에 있지만, 가톨릭을 지켜서 중간부의 위치를 유지했다.

헝가리는 공동문어문학을 계속 소중하게 지니고 자기네 역사를 서술하고 외침에 항거하는 민족의식을 나타내는 데 활용해서 공동문어문학을 민족문학으로 육성하고자 한 점이 특이하다. 중세는 물론이고 중세에서 근대로의 이행기에 이르러서도 공동문어문학이 민족어문학보다 오히려 우세한 점에서는 뒤떨어진 나라라고 할 수 있다. 그러나 공동문어문학에서 다룬 내용이나 표현한 의식에서는 민족주의를 이룩하는 데서도 앞선 선진성을 보였다. 자국의 역사 서술에서 남 다른 성과를 이룩한 것을 주목하고 평가해야 한다.

헝가리문학의 그런 특징은 유럽 안에서 비슷한 예를 찾을 수 없어서 아주 엉뚱한 것처럼 보인다. 그러나 유럽의 범위를 넘어서서 살피면 비교대상을 쉽게 찾을 수 있다. 동아시아 한문문명권의 한국과 월남의 문학사는 공동문어문학을 오래 지속시키면서 민족의식을 표현하는 데 적극 활용한 점에서 헝가리의 경우와 주목할 만한 공통점이 있다.

주변부의 민족어문학

라틴어문명권 주변부의 사정은 어떠했던가 알아보기 위해서 먼저 영국의 경우를 들기로 한다. 영국은 유럽대륙 밖의 섬나라이다. 유럽 밖의 유럽이다. 유럽에서 일제히 이루어지는 일에 기꺼이 동조

하지 않고, 어느 정도의 거리를 두고 상대적인 고립을 선택해온 오랜 내력이 있다.[466]

라틴어와 민족어의 양층언어 사용이 중세 유럽에 일반화되어 있을 때, "앵글로색슨의 영국은 오랫동안 예외였다"고 한다. 라틴어를 잘 사용하지 못한 것은 아니지만, 라틴어로 글을 쓰는 일이 흔히지 않았으며, 이른 시기 영어가 일찍부터 문학과 법률의 언어로 격상되었다"고 하는 것이[467] 그 때문에 생긴 일이다. 문명권의 주변부는 그런 특성을 지니게 마련이다.

영국은 7세기에 기독교를 받아들였다. 앵글로색슨이 영국을 정복해서 여러 왕국이 분립되어 있을 때, 로마제국에 정복되지 않았던 아일랜드에서 기독교를 받아들여 정치의 안정을 꾀했다. 그런데 로마에서 선교사를 파견해 양쪽 기독교가 대립했다. 664년에 오스윈(Oswin)왕이 로마선교사의 승리를 선언했다. 그때부터 정치적 통일과 종교적 통일이 병행해서 이루어지고, 중세화가 시작되었다.[468]

기독교의 전래와 더불어 라틴어문학이 시작되었을 때 민족어시도 함께 나타났다.[469] 7세기 후반의 알델름(Aldelm)은 왕족이면서 사제자가 된 사람인데, 라틴어시와 속어시를 둘 다 남겼다. 라틴어로 쓴

---

466) 영국은 오늘날도 유럽대륙과는 거리를 두고 있다. 유레일 패스가 통하지 않는 나라이고, 1999년에 유럽연합이 통일화폐 유로(euro)를 사용하기 시작할 때 동참하지 않았다.

467) Marc Bloch, *Société féodale*(Paris : Albin Michel, 1989), 119면.

468) Peter Hunter Blair, *An Introduction to Anglo-Saxon England*(Cambridge : Cambridge University Press, 1970), 116-141면.

469) 이하 영문학사에 관해서 논의하면서 이용하는 기본참고서는 Margaret Schlauch, *English Medieval Literature and its Social Foundations*(Warszawa : Polish Scientific Publishers, 1956)이다. 폴란드학자의 저술인데, 멀리서 보니 전체가 보인다. 나는 더 멀리서, 다른 문명권의 여러 나라 사례와 비교해서 보니 전체를 더 잘 볼 수 있다. 사회사와 문학사를 연결시켜 문학사의 전개를 크게 살피는 데서도 한 걸음 더 나아간다.

종교시는 오직 교훈적이기만 한 내용을 인위적인 표현으로 나타냈으며, 속어로 쓴 수수께끼 시는 자연스러우며 생동하는 기풍이 있어 서로 대조가 된다.

8세기 전반기에 베데(Bede)가 《영국교회사》를 라틴어로 쓴 것은 위에서 이미 말한 바인데, 그 책에 680년에 있었던 일이라고 하면서, 〈케드몬의 찬미가〉(Caedmons Hymn)라고 하는 것을 들어 민족어 종교시가 시작된 경위를 설명한 대목이 있다. 짐승 기르는 것을 생업으로 삼던 무식한 사람 캐드몬이 신앙가나 찬미가를 아주 잘 지어, 성서의 어떤 구절이라도 번역해서 들려주면 그 내용을 즉시 유쾌하고 감동적인 영어 노래로 옮겼다고 하며, 그 때문에 修士가 되었다고 했다. 그럴 수 있었던 것은 꿈에 신이 나타나 노래를 짓는 법을 가르쳐주었기 때문이라고 했다.[470]

이른 시기의 속어시는 앵글로색슨시라고 통칭된다. 베데의 기록에 오른 그 시도 그 가운데 하나이다. 11세기에 필사된 앵글로색슨시에 그것 외에 다른 종교시도 있고 세속시도 있다.[471] 아직은 앵글로색슨어인 이른 시기 영어를 이용해서 시를 짓는 일이 광범위하게 이루어져서, 그런 자료가 남아 있다.

앵글로색슨시에는 구전되던 서사시를 기록한 것도 있다. 《베오울프》(Beowulf)가 바로 그런 것이다. 이 작품은 7세기말에서 8세기초 사이의 기간 동안에 기록된 것으로 추정되지만 그 연원은 오래된다. 앵글로색슨인이 기독교를 받아들이기 전부터 전승하고 있던 구비서

---

470) Bede, Leo Sherley-Price tr., *Ecclesiastical History of the English Poeople*(Hammondworth, England : Penguin Books, 1990), 248면.

471) S. A. J. Bradely translatred and edited, *Anglo-Saxon Poetry*(London : Everyman, 1955) 본을 이용한다. 김석산, 《베오울프 외》(서울 : 탐구당, 1976)에서 여러 자료를 번역했으며, 서두의 해설에서 앵글로색슨시의 전체적인 모습을 개관한 것이 또한 크게 도움이 된다.

사시를 기독교의 사고방식으로 개작한 것이다.[472] 베오울프라는 영웅
이 바다 건너 덴마크 땅으로 가서 괴물을 퇴치하고 나라를 구한 내
용인데, 덴마크는 앵글로색슨의 고향이며, 영웅의 괴물 퇴치는 게르
만민족의 여러 갈래가 공유하고 있는 오랜 전승이다. 그 점에서 《베
오울프》는 《니벨룽겐노래》와 관련을 가지고 있다.

　《베오울프》를 기록하면서 고대영웅의 모습을 그대로 두지 않고
중세통치자로 바꾸어놓고자 했다. 베오울프가 괴물과 싸우는 사건
을 전개할 때에는 초인적인 능력을 발휘하는 영웅의 투쟁을 상상을
초월해 두려움을 느낄 정도로 그리다가, 작품의 결말에서는 다음과
같이 말했다.

　　그들은 그의 영웅적 업적을 칭찬하며

　　그의 용맹스러운 일들을 높이 찬양했다.

　　이와 같이 사람들은 자기들의 군주가

　　이 육신을 떠나게 될 때

　　그를 말로써 찬양하며 진심으로 사랑하여야 하느니라.

　　이렇게 하여 예이츠의 백성들, 그의 家臣들은

　　자기들의 주인의 죽음을 애도하면서 말하기를,

　　그는 이 세상의 王 중에서

　　가장 상냥하고 점잖은 분이었으며

　　또한 백성에게 가장 친절했으며

　　무엇보다도 명예를 갈망했던 분이라고 했다.[473]

---

472) Fr. Klaeber, "The Christian Coloring", Joseph F. Tuso ed., *Beowulf*(New York : Norton,
　　1975)에서 그 점을 밝혀 논했다.
473) 김석산, 위의 책, 277-278면.

작품의 주인공 베오울프는 투쟁하는 도중에 비극적인 죽음을 맞이하지 않고, 이루어야 할 과업을 다 이룬 뒤에 편안하게 생애를 마쳤다. 신하와 백성들이 베오울프를 찬양하면서 용맹스러운 영웅이었다는 말보다 후덕한 군주였다는 말을 더 길게 했다. 고대서사시가 중세서사시로 바뀌어서 그런 변화가 일어났다. 야만스러운 시대에 구전하던 서사시를 기독교중세문명을 받아들인 다음에 기록하면서 가치의 기준을 새롭게 설정했다.

중세영국에서 이룩한 민족어 글쓰기의 성과 가운데《앵글로색슨연대기》(Anglo-Saxon Chronicle)가 특별한 위치를 차지한다. 중세에는 유럽 각국이 다른 문명권의 여러 나라에서처럼 자기네 역사를 공동문어로 기록하는 것이 상례였다. 그런데 영국에서는 자기 나라의 역사를 민족어로 기록하는 특이한 방식을 택했다. 9세기 후반의 군주 알프레드(Alfred)가 영어를 존중하는 정책을 펴서 그렇게 했다.

알프레드는 영국이 발전하기 위해서는 영어 사용을 확대하는 한편, 번역을 통해서 문화적인 역량을 키워야 한다고 했다. 보에티우스의《철학의 위안》을 자기 스스로 번역해 모범을 보이고, 베데의《영국교회사》를 포함한 많은 라틴어서적을 영어로 번역해서 널리 읽힐 수 있게 했다.[474] 그런 일을 문명권 중심부에서보다 앞서서 이룩해 주변부에서는 민족문화의 역량이 일찍부터 발현된다는 것을 입증했다.

그런데 11세기초에 프랑스의 노르만인이 영국에 들이닥친 이른바 노르만의 정복으로 영어의 성장에 차질이 생겼다. 그때부터 영국을 지배한 노르만의 귀족들은 라틴어 존중의 관습과 함께 자기네 언어 프랑스어를 영국에다 이식했다. 그래서 라틴어·프랑스어·영어의 삼

---

474) Peter Hunter Blair, 위의 책, 350-355면.

중언어구조가 형성되었다.[475] 영국이 문명권의 주변부이기에 지니고 있던 특성을 일부 상실하고, 문명권의 중심부인 프랑스에 근접하는 변화를 겪었다.

14세기 후반의 제프리 초서(Geoffrey Chaucer)는 《캔터베리 이야기》(*The Canterbury Tales*)를 내놓아 영어문학이 국제적인 수준에 이르렀음을 알렸다. 라틴어도 좀 알고, 불어에 능통한 유식한 사람 초서는 유럽대륙에 가서 견문한 것과 같은 명작을 영어로 이룩하고자 해서 이 작품을 마련했다. 장시로 이루어져 있어 단테의 《신곡》처럼 품격 높은 작품인 듯하고, 캔터베리 사원에 순례를 가는 사람들이 각기 자기 이야기를 하나씩 하는 방식으로 전개되어 종교적인 내용을 지닌 듯하지만, 그렇지 않고 그 반대의 성향을 보여주었다. 《캔터베리 이야기》는 《신곡》과는 다른 일상적인 서사시 또는 범인서사시이며, 통속적인 작품이다.

작품에 등장시킨 인물은 다양하다. 성지순례라고 하는 공동의 행사에 참가한 여러 부류 사람들의 모습을 다채롭게 그려 사회풍속도를 보여주었다.[476] 계급의 차이와 함께 가치관의 대립을 뚜렷하게 보여주는 전에 없던 일을 했다. 신앙서사시를 쓰는 것 같이 하더니 신

---

475) 삼중언어를 사용하게 된 시기의 언어상황을 조사한 자료가 있어 흥미롭다. Robert Barnett, "Patterns of Unity and Diversity in Medieval Europe", C. A. Reitzel, *The Birth of Identities, Denmark and Europe in the Middle Age*에서 Michael Richter, *Sprache und Gesellschaft im Mittelalter*(Stuttgard : Anton Hiersemann, 1979)를 인용해서 고찰한 바에 따르면, 1307년 영국에서 승려는 2/3가 라틴어를 사용하고, 1/3이 불어를 알았다. 도시의 속인은 라틴어를 조금, 불어를 약간 더 알아 44%가, 시골의 속인은 86%가 영어만 알았다. 도시의 여성은 라틴어는 전연 모르고, 30%가 불어를, 70%가 영어를 사용했다. 시골의 여성은 영어만 알았다.

476) Piero Boitani and Jill Mann ed., *The Cambridge Chaucer Companion*(Cambridge University Press, 1986)의 Paul Storhm, "The Social and Literary Scene in England"에서 그 점에 관해 고찰했다.

앙비판서사시라고 할 수 있는 면모도 갖추어 독자를 당황하게 했다.

기사·농부·대학생은 자기 일을 충실하게 하고 있는 착실한 사람이다. 개성이 뚜렷하면서 또한 모범을 보여주어, 여러 신분에 속하는 사람들의 이상적인 특징이 무엇인가 말해준다. 온갖 종류의 사기행각을 벌이는 면죄부 판매자(Pardoner), 수도사(Frair), 선장(Shipman), 관리(Reeve) 등의 무리도 있어, 신앙이 타락하고 권력이 부패한 내막을 드러냈다. 여수도원장(Prioress), 수도승(Monk) 같은 인물은 신앙을 버리지 않았지만 사소한 일에 사로잡혀 마음이 흔들리는 보통 사람이다.

그런 인물들이 스스로 겪었거나 들어서 옮긴다고 하는 이야기는 대부분은 이탈리아나 프랑스에서 차용한 것들이어서 새삼스럽지 않다. 다른 데 이미 있는 이야기를 모아서 장편서사시를 엮으면서, 엄숙하게 이어지는 웅변조를 버리고 다음과 같은 언사를 사용하겠다고 한 점을 특히 주목하고 평가할 수 있다.

> 먼저 여러분의 양해를 구할 일이 있다.
> 내가 말하고자 하는 바를 솔직하게 옮겨서
> 사람들의 모습을 있는 대로 전하고
> 또 말투를 그대로 옮긴다고 해서
> 나를 잡놈이라고 탈잡지 말아 달라.
> 왜냐하면, 여러분도 나와 같이 잘 알고 있듯이,
> 어떤 인물에 대해서 이야기를 제대로 하려면,
> 아무리 무례한 말이라도, 한마디 한마디를
> 관여해서 알고 있는 범위 안에서
> 되도록 충실하게 되살려야 한다.
> 그렇지 않으면 이야기를 거짓되게 해서

없는 일을 지어내거나, 없는 말을 찾아낸다.[477]

말의 품위보다 사실과의 일치를 더욱 중요시하는 사실적인 수법을 사용하는 이유를 제시해서, 새로운 문학의 선언문이라고 할 수 있는 것을 내놓았다. 그렇게 하기 위해서는 문어를 버리고, 구어를 사용해야 하는 것이 당연한 일이다. 구어를 사용하면서도 고전적인 규범을 흉내내는 것보다 삶의 실상을 충실하게 드러내는 잡놈의 말투가 생생한 표현이어서 더욱 가치가 있다. 그런 언어를 사용한 덕분에 사실주의라고 평가되는 작품을 이룩할 수 있었다.[478]

14세기 전반의 이탈리아인 단테와 14세기 후반의 영국인 초서는 장편서사시를 써서 자국어문학을 본궤도에 올려놓아 서로 같은 일을 했다. 그러나 한쪽은 저승의 이야기를 하면서 영웅서사시의 품격을 갖추려고 하고, 다른 쪽은 사회풍속도를 범인서사시를 통해서 펼쳐보였다. 한쪽은 이상주의 성향의 고차원한 문학을 하면서 고래의 지식을 다채롭게 활용하고, 다른 쪽은 현실주의 성향의 속된 문학을 하면서 동시대에 다른 나라에서 마련한 소재를 널리 모아들였다. 중세후기문학의 두 방향을 그처럼 대조가 되게 구현한 것은, 문명권 중심부의 이탈리아인과 문명권 주변부의 영국인이 서로 다른 길로 간 것이 당연하기 때문이었다.

이탈리아와 영국은 나라의 크기나 인구가 비슷하면서, 역사의 전개가 여러 모로 대조가 된다. 이탈리아는 고대문명의 발상지이고, 중세 공동문어와 보편종교의 중심지였고, 영국은 고대에도 중세에

---

477) A. Kent Hieatt and Constance Hieatt tr., *The Canterbury Tales by Geoffrey Chaucer* (Toronto : Bantam Books, 1981), 35면.

478) Piero Boitani and Jill Mann ed., 위의 책의 Morton W. Bloomfield, "Chaucerian Realism"에서 그 점에 관해 고찰했다.

도 뒤떨어진 후진국이었다. 그렇기 때문에 영국에서는 민족의식이 일찍 생겨나 민족어를 사용해서 자국의 역사를 서술하는 별난 일을 하고, 민족어문학을 일찍 일으켰다.

중세에서 근대로의 이행기에 들어설 때에도 이탈리아가 앞서서 르네상스를 일으키고, 그 움직임이 영국에 이르기까지 상당한 기간이 필요했다. 그러나 이탈리아는 중세에서 근대로의 이행기에 들어서는 데서는 선진국이었기에 근대를 이룩하는 데서는 뒤떨어졌다. 근대민족국가를 만들고 산업혁명을 일으키고, 공동문어문학을 청산하고 민족문학으로 근대문학을 마련하는 일을 영국이 앞서서 수행했으며, 이탈리아에서 그 뒤를 따르기까지 많은 시간이 소요되었다. 영국이 근대의 최선진국이고 최강국이 되어 세계를 제패하는 동안에 이탈리아는 후진국이 되었다. 영어는 세계의 언어가 되고, 이탈리아어는 뒷전으로 밀렸다.

그런데 이제 근대를 극복하고 다음 시대로 나아가는 전환기를 맞이하자, 영국은 쇠퇴하는 것과 대조가 되게 이탈리아는 활력을 얻고 있다. 영국이 주도한 기술상품은 세계 다른 여러 곳에서 더 잘 만들 수 있다. 그러나 이탈리아의 자랑인 문화상품은 독점적인 가치를 가지는 고가품이다. 영국에서 개척한 민족국가끼리의 차별화와 쟁패를 실증적인 방법으로 고찰하는 근대역사학은 그 임무를 다하면서 빛을 잃고 있다. 그 대신에 문명권의 동질성에 대한 중세의 관점을 되살리는 새로운 역사학이 이탈리아에서 일어나 학문의 방향을 바꾸어놓는다.

더욱 주변부인 스칸디나비아의 경우

스칸디나비아는 유럽문명 중심부와는 거리가 가장 먼 곳에 자리를 잡고 있어, 유럽의 주변부 가운데서도 주변부이다. 영국보다 더 먼 곳이다. 이탈리아와 비교해서 영국의 위치에 관해 위에서 한 말이 스칸디나비아에는 일부 해당하고 일부 해당하지 않는다. 일부 해당하는 것은 스칸디나비아 또한 문명권의 주변부이기 때문이다. 해당하지 않는다는 것은 스칸디나비아는 인구가 영국보다 훨씬 작은 나라 넷으로 구성되어 있기 때문이다. 또한 스칸디나비아는 영국보다도 더 북쪽에 자리잡고 있어서 농사를 짓거나 목축을 하기에 적합하지 않은 곳이다.

스칸디나비아는 동아시아에다 비한다면 몽골고원에 해당한다고 할 수 있으나, 내륙에 갇혀 있지 않고 해양을 향해 열려 있는 점이 다르다. 몽골고원의 유목민족들이 말을 타고 남쪽을 침공한 것처럼, 스칸디나비아의 어로민족은 배를 타고 남쪽을 침공했다. 배를 타고 바다를 건너 유럽 여러 곳을 침공했다는 점에서 스칸디나비아 여러 나라의 '바이킹'(Viking)은 동아시아 일본열도의 '倭寇'와 유사하다.[479] '倭寇'는 몽골고원과는 반대쪽에 있는 동아시아의 주변부에서 나왔다. 몽골고원에서는 받아들이지 않은 한문을 왜구는 받아들인 점에

---

479) '바이킹'에 관해서는 누구든지 쉽게 읽을 수 있는 Frédéric Durand, *Les vikings* (Paris : Presses Universitaires de France, 1965) 같은 개설서가 거듭 이루어져 있으나, '倭寇'의 경우는 그렇지 못하다. 유럽에서는 '바이킹'에 대한 고찰과 평가가 민족주의적 관점에서 벗어나 있는데, 동아시아에서는 '倭寇'를 한쪽에서는 변호하고 다른 쪽에서는 단죄하는 관습이 지속되고 있어 그 실상을 알기 어렵게 한다. 그런 불균형을 시정하고, 유럽사와 동아시아사를 연결시켜 세계사를 폭넓게 이해하기 위해서 '바이킹'과 '倭寇'의 비교연구를 할 필요가 있다.

서는 일본과 스칸디나비아의 유사성이 더 크다.

그렇다고 해서 스칸디나비아는 뒤떨어지기만 한 곳이라고 생각하는 것은 잘못이다. 유럽 중심부의 지중해문명과는 다른 별개의 문명이 자라난 곳이 스칸디나비아이다. 그리스로마신화와는 대립되는 북구의 신화를 간직해온 곳이다.

룬(run) 문자라고 하는 독특한 문자를 4세기경부터 사용하고, 9세기에는 자형을 단순화해서 쓰기 편하게 했다. 금석문이 많이 남아 있으나 거의 다 너무 짧아, 문학작품이라 하기 어렵다. 소유물을 표시하고, 법률에 관한 사항을 명시하며, 소유권 상속에 관한 사항을 적는 것이 예사이다. 주술을 행한 것도 있다. 위대한 인물의 행적에 관해서 말한 것도 있다. 비교적 장형이고 시형식을 갖추어 문학작품이라고 인정할 수 있는 것도 있다. 서정시라고 할 수 있는 구절이 보이거나, 서사시의 한 대목을 적었다고 인정되는 것도 있다.

서사시의 단편처럼 보이는 예를 하나 든다. 지금은 스웨덴 땅인 카를레비(Karlevi)에 남아 있는 금석문은 덴마크 군주의 묘비를 산문으로 쓴 다음에 다음과 같은 시를 덧붙였다.

이 분은 잠들어 계신다.
많은 사람이 다 아는
가장 위대한 공적과 함께.
칼을 가진 전쟁의 신이
이 무덤 속에 계신다.
덴마크를 황폐화하는 격렬한 투사
오딘(Odinn) 신이라도
바다를 더 넓게 지배하지는 못했으리라.[480]

8세기부터 11세기까지 바이킹이라고 일컬어지는 스칸디나비아 사람들이 배를 타고 유럽 각처로 진출해서 약탈자·정복자·상인 노릇을 했다. 로마를 중심으로 한 문명세계의 정반대쪽에 스칸디나비아 바이킹이 자리잡고 있어 중세유럽을 움직이는 두 개의 축을 이루었다. 야만세계에 대한 문명세계의 승리를 의미하는 스칸디나비아의 기독교 수용은 9세기 중엽에 시작되어 11세기까지 느리게, 그리고 불철저하게 진행되었다. 기독교 이전 시기의 문화가 계속 남아 있었다.[481]

스칸디나비아인은 기독교라틴어문명권의 일원으로서 최소한 필요한 일만 했다. 라틴어를 받아들여 스칸디나비아어 라틴어표기법을 마련하고, 룬문자를 대신해서 사용했다. 스칸디나비아의 라틴문자는 샤를마뉴제국에서 사용하던 형태로 대륙에서 전해졌지만, 라틴문자로 표기할 수 없는 음성을 나타내는 새로운 문자는 영국에서 앵글로색슨인이 만든 것을 받아들였다. 룬문자를 대신해서 로마자를 사용하자, 글쓰기가 편해지고, 글을 쓰는 범위와 그 내용이 크게 확대되었다. 기독교와 관계된 라틴어 서적을 번역하는 한편 법률, 역사, 문학 등에 관한 스칸디나비아 말의 저술을 광범위하게 마련했다.[482]

라틴어를 배워 성서를 읽고 예배를 진행했으며, 자기네 나라 성자들의 생애를 라틴어로 서술했다. 자기네 역사나 구비전승을 라틴어로 옮기기도 했다. 그렇게 하는 데 덴마크인이 앞장섰다. 덴마크 승려들이 파리에 가서 공부하고 라틴어 저작을 남겼다. 앞에서 이

---

480) Regis Boyer, *Histoire des littératures scandinaves*(Paris : Fayard, 1996), 17면.

481) Frédéric Durand, *Les Vikings*(Paris : Presses Universitaies de France, 1965), 116-118면.

482) James E. Knirk, "Old Norwegian Literature", Herald S. Ness, *A History of Norwegian Literature*(Lincoln : University of Nebraska Press, 1993), 21-23면.

미 거론한 바 있는 국가서 《덴마크의 위업》도 그 가운데 하나이다.

아이슬랜드는 9세기 중엽에 발견되었고, 9세기말에 노르웨이 사람들이 이주했다. 아이슬랜드말이 곧 노르웨이말이다. 아이슬랜드에서는 그 뒤의 변화를 겪지 않은 고형의 노르웨이말을 사용하고 있다. 아이슬랜드는 처음 3백 년 동안은 독립해 있다가 노르웨이의 통치를 받게 되었다. 기독교가 전해진 것은 11세기의 일이다. 노르웨이 군주가 압력을 넣어 기독교를 받아들이게 했다.

아이슬랜드에서도 12세기초에 라틴어역사서를 먼저 썼다. 그러나 지금은 없어졌고, 내용이 빈약했으리라고 생각된다. 노르웨이와 스웨덴에서는 자기 말로 역사서를 썼다. 자기 말로 역사서를 쓰는 일을 아이슬랜드에서 특히 열심히 해서 풍성한 저술을 남겼다. 라틴어 성자전을 번역하고, 다른 한편에서는 자국의 성자를 등장시키는 성자전을 지었다. 아이슬랜드에 자국의 성자에 관한 두 권의 성자전 집성본이 전한다.

그렇게 해서 "12세기경에 문학담당층이 승려와 기사 둘로 갈라진 것을 확인할 수 있다"고 하고, "더욱 중요한 구실을 한 승려는 국제주의와 라틴어 문화를 대변했다. 기사는 한층 민족적이며, 사고방식에서 지역적이었다"고 한 차이가 벌어졌다.[483] 그것은 한국에서 사용한 용어를 들어 말하면 華風과 國風의 대립이라고 할 수 있다. 한국에서는 10세기말 고려전기에 화풍과 국풍의 대립이 문제되었다.[484] 보편종교과 공동문어를 받아들여 중세화를 이룩한 곳이라면 어디서든지 그런 대립이 있었다.

기독교의 승려는 보편주의 노선을, 세속귀족은 민족주의 노선을

---

483) P. M. Mitchell, *A History of Danish Literature*, 26면.
484) 《한국문학통사》 2(서울 : 지식산업사, 1994), 371면.

주장한 것이 유럽 전역에서 공통된 일이었다. 그런데 스칸디나비아
에는 기독교 이전 시기의 독자적인 전통이 많이 남아 있고, 기독교
승려가 문화의 주도권을 충분히 장악하지 못해서, 독자적인 전통의
가치를 주장하는 세속귀족의 발언권이 상대적으로 큰 점이 유럽의
선진지역과 달랐다.

스칸디나비아인는 서로 알아들을 수 있을 정도로 비슷한 말을 쓰
지만, 덴마크·스웨덴·노르웨이·아이슬랜드의 네 나라를 이루었다.
그 가운데 때로는 덴마크가, 때로는 스웨덴이 특히 강성해서 다른
나라를 통합하기도 하다가, 네 나라가 각기 독립을 유지하면서 오
늘에 이르렀다. 스칸디나비아문학사는 통괄해서 서술하기도 하고,
각국의 것으로 나누어서 서술하기도 하는 것이 그 때문이다.

그 가운데 멀리 떨어져 있는 섬 아이슬랜드는 스칸디나비아에서
도 주변부이다. 그래서 스칸디나비아문화의 공통 유산인 이른 시기의
구비전승을 가장 풍부하게 전승하고 있다. 주변부 가운데서도 주변
부의 사례로, 또한 중세문명 이전의 독자적인 전통을 풍부하게 전
승하고 있는 사례로 아이슬랜드의 경우를 특히 주목할 필요가 있다.

기독교가 전해지면서 아이슬랜드에서도 성직자들은 라틴어를 사
용했다. 아이슬랜드 성자전을 라틴어로 쓴 것이 있었으리라고 추정
된다.[485] 그러나 라틴어 글쓰기가 성행한 것은 아니다. 그 반면에 라
틴어에서 문자를 가져오고 글쓰기를 배워 아이슬랜드말을 기록하는
데서는 커다란 진전을 이룩했다. 12세기 중반에서 후반 사이에, 아
이슬랜드 문법서라고 하는 작자 미상의 책이 아이슬랜드말로 씌어
졌다. 이미 널리 통용되고 있는 읽고 쓰는 방식을 더 잘하기 위해
서 필요하다고 하면서, 아이슬랜드의 로마자 표기법을 가다듬고 정

---

485) Jesse L. Byock, *Medieval Iceland, Society, Sagas and Power*(Berkeley : University of
California Press, 1988), 19면.

서법을 정비했다.[486] 그런 책을 그 뒤에도 몇 차례 더 썼다.

아이슬랜드에서는 기독교 성직자보다 세속의 귀족이 문자문명의 담당자로 더 큰 활동을 하고, 귀족과 일반 민중이 가까운 관계를 가지고 공동의 전승을 함께 즐겼다.[487] 그래서 라틴어문학이 빈약한 반면에 민족어문학은 일찍 이루어지고 풍부하게 창작되었다. 민족어기록문학이 시작된 것은 공동문어를 받아들여 중세화한 이후의 일이지만, 중세의 민족어문학에서 고대문학의 유산을 다양하고 생동하게 계승하는 것도 주목할 만한 일이다.

문명권의 주변부라면 어디서든지 찾을 수 있는 민족어문학을 앞세운 문학사의 전개 양상이 아이슬랜드에서 특히 두드러지게 나타나 있다. 한문문명권의 일본, 산스크리트문명권의 자바, 아랍어문명권의 스와힐리 등지보다 문명권 주변부 문학의 양상을 더욱 선명하게 나타내주어, 아이슬랜드는 세계문학사의 총괄적인 이해를 위해서 참으로 긴요한 구실을 한다. 그런 이유에서 아이이슬랜드문학을 스칸디나비아 다른 나라뿐만 아니라, 유럽 전체의 다른 어느 나라의 문학보다 자세하게 고찰할 필요가 있다.

'룬' 문자로 기록된 금석문은 아이슬랜드에 거의 없다. 그 시기가 지난 다음에 아이슬랜드에 사람들이 다수 이주해서 본격적으로 활동했기 때문이다. 아이슬랜드의 기록문학은 기독교를 받아들여 라틴문자를 사용한 뒤에 이루어졌다. 그러나 라틴어문학을 옮기려로 하지 않고 자국의 구비전승을 정착시키는 데 힘쓰고, 고대의 유산

---

486) 같은 책, 49면.

487) Margret Clunies Ross, "Textual Territory : The Regional and Geographical Dynamic of Medieval Icelandic Literary Production", Wendy Scase et al., ed., *New Medieval Literatures*(Oxford : Clarendon, 1997)에서 그런 사정에 대해 여러 측면에서 자세하게 고찰했다.

을 풍부하게 이어받았다.

아이슬랜드 영웅서사시의 오랜 전승을 기록한 것을 '에다'(Edda)라고 했다. '에다'는 두 가지이다. 첫째 《詩 에다》(Poetic Edda)라고 하는 것은 17세기에 발견된 사본인데, 13세기경에 기록된 것으로 추정되고, 그보다 선행본이 있었으리라고 한다. 오랜 자료라고 인정되어 《형님 에다》(Elder Edda)라고도 한다. 둘째 것은 《산문 에다》(Prose Edda) 또는 《아우 에다》(Younger Edda)라고 하는 것인데, 스노리 스털루손(Snorri Sturluson)이 13세기초에 기록했다. 시를 산문으로 옮겨 원래의 모습을 보여주지는 않지만, 영웅서사시의 내용을 전하면서 다각도의 해설을 했다.

《詩 에다》의 앞 부분 〈신들의 에다〉에서는 오딘(Odin)을 비롯한 여러 신의 활약에 관한 신화를 노래하고, 뒷 부분 〈영웅들의 에다〉에서는 헬기(Helgi), 시구르드(Sigurd) 등을 주인공으로 한 영웅서사시를 수록하는 이중의 구성을 갖추고 있다. 신들이 천지를 창조한 내력인 창세서사시가 먼저 있다가 사람이 역사를 창조한 내력인 영웅서사시가 나중에 생겨 두 가지 서사시를 갖춘 유산을 잘 보여주고 있다. 세계서사시 형성의 일반적인 과정을 보여주는 전형적인 예라고 할 수 있다.[488]

〈신들의 에다〉는 〈巫女의 공수〉라는 노래에서 시작된다. 무녀가 최고의 신 오딘이 하는 말을 전하면서, 천지가 창조되고 멸망하고, 신들이 생겨나고 싸우고 하는 우주의 역사에 관해서 설명한다. 그 첫 대목을 들면 다음과 같다.

　　조용하라, 나는 묻노라 신성한 신들과

---

488) 《동아시아 구비서사시의 양상과 변천》에서 세계 도처의 사례를 들어 그 점을 밝혀 논했다. 그때 《에다》는 다루지 못했으므로 추가해야 마땅하다.

높기도 하고 낮기도 한 과거의 사람들에 관해서.
살해의 아버지인 신이시여, 그대는 원하는가
세계 형성의 가장 오랜 소식을 내가 전하기를.[489]

처음 두 줄에서는 신 오딘의 말을 무녀가 전하고, 뒤의 두 줄에서는 무녀가 자기 자신에 관해 말했다. "살해의 아버지"라고 한 최고의 신 오딘이 신들과 사람을 모두 창조하고 소멸시킨 세계 형성의 가장 오랜 내력을 신이 하는 말로 전한다 하고, 다시 무녀 자기는 그 일에 관해서 이미 알고 있다고 했다. 그 두 가지 표현방식은 여러 창세서사시에 공통된 것이다. 창세의 신이 천지를 창조했다는 과정도 흔히 볼 수 있는 바와 같다. 그런데 신들이 서로 싸워 망하고, 창조된 천지가 다시 소멸한다는 점은 특이하다. 영웅서사시 대목에서도 영웅이 죽고 다른 사람으로 다시 태어난다고 한다. 모든 것이 생성과 소멸, 소멸과 생성을 되풀이한다는 생각을 가지고 천지의 내력과 인간의 역사를 이해했다.

〈신들의 에다〉는 원시서사시이고, 〈영웅의 에다〉는 고대서사시라고 할 수 있다. 원시서사시에다 덧보태 고대서사시를 지으면서 같은 발상을 이어나갔다. 그 둘을 기록에 올린 시기는 중세이다. 기독교를 받아들여 중세화를 한 뒤에 기독교와 함께 들어온 문자를 이용해서 기록을 하면서, 기독교 이전의 전승을 고치지 않고 그대로 두었다. 그렇게 한 것은 특이한 일이다.

유럽 다른 민족의 경우와 견주어보면, 흥미로운 차이점이 발견된다. 독일에서는 〈신들의 에다〉에 해당하는 창세서사시는 버리고 영

---

489) Arthur Häny, *Die Edda, Götter- und Heldenlieder der Germanen*(Zürich : Manesse, 1986), 9면 ; Henry Adams Bellows, *The Poetic Edda*(Lewiston : Edwin Mellen, 1991), 3면 ; Carolyne Larriton, *The Poetic Edda*(Oxford : Oxford University Press, 1996), 4면.

웅서사시 《니벨룽겐의 노래》만 남겨, 천지창조에 관한 기독교의 교리와 충돌하지 않으면서 기독교 이전 단계의 영웅이야기만 이었다. 《에다》의 영웅 시구르드가 바로 《니벨룽겐의 노래》의 주인공 지그프리트(Sigried)여서 그 둘은 같은 뿌리에서 나왔음을 알 수 있다. 영국에서는 영웅서사시의 오랜 전승인 《베오울프》를 정착시키면서 기독교의 요소를 보태서 개작했다. 프랑스에서는 기독교문명을 수호하는 영웅서사시 《롤랑의 노래》를 지었다.

문명권의 주변부·중간부·중심부가 그런 단계적인 차이를 보이는 것은 당연한 일이다. 주변부 쪽에서는 중세 이전의 창세서사시와 영웅서사시를 둘 다 잇고, 중심부 쪽에서는 중세서사시를 새롭게 창작하고, 그 사이에 있는 민족들은 그 중간형태를 택했다. 그 가운데 독일이 주변부이고, 영국이 중간부인 것 같다. 《니벨룽겐의 노래》보다 《베오울프》에서 중세화가 더욱 진행되었기 때문이다. 그러나 독일에서는 기독교의 관점에서 영웅서사시를 다시 창작한 라틴어문학의 작품 《발타리우스》를 마련했다. 《니벨룽겐의 노래》와 《발타리우스》가 양립하고 있어서, 독일이 중간부이다.

스노리 스털루손은 성직자는 아닌 세속의 귀족이었고, 정치가로 활동하면서 문필활동을 했다. 노르웨이를 몇 차례 방문하고, 노르웨이의 정쟁에 말려들어 거기서 죽었다. 문학적인 교양이 특출한 것 같지 않은데, 아이슬랜드어의 구비전승을 정착시키고 역사를 서술하는 데 힘써 많은 저술을 이룩했다. 라틴어로 글을 쓸 만한 능력도 없었으며, 그렇게 해야 할 이유도 없었다. 멀리 떨어진 주변부 가운데 주변부에서 활동한 무식한 사람이어서 용감하고 당당했다. 독자적인 전승을 민족어로 정착시키는 작업을, 이름이 남아 있는 중세기 작가 가운데 다른 어느 문명권, 어느 나라의 누구보다도 풍부하게 이룩해서 세계문학사에서 특별한 위치를 차지했다.

스노리 스털루손의 《산문 에다》는 중세 이전의 전승을 중세에 정리하고 평가한 역사서이면서 설화집이고, 문명론이면서 환상물이다. 서두에서 신이 천지를 창조했다는 데서 시작해 세계사를 기독교의 관점에서 설명한 데다 덧붙여 트로이전쟁 이야기 같은 것을 이야기하고, 그 밖의 여러 나라 많은 사람을 소개하다가 스칸디나비아 재래 신화의 주신 오딘을 등장시켰다. 계통이 서로 다른 두 가지 신화, 기독교의 신화와 스칸디나비아의 신화를 연결시키는 중세인의 관점을 마련하고서, 자기네 고대사의 전개에 관한 독자적인 전승을 문장으로 서술하고, 구비서사시에 관해서 설명하면서 필요한 자료를 인용했다.

자기네 문학에 대해 깊은 이해를 갖추고 자세한 논의를 전개했다. 구비시의 형식과 기법에 관한 논의를 스승과 제자, 다시 신들 사이의 문답체 형식으로 전개한 대목이 있어 주목된다. 자기가 지은 시를 해설한 〈시형의 목록〉이라고 한 데서 전개한 문답의 한 대목을 들어본다.

시형의 규칙에는 어떤 종류의 숫자가 있는가?
셋이다.
그 셋이 무엇인가?
하나는 주요 시인들의 작품에서 얼마나 많은 시형이 발견되는가 하는 숫자이다. 둘째는 각 시형의 한 연에 얼마나 많은 행이 있는가이다. 셋째는 각 시형의 한 줄에 얼마나 많은 음절이 있는가이다.
시형의 규칙에는 얼마나 많은 종류의 구분이 있는가?
둘이다.
그 둘이 무엇인가?
의미의 구분과 음성의 구분이다.[490]

　　이렇게 말한 다음 자기 작품을 실례로 들어, 한 행을 이루는 음절 구성에 대해서 구체적인 논의를 자세하게 펴고, 여러 시형의 작품을 창작하는 기법을 세부적으로 설명한 글이 수십 면이나 된다. 민족어시를 이루는 규칙에 대해서 중세 동안에 이 정도의 자각을 가지고 논한 것은 흔한 일이 아니다. 공동문어시와 민족어시는 규칙에서도 상하의 등급이 있어, 공동문어시는 규칙을 알고 지어야 하지만 민족어시는 그럴 필요가 없다고 여기는 것이 상례였는데, 아이슬랜드에서 민족어시의 규칙에 대해서 특별히 관심을 가진 것은 공동문어시의 일방적인 우위를 인정하지 않고, 민족어시가 더욱 자랑스럽다고 자각했기 때문이다.

　　스노리 스털루손의 《산문 에다》에서 아이슬랜드 시의 형식에 관해 고찰한 것은, 한국에서 均如의 향가를 한시로 번역한 崔行歸가 한시와 향가의 율격을 구분해서 한시는 5言7言으로 이루어지고, 향가는 3句6名으로 이루어진 점이 서로 다르다고 한 것과 상통하면서, 훨씬 자세하고 구체적이다. 최행귀는 수식 위주의 문장을 쓰면서 표현을 모호하게 해 향가의 규칙이 어떻다고 했는지 알기 어려워 시비가 분분하지만, 스털루손이 말한 바는 분명하고, 논의가 충분하게 이루어졌다. 시 작품과 유기적으로 연결시켜 시형을 분석한 방법이 탁월하다. 문명권의 중심부나 중간부의 나라에서는 하지 못한 일을 문명권의 주변부 가운데도 주변부인 아이슬랜드에서 했다.

　　그러나 공동문어문학과 만나지 못하고 공동문어시에 대해서 알지 못했다면 민족어시에 대해 자각할 이유도 없었다. 스노리 스털루손이 직접 라틴어를 알았다는 증거는 없으나, 자기 민족의 시에 관해 논의하는 데 라틴어시의 시론이 원용되어 있다.[491] 공동문어에 대해

---

490) Anthoney Faulkes tr., *Snorri Sturluson Edda*(London : Everyman, 1987), 165면.

서 알면서 그 가치에 설득당하지 않고 민족어시의 의의를 인정하고 그 원리를 자각했다.

"스노리의 《에다》는 독특하고 창의적인 저작이었으며, 북유럽 신화에 대해서 납득할 수 있게 정리한 중세시기 업적으로서 유일하고, 노르웨이 시의 어법과 율격에 대해서 독자적인 분석을 한 유일한 성과이다"라고[492] 하는 평가에, 스노리 스털루손이 이룬 성과가 잘 요약되어 있다. 그런 것이 라틴어문명권의 주변부 가운데도 가장 먼 곳에서 이루어졌다. 아이슬랜드 사람들의 본국인 노르웨이에서는 그럴 수 없었다. 문명권의 주변부에서는 민족어문학에 대한 자각이 일찍부터 뚜렷하게 나타났다는 일반론이 아이슬랜드의 경우에 선명하게 확인된다.

아이슬랜드의 영웅서사시는 《詩 에다》에 원문이 수록되고, 《산문 에다》에 내용이 소개되어 있으며, 또한 별도로 전하는 자료도 여럿 있다. 그 가운데 하나가 13세기에 이루어진 작자 미상의 역시 기록 《노르웨이 왕들의 명단》(*Noregs konnuga tal*)이라고 하는 것이다.[493] 거기서 다룬 가장 뛰어난 인물은 9세기말에서 10세기초까지 노르웨이 전역을 통치한 군주 하랄드(Harald)이다. 《詩 에다》에 등장하는 영웅들은 상상의 세계에서 노니는 것과 달리, 하랄드의 위업을 기린 작품은 서사시이면서 역사시이다.

　　까마귀들아 무슨 일이 있었느냐?
　　어디서 오느냐? 새벽에 주둥이에 피를 묻히고,

---

491) 같은 책의 "Introduction", XV면.
492) 같은 책, XVIII면.
493) R. I. Page, *Chronicles of the Vikings, Records, Memorials and Myths* (London : British Museum Press, 1995), 106-109면에서 이에 대해 고찰했다.

발톱에는 살점을 끼우고, 썩은 고기 냄새를 피면서.
지난 밤에 사람 죽은 곳에 둥지를 텄던 것 같구나.

시커먼 깃털을 털고, 부리를 닦더니,
독수리의 의형제인 새가 엄숙하게 대답했다.
"우리는 알에서 깨어날 때부터 젊은 영웅,
할프단(Halfdan)의 아들, 하랄드의 무리이다."[494]

  걸출한 군주 할프단의 아들인 하랄드가 부왕보다 더 큰 위업을
달성할 때 싸움의 새이고, 오딘 신의 새인 까마귀가 언제나 동행했
다고 하면서 이렇게 노래했다. 싸움의 처참한 광경을 까마귀의 모
습을 통해서 간접적으로 묘사해 말한 것 이상을 상상하게 했다. 그
러나 하랄드는 살육을 일삼는 횡포한 인물이기만 하지 않고, 자기
부하에게는 관대하고 다정하다고 하는 다른 일면을 보여주었다. 통
치자는 마땅히 중세의 영웅이어야 한다는 생각을 나타냈다.

  공포의 타격수인 이 분이 얼마나 너그러운가
  나라를 지킨 위대한 전사들에게는.

  전장에서 명예를 얻은 사람들은 훌륭한 보상을 받는다.
  하랄드의 궁전 큰 방에서 놀이를 즐기고 있다.[495]

  아이슬랜드에는 역사사실과 뒤섞인 영웅전설이 또한 풍부하게 구

---

494) 같은 책, 107면.
495) 같은 책, 109면.

전되었다. 12세기말에서 시작해 14세기까지의 기간 동안에, ‘사가’(saga)라고 일컬어진 영웅전설을 기록하는 것을 거국적인 사업으로 삼았다. ‘사가’란 “이야기하다”는 뜻의 동사 ‘segja’에서 유래한 말이다. ‘사가’란 구전되는 역사 이야기를 흥미꺼리로 삼기 위해서 기록한 것을 말한다. ‘에다’와 ‘사가’는 영웅문학인 점이 서로 같으면서, ‘에다’는 율문으로 된 영웅서사시이고, ‘사가’는 산문으로 된 영웅전설인 점이 서로 달랐다.

‘사가’는 신화나 영웅서사시가 아닌 전설에 해당하는 작품이다. 끔찍한 사건을 너무 간략하게 서술한 탓에 납득할 수 없는 경우가 흔해, 소설과는 거리가 멀다. 수사학적인 미화는 배제하고, 기본적인 단어만 사용해서 사건 전개가 급속하게 이루어지게 한다. 상황 설명이 자세하지 않고, 비약이 많으며, 구성이 산만해서 이해하기 어렵다. 오직 행동이 중요할 따름이어서, 행동과 직결된 대화만 있고, 심리 상태도 행동으로 나타낸다.

중세문명 밖의 야만인들은 명예심이 강해, 이기면 좋아하고 지면 수치심 때문에 괴로워하다가 복수를 하는 오랜 전통이 기독교를 받아들인 다음에도 이어지고 있어 긴장과 흥미를 제공한다. 그 여러 가지 특징에서 ‘사가’는 일본의 物語 특히 軍紀物語와 흡사하다. 역사와 전설의 중간물을 흥미를 위해서 기록한 점이 서로 같다. 권력을 장악하려고 하는 사람들끼리 싸우는 전쟁 이야기를 양쪽 모두 큰 비중을 두고 다루었다.

스웨덴에도 그 비슷한 것이 있지만, ‘사가’는 아이슬랜드에서 특히 발달한 갈래이다. 12세기 중엽부터 14세기말까지 씌여졌으며, 그 전성기는 아이슬랜드가 독립을 잃고 노르웨이의, 다시 덴마크의 지배를 받게 된 13세기였다. ‘사가’는 대부분이 작자 미상이지만, 집단의 전승을 독특한 방식으로 전개되는 개인에 관한 이야기로 만들어

기록했다.

'사가'에는 두 가지 계통이 있다. 가족 영웅담(family saga)이라고 하는 것은 처음 이주할 때부터 시작해서 10세기에서 11세기까지의 일을 다루었으며, 대부분 작자 미상이다. 그 한 예로 《에이르비그자사가》(Eyrbyggja Saga)를 보자.[496] 모두 65장으로 이루어져 있는데, 그 가운데 제49장에서 제55장까지에서 기독교와 재래 종교 사이의 충돌을 다루었다. 법률 제정자이고 전투하는 용사이며 기독교도인 주인공이 재래 종교의 신령을 물리치는 전투를 하는 사건을 자세하고 흥미롭게 서술했다.

사람이 죽어서는 혼령이 되어 밤중에 나타나 소동을 벌이는 일이 거듭 일어나고, 그 수가 계속 늘어났다. 재래 신앙의 신령이 그런 방식으로 세상을 소란하게 하면서 자기 편을 늘린 것이다. 스노리라는 이름의 사제자는 다른 사제자들과 신도들의 도움을 받아 혼령들을 퇴치하는 작전을 폈다. 혼령들이 모여 있는 곳에 불을 질러 내몬 혼령들을 종교재판에 회부해 추방명령을 내려 떠나가게 하고, 그 자리를 성스러운 물을 뿌려서 정화했다. 재래신앙의 저항은 그 것으로 끝나지 않았다. 재래신앙을 고집하는 바이킹의 세력이 남아 있어서, 스노리가 자기 군대를 이끌고 쳐들어가 대규모의 전투를 벌이는 사건이 벌어졌다.

스노리 스털루손의 '사가'는 12세기초에서 13세기 중엽까지의 사건을 강력한 족장들끼리의 싸움에다 중점을 두고 서술했다. 다룬 시기의 폭이 더 좁고, 역사서술에 더 가까운 내용이며, 작가가 분명한 점이 위에서 든 '가족 사가'와 다르다. 스노리 스털루손 '사가'의 대표작은 《헤임스크링글라》(Heimskringla)이다. 저자는 그 책이 역사서

---

496) Hermann Oalsson and Paul Edwards tr., *Eyrbyggja Saga*(Hammondworth, England : Penguin Books, 1989)를 자료로 이용한다.

라고 생각하면서 썼다.

서문에서 자기가 이용한 자료에 관해 말하기를 "일부 국왕이거나 다른 고귀한 가문의 사람들이 스스로 작성한 계보에 의거하고, 다른 것은 사람들이 즐기려고 전하는 옛날 노래나 이야기에서 가져왔다"고 하고, "사실인지 아닌지는 알 수 없으나, 옛날의 학식 있는 이들은 사실이라고 믿은 것들이다"고 했다.[497] 그러나 사실을 그대로 두지 않고, 주저하지 않고 자기 생각대로 고쳐 적었다.

사료를 개작해서 역사를 서술하는 것은 일본에서도 볼 수 있는 주변부의 특성이다. 그렇게 해도 문화수준이 높지 않은 국내에서는 시비가 생기지 않았으며, 국제사회에 많은 토론상대가 있다는 사실을, 문화를 수입하기만 하고 수출하지는 않는 변방에서는 알아차릴 수 없었던 것이 주변부의 공통된 사정이었다. 일본에서는 공동문어를 사용하면서 시작한 역사기록에서 그렇게 했는데, 아이슬랜드에서는 민족어를 사용해서 문학작품 쪽에 더 기울어진 '사가'를 만들었으니, 사료 개작에서 더 자유로울 수 있었다.

---

497) Snorri Sturluson, Lee M. Hollander tr., *Heimskringla, History of the Kings of Norway* (Austin : University of Texas Press, 1995), 3면.

총괄논의

전반적 양상

공동문어 사용은 재앙인가 축복인가 하는 질문에 대한 대답은 축복이라고 확정되었다. 공동문어를 단죄하는 근대주의자들의 지론은 근거 없는 것으로 판명되었다. 한국에서 한문을 받아들인 것이 큰 잘못이었다는 주장이 억지임을, 지구를 한 바퀴 돌아 검증한 결과 명확하게 밝혔다.

공동문어를 받아들이지 않고서, 민족어를 형성하고, 민족어 글쓰기를 이룩하고, 민족어를 근대의 국어가 될 수 있게 발전시킨 사례는 지구상에 하나도 없다. 공동문어 때문에 민족어가 받은 타격은 生克의 원리에 의해 극복되어, 민족어 발전을 위해 유익한 작용을 했다. 민족어가 공동문어로 대치된 곳도 있으나, 그 경우에는 공동문어가 다시 구어화되어 민족어가 생겨났다.

공동문어와 민족어가 양층언어의 관계를 가지고 함께 쓰이면서 상호작용을 하는 과정을 지구상 대부분의 지역에서 함께 겪었다. 그것은 세계사의 한 단계였다. 그러면서 그 구체적인 양상은 문명권에서 차지하는 위치에 따라서, 시대에 따라서 서로 달랐다. 차이점 또는 변화에 대한 이해도 긴요한 과제이다.

공동문어를 함께 사용하는 문명권은 중세에 생겼다. 고대에는 특정 지역 몇몇 곳에서만 문자를 사용하고 기록문학을 일으켰는데, 중세에는 문자 사용이 확대되고 기록문학이 널리 퍼졌다. 고대에 이미 기록되던 언어가 공동문어가 되고, 보편종교의 경전어로 사용되면서 문명권 전체의 동질성을 보장해주는 구실을 했다. 중세문명이 먼저 이루어진 곳과 나중에 전해진 곳의 차이가 있어, 문명권의 중심부·중간부·주변부가 구분된다.

중심과 변방의 양분법보다는 중심부·중간부·주변부의 삼분법이 문명의 실상을 논하는 데 더 적합하다. 여러 등급으로 나눌 수 있는 것을 삼분법으로 정리해서 말하면 이해하기 쉬워진다. 일단 삼분법을 택하고서, 논의를 정밀하게 할 필요가 있을 때에는, 중심부의 중간부, 중간부의 주변부, 주변부의 중간부 같은 것들을 가려내기로 한다. 어느 나라가 중심부·중간부·주변부 가운데 어느 쪽, 그 셋을 다시 나눈 것들 가운데 어디에 해당하는가 결정적으로 말할 수 없다. 그 위치는 상대적인 것이다.

어느 쪽과 견주어 말하는가에 따라서 위치가 달라질 수 있다. 어느 측면을 중요시하는가에 따라서 소속이 바뀌고, 이중의 성격이 있게 마련이다. 그러나 중심부·중간부·주변부의 성향이라고 할 수 있는 것은 어느 문명권에서나 일정하다고 할 수 있다. 개별적인 민족 또는 국가의 위치보다, 중심부·중간부·주변부의 특성이 더욱 긴요한 관심사이다.

문명권의 중심부일수록 공동문어문학이 오래 지속되고, 주변부일수록 민족어문학이 일찍 일어났다. 공동문어문학은 중심부에서 생겨나 주변부로 전해졌으므로, 기록문학의 역사가 중심부에서 먼저 시작되었음은 물론이다. 주변부에서 민족어문학이 일찍 일어났다는 것은 중세화 과정에서 공동문어문학을 받아들이면서도 공동문어문학에 경도되지 않고, 공동문어문학에서 문자와 글쓰기 방식을 배워 민족어문학을 육성하는 데 힘썼다는 말이다. 주변부에는 구비문학이 풍부하게 전승되고 있어서 민족어기록문학의 직접적인 원천이 되었다.

중국에서 근대문학을 이룩할 때 비로소 민족어를 사용하는 白話문학을 일으킨 것과 아이슬랜드에서 중세문학이 시작되자 바로 민족어문학을 풍부하게 마련한 것이 양극단을 이룬다. 여러 문명권 내부의 상황을 보면, 중국과 일본, 인도중원지방 힌디어권과 자바, 아랍세계 중심부와 스와힐리, 이탈리아와 영국 또는 아이슬랜드, 비잔틴제국과 그루지아가 각기 중심부와 주변부의 특징을 잘 나타내고 있다.

중심부의 공동문어문학은 문명권 전체의 보편성을 중요시하고, 역사서술에서도 문명사를 서술했다. 司馬遷의 《史記》는 문명사의 서두를 장식하고, 유럽에서는 종교사의 관점에서 문명사를 서술했으며, 아랍문명권 이븐 칼둔의 《세계사서설》은 문명사가 특히 성숙된 모습을 보여주었다. 그 밖에도 여러 형태의 문명사가 있었다. 문명사는 어느 것이나 공동문어 글쓰기의 좋은 전범을 보여주었다.

문명권의 주변부에서는 자기 민족의 역사를 민족어로 서술하는 데 힘썼다. 아이슬랜드, 영국, 그루지아 등지에서 그런 성과를 보여주었으며, 일본의 경우도 거기 해당한다. 아이슬랜드에서는 자기네 역사를 사실의 차원에서 이야기하면서 역사서를 흥미거리로 삼았고, 이디오피아에서는 자기 나라가 신성한 나라임을 거듭 주장해서 자부심을 가지는 근거로 삼았다. 이디오피아의 《왕들의 영광》은 그 점에서 일본의 《神皇正統記》와 상통하는 성격을 지니면서 더 큰 구속력을 가졌다.

　문명권의 중간부에서는 그 양극단의 중간이 되는 노선을 택했다. 민족어가 아닌 공동문어를 사용해서 문명사와는 구별되는 자국사를 썼다. 문명권 전체의 공통된 이념을 자기 나라에서 훌륭하게 구현했다고 자부하면서 보편주의와 민족주의가 일치될 수 있게 했다. 《三國史記》 이래의 한국의 역사서와 월남의 《大越史記》가 그 좋은 예이다. 일본은 주변부이지만 중간부의 성향도 지녀 그런 역사서를 쓰는 데 참가했다. 유럽에서는 중간부의 헝가리, 주변부이면서 중간부에 가까운 영국과 덴마크에서 공동문어를 사용해서 자국사를 서술했다.

중심부·중간부·주변부의 관계 인식

　어느 민족이 문명권의 중심부·중간부·주변부 가운데 어디에 자리잡았는가는 주어진 조건이기도 하고 스스로 한 일이기도 하다. 지리적인 위치는 주어진 조건이다. 문명을 이룩하고, 받아들이고, 발전시킨 것은 스스로 한 일이다. 그 둘이 어떻게 복합되었던가는 계속 연구해야 할 과제이고, 지금까지 밝혀낸 성과는 아직 빈약하다.

　문명권의 중심부·중간부·주변부 가운데 어느 쪽에 속하는 것이 불행이고 어느 쪽에 속하는 것이 행운인가를 일률적으로 말할 수는 없다. 그 점은 역사의 시기에 따라서 다르고, 문화 창조의 국면에 따라 다르다. 한 시대의 행운이 다음 시대의 불운이고, 다음 시대의 불운이 그 다음 시대에는 행운이다. 자기가 속한 곳이 창조적인 사명을 다하고 침체기에 들어섰을 때에는 개인이 크게 분발해서 비상한 노력을 한다고 해도 성취하는 바가 그리 크지 못하다. 그런 불운은 어떻게 할 수 없다.

　그런데 자기가 속한 쪽이 문명 전체를 새롭게 활성화하는 커다란 창조를 이룩해야 하는 단계에 이르렀는데도 그런 줄 모르고 후진타령이나 하고 있는 것은 어리석다. 후진이 선진이 되는 것은 이치로 보아 필연적이지만, 모든 후진이 아무 노력도 하지 않아도 선진으로 전환되는 것은 아니다. 후진이 선진으로 전환되는 필연적인 이치를 깨닫고, 자기가 그 주체가 될 조건을 갖추었음을 판단하고, 합당한 노력을 과감하게 해야 실제로 그렇게 된다.

　문명권 중심부의 문학만 살피면 한 문명권의 문학을 이해할 수 있다고 생각하는 것은 잘못이다. 중국문학사·인도문학사·아랍문학사는 문명권 전체의 문학사가 아닌 그 중심부의 문학사에 지나지 않으므로, 중간부나 주변부의 상황에 관한 정보는 제공하지 않는다. 그런 이유에서 그 문명권의 문학을 줄곧 대표할 수 있는 위치에 있지 않다. 그 문명권에서 공동문어문학이 성립된 중세전기의 상황을 알기 위해서는 중심부를 우선적으로 고찰해야 한다. 그러나 그 뒤의 변화는 중간부나 주변부의 문학에 더 잘 나타나 있다. 중간부의 문학이나 주변부의 문학은 문학사 전개의 어느 단계의 변화를 가장 잘 나타내주어, 그 점에 관해서는 그 문명권문학을 대표한다고 할 수 있다.

　중심부의 문학만 살펴서는 고대가 끝나고 중세가 시작된 경계선을 알기 어렵다. 중심부에서 이루어진 공동문어문학을 중간부에서 받아들일 때 비로소 문명권 전체의 중세가 시작되었다. 중세에서 근대로의 이행기의 시작은 주변부에서 더 잘 알 수 있다. 민족어문학이 대중화되는 변화가 주변부에서 더 잘 나타나기 때문이다. 그러나 중세에서 근대로의 이행기문학이 언제 근대문학으로 바뀌었는가 판단하는 데는 주변부보다 중간부의 문학이 더욱 긴요하다. 주변부의 문학에서는 공동문어문학이 차지하는 위치가 그리 크지 않아 공동문어문학을 청산하고 민족어문학만 하게 된 전환을 확인하기 어려울 수 있기 때문이다.

중세전기에 이루어진 공동문어문학의 규범은 중국에서, 중세후기에 공동문어문학과 민족어문학 양쪽에서 문제삼은 삶의 진실은 한국과 월남에서, 중세에서 근대로의 이행기에 민족어문학이 대중 취향의 상품으로 성장한 양상은 일본에서 찾아내야 동아시아문학사에서 일어난 뚜렷한 변화를 선명하게 확인할 수 있다. 그렇지만 문학사의 전개를 통괄해서 이해하는 시각을 마련하고, 시대구분의 기준을 찾기 위해서 중간부의 사정을 우선적으로 고찰할 필요가 있다. 중심부와 주변부의 사정을 살피는 것은 그 다음의 과제이다.

그런 여러 가지 이유에서, 문학사의 전개를 일반화해서 말할 수 있는 기준점은 중간부이다. 한국이 중간부의 나라여서 중간부의 유리한 점을 합리화하자는 것이 아니다. 문학사 이해의 폭을 넓히는 통찰력을 얻는 데 중간부가 유리하다는 점을 지적하자는 것이다. 중국과 일본 사이의 한국에서 양쪽을 다 살펴 동아시아를 이해한 성과와, 그것을 다른 여러 문명권에 널리 적용할 수 있는 능력이 세계인식을 혁신하는 데 유용하게 쓰인다.

중간부에서는 문명권의 동질성과 이질성을 한꺼번에 파악할 수 있다. 중심부에서는 동질성을, 주변부에서는 이질성을 더욱 중요시하는 편향성을 중간부에서 시정하고, 동질성과 이질성의 상관관계에 관한 총괄적인 이해를 하는 것이 가능하다. 중심부에서는 공동문어문학을 동질성의 관점에서만, 주변부에서는 민족어문학을 이질성의 관점에서만 이해하려고 하는 경향이 있게 마련이다. 공동문어문학의 동질성 속에 이질성이 있고, 민족어문학의 이질성 속에 동질성이 있는 양면의 표리관계를 실상대로 살피는 데 중간부가 상대적으로 유리하다.

　　라틴어문명권의 독일과 헝가리, 아랍어문명권의 페르시아, 한문문명권의 한국과 월남, 그리고 산스크리트문명권의 타밀은 어려운 조건을 무릅쓰고 민족주체성을 선양하면서, 공동문어문학을 통해 민족의식을 키운 공통점이 있다. 공동문어문학으로 구현되는 보편주의가 자기 나라를 지키는 민족주의와 상치되지 않고 합치된다고 판단했으므로 그럴 수 있었다. 문명권 전체의 보편주의를 자기 것으로 만들고, 자기 민족이 이룩한 창조적인 성과가 널리 인정되고 통용될 수 있는 의의를 가지게 하는 것이 민족사 발전의 길임을 밝히는 문학을 했다.

　　문명권의 중심부에서는 보편주의를 내세우기만 하고 보편주의와 민족주의의 일치에 관해서 말할 필요가 없었다. 문명권의 주변부에서는 보편주의를 거부하는 민족주의를 택하고, 공동문어문학을 조금 경험하고서 바로 민족어문학을 발전시키는 데 힘썼다. 문명권의 중간부에서는 보편주의가 민족주의이고, 민족주의가 보편주의라고 하면서 그 둘을 아우르려고 해서, 중세에는 중심부보다 뒤떨어지고, 근대에는 주변부보다 뒤떨어졌다고 할 수 있다. 그러나 근대에서 이룩한 발전의 성과를 중세의 지혜를 이어받아 재조절하는 데서는 중간부가 앞설 수 있다. 그렇게 해서 근대를 극복하고 다음 시대로 나아가는 지표를 마련할 수 있다.

　　중간부에 속하는 나라는 여럿이고 그 특성이 서로 같으면서 다르다. 산스크리트문명권의 타밀이나 아랍어문명권의 페르시아는 중세 시기에 문명권 전영역을 위한 철학의 보편적인 논리를 새롭게 발전시킨 성과를 이룩했다. 한국도 그 점에서 어느 정도 자기 구실을 했다. 라틴어문명권의 독일은 근대민족어 철학을 이룩하는 데 앞서는 성과를 보여주었다. 그런데 월남이나 헝가리의 철학은 그리 두드러진 편이 아니다.[498]

그 이유는 어디 있는가? 민족성이 아닌 문화적인 위치에 의문을 해결하는 단서가 있다. 문명권 중심부와 가까운 위치에서 밀접한 관련을 가지면서 철학의 쟁점을 두고 토론하고 투쟁하는 경우에는 중간부의 철학이 크게 일어날 수 있다. 페르시아·타밀·한국의 경우가 그렇다고 할 수 있으면서, 중심부와 더욱 가깝고 먼 차이가 있다.

중심부와 가까우면 보편주의를, 멀면 민족주의를 더욱 두드러지게 나타냈다. 독일은 문명권의 중심지 이탈리아와 프랑스에서 중세 동안에 라틴어로 전개한 철학을 두고, 중세에서 근대로의 이행기에는 라틴어로 재론하다가, 근대에 이르러서 독일어로 반론을 제기했다. 헝가리는 중심부에서 너무 멀어 철학의 논쟁에 적극 참여하기 어려웠으며, 자국어 글쓰기를 통해서 철학을 하고자 할 때 독일철학이 밀려들었다.

문명의 중심부·중간부·주변부는 바뀐다. 고대에서 중세로 넘어오면서 커다란 변동이 있었다. 고대에는 중심부에서만 일방적으로 문명이 발달했으며, 중간부는 흐릿하고, 주변부는 어두웠다. 그런데 중심부의 고대문명 가운데 중세문명으로 이어지지 못하고 사멸한 것이 적지 않다. 고대의 주변부였던 아라비아에서 새로운 중심부의 사상 이슬람교를 창건했다. 중세에서 근대로 넘어오면서 세계 전체의 중심부·중간부·주변부가 새롭게 형성되었다.

중세 동안에는 일단 설정된 중심부·중간부·주변부의 관계가 오래 지속되었다. 그러면서 역사 창조의 활력이 점차 중심부에서 중간부로, 중간부에서 주변부로 이동했다. 그래서 선진이 후진이고 후진이 선진임을 입증했다. 중세전기에 중심부가, 중세후기에는 중간부가, 중세에서 근대로의 이행기에는 주변부가 창조적인 재능을 더욱 적

---

498) 월남의 黎貴惇은 철학의 저술을 풍부하게 남기지 않았다. 게오르그 루카치는 헝가리인이지만, 독일철학권에서 활동하면서 독일어로 저술했다.

극적으로 발휘하는 것이 상례였다.

중세전기는 중세보편주의를 중간부나 주변부에서도 중심부와 대등하게 구현하고자 하는 시대였다. 그 희망은 달성되지 않아, 중심부의 위세가 더 높았다. 그런데 중세후기는 중세보편주의를 중간부나 주변부에서 독자적으로 구현하는 시대였다. 그러면서 강조점이 서로 달랐다. 중간부에서는 중세보편주의를 구현한다는 점이 강조되고, 주변부에서는 그것을 독자적으로 구현한다는 점이 강조되었다. 그러다가 중세에서 근대로의 이행기에 이르면, 중세보편주의를 근대민족주의로 대치하려고 하는 움직임이 광범위하게 일어났다. 그렇게 하는 데 중간부보다 주변부가 앞서는 것이 당연한 일이었다.

중심부에서 이룩한 공동문어문학은 중세 동안에 최상의 권위와 가치를 자랑했다. 중심부의 사람들은 위세가 당당하고 중간부나 주변부에서는 주눅이 들어 있었다. 중심부에 가서 견문을 넓히고 문장 수련을 하고 인정을 받는 것이 다른 쪽 문인들의 한결같은 희망이었다. 주변부는 중심부와의 격차가 워낙 커서 그런 소원을 이루기 어려운 줄 알았지만, 중간부에서는 조금만 노력하면 성공할 수 있다고 믿고 단념하지 않았다. 주변부에서는 그 대신에 민족어문학을 존중하는 독자노선을 선포했으나, 중간부에서는 그렇게 하는 것을 계속 보류해두었다.

공동문어문학에 힘쓰지 않고 민족어문학을 광범위하게 이용하는 것은 중세보편주의의 가치기준에서 보면 공부를 계속하지 않고 학교를 중퇴하는 것과 같은 일탈행위였다. 정도를 벗어나서 쉬운 길을 택하니 나무라고 멸시해야 마땅했다. 조선통신사가 일본에 갔을 때 일본인은 한문학에 능하지 못해 일본어문학으로 그 대용품을 삼는 것을 보고 한심스럽게 여긴 것이 그 나름대로 당연한 일이었다. 중세이념에 입각해서 그렇게 판단한 것이 잘못이라고 할 수 없다.

그러나 중세보편주의를 버리고 근대민족주의를 새로운 시대의 이념으로 삼자, 공동문어문학은 버려야 할 유산이며 부끄러운 실수라고 매도되고, 민족어문학만 일방적으로 평가하게 되었다.[499] 중세 동안에도 공동문어문학보다 민족어문학에 더욱 힘쓴 것이 자랑스러운 일이라고 평가되었다. 가치 기준을 그렇게 바꾸자, 중세의 열등생이 근대의 우등생이 되었다. 중세 동안에 열등생 노릇을 한 행적이 민족어문학을 발전시키는 근대의 과업 수행을 선도할 수 있는 밑천으로 직접 활용되었다.

민족문학을 내세우는 근대의 관점에 서면, 보편종교의 경전을 번역해서 사용한 것도 크게 평가할 일이다. 동방기독교문명권에서는 공동문어의 경전을 민족어로 번역해서 사용한 것이 민족문학 성립을 촉진시킨 쾌거로 인정된다. 산스크리트불경을 자기 말로 번역해서 사용한 티베트에 관해서는 같은 평가를 할 수 있다. 그렇다면, 다른 곳에서는 보편종교의 경전을 원문 그대로 사용한 것이 불행한 일이었다. 한국에서는 불경은 번역하다 말고, 유교경전은 번역을 해 놓고서도 원문의 이해에 필요한 보조자료로 삼기나 한 것이 잘못이라고 할 수 있다.

그러나 보편종교의 경전을 번역해서 사용한 경우에는 공동문어를 제대로 익히지 못해, 공동문어를 통해 창조된 보편종교의 경전 이외의 문화유산을 광범위하게 이해할 길이 막혔다. 그 때문에 신앙이 편협해지고 극단화되며, 철학의 빈곤이 생겨났다. 보편종교의 경전은 원문 그대로 사용했지만, 다른 영역에서 민족어를 일찍부터 광범위하게 사용한 곳도 중세보편주의를 섭취한 정도가 낮아 철학이 자라나지 못했다. 일본철학사가 없다는 것이 바로 그 때문이다.[500]

---

499) 중국에서는 胡適이 《白話文學史》를 써서 그렇게 선언했으며, 한국에서는 김태준이 한문학을 청산하기 위해서 《조선한문학사》를 저술한다고 했다.

지금은 민족어문학을 근대문학으로 삼고, 국어교육에서 민족어 사용을 가르치는 과업이 일반화되었다. 민족어 자체가 생성되지 못한 곳은 계속 진통을 겪지만, 공동문어 때문에 민족어가 억압되고 있다고 하는 곳은 없다. 공동문어의 횡포는 끝났다. 그러므로 공동문어를 비난하고 배격해야 민족어를 육성할 수 있다고 하는 것은 시대착오의 사고방식이 되었다. 민족어를 사용하는가 하는 것이 문제가 아니고 민족어 글쓰기에서 무엇을 나타내야 하는가 고민해야 할 때가 되었다. 한글을 사랑한다는 것은 우스운 일이다. 한글글쓰기가 한문글쓰기보다 내용에서 앞서야 하는 것이 새로운 과제이다.

사상의 빈곤은 불행이다. 민족어 사랑만 내세우고 공동문어로 이룩한 문화유산을 배격하며, 공동문어를 사용한 것 자체가 민족주체성을 저버린 잘못된 일이라고 하는 주장은 사상의 빈곤을 가져온다. 공동문어문학에 힘쓰지 않아 공부를 중도에 폐지한 후유증은 심각하다. 사상의 근본을 문제삼는 철학은 문명권 단위로 공동문어를 통해서 창조·개발해온 과업이다. 문학에서는 공동문어와 민족어가 함께 사용되거나 민족어 쪽이 더욱 중요한 구실을 할 때에도 철학은 공동문어의 영역이었다. 공동문어보다 민족어를 더 많이 사용한 것이 문학을 위해서는 다행한 일이었어도, 철학을 위해서는 불행한 일이었다.

중세전기, 중세후기, 중세에서 근대로의 이행기 문학사의 전개

중세문학에서는 시가가 산문보다 우세했다. 중세문학사는 시가갈

---

500) 《우리 학문의 길》(서울 : 지식산업사, 1996)의 〈일본철학사는 있는가〉에서 바로 그 점에 관한 심도 있는 논의를 전개했다.

래 변천의 역사이다. 서정시·서사시·교술시로 나눌 수 있는 시가갈래가 공동문어문학과 민족어문학을 넘나들면서 어떤 관계를 가지고, 그 관계의 양상이 어떻게 변천했는가 살피면 문학사의 전개에 관한 이해를 구체화할 수 있다. 시가갈래 교체의 역사를 밝히면, 그 주변 영역의 산문에 관해서도 많은 것을 알아낼 수 있다.

서정시는 공동문어문학의 정수를 이루었다. 공동문어문학을 확립한 중심부에서 널리 받아들여지는 서정시의 규범을 내놓으면서 중세문학이 본격적으로 발전하고, 문명권 전체가 하나의 문학권을 형성하게 되었다. 그 과업을 비슷한 시기에 여러 문명권에서 일제히 이룩했으며, 서정시의 규범을 이루는 내용도 상통했다.

산스크리트문명권에서는 일찍이 5세기 굽타제국 시대에 칼리다사(Kalidasa)가 주동이 되어, '카비야'(kavya)라고 일컬어지는 문학창작의 이상을 구현하는 시 창작의 전범을 마련해서 널리 영향을 끼쳤다. 한문문명권에서는 7세기에 李白과 杜甫를 으뜸으로 삼는 당나라 시인들이 '율시' 또는 '근체시'라고 일컬어지는 시를 마련해서 중세문학 확립의 과업을 완수했다. 아랍어문명권에서는 '아다브'(adab)라고 일컬어지는 문학예술의 핵심이 되는 시 '바디'(badi)를 확립하는 과업을 또한 8세기인 압바시드제국 시절에 아부 누와스(Abu Nuwas)가 선도하고 여러 시인이 그 뒤를 이었다.

'카비야'와 '아다브'는 말을 잘 다듬어 써서 아름다움을 창조하는 문학을 의미한다. 공동문어를 사용해서 글을 쓰는 것이 능사가 아니고, 그런 경지에 이른 창작품이라야 가치가 있다고 하는 것이 공통된 생각이었다. '율시'와 '바디'는 그런 경지에 이른 시를 특별히 지칭한 용어이다. 까다로운 형식을 갖추어 언어구사가 뛰어난 작품을 쓰면서 자연스러운 느낌을 주는 개성적인 표현을 갖추어야 제대로 된 '율시'이고 '바디'였다.

지체가 높고 학식이 많다고 해서 그런 시를 쓸 수 있는 것은 아니다. 대단한 수련을 했으면서도 천분이 저절로 발현되는 것처럼 보여야 한다. 기교를 넘어서서 얻어낸 깨달음이 있어야 한다. 최소한의 언사로 최대의 표현 효과를 지니는 시를 지어, 시간과 공간, 자연과 인간, 이상과 현실, 문명권과 국가, 통치자와 피통치자, 타인과 자기, 관념과 사물이 生克의 관계를 가지는 양상을 훌륭하게 나타내서 중세인은 자랑스러웠다.

그런데 라틴어문명권에서는 '카비야'·'바디'·'율시'에 해당하는 중세시의 규범을 내놓지 않았다. 고대로마시대에 라틴어시를 쓰던 규범을 쇄신하지 않고 그대로 이어받았다. 로마시대의 시가 형식에서 완벽하다고 생각해서 그랬다고도 할 수 있고, 개성이 가장 뚜렷했다고 하는 프루덴티우스(Prudentius)마저도 기독교 성직자이고, 일반 문인이 시인으로 활동하지 않은 것이 더욱 중요한 이유일 수 있다. 그렇지만 기독교 찬미가를 서정시로 지으려고 하고, 서정시를 통해서 중세문명의 포괄적인 관심을 집약해서 나타내려고 한 점에서 다른 여러 문명권과 같았다.

그러나 그리스어문명권으로 가면 사정이 달라진다. 그곳에서는 고정된 교리를 전달하는 데 치중한 기독교 찬미가를 대단하게 여기고, 서정시가 별도로 성장하는 것을 막았다. 공동문어문학을 경험하지 않고 자기네 언어를 기독교의 경전어로 삼은 러시아에서는 주변부의 특징을 나타내 서정시 부재를 시정할 만했는데, 종교의 위압이 너무 커서 그렇게 하지 못했다. 한편 팔리어문명권에서는 '밤사'(vamsa)라고 하는 공동문어영사시로 문명권의 역사와 자국의 역사를 연속시켜 노래하는 것을 가장 긴요한 문학활동으로 삼아, 서정시가 별도로 자라나지 않았다.

중세에 이르러서 서정시가 커다란 구실을 하는 전환이 중심부에서 일어나 점차 확대되면서, 고대문학에서 주역 노릇을 하던 서사시는 심각한 타격을 받았다. 공동문어의 서정시를 상층의 문학으로 하는 데 맞서서 하층에서는 구비서사시를 이어야 서사시가 몰락하지 않고 새로운 구실을 하게 할 수 있었다. 그런데 그 일도 문명권의 중심부에서는 제대로 이루어지지 않았다.

서정시가 중세문학의 주역 노릇을 한 문명권의 중심부에서는 구비서사시가 일찍 마멸되었다.[501] 구비서사시를 기록서사시로 만든 곳도 있고, 그렇게 하지 않은 곳도 있기는 하지만, 구비서사시가 없어진 것은 마찬가지이다. 라틴어문명권, 아랍어문명권, 한문문명권의 경우에 모두 중심부에서는 구비서사시의 흔적을 찾기 어려우며, 서사시 창작에 열의를 보이지 않았다. 그런데 주변부에서는 구비서사시를 잘 보존하고 있다가 문자 사용이 시작될 때 기록했으며, 서사시를 새롭게 창작하는 데 활용했다.

산스크리트문명권에서는 고대서사시 《라마야나》와 《마하바라타》가 중세서사시로 이어지고 공동문어문학의 고전으로 받아들여졌으므로, 중심부에는 서사시가 없어지는 다른 문명권에서 볼 수 있는 현상이 나타나지는 않았다. 그러나 중심부에서는 서사시의 구전이 고갈되고, 서사시 창작이 새롭게 이루어지지 않았으나, 중간부의 타밀에서는 구전서사시를 풍부하게 전승하고, 그 두 고전서사시에 대한 반론이 되는 새로운 서사시를 계속 창작했다. 그렇게 해서 서사시를 중세화한 모범 사례를 보여주었다.

라틴어문명권에서는 그리스의 《일리아스》나 로마의 《아네이드》 같은 고전서사시가 중세문학으로 이어지지 않았다. 기록에 오르지 못한 고대서사시를 전승하면서 재창작하는 것 외에 다른 서사시가

---

501) 지금부터 전개하는 서사시에 관한 논의에서는 《동아시아 구비서사시의 양상과 변천》(서울 : 문학과지성사, 1997)에서 얻은 성과를 원용하고 확장한다.

없었다. 그 일을 주변부나 중간부에서는 하고, 중심부에서는 하지 못했다. 가장 중심부의 이탈리아는 본고장 공동문어문학의 자랑스러운 유산을 갖춘 대신에 서사시에서는 가장 가난했다. 구전되던 서사시가 없었으며, 단테가 서사적 교술시라고 해야 할 《신곡》을 내놓아 그 대용품을 마련했다. 그 점은 주변부에서는 서사시가 풍성한 것과 좋은 대조를 이루었다.

중심부 가운데서 중간부인 프랑스에서도 오래 두고 구전하던 서사시는 없어지고, 중세에 들어와서 기독교서사시 《롤랑의 노래》를 창작했다. 그런데 독일의 《니벨룽겐노래》, 영국의 《베오울프》, 아이슬랜드의 《에다》는 영웅서사시의 오랜 전승을 정착시킨 작품이다. 그 셋 가운데 《베오울프》와 《니벨룽겐노래》는 영웅서사시만이어서 고대 이래의 전승이라고 하겠고, 《에다》는 창세서사시와 영웅서사시를 함께 갖추고 있어 원시서사시와 고대서사시의 두 층위를 모두 이었다.

그 여러 나라의 서사시가 문명권의 중심부 가운데서도 중심부인 곳부터 주변부 가운데서도 주변부인 곳까지의 차이를 단계적으로 보여준다. 그러면서 다만 한 가지는 뒤바뀐 것 같다. 《니베룽겐노래》는 고대서사시의 모습을 그대로 간직했으나, 《베오울프》는 고대영웅서사시를 기독교의 세계관에 따라 개작한 중세서사시여서, 그 점에서는 독일이 주변부이고, 영국이 중간부인 것 같다. 그러나 독일에서는 기독교의 관점에서 영웅서사시를 다시 창작한 라틴어문학의 작품 《발타리우스》를 내놓았다. 《니벨룽겐노래》와 《발타리우스》가 양립하고 있어서, 독일이 중간부이다.

라틴어문명권에서 보이는 그런 편차가 아랍어문명권의 경우에서도 확인된다. 아랍어문명권은 일반적으로 라틴어문명권보다 서사시에 대한 관심이 적다. 그러면서 문명권의 중심부에는 없는 서사시

를 주변부로 가면 갖추고 있는 단계적인 차이는 라틴어문명권에서
와 마찬가지이다. 아랍어문명권의 중심부에는 다시 창작된 서사시
마저 없다. 중심부 가운데 중간부라고 할 수 있는 이집트에는 《힐
라리》 서사시 같은 것이 구전되고 있으나, 서사시로 인식되고 평가
되지 않는다.

그런데 문명권의 중간부인 페르시아에서는 자기네 서사시의 전통
을 이어 《왕들의 책》을 마련했으며, 중간부 가운데서 주변부에 자
리잡은 터키민족군은 《알파미슈》, 《코르구트》, 《마나그》, 《쾨르굴루》
등의 서사시를 다양하고 풍부하게 전승하고 창작했다. 먼 주변부
스와힐리어 사용지역에서도 구비서사시의 오랜 전통을 이슬람문명
의 소재와 결합시켜 《리옹고》, 《헤라클리오스》 등의 영웅서사시를
위시해서 여러 형태의 서사시를 풍부하게 이룩했다.

한문문명권의 서사시도 같은 양상으로 분포되어 있다. 중심부인
중국의 사정을 들어 말하면 한문문명권에는 서사시가 없는 것 같다.
일본의 경우를 살펴도 그렇게 말하는 데 동의해야 할 것 같다. 그
러나 가장 먼 주변부에서 중세화 이전 단계에 머무른 아이누민족은
창세서사시와 영웅서사시를 풍부하게 전승하고 있다. 중국의 운남
지방 여러 민족들, 한국의 제주도민은 한문문명권에 편입되어 중세
화되었으면서 영웅서사시를 버리지 않고 그보다 선행형태인 창세서
사시까지도 간직하고 있다.

그 둘 사이 중간부에서 한국인은 구비서사시의 저층을 의식하지
않은 가운데 활용해서 공동문어서사시와 민족어서사시를 둘 다 창
작했다. 서사시를 두고 보면, 일본이 중간부 같고, 한국이 주변부
같다. 그러나 한국의 《동명왕편》은 독일의 《발타리우스》처럼 공동
문어를 사용한 민족서사시이다. 그렇게 한 것은 중간부끼리의 공통
점이다. 일본인은 아이누민족을 정벌하고 통치하는 과정에서 서사

시는 상실했지만, 역사 서술에서는 서사시와 관련된 고대의 전승을 한국보다 더 많이 간직하고 있다.

서사시와 역사서술을 연결시켜 이해하면, 한문문명권 내부의 변이를 더욱 면밀하게 파악할 수 있다. 한국에서는 정통사서 《三國史記》를 보완하는 구실을 하는 《三國遺事》에서 뒤늦게 건국서사시의 전승을 일부 기록했으며, 월남의 경우도 《大越史記》와 《嶺南摭怪》가 그런 관계를 가진다. 그런데 일본에서는 《日本書紀》보다 먼저 《古事記》를 쓰면서 창세서사시와 영웅서사시 양쪽의 흔적이라고 할 수 있는 신화전승을 적극 수용했다.

유구에서는 국사서를 거듭 쓰면서 그 서두에서 건국신화를 길게 들었을 뿐만 아니라, 고대의 영웅서사시의 전승을 자기네 언어로 정리해 중세왕조의 궁중무가집 《오모로사우시》를 엮었다. 유구는 주변부 가운데서도 주변부여서 그럴 수 있었다. 《오모로사우시》는 창세서사시 부분이 대폭 축소되고, 작품 길이가 전반적으로 단형화된 차이점이 있지만, 기본성격에서 아이슬랜드의 《에다》와 상통한다.

공동문어를 사용해서 민족사를 서술하는 것은 동아시아 여러 나라, 한국·월남·일본·유구에서 일제히 한 일이다. 라틴어문명권의 영국·헝가리·덴마크에서도 그렇게 했다. 영국과 덴마크는 주변부 가운데서 중간부이므로 그 대열에 들어설 수 있었다. 영국은 자국의 역사를 공동문어로 쓰는 일과 자국어로 쓰는 일을 병행했으며, 아이슬랜드는 '사가'(saga)라는 이름의 자국어 역사서를 흥미 본위의 읽을거리로 발전시켰다.

문명권의 주변부에서는, 다른 곳에서도 민족어를 사용해서 역사를 서술하는 일을 일찍부터 했다. 공동문어 대신에 민족어를 경전문어로 사용한 동방기독교문명권의 아르메니아, 이디오피아, 러시아 등지에서는 민족문어 국사서를 일찍 마련해서 자기 나라 역사를 신비화하고 절대화했다. 산스크리트문명권의 티베트도 그런 경우이다. 자국어로 역사를 서술하는 일을 한문문명권에서는 일본이 일부 시도했다.

공동문어 서정시에 상응하는 민족어 서정시를 창작해서 기록문학으로 육성하고자 하는 노력도 광범위하게 일어났다. 그렇게 하는데 문명권의 중심부는 뒤떨어지고, 주변부는 앞서서 중세전기에 이미 그 일을 해내는 경우가 많았다. 일본의 《萬葉集》이나 영국의 〈케드몬의 찬미가〉가 그렇게 해서 이루어졌다. 문명권의 중간부에서는 중세후기에 이르렀을 때 그 과업을 본격적으로 수행했다.

공동문어를 사용하는 아랍어시는 인습을 되풀이할 때 페르시아에서 민족어시가 대단한 창의력을 보이면서 풍부하게 창조되어 문학사의 방향을 돌려놓았다. 월남에서는 민족어시의 발달이 늦었으나, 阮廌가 민족어시 國音詩를 한시와 대등한 위치에 올려놓는 일을 일거에 수행했다. 중세후기의 민족어시는 중세보편주의사상의 풍부한 내용을 민중도 이해할 수 있는 언어로 재창조하면서, 내면적 진실성을 묻고, 사물의 이치를 캐는 일을 광범위하게 수행했다. 선승이나 士林, 박티, 수피 등으로 지칭되는 사상혁신자 성자-시인들이 그렇게 하는 데 주동자 노릇을 했다.

중심부에서 중세후기에 새로운 창조력을 보이는 것은 공동문어문학 대신에 민족어문학을 개척할 때 가능한 일이었다. 단테(Dante)와 카비르(Kabir)가 그런 본보기를 보여준다. 문명권의 중심부에서 공동문어가 아닌 속어를 사용한 작품을 창작해 보편적 가치를 재정립한 점에서, 그 두 사람은 같은 구실을 했다. 그러나 단테는 카비르와 같은 성자-시인이 아니고, 지식인-이야기꾼이었다. 내면적 각성의 새로운 길을 여는 대신에 광범위한 지식을 모아들여 흥미롭게 재구성하는 방법을 택했다.

중세후기 민족어시에서 나타난 또 한 가지 주목할 만한 변화는 서정시와 교술시가 공존하는 것이었다. 한국에서 서정시인 시조와 교술시인 가사가 상보적이고 경쟁적인 관계를 가진 것과 같은 일이 타밀, 페르시아, 프랑스 등지에서도 확인된다.[502] 공동문어문학에는 어디서든지 서정시도 있고 교술시도 있어서 교술시가 새삼스러운 것이 아니었다. 동방기독교문명권의 그리스어문학이나 교회슬라브어문학에서는, 시는 거의 다 교술시이고 서정시라고 할 것은 찾기 어려웠다. 공동문어문학에서는 중세전기에 마련된 교술시가 중세후기로 이어지면서 생기를 잃었다.

그런데 민족어문학에서는 중세후기에 교술시가 새삼스럽게 창조되어, 시대정신을 나타내는 새로운 구실을 했다. 중세보편주의 문명을 독자적으로 구현해서 중심부에 대항하는 중간부의 반론이 민족어교술시를 통해서 나타났다. 그렇게 해서 이루어진 장편교술시의 좋은 본보기인 페르시아의 《새들의 회합》이나 프랑스의 《장미이야기》는 한 시대를 좌우하는 영향력을 가져 서정시에 대한 교술시의 우위가 중세후기문학의 특징임을 입증하는 데 이르렀다.

아타르(Attar)가 《새들의 회합》이라고 하는 장편교술시를 여행기 형식으로 써서 자기네 문명의 정신적 유산을 집성하는 백과사전을 편찬한 것과 같은 일을 단테는 《신곡》에서 했다. 《신곡》의 여행기는 서술자가 자신이 여러 곳을 찾아가는 방식으로 전개되어 서사시라고 할 수 있는 요건을 갖추었다. 그러나 말하고자 하는 내용을 보면 서사시가 아니고 교술시이다. 자기네 문명의 정신적 유산을 시인 자신이 서술자가 되어 총정리해 보인 서사적 교술시이다.

중세에서 근대로의 이행기에 이르면 서사시가 서정시나 교술시보

---

502) 여기서 말하는 교술시의 등장에 관한 논의는 다음 책 《중세문명의 동질성과 이질성》의 〈교술시〉에서 본격적으로 자세하게 전개한다.

다 더욱 적극적인 구실을 하는 변화가 일어난다. 서사시가 영웅서사시에서 범인서사시 또는 생활서사시로 바뀌면서 남녀관계의 실제 상황을 진지하게 다루고, 실생활에서 얻은 경험을 비판적으로 다루는 것이 중세에서 근대로의 이행기문학의 새로운 동향이다. 하층에서 이어오던 구비서사시를 기록문학의 영역에서 받아들여 수용자가 늘어나고, 산문체를 사용하는 소설로 바뀌기도 했다.

아랍어문명권에서는 '데스탄'(destan), '다스탄'(dastan), '키사'(qissa), '히카야트'(hikayat) 등으로 지칭되는 갈래의 작품군이 구비문학이면서 기록문학이고, 서사시와 소설인 다면적인 성격을 가지면서 풍부하게 창조되어 중세에서 근대로의 이행기문학을 풍요롭게 했다. 한국의 판소리도 바로 그런 것이어서, 서사시이면서 소설이다. 타이나 월남의 율문소설도 그런 것들과 공통된 특징을 가지고 있다. 그러나 타이의 율문소설은 귀족적인 성향을 가진 독서물이고, 월남의 율문소설은 구전을 통해서 전달되기도 해서 민중과 가까운 관계를 가진 점이 서로 달랐다.

비잔틴의 《디게니스 아크리타스》, 영국의 《캔터베리 이야기》 같은 것도 그런 범주에 속한다고 할 수 있는데, 중세후기에 이미 나타나고 후속작품이 없어 고립되었다. 그 이유는 구전의 뿌리가 빈약하기 때문이다. 구비서사시가 고갈되어 자연스러운 변형을 하지 못하는 곳에서는 서사시를 소설로 발전시키지 못하고, 기록문학의 산문소설을 별도로 마련해야 했다.

세계문학사의 새로운 이해를 위한 공동전선

유럽문명권 근대사학의 패권주의에 맞서기 위해서 다원주의를 내세우는 것은 적합하지 않다. 민족사마다 그 나름대로의 특성을 가진 시대구분을 하면 난점이 해소되는 것은 아니다. 여러 문명권의 역사를 비교해서 시대마다의 공통점을 확인해야 세계사 전체의 시대구분이 도출된다. 패권주의를 극복한 새로운 역사관을 세계 전체의 범위에서 마련하는 것이 긴요한 과제이다.

역사이해의 다원주의는 유럽문명권 근대사학의 패권주의 횡포를 제어하는 자기 방어의 수단으로서 강구되어 그 나름대로 의의를 가진다고 하지만, 방어 목적을 달성하지 못하는 무력한 주장이다. 유럽문명권의 패권이 세계사에서 일제히 일어난 일원적인 사건임을 무시하고, 각자 자기 나름대로의 다원적인 발언만 하는 것은 부적절하다. 세계체계론에 대한 대응논리도 갖추지 못한 잡다한 논의는 논리적인 설득력이 없다. 경기장에 들어서지 못하고 장외경기를 하거나, 잡음에 가까운 동네방송을 하고 있는 것은 잘못이다.

역사이해의 일원주의에 대해서 다원주의로 대처하는 이유는 일원주의의 논리적 횡포에 서 벗어나서 가치 평가를 다양하게 하고, 각자의 민족문화를 보존하고, 특수성의 의의를 주장하자는 것이다. 그러나 그런 목적을 민족 단위로 달성하려고 하지 말아야 한다. 고립된 성을 지키고 있다가 아사하는 어리석음을 되풀이하지 말아야 한다. 최상의 방어는 공격인 줄 알아, 적극적인 방책을 찾아야 한다. 밖으로 나가 동지를 찾아 공동전선을 구축해야 한다.

반론을 문명권의 차원에서, 세계 전체에서 이룩하기 위해 새로운 역사학이 필요하다. 민족단위로 고립되지 말고, 공동의 적에 대해서 포위공격을 함께 해야 한다. 다원적 발전의 공통된 전개를 파악하는 이론을 마련해서 일원주의와 다원주의를 합쳐서 넘어서야 일원주의의 횡포를 제어할 수 있다.

인류는 한 배를 타고 있다. 과거에도 그랬지만 지금은 모두 더욱 가까이 있다. 한 배를 함께 저어간다. 미래의 역사를 민족국가 단위로 각기 다르게 창조할 수 있다고 생각하는 것은 잘못이다. 그렇기 때문에 학문을 혁신해서, 사고와 행동의 지침을 다시 마련해야 한다.

지금까지 해오던 국사학이나 국문학은 학문의 보편성을 제대로 갖추지 못한 약점이 있어, 국가경영을 위해 필요한 지식 제공에서도 효력을 많이 상실했다. 그렇다고 해서 유럽문명권 강자의 학문을 따르는 것이 세계화의 길이라고 착각하지 말아야 한다. 국사학에서 비교사학으로, 국문학에서 비교문학으로 나아가 세계 전체의 보편적인 원리를 연구 대상으로 삼고, 실천의 지침으로 활용해야 한다.

근대 다음의 시대가 있는가, 그 시대가 언제 어떻게 시작될 것인가 하는 질문에 대한 대답이 나라에 따라서 다르다고 할 수는 없다. 강자든 약자든, 부유한 나라든 가난한 나라든 서로 얽혀 있어, 머무르면 함께 머무르고 나아가면 함께 나아간다. 그 누구도 혼자 나아가지는 못한다.

시대가 달라지려면 인류가 서로 얽혀 있는 관계가 새롭게 마련되어야 한다. 주도권을 다원화하고, 차등의 관계를 대등의 관계로 바꾸는 것이 다음 시대의 목표이다. 경쟁관계를 일방적으로 유리하게 하는 계책을 제공하려고 하는 민족국가역사학에서 벗어나 세계사의 움직임을 거시적으로, 구조적으로 파악하는 지혜를 인류 전체가 발휘해야 한다.